ANCIENT EVENINGS

古代的夜晚（上）

［美］诺曼·梅勒 著
段淳淳　马飞剑　朱琼莉 译

江苏凤凰文艺出版社
JIANGSU PHOENIX LITERATURE AND
ART PUBLISHING, LTD

图书在版编目（CIP）数据

古代的夜晚：全2册 / (美) 梅勒 (Mailer,N.) 著；段淳淳，马飞剑，朱琼莉译. — 南京：江苏凤凰文艺出版社，2015

书名原文：Ancient evenings

ISBN 978-7-5399-6984-8

Ⅰ. ①古… Ⅱ. ①梅… ②段… ③马… ④朱… Ⅲ. ①长篇小说 – 美国 – 现代 Ⅳ. ①I712.45

中国版本图书馆CIP数据核字(2015)第039987号

江苏省版权局著作权合同登记：图字10-2013-585

书　　名	古代的夜晚
著　　者	[美] 诺曼·梅勒
译　　者	段淳淳　马飞剑　朱琼莉
责任编辑	孙金荣
特约编辑	彭亭亭
责任校对	闫凤梅
版权支持	王秀荣　张晓阳
封面设计	门乃婷工作室
出版发行	凤凰出版传媒股份有限公司 江苏凤凰文艺出版社
出版社地址	南京市中央路165号，邮编：210009
出版社网址	http://www.jswenyi.com
经　　销	凤凰出版传媒股份有限公司
印　　刷	三河市嵩川印刷有限公司
开　　本	890毫米×1270毫米 1/32
印　　张	23
字　　数	612千字
版　　次	2015年12月第1版 2015年12月第1次印刷
标准书号	ISBN 978-7-5399-6984-8
定　　价	70.00元（全二册）

（江苏凤凰文艺版图书凡印刷、装订错误可随时向承印厂调换）

魔法，这是很多人的习惯性叫法，而我对施展魔法及其相关的哲学思想深信不疑。利用魔法，我们可以招魂——尽管我不知道魂是什么，可以制造幻象，可以找寻真相，闭上双眼，还可以寓居于意识深处。我相信人类意识的边界一直在延伸，我们的意识可以进入他人的意识内，创造或揭露这种意识和能量。人类的记忆是记忆库的一部分，这个记忆库就是自然界本身。

威廉·巴特勒·叶芝

《善恶之观念》

目录

第一部

死者之书

思绪狂乱和精力活跃是我现在的状态。我不知道自己是谁，也不知道我的前世是什么。我听不见声音，却感受着从未经历过的痛苦。

是这种恐惧承载着宇宙吗？痛苦是万物之基石吗？所有的河流都似脉络般组成痛苦吗？我思想中的海洋在泛滥吗？我内心有一种渴望，似地核深处的烈火在熊熊燃烧。山脉蜿蜒逶迤，我看到火焰在跃动，看见水流闪烁着光点。

这种渴望潜伏在我身体的河流里，河流封固着没有流动，河流内部却涌动着烈焰。肉体——这是肉体吗？——存在于某种发热的岩石中，岩浆从烧焦的地面迸出来。

什么地方会发生这样的迸裂？在哪个山壑里发生的？火山口迸发出火焰，井水冒着气泡，骨头像碎石一样裂开。

这是一个人吗，还是仅仅有生命的物体？叶子在凋落时与所有存在的实体都是一样吗？是的，如果痛苦是万物之基石，那么叶子通过痛苦便可知晓全部。

前面有一群燃烧着的行人，火焰犹如刀刃般锋利，我加入他们的队列，在火海里，清晰地感受着人群和热量的存在。

痛苦一股脑涌入我的身体，每一阵剧痛之间的间歇都没有多长时间——啊，希望已被扭曲，肉体纤维已被撕裂。我的器官肯定也被扭曲变形了，是的，因为我听到了体内骨头折断的声音，太阳穴也爆裂了。

痛苦停留在灿烂的火光里，燃烧的岩石将我重重包围。太阳之光和在我血管里沸腾的血液都是邪恶的，它以后再也不会变成血液了吗？然而，最强烈的火流告诉我，我是不会毁灭的。在世界的另一边肯定还有其他的实体存在，所以我使尽了浑身的力量，此时它们正在我的身体里燃烧。这些将死的力量也许会给予我身体的其他部位以生命，因为我可以看到，黑暗中还有一些东西在颤动着，在我烧焦的肉体上还有一根活着的触须，像最有生命力的神经那样美好，而且每次经历疼痛时，我都在寻找这种纤维状的东西，直到痛苦自身发出光芒。纤维状的东西不是一根，而是两根，是伤口之间最纯洁美好的物体。当难以忍受的痉挛发生时，它们相互缠绕着，当痉挛停止时，又互相分开了。通过如此精妙的运动，我肯定看到了自己的灵魂（最终看到了！）像一条彗星的尾巴从焰火里滑过。

然后一切都消失了。我的肠子开始颤动，像大海在翻涌，似乎要将沉积在肠子里所有的脂肪和赘肉都喷射出来，像叛徒因为严刑拷打而皮开肉绽一样。在下一波疼痛到来时，我会不顾一切登上驳船。黑暗中，肉体之浪拍击出水声，我缓慢而困难地驾驶着。

我不能将自己埋葬在硫磺里。埋葬我的不是硫磺的烟气，而是对窒息的恐惧；不是死亡之火，而是死亡之黏土。一个场景浮现在我眼前：黏土封住了我的鼻孔、嘴巴，深深塞入我的眼窝里。因此，我已经无法看到周围纤维状的东西了，只有我的躯体和颤动的内脏被埋在山洞里。然而如果被埋在这片黑暗的、号叫的、沸腾的垃圾里，我将会不断地折磨自己，因为就在刚刚无法使用自己的灵魂时，我才领略到它的美。即使我已经得到了它们，我仍然会带着这种想法死去。

这场风暴和嚣乱结束后，降临了顷刻的宁静。在台风外围，我感受到被遗弃的庄严，在顷刻的安静中，我悲痛地看到，自己可能会变得更加聪明，却没有了生命，无法展示自己的智慧。我还看到了一个古老的场面：曾经，我既像个主人又像个奴隶——现在，在每次痛苦的不断发作中，两者都丢失了——啊，我身体内最勇敢的部分与其他部分的对话还没来得及发生。在我自尊的长廊里，有些东西破碎了，我瞥见了痛苦的根源，这一瞥既美丽又短暂。但是现在，诅咒的磨坊又开始运转了，像身躯爆裂的蛇一样。我选择了放弃，祈求安宁，我要将我体内那段扭曲的、鲜血凝固的历史彻底切除。我看到内脏从我的肚子里漏了出来，我看到火焰熄灭了。我已经不再是以前那个我了，灵魂能感知到痛苦，虽然低声下气、若有所失，却依然美丽而骄傲。因为痛苦已经停止，我已经变成全新的我，获得了新生。

一

夜色越来越深，我确信自己处在一个长约十步宽约五步的地下室里，我甚至能确信——像一只发射着超声波的蝙蝠那么迅速——地下室不是空的，墙壁和地板都是石砌的。好像我可以用手指头看东西似的，我只能通过晃动手臂来估量周围空间的大小。我似乎能清晰地听到毛孔的呼吸声，这是一件多么神奇的事啊。而且，我还可以闻到石头的气味，如果说空气不够呼吸，那是因为石墙上只有一些通风的小孔洞。现在我意识到自己的身旁有一个花岗岩秘柜，确实，它是实实在在存在的，我的身体似乎在里面行走着——秘柜很大，足够用来做我的床。但周围好像处于戒备状态，地板上有一些年代久远的动物粪便，呈小球状。曾经，有一只小型的凶猛动物像我一样来过这里，留下自己的粪便后就逃之夭夭了。这里没有动物的遗骸，只有它们的屎尿气味，可是，这些动物是从哪条通道进来的呢？我惊恐地呼吸着，空气中充斥着动物粪便的味道，这在向我传递着一种信息。

然而，我还是可以清晰地辨认空气中花束的味道，它也盛开在这个地下室里。它是盛开在蝙蝠居住的岩石上吗？

黑暗中，在两块石头之间，我摸到了一个不大不小的洞，比人的头大不了多少。而且我可以从那里呼吸到新鲜空气，它一定是通向外面的。从小洞透进来的空气只有一息，不足以将我的头发丝吹飘浮起来，但却能在深夜里为我带来一丝凉意。在凉风中，我伸展了一下四肢，惊奇地发现我的胳膊可以伸进那个小洞里。这个洞很深，在一些大石块之间，虽然还没有我的头宽，但它竖直地通往上面。洞里很脏，不计其数的甲壳虫的死尸乱糟糟地垒了几层，我的身上爬满了蚂蚁，老鼠惊恐地到处乱窜着，但我没有丝毫恐惧地向上攀爬着，我对这条狭窄的通道感到非常惊奇。很显然，即使我没有肩膀和屁股也不可能通过这个通道——它还没有蛇洞宽。但我就像一条心怀诡计的蛇，丝毫不担心在向上爬的过程中被卡住。我的身体可以变得更细一些，确切地说，是我的思想命令我的身体在又窄又长的通道里攀爬着——多么奇怪的想法啊！从整体来看，我能感觉到自己是活的，前面的一丝光线散发着磷光。光的颗粒灼热了我的鼻子和喉咙，我比以前任何时候都更有活力，但却无法控制自己的肌肉和骨头，感觉自己好像变成了一个小男孩。

当我最终在接近通道口的位置躺下时，仰面就可以看见天空，以及倾泻在通道口周围的月光。当我躺在洞口休息时，月光填满了我的视野，我的身体浸浴在月光里。从远处的果园里飘来枣树与无花果树的气味，葡萄藤的香气令人顿时神清气爽。夜晚的空气使我想起了自己曾经在里面做爱的花园，我又闻到了玫瑰与茉莉的花香。在通道口的不远处，在河岸边，在波光粼粼的河水映衬下，沙滩上有一大片黑色的棕榈林。

最后我从石山的通道末端爬了出来。先伸出头和肩膀，然后气喘吁吁地将双腿拽了出来。月光下有一个由白色石头砌成的长斜坡，斜坡下是土地，远处是铺满沙子的高原，像一座银山，岿然不动。在我视线的最远端，矗立着一座金字塔，在这座金字塔旁边还有另一座，离我更近一点的是一座狮身人面像，已经被沙子覆盖了一部分，我正站在大金字塔的斜坡上。我刚刚所处的位置不是其他地方，正是法老胡夫的墓穴。

“胡夫”这个名字很不好听,像是人的呼噜声。他已经死了一千多年了，甚至更久远。一想到自己刚刚在他的墓室里，就感觉浑身发软、无力行走。

胡夫的石棺是空的，他的墓室已经被后人盗了。

我感觉自己的心脏只能跳动最后一下了。我的胃从未如此纯净，装满了懦弱的污秽。但是,我是一名勇士,就像我记忆中的那样：我是一名战士，因为某些东西而出名——为此，我可以宣誓——长久以来，我都无法移动一步，羞耻地在月光下颤抖着。我站在大金字塔的斜坡上，头脑里和心里充满了月光，下面是巨大的狮身人面雕像，卡拉法老和门卡拉法老的狮身人面像就在我的南面。往东我看到尼罗河上泛着粼粼的月光，再往南我还看到了孟斐斯市内的灯光。在那里，我的情人们正翘首等我归去，或者她们现在正在等着另一个人？我如此轻松，感觉这没什么关系，我以前有过这种想法吗？以前当有人盯着我心爱的女人看时，我的第一反应就是杀死他。我很疲惫，难道这就是潜入胡夫墓室的代价吗？我开始忧郁地向下走，在石灰岩上，从一个裂缝跳向另一个裂缝，我的身体内部发生了一些不良反应，记忆现在变成了一摊糨糊，我曾经以为以往的经历会回来的（就在看到第一缕月光时）。现在空气中充斥着浓浓的泥浆味，那是土地、泥浆、大麦、汗液和农作物气味的混合体。明天晚上，河岸将会变成腐烂芦苇的大烤炉。家畜（比如绵羊、猪、山羊、驴、牛、猫和狗）甚至是充满恶臭的鹅以及肮脏的鸟都会离开它们生活的福地（河岸边的湿地），我想到了古墓以及古墓里的朋友，我的心情像拨弄琴弦时发出的声音一样悲哀哽咽。

二

我感觉自己正处于一种非常奇怪的状态中。我依然不知道自己是谁，也不知道自己有多大的年纪。我是成熟且充满力量的，还是年幼正在长身体的？这些问题并不能困扰住我，我耸了耸肩，继续向前走，不在乎理由是什么，继续迈着大步向墓地走去。我一边漫步，一边向自己解说我所见的一切，坦白地说，我感觉非常奇怪，对一些常识性的问题也感到很陌生。

不得不说，在月光下，公墓周围的条条大路清晰可见，或许那里埋着有待发掘的无价的咒文呢，但我看不到。坟墓与坟墓之间的距离只有一腕尺[1]，在整个孟斐斯，死人的墓地是最昂贵的，我起码记得这个。

我在墓地旁边的小径上神志恍惚地漫游着，经过一个个墓门幽闭的墓穴。不知为何，我开始记起一个在近期逝世的朋友，记忆里他是我最好的朋友，他死得很奇怪，被暴力残害。现在，我想去看看他的墓室在不在附近，是否有人来看望过他。我想起这位朋友的家族势力很大，他的父亲曾是一位御用化妆师的监工——我愿意以生命来换取这样的头衔。这样的职

[1] 腕尺（cubit），埃及人最初的测量工具，是指从肘到中指端的距离。腕尺这一术语广泛用于埃及，也用于希腊和罗马，并作为他们的测量单位。一个希腊腕尺近似于 18.22 英寸，而一个罗马腕尺则大约为 17.47 英寸。

业受人尊敬，如果我没记错，我们的拉美西斯曾经像一位骄傲而美丽的姑娘，不愿在外表上出现任何瑕疵。

当然，有这样的父亲，我那位朋友（我依旧想不起来他的名字）肯定既富有又尊贵。可怜的家伙，他肯定是拉美西斯的后代之一。据我零零星星的记忆，他死了已有几百年了。拉美西斯二世死的时候年纪已经很大了，他有很多个妻子和一百多个有历史记录的儿子以及五十多个女儿。由他的儿女繁衍出来的后人是很多人的祖先，今天你都无法想象有多少政府官员和祭司是拉美西斯的后代，当然许多人只是继承了他一半的血统。事实上，在孟斐斯或底比斯，为了成为法老的妻室，几乎没有一个攀权附贵的女人不会倾力展示自己诱人的美貌。虽然成为拉美西斯二世的妻室和后代，生活不一定会变得幸福，但如果他们想要埋葬在大墓室里，这是首要的条件。事实上，如果你不是拉美西斯的后代，根本无法在光环笼罩的法老墓室附近买到一块墓地，因此这就成了孟斐斯那些贵妇人高价倒卖墓地的先决条件。那里没有足够多的墓地，所以人们会为了得到一块中意的墓地而使出浑身解数。比如，我已故朋友的母亲——海斯弗蒂蒂夫人，她就一直筹划着变卖一块墓地。如果价格合理，她祖先的石棺就可能被转移到另一个档次较低的坟墓里，甚至被直接运到河流下游的一个贫民墓地里埋葬。当然，人们肯定会问：石棺里的死者是谁？他受了什么诅咒？当然这是坟墓交易中不能说的秘密——为此你必须得立下几个恶毒的誓言。如果购买坟墓的人能以一个合理的价格购得墓地，他们很愿意立誓保守秘密。曾经，海斯弗蒂蒂就很大胆地将她已故祖父的坟墓卖掉。买坟墓的人听说这位死去的人，即她丈夫的祖父（很碰巧，也是她的祖父，因为她是自己丈夫的妹妹）迈内黑特曾经是最善良、最仁慈的老人，他最大的缺点就是不愿伤害自己的仇人。他所受的诅咒让人不寒而栗，这是对善良的拷问啊！另有小道消息说，迈内黑特曾经把蝎子和蝙蝠屎捏在一起吃掉——他急需保护自己，因为权贵总会受到诅咒。在我的记忆中，他一生都很有势力。

跟海斯弗蒂蒂购买墓地的人是一个典型的野心勃勃的小官员，他知道对于像他这样的拉美西斯后人而言，保护自己免受任何邪恶诅咒影响的最好方法就是拥有一块好的墓地。如果他不给家庭留下足够多的遗产，他的妻子和女儿就不可能有机会去拜访孟斐斯的权贵。在死去的人里，他们一家人根本就没有任何地位可言，所以他们已经带着诅咒生活很多年了——他们被人们冷落和忽视。这是一种诅咒还是一种不公平的窃取呢？（在提升地位的路上，往往是付出的多得到的少。）这位拉美西斯后人的妻子和女儿经常哭泣，因为他已经不顾已故祖父的愤怒而冒险一试了。如果他更了解迈内黑特老人，他可能还会等一等，但现在他觉得获得自己永远无法获得的地位是一件令人敬畏的并且是绝对显耀的事。

我回忆起这些交易时，好像都有很强的目的性。现在我记起了那位朋友的名字，他叫迈内黑特二世。（顺便说一下，他母亲是位王后，这个名字——迈内黑特二世是家族血缘和感情凝聚的典型例了。）然而我并不知道他是否真的那样高贵，记得他在我们这些人当中曾是个恶人，在某些晚上，他甚至可以召唤恶魔。我觉得我们有些人开始后悔给他取了这样一个称号——卡（Ka）。这个名字本来是“聪明”的意思，因为它不仅代表着第二（对于迈内黑特二世），而且对于二世来说，它还是个很好的埃及名字，据说二世都有着多变的性格，所以这个名字很适合他。和我们的朋友卡在一起时，你永远都不会知道他什么时候会发出狮子一样的吼叫声，他还咒骂上帝，说些邪恶的话语，这让我们很不自在。我们并没有多少人是虔诚的基督教徒，相反，我们觉得自豪的事便是给无用的上帝取各种各样的绰号，这需要很大的勇气，即便这样，卡做得也有些过分了。他亵渎上帝时，我们并不想加入，因为我们不像他那样有充分的理由——因为他无法控制自己对母亲的愤怒。当海斯弗蒂蒂把迈内黑特一世的墓地卖给那个漂亮的拉美西斯后代时，卡很快就知道这曾经也是他的墓地，至少他曾祖父——迈内黑特一世在遗嘱里是这样写的。

现在，我站在大墓地的月光里，心中怀着对已逝的迈内黑特二世无以名状的悲痛，我不知道海斯弗蒂蒂跟他说墓地的事时我是否在那里，我推测卡什么都没有得到。同时，细节也不完整，说这是我的回忆或许会更准确些。可以说我是一只在茫茫大雾中试图驶入港湾的船吗？现在，我在大墓地最平坦的一条小路上观测自己的位置，还是会有一种感觉：海斯弗蒂蒂在儿子死后匆匆地为他买了块廉价的墓地，而我离那块墓地并不算远。有关虔诚的葬礼和简陋坟墓的记忆再次在我的脑海里浮现，我听到海斯弗蒂蒂的声音，她告诉那些愿意倾听的人们：她儿子的愿望是葬在西部的最低处。这是家丑，因为人们都知道海斯弗蒂蒂很小气，不愿花大价钱为儿子买一块体面的墓地。她一再诉说那个悲痛的故事：迈内一直有个梦想，就是葬在简陋的地方，如果他想“搬家”，他会托梦告诉她，然后她会将他移至一块体面的墓地里。她的话是如此悲怆，人们都相信她所说的。但是，召唤死者的鬼魂来看望人间的生者毕竟是有失礼节的，葬礼的目的可能就是将死者的魂魄舒适地安葬在地下吧。所以对于暴死之人，我们都会本能地恐惧，他的鬼魂很有可能一直纠缠着自己的家人，因此死者的亲属要在葬礼上表现得特别悲痛，这是为了抚慰死者的灵魂，而不是嘲笑他。前面，海斯弗蒂蒂说她很快会将自己儿子的棺材移至自己拥有的最好的墓穴里，她这么说是欠缺考虑的，因为每个人都知道那个墓穴是她为自己预留的。我们怀疑她的真实意图是不是想将我们的迈内黑特二世驱赶出坟墓，让他变成遭受拷打的孤魂野鬼。葬礼很隆重，但墓穴却很简陋，盗墓者会毫无顾忌地打开它。盗墓者在打开墓穴时并没有受到什么诅咒，因为贫困的死者更加怨恨家人把自己葬在这样的地方而不太愿意去诅咒盗墓者。人们可能很好奇：海斯弗蒂蒂能否确保儿子的墓穴不被破坏。

我走到了小路的路口，这里直通迈内黑特墓穴的拱顶，站在这里，视野开阔。这里的许多墓穴都比牧羊人的小屋还大（只有在大墓地一带，你才能够看到这种大理石小屋），每个墓穴的拱顶都是一座小型的金字塔，塔前陡峭的斜坡有个小孔。仅凭这一点，你就会感觉自己是在大墓地，因为这些小孔是专为“巴”（Ba）设计的窗户。如果每位死去的人都有继承人的话，继承人就叫“卡”，如果他还有自己私人的小灵魂，小灵魂就叫“巴”，七重灵魂中与之最亲密的就是小灵魂。“巴”有着鸟的身体，有着逝者的脸庞。为什么要为这些小型金字塔设计拱形的窗户呢？以下是我能想到的原因——它是“巴”的出入口。是的，“巴”正在向我走来。当然，我在坟墓拱顶的窗口所能见到的任何一只鸟都有可能是下面石棺中死者的“巴”。当大墓地周围的鬼魂四处游荡时，哪些寻常的鸟儿会靠近它们呢？我打了个寒战。大墓地的鬼魂是丑恶的——葬在这里的是所有权欲未得到满足的官员、未被奖赏的战士、受到不公正惩罚的祭司以及众叛亲离的贵族，还有因破坏坟墓而被杀死的盗墓贼。这里还有受到盗墓贼破坏的木乃伊，他们偷盗珠宝时扯破了它们的裹尸布。这些木乃伊散发着恶臭。想想看：为了防止尸体腐烂，木乃伊身缠裹尸布，当裹尸布遭到破坏时，它们的复仇之心会有多重？无论怎样，复仇的欲望肯定是加倍的。

我现在遇到了一个鬼魂，他离迈内的坟墓还不足三道门远，他肯定怀有恶意，这足以把我吓晕。差不多是那种恶意最深的鬼了，通过他破烂不堪的衣服，可以看出他是个盗墓贼，浑身散发着无法形容的恶臭，现在正朝我这边飘过来。

在月光下，我看到了一个没有手的可怜人和一个鼻子塌成三瓣的麻风病患者。可悲啊，那三瓣鼻子是对地狱判官——欧西里斯的三瓣阴茎的嘲讽，但他的鼻子还能在他邪恶的黄色眼睛下面抽搐着。他肯定是个鬼魂了，我能清晰地看到他就像看到我的手一样，并且还能将他看穿。

“你在看谁？”他哭喊着问。他的呼吸好像夹杂着尼罗河最臭的泥浆中腐烂的死螃蟹的味道，与从他那里飘过来的夹杂着恐惧的风相比，他的气息算是香的了。

我稍微抬了一下手将他赶走，他向后躲了一点点。

“不要进迈内黑特一世的墓！”他警告道。

他本应该吓吓我的，但他没有，我无法理解其中的原因。如果他无法撤退，而我成功地将他驱赶，情况会比我将拳头打在长满坏疽的大腿上还要糟。他就站在我前面，我不敢向前走，而他也害怕我，不敢接近我。

同时，我也不是没付丝毫代价就逃出来了。我记住了他的话，他的恶臭在我的大脑里挥之不去。我不知道他想表达什么，难道迈内黑特一世搬进了为二世买的廉价墓地里了吗？这是最近发生的事吗？还是我走错路了？但我清楚地记得送葬者是在晴天的时候经过这条小路将迈内黑特二世送到他简陋的“家”的，拉棺材的是一头白色公牛，它们的角都镀了金，两侧的肚子被漆成绿色和深红色。

“不要进迈内黑特一世的墓，”他又说了一遍，“会引来很多骚乱的。”

这个盗墓者竟然试图警告别人不要进入墓穴，让我觉得不可思议。在月光下，我的幻想引起了影子的变化，因为我看到那个鬼魂退缩了几步。“我本来可以告诉你更多的，”他不假思索地说，“但我实在受不了你身上的恶臭。”然后他就走了。他认为他所闻到的来自他自己身上的臭气都是从别人身上散发出来的，这对于他或许就是一种惩罚吧！每次遇到人，他都会踉踉跄跄地逃走。

就在他逃走的那一瞬间，我看到了迈内黑特二世的“巴”，就在窗口那里。“巴”的体形没有鹰大，他的脸和新生婴儿的脸一般大小，但却和迈内长得一样，这是我见过的世间最英俊的脸庞。现在他的体形在不断地减小，但他的外形却变得愈发精致，就像生下来就有着成人智力的婴儿，多美的一张脸啊！他现在好像在凝视着我，但目光又立刻转向别处了。然后张开翅膀，发出了沉重的响声，就像悲哀至极的乌鸦的叫声一样难听，叫一声，又叫第二声。他对我如此冷漠，我感到很失望，于是向墓穴的大门走去。

当我站在入口处，突然被突如其来的悲痛笼罩，迈内的悲伤好像转移到了我的身上。我叹了口气，对这个地方最近的记忆就是它的入口很脏乱，现在这里还是没什么变化。记得当时我认为这个地方是很容易被盗窃的，我再次体会到了家居的感觉，正是这种感觉在今晚的早些时候帮助我从胡夫的墓穴里逃出的。我感觉到自己的手正在朝门锁移动，当我转动手腕时，齿轮开始转动，门栓打开了。

我大步走入墓穴。我能感知到我的皮肤还存在着，似乎有人在用指甲刮我的头皮。我的脚底好像踩到了猫的舌头上，感到一阵刺痛。对于这里脏乱和恶臭的环境，我产生了一种可怕的恐惧感。月亮在天空中照耀着，透过月光，我可以看到所有祭祀的食物在很久以前就被盗墓贼吃光了，值钱的东西都被破坏或拿走了，整个地方都被盗墓贼洗劫了一遍。他们的胆量像是从保险柜里倾泻出来的，他们会遭受报应的！我极为愤怒，看墓人太马虎了。与此同时，我发现墙上的铜质烛台里有根烧焦的木棍，我愤怒地看着那根木棍，顶端的木炭突然闪烁出火花。火把突然点亮了，我一点都不感到意外，因为我早就听祭司说过：当一个人将自己的愤怒集中在一点时，可以用眼睛生火。只是以前自己从不相信这些传言罢了。现在，我眼前的这种感觉比钻木取火还自然得多。

真是遗憾，未来世界的混乱不堪居然是这些不安分的贪婪的盗墓贼造成的！要当心这些住在地下王国里的人，被他们破坏掉的和被他们盗走的一样多。我不禁想起迈内在人世的最后几年所拥有的那些豪华的住宅，又想起海斯弗蒂蒂边啜泣边问我哪种雪花膏花瓶和封板、哪个手镯和珠宝腰带该随他陪葬。她应该葬他的黑檀盒子还是红木箱？给他佩戴的假发应该是金色、白色、红色、绿色、银色还是黑色？他的化妆盒、亚麻布腰带和短裙以及他的黑檀木床都应该随葬吗？我知道她极力想将黑檀木床留给自己，最终她还是留下了。然后该选择什么样的武器呢？是镀金的弓箭还是柄上镶有珠宝的矛？还是将所有珠宝都随他入葬？思考这些事情时，她可能会哭喊出来：“可怜的迈内啊！”如果哭声稍微低一些，她伪装出来的悲伤就会显得很荒唐。在他们安静的住宅一侧，她可能会大声尖叫着：“我眼前的水果都被吃了！”这是他的豪华住宅，他本人比他的作品更令人敬佩，而她，只是一幅画而已。她因为失落感而堕落，心灵因为要埋葬这么多珠宝和金饰而扭曲。她正因为一把即将被埋葬的儿童椅而哭泣，这是一把铜质的、镶有金箔的椅子，她想把它留下来。连他的小刀、颜料盒和刷子，她都不愿意拿出来随葬。他的斧头是从图特摩斯三世统治时期流传下来的宝物，刀刃里面有个中空的格纹图案，这图案是一只野狗从背后撕咬瞪羚。认出这一宝物后，海斯弗蒂蒂开始流鼻血，因为这是她儿子曾经收到的礼物，可她不能将它留下。但是她可以留下点其他东西，尤其是他饰有羽毛的王冠、豹皮和绿色玛瑙组成的圣甲虫宝石，甲虫的六条腿全都是金质的。确认哪些物品该随葬，到最后变成了海斯弗蒂蒂的贪欲（她想留下八件）与对死后世界的力量的信任之间的较量（最后她留下了五件），但她没有完全向贪欲屈服，这就为恶魔来到阳间留下了一个小孔。她曾给过我一本关于玛特[1]的书，一本关于训诫的书（可能是你所知道的最虔诚的训诫）。玛特是真理和正义之神，从不欺骗世人的玛特平衡着世间的各种力量。贪欲如此强烈的海斯弗蒂蒂竟然还对玛特颇具赞美之词，如果没有这样的信仰装在心间，她会为自己留下哪些东西呢？

不能说海斯弗蒂蒂一点都不如真理和正义之神，我手举着火把，看着地上散乱的东西，最起码她还为这些盗墓贼打开了方便之门，这些贼可一点都不相信玛特。他们在这里随便撒尿，在金盆里留下了结块的大便。

下一间墓穴更糟糕，墓室不是很深，是从这间墓穴延伸出去的。只有一堵用泥砖盖起来的墙将两者分开，造价低廉！祭品室与墓室之间没有设置障碍，但是，我犹豫了，不想进去。

穿越第二道门槛时，空气变得迥然不同。突然涌出一股让人毛骨悚然

[1] 玛特（maat），古埃及神话中的正义、真理、秩序之神，唯一配戴羽毛的年轻女神。在冥府执行审判时，将死者的心脏和她的羽毛一起放在天秤的两边称重。

的气味，我不禁停住了脚步。我手中火把的火势变得不稳定，我看到的不是一个石棺，而是两个，两个石棺都被捣毁了。外棺的盖子被扔到角落里，内棺的盖子也被掀开了，盛木乃伊的箱子也被打开了，杂乱的场面控诉着盗贼的罪行。尸体上的宝石全都被摘走了，表面的绿锈也被盗墓贼用泥灰弄脏，项圈和护身符也都被偷走了，迈内木乃伊上彩绘的脸和胸部（如他本人一样英俊）也被刮烂了，三道垂直的刀痕直接砍在了他的鼻子上，鼻子看起来有些扭曲，盗墓贼还拿刀子割开了他胸前的包装材料。

与脚部受到的损坏相比，这些破坏算是小巫见大巫了。盗墓贼扯开了他脚部的线圈，裹尸用的亚麻碎布散落在地上，有些是长长的碎布，有些是一片一片的布块。脚下的垃圾啊！有些腐蚀动物可能会收集它们，用来筑窝，盗贼吃完鸡扔下的骨头也被这些动物利用。盗贼们是不敢在这里随地大小便的，至少不敢在这些木乃伊旁边，但我能闻到那股微弱且不稳定的臭味，死尸外露的一只脚开始腐烂了。

另一具石棺也被破坏了，这具石棺有可能是迈内黑特一世的棺材。为防止盗墓，海斯弗蒂蒂将他移到了这里，可是我不打算向他那个方向走去，我不敢靠近曾祖父的木乃伊。

我离迈内的石棺比较近，他的脚已经暴露出来，墓穴已经被破坏。祭祀他的“卡”的食物已被盗贼偷吃了,这让我很愤怒。我可以看见他的光环，他的三道环是浅紫罗兰色，就像在云雾缭绕的夜晚看到三道模糊不清的山脊一样。

我不想看它，光环的颜色会表达出很多信息。海斯弗蒂蒂的光环肯定是橘黄、血红和黑褐拼接在一起的颜色，我之前见过的法老的光环是纯白、纯银和金色拼接在一起的。包围我朋友身体的浅紫罗兰色显示出他已经很疲惫，好像他的遗留物要在许多恐惧中保持平静。而第一种恐惧就是墓穴中其他石棺的存在，我想去看看曾祖父的遗体，于是放下手中的火把。这时，我才感觉到刚刚看迈内二世时，为了承受住其他石棺的存在我使用了多少力量。

这种压迫感看似减轻了，不知是不是自己努力发力的缘故，我突然感到很累，迈内的光环变亮了，空气变得舒缓，我有一种冲动：想要看看迈内的脚里留下了什么东西。

当我低头查看时，迈内的光环再次变大，我看到了一条蛇从门缝里爬进墓穴。我一手拿着火把，一手打蛇头。接着又钻出一条蛇，我一把抓住了它，用火烘烤它的身体，它挣扎几下就死了。火把烧得很旺，我借着火光往前走，想再看看这些小虫子们。

我研究了一番迈内的脚，它已经腐烂成动物们获取食物的“磨坊”了。我突然意识到自己的脚面有块瘀伤，现在只能在老朋友的陪伴下一瘸一拐地行走，人们在追求什么样的友谊呢？我憎恶他腐烂的身体，想将火把插在他脚上的小洞里燃烧，赶走他身上的小虫子，使他腐烂的肉体愈合。其实，我准备这么做来着，但却怕自己的脚也被烧焦，所以放弃了。我现在极度饥饿，但依然紧闭下巴，竭力控制住这种欲望，因为它有可能迫使我像狗一样去闻棺材旁边的卡诺匹斯罐[1]。这四只罐子表面画着荷鲁斯神四个儿子[2]的形象，每一只罐子都和一只肥猫差不多大。哈碧守护着死者的小肠，长着公山羊的头；多姆泰夫守护着死者的心和肺，长着豺狼的头；艾姆谢特守护着死者的胃和大肠，长着人头；凯布山纳夫守护着死者的肝脏和胆囊，长着鹰的头。我很惊恐，因为无论我多么努力地抵制这种丑恶的诱惑（用死者内脏煮肉汤），可这种想法却一直萦绕在我的脑海中，看来必须要找些

[1] 卡诺匹斯罐（Canopic jar），古埃及人制作木乃伊时用作保存内脏，以供来世使用的器具。它们一般是石灰石或陶器的制成品。自古王国时期起直至古埃及后期，古埃及人一直使用卡诺匹斯罐，到了托勒密王朝时期，内脏只是简单地包裹，与尸体一起摆放。

[2] 根据古王国时期的宗教文献“金字塔文”（Pyramid texts）的描述，荷鲁斯的四个儿子多姆泰夫（Tuamutef）、凯布山纳夫（Qebhsenuf）、哈碧（Hep）与艾姆谢特（Amset）在阴间侍候着已经死去的国王，四位神祇会为他清洗面部、打开他的口，为他消除饥饿与口渴。到了中王国时期以后，四位神祇的地位更显重要，从而成为了保护死者内脏器官的神明。

东西犒劳犒劳自己的肚子了。我不能离开墓穴，穿过大墓地，一路走向尼罗河，然后再找家未打烊的商店让老婆婆来伺候我吃饭。不行，这个时间点绝对不行，我必须就地寻找些食物。我反复受到这种污秽的想法的攻击，感觉惊慌失措，我发现自己正跪在地上祷告，这真是一个奇迹——自我记事以来，就没祷告过，我外露的脚上的小虫子和密集的小孔也变成了祷告者。

“当灵魂离开的时候，”我轻声说，火把投影到天花板上，“一个人就看到了堕落。他变成了堕落之人，与无数蠕虫为伍，于是他也变成了蠕虫……”

“我敬爱的父亲——欧西里斯啊，我愿为您效忠，您不会腐朽，您不会变成蠕虫，我辈能得到永恒吗？我不想腐烂，不想堕落，也不想看到这一切。”

我闭上眼睛，看到自己内心最黑暗的地方，就如埃及的土地一样黑，在这片黑暗中，我听到了自己的话语在回响，好像是在孟斐斯城下什一税的征税者在大门处敲响的钟声，这些话语比祈祷者在焚香时轻念的祷词还轻快。回音萦绕在紧闭眼睛般的黑暗中，我控制不住自己的饥饿感，于是就把手臂伸向空中，五指展开，好像在说：“我要用这五个手指吃东西。”然后手臂围成一个圈，听从神和不知名的恶魔的安排。

它们回复了我，五只蝎子从守护死者肝脏和胆囊的西部之神凯布山纳夫的鹰头罐子里爬出来，它们从迈内黑特一世的棺材爬向二世裹尸旁的小孔里。我猜（因为我不愿意看它们）它们是要吃那里的虫子，它们会爬到二世的尸体上去吗？我不知道，我的脚麻木了，被蚂蚁叮咬了，正火辣辣地疼。

三

我记起了在孟斐斯的一个晚上，那时有美酒、美食和甜言蜜语陪伴着，与现在悲凉的处境相比真是太讽刺了。不知道那是一天前还是一年前，只记得当时自己是在拜访一位祭司，他住在自己的妹妹家。在那个月里（对我来说，这是充满活力的一个月），我一直是他妹妹的情人。祭司（在我的记忆里，他真的是一位祭司）也常年做她的情人，就像其他的好哥哥一样。我们激情四射地聊着天，除了没有提及我们中的哪一个应该和妹妹做爱之外，其他所有的话题都被我们讨论了一遍。

当然，只要我们一起出现她就很激动，她有权利这么激动吗？她让我看着她和自己的哥哥做爱。她可是有着良好家庭背景的女孩啊！就在那一刻，她说她应该骑在哥哥的身上，她希望我做好准备，等会儿就骑到她身上去。她说自己可以同时跟我们两人做爱，她会成为什么样的妻子啊？因为我在几个月前已经与她亲热过了，老实说，我很高兴，因为她拯救了我，这个女人的屁股丰满得就像是一只肥胖的美洲豹。她真是我们两人的尤物啊！那晚，我照她说的做了，而且向祭司证明了生者可以像死者一样找到他们的二重身。（因为他很快就失去了知觉，不知道到底谁更接近女性——是他妹妹还是他自己，这是我们了解自己在这个世界上处于什么位置的好方法。）

记忆的闪光将我带回从前，然而，我更饿了。就像阵痛的伤口一样，随着每一次呼吸，痛感也在不断地增加。我不是想做爱，只是想胡吃海喝一顿。

我肯定自己发高烧了，肯定是的。我从未感觉到如此饥饿，胃里翻江倒海，画着食物的图画在我眼前晃动。我想到了在创世之初，上帝一句话创造了万物。他心头发出的声音，让原本沉寂的王国有了生命。

于是我再次高举起胳膊，手指指着墓室的天花板，喊道："请赐我食物！"

但是什么也没有，只有一阵哽咽声在空荡荡的墓穴里回响，徒劳无功，我变得更加虚弱，高烧得更厉害了。在紧闭的眼睛前，有一片绿洲，解救出现了吗？我吃力地穿过地上的垃圾，就像在假想中的沙漠中行走一样——这太真实了：沙子堵住了我的鼻孔。现在我站在角落里，通过火把的照射，我看到迈内受损棺材旁边的美丽图画，画面上画着食物，如此丰盛，迈内二世的"卡"饿的时候会需要这些食物。觥筹交错中，十二个人在共享晚餐，桌上摆满了各种各样的容器和食物，这些都画在迈内破损的棺材壁上，真是一幅杰作啊！有各式各样的家禽与家畜，鸭、鹅、山鹑、鹌鹑、家畜肉、野牛肉、野猪肉、面包、蛋糕、无花果、啤酒、红酒、青葱、石榴、葡萄、甜瓜和莲蓬。

只能看却不能吃实在是太痛苦了，我不知道该说什么话来从中讨取一点吃的，然后把它们放到可以就餐的地方，但我之前肯定学过。不，那里画着的食物是给迈内的，人们祭奠他的祭品和水果被偷了以后，他可以靠这些画上的食物充饥。

然后我有一种背叛迈内的感觉，而且很吃惊地意识到——根据我零零散散的、不太光彩的记忆——他肯定是我真正的朋友，因为我发现自己并不想偷画上的东西，同时贪念似乎因为内心的不安而停止了。当我再次盯着那些画中的食物时，饥饿感已经减轻了，胃口也得到了满足。下巴毫无意识地嚼动起来，嘴里好像在咀嚼一块鸭肉，是在文火上慢慢烤出来的鸭子，肉汁一下子流淌进我的胃里，我不再那么饥饿了，甚至想把嘴里的肉抠出来，看看它究竟是什么样子，但此刻我已经很满足了，我克制住了这种愚蠢的好奇心。此外，迈内的慷慨也促使我停止了那种想法，他肯定认得自己的全部食物，但他还是分给了我一些（通过他在死亡之地产生的影响）。

眼前出现了更多好吃的，各种美味应有尽有，牛肉、鹅肉、无花果和面包，我一次吃一块。很神奇，极度饥饿的人要求就是这么低，比如，我的胃里都是自己无意间喝下去的啤酒的味道。我有点醉了，开始打嗝（嘴里满是啤酒杯的青铜味），感觉很好，发现自己在不自觉地说着最后的祷文，希望能得到更多的食物。吃完了，我昏昏欲睡，但是周围地板上都是这些裹尸的垃圾，我像个孩子似的咒骂周围没有一块可以睡觉的地方。然后我推理：如果迈内很慷慨地将原本该给他的“卡”吃的食物与我分享，那他肯定不会介意我睡在他身旁的。于是我把火把插到烛台上，丝毫不担心地躺在了他的木乃伊箱子旁边，四肢沉重，已经开始入睡，我把脚放在他的脚旁边，蝎子在小洞里安了家。我刚安顿下来，又打起嗝来，想起刚刚吃过的肉，连法老的厨师们都做不出这么美味的肉，因为他们用的大蒜和低档餐厅的一样。然后，在恍惚不定的梦境中，我想到了迈内以及他对我的友善与爱护，悲痛袭来，眼泪汇成了一条河。慢慢地，我睡着了，听到了自己的呼吸声，而他，深情地珍惜友谊，在墓室的领土上接纳我。我们一起出来，可他，只能待在死亡之地，而我，一半活在虚拟世界一半活在现实世界，我知道自己现在肯定在感受他将死时的感觉。

四

在这样的睡眠里，我深信自己已经穿越将死之前心头留下的阴影，此时七重灵魂[1]开始准备上天堂或者下地狱。

没有热量的火焰在即将熄灭之前，在我呆滞的眼睛前面跳跃。它们没有突然飞离，而是在七重灵魂的协商后庄严地离开了。只有吸附生命能量的 Ren 会突然飞离，就像划过天空的流星一样，我觉得它本来就是这样的，因为 Ren 并不是人类特有的，它来自天堂的圣水，在婴儿降生的时候就进入了婴儿体内，直到它回归的那一刻，期间它不会再活跃。Ren 可能会对一个人的性格产生影响，虽然它与七重灵魂的关系并不那么亲密。

我穿越黑暗之后，Ren 消失了，我知道自己下一步要经历的是生命光

[1] 古埃及人认为人有七重灵魂（Seven Souls and Spirits）：第一重是在人死时离开躯体的灵魂，叫作 Ren，它有着“神秘的名字”，它像一名电影导演，导演着一部关于生命的电影，由最初的概念直到最终实在的死亡，“神秘的名字”就是这部电影的片名，当人死的时候也正是 Ren 出现的时候；第二重灵魂名叫 Sekhem，是生命光能，代表着能量、权力和光明，“导演” Ren 负责制定目标，而 Sekhem 则负责具体执行；第三重灵魂名叫 Khu，是守护天使，人活着时它住在人的体内，如果人睡着时它外出活动就成了梦，人死后它游历下界，如果它能回到死者的身体中，死者就能复活；第四重灵魂叫 Ba，是尸体的守护神，代表着叛逆的内心；第五重灵魂是 Ka，它一直与人同在，并为人的生活服务，人死后，Ka 就住在死者的坟墓周围，所以墓中要备上水和食物供养 Ka；第六重灵魂是 Khaibit，是影子，是记忆，连接着人过去的所有记忆；第七重灵魂是 Sekhu，也就是人的驱壳。

能（Sekhem）的消失，它是太阳赐予我们的能量，我们的四肢靠它来运转，现在我感觉自己的四肢在运动。

我的身体因为缺乏生命光能而变得僵硬，我知道生命光能已经离去了，就像在祭司的号角声中尼罗河上的日落一样。生命光能与Ren一同离去后，我就死了，在夕阳残留的余晖中，呼吸也消失了。此时，天空中的云彩是深红色的，但是在夜晚也能看到黑色的云团，乌云就像在预示着黎明前的风暴。生命光能会问一些可怕的问题，就像Ren一样，它曾是天堂圣水孕育出来的礼物，但它不完全像Ren，它离开我身体时的感觉可能会比进入我身体时的感觉强烈，也可能会弱些，所以问题来了："你可以说有些人用我用得很成功吗？"这是生命光能的问题，就在沉默之时，我的身体变得僵硬了，我试图抓住这种能量，结果却连最后一点力量也用尽了。我的生命之火可能彻底熄灭了，而我绝不是因为自己所知的常识而醒着。我等待着，在黑暗中，没有光也没有风，也没有扰乱人思绪的气息，生命光能的询问还在继续。我曾经成功地使用过它吗？时光匆匆而过，我心中的月光是在一个小时还是在一周之前升起来的？翅膀发光的鸟儿在那轮圆月前飞翔着，它的头像一盏灯。那只鸟肯定就是"库"（Khu）——这只可爱的夜之鸟——是有着非凡智慧的生物，像Ren或生命光能一样无私地将其奉献给我们。是的，在你活着的时候，库是你头脑中的一道光，当你死的时候，它会回归天堂，因为库也是永生的。它在空中盘旋着，我从未感觉如此亲切，没在任何人身上看到过，也没有人这样对待过我。当库在空中盘旋时，我感受到了一丝悲伤，现在我知道了不像生命光能与Ren，库是一位天使，它回归天堂的路不会是坦途，会受到很多阻碍，我甚至看到它的一只翅膀受了伤。当然，如果不是因为在地下与我一起分享了一些伤痛与卑贱，它不会感知到我对它的关心。我重新拾获这种感觉，所以鸟儿（库）一定意识到了它的责任，因为此刻它正向高处飞去。它依靠那对受伤的翅膀，在天空中踟蹰地飞翔着，直到它超越了月亮，而月亮已经被云彩覆盖。我又感觉到孤单了，我的七重灵魂中的Ren、生命光能和库已经离开了，它们已经去往永生。但是我的其他魂魄会怎样呢？我的巴和卡以及我的影像开比特（Khaibit）会怎样呢？它们并不是不死的，事实上，它们可能无法在地狱里存活，所以会经历第二次死亡。想到这里，我的心头掠过一丝犹豫，我等待着，渴望“巴”的出现，但它似乎不准备出来了。我记得巴可以称作心灵的情人，它可能不会与你说话，就像心灵不会与你说话，却一直陪伴着你一样。巴可能已经走远了——有些心灵会变得危险，有些心灵会感觉不到痛苦。然后，我想知道自己还要等多久才能看到自己的二重身，但是据我了解，在尸体被做成木乃伊之前的七十天内，“卡”是不会出现的。最后，我突然想起了七重灵魂中的第六重灵魂是开比特，它是我的影子，与我的记忆不一样，它并不是完美的。我计算了一下，已经出现的有Ren、生命光能、库、巴、卡和开比特，即我的名字、力量、天使、心灵、二重身和影子。那么第七个出现的会是什么呢？我差点忘了第七重灵魂，叫塞克胡（Sekhu），它是其他六重灵魂都离开人体后停留在人的木乃伊上的灵魂，塞克胡没有任何力量，就像海边潮水退去后沙滩上留下的一个个小水坑。为什么，死尸的记忆力甚至比不上夕阳的余晖？

想到这里，我很惊讶，因为我的灵魂进入到了光与声相分离的领域。时光隧道是我所知道的最后的事，或许我已经开始游离了。我等待着。

五

一只钩子钩住了我的鼻子，穿进鼻孔，直接钩进我的脑袋。脑袋里的脑浆都从鼻孔里挖了出来，一块一块的。挖完一块，接着挖另一块。

虽然很疼，但是我可以理解岩石与根的痛苦了。这点疼痛比不上小草被从石缝里连根拔出时的痛，疼痛伴随着植物被连根拔起时的哭喊。就像钩子一样，疼痛钩住了我的鼻子，像在洞穴中摸索的手指一样刺入了大脑里，大脑里的脑浆全部被拽了出来。现在我感觉自己像一面地基裂开的石墙，尽管太阳炙烤着我，我还是感觉非常温暖，闻到了第一缕防腐香料的味道，温热，并伴有红酒与无花果的味道——我的嗅觉多么灵敏啊！

但我有个疑问：既然我的脑浆已经被钩出去了,那我怎么还能思考呢?他们一定将一块和干海绵一样有生气的东西塞进了我的脑袋里了吧。钩子第一次钩进我的大脑里时，周围有亮光闪了一下，我意识到应该是自己地狱里的灵光被激发了。是巴、开比特还是卡在帮助我思考呢？负责制作木乃伊的人将一些腐蚀性的药物（令人苦恼的石灰和土）和防腐香料注入我的脑袋里，这些药物可以溶解头骨内的残留物，我疼痛得快窒息了。

不知道他们已经工作了多久，也不知道他们要让这些液体在我空空的头颅里待多久，我一点也不知道，不过这只是另一个问题而已。他们不时地抬起我的脚，把我的头和脚倒置，然后又倒回来。有一次，他们甚至把我背朝上翻过来，往我身上泼药水，腐蚀性的药物融化了我的眼球。我的两个眼球被药水融化的时候，就像两个花骨朵从枝头被摘除。

到了夜间，我的尸体变凉了，午夜时分，它又逐渐温暖起来。当然，我看不到那些防腐香料，却可以闻到，并且知道那具尸体就是我自己的。尸体上明显散发着猫尿般的刺激味道，其他尸体上的味道更浓重。但这种刺激味并不全都是臭味，还夹杂着红酒与无花果的气味。比如我的尸体上就有田野与泥浆以及各种肉食的气味，因为我曾经是个肉食主义者，我流了很多汗，但感觉很舒服。有一些东西从坟墓里的肉身上爬了出来，它们靠近我时，我可以闻到它们的气味。当我闻到香料味时，我知道太阳光出来了，并凭借气味计算出了时间，因为随着空气温度的变化，香料的气味也会跟着变化。从午夜到凌晨三点，尼罗河河岸边传来的香气和臭气都萦绕在我周围。过了一会儿，我意识到自己肯定是在帐篷里。破裂的帆布条在我头顶拍打着，风吹拂着我的头发，记忆中的感觉就像踏在草地上的蹄印一样清晰。我的听力开始恢复，但是有一种奇怪的感觉，我没兴趣去听他们在谈论什么。我能意识到周围的声音，但我不想去理解他们在说些什么。他们的声音比不上动物的哭声，甚至连海浪声和风声都比不上，然而我的潜意识却认为我可以理清这些声音。

我曾经一度认为海斯弗蒂蒂来看望过我，或是因为这个帐篷是在她家的地上，她在花园散步时可能会顺道过来看看。我确信自己闻到了她的气味，这种气味肯定是海斯弗蒂蒂特有的，她哭了一会儿，仿佛死去的是她的儿子，然后就离开了。

在最初的几天，他们用燧石刀将我的肚子剖开，尽管我的遗体仅残留了一点点知觉，我还是可以清晰地感知到这刀口的锋利。燧石刀划过我的肚子，就像犁头划开地面，但是燧石刀比犁头更加锋利，我就像被战车碾成两节的蛇，在地上扭动着寻找另一半，这种感觉很难用语言描述，因为我的肉体已经感觉不到疼痛。在这几个小时里，我感觉自己躯体内的东西就像一棵大树上的果实，被一颗颗摘走，树根打乱了岩石的纹理，树叶在窃窃私语。我梦到了曾经居住的城市沿着尼罗河漂流，就像一座流动的小岛。当制作木乃伊的所有工序都完成时，我感觉自己变得更加臃肿了，我的感觉此刻似乎驻足在更大的空间里。我的心脏和肺现在都被放进了一个罐子里，胃和小肠也被放进了另一个罐子里了吗？不管我的内脏是否被放在不同的地方，是否被浸泡在不同的药水和香料里，它们依然是与我同在的——都是在这个小村庄里。但是，最终它们与我的联系都会消失，被放在不同的卡诺匹斯罐子里，它们对我人生的记忆最后都会祭献给它们自己的神。

我在想，既然我的内脏在它们自己的罐子里，这些神都会知道我的哪些东西呢？凯布山纳夫可能会在我的肝里停留一会儿，了解它的过去，它也会了解到它之前也被恐惧包围着，就像我曾经被恐惧包围住一样。举一个简单的例子：肝脏比肺更乐意沉思。肺知晓我的过去，当它被移到多姆泰夫罐子里、生活在肉食者的领地时，它还会忠于我吗？我不知道。到目前为止，我的器官都没有被包起来，所以在某种程度上它们还是属于我的，但我知道，一旦人们对它们进行了防腐处理，将它们放进罐子里后，我就会失去它们。在帐篷里，无论我的肢体部位如何散落在桌子上，我们之间还是能互相感应的，我空空的身体就像一个容器，被以前的“肉体小岛”包围着。这些肺、肝、胃和其他大大小小的内脏对我的生命有着相同的记忆，因此它们联系在一起，但是用它们相互独立而且极富偏见的观点来看，我的一生对肝脏和心脏来说是有很大不同的。所以，这个帐篷里一点都不像屠宰场中屠夫使用的血淋淋的货摊，反倒像一个香草堂，这些气味会像调料店一样激起你的兴趣。木乃伊制作者为我洗鼻孔的时候（此时我的身体比刚产下婴儿的孕妇还要空），我只感觉到一阵头晕目眩，抚慰的、刺激的、清洗的、胡椒粉味的、药草味的，还有各种混合的气味涌进我的鼻孔里，它们可以防止尸体腐烂。他们用棕榈酒冲洗我尸体的内部，记忆在不断地发酵。他们将辣椒和胡椒捣碎，这些长在大理石地基上的植物在西方被视为圣物，然后又用百里香叶和以百里香为食的蜜蜂所产的蜂蜜。他们将橘子油擦在我的肋骨间，将柠檬油擦在我后背的脊椎部分，以此来稀释内脏的浓烈气味。他们把雪松屑、茉莉花精油和没药[1]的小树枝放在一起捣碎，我可以听见植物的哭喊声，比周围人的声音还要清晰，没药甚至歇斯底里，没药的香气很浓，它是草药王国里的法老，他们将它撒在我身上，然后用肉桂的叶子、茎和树皮稀释没药的香气。就像填充鸽子时往它的肚内的蜜饯上撒特殊的调料一样，他们撒在我身上的香料也令人迷惑，我沉醉在香料的美味中。涂抹防腐剂结束后，他们将我身体上长长的切口缝合，而我好像从谷地里升起，同时，记忆里的一些东西因为这些地上的卷须植物而极度兴奋，开始跳起舞来，我最老的朋友返老还童了，我情人的孩子们已经长大了。我像一艘皇室的驳船，在高官重臣的拥护下漂洋过海。

现在我的浑身都很干净，填满了草药，被他们包裹起来浸泡在泡碱里。泡碱是一种盐，可以使尸体变得跟石头一样硬，我躺在那里，这重量足以使我沉下去。慢慢地，在接下来的几天时间里，我身体里的水分逐渐进入盐里，泡碱极力汲取我身上的水分，就像一支沙漠旅行队突然看到一片绿洲似的，所有的水分——即使很想继续留在我的肉里的水分都被泡碱吸干了。浸浴在泡碱里，我逐渐变得和船上的木头一样硬，最后变得和岩石一样坚硬，而且感觉身体的最后一部分也慢慢离开了我，奔向我的“卡”、“巴”以及我那吓人的“开比特”。我的身体被他们封锁在有上万年之久的石棺里。我还不如一块石头，石头能闻到周围空气的气味，我却什么味道都闻不到。我那僵硬

[1] 没药（Commiphora myrrha），为橄榄科植物地丁树或哈地丁树的干燥树脂。主产于非洲索马里、埃塞俄比亚以及印度等地。采集由树皮裂缝处渗出的白色油胶树脂，于空气中变成红棕色而坚硬的圆块。在西方，没药是一种据说有神奇疗效的药物。希伯来人将没药树脂制作成各种芳香剂、防腐剂和止痛剂。旧约时期，常被做成油膏，涂抹在伤口，促进伤口愈合。

的身体就像海里的海螺，被海浪冲到海岸上，当人们把它放到耳朵边倾听时，就会听到海水的咆哮声。我僵硬的身体的咆哮声与海水的咆哮声很像，因为我听到了通过沙子传来的古老声音，我的听觉像海豚的听觉，它们的耳朵可以听到从海洋另一端传来的回声。当我沉入泡碱液里时，身体漂得很远很远，就像经历了日晒雨淋的石头将水的气息留在了海岸上，我进入了无声的宇宙，在那里我可以本能地听到每一阵风带给每一块石头的故事。

然而即使我和迈内一起旅行（他涂漆的棺材被我呼出的水汽打湿，我紧紧地抱住他），我也睡得不安稳，或许我已在梦游中进入了另一个空间，那里有两朵云连在一起。是这两朵互相接触的云吵醒了我吗？我感觉身体下沉到了木乃伊箱子中，一口气接着一口气，感觉这个箱子就像泥土一样松软，我再次记得自己与迈内在一起。我又感觉到了草药的作用，他们用药水冲刷我僵硬身体上的泡碱，这种药水是盛放在花瓶里的，至少有十种香味。“伟大的神之灵魂啊！”他们吟诵道，“你蕴含着如此浓郁的香气，你的脸庞永远不朽。”我以前没听过这些祷词，但听过这种调子，我明白他们在吟诵什么。他们用药膏擦拭我的身体，涂抹我的脚，我再也不用闻这种气味了。他们在我的背上涂抹圣油，把我的手指头和脚趾头镀上金粉。他们在我的头顶上绑上特制的绷带，将内可赫布绷带敷在我眉毛上，哈索尔绷带敷在脸上，透特绷带绑在耳朵上，还将几块布匹塞进嘴里，一块绑在下巴和颈背上，二十二块放在右脸上，左脸上也放了二十二块。他们的祷告声令我在地底下也能听见，他们又用黑石油和圣油揉搓我的大腿和小腿。他们用亚麻布把我的脚趾头绑起来，每块亚麻布上都有豺狼的画像，我的手指被另一块亚麻布绑着，上面有伊希斯[1]、哈碧、拉[2]和艾姆谢特的

[1] 埃及之母伊希斯是冥府之神欧西里斯的妻子，也是埃及的保护之神，她遍游埃及，教授女性编织、烹调和育儿的技能，并在妇女分娩时给予庇佑。

[2] 拉（Ra），古埃及的太阳神。

画像，我的身体被黑檀木制的胶水泼了一遍。他们将我包裹起来时撒下了许多护身符，有用绿松石和金子制的，也有用青金石和银子制的，还有用水晶和玛瑙制的，他们还将一枚戒指套在我镀金的手指上。每一次包裹都会用三十六种草药制成的液滴来封口。然后在我身体周围撒上花，缠上亚麻布，亚麻布的条纹很窄，但长度比皇室驳船还长。在迈内的陪伴下，我闻到了树脂的芳香，它可以透过我衣服上的小孔。我听到了祈祷声，还有为我的棺材画像的画家们的呼吸声，以及太阳下炙热的帐篷内大伙儿的歌唱声，还有大锤下铺路石头的号叫声，此时我的木乃伊被拽进了墓穴，然后被放进棺材里。我还能听见妇女们的啜泣声，就像远处海鸥的叫声一样清脆，还有祭司的祷告声："荷鲁斯[1]与他的卡一起远行！"棺材在墓穴里颠簸前进，一场我既听不见也看不到的仪式进行了几个小时，是几个小时吗？盛食物的容器的压碎声、小型乐器的敲击声以及烈性酒泼到地上的声音，通过我僵硬的身体发出回响，就像洞穴中的地下暗河一样。然后石头掉下来，砸在了我的头上，之后是链子的摩擦声，但这只是乐器在我脸上刮擦，之后我感觉到一股强力撬开了我僵硬的嘴巴，许多话语涌入我的嘴里，我听到思绪中潮水的咆哮声，以及破碎的心的啜泣声——这些声音是我自己的吗？我不知道，空气中的河流像新生命一样流向我，被遗忘的第一次猝死也向我袭来，又迅速离开。然后我的卡出世了，也就是说我获得了重生，这是第一天、第一年还是在过去的数十个王朝的时空里？我站了起来，再次与迈内分离，他可怜的遗体仍然躺在棺材里。

是的，我很绝望，我意识到了自身的存在，并开始哭泣。现在我知道为什么迈内是我最亲近的朋友了，他的死让我感觉到非常痛苦。是的，我对他生命的模糊记忆正是对我自己生命的记忆，因为现在我终于知道自己

---

[1] 荷鲁斯（Horus），古埃及神话中法老王的守护神，是王权的象征，最常见的形象是鹰头人身的直立像。

是谁了，我连一只乞求食物的幽灵也比不上。我正是迈内黑特二世那可怜的卡！死去的人获得的第一份礼物就是他可以把神的名字加到自己的名字里面去，那我就是欧西里斯·迈内黑特二世的卡，是的，是埋葬得最不恰当而且是最胆怯的卡，他现在所在的墓穴遭到了破坏，我现在终于明白了我在哪里。我开始对死亡之地浮想联翩，意识到自己只是七重灵魂中的其中一个魂魄。现在我连他的二重身都不是，他所留下的不过是遭到践踏的尸体和“我”。

六

于是，我意识到为什么自己没有记忆了。如果我是迈内黑特二世的二重身，像他一样勇敢，像他出生时一样卑微，除了了解他的个性所需的记忆，其他的一概不记得了。二重身就像一面镜子，是没有记忆的，我只当他是一位朋友，是我最亲密的朋友，难怪我想躺在他的木乃伊箱子旁边。

然而我的记忆所能提供的感觉还没有皮肤上的伤疤提供的多，尽管如此，我还是能感知到自己，人们看着我的脸还是会觉得很顺眼。我到底有没有和海斯弗蒂蒂做过爱？我该通过什么途径去追回这记忆呢？当我想到和母亲做爱时我并没有感到尴尬——因为在二重身的记忆里我并没有母亲。为什么我不是迈内黑特内心最冷酷的部分呢？然而，在他（也是我）遭到破坏的墓穴里，我站在垃圾中，产生这些荒唐的想法是因为我对海斯弗蒂蒂的愤怒，此时此刻，我本可以杀了她的。我必须立刻离开这个地方，如果我很勇敢，我会走西部沙漠里的那条路，它通向双重的死亡之地。这样的地方真的存在吗？就像祭司说的，与魔鬼和沸腾的湖水并存？我不记得自己曾做过什么，也不知道该怎么解释它们，那我该如何通过考验呢？我第一次对死感到恐惧，是真的恐惧，我知道自己可能会死。死在死亡之地，与自己的卡一起消失，这就是永远地死了。

第二次死就是最后一次死。啊，我的处境是多么极端、多么不公平啊！海斯弗蒂蒂为我的墓穴付出得太少了。

我十分愤怒，愤怒得差点窒息了。对于卡脆弱的肺来说，愤怒是非常强大的情感，卡都是气短的，这就是人们要在墓穴的壁上画一艘帆船的原因——这也许可以帮助卡恢复呼吸，但是在这里的墙上却没有帆船的画像。我快被愤怒逼得窒息了，试着去找一幅船的画像，找了很久终于感觉到了微风吹拂着我的鼻毛。如果我的鼻子这么敏感，那我怎么会死呢？我有规律地呼吸着，对死亡的恐惧再次涌上心头，如同自己的愤怒一样强烈，海斯弗蒂蒂的疏忽让我付出了如此大的代价。那么，我站在水边的画像呢？没有关于水的画像我喝什么啊？就像征兆所预示的，这个地方的水干枯了，我的喉咙都快干得冒烟了。

我的棺材上也没有画上四道通风的门，所以，我没有办法自由呼吸。海斯弗蒂蒂这个母亲真是奇怪！她也没有为我准备一个盛脐带的盒子，因此我又失去一条通向死亡之地的路径。

她又出现了另一个疏忽：当我检查棺材内的纸莎卷轴时，发现重要的祷告经文不见了。我不清楚自己还能记得多少章节："二世不死"章、"灵魂自由"章、"死者不朽"章……我非常生气，随着暴怒的渐渐平息，我极度想召唤海斯弗蒂蒂。

我跪下双膝，像要寻找符号似的。在散落的亚麻布中，我发现了一只死去的甲壳虫，是的，它躺在我前面，是一只屎壳郎。它曾试了很多次，用后腿把一个比它大数倍的屎球推到一个安全的洞里，然后用屎球喂它的卵。这就像祭司曾经告诉我的：看起来像一只大甲壳虫的科佩拉每天如何乘着太阳神拉的船在天空翱翔，如何用它的六条腿划过天际。这在儿童和农民中是个非常流行的故事，但是，我不需要这样的故事。我认为如果神愿意化作甲壳虫，那说明他喜欢躲藏在奇怪的地方，这是大秘密的第一条规定。因此，在我的味觉可以承受的范围内，慢慢地，我吃掉了甲壳虫的每条翅膀。这些小薄膜咀嚼起来就像小刀片似的，尽管我小心翼翼地嚼着，甲壳虫的头还是像小砂砾一样硬，当我把它们吞下去时，我做了忏悔，因为我想象着把海斯弗蒂蒂的头吞了下去。我没有召唤的咒语，但我的头脑中充满了对邪恶母亲的蔑视，我说:“伟大的科佩拉啊，让公正盛行于世吧！请您将活着的海斯弗蒂蒂带到我身边来。”我双目紧闭，感觉到眼前有一道光闪了一下，脚下响起了沉闷的雷声。但当我抬起头时，看到的却不是海斯弗蒂蒂，站在我面前的却是迈内黑特一世那憔悴的卡，说实话，我一点都不喜欢曾祖父看我的方式。

七

他穿得像个大祭司，在我的记忆中，他就是个大祭司。他的头发被剃光了，居住在随他出现的空气里，似乎每天早上他身体上的罪孽都会被清洗掉。但我从来没见过这样的大祭司，他太脏太老了。他那灰白色亚麻布袍子上沾满了长年累月的灰尘，他的皮肤也是灰白色的，甚至比他的长袍还要惨白，也沾满了灰尘，他的双脚赤裸着，脚趾头看起来像钙化的石头。他的手镯长满了绿锈，踝环被空气腐蚀成黑色。只有他的眼睛是亮的，但是瞳孔呆滞无神，就像画上的鱼和蛇一样没有表情，却白得像月光照耀下的大理石。透过火把散射出来的光，我看到他一动不动地坐在棺材旁边的椅子上，他眼睛上的白色告诉我他不是一尊雕塑，如果不是那犀利的目光，我可能会以为时间已经过了百年甚至千年。

看着他的棺材，我再次感觉到了一种压抑感。他是如此苍老，别人无法描述他的面容，因为人们不清楚他的鼻子是和脸上的哪块肉连着，他脸上的皱纹就像台阶一样，整具尸体似乎都不存在。但是他的出现却让我很不安，他就像某种有毒的害虫，我想赶紧摆脱他。我朝着他棺材旁边的卡诺匹斯罐子走去，我打开多姆泰夫罐子的盖子，过程很容易。罐子是空的，没有裹好的心脏和肺。我打开艾姆谢特罐子，也是空的。

“我把它们都吃了。”迈内黑特一世说道。

自从他死去的那一天起，他喉咙里的空气就没有被太阳温暖过吗？墓穴内都是他冰冷的回声。

“为什么，”我想要问他，“曾祖父，你为什么要吃掉自己的内脏呢？”可我欲言又止，我从来没有过类似的经历，仿佛一只粗糙的手伸进了我的喉咙里，控制住我，不让我说话，它抓住了我的舌头，将它连根拔起。

那一刻，我感觉到了剧烈的疼痛，就像记忆中最美好的经历一样刻骨铭心。因为我死了，所以我又一次懂得（这是第一次感觉到的）：人死后，可能会经历活着时不曾经历的恐惧。在这些恐惧里，我可以说我的祖先迈内黑特是第一个给我带来恐惧的人吗？因为我清楚地记得家人何时谈论到他，而且他好像是有着神秘力量和邪恶习惯的人。

现在,我盯着他看,他开始说话了。“你对我有什么样的感情？”他问道。

“我对你的感情？”

“因为我们现在在一起了。”

“我希望，”我说，“我们可以先相互了解一下。”

“你终于说出这句话了。”

我肺里的空气变得紧张，就像当时在胡夫的墓里一样。我最好的一面回归了，即便我确信自己遇到了敌人，但还是感觉莫名的欣喜。我已经死了，遇到的还是我生命中的敌人吗？但是若不提及死亡的话，这对我没任何意义。我从未感觉到这是如此重要，仿佛我在某个糟糕的日子里决定了结自己，走到悬崖边上，看见下面的峡谷，知道自己在摔死之前肯定会先进入这个空间。此刻，我的每一滴血都感到害怕，但未来却犹如闪电一样光明。我现在就有那样的感觉，这是与恐惧相近却又要与它相离的幸福感。现在我很轻松，因为我知道了死亡的所有方法、我所忍受的无聊以及肉身的所有邪恶情感。好像我过去是生活在诅咒里一样，其表现就是我内心里不可变的单调状态，忽略了我曾经去赌博和卖淫场所的情况。这种既死又生的感觉是从何处来的？是一个诅咒吗？我基本上理解了对死亡向往的力量，这是邂逅自己阴暗面的唯一方法。难怪我站在他面前时感觉自己像井里最冰的水一样神清气爽。在多少个美好的夜晚，在多少个美丽的花园里，我开着给予我姓氏的第一代祖先的玩笑，这是多么不道德的习惯啊。我们又哭又笑地讲着他的故事——他如何精于算计、如何狡猾以及他那亵渎神明的蝙蝠屎宴会。

但是现在，他好像看穿了我的心思，他第一次站了起来。他个子不高，但也不像第一次出现时那么矮，他的浑身铺满了灰尘，就像沙漠中的道路一样。

"这些故事，"他低声说道，"让我声名狼藉。"他说话的时候泰然自若，我开始怀疑自己在道德上是不是比他更胜一筹。我坚信他是我走向自我毁灭的向导，但是现在我意识到他可能也带着很强的目的。在这种奇怪的陶醉中——我已经死了，却感觉自己像个伟大的英雄，但却不记得自己的英勇行为。我并不质疑自己的意图（如果我可以找到它们的话）很高尚，只是现在我不够自信。

"你认为，"他问，"我是英俊还是丑陋？"

"你可能太老了，两者都不是吧。"

"这是唯一的答案。"他笑道。在嘲弄我的时候，他的手指从一边转向另一边。"好吧，你已经死了，"他说，"而且肯定会死第二次的。死了第二次，你就会彻底消失了。再见，小伙子，你的脸比你的心要漂亮得多。"突然，他发出老人固有的窃笑声，表情无比猥琐。"你愿意让我做你在卡特-纳塔[1]的向导吗？"他问。

"我有其他选择吗？"

"脐带已经准备好了，我已经委托一位画家去画迈内站在水边的画像了，他在我的朋友中很受尊敬，他也会画一幅帆的画像，让我儿子脆弱的肺可

[1] Khert-Neter，即欧西里斯（Osiris）冥国。

以呼吸。”他的声音和海斯弗蒂蒂那放荡的声音一样（海斯弗蒂蒂主要的快乐就是听自己饱满的声音），“当然，我有很多事情要忙，这些工作还没开展。我听说墓穴一团糟，好多地方都遭到了破坏，屎尿遍地，可怜的迈内啊！我很好奇他是如何与这些粪便共处一室的。”

我笑了，听到这样的模仿声真是难得啊。曾经我也嘲笑过上帝，亵渎过诸神，但无论如何也比不上这朵奇葩。我开始看到我处境的刺激：死了，却比之前更有生气，这就好比你已经准备好一切事情的晚上一样令人陶醉。

“跟我说说卡特－纳塔吧。”我的语气很友善，好像敬客人再喝一杯似的。

他苍老且饱受摧残的脸，就像从火里爬出来的乌龟壳一样皱，现在展现出的是大祭司对仪式的热爱。“我要加强我的呼吸。”他用空洞的声音说道。

他说话的时候整个人都发生变化，身上的灰尘看上去变得像银粉一般，右胳膊抬起直指天空，双目的眼神严肃，目不转睛地注视着大地。接下来，他对我眨着眼睛，我为之一震，他似乎很乐意用各种方法嘲笑我的想法。“我们需要，”他说，“让你做好准备，毕竟你已经忘了自己是谁。对于卡来说，这很正常，它总是记不得我们最神圣的仪式。”

他语气的转变让我措手不及。现在他再次用正式的语调说道：“啊，欧西里斯神啊，”他食指与拇指捏在一起，两手呈两只眼睛的形状：“我走过火海，游过沸泉，我进入到死亡之地的黑夜，经历过卡特－纳塔的七道大门，知道了每道门守护神的名字，听到了这位漂亮的年轻人的困难，他的卡陪伴着我。他的记忆很模糊，怎么还会有耐心学习每道门的三位守护神的名字呢？这是很危险的。第四道门的守护神叫Khesefherashtkheru，哈若德负责检查谁在夜晚死去，他只回答Neteqaherkhesefatu的问题，而这两个名字只不过是这个男孩通过卡特－纳塔大门时，要记住的守护神的名字中的其中两个而已。”我的曾祖父停顿了一下，似乎是要想想这些名字。“是的，”他说道，“欧西里斯神啊，我，欧西里斯·迈内黑特一世，通过了您的审判，所以请您听听我的祷告，让这位年轻人的卡免受火海的煎熬吧，他不是别人，他正是伟大的欧西里斯·迈内黑特二世啊！他是我的曾孙，而海斯弗蒂蒂夫人，曾是我生前的情妇，我死后多年，她仍记得我给她带来的肉体上的快感，希望这个蛇蝎妇人以后继续服侍我。”

我很困惑，他的祷告非常虔诚，和我之前听过的不一样，而且他对我母亲的评价让我非常迷惑。

“我可以告诉你更多的事，”他说，“我可以祷告：驱逐蛇，刺鳄鱼。我可以给你鹰的翅膀，使你能够在敌人上空飞翔，或者教你如何喝卜塔神体内的麦芽酒。我可以打开卡特-纳塔的大门，教你如何从渔网中前进。是的，如果我做你的向导，这些我全都可以教你。”

我并不想睡觉，但却昏昏欲睡。这地下古老的声音提及了太多的名字，我可能会嘲笑这些名字，但是一次祷告这么多内容，让我感觉很虚弱。现在我意识到自己的卡的自信心就像小孩蹒跚学步时一样不足。我想匍匐在他面前。

他不再那么让人讨厌了。如果能活过这个夜晚，我会在每个尼罗河的皇家花园里大摆筵席，讲述他的故事。他滑稽到了极点，这位满身灰尘的老人，低沉的声音听起来冷冰冰的，寂寞得像只潜鸟，却非常自信——当他提到每位神的名字时都会放个屁，多么荒谬啊！拍手声、鸟叫声、爆裂声、排便声和吼叫以及放屁声掺杂在一起，这是多么不和谐啊！他的表情非常猥琐。他用手腕向每位他提及的魔鬼、神灵和怪物行了贵族礼，就好像他还保持着对它们的肉体记忆，所以可以通过运河的堡垒向它们行礼。墓穴里恶臭冲天，之前是从腐烂的裹尸布里散发出来的，现在却是他说话时呼出来的硫磺味和他放屁时的臭味。

“你知道任何与我有关的真实故事吗？”他问道。

我回答：“你折磨犯人，向邪恶的神灵祷告，吃无人能忍受的东西。”

“我向力量强大的神灵祷告，其他人才会停止不该做的事。我吃禁果，是因为里面有宇宙的精华，你认为我是太胆小才当上欧西里斯神的使者吗？”

“我不相信，”我说，“你是欧西里斯的使者，但我看你并没有太多的特权。”我这评价太大胆了，说的时候我都颤抖了一下。

他笑了，好像我们的谈话全都进入了他的领地一样。“你看到什么了？”他评价道，“你不知道欧西里斯的故事，你甚至连祭司曾经教过你些什么都忘了。”

我不高兴地点点头，确实是不记得了。我可以想起这些我们小时候所熟知的故事：关于伊希斯、欧西里斯以及其他造就我们的神的故事。但是现在，我不记得这些故事的深层意义，他们对于我就像我那放在卡诺匹斯罐里的内脏一样遥远。我叹了声气，感觉自己身体里面像山洞一样空虚。我说不清楚自己为什么会这么想，好像没有什么能比了解这些神更重要的了，好像确实是这样，他们可以填补我骨髓中的空白，成为我真正的向导，现在我必须要面对死亡之地，我背叛了他们。有一句古老的谚语是这样说的：“死比生更具有背叛性。”

当迈内黑特一边嘲笑我的需要一边点头时，我感觉到一种责任，我的自尊心最后一次聚集起来，我坚定地批评他：“我不相信你是欧西里斯的使者，”我告诉他，“你身上的恶臭会让诸神不愉悦的。”

迈内黑特一世露出不高兴的笑容：“我有能力发出你想闻的任何气味。”在接下来的沉寂里，他变得如香水一样清香，像青草一样甜美。我低头鞠躬，欧西里斯是最漂亮的神，如果他的使者是迈内黑特一世，那他肯定会特别关照我的，这样虚荣的想法多么吸引人啊。

因此，我问我的曾祖父能否给我讲讲欧西里斯以及其他神祇的故事，以此来证明我的虔诚，我走过去坐在他身旁。他笑了，但并没有以任何方式欢迎我，相反，他将手伸进袍子的一个褶皱里抖出来许多蝎子，然后用熟练和柔软的手轮流把玩着，在两个眼睑上各放一只，在两个鼻孔中各塞一只，在两只耳朵里各放一只，最后一只放在他的下嘴唇处，他在头上的七个孔放了七只蝎子，还有一只他拿在手里不停地摆弄着，就像雕刻石头似的。

“很久以前，”他说，“在地球还未形成和我们的神还没出生之前，在死亡之地有土地和河流之前，你看不见天空，‘隐匿者’阿蒙是栖息在他无形的光芒里的。”在这里，迈内黑特一世举起了一只手，好像是在提醒我，他的手势就像我小时候看到的大祭司在祭坛里用的优雅手势。

“是的，我们的起源来自于阿蒙。他从隐匿的地方出来，以创世神阿图姆的形象来到世间，是阿图姆发出了世间的第一声，那是对光的呼喊。”我感受到了小时候祭司教导我的那种庄严，四肢无力。“阿图姆的呼喊，”迈内黑特说道，“震动了他的妻子——努的身体，然后她变成了我们的圣水。阿图姆的声音如此之大，在努的体内激起了第一波震动，这些圣水就伴随着光产生了。太阳神拉也随着圣水的第一波出世了。圣水产下拉之后变得波澜壮阔，拉升天变成了太阳，阿图姆消失了，再次回归到他妻子的体内，然后阿蒙就出世了。”迈内黑特边呼气边说，“这就是我们的起源。”

我肃然起敬，和祭司曾经第一次跟我讲第一道声音和光的起源时一样。“我会相信你的。”我告诉他。

我一说完这些话，他就将这些蝎子收了起来，重新把它们放到袍子的褶皱里。他开始用另一种语调跟我说话，好像在死亡之地说话的那种庄严已经撑不下去了，那可是生命中最神圣的七个庄严时刻之一啊。现在，他对诸神极不尊敬，对于必须要说的起源故事，他感到很可耻，就像这些神都是他的兄弟，似乎他们都来自于同一个声名狼藉的家庭。我听过他亵渎神灵的本事，但我还是不相信接下来要听到的关于欧西里斯的故事会有多淫秽。

我也不知道听完他讲的故事会花多长时间，但在听完之前，我有义务去了解众神。

第二部

众神之书

一

就像一位喉咙充满痰的老人，迈内黑特开始喋喋不休地对我说起淫邪的笑话。“在太阳神拉之前有个女人，”他说，“或者是一头狡猾的母猪——对太阳神来说都一样，他都喜欢。太阳神的问题就在于不能找到一位足够冰凉的妻子，一般的女人承受不住他的热量，所以他就选定了天上的女神。”他再一次笑得说不出话来。“拉可以将他的阴茎变成四十二种动物的阴茎：公羊、公牛、河马、狮子……——都是些野兽的。然而有一次他犯了个错误，他告诉天空之神努特自己不喜欢和母牛做爱，所以努特从此以后就寄居在另一种动物的体内。婚姻也总是这样，”他点头说道，“只要可以，努特就会钻到大地之神盖布的泥浆床上去，真是堕落啊！当拉知道妻子的不忠直指他的脑门时，他暴怒起来准备复仇了。在接下来的五个夜晚，他让努特的子宫受孕了五次。拉和盖布与她频繁地发生性关系，致使大地冒水汽，天空被雾气笼罩。”

现在迈内黑特停止了说话，脸上浮出一丝悲伤，他下面要讲的故事似乎没有那么可笑了。“现在，”他说，“尽管拉宣称这五个孩子都是他的，但我们永远都不知道这些孩子究竟是拉的还是盖布的。努特把他们一个接一个地生了下来，第一个是冥王欧西里斯；第二个是法老王的守护神荷鲁斯；第三个是混乱之神赛特，他从母腹中出来时，在天上制造了一道裂痕，使得天空可以打雷；大地之母伊希斯从一滴露水中降生；死者守护神奈芙蒂斯是最后一个出生的，她的小名叫作维克特利，因为她是五个孩子中最漂亮的一个，她会和她的哥哥赛特结婚，就像伊希斯会与欧西里斯结婚一样，据说伊希斯与欧西里斯在母腹中就相爱了。在这种情况下，谁还会问哪一个是同母异父的孩子呢？”

他的声音离我的耳朵如此近，我都不知道他是从哪里听说这些故事的。当我闭上眼睛，那些故事似乎是关于我的，而且我确实可以听到太阳神拉的声音。

“‘我把他们当作是我的孩子，’拉大声说道，‘但我却不确定他们是不是，或者他们只是盖布洞穴里的爬行动物。我骂他们的时候，自己也会受到伤害，因为我不知道自己对他们的谴责是否公平。’

“三个哥哥——荷鲁斯、欧西里斯和赛特与妹妹伊希斯和奈芙蒂斯共同居住在充满恶兆的房子里，即便只是孩子，他们也玩着背叛的游戏，做着谋杀的梦。拉的诅咒也影响到了伊希斯和欧西里斯以及赛特和奈芙蒂斯的婚姻。

“然而，他们之间又有什么区别呢？伊希斯爱着欧西里斯，但却发现他比自己更吸引人。相比之下，奈芙蒂斯就显得很凄惨，赛特的身体灼伤了她的肚子，在他的怒火之下，她仿佛感觉到了沙漠中炎热的石头。‘他进入我的身体时我的子宫便烧焦了，’她接着问道，‘那我的名字怎么可能是维克特利呢？’然而，欧西里斯就像绿洲的影子一样清凉，当他接触到餐具时，他的手指会变得柔软。在一天晚上，奈芙蒂斯背叛了她的丈夫，与欧西里斯发生了性关系。

“赛特种了一种植物，每次当他回来时，这种植物都会开花。但是，当奈芙蒂斯与欧西里斯发生性关系那天晚上，植物却是软绵绵的。

“‘仰起你的脸，’赛特说，‘我回来了。’

“但是植物死了，赛特最终知道了奈芙蒂斯与欧西里斯偷情，因为当她回来时，他可以看出妻子在与哥哥一起的那晚变得格外美丽，比以往与他在一起的任何时候都美。之后，奈芙蒂斯承认了她与欧西里斯偷情，却是以一种他从未听到过的愉悦的语调说出的。受到这等奇耻大辱的赛特感到十分恼怒，于是他每晚都与奈芙蒂斯做爱，但是总想到欧西里斯与她接吻的情形。所以，他总是愤怒地将自己的精液射入她的肚子里，可是奈芙蒂斯却开始嫌恶她肚子里怀的孩子，在分娩的时候，奈芙蒂斯哭了，不敢看孩子的脸。虽然孩子长得漂亮，却是畸形的，因为她的子宫受到了赛特的破坏。她生的孩子长着一张凶残的脸，浑身散发着浅浅的臭味，这就是墓地守护神、木乃伊制作神、胡狼头神阿努比斯。奈芙蒂斯把阿努比斯带到沙漠里，把他扔在太阳下暴晒，但是她的姐姐伊希斯坚持不同意她就这样把孩子丢弃了，因为她认为，如果阿努比斯是丈夫欧西里斯背叛自己的证据，那他就更不应该被丢弃了。”

迈内黑特现在大声地说：“任何因背叛而生的人都应按照他的意志被处死。”

“为什么是这样？”我问。

“因为暴怒中死去的人会孕育出魔鬼。”

我不喜欢他所说的，那我应该以怎样的方式去死呢？为了掩饰自己的不安，我告诉他：“传闻说你杀死了每一个不工作的奴隶。”

“那是在金矿里，而且我没有亲手杀死他们，他们是过度劳累而死的，而且我从没说过我不希望孕育魔鬼。”他战栗地回答道。他的话听上去像在窃窃私语，声音像即将煮沸的水，但我听到了他说的全部内容，而且非常清晰。所以我知道伊希斯放猎狗追寻新生儿襁褓上亚麻布的气味，很快便找到了他。迈内黑特一世嗅了一下他的手指，一股酸臭的血味向我飘来，他笑了笑，因为他有机会展示他的能力了。

“伊希斯，”他说，“将这个孩子训练成了她的卫士。现在，阿努比斯就是拿着审判之秤的豺。每逢遇到他的时候，死去的人必须出现。你把这也忘了吗？”我没有任何表示，他点了点头。“一个秤盘里放着死人的心，另一个秤盘里放着玛特的羽毛，如果两边不平，死去的人就悲哀了，阿努比斯可以审判这样的事。他生下来的第一天并没有太多存活下去的希望，但自从他将自己的生命托付给了玛特的羽毛他就得到了永生，你可以走到他的面前。”迈内黑特又笑了笑，当我没有东西献给他时，他只是耸了耸肩，然后继续讲述故事。“想想赛特的愤怒吧，”他说，“他妻子的私生子还活着，他发誓不论等多少年，他都要报仇。后来证实了，他等了很多年。因为欧西里斯不仅是埃及的第一位国王，而且是最伟大的一位。他教会了我们如何种植小麦，如何用大麦酿造啤酒，如何种植谷物、葡萄和酿造优质的葡萄酒，还教会我们如何发酵以及如何在一杯松脂中寻找到七重灵魂。那时，他甚至沿着绿草的足迹去向无知的土地传播他的智慧，只是后来证明了这是在蛮干。他回到埃及时受到极高的崇拜，他太在意自己的外表了。

“在回家后的第一个月里，赛特举办了一场豪华的宴会招待他，为了满足欧西里斯的虚荣心，赛特说他为欧西里斯建造了一个无比华丽的木乃伊箱子，堪比阿图姆的。

“赛特让人把箱子抬上来，并命令他家的二十二位神灵一个接一个地躺在里面试了一遍，箱子与他们都不能契合，与赛特也不契合。最后轮到了欧西里斯，他刚好合适这个箱子。‘你长得是如此漂亮。’当他哥哥躺下时，塞特奉承道，然后他砰地关上了箱子的盖子，欧西里斯的魂魄就这样被关在了箱子里。

“他们把箱子抬到尼罗河边，扔进了水里。在一个下午，太阳显现出蝎子的形状时，箱子随流水漂走了，欧西里斯也随之消失了。

“当伊希斯听到这个消息时，她哭天抢地，她的哭声就像负伤的男人看到自己的刀伤后发出的尖叫一样惨烈，她开始在尼罗河三角洲的沼泽地里寻找丈夫的棺材。”

我感同身受，挪了一下身体，侧脸对着迈内那冷冰冰的棺木，可怜的迈内啊！他其实就是我自己。当迈内黑特一世继续讲述他的故事时，我觉得我从一个梦境沉浸到另一个梦境里去了，当想到欧西里斯的棺材顺着尼罗河漂流而下，再从比布里斯漫游到黎巴嫩海岸时，我只能通过迈内黑特的声音隧道回过神来。在那里，我听到了海浪拍打棺材的声音，它搁浅在一株长在岸边岩石上的常青树上。这株营养不良的小灌木，根须相互缠绕着，在接触到欧西里斯棺材的那一瞬间突然开始疯长，它的树根裹住了棺材，而且高度长得惊人。直到有一天，比布里斯的国王发现了它，让人将它砍下，做成自己新王宫的大柱子。

伊希斯在她七只蝎子的带领下来到了这座海岸，当她来到比布里斯国王的宫殿时，王后阿施塔特接待了她，伊希斯闻到了一种芳香，比任何花园里的香味都要香。

阿施塔特衡量人的第一准则就是外表，她只允许那些和她一样美丽的人接近她。因此，她很欢迎伊希斯。确实，她们对彼此都很友好，伊希斯甚至求王后让国王将柱子砍下来，好释放她的丈夫。这个要求有些过头了，比布里斯最华丽的宫殿可能因此而毁掉。然而，从用砍倒的大树建造宫殿的那一天开始，国王米嘉本就对宫殿的寂静感到默默的恐惧，所以他答应了。

当箱子打开后，欧西里斯已经死了，他的脸上爬满了蛆虫。伊希斯恸哭起来，哭声太大，竟将米嘉本最小的儿子吓死了，血从他的耳朵里流出来。

儿子的死，国王并没有那么悲恸，最华丽的大树刚被砍掉，他刚被打击过一次，所以并没将自己与儿子的父子关系看得那么重。现在他非常希望妻子能回来，他把王后带到自己的房间里，希望能从她的身上寻找乐子，却行不通。儿子刚死，他不太敢寻欢作乐，这可能会让他付出更加惨重的代价。然后米嘉本发现，所有的儿子他一个都不相信，所以当伊希斯离开时，他命自己的大儿子当她的随从。

船离开海岸不太远，仪式就开始了。伊希斯将裙摆上的七只蝎子放出来，命令它们吃掉欧西里斯身上的蠕虫。蝎子通力合作，在夜幕降临前肚子就撑得圆滚滚的，像鸽子蛋一样大，伊希斯碾碎这些行动缓慢的家伙来制作油膏。其实当杀死它们时，她就知道这些小家伙会向它们的兄弟姐妹传递信息：提防伊希斯。可是她坚持要恢复欧西里斯漂亮的外表。这种用于恢复的油膏只能从吃饱虫子的蝎子肚里提取，所以她将这些油膏涂在自己的卵子和肚子上。为了这么做，她还将自己的裙子脱下，这激起了可怜的比布里斯王子的性欲，导致他将精液泄在了甲板上。她又把油膏涂在自己的皮肤上（油膏的香味与王子所喜欢的母亲的香味一样），然后用药膏清洗欧西里斯，并骑在他的尸体上。这么做她很兴奋，因为丈夫散落在沼泽、港口、山脉和大海里的魂魄终于回归到他的身体里去了。躺在丈夫身体上的那一刻，她再次变得年轻美丽，丈夫向她的体内射了精，这是第一次有女神敢骑在自己丈夫的身体上。比布里斯王子偷看他们，被伊希斯发现后用恶毒的眼神当场杀死，王子死后落入大海里，与此同时，欧西里斯的弟弟——荷鲁斯也从马背上落下来摔死了。然后，伊希斯与欧西里斯的孩子（也叫荷鲁斯）就出世了，但是他的腿先天就有毛病。因为神是不会死的，所以这个新生儿就是欧西里斯弟弟荷鲁斯的转世，他肯定会长得很快，到了十四岁就长成了大人。但是，他们的处境很危险，伊希斯知道拉和赛特在等着他们。

回到埃及后，伊希斯想找个地方把盛着她丈夫的箱子藏起来，但是这样的地方并不好找。箱子必须放在太阳神拉的光芒可以照射到的地方，因为太阳神会向试图躲避他的神发出诅咒。如果将欧西里斯的棺材埋起来，他就会受到拉暴怒的伤害。所以，伊希斯选择了三角洲沼泽里的一个浅湖，在箱子里填满了石头，以免它顺水漂走，箱子被纸莎草包围着，箱盖被打开，欧西里斯可以直接接受拉的庇护。

但是，伊希斯仍然觉得不安全，因为当拉躲在云彩后面时，他仍然会向外施加诅咒。她不惜花大代价与蝎子们和好，发誓会保护它们以及它们的子子孙孙，这是必要的，她需要它们，因为蝎子是为数不多的能让太阳光失效的动物，当太阳躲起来时，它们会迅速地从地下爬出来，守候在欧西里斯的棺材周围。因而在一天中的任何时候，无论是在太阳光下还是在阴天只要有蝎子守护着，欧西里斯的肉身都是安全的。到了晚上，在夜间最黑暗的时候，拉会到地下走动，此时蝎子们也已睡去，伊希斯确信赛特无法找到沼泽中的欧西里斯。况且是阿努比斯负责统治这黑暗的时刻，他是忠于伊希斯的，也就是说他会一直效忠伊希斯，一直到永远。夜间，阿努比斯的力量是一直不变的，只有凌晨显露出自己豺的本性时他才会跑掉，对伊希斯的忠诚也随之减弱。

现在，几个月过去了，赛特漫无目的地白天睡觉、晚上活动，直到有一天他劝服拉命令月神在某个夜晚至黎明时外出。

赛特因而有了几个小时的时间，但是他依然必须找到他哥哥藏身的沼泽地，因此他唤起了所有的记忆——他必须再感受一次这个与自己妻子通奸的人给自己带来的耻辱。当他想起奈芙蒂斯与欧西里斯在一起时，就好像看到欧西里斯抱着伊希斯，这使得他得以进入伊希斯的思想里。这天夜里，太阳下山后，他将自己的气息释放到夜空和大地边缘（他的父亲和母亲也决不能放过），然后将思想转到了住在布托城的伊希斯。他像猎人一样一动不动，等待着沼泽地上升起的月亮将黑夜照亮。然后在他的思想里，就在他进入伊希斯的思想的同时，他看到了欧西里斯藏身的沼泽地。于是，赛特策马前进，在沼泽地里四处搜寻脑海中浮现的那幅情景，一阵大汗冲掉了沾在身上的泥浆，此时夜晚将尽，他发现了那个无盖的棺材，蝎子们都在睡觉，阿努比斯也不在，无人保护。在这个天空泛鱼肚白的时刻，赛特挥剑向哥哥死去的肉身砍去，剜掉他的心，砍下他的脊椎骨、脖子、头、腿和胳膊，还剜了他的胃、肠子、胸、肝甚至他的胆囊和屁股。如果不是为了数一数砍了多少刀，他甚至会割下他的生殖器。现在他必须停下了，因为他已经砍了十四刀，比之前约定的七刀多了一倍，这会给欧西里斯带来两倍的恶运的。但他感觉很奇怪，因为他不能再砍欧西里斯了，他血流不止，直到赛特剁下自己的大拇指，把它塞进欧西里斯的嘴里。他把欧西里斯的棺材和砍下的十四块身体放在马背上，带回自己的营地，然后命令手下将棺材送到伊希斯的营地。现在他准备溯尼罗河而行，借了全国最强大的划桨手的帆船，这船可以顺风而行，而且比伊希斯的船行驶得快，这一路上，他把欧西里斯的尸块分别埋在了不同的地方。刚开始时，他觉得胜利在望，到河口三角洲时，把欧西里斯的腿丢在布巴斯提斯和布西里斯（这就是字母 B 的象形字像一条腿的原因），还将一只胳膊丢在巴勒曼，另一只丢在伊希斯居住的布托城。他在那里停留了很久，并把伊希斯的侍女强奸了，然后又将两个尸块扔进沼泽里。此刻，伊希斯变得很绝望。

赛特继续在阿斯利比斯和黑里欧波利斯丢弃尸块，他把头丢在孟斐斯，又把一块埋在法尤姆，然后又行至尼罗河上游的休特、阿拜多斯和丹德拉，终于感觉到安全了，他便让手下带着最后一块驾船到上游城市耶布。如果这些人按命令行事，他们六十天就可以到了，可是他们在中途停下来庆祝，结果花了两倍的时间。

现在，伊希斯卧床不起，她的乳房没法产奶，极度的悲伤使得她现在像凡人一样失去了法力。赛特战胜了她的法力，她最精通的法术似乎无法恢复了。她的内心在哭泣，泪水化成了雨——这对于身首异地的欧西里斯来说是最后一份礼物。

我不知道这是不是埃及空气中不为人熟悉的雨声，但此刻思绪被雾霭笼罩着，我没法再看到这些神了。迈内黑特用他那闪着白光的眼睛看着我，此刻想辨认出他真的很难。“我们来看看，”他说，“真理之神玛特，没有她，伊希斯会失去所有的力量。”

二

“是的，”他说，“玛特非常注重世间万物的平衡，她的脸上有根羽毛，认为自己是拉生的女儿。”我再一次被他的笑声弄糊涂了，浮现在他脸上的笑容跟浮现在最贪婪的乞丐的脸上的笑容一样，是人类尊严中的污秽，他没有一点收敛的意思，以此来维护自己的尊严。“是的，”迈内黑特笑着说，“在拉乱伦后生下的所有孩子中，玛特算是最无伤大雅的。事实上，她是由一只小鸟所生（小鸟生命短暂且卑贱），这只小鸟曾经陶醉在温暖的空气中欢唱，这个浑身长满羽毛的小家伙跳到了拉的身上，再往上跳一点，一不留神她就死了——多么荒唐的交配啊！玛特的母亲被烤得外焦里嫩，玛特却以一根羽毛的形式降生了，她是怦然心动和死亡之间平衡的天才啊。”他又发出一阵狂笑，打断了自己说的话。“现在那根羽毛成为了阿努比斯用来衡量每个死人心灵的道德标准。”他又耸了耸肩，“在拉所有的孩子中，玛特是唯一一位没有内脏的神，所以她没什么好怕的。她是唯一一位敢于斥责拉对赛特的宠爱的神，并且敢告诉她的父亲：‘保护一位诅咒他手下败将的人是很危险的，这样的神太容易成功，整个世界都会被颠覆。’

“‘不要跟我谈什么平衡，’拉告诉她，‘我白天乘金船而行，晚上却被迫穿越阴森的地府，并与巨蟒搏斗，如果我输了，全世界都没法再看到我的光芒。’”

迈内黑特又笑了起来。“我敢向你保证，玛特不准备再告诉拉其实巨蟒一点都不危险。”

这个故事好像逝去精灵的光环一样笼罩着我，我的思绪又一次开始模糊了。我可以看到拉不是一个人在作战，有很多神在他旁边帮助他降服巨蟒。事实上，拉应该将巨蟒之神阿佩普剁成一截一截的。奋战使得他气喘吁吁，他毕竟年老体衰了。

玛特受到了父亲的指责，站在一旁看父亲的引水鱼是如何工作的。有两个生物——阿布都和盎特，在太阳神拉穿越地狱时充当他的眼睛。它们每晚都在船的两侧行进，引导船避开火焰、深坑和恶臭。但是到了白天，这两条鱼自然就疲惫了，它们变成两条绳子，在尼罗河岸边休息。它们在那里晒太阳，这两条晒得发白的亚麻绳太短了，渔夫都不会想把它们拼接在一起接成长绳子用。玛特现在以自然且自由的形态漫游着——化作风中的羽毛，在河岸上飘荡，直到她看到那两条引水鱼。

玛特在空中盘旋着，身体的影子落在那两条引水鱼身上。没有拉的光芒照射，它们就变得迷惑起来，赶紧离开河岸跳进水里，可是水面上浮现出了巨蟒的身影！它们不知道这是柔软的羽毛投射出来的影子，便拼命地追着巨蟒的影子游，一直游到卡在棕榈树树根里的欧西里斯的骨盆处，玛特本来就知道这里的，因为她是真理之神，当赛特砍下自己的大拇指时，她就看到了这一幕。现在阿布都跳到欧西里斯的阴茎上，一口咬下，吞进了肚子里，在水中狂怒地舞动着。它的皮肤开始发亮，浑身发光，这很危险，该藏在哪里好呢？惊恐中，两条鱼都再次跳上了堤岸，又变成两条亚麻绳，但是阿布都变成绳子后比月亮还白，盎特必须用泥浆盖住它，此时它们应该回到地狱了。但是在黑暗中，它依然散发着光，这会使得它们更引人注目。拉生气了，把它从水里抓起来，吞了下去。盎特继续留下来做引水鱼，但靠它单独的力量，无法引领拉的船避开暗礁。拉的咆哮声震动了船只，他病倒了，因为欧西里斯的阴茎在他的胃里一直无法消化。

平衡已经转换了。作为神，竟然消化不良，拉感觉非常不舒服，他就把天空变阴暗了。伊希斯躺在床上，听着海鸥的声音，海鸥的声音陪她度过了这些暗淡的日子。其他的鸟儿告诉伊希斯，赛特骑着马陷在沼泽里了，为了躲避倒下来的树，他的腿被刮伤了，看来，赛特的好运到尽头了。

伊希斯想起他和欧西里斯生下荷鲁斯的情景，比布里斯王子坠入海中，那欧西里斯的卡带来的消息一定也掉进了海里。伊希斯必须用拉的“Ren”来武装自己，她开始倾听诸神间的谈话。

现在，伊希斯听到拉变老了，骨头由金变成银，四肢也变得僵硬，说话的时候不住地流口水，他的七重灵魂不断地落入凡间，地上的路落满了他的耳屎、汗液、尿液、粪便、鼻涕、精液和唾液。

伊希斯思考应该如何使用这些东西。太阳神的所有内脏都是宝，现在她如何知道在这布满硫磺味的夜晚哪只怪物会被放出来呢？伊希斯只需要拉的Ren，如何来确定拉每天都把自己的Ren排泄出来呢？而Ren又会藏在哪儿呢？

所以伊希斯避免排汗，在拉的汗液里可能会有他的Ren，但是这些汗液也散发着恶臭，是他做爱时变成的每一种动物的恶臭，它们的Ren繁多而且让人迷惑。

伊希斯不考虑他的精子，他未来的儿子和女儿的Ren都在里面，只是他本人的不在。她把鼻涕和耳屎忽略掉了，拉几乎不会听取他人的建议，所以他的耳屎里充斥着愚蠢，而鼻子，几乎每一阵风都可以找到它，所以也不可能藏着Ren。只剩下尿液和唾液没有考虑了：是选择他血液中排出的酸水还是他口中流出的口水呢？他身体的每一部分似乎都与Ren有关系。拉的尿液就像一条河流，带走了岸边太多的秘密，但这些尿会在回归到天上之后成为圣水。如果伊希斯试图将拉的Ren偷走，努会非常不高兴，所以，伊希斯选择了唾液，因为唾液是拉话语的精华，他语言的中心肯定蕴藏着Ren。她拿起一块湿泥放在拉走路时流在道上的口水里，并把这块泥捏成黏土，把它放进事先准备好的粉末里，这些粉末里有赛特的精液（伊希斯从遭受赛特强暴的侍女的裙子上收集来的），没有比把仇人的东西混在一起更能加强毒药药性的方法了，所以伊希斯用泥土把拉的唾液和赛特的精液混在一起，并把泥捏成蛇的形状，在它的毒牙上擦拭圣油和蝎毒（毒牙是用她剪下的指甲做成的），然后伊希斯对这些毒牙说："出来吧！把你藏在与自己最不一样的敌人身体里，攻击他们，并释放你的毒素。"于是，伊希斯心脏里的毒素跑到了眼睛里，每一个对拉的回忆都浮现在里面，因为她了解到他的七重灵魂都不是无辜的。

他的气味充斥在她身上，尽管她爱着欧西里斯，这爱就像夜晚温柔的月光照耀着绿洲，在月光下，动物并肩倚靠着，伊希斯无法克制住内心强烈的欲望，那是她看到拉时肚子里产生的欲望。她与自己的父亲沉溺了一段时间，因为欧西里斯的死给她带来了沉重的负担。她从未告诉过自己的丈夫，而且欧西里斯也相信妻子深深地爱着自己。她对拉的愤怒在增加，设置的骗局也随之动摇，伊希斯利用咒语把蛇引诱到了地上。

黄昏时分，拉在寂寥的田野里散着步，不时地流着口水。伊希斯事先把蛇埋伏在拉散步的路上。当拉靠近时（此时，他还是无法消化吞进肚子里的阴茎），蛇从黏土里跃身跳到他身上，用毒牙刺进他的身体，毒素说："拉，燃烧吧！让火焰在你的身体内燃烧。火焰熄灭后，你将冻得瑟瑟发抖。毒素已在你体内形成，不久后你便会一命呜呼。"

太阳神此刻感知到了之前感知不到的许多东西，这些东西爬遍了他的全身，他的四肢颤抖起来，心脏备受煎熬。他蹒跚地走着，对于肉体感到陌生的所有东西，他都害怕。他的皮肤渐渐暗淡起来，苍白得像铂金一样，又像他银质的骨头一样。拉的苍老开始在嘴巴上显现，不住地往地上吐口水。毒素在他体内蔓延得很快，就像尼罗河泛滥的洪水一般。"是什么叮了我一下？"他哭喊道，"这个东西我以前从未见过，而且也不是我造出来的。"他困惑了，哭得很大声，就像死神降临到凡人身上时凡人被吓得大哭一样。

“诸神们，快过来，”他哭着说道，“你们都是我创造的。”

空气变了，光明与黑暗流动着，不同的色彩之间相互吞噬着。诸神从天上的四大神柱、尼罗河上游和风中的沙漠里现身。地狱里的水也开始沸腾了。

拉说：“黄昏时分，我经过埃及，想看看自己创造的东西，不料被蛇咬了一口，现在感觉比水凉却又比火热。我的双腿发汗，浑身发抖，视力模糊，汗如雨下，极度痛苦。”

夜幕降临后，黑漆漆的一片，如同战争结束后散落在沙子上风干了的血，伊希斯开口说话了。在那一瞬间，诸神笑了：他们都知道赛特给她带来的羞辱，但是，她嘴里说不出真话来。“伟大的拉啊，”她说，“你被一件可能会将你致死的艺术品毒到了。”

“我不能死，”拉说，“我是宇宙万物的始祖。”

“你会死的，”伊希斯说，“除非你暴露自己的 Ren，暴露 Ren 的人便不会死去。”

“我不会告诉别人我的 Ren 的，”拉说，“我死了以后，地球会爆炸，天堂会随着地球一起消失，因为是我创造了宇宙万物。”

她一步步地靠近他，走进了他的光环里，在他耳边窃窃私语，她的声音使得他身体不断地颤抖。

他试着站直，但还是不幸地弯下腰去。

“我不能死，”拉说，“我父亲在火里把 Ren 给了我，我母亲在水里炼就了它，我出生的时候他们把它藏了起来，只要我的 Ren 不被世人知晓，就没有任何咒语可以伤害到我。”

“那毒，”伊希斯说，“会蔓延至你身体的每个角落，毒药内有赛特的精液，他会不惜一切代价在你体内搜寻你的 Ren。”

“我会告诉所有人我的 Ren。”拉说。诸神因此而哭泣，然后静默。但是伊希斯知道拉可能会撒谎，在过去，他说真话时眼睛里总会闪烁着真诚的光芒。

“我的 Ren，”拉说，他非常痛苦，嘴巴紧闭，下巴几乎没法动。“我的 Ren 是永无止境的，我的形态是所有物体的形态，我的身体里有每一位神的存在。”

“伟大的拉啊，你不能死！”诸神说，但是他们不知道自己是想让拉活还是死，他们不知道自己想要什么——这就是诸神的恐怖日。

“我的 Ren，”拉大吼道，“是天堂与大地的造物主。”

“我是把山脉连接在一起的人。

“我是制造大洪水的人。

“我是制造爱之愉悦的人。

“我是制造地平线的人。

“我是一睁眼光明就会到来的人。

“我是一闭眼黑夜就会降临的人。

“我是诸神不知道的人。”

他蹒跚而行，差点摔倒。伊希斯说：“你还是没有告诉我们你的 Ren 啊，很快毒药就会结束你的生命，赶快说出你的 Ren 吧。”她说这番话时，诸神在低语。她此刻比拉还辉煌，慢慢地，诸神都站了出来，她变得更加辉煌了。

“我是创造生命之火的人。”拉说。

“我早上是科佩拉，中午是拉，晚上是阿图姆。”

“我是……”他的声音停止了，毒素进入他的血管内，大海上显现的是他燃烧的思想，刺眼的火罐呈现出各种形态。火正在消耗他的生命，他把衣服撤掉了。

“来搜我的身吧！”他哭喊道。

在众目睽睽之下，伊希斯站了出来，脱掉自己的衣服，骑在拉身上。在他肚子内部，欧西里斯的阴茎给了他做爱的力量，拉的阴茎带着 Ren 进入伊希斯体内（拉就着毒药吞下的赛特的所有精液，通过这一举动释放出埃及天空最恐怖的闪电，赛特因此成为雷电之神），并将 Ren 射入了伊希斯体内。轻轻地，有个声音告诉她："阿图姆是第一，圣水是第二，拉（阿图姆和努的儿子）是第三，所以他的 Ren 就是第三。咆哮吧！伊希斯，就像我们听到的狮子一样咆哮吧！太阳的咆哮会给大地带来光明，拉的继承人就像思想上的光明一样，那就是死亡，欧西里斯万岁！伟大的地狱之神万岁！伊希斯，飞升吧，你携带着拉的 Ren，你是过去、现在以及未来的所有可能！"

三

伊希斯站起身来，拉的精液从她的两腿间流下，她叫道："出来，毒素，快出来，从我体内出来！从拉的体内出来，拉生，毒死！"然后她披上拉脱在地上的金袍。袍子很脏，雨点像水流一样冲洗上面的污秽物，伊希斯此刻荣耀地站着。众神一起鼓掌，他们吓坏了，有些人记得自己曾经污蔑过她，然而他们当中最漂亮的神已经试图吸引她的注意力了。但是他们中的一个新人冲了出来，拿着袍子给拉盖上。新人的头发是白色的，但他却长着年轻人的脸，而且比其他人都要漂亮，他就是欧西里斯的卡。

他站在伊希斯身旁，握着她的手，此时，他的身体与她融为一体。卡的身体非常清晰，慢慢地进入了她的身体。她用欧西里斯的声音说道："古老的神啊，当世间需要太平的日子时，你需要为他们的果树带来糖分，让他们获得大丰收。但是当你在夜间进入地狱时，你要披上我皱巴巴的床单，现在我的儿子荷鲁斯在白天时眼睛是金色的，在夜晚时会变成银色。在地狱里，我会管理死去的人，在妻子伊希斯的帮助下，我还会管理尼罗河两岸的庄稼。上前来，尽你的职责吧！"当他与伊希斯分离时，欧西里斯显现了，他的身体离她只有一根手指那么远（无论何时他们相接触，他的身体都会与她合为一体），他命众神复位，不要再幻想有新的领导出现，未来的主导者都在这里。欧西里斯掀开他的缠腰布，告诉人们如果他的阴茎被阿布都吞掉，这条鱼又被拉吃下，那么现在他，欧西里斯，就要吃掉吞下他阴茎的神。他的阴茎有三条肢干，一个是给卜塔的，他是众神之主，走上前来，像根标杆，又像锻造中的金属一般发热。另一个像塞克一样巨大、静止而且黑暗，像地底下鼓起的树疙瘩。最后一个很明显的是欧西里斯自己的阴茎，像彩虹，是拱形的，经历了风吹日晒之后，变得发光发亮。这是思想之神和复活之神欧西里斯的阴茎。

此刻，拉呕吐了，但是什么都没吐出来，曾经无法消化的阴茎此刻肯定离开了他的身体，他只能悄悄溜走。

当伊希斯和欧西里斯独处时，他们之间的谈话就没那么正式了。“我们没法触摸彼此，”欧西里斯说，“这是目前我们面临的困难的一部分，否则我会再次消失，所以我们不能相互接触。而且等会儿我们就不能交谈了，此刻我有很多东西想要告诉你，我对地狱知道得很多，远远超出你所知道的。”他温柔地笑了笑，然后用最快乐最顺从的语调说道：“作为一位年轻的王子，我不能听任何无赖之徒述说，因为他们的故事让我感到无聊。现在我花数年时间为死去之人讨公正，他们非常虔诚，他们会问‘这是你的过错还是你妻子的过错？’我问了一些极度不幸的死人，他们的回答永远不变：‘我想欧西里斯神是知道的’。”

“是的，你肯定疲惫了。”伊希斯小声说道，她冷冷的问候与上次他们在比布里斯的拥抱形成了鲜明的对比。

“我只能说，”欧西里斯说，“我曾经在自己无法形容的万物间游荡。”他打了个哈欠。

伊希斯脸上浮现出憎恶的表情，他的呼吸没有恶化，其中充满了空虚的味道，她感觉自己的法力消失在这种虚空中。他睿智地笑了笑，退得更远了，继而又悲伤地说着。“是的，我们必须谈谈，我们现在的关系很脆弱，必须谈一谈，所以，我就忽略你和拉做爱时令人厌恶的快感了，即使这使我失去生命。”

“我就忽略你和奈芙蒂斯的事。”

欧西里斯点点头道：“我们过去曾经做了什么都已经不重要，我可以和你并肩统治，直到你把我分散在不同地方的尸首凑齐为止。”

“找寻你的尸首不会很困难，”伊希斯说，“我此刻的法力空前强大。”

“不，”欧西里斯说，“还需要一种你没有的法力。”他再一次悲伤地苦笑着，“我的所有部位都必须凑齐，而且要保持十四年不腐。”

“万一需要更长的时间才能找齐怎么办？”

“你会承袭赛特的悲哀，在雷与电之间做出选择。”

于是，伊希斯回到尼罗河，欧西里斯代替她统治，他拥有死人的空虚。天堂此刻静悄悄的，没什么有趣的事情发生。在静谧的天空下，许多事情悄然发生着。拉每天骑着金色马车驶过，很少对自己以前的追随者点头。还有伊希斯，在诸神的召集会上，坐得离欧西里斯很远，她的美丽正与日俱减。

事实上，找到欧西里斯的尸块绝非易事。第一年，她什么也没找到，第二年和第三年依然什么都没找到。在阿努比斯的帮助下，伊希斯到很远的地方去寻找尸块，但是她的猎犬不起任何作用。阿努比斯有着豺一样的智慧，能够训练他的猎犬追寻最弱的气味，但是他们所到之处都没有发现尸体的臭味。他的腰部还没有伊希斯的大腿气味浓烈，从而使得阿努比斯的猎犬靠近并袭击伊希斯。

过了很长一段时间，他们什么都没找到，或许这是因为真理之神——玛特规定了他们一年内不能找到多于一块的尸块吧。“既然赛特已经将三块尸体丢到我在布托的帐篷门口，那他为什么会认为我们在第四年才会找到第四块呢？”伊希斯心里想。

阿努比斯问伊希斯她是如何处理前三块尸体的，伊希斯说她把它们放到了泡碱床上，此时她开始思考自己的话。其实那十一块没找到的尸块可能早已腐烂了，但是她必须继续寻找。为什么不想想所有的尸块都可以互相感应而漂到一块盐泽地里呢？所以在每个地方搜寻的时候，她都命令手下只搜湖泊、河床、河岸以及盐泽地。

即使他们寻遍了充满香料味的湿地，猎犬还是闻不到任何气味。阿努比斯把欧西里斯的尸块可能散发的草药味混合出来，但依然没用，猎犬还是闻不到。他最后猜测荷鲁斯——由死神降生的小孩身上应该有他父亲的气味，这也是欧西里斯的尸块不再有气味的原因。“我不知道猎犬是否能承受这种空虚。”伊希斯回答。尽管如此,她还是脱下自己的裙子给荷鲁斯玩。他咬它，用它裹住自己的身体，然后又将扯坏了的裙子还了回去。伊希斯把曼德拉草涂在身上，并用没药来加强曼德拉的气味，使她在寻找尸块的过程中变得芳香怡人。

黄昏时分，阿努比斯让猎犬嗅裙子上的气味，猎犬痉挛了，从此它们的嗅觉变得异常敏锐，接下来的每一年，它们都可以顺利地找到欧西里斯的尸块。即使这样，也不能将所有希望都寄托在猎犬身上。欧西里斯的头是最先被找到的，他嘴里仍含着赛特的拇指，伊希斯用他的拇指指挥船只前进，在赛特的拇指和猎犬的配合下，不到一周他们就可以找到今年要找的尸块了。凑齐尸块后，他们要为欧西里斯建造一个墓穴。

当然，要找到一个主持这样仪式的祭司并不容易，许多人都因为害怕赛特而不敢主持。但当伊希斯遇到一个有胆略的祭司时，她会跟他说：“我们会负责这个神圣的仪式，把尸块放进蜡像里，你是唯一一个知道这里有欧西里斯的十四块尸块的人。但是这十四块尸块就像欧西里斯本人一样，等举行完了这个埋葬仪式，你就会成为本地区最伟大的祭司。”然后她以吻来达成协议，即使她很讨厌这样。神性从她的嘴唇流向了祭司的嘴唇，但此刻他的嘴唇却不想离开，接了吻之后，他就会按指示行事了。她很不愿意在十四个墓穴建成之前亲吻十四个凡人。这十四个祭司的脚印造就了十四个女人，他们破坏了她的羽毛，她唯一的安慰就是骗了祭司。他们得到的欧西里斯的尸块都是蜡像制的，真的尸块锁在了泡碱箱里，她早已坐在宝船上沿尼罗河下游离开了。

在第十四年的第一天，伊希斯、阿努比斯和猎犬在耶布一块冒着气的盐田内找到了欧西里斯的最后一块尸体，此时太阳正从月食内出来。伊希斯颤抖着，为接下来会发生的事情担心。欧西里斯的腿站在她的手掌上，想要走动，然后从她的手上掉了下来，就在这一瞬间，她预见了接下来荷鲁斯和赛特之间会发生一场恶战。房间里充斥着恐惧的气息，她从盐碱地走到纸莎草皮旁边，与腿和其他尸块躺在一起。她把尸块裹起来，晚上叫来她的妹妹奈芙蒂斯和玛特以及智慧女神透特，她们与荷鲁斯一起杀死了一头公牛，象征赛特诅咒的结束。

荷鲁斯今年十四岁，上体胖下体瘦，他掰开欧西里斯的眼睛和嘴巴，这是有史以来举行的第一次张嘴仪式。荷鲁斯说："让欧西里斯的卡从他的眼睛和嘴里出来吧！"然后欧西里斯的卡就出来了，他身上有着全埃及最漂亮的花园所散发的芳香。那晚他们吃得很开心，到了早上，他们就出发回到天堂，因为欧西里斯很担心雷电满布的天空。一直以来，天空都布满了雷电，他说："我们回来得正是时候。"

四

“如果你认为自己已经知道了所有秘密，”迈内黑特一世说，“那么你错了，因为你还没有正式开始。我告诉你的那些故事只不过是水面上闪烁的波光，尽管都是真的，但这些秘密背后还隐藏着秘密。以我为例，我是被伊希斯亲吻的祭司之一。也许这是发生在一千年以前，但它给了我尝试禁忌之事的勇气。”

我们静静地坐在那里。我为自己差劲的记忆力感到羞愧，觉得自己就像一个只有一只手和一条腿的跛子，试图把鞍子装到马背上，极度地困难。我无法理解迈内黑特的一生，他会对我撒谎吗？他曾经真的是伊希斯亲吻过的祭司吗？他真的是赢得许多战役并靠法老的赏赐度过一生的将军吗？我依稀记得他是这样的。但事实上有哪位法老会这样赏赐他呢？我渴望见到海斯弗蒂蒂，就好像我对她的愤懑一样深刻，如果我可以亲口问问她该有多好！我为什么记不起关于曾祖父的故事呢？我再一次感觉到压抑。

他坐回椅子上，我第一次注意到自己对他的恐惧减少了，现在我敢看他身体的任何部位了，只是除了眼睛。他坐的椅子腿曾经是金铸狮子的前腿和后腿，他此刻的表情如同狮子一般，和尊贵的老将军没有什么区别，靠着对往昔功勋的回忆而活。“是的，”他说，“我是一个妓女的孩子，后来发展卓越，指挥拉的手下、赛特的马匹、隐藏之神阿蒙和众神之主卜塔的铸造厂。我曾经掌管着四个部门，从军人起家，曾经是妓女之子的我后来得到了青睐，因为我知道别人所不知道的东西。我的母亲了解不同人的拥抱，而我的剑也经常为其他人的剑准备着。我的脑瓜子灵活，经常能想到别人想不到的。很快，我就变成了母亲诸多情人中的一个。”

“也是我母亲的情人之一。”

他咯咯地笑了起来，眉飞色舞，一手捂住眉毛，一手抓住自己的阴囊，这个动作很淫荡，他做来却非常滑稽：“上梁不正下梁歪嘛！”他笑得呛到了。

我很困惑，发现自己很排斥他突然改变的态度，在他优雅的举止之下有条裂缝，时不时地渗出他腐朽的思想。

“是的，”他说，“我是你母亲的情人，你母亲比我母亲温柔体贴。”他的欢乐带走了我的自尊，我们一同笑了起来。我很惊恐，因为我的卡一点个性都没有，现在我就像墙头草一样，一有风吹就随风倒。

“你真的是伊希斯亲吻的祭司之一吗？”我禁不住问他，“还是你在骗我？”

“我是骗你的，远古而来的旅行者是个大骗子，”他笑着说，“我不是那十四个祭司中的一个，我母亲也不是妓女——事实上，她只是个农民。但我并没有骗你，死者的生活只是他们过去生活的重复，所以每一年，在地狱的岸边，伊希斯都会从我们身旁走过，从我们当中挑选出十四位，我们都曾做过祭司。我总是被选中，那是因为我活着的时候给她下过咒语，让她拥抱我。”

他的手指发出一阵优雅、带有贵族气而又极度疲惫的颤动，就像双手曾经拿过最重的剑，因而没有力气拈起一朵鲜花似的。“神无所不能，”他疲惫地说道，“他们什么都做。”愤怒间，他又补充道，“这就是他们需要真理之神玛特的原因。如果没有玛特，他们的破坏将永不停止，他们变成动物时的兽性也不会收敛，更可恶的是他们的变身是依靠大便、血祭和做爱，而他们一点都不尊重这些仪式，他们不了解魔法是遵从内在原则的。”

当我小声嘀咕着搞不懂他在说什么时，他看着我说：“在实际的交换中，如果一个人不愿意献出自己所有的，那他得到的也不会很多，最美好的掠夺物就是这样被发现的。你不相信言语的力量，认为它们还没有彩色的粉末重要，把它们撒在沙子里，并请求舞女今晚到你的房间去。她肯定会去，并为你跳舞，但是如果你自身没有力量的话，她会给你留下一系列的性病，你大腿上的毛丛里也会长满害虫的卵子。每个使用魔法的人都要为此付出代价，他将彩色粉末撒在沙子里，但要宣誓以后如果受到侮辱时会拔剑维护自尊，并且不论那个舞女为自己带来的是喜是忧都应该遵守誓言。这就是他付出的代价，这也是他的义务，我们每一次使用魔法时都要遵守这个规则。”

“一次例外都没有吗？”

“信仰里是这样的，但魔法里不是。以伊希斯为例，无论从哪个方面看，她都是位高尚的女人，忠诚的妻子，勇敢的战士，她能够熟练地使用魔法，意志坚定。但是在最后，她背叛了自己的家人，总是在最后关头，魔法的惩罚才会到来。”

“但她没有背叛自己的家人啊！”

“我再告诉你一遍，有一种魔法，我们可以借助它的力量，而它也会时常光顾我们。你还记得伊希斯把欧西里斯的十四块尸首埋在耶布时预见了荷鲁斯与赛特之间的战争吗？这就是要求他们献祭的警告，否则他们将永无宁日。她听到了自己的声音，要她杀死一头牛，就像杀死野兽一样，她的声音还告诉她这个祭品与邪恶的赛特相比还不够强大。她必须杀更多的祭品以获得更多的血，还必须割掉自己的头，换成公牛的头。”迈内黑特咯咯地笑着。

我问他为什么笑，他说：“我在想藏在玛特羽毛内的可怕生物，她维持世间的平衡，为此，她甚至会惩罚大众。很显然，伊希斯反抗过她。我敢向你保证她会不遗余力地宣扬自己那十四年所表现出来的美德。她口才很好，宣扬自己过去为保护现在所做的努力，使得玛特只是减少她的需求，而没有惩罚她。在公牛两只角之间的毛发区，足够她的额头生长了。未来的几个月，她会长出角来，外形也会变得更像一头母牛。

“伊希斯什么话都没有说。在阿努比斯十四年的陪伴下，她感觉到厌倦，就像每天必须要看那张单调的脸庞一样。伊希斯此刻的虚荣心强于她对荷鲁斯的忠心，所以她只愿意供奉公牛作为简单的祭品，葬礼结束后，欧西里斯起身，他们冒着狂风暴雨来到欧西里斯的卡居住的新宫殿，在那里他们可以支持儿子，让他在即将到来的战争中勇敢地面对赛特。

“现在，因为赛特的法力已经减弱，他暴怒所产生的热量已经不足以炙烤大地。埃及常年洪水泛滥，浇灌出许多绿洲，现在这些绿洲已经连成一片森林。在广袤的大海上出生的荷鲁斯，在这样潮湿的气候里快速地成长。他的胳膊像熊一样强壮，走起路来像猿猴一样矫健，但是腿部是弯曲的，力量较弱，他只有在树上或者沼泽里才能发挥到最佳状态。但即使情况如此有利，他也不会笑，因为在他成长的过程中，他把每一份思考的力量都用来增长体力了。举个例子，他不允许自己笑，这会使他的肌肉松弛，从而减弱了他的力量。”

此时，我曾祖父的声音离我更近了，我们一起想象荷鲁斯为自己的腿部无力而犯愁的情景，听他们谈论战争。如果很多人都认为欧西里斯和赛特之间应该发生一场战争，那么，在争论之后，诸神得出结论：欧西里斯太重要了，他们不能失去他。卡只是七重灵魂中的一个，其他的六个都比它强大。

当然，也有很多人争论说不应该有战争，因为赛特不值得欧西里斯这样做。他像个土匪，长得笨重、红脸、红头发且易怒。他皮肤的颜色像疖子一样，胡子是暗红的血色，脸上和手上长满了溃疡，鼻子上长着血管瘤。他力量大得惊人，汗水和气息都很难闻，因为他只喝世间的葡萄酒，不喝水。他用偷窃庙宇的盗贼的血种植葡萄，盗贼偷盗之后在绿洲内被狮子吞食，赛特就用酒就着盗贼的血一同喝掉，他呼吸时的声音像风暴。他吃野猪肉，并把肉汁留在手上，防止武器从手里划掉。他的皮肤老化，体味难闻，仆人们纷纷离开他而投奔荷鲁斯。即便是他最爱的情人——普阿尼特也在一天晚上起身离开了他，在尼罗河边清洗干净后就去了荷鲁斯的营帐。赛特半醒地跟着她，但他醉得太严重了，倒头睡在了淤泥里，回家后比以前更加肮脏，好像盖布真的是他父亲。普阿尼特被荷鲁斯的手下玩弄，消息传到赛特那里，仅剩的几个仆人也纷纷嘲笑他。普阿尼特说她和赛特做爱时被灼伤，比她脸上的痛还厉害。她说他的睾丸松弛，她只用最可鄙的名字称呼他——思穆。她一直使尽浑身解数勾引荷鲁斯，甚至说自己愿意舔他的脚。她说神的脚一定会对即将到来的战争更加敏感。

赛特点燃自己的葡萄架，并将火焰吞进自己的肺里，他吹着火焰，使火焰掠过葡萄酒的表面，然后他醉了，醉得比以前还严重。趁着酒劲，他打算背水一战，然后去找荷鲁斯。

在另一个帐篷里，欧西里斯问他儿子，和每天早上问他的内容一样："你最高尚的举动是什么？"

"是为我的父亲和母亲所受的不公报仇。"荷鲁斯说。

然后欧西里斯带着荷鲁斯去训练，训练他那力量不足的腿部。荷鲁斯试图用大腿勒死动物，但目前他最好的成绩就是把小牛的脖子勒伤。

这一天早晨，欧西里斯问了个新问题："对于打仗最有帮助的动物是什么？"

"马匹。"荷鲁斯说。

"为什么不是狮子？"欧西里斯问。

"如果我需要帮助，我会想到狮子，但我需要能够驮着我追上赛特的动物。"

"你已经准备好了，"欧西里斯说，"在此之前，我头脑中还一直有疑虑，但是现在我知道我儿子将成为永生之王。"而且他许诺说自己会在荷鲁斯需要追赛特时给他一匹马，然后他告诉荷鲁斯要在孟斐斯城外的平原上等赛特，把他吸引到没人能行走的沼泽里。荷鲁斯非常自信，准备好去跟自己的叔叔大战一场了。最后一刻，伊希斯甚至把赛特的拇指给了他，这根拇指曾在沼泽里指引她前进。她告诉儿子，说这根手指可以救他一命，但一定要等到合适的时机再用它。

迈内黑特看着我，好像对我很不满意。

“荷鲁斯的训练有什么问题吗？”他问。

“欧西里斯对他的训练并没有体现自己非凡的智慧。”我回答。

“确实没有体现，”他同意我的观点，“欧西里斯并不是一个报复心很强的人。其实他并不喜欢荷鲁斯，这家伙毫无魅力可言。

“而且，伊希斯在那些日子里很是无聊，对自己的小儿子进行猛烈的言语攻击。她一直被人们推崇为最高尚的妻子，这真是欠缺考虑的说法。她认为自己的儿子有勇无谋，但她必须装作支持他的作战任务。

“荷鲁斯呢，其实并不了解父母的真实感受。在日常生活中，他没什么爱好，只知道自己对于担当生命之神没什么兴趣。训练结束后，他脑袋一片空白。

“在荷鲁斯的营帐内，没有一个人敢提及将要到来的大灾难，他们也不能谈目前面临的最大困难。荷鲁斯对真正的战争一无所知，他不知道面对着一位杀伤力很强的敌人时该如何应付，他没见过敌人那样的眼神。此外，普阿尼特还一直在这里骚扰他，如果说战前有什么比缺乏自信心还可怕，那就是肉体的淫欲了。荷鲁斯的训练都集中在恢复腿部的力量上，想到很快会有人舔他的脚趾头，他激动地抽搐起来。

“他们在欧西里斯建议的地方会战，这地方现在是个花园，里面建有卜塔的庙，但在那时候这里只是一个不知名的沼泽的堤岸。荷鲁斯的战士和赛特的几个仆人绕着他俩围成一个圈。透特、欧西里斯、伊希斯和奈芙蒂斯以及其他四位神担任裁判。

“在那个圈里，所有人都拭目以待着。荷鲁斯距离赛特有二十步远，怒目瞪着他。树林里异常沉寂，一直到荷鲁斯无法忍受这种沉寂为止。他抽出剑，声音像蛇爬过贝壳床一样。赛特用嘶哑的呼吸声作为回应，战争就这样开始了。塞特也从剑鞘中抽出剑，这剑很锋利，还带有刚磨完的声音。他们朝对方跑去，速度很慢，空气中充满紧张的气氛。”我的曾祖父伸出手，像要和我分享这场战争的故事，我又一次看到了他当时所见的场面。

现在，荷鲁斯和赛特正式交锋了，他们用剑猛烈进攻对方，荷鲁斯占了优势，因为他的臂膀更加有力（刚开战时就很明显地展现出来了），击剑的动作更快。赛特的恶臭随着身上的汗散发出来，因为他今天喝的酒的酒精浓度是平常的两倍。他意识到自己从葡萄酒中获得的力量很快就会消失，于是便左右进攻，以此迷惑荷鲁斯，但他的意图很快就被识破了。赛特退后，他们彼此都试图击倒对方，都想停下来调整呼吸，都猜测对方是不是和自己一样筋疲力尽了。但现在他们还继续战斗，胳膊肘在颤抖，小腿倾斜，或者是手中的剑击不到目标。

荷鲁斯感觉赛特比自己更加疲惫，于是心想：赛特的反应真的像他表现的那样慢吗？他挥动盾牌，突然一下就震落了赛特的剑。赛特的皮肤紫得像风干的肉，他退后一步，又退后一步，就在那一瞬间，荷鲁斯挥起剑刺中了他的心脏，动作看上去比较笨拙。像赛特这样身经百战的战士，是不会轻易死去的。他躲到剑下，一把抓住荷鲁斯的双腿，将他拽倒在地上。然后用盾牌敲打荷鲁斯的脸，盾牌被打碎，碎片刮破了他的鼻子，打掉了他的牙齿。他的手挥舞着剑，赛特把剑踢开，荷鲁斯趁机抓住赛特的盾牌，把它抛到一边去，现在他们两人都赤手空拳。

荷鲁斯的脸色就像战场上散落的内脏一样，但他依然走向前与赛特搏击，赛特退后，脱下护胸甲，这样他在格斗时可以更自由些，荷鲁斯也这么做了。过了一会儿，两人都脱光了。两人都想到沼泽里去打斗，他们都有自己的理由，不一会儿，两人都离开战场跳进沼泽里。但是当他们跳进泥浆里时，赛特对着所有人露出了他勃起的阴茎。这阴茎像一根竖起的树枝，非常有力，甚至可以让一个人站在上面，连荷鲁斯的战士都露出赞许的表情，这是在战争中获胜的象征，说明他真的很勇敢。很明显，他很想参加这次战斗。

为了表示赞同，迈内黑特也掀开袍子露出了自己的阴茎。我仿佛被赛特的盾牌击到了。迈内黑特的阴茎坚挺有力，但我假装没看见，我感觉很饿，仿佛自己也在战场上打斗一样，肺和肝都在晃动，我很好奇如果我的卡没了肝和肺会怎样，之后就看到卡诺匹斯罐子在我脚下振动。

“你已经快理解卡特－纳塔的情况了。”迈内黑特一世嘀咕道，顺便盖上了下半身。

“想一想荷鲁斯所承受的羞辱吧！”他说，“在诸神面前，他面部扭曲，现在赤身裸体，下半身力量不足，‘看看我们的生命之神吧！’赛特叫嚣着，并向荷鲁斯脸上甩了一把泥浆。荷鲁斯看不见了，手忙脚乱，并被沼泽里的树桩绊倒。赛特当即把他的头和肩按到淤泥里，他只能用胳膊支撑着身体，好让鼻子露出水面，可以呼吸，力量不足的腿靠在树桩上，肛门被赛特下体顶着，噢！”迈内黑特说，“这真是太奇妙了，岩浆将要融化，尼罗河将要泛滥，伊希斯的脸吓得煞白，欧西里斯又变成透明的了。荷鲁斯就像凡人家的小孩一样哀号着，但此时赛特信心满满，摸着他的脸，用火灼烧他的肩膀。没有神敢说荷鲁斯会不会被撕开，因为这和小时候男孩子之间通过肛交表示投降不一样，这是一位神进入另一位神的子宫，在那里，时间产生了。”

“子宫？”我结结巴巴地说道。

“在冥国卡特－纳塔，”迈内黑特说，“有一条排泄物组成的河流，像矿井一样深，每一个死人的灵魂都必须游过它。除了最聪明、最勇敢的人的卡，其他人的都会在那条河里，哭喊着寻找母亲并死去。他们已经忘记自己是如何从母腹中出来的，我们从屎尿间降生，在这条河流里我们第一次死去，以死来逃避河流的折磨。第二次死亡是在地狱的暗河里，我坐在你前面放屁了吗？你闻过所有的便秘的、贪吃的人的硫磺味的、腐蚀的、发酵的、传染的和腐烂的恶臭吗？我曾经游过那条河流，并且为了能够通过它而付出了巨大的努力。在我现在的呼吸中、情感中和不经常表现出的礼节中，都有人类的屎尿味。

“我也很好奇，自己的举止有时候会有失偏颇，是的，这总会打扰别人的幸福，尽管我每一次都在努力，却总受到不公正的待遇，总得不到别人的理解。在死亡之地，如果不理解耻辱与垃圾会被埋进屎尿里，你是无法得到任何赠品的，丰富且温柔的情感也一样会被埋葬。为何这口情感的大锅还不如墓穴呢？这难道不是那些即将妊娠的人的子宫吗？他们难道不是从屎中降生的吗？去哪里寻找这样单纯的激情（挫败的、不劳动的、臭气熏天的）呢？我现在必须加倍努力，好让这些激情在未来可以茁壮成长。”

他从未如此善言，举止也从未如此优雅，他说这些话时，我看不到他毛孔里的灰尘，他脸上的皱纹显现出一道亮光。但是他变得越好看，我越不相信他。他的言语对我太有影响力了，我的情欲被激起，肚子像花儿一样敏感，下体蠢蠢欲动——以前从没有过这样幸福的感觉。这是女人想做爱时的感觉吗？

在这些快乐变成屎尿之前，人们把自己的下体强行插入任何比自己弱的朋友或敌人的体内，这是合法的，也是人类展现自我的一种方式。但是每一位高尚的埃及人都嫌恶这种不雅的行为。泥浆的气味特别像腐尸的味道，我们身上的亚麻布在暗示我们距离这样的话题有多远，越白越好，所以我们的墙也是白色的，甚至连我们在墙上画的神像也是如此，因此长个好看的鼻子就显得很重要。但是此刻迈内黑特通过赞颂这样的话题而不断地引诱我。

“你已经死了，”他说，“第一件令人震惊的事就是你会努力感谢那些你曾经鄙视的事。如果我活过来，那是因为我克服了自己的憎恶感，并且游过了地狱里的那条河流。”现在他很温柔，我的欲望被激起，竟对他有非分之想，这是我第一次有这种感觉，并从中获得了快感。我需要喜欢上别人，但是好像曾祖父不需要我的喜欢，他回归到原来的话题，讲到赛特试图强奸荷鲁斯的事。

“他得逞了吗？”他自问自答说，“这次没有，别忘了，荷鲁斯还有赛特的大拇指，伊希斯把它绑在荷鲁斯浓密的头发上。现在，他低着头，赛特骑在他身上，他知道如果自己不逃跑的话，死亡之地可能将会切开他身体内部，所以他抬起手，散开头发，解下拇指，在风中摇摆着。赛特的阴茎当即变得和被切下的拇指一样。荷鲁斯最终因为差点要遭强暴的事而变得更加暴怒，猛地抓住赛特的睾丸，天堂的平静自此被打乱了。赛特被荷鲁斯的眉毛困住，尖叫声同他的暴怒一样响亮，荷鲁斯的脸狰狞可怕，眼睛直冒怒火，看起来像只河马。

“此刻，他们进入到了战斗的另一个阶段。在神界的战斗中，变身是很常见的事，他们试图欺诈对方，但是不管愿不愿意，他们必须要变得与动物一样。因此，当赛特撕开荷鲁斯的眼睛时，荷鲁斯已经突然变成了河马。

“他们在沼泽中作战，河马对抗河马，呼噜声和吐口水声不断，还发出残暴的吼叫声。他们的四肢很短，但都强而有力，所以当他们互相用腿抵对方喉咙时，那场面就变得更加混乱，像两只猪吮吸水槽中的污水。

“但是评委们并没有感到恶心。他们事先已经预料到打斗可能会在泥沼里进行一段时间，但并不同意这样做，所以合力吸干了沼泽中的水，冲洗尼罗河中的污秽，这是项浩大的工程。赛特叫停，身上的污泥开始刺激他，他的猛力很快消失了。

“赛特认为荷鲁斯更年轻些，可能会因为如此亲密的接触而感到不安，荷鲁斯对这样的亲密行为感到恶心。他想咬赛特，但身体没法动，于是试着变身。此刻他只需稍稍努点力，就可以将对手咬出血来。他的下排门牙突出来，两个鼻孔快挤到一起了，尽管一直在努力克服，但皮肤上还是长出了刚毛。獠牙也长了出来，现在他变成了一只野猪。

“观战的诸神为他鼓掌，变成与赛特一样的动物需要很大的勇气，而且抢在赛特之前变成野猪也是明智之举，荷鲁斯做得不错。他以前也变过野猪吗？他和赛特跳出泥沼到田野里作战。他们疯狂地撕咬对方，呜呜地尖叫着，把对方的身体啃伤，血顺着牙印流出来。

“诸神没有预料到，胜券渐渐掌握在荷鲁斯的手里。一位长得很像人类的神，从未见过荷鲁斯这么勇敢和强壮。荷鲁斯激动得不能自已，甚至陶醉在痛苦里，每一次赛特用獠牙刺伤他时，他都会凶残地号叫。他受伤的眼睛被挤到牙槽内，但仍然露出愤怒的眼神，鼻子被刺伤，像流着血的红色嘴巴，獠牙刺穿嘴唇，像钉在领口上的钉子。

“赛特逃跑了，为下一次变身争取时间，但遭到诸神的嘲笑。他变成一只黑熊，然后又跑到战场上。荷鲁斯很容易理解他为什么要这么变，因为他的体格和黑熊很像。赛特身上负了不少伤，疼痛难耐，想用厚厚的皮肤掩盖伤口，并用厚厚的皮毛裹住身体，从而让自己不被外物刺伤，所以他只能变成熊了。然后，赛特开始了自己的保卫战。

“这两只熊之间的战争持续了三天三夜。荷鲁斯用捕熊叉擒住赛特，刮伤他的身体，让他血流不止，从而折磨他。为了承受这种痛苦，赛特只能用呼号来释放自己生命里所承受的种种痛苦，从而显示出他不屈不挠的勇气，甚至帮助他承受住荷鲁斯庆祝自己得胜时的得意与狂喜。荷鲁斯在他身体周围来回打转着，最终累了，激情退去，趴在赛特熊形的身体上，并用牙齿撕咬他的脖子，直到他尝尽赛特血液里的每一种味道为止，然后躺在地上，长满疙瘩的脸贴在赛特的皮毛上。

“第四天早晨，裁判宣告荷鲁斯获胜，他锦袍加身，自豪狂喜，并命令手下用木桩把赛特绑起来，结束后，赛特背部朝下，身体扭动着，眼睛盯着天空。慢慢地，就像一天内太阳光的变化，赛特渐渐地变回神形，就像躺在战场上的将死之人，而荷鲁斯却被朋友用肩膀抬到河边清洗伤口和脸上的灰尘，慢慢地，他也恢复自己本来的面貌。然后，他安心地睡了一天一夜，因为他知道有伊希斯信得过的手下看守着，赛特跑不了。”

他的话似乎就是我的话，曾祖父渐渐地沉默了。但他的故事并没有就此结束，我并不认为这些故事没有逻辑性。

五

“荷鲁斯睡得很香，这是一个欢庆之夜，每当伊希斯和欧西里斯出现时，诸神就会欢呼雀跃。几年来，死神第一次用两根手指触及自己妻子的胳膊肘，这表示他在正式的仪式中对妻子有肉体的欲望。欧西里斯说：‘你知道吗，这个孩子比我想象的要优秀。’伊希斯感觉到这次战斗的胜利会让他重新拾回对儿子的爱。

“伊希斯有种不祥的预感，‘我担心赛特会逃走。’伊希斯回答。然后，他俩准备睡觉。然而伊希斯惴惴不安，想出去散步，欧西里斯很想知道她为什么不安。欧西里斯看见大儿子阿努比斯，如同树叶见到微风般叹了声气，这声叹气是欧西里斯对他的认同，表明儿子的心地像银子一样纯净，像月亮一样光明，但只要牵扯到赛特，他的预测便会失灵。在与奈芙蒂斯做过爱之后，他预测的本领就丧失了。

“当伊希斯走到赛特被绑的地方时，她遣散随行的侍从，独自坐在月光下。赛特看见她时没有反应，他此刻很疲惫，所以此刻不方便跟她说他所犯的罪行以及对她造成的伤害。相反，伊希斯想到了她妹妹光着身子躺在欧西里斯旁边的情景，竟气得发抖，自言自语叫道：‘我被这些沉溺在滥交里的人伤害了！’她不再生哥哥的气，只能感觉到他俩之间沉默的力量。突然，她听到赛特说：‘妹妹，放了我吧！’

“她点点头，此刻变得非常温顺。月光倾泻在大地上，伊希斯砍断了束缚在赛特身上的绳子，他慢慢地从地上爬起来，看着她，咬着大拇指，幼稚而好奇。他手指上迸出火花，恢复了法力。他向伊希斯行了个礼就走开了。

“伊希斯浑然不知自己做过什么，对赛特所做的事是无法预见的，这是她无视玛特的建议所造成的后果。她不能回到欧西里斯的身边，只好到处闲逛，不在乎前面会有什么遭遇等着她。一大早醒来，荷鲁斯就对母亲有种不祥的预感，赶紧跑到战场上，却发现叔叔已经潜逃了。

“可怜的荷鲁斯啊！在此之前，他所过的生活还没有在山谷里辛苦耕耘的农民过得好，树根、蛆虫、甲壳虫的死尸都是他的食物。现在有专门的盛宴为他而设，因为他打了胜仗，他第一次因为做了一件正义的事而感到自豪。‘我母亲在哪儿？’他咆哮起来，他的咆哮声足以将赛特召回，谁会听不见呢？找到伊希斯对于荷鲁斯来说并不难，曾见过伊希斯的人都转过头，眼睛看向别处，通过看这些人的后脑勺，他就可以辨别出母亲在哪里了。很快，他就在树林里找到了她。

“‘谁把我的仇人放了？’荷鲁斯大声问。

“伊希斯被这样的声音吓到了，但还是对他说：‘不要用这种口气跟我说话。’

“他听出母亲声音里试图掩盖的恐惧，当即掏出剑把母亲的头砍掉。‘既然我成功了，就不会再犹豫，’他眼睛里噙着泪水坚决地说，然后又悲伤地大哭起来。抱起母亲的头，跑进前方的荒地里。

“那一刻，伊希斯的尸体变成了一座无头的燧石雕像。

“欧西里斯永远无法理解，尽管他认为妻子的做法有违神界纲常，但他没法原谅荷鲁斯。‘我是对的，’欧西里斯想，‘这个儿子不能信。多么野蛮的禀性啊！我生他的时候身体凉冰冰的，难怪他长得像野草一样狂暴。’‘未来的生命之神像野草一样狂暴。’欧西里斯反复地说。他不知道该做什么，可怕的是自己的婚姻将永远寄托在一座无头的雕塑上。他该如何为这样的妻子报仇呢？不能让荷鲁斯逃之夭夭，这样的话可能会导致神界的局面更加混乱，所以他放出狠话，要追杀荷鲁斯。

“赛特是第一个追杀荷鲁斯的人，他身上的伤还没好，像个年老的战士一样。但是，他重拾了自信，因为当伊希斯砍断他身上的绳子时，他感觉伊希斯身上的法力已经转移到自己的身上了，他为了这股法力而祷告。他说：‘看不见的神啊，伊希斯背叛了她的儿子，把法力传给了我，求你能让我充分利用这股法力，让我通过五根手指发出的法力能像五只手发出的一样强大。’天堂平静地回答他：‘把还在你身上的大拇指塞进嘴巴里吧。’赛特照做了，感觉伤口不再那么疼了，另外八根手指放出了光芒，所以他在外寻找荷鲁斯时，对自己更有信心了。

“但是，并没有战争发生。荷鲁斯悲痛地昏迷过去，赛特靠近他，趁机将他的眼睛挖出来，其实他们的战伤还没有痊愈。荷鲁斯痛得转圈跑，他失明了，痛苦像旋涡般袭击了他。他跑得比闪电还快，每跑一步都像巨石一样震动大地。眼窝里血流不止，脸色像草一样青。祈祷得来的法力如此强大，赛特感到可怕，于是放弃追杀荷鲁斯，转而抱起伊希斯的头，拔腿就跑。荷鲁斯想要去追，却在树林边缘被绊倒了，摔下悬崖，一人在沙漠里蹒跚而行。

“那时，赛特已经跑得很远了。这次获胜使得他内心充满敬畏，在获得那些法力之前，他不会这样，因此，他从口袋里掏出荷鲁斯的眼睛，将它们种在地上，就在他看着它们的时候，这两只眼睛长成了两朵莲花，他从来没有见过这种植物，这两朵莲花扩散得很快，并成为法老的国花。就在观看的时候，赛特忍不住对妹妹的美貌产生了好感，对她的头颅起了淫念。那个告诉他把拇指塞进嘴巴里的声音现在嘲笑他：‘你对敌人太心软了，不要这样，想怎么做就怎么做吧，尽情糟蹋她的肉身。’从肛门到肚脐，赛特就像一台搅拌器。赛特知道性欲是最原始的动力，他要把精液射到伊希斯的头上。但是他害怕，所以抽身出来，在莴苣地里慌乱地手淫。‘噢，’那个声音低声道，‘你做错了。’

“赛特不听，手淫算得了什么啊？发泄完毕后，他离开这些沉默的、被精液溅污的蔬菜，回到孟斐斯。但是在接下来的每一天，他都很想吃莴苣，像渴望吃肉一样。

“一回去，他就把妹妹的头放到她的雕塑上。伊希斯不相信他，所以沉默不语。尽管困在雕像里，她还是能感觉到自己的头被玷污了。透特，在这期间一直充当伊希斯的医生，但此刻他也是半信半疑的，其他的神都去追杀荷鲁斯了。透特的胳膊很细，长着猩猩一样的脸庞，可能是诸神里最缺少阳刚之气的一位，他和玛特结婚，负责卷宗的管理，是语言之神。当然，他知道该如何跟雕像说话。和伊希斯相处了很久，他已经敢把手放在燧石上轻轻地抚摸她了。伊希斯开始说话了，每当她说时，透特都会认真地听。他把耳朵贴在雕像上，知道该怎样接收她的声音——必须在她沉默时才能听见。但是，当其中一个沉默时，又该如何辨别出有几只耳朵在听呢？

“伊希斯雕像的眼睛无法哭泣，眼泪只能从她的胸部流淌出来，也就是说，水分是从她的乳头排出来的。透特把手放在她的乳房上，在守护伊希斯的过程中他已经相当熟悉她的体形了，但他似乎不知道以前她的皮肤非常光滑（就像大理石一样光滑），他很喜欢雕像粗糙的表面。他像个神学家，女人凹凸的曲线让他心有不安，而这种不安更加刺激着他的兴奋神经。每当香点燃时，他总是喜欢闻最刺鼻的气味，肉体上小小的摧残可以证明他思考的能力。他的手指因为抚摸雕像太久而磨出了许多水泡。

“抱着她的雕像时，透特时不时地用额头去蹭她的大腿。他仔细地考虑着自己想要问什么问题，试着用最纯真的头脑去思考，这样他的思想才能进入雕像的内部。伊希斯或早或晚都会回答他的问题。有时候图像会进入他的大脑，一开始很模糊，但有时模糊的迷雾会消散，透特就可以清清楚楚地知道她的回答。

“现在他问她是否想让自己的头颅回归身体，雕像呈现给他的图像只是一条模糊的河流，图像太模糊了。过了一会儿，透特才看到一幅还算清晰的画面——赛特排便的画面，雕像替伊希斯给出她想给的答案。

“透特对此有些怀疑，于是将下一个问题悄悄地传给伊希斯。他想，既然她不想要自己的头了，那还有其他的头可以用，动物的、昆虫的或者是花朵的，这些头应该会让她满意的。

“他等着她的回答，最后伊希斯建议他去灌木林中散散步。久坐的透特看到很多动物和鸟儿从自己的面前闪过，他从未见过如此翠绿的大地和如此陡峭的山峰。大个头的昆虫从他眼前爬过，纸莎草的叶子随风晃动着。他看见一只长着角的瞪羚，然后又看见一条眼镜蛇。远处有一群奶牛走过来吃草，当他走近牛群时，却发现只有一头牛，他只能看见牛的头，可爱又温柔。然后透特听到雕像第一次发声，是那种哀伤却带着青草香的声音，他睁开眼睛，雕像回归肉体，伊希斯此刻活生生地站在他面前，美丽动人，禁闭了这么久之后显得更年轻了。她长着奶牛的头，有着小巧漂亮的牛角，她的新名叫哈索尔。

“透特忍不住想去抚摸她，如果他不会因偷情而获罪——他一直希望自己可以像玛特的羽毛一样轻，现在他像发烧的猫一样神经衰弱。为了回报透特长期以来的呵护，哈索尔允许他抚摸自己。这次抚摸让透特兴奋不已，他激动地吐了，吐到了哈索尔身上。她很友善，给他一个深深的舌吻，便离开他去找她的儿子荷鲁斯去了。

“伊希斯没用多长时间就找到了荷鲁斯，因为荷鲁斯的哭号声响彻整个沙漠，双目失明再加上迷路，他的心都快碎了，躺在树林边的泉水旁，小声地呻吟着，声音如此纯粹，伊希斯在几座山之外就可以听见。伊希斯最终到达了儿子身边，看见儿子的眼睛瞎了，特别心疼，好像自己的血液里流着他的痛苦似的。

“荷鲁斯躺在莲花田里，由他的眼睛化成的莲花已经开花了，一只瞪羚在荷叶边觅食。伊希斯毫不迟疑地在瞪羚身上挤奶，瞪羚没有吓跑，因为伊希斯的外表酷似奶牛，再说了，瞪羚什么时候怕过奶牛。其实它不知道伊希斯变成这样了，它猜测这只奶牛只是想向它表示敬意罢了，笨奶牛啊，想挤奶却不知道该怎么挤。然而它发现她只是想要自己的奶水，瞪羚用前蹄狠狠地蹬她的胸部，然后吓跑了。哈索尔靠近荷鲁斯，舔他的脸，用瞪羚的奶清洗他被挖去双眼的眼窝，并且小心翼翼地解开他的缠腰布，好让从泉水那边刮来的微风舒缓他的四肢。瞪羚的奶水止住了他眼窝深处的疼痛，微风也缓解了他身体的痛苦。受到这些关怀以后，他感觉到自己的眼窝里开始有种子发芽，他很好奇莲花是否能从自己的眉毛里长出来，于是便去触摸那些花瓣，通过鲜血、泪水和牛奶组成的瀑布，他看到了自己的两只手，接着就大哭起来：‘母亲原谅我了，母亲原谅我了。’他看到哈索尔悲伤而明亮的眼睛，闻到她用舌头舔自己眉毛时留下的泥土和青草味，他不禁问自己：‘我该如何原谅自己呢？’

“她把自己的手指放在他的眉毛上，向他传递答案：他必须把自己最骄傲的东西献给父亲。荷鲁斯想知道自己可以献出什么。

“在他问自己的时候，放眼去看沙漠，发现沙漠竟是那样美丽，玫红色的岩石，金粉似的沙子，美不可言。在石头闪光的地方，他看见了宝石，景色如此恢宏。他没有与母亲争论，‘父亲啊，’他说道，想要有尊严地说出每一个字，‘我，荷鲁斯，你的儿子，现在眼睛复明了，现在我把它们献给你。’

“于是荷鲁斯又瞎了，挖去眼睛时的回响就像山上的岩石滚入峡谷中一样。再次睁开眼睛时，他又复明了，但是眼中的景色却不一样了，左眼看到的是光辉的景象，右眼看到的是岩石内部灰白的景象，当两只眼睛同时看远方时，所呈现的景象既不是很美，也不是很丑，而是很好地协调成一体，所以他既可以看见伊希斯美丽的身体，也为她巨大的牛头感到震惊。

“‘我们回去吧！’伊希斯悲伤地说道，他们彼此搀扶着回去了。

“‘我可以告诉你，’迈内黑特嗓音一变，‘一旦他们到达孟斐斯，荷鲁斯的眼睛就会面临新的考验，原本头脑简单的他将会变得睿智。欧西里斯已经决定了让荷鲁斯和赛特必须站到他面前来。’”

六

“欧西里斯想要治理神界混乱的局面，”迈内黑特评论道，“这就是他可以在冥界卡特–纳塔辨认出平庸之辈的原因，因为只有最优秀的人的卡才可以在死亡之地存活下来，那些升入天堂的人不可能是勇敢、快乐、睿智和美丽的。严格的筛选是为了方便管理，因此对于平庸之辈，欧西里斯从不手软，他只是不用这种手段去统一诸神的意见而已。诸神拥有不死之身，长期的混乱会导致诸神之间争执不休，欧西里斯希望他们彼此可以和平相处，所以当荷鲁斯和赛特面临裁决时，他才会如此宽宏大量。”迈内黑特将头倚靠在我的肩膀上，似乎是在告诉我不用仔细听他讲述就可以知晓故事的全部。

“‘你们两人都曾为了荣誉而战，也都遭受了极大的痛苦，’欧西里斯对自己的弟弟和儿子说，‘荷鲁斯失明，赛特腰部受伤。在这座寻求诸神之间和平的大殿内，赛特的腰部得以康复，荷鲁斯的眼睛得到复明，现在你们都去参加宴会吧！虽然你们曾经像角斗士那样勇猛作战，但现在请你们视彼此为朋友，共享你们战斗中的美德吧，携手发掘和平的力量，现在就去吧！’

“诸神一片欢呼，荷鲁斯看着赛特，发现他红色的脸庞上洋溢着激情，他感觉自己的叔叔很伟大。他本想用另一只眼睛去看他的，但害怕看到他不好的一面，从而违抗父亲的命令，荷鲁斯两眼充满敬畏，看到苦难，这样他很满意。他用温柔的声音礼貌地邀请叔叔到他的营帐中去。

“‘侄子，我就不去了，’赛特说道，‘如果去赴宴我们就会被众人簇拥着，没法单独交流。还是来我的营帐吧！我被大家抛弃了，你可以静静地陪着我。’

“受到叔叔的邀请，荷鲁斯和赛特一起动身，一起走向远处的营帐。赛特杀了一只野猪，他们一起在夜间烤野猪，喝葡萄酒，这酿酒的葡萄是从死去的盗贼之血里长出来的。他们躺在营火旁，互相夸赞着对方。最后，赛特评价自己的酒：‘有些人用榨酒机碾压葡萄，但是我的葡萄是奴隶们用脚碾出来的，因为没人比奴隶更渴望自由，这种渴望会反应到葡萄酒里。’他举起杯说，‘我的酒会让你鼓起勇气去做以前从未做过的事。’荷鲁斯鼓掌，他们最后干了一次杯，一饮而尽，在营火旁睡去。

“赛特醒来时，想起了在战斗第一天的事。于是他抚弄着侄子，挠他的脊椎，发誓自己以后不会再这样做了。真是错误的誓言，在这种地方，这样的想法是不会消失的。他还记得那时候他好像插入了侄子的身体，现在他脑海里充满了这样的场景。

“荷鲁斯尽量让自己清醒过来，之前喝的瞪羚奶使他情趣高涨，渴望得到爱抚。他肯定想知道自己的身体能被外物插多深，这是他对他取得胜利的馈赠。

“但是，赛特此刻身体颤抖着，发现自己和欧西里斯儿子的肉体如此亲近，他像头野猪一样号叫着。那孩子脸颊上的味道让他痴狂，他诅咒伊希斯的奶和欧西里斯的胯，伴随着死去的盗贼的号叫声，荷鲁斯看到伊希斯以哈索尔的形象站在自己面前时，眼睛里充满着悲伤。慢慢地，他放松了自己的括约肌，用手去接赛特射出来的精液。此刻，赛特早已心花怒放，倒头便沉沉睡去，呼噜连天。

“荷鲁斯沉醉在葡萄酒和瞪羚奶里，浑然不知发生了什么。伊希斯用瞪羚奶清洗过他的眼睛后，变得像傻子一样温顺。他走出赛特的营帐，用湿手托着精子，就像托着刚采撷来的珍珠一样。月光照在他的脸上，还没走出一百步他就遇到了自己的母亲。

“伊希斯在赛特营帐外等了一个晚上，她知道自己的丈夫总是看错赛特。她默默地祈祷，用法力向沼泽传递出话语，让它们升起雾，覆盖住赛特。

“但是当魔法师心内充满恐惧时，他能释放多大的魔力呢？”迈内黑特说，“这是关于魔法规则的第一条也是最坏的一条——人心最绝望的时候，也是魔法最无效之时。那天晚上，伊希斯凭借对自己身体尚不熟悉的奶牛头施展法力。当她想要让鼻孔变宽时，她必须反复考虑鼻孔现在的宽度，在这种情况下，她如何能得心应手地使用魔法呢？那晚对魔法不熟悉的她要面临的首要问题就是自己能否运用魔法改变任何一件事，但最后她还是做到了。这也说明赛特的愚蠢，只会睡觉。”迈内黑特说道，“他睡得很死，竟然不知道自己的精液被敌人取走了。你会相信吗？他的精子携带着自己的 Ren，一滴一滴地进入了荷鲁斯体内。我敢打赌，赛特在梦中肯定还感受到了兴奋与狂欢呢！他居然肯定荷鲁斯不会将自己的 Ren 带给欧西里斯，真是做梦啊！伊希斯看了一眼她儿子的手，说道，‘赛特的精液就像牛奶一样黏稠’，荷鲁斯手上所有的精液都变得和月亮一样闪闪发光，赛特的精液变成了我们的第一个水银球，这正是他精液的精华啊！伊希斯已经恢复了全部智慧，尽管会使得沼泽内的每一根芦苇都变得有毒，但她还是让儿子把这个小球扔到里面去。我们的祖先吃着产于这些芦苇里的动物，因为受到水银球的影响，他们都变得很懦弱，因此我们从一个强大的国家变成了一个没有骨气的国家，我们的神的每一次体外射精都会产生一种新的疾病。幸亏玛特严格遵守平衡的准则，否则神界的精子会射得到处都是。”

迈内黑特长叹了一口气，然后说：“当荷鲁斯把水银球扔进沼泽里时，水银球扯掉了他手上的一块皮。伊希斯又给了他一张新的皮，他用母亲大腿间产生的水揉搓酸痛的手，这水就像瞪羚奶一样可以消痛，换做我们是不会停止这样的爱抚的。我向你提及他的姿势，是为了告诉你荷鲁斯为自己天鹅绒般的皮肤感到兴奋，一不小心就射了精，母亲立刻责怪了他。他射出的精液非常宝贵，我一会儿再告诉你。”

迈内黑特点了点头，“我看着伊希斯带着荷鲁斯回到赛特的营帐。跨过呼噜震天的赛特，他此刻正做着春梦。他们走进了小花园，那里种了很多莴苣。在宴席上，赛特经常把这些莴苣整个儿塞进嘴里，塞得自己都快窒息了，眼珠子都鼓了出来，下巴都快脱臼了，然后才把莴苣整个吞下去。‘还没人可以像赛特那样吃莴苣。’荷鲁斯说。在伊希斯的暗示下，他把自己的精液用双手撒到莴苣地里，精液形成了许多条线，落到地上时发出轻微的声音，组成奇怪的音乐。这些长长的精液线随着生物的生命而振动，也就是说，即使号角还没吹响，它们也能预示即将到来的战争。田地的那一边传来了一阵叹息声，这只是一群蜘蛛走路时腿部发出的低声，荷鲁斯撒下的一道道精液线破坏了它们的网，它们正准备逃离花园。现在月光闪烁，在回家的路上，伊希斯为荷鲁斯唱起了摇篮曲。‘他的成人之路显然不是一帆风顺的，’”迈内黑特说，“‘早上会发生两件大事——赛特醒来后吞食了更多的莴苣和荷鲁斯成为了伊希斯的情人。’”

我对他的话很感兴趣，当他注意到这点时，举起手说道：“在我们结束之前，我对他们的关系不会说太多。我们已经知道荷鲁斯早晨时变得很聪明，赛特在床上翻滚，为他昨晚所做的事感到骄傲，在自己的腰间，他还可以闻到荷鲁斯的羞耻与自己的自豪混在一起。赛特制订了一个伟大的计划：在太阳神拉完全消失，月亮升起的时候，他要召集所有的神。

“众神急匆匆地聚集起来，充满了极度的好奇心，然后赛特做了一场极具说服力的演讲。他身披红袍，红袍的颜色比他的皮肤要鲜艳得多，他激情洋溢地说：‘我与荷鲁斯战斗的那天，最后本该是我取胜的，当时他的头已经埋在泥浆里了。但是他利用我的大拇指从我手中逃脱，这是他母亲教他的，他的血与自己母亲的乳汁一样。从那一刻起，世间再没有公平的斗争可言了,全都是欺诈,你们也都看到了。昨天他的父亲自称是我们的裁判,命令我们握手言和,并举办宴会庆祝。我们确实这样做了,现在我告诉诸位,我才是真正的胜利者。昨天晚上我很骄傲地骑在他的背上，我的形象像大树一样高大，而他温顺得像一只绵羊。现在他是我的囊中之物了，所以我建议不要再让他当生命之神了，不然每次我插进他的身体时都会盗取他的秘密。强者的力量是最合适他的了，让荷鲁斯当我的助手吧，他实在是太弱了！'

"赛特希望荷鲁斯攻击他,也准备好了,但是荷鲁斯只是转头笑了一下,然后对裁判说道:'我怀着愉悦的心情听他说完，我叔叔体型瘦小，声音却不小，他像只鸟一样在这里叽叽喳喳说个没完，但是他撒谎了，我应该对他此刻的行为负责，不求回报。我的裁判们啊，你们不用花整晚的时间听我叔叔在这里放屁，我承认自己会努力把矛抛向沼泽内，上了年纪的人真的很脏。'

"那一晚，荷鲁斯从伊希斯那里学到的东西真不少啊！她双腿之间的水肯定比瞪羚的奶要有用的多。赛特没有反驳，当即拔出剑来，荷鲁斯迅速地躲开了。在欧西里斯的指示下，两位战士重新回到了战场上。

"荷鲁斯用响亮且清脆的声音说:'让诸神召唤我们昨晚种下的种子吧！让种子告诉大家究竟谁说的是真话。'赛特和诸神迅速同意了，透特站在他们二人之间。'把你的手放在荷鲁斯的屁股上,'欧西里斯说，'告诉精液中的精子释放自己。'欧西里斯的声音中显现出不自信,他不相信自己的儿子。

"'我是说给赛特的精子听的,'透特说道，'告诉我们你在哪里，从你发现自己的地方开始说。'水银球发出的巨大声音从远处的沼泽地里传来。芦苇中掩盖的瘟疫扩散到了空气中，诸神都在低声议论着赛特的精子，说它是邪恶的东西，他肯定是手淫时把精液射到沼泽里去了。

"然后透特把手放在赛特的屁股上。赛特此刻正气得发抖，尽管透特很害怕，但还是对着他问了和荷鲁斯精液一样的问题。它会出现吗？一阵声音正好从赛特的屁股上发出，这是一阵声音甜美的风，它说，‘我是荷鲁斯的精子的变形。’这阵风中有甜美的莴苣味，诸神咆哮了，他们知道是荷鲁斯强暴了赛特。

“冤冤相报，永不结束，赛特很有可能会再发动另一轮复仇，但是在回家的路上，他发现自己怀孕了。神灵可以通过嘴巴或肛门生育孩子，但这只是我们知道的，赛特并不是这样。多么悲惨的怀孕方式啊！他怀的是一个半男半女的怪物，这个怪物很快就因为试图与自己做爱而窒息致死。赛特依然是雷电之神，但是他很迷惑，他现在是一个笨重且几乎没有情感的神，自己也说不清楚究竟自己说的是真的，还是自己真的被荷鲁斯强奸了，所以他疯掉了，因为神不像人类那样容易找到内心的平静。”迈内黑特叹了口气，聚精会神地深思熟虑着，像个解开衣服上的许多扣子的老女巫一样。他慢慢地站起身来，挨个儿活动着每一个关节，直到自己完全站起来，他问我：“你准备好了吗？”

“你仍然没有说伊希斯与荷鲁斯的风流事。”

“我也不应该说啊，他们是诸神中最强大的两位。”

“但是我必须详细了解，万一我在死亡之地遇到了一位神咋办？”

“你不会的，他们住在天上，如果你看不到大山，那你就无法遇到神仙，”他又叹了声气，“伊希斯和荷鲁斯偷情偷了很长时间，现在还在继续，我小声告诉你——她与自己的儿子同居，其实是为了保持自己对欧西里斯的忠诚，所以她很镇静。她这种行为并没有给欧西里斯戴绿帽子，反而维持了家族的和谐与稳定，而且这种关系也给了荷鲁斯很多智慧，他作为生命之神需要变得更加聪明。与鹰交配也给了伊希斯很大的满足感，他得到的比作为一位长着牛头的神所期望的还要多，鹰是荷鲁斯为自己所选的形象。现在，他再也不为自己虚弱的腿感到自卑了，每位法老都朝拜他的鹰翅。我可以说荷鲁斯长大了，就像他父亲一样伟大，已经不再是那个小男孩了，他从伊希斯那里习得的知识也增长了很多。”

现在我的曾祖父说："是时候回卡特－纳塔冥国了，你准备好了吗？"

对于这个墓地大门后的每一股力量我都怀有孩提时代的那种恐惧，但是我什么都做不了，唯有点头。

我们走进暮色中，迈内黑特拍着手，无疑是想表示一个章节已经结束了，另一个章节即将开始。我们又回到了去大墓地的山谷中。

第三部

孩童之书

一

我们回到了胡夫的墓室，我想故作镇定，但却很难。恐惧向我袭来，就像厚石块一样压在我身上，我看了一眼大金字塔，内心的忐忑并没有停止。迈内黑特每走一步，我内心的悲伤就会加倍，因为他颤颤巍巍的步履似乎对某种臭味避之不及。我想起有一次我走进自己的墓室时，撞见了夺门而逃的盗墓贼，他讨厌我的气味，我也讨厌他的气味，这表示我们已经不在同一个世界了。如果这是真的，那我从迈内黑特一世和自己身上能得出什么启示呢？

他是我的开比特吗？这个想法萦绕在我的脑海里。他是我的影子吗？还有谁能比开比特和卡更神奇？卡可能是一个人保持存在的最后形式，但是它没有保存多少记忆。开比特却记得你曾经经历过的所有事情，所以它可能扭曲卡的记忆，开比特很邪恶。

我确信开比特就是我的影子，它强有力地附在我身上，我想问："你是迈内黑特二世的开比特吗？"但是没问，担心它会迷惑我说："不，你是迈内黑特一世的卡，我是他的开比特。"

所以我什么都没问，只是跟着他匆匆的步履默默地行走着。他像我的向导，身披白袍，蔑视乞讨者和蝙蝠，他的每个姿势都在讲述着曾经为他引宾的仆人的故事，即使领错了，他们也不会受到惩罚。我们从大墓地走来时，有个人站在那里，两个手掌张开，他是个没有手指的乞丐。迈内黑特大步走过去，狠狠地拍了下他的胳膊，警告那个乞丐不允许靠近他。其实在我们靠近的时候，那个人退缩了一下，我意识到他肯定认为我是贵族。

我开始注意自己的衣着，我是什么时候穿上整洁的白色褶裙和镶着珠宝的胸甲呢？我在尼罗河岸边散步——记忆开始浮现，民众们臣服在我面前。记忆中的画面太清晰了，让我不得不信，我很高兴，也很满意，因为臣民们刚刚给了我足够的尊重。感动了一会儿之后，我开始思考曾祖父对荷鲁斯和赛特的评价，我的情绪迅速变坏了。这个老头能建立如此伟业，他的傲慢是沉默的，让人觉得神奇。我不知道是否该把他想象成一个有趣的人，我臀部的肌肉诉说着自己的骄傲——我的背部没有一处地方受伤。我们并肩行走时，我感觉到自己的胳膊和腿正在渐渐恢复力量，我的权力只有以前的七分之一，但我不明白这个邪恶的老头是如何在肉欲上占有我的。我和我的朋友都记得自己曾经是处男，直到某天有人从背后插入我们的身体，当然，被他人破身是真正意义上的转变。贵族也会任凭他人摆布，就好像我们用皇室之花去献祭一样，这确实是真的。我们不得不承认，即便是一个我们一点都不尊重的人，也有可能成功地引诱我们。有些人可能会把贞洁保持很多年，但这有可能变成恶习，因为他们有人可能会变得跟老处女一样，苦苦等待很多年，经不起周围笨拙的年轻人的诱惑，这时候就需要真理之神玛特来平衡了。

我怀疑自己是不是那种保持处子之身很多年的人，如果迈内黑特一世是第一个破我身的人，那会有多恐怖啊！不，我感觉这不可信，我看着他在我前面走着，一步一步地，像个老人，尽管今晚很暖和，但他的头部还是用东西包裹着的。可他走路的姿势也不完全像个老人。

我感到很不安，快到胡夫金字塔的脚下时，他好像看出我不是很想继续往前走了，于是他坐下来休息，继续跟我讲话，但我已经听不进去了。我们的呼吸混杂到一起，不知道他从我的气息里能闻到什么，我踩在了一泡刚撒完的尿上，这里好像是个蝙蝠洞，这个洞应该是我们堕入地狱的不错的入口。我忍受着他释放出的气味，但我自己释放出的气味更糟糕。现在他的气味可以闻了，不像之前的臭蒜味和臭牙味那么难闻。

“地狱的常规入口是在第一道大瀑布后面，离我们很远，那也不是给我们走的路，我们要从一个天上可以找到的洞口进去。”迈内黑特说，并在温暖的月光下哆嗦着。

如果眼前没有看见金字塔，我永远不会懂他所要表达的意思。在月光下，金字塔的石灰石坡面就像大理石一样闪闪发光，它们的影子就像黑色的天鹅绒。我记得位于这个大金字塔中央的胡夫密室，这就是我曾经要进入的地狱在天上的入口吗？我走错路了吗？现在我无暇顾及这些问题了。

迈内黑特在唠叨着那些烦琐小事，我根本没心思听，好像和他曾经关押的一个希伯来奴隶以及他们的奇怪风俗有关。“他们都是疯子，想一直当个牧羊人。他们很擅长在山上边牧羊边自言自语。但就我观察，像野兽一样的野蛮人比我们更亲近神。比如说，”他说，其实他的声音帮我平静了内心的怯懦，“我记得这群希伯来奴隶所说的语言，一开始我感觉这就是一群低能儿所说的胡话，因为他们对自己所说的今天或者明天的事没有任何概念，但是对于‘切割’这个动作他们至少有一百个词来形容，一个词用来形容割芦苇，一个词用来形容切肉，还有剁家禽，削各种各样的水果，更别说砍树、砍头了，如果你认为我们所切的东西都有灵魂的话，你就不会觉得他们愚蠢了。优美的词语是可以减轻这种疼痛的，但是我们在将敌人分尸时是不会想要听见同一种哭声的，所以，这种词语的变化敦促我去学习牧羊人的语言，我发现希伯来人随遇而安，从他们简约的言词就能看出来。‘我吃饭。’他们说，很简单，但是当他们不想表达在自己面前的东西时，你就区别不出他们所说的到底是发生过的还是没有发生的，除非你懂得他们的语言技巧。他们说话时的情况也是这样，例如他们告诉你‘我吃饭’你就不知道他们到底是已经吃完了还是一会儿再去吃，除非你细心观察，然后弄懂他们想要表达的真正意思。'我吃饭'的意思是他们即将去吃饭，他们知道吃饭的具体时间，他们的方言想要表达的就是这个意思。我们怎么能确定自己明天要做的事情昨天并没有发生呢？我们并不记得，这是在梦里，"迈内黑特边说边轻柔地抚摸我的肩膀，"所以不要对即将发生的事情感到无奈，它们可能已经发生了，是的，我的曾孙——海斯弗蒂蒂的宝贵儿子，你恐惧中可能潜伏着比你所了解的还多的自尊，它可能来源于你对过去的悔恨，而不是告诉你即将来临的残酷折磨。"

之后我真的感到解脱了，他长长的讲话让我平静了下来，突然，我再次对眼前这个老头突如其来的和善产生好感。

现在，月亮已经偏移胡夫金字塔的顶端，迈内黑特小心翼翼地抬起手，我惊异于月光的美丽，皎洁的月光通过金字塔三角形的斜坡倾泻在我们身上。

迈内黑特用最小的声音说话，仿佛喉咙最小的震动也会破坏月光的纯洁。"这座神圣的金字塔，"他小声说道，"堪比创世神阿图姆从天池带来的第一座山，所以它是放置其他墓穴的大墓地。一进入这个金字塔，你就会被卷入地狱的洪流里。"

当我注视着面前的大斜坡时，特别想知道我们什么时候才能进入到金字塔里面去，因为月光下的斜坡像纸莎草纸一样平滑，像洪荒沙漠一样浩渺无际。石块与石块之间的缝隙还没有捏紧的两根手指间的空隙大，我已经不想再等待了。迈内黑特向金字塔脚下又走了最后一百步，然后大哭起来，我以前从未见他这样哭过。他的哭声不像宛转悠扬的鸟鸣，也不像野兽发出的奇异呼噜声，而是像蝙蝠发出的刺耳聒噪声，斜坡上的厚石板也随着他的哭声像门一样晃动着。

"是时候了！"他对我说，然后敏捷地爬上斜坡。我跟着他，希望我的气息可以和痛苦一起被封存，我不再感到害怕。在日出之前，我就像一个没有敬畏之心的小孩一样，我是进入到死亡对自己来说已经很自然的境界了吗？我们进入到金字塔的入口时，空气发生了改变。如果我聋了，我的耳朵会对我说自己正在进入另一个领域。周围静悄悄的，几乎听不到鸟儿挥动翅膀的声音，每一座庙宇的安静组成了这一片寂静，还有每一只死在三角形石头上的动物消失的回音。雾气正从死去的野兽身上升起，野兽的每一滴血都为空气增添了一分平静，就在这里，它刚刚被其他的野兽杀死。如果我们的闯入打扰了这里的石头，我们脚步的回声就会让这些无序的声音平静下来。

我们继续在黑暗中沿着通道前进，在一些狭小的通道里我们必须弯下腰来，在我们面前有吓得四下逃窜的老鼠和昆虫，蝙蝠飞动时离我们如此之近，我们听不到它们发出的警告声。

最终这些骚乱都停止了，我们继续前进着，一种平静的感觉油然而生，就像闻到洪水泛滥时尼罗河水的味道。我有一种预感，前面会有更广阔的空间，果不其然，不出十步远，我们就走进了一个又高又窄的走廊里。通过蝙蝠刺耳的声音，我判断这个走廊至少有三十英尺高，走廊里很黑。同时，我感觉自己被炫光照亮，我什么都看不见了，但是感觉自己内心充满了光亮，回忆起在自己童年的某一天，我和父母乘船沿着尼罗河顺流而下，阳光灿烂，我感觉自己的思想都暴露在阳光下，好像我身体所有的部分都乘着金色的船，沐浴在金色的阳光下。父母带我去参见法老，我欢呼雀跃，我甚至还记得袍子上的金黄色。那天早晨，你可能会看到一些令自己眼睛或鼻子不舒服的东西——河岸边有一只小狗的尸体正在腐烂，但是每一天都是新的开始，船夫所划的每一桨都使我更加平静，我在地道里的脚步声渐渐超过昆虫和蝙蝠发出的声音。

此时，迈内黑特拉起我的手，我发现他的气味变得芳香起来，他肺里排出的气体肯定沐浴到了我内心的光明。那日早晨的些许平静还保存在他手掌的余温里，好像我们在血缘上是一脉相承、彼此忠诚的。但是地道太窄了，很快，我们的并肩行走就变得尴尬起来，他不好意思地撤回了手。

我继续在黑暗中行走，沉浸在内心的光明里，好像经过了温暖与寒冷并存的山谷，山谷里积存的寒意就像是墓穴内的空气一样，但是再走五步，我似乎又回到了温暖的埃及之夜，第一次呼吸到曾祖父气息里的香水味，但是这些香水味好像更多地是从周围的石头上散发出来的，然后我发现我们好像不是在陡峭狭窄的斜坡上前进，而是在神秘集市中的一个个帐篷之间流连，每一个帐篷里都住着一位纯洁的神灵。人类只需要知道，在人类的思想里，智慧可以随时释放出来，就像水里的草药释放药性那样自然。陶醉在内心的光和香气里，我感觉自己好像没有随着身体在走动，而是在树皮上滑行。在这样的空间里，我还可以伸出双臂，双手正好可以触及两侧的墙壁。在我记忆中童年的金色岁月里，我感觉自己离尼罗河非常近，此刻我就像希伯来人一样，没法将即将发生的事与自己盼望发生的事区分开来。我感觉河水好像在冲刷地面，两侧的墙壁就是河岸，我又来到了尼罗河岸边。记忆中的那一天，我坐在黄布制成的坐垫上休息，这个坐垫比我金黄色的袍子还要鲜亮。我被自己坐垫上的银质工艺品逗得偷偷地乐，父母没有发现，我用自己柔滑的脸蛋蹭那些银线，多么有趣啊！我那时还没满六岁。

我的父母在聊天。他们说话时，嘴唇边挂着很多丝线，现在我才想起来他们对彼此很不忠诚，他们的话语肯定跟随我们一起在蜿蜒的尼罗河上漂流，河水上泛着金黄色的光芒。我们沿着绿树成荫的河岸顺流而下，那雪松木制成的船座上嵌着许多金色的装饰品，它们也随着话语和我一同前进。我记得此刻母亲在说圣牛，即便是现在站在石质的地道内，我也能听到她当时的声音，两侧的墙壁离我很近，就像那时我伸手便可触及的岸边的棕榈树一样。母亲的声音并不寻常，充满了本能的命令，像男人的声音一样雄厚，但却很温柔，回声不断。她用这种声音哼唱着小曲儿，唱的都是“普塔－内穆－霍特普,你是法老的诡计和连枷”。我的肚脐眼黑黢黢的，就像一朵黑色玫瑰。

父亲几乎不理会她唱的小曲儿，他和母亲不经常说话，他们现在在一起有着各自的理由——他们都要去拜见这位普塔－内穆－霍特普法老，他是我们的拉美西斯九世。我父亲几乎每天都去拜见他，但我母亲却很少去，我现在还是不能理解，因为我母亲很漂亮，为什么她不经常去拜见法老呢?按照一个六岁儿童的理解，这种想法可能会驱散自己所有的记忆。我的思想又回归到现实了，不再去想那个早晨，也不再停留在记忆里。

迈内黑特将我带到了一个凹室里，这个凹室位于墙壁上，我或多或少还是能感觉到自己是在船上，现在进入这个凹室就像自己在黑夜里驾船驶入港湾一样。内心的光明不见了，于是我惊叫着，因为眼前是没腰深的水，可以看到水面上的星星，难道地板已经变成天空了吗？我庆幸，感觉自己好像是在下沉却没被冲走，但这种感觉很快就消失了，因为我眼前出现了一个大水池，里面散布着星星的倒影。离天堂还有很远！迈内黑特只是带我来到了金字塔里的顶部，这里仅仅可以看到天空的一角而已。从这里抬头便可以通过顶层的孔洞看到星星，当我抬头看它们时，它们便从孔洞的中央偏移了。休息期间，我观察到星星在水上的倒影已经偏移了差不多一个手掌的宽度，迈内黑特刚带我到这里时它们的倒影还在水池中央，现在已经偏移了那么多，这是多么罕见的现象啊！

“已经有三百七十二年没人看到过那颗星星了，”迈内黑特告诉我，“我们今晚可以在这里逛一下。”不知为何，我的腰间受到了刺激，脊椎深处产生了兴奋的臆想，立刻挺直腰身，就像焚香一样。此时一阵咒语向我袭来，我不知道它是从哪里来的，于是我大声地叫道：“法老取其至亲之人的血，随之种下了太阳之光。”

我听到自己的声音：“地上长的是受到祝福的纸莎草，在人类的手掌之下，它变成了记录的田地，人类在这片田地上记录着自己的信息。所有的纸莎草都承载着各种著作的言论，这些著作就像驻扎在田地里的战车，但是，这块田地记得河岸的模样，每一朵蓓蕾都像嘴唇，每一片树叶都像舌尖上的蜜。”

我再次看见尼罗河，河面上升起袅袅热气。

这串咒语来自我所知道的最奇怪的念头，因为我从没听过这些话，它产生于一种法力，足以将尼罗河上金黄色的光拉回我的身体里。我说：“鳄鱼讨厌纸莎草。”带着儿童时期特有的快乐，就像那时把尿撒到鲜花上一样。有一只尖嘴鸟儿的羽翼在颤动，它正在啃食鳄鱼嘴里的寄生虫。凶残的鳄鱼正躺在河边的泥淖里，懒洋洋地张着嘴，让尖嘴鸟儿帮它清理牙齿，这是多么不和谐的一对啊！但是鸟儿展开它的翅膀，鳄鱼张开了嘴，闭目养神，这就构成了一种和谐的“家庭生活”。有些船夫在尼罗河上高唱着“鳄鱼讨厌纸莎草！”一边摇头晃脑，一边溯流而上。温度在不断上升，我们的船夫在不断地脱减衣服，到后来只穿着一块裹臀布，他们撑着长篙，带着我们顺流而下。我的皮肤又开始有反应了，所以我反复揉搓着坐垫上的银质工艺品。“我鼻孔和毛孔里都是泥。”母亲说道，然后转头去看河边的小路。路上有一位骑手驾着马拉着战车飞奔而过，天气干燥，他身后扬起一阵尘埃。那时我只有六岁，看见那位疾驰而过的骑手，变得欣喜若狂。后来我看到了二十一岁时的自己，我好像不仅仅是个小孩，还可以看到未来的自己。

我注视着水面上倒映的星星，那种感觉如此真实，往昔重现，我好像真的回归到了六岁，并且可以看到二十一岁时的自己，再次和那个祭司一起待在他妹妹的房间里，通过房间的窗户可以看见尼罗河，能听见河水拍打河岸的声音，尽管他此刻正在专心和妹妹做爱，我却不受干扰。

我坐在迈内黑特身旁，看着星星下面的黑暗空间，我被这两种记忆的力量彻底征服了——六岁的我和二十一岁的我，最后我感觉有点头晕，此刻曾祖父再次握住我的手。我肚子里的藤蔓长出了叶子，缠绕住我的四肢，然后将我的手和迈内黑特的拇指缠在一起。我又想起了那条船，它载着我、父亲和母亲沿着尼罗河顺流而下，我终于懂了为什么在埃及语里“眼睛”与“爱”是一个意思，而且它们的意思和“坟墓”这个词的意思也一样。

不论是从这个坟墓里产生的爱还是情感的深浅，从他手指而来的感情肯定带着我渡过这条河流，并且走向那遥远而辉煌的日子，而不是在这胡夫金字塔里的弹丸之地。

记忆瞬间一变，简单得就像从树上摘取芒果，我竟然发现迈内黑特也在那条船上。这肯定与我的记忆不一致，但我不得不承认迈内黑特并不是在我出生之前就死了，我已经不确定这是不是真的，他确实是在船上，并且在和母亲说着话。父亲母亲也站在船上，就坐在我旁边，这情景如此清晰，并不像画中的庙宇那样模糊。现在我也看到了迈内黑特，他也坐在我身后，头发是银白色的，却显得神采奕奕，脸上也没有明显的皱纹，反而显现出一副老当益壮的样子。

看到他，我感到很疑惑：我们到底在哪里？我们本来是要去拜见法老的，但是我很好奇为什么我们不溯流而上——因为父母的房子位于法老宫殿的下游，我们现在却顺流而下，没有扬起帆，也没有人划桨。

只有船夫——我们管他们叫“恶臭之人”——在船头撑着长蒿，以防止我们掉进水里，还有“面朝后者”在掌舵，“面朝后者”也叫“食影者”，因为每次我们朝南溯流而上时，舵柄总是被帆的影子覆盖着，他也被覆盖在帆影里。现在我们主要是借助于来自三角洲的风顺流而下，这风足够大，我们甚至可以不用划桨就可以溯流而上。但我们是不紧不慢地向下游驶去的，赫哈－赫坐在船头，“食影者”坐在船尾，剩下的船员——“碎骨者”“大白牙”“吸血者”和“鼻子上的他”（因为他长着一个大鼻子）都懒洋洋地坐在船舷上缘，今天这样的日子对他们来说很轻松。

每逢休息的时候我都会思考为什么船夫的脸都这么丑，如果必须在最糟糕的天气里溯流而上（假设此时正在发洪水，他们必须努力工作，没法一起吆喝，一起使劲），那么他们的喘息声就会像抽泣时那样痛苦，表情就像驮重的马匹那样狰狞，体力上受到如此辛苦的折磨，他们的反应如此强烈。但此时他们并不是最丑的，休息时，他们浮肿的脸庞会变得稍微好看些。

没有人能理解为什么在孟斐斯所有的劳动者里，上岸后的船夫内心会变得最胆怯，除非他们喝了很多啤酒。但这是事实，上岸后，所有船夫的脸上都会呈现出似乎被狮子咬过的痕迹，那些就是鞭伤，他们身上永远都是旧伤上添新伤。这些鞭痕有时候会打在脖子上甚至脸上，结果很多船夫都被打瞎了一只眼。要是两只眼睛都被打瞎了，那么他们只能去做别的工作了。

赛特－克苏是船长，负责监管其他船夫。风大时，曾祖父也会拿起鞭子，挥舞着，打到船员的腰和肚皮上。如果有船员中途偷懒去抓痒，赛特－克苏会精准地将皮鞭抽到他的脖子上，甚至连头发都不会碰到。不幸的是他们总需要抓痒——哪个船夫身上不长虱子啊。

这种情况严重地影响了母亲，她很讨厌身体上的小虫子，一提到它们她就会寝食难安。对于孟斐斯的少妇来说，这是很平常的事情，她们中很多人都因为害怕虱子藏匿而把头发剪短了，她们只能在公共场合佩戴假发。但母亲却为自己的天然长发自豪，那一头乌黑油亮的大波浪啊，像蜿蜒前进的蟒蛇。她很喜欢留长发，却很害怕长虱子。前一晚发生了一件事，让我想起来为什么我们不溯流而上去法老的宫殿反而向河的下游驶去。父亲、母亲和我昨晚在迈内黑特的住处留宿，迈内黑特住在孟斐斯的南端，那是一间长宽各一百步、高为三层的房子。据说他有五十间房子，我知道他有个顶层花园，里面有个用帐篷做的遮棚。在晚上透过花园可以看到太阳余晖照耀下的红色河水和水里的鱼，东边的沙漠会变成靛蓝色，西面的砂岩山会呈现出粉色、深红色、橘黄色和亮金色，太阳落进山谷里时，山谷会顿时变得像火红的炉子。

那一刻曾祖父在跟我说话，真是罕见啊。我已经习惯了亲戚和仆人把我当成不寻常的小孩，我与他们说话时，他们显现出的那种单纯的崇拜让我很是得意,因为作为一个六岁的孩子,我所表现出的成熟让他们感到惊讶。但我从未向迈内黑特表示我对他有兴趣，此刻他却搂住我的腰，把我揽在怀里。

“你见过记录员用的调色板的颜色吗？”

我点点头，“是黑色和红色的。”当我看到他的眼睛时，我又补充道：“就像黄昏和深夜时天空的颜色。”

“是的，”他说，“这就是它们呈黑色和红色的原因，你还能说出其他的吗？”

“我们的沙漠是红色的，但是洪水退去后最肥沃的土地也变成了黑色。”

“很棒，你还能再说出其他原因吗？”

“我想不起来了。”

他掏出一把镶有钻石的小刀，划过我的手指，血流了出来。我本来想哭的，但是看到他脸上的表情我又止住了。“这是你要记住的第一种颜色，”他指着我的血液说，“而黑色是最后一种。”然后他轻轻拍了拍我的肩膀，没有再说什么就离开了，我听到他跟母亲聊天的声音，提到了我的名字。通过母亲低声的笑声可以知道他没有说我的坏话，因为每当别人表扬我时她总是开心地笑，尽管她的好身材也经常惹别人羡慕和嫉妒。如果她碰巧能看到我，她就会不遗余力地表达对我的爱，被那种充满爱意的眼睛看着，我会变得心花怒放。我试图收集这种爱，它好像回忆中的香水味，对于孩童时代的我来说没什么比这种回忆更美好了。我喜欢母亲这样看着我。我看着日落时分倒映在水面上的火红的山，梦见自己在沙漠中流连忘返，绿洲里的水是银色的。

今夜无风，屋檐拐角处点着火把，一边站着一个仆人，仆人旁边有一缸水。曾祖父说他喜欢火，但如果遇到仆人打瞌睡或者刮大风时就会很危险，我们这里每隔几年就会有一座木制的房子被烧塌。所以在房子里点火把是一件很奢侈的事：需要很尽职的仆人不停地守着才行。当然，火把的光肯定比蜡烛的亮。

有个女人在火把旁边跳舞，她一边扭动着身体一边慢慢地向前走动，背影像海斯弗蒂蒂的大波浪头发一样撩人。还有个小矮人在弹奏摇鼓，他只穿了一块布，胳膊上戴着几个手镯。他疯狂地表演着，而跳舞的女人则根据他弹奏的节奏挥舞着鞭子。

迈内黑特的小型乐队出现时，客人变得非常激动。竖琴师、钹手、吹笛师和鼓手都是矮人，都没有我高，但个个都技艺精湛，除了一个演奏竖琴的人，他的胳膊实在是太短了，演奏久了会影响整体效果。

他们的语言很奇怪，他们是狱卒的后代，这些狱卒是国王亚瓦底、卡赫美士和艾格瑞斯打仗时俘获的战俘。他们的声音以及他们的脸形使得在座的观众为他们精湛的表演鼓掌。迈内黑特的客人给予了很高的评价，这些客人有祭司、法官、富商、从邻近的庙宇来的贵族以及从孟斐斯南部来的权贵，个个都有钱有权。但是当曾祖父邀请他们到房子里去时，他们就没有那么尊贵了，当邀请他们进入顶层花园时，他们又显得尊贵起来。我听到其中几个人小声说自己很失望，因为来的客人没有他们预想的有权势，除了我的父亲，其他人都不是从中央来的官员。

同时，迈内黑特早已名声在外了，从三角洲到第一大瀑布他的名号尽人皆知。我的保姆听到迈内黑特的名字时都会忍不住发笑，我听见了客人的流言蜚语，我那时年纪还小，还听不懂他们开的玩笑，他们说迈内黑特已经和哪些女人有不正经的关系了，这些女人正因为他现在喜欢的人争风吃醋。这对于那些少妇来说肯定是个无聊的夜晚（但却可以让她们的丈夫长舒一口气了），因为此刻他们的竞争对手正坐在我母亲身边，我则坐得远远的。当他们两个人独处时，我不敢从他们中间走过，生怕激怒他们，被打倒在地上。

迈内黑特整晚都追随在母亲左右。演奏音乐期间，他们一直没动，父亲坐在他们旁边想跟他们聊天，但是他们都不理会他，后来父亲就不知道去哪里了。出于对自己外貌的自信，父亲试着去勾引其他的女人，但没有成功，海斯弗蒂蒂也没回到他身边。海斯弗蒂蒂坐在迈内黑特旁边不说话，两个人却互相吸引着。她拨开头上的一缕头发，轻抚着头上的大波浪，那一缕头发是公牛尾巴做成的，可以防止长白发。她孤芳自赏地做着自己喜欢的事，仿佛这些轻抚可以让自己看起来无比高贵一般。

音乐结束后，客人们准备离去。他们都可以在这里看出曾祖父的权势有多大，他们走到曾祖父的椅子前面，下跪、叩头，但曾祖父并没和他们说话。只有法老、高官、大祭司和一些战功显赫的将军才能享受此等待遇。事实上迈内黑特并不关心客人的离去，因为他内心有其他的想法，就像海斯弗蒂蒂轻抚头发时心里所想的一样。客人们一声不响地走了，没有不高兴的，反而因为可以站在他面前而感到尊贵。迈内黑特在自己所邀请的客人面前炫耀着自己的功绩，这些辉煌的功绩在他们的耳际回响。客人们默默地站在他面前，这样他们就可以专心听他讲述他的故事了，便于他施行魔法。崇敬之情突然降落在他们身上，我也感觉到极度的兴奋，仿佛这些功绩跟我有关。其实我可能是生活在两个时间维度里的——我不仅站在顶层花园、靠近守护火把的奴隶旁边，也可能在金字塔的地道里，水里还有星星的倒影。通过儿时的记忆可以知道自己在死亡之地的向导生前受到万民敬仰，真是一件值得自豪的事。我继续顺着情感的溪流向前走，这股情感从他弯曲的手指流到我的手上，我很吃惊自己竟然会在黑暗中亲吻他苍老的嘴唇。

他的嘴唇慢慢张开，就像从满是泥土的树上摘下的杏仁皮一样皱，我感觉到那种成熟温暖的诱惑。我的嘴唇撤回后，吻仿佛还停留在空气中。这一举动肯定将我脑海中的景象传给了迈内黑特——我母亲和他坐在顶层花园里，双方都在想入非非。

我不知道在他们离开彼此之前这种情形持续了多久，但是现在客人都走了，父亲也离开了，母亲并不关心父亲去了哪里。我也离开了，去了另一边的屋顶，在那里盯着下面花园小道上离去的最后一批客人。月亮升起来，透过月光，我可以看到远处波光粼粼的湖面以及湖里待捕的鱼。迈内黑特的仆人在下午就四处寻找沼泽和湿地，四处撒网寻找能代表太阳和月亮的金质和银质的小东西。

在孟斐斯，人们都会在茶余饭后谈论曾祖父的花园，可以说除了法老的宫殿，再也没有比这更辉煌的建筑了。这座花园里的湖泊因为工匠的精心设计而闻名，他们用稀有的宝石装饰屋顶的瓦片，使屋顶看起来像盛开的鲜花。装饰屋顶用到的宝石有石榴石、紫水晶、玛瑙、绿松石和青金石等等。当湖泊的监工回头用猎鹰一样的眼神看着我时，我明白了这些宝石的价值。监工们必须保证这些已经装饰好的宝石不松动或者被盗，一旦出现纰漏，他们可能会被剁去一双手。

在花道旁边的蔬菜地里立着一块白色的木牌，上面钉着很多被剁下来的手，有的手甚至露出了白骨。他们在小麦、大麦、小扁豆、洋葱、大蒜、黄瓜和西瓜田头制造如此惨不忍睹的木牌，这些田地里的庄稼都长得出奇的茂盛。

一天下午，我漫步经过曾祖父的小路和凉亭，走到他辖地后面的沼泽旁，这里长满蕨类植物。这里的高地就是一座小岛，可是现在被洪水淹没了，沼泽看起来像个湖泊，已经没路可走。所以我再次回到了葡萄园，摘下几串葡萄，又跑到长满橘子和无花果的凉亭里散步，经过柠檬树、橄榄树、阿拉伯树胶和西克莫槭，吃着石榴，吐着石榴籽，但脑袋里仍然想着那些钉在木板上的人手。后来我又想在水面上弄起点波纹，于是冲着水里的金鱼和银鱼撒尿，想想它们会喝我的“圣水”，心里就忍不住暗自窃喜。沼泽地的另一边传来绵羊和山羊的叫声，听起来就像在门缝里夹碎石头发出的咯吱声，难道我心中的暗喜就是从羊叫声里出来的？这种钻入骨髓的声音就像在炎热的天气里发酵的食物，我的双腿感觉到无比的幸福。另一边的家畜棚里传来一阵腐臭味，很恶心，空气中还夹杂着驴子和母鸡的叫声。今天下午的热气蒸得我头晕脑涨，虽然没什么胃口但也得吃饱，所以我装得像上帝一样开心，尽情地享用着美食。晚些时候，我看到母亲和迈内黑特坐在屋顶上，现在他们之间的秘密再也瞒不住我了。今天下午我的性欲望慢慢萌发，我感觉自己的性欲望就像上帝的一样强烈。后来我在花道里散步，无聊地辨别着天竺葵和紫罗兰、大丽花和鸢尾花，还有很多其他我不知道名字的花，它们就像我心中的小花园里的花一样成长着，最后我就迷醉在这些花香里。当我陶醉地闻着这些花香味时，其他的花也争相用花托奉上花粉让我闻，一只绿茎的玫瑰迅速从我的大腿蔓延到肚脐上。我把它们的香气都吸到肚子里，然后躺倒在地上，感觉体内有另一个人复活了。我再次站起来，全身都湿透了，在沼泽地里，我就像雾气中的奶油，不知道这条花道在哪里终止，我再次前进。

从花园里放眼望去，月光倾泻在湖面上，可以看到通向仆人和奴隶住处的小路,还有熬制沥青的火光,不知为何造船店里的伙计们今晚如此忙碌。我还看到最后一批客人也慢悠悠地走了，当然也看到母亲和她的祖父现在正在干着什么勾当。当听到猴子的哀鸣时，我不禁颤抖起来，它的声音就像人类的哀号声。月光如水，夜色撩人，想必月球表面的温度也和今天下午地球的温度一样。月光下，还有一只瞪羚在小声地哀叫着。

海斯弗蒂蒂有些不安，无以名状的恐惧向她袭来。正当猴子为空气中即将发生的改变哀鸣时，我也感觉到母亲在大叫之前将惊恐之箭射向了我。感觉到我的逼近，现在她更加惊慌，以前我从未听过母亲的尖叫声。突然间，她就像小孩一样哭了起来。“把它拿掉，把它从我身上拿掉！”她央求道，然后抓住迈内黑特的手，用他的手指指着自己的头，肯定有东西爬到她的发饰里了。

迈内黑特伸手就从她的头发里抓到一只虱子，用两个手指甲将它掐死了。海斯弗蒂蒂不断地用手指梳理着头发，一边抱怨一边哭泣：“还有吗？你能帮我看看吗？”

他温柔地抚慰着她，好像她是一只受惊的小动物，他像梳理马的鬃毛一样梳理着她的头发，托着她的下巴，温柔而小声地跟她说话，这说话的语气就仿佛主人说给自己的马或者狗听的。他不顾在场的仆人，把她扶到火把旁，她平静了一点。一个仆人守候一个火把，他们必须彻夜纹丝不动地站着，迈内黑特想要做什么也无须在他们面前犹豫不决。借着火把的光，他把她的头发翻了个遍，并向海斯弗蒂蒂保证头上已经干净了。最后，她平静了下来，他把她拉到火把旁边。

“你确定我头上已经干净了？”她问。

他笑了笑，那是纯粹的坏笑，然后亲吻了她，动作非常娴熟，她可以跟他学着怎么亲吻，然后再去亲别人。“还没有。”他告诉她，然后又笑了起来，弄得我不知道他是说虱子还是说亲吻。我再次感觉到她的惊恐之箭向我射来，我已经非常害怕，不想再听他们说什么了。很快，我的保姆或者她的两个朋友就会向我说明事情的发展情况，她们一个是努比亚人，在马厩里工作，一个是希伯来人，在兵器库加工刀和剑。晚上，她们经常会在我的隔壁陪着她，那里时常传来牲畜的叫声和沼泽里小鸟的哀鸣声。我的保姆和她的朋友每晚都会像猪一样打呼噜或者像狮子一样号叫，甚至是利用身体上的筋发出嘶鸣声。在父亲的庄园里，也时常会听见这样的声音，时不时还有夫妻的叹息声，甚至会将其他夫妻也引得跟着叹息，继而将他们的动物也吸引到他们的叹息声中。

母亲起身离开迈内黑特，看着他没有表情的眼睛。他们都不说话，只是含情脉脉地看着对方，整个晚上都是如此，现在又开始了，似乎可以用沉默抵挡住对方的吸引力，但这让我觉得恶心。我病得不算严重，只是吹了两阵冷风，但这样不重不轻的病却笼罩了我的整个童年。我能听见迈内黑特对母亲说话，但说句实话，我不知道我所听到的是他说的话还是他强加给我的意识。我就像一些聋人，如果有人在谈论我，我会思考他们没有说出来的东西。不管迈内黑特是否说了，或者只是想想而已，但我都听到他说了：“你与法老接触的最好机会就在明天。”

母亲回答道：“万一我发现了我喜欢他，而你不喜欢他呢？”

“那你也必须忠贞于我。”曾祖父说道。

我不敢仔细去看，紧闭着眼睛，这样也好。迈内黑特也是闭着眼睛将母亲摁倒在地，令她跪在他面前。我感觉他们意识的力量就像一辆战车在疯狂地撞击着另一辆，我再一次读懂了他的想法，母亲肯定也能读懂。

我产生了一种极为不好的想法，报复之心在心底酝酿着，我不知道自己是不是昏倒了，我只知道自己身处黑暗之地，不是六岁，不是十二岁，也不是二十一岁。我死了吗？如果没死，那我究竟活在哪里？在大金字塔的暗室里，迈内黑特对我做了同样的事，我的下巴僵住了，身上的每根神经都感到很无助，怒火中烧。我只能用牙齿咬他的阴茎，他也只能疼得尖叫。在那一刻，我就是我的母亲，而且无法和她分离，甚至可以忽略掉自己是迈内黑特二世——年轻有为、道德高尚的勇士，功勋卓著，却英年早逝。通过母亲复杂的思想和情感，我知晓了赛特阴茎的情况，她是在曾祖父位于尼罗河岸上的顶层花园里知道的。他的肉体是火热的，像熔化硫磺石的炼井，烧焦了她颇具美感的身体。我的思想意识和她的思想意识保持同步，嘴巴也是一样，从赛特的精子里我品味到他深藏的恶毒和诅咒。迈内黑特仍旧紧紧地握住我的手，他用另一只手紧紧地扶着我的后脑勺。通过母亲的耳朵；我听见迈内黑特在跟她说话，母亲的脸庞（也是我的脸庞）抽搐着，仿佛恐怖的天空出现了闪电。此刻，我跪在大金字塔的暗室里，他把腰际的力量释放出来，就像闪电，通过它的亮光，我知道了他在顶层花园里是怎样扶着母亲的头的，他颤抖了最后一下，最后一滴精液进入了她的喉咙里。这些想法从他传向她，再从她传向我。最后他平静了下来，身处死亡之地的我竟对即将发生的事怀有快乐的期望。海斯弗蒂蒂的嘴唇被擦伤，身上的香味也消失了，但她的身体却感到很快乐，有些部位还散发着玫瑰的香味，她对黎明怀着美好的期许。而我仍然跪着，怀着某种欲望与海斯弗蒂蒂一起飞走了，在尼罗河上空盘旋着，想象着我们成为法老（拉美西斯九世）的朝拜者。今晨，在尼罗河的晨晖中，我一直做着与法老有关的梦。

二

我们凝视着眼前的金色高脚杯，思绪在杯中的酒里回荡着，我知道应该能在法老的房间里找到今天的最后一处宝藏。坐在银质工艺品装饰的垫子上，我的两瓣屁股焦躁不安，我弯下身体，趴在海斯弗蒂蒂的大腿上，她的大腿已经开始发烫，我情不自禁地想起昨晚她和迈内黑特在一起时的情景。反差太大了啊，昨晚我和母亲几乎哭了出来，今天我却能平静地坐在她的大腿上。

事情出乎我的预料，因为迈内黑特又开始与母亲做爱了，当我看见他们搂抱在一起时，他俩就迅速逃离了，用搏斗和跳舞或者是祈祷的动作来掩饰。但还是被我看破了，此刻他们真的和动物一样，只是没有表现出动物交媾时的愚蠢表情而已。

他们呻吟着，像鸟类又像猪，我悄悄地离开那里，不知道该怎么办，觉得自己的尊严受到了极大的侮辱，只能下楼，回到自己的卧室，想到母亲和曾祖父在一起偷欢，我不禁啜泣起来，保姆——伊雅塞雅博第一次用她特有的方式安慰我。伊雅塞雅博开始用她的纤纤玉手抚慰我，黑暗中，她让我飘飘欲仙，我以前从未有过这样的感觉。第二天早晨，我在河上看见了她，她正在仆人撑着的小船上。我把手指放到鼻子前闻了闻，上面还有她嘴巴上的余香，混杂着洋葱、油和鱼的香味，她的香唇深深地刻在我的脑海里，就像我们撑的船在水面上激荡出深深的波纹。我笑了，大家都觉得奇怪，父亲很想母亲心里能有他，却比不上曾祖父的深情一吻。父亲说："今年终于闻不到恶臭了啊！"

"是的，这气味真好闻。"我的笑声停止后，迈内黑特说道。

"哎，有时候我感觉这真的好奇怪。"母亲说。

我想起他们互相爱抚的情景。当然什么都比不上水势上涨的尼罗河，地面上的陈泥与河水泡在一起，河水涨得很高，漫过泥浆和芦苇，昆虫们开始在芦苇叶子上开宴会。泥水的臭味能持续一周，在这一周时间里，地球就像剥去了肮脏的皮肤，村庄位于高地上，此刻被上涨的河水包围着，就像一座孤岛，村民们献出自己的牛和羊，把它们赶到一起，在地主的小屋里寄养一段时间。这样的情况确实很糟糕，但是在满月的夜晚，村庄看起来就像银色湖泊中的黑色岛屿。最简陋的船只是用长长的芦苇秆打结缠绕在一起，然后浇上沥青做成的，只能容下两个人，这样的夜晚人们会优雅地划着芦苇小船，就像划着纸莎草做的小艇。曾祖父、父亲和他们的朋友就经常坐着这样的船出去打猎。

在如此美好的早晨，当父亲评论完后，河水中的臭味已经消失了，水位越长越高，田野里的河水已经从绿色变成红色，红色的水是从上游悬崖上冲刷下来的。金红色和褐色很接近，在阳光灿烂的早晨，水面上闪烁的波光宛如一百个太阳，像金色的印章一样镶嵌在水面上，光影反射到树皮上。平民们驾着船只驶过，船上载满了白菜、油罐和谷物。有些载着美石的船只几乎与水面齐平，船上的石头闪闪发光，看起来就像皇家船队一样豪华。我记得一只顺流而下的平底船驶过我的身边时，甲板上堆满了一包包纸莎草，反射着白色的光，像上等的亚麻布。随后，我确实看到了一艘皇家船，用金子和银子制成的船壳闪烁着炫目的光，船上坐着一群皇室官员，他们正奉法老的命令去南方的乡镇视察，此刻他们正站在船尾的大祭坛旁边，这个祭坛比肩并肩跪着的五个人还要宽大，毫无疑问，这个祭坛正是拉美西斯九世要求搬到自己庙宇里的礼物。官员们看到迈内黑特船头的金色猎鹰身上的信号旗时兴奋不已，当我们看到他们船上的金质眼镜蛇时也招手进行回礼。因为没有风，所以他们船上有六十个船夫划船，站成左右两排，每排三十个人，他们划船的速度飞快，溯流而上时连风都赶不上这样的船速。船上竖着桅杆，主帆也卷了起来，高高竖起的红色桅杆外层被涂了一层金子，除了甲板上的稻草席、桨架上的紫色支柱和扶手，船上没有一处不是金光或银光闪闪的。为了能够跟上船的速度，并为它领路，一队保卫船上宝物的战车御者沿着河边的道路前进着，这条路通向更高的河岸；还有一队弓弩手在他们后面快步跟着，以赶上船夫的速度，他们身上的武器不断地摆动着；还有一个骑兵，他手执带彩旗的矛，骑着羽毛装饰的巴比伦马，他的身后是一辆双人战车。马上的羽毛和丝带的颜色有紫色、橙色、红色以及和我身上穿的袍子一样的橘黄色，战车上还有彩色的圆形雕饰。有一群光着屁股的小孩在他们后面追赶着，这群小孩尽全力奔跑着，除了手镯和臂环，身上什么都没穿。有几个孩子敬畏地盯着我黄色的袍子，其中有个孩子甚至跪下来向我叩头并亲吻我脚下的土地。战士们不断地与经过自己身边的女人们打招呼，欢快的声音在河畔回响，就像经过河水的洗涤一般。我们在船上不断地听到招呼声和掌声，今天对于战士们来说像节日一样，因为百姓们可以当面跟他们打招呼。就在我们即将离开他们时，船驶到了河流的拐弯处，我们为岸边演奏手鼓的黑人加油，他们激情澎湃，母亲小声说道："法老的船驶过，他们也跟着激动起来了。"演奏的鼓手里有两个很漂亮的黑人女孩，她们是米提亚人，长着美艳的金色头发。战车经过时，车上的战士脱下头盔，带有调情意味地向她们叩了下头，她俩当即高兴地尖叫起来。我们船上的竖琴师是个坏脾气的祭司，在他的亚麻布裙子外面套着一件豹皮外套，他对此很骄傲，不可一世地拉着里拉琴，旁边有一群黑人跟着琴声唱歌。树上熟透的枣子像河岸上的泥土一样红，我看到皇室的船经过河中的拐弯处时，被太阳照耀着，就像拉燃烧着的金色皮肤，这是我在河上所见的最恢宏的场景了。然而，在接下来我们进入孟斐斯的郊区时，我会看见更宏大的景象。

我看见了一条大船载着一座黑色大理石雕刻的石塔，约有六十步长，和曾祖父花园里的湖的宽度一样。那条载着石塔的船是我见过的最大的船，由跟人胳膊一样粗的皮绳牵引着，皮绳的另一端系在十八艘小船上，这些小船只能用来拖拽东西，不能装载货物，它们都很窄，只能容纳两排船员，每排站着十五个人。这座金色尖顶的黑色大理石塔该有多重啊！看见这么多船夫组成的船队，我突然记起了“碎骨者”和“食影者”，他俩站在我们船头，就像两只被训练要拼死战斗的狗，正在计算着为了把石塔运到河流上游自己的七重灵魂要产生多少能量才够用。有个船夫的哭喊声在河面上空飘荡着，这哭声似乎永远不会停止。十八艘船相互独立，它们之间的距离都很宽，每艘船上发出的声音都会以自己特有的路径传到我们船上，这种感觉就像打乱正在进食的鸟儿之后激起的狂乱场面。其实，船夫的哭号声里肯定也夹杂着鸟儿的声音，因为前行的船队肯定扰乱了鸟儿们宁静的生活。有鹰、鹭、乌鸦、火鸡、秃鹫和戴胜鸟在我们头上盘旋着，好像船夫随时都会崩溃并被扔到船外。翠鸟在水面上滑行着，紧跟在载着石塔的大船后面，为了能追赶上大船，它们还不时地潜入水里。它们偶尔也会从水里抓出几条小鱼，能在大船附近抓鱼，或许它们感觉棒极了。没有多少沿尼罗河而上的船只能激起这么大的波浪，我们看到，有只翠鸟被波浪的漩涡包围着，无法前行，在水下淹了一会儿才浮上来。一只秃鹫也被这样折腾了好一会儿才脱险，它伸展开自己气势汹汹的翅膀，就像在明亮的早晨挥舞着宝剑。

岸边铺着一张垫子，垫子周围有一张用杆子撑起来的渔网，网下面躺着几条鲶鱼，在网的保护下，它们不会被鸟啄食。有个小男孩握着杆子的顶端，试图用木棍刺栖息在水里的鹰。有只野兔跑到水边，到处乱窜着，小男孩拎起棍子去打野兔，但没打中，自己却掉进了河里。海斯弗蒂蒂看到这一幕后开心地大笑起来。

我们要去孟斐斯郊区的庙堂，神庙是由叙利亚人以及其他从东方来的民族为巴力[1]和阿施塔特[2]神建造的。我听父母说神庙并不是很恢宏的建筑，尽管是新建的，但都是木质的，而且外侧的漆已经剥落了，寺庙的底座很脏，还沾着污泥。其实，这个外邦人居住的地区充满了神秘的色彩，这里的房子小得可怜，街道弯弯曲曲，比大墓地的小路还狭窄。单间的小屋是由没被烧过的砖头砌成的，破烂不堪，不适合居住，一般都是两间屋子共用一堵墙，相互靠在一起，连流水也很脏。看到这样的景象，我们有些失落。在我们经过这些庙宇时，身着豹皮斗篷的祭司朝路边吐了口痰，迈内黑特伸手掐了他的脸，似乎是在惩罚他不庄重的行为。祭司委屈地笑了笑，迅速地跪在地上叩起了头，只见他的光头在众人眼前晃动。迈内黑特很疲惫，脱下凉鞋，让祭司亲他的脚。看到这里，我的屁股又开始感觉疼痛，我觉得这个祭司很狡猾，他在迈内黑特的脚趾上舔来舔去，舌头像游动的蛇一样灵活。

“去弹琴吧！”迈内黑特把脚收了回去。祭司拿起竖琴，边弹边唱，歌曲是关于调色板请求红色和黑色颜料爱上自己的故事，真是一首很弱智的歌。虽然达不到父母和曾祖父的要求，但是我很喜欢这首歌，因为我还在想祭司弯腰去舔曾祖父脚趾时脸上的表情，和狗吃肉时的表情非常像。父亲生气地看着他，嫌恶祭司的谄媚及他所做的一切，也嫌恶迈内黑特受到爱抚时脸上满足的表情。如果每个人都要如此屈辱地与他做爱，那我母亲与他做爱时是不是也承受了巨大的屈辱呢？当我们在外邦人的地盘飘荡时，这地方很吵，弄得大家（尤其是迈内黑特）都没了好心情，迈内黑特说：“这

[1] 巴力（Baal），迦南的主神，主司土地和丰饶之神。巴力的名字是“主人”“王者”之意，但进入犹太教时代他被视为恶魔。

[2] 阿施塔特（Astarte），土地丰饶和人口生育之神。

个地方都不值得付之一炬。”

“我们不能从一个好一点的入口进城吗？”海斯弗蒂蒂问，“不能让这些人上岸吗？”

“另一个入口有很多沼泽。”迈内黑特说。

“为什么不上山？”海斯弗蒂蒂问，同时指向一处悬崖，到那里要半小时的路程。

我知道这座山，也很喜欢这座山。仆人们曾经走了很长的路才把我带到那里，悬崖的山洞里挂满了野蜂窝。住在河岸上小屋里的孩子们经常爬到悬崖的半山腰去采蜂蜜，他们一点也不怕蜜蜂。如果他们带着蜂蜜下来，就会被蜜蜂蜇，仆人们会为此笑个不停。而我在另一边，身旁有两个仆人保护着，但我认为这些孩子很了不起，所以当他们谈论如何把外邦人的居住地移到山上去时，我听得很认真。

“那是不可能的，”迈内黑特说，“拉美西斯九世要在那里建堡垒。”

“我不明白，他们为什么不把这些人弄到山上去，堡垒是永远建不起来的。”海斯弗蒂蒂辩解道。

“你颇具军事头脑啊。”迈内黑特夸赞她。

我只是希望他们不要这么快就修建堡垒，这样等我大一点，我也可以勇敢地爬上悬崖去采蜂蜜，我对这些孩子的生活方式知之甚少，可怜的孩子们啊！他们替自己的父亲在河边的田里工作，看到母亲把我搂进她的怀里时，孩子们会不禁地发起抖来，母亲怀里有个香气迷人的、做工精巧的枕头，孩子们看到我躺在枕头上时会小声地议论着：“这个孩子肯定是生病了。”但我父亲的脸色很难看，因为当我生病时他总是要安抚海斯弗蒂蒂悲伤的情绪。

“没事，孩子会好起来的。”父亲说。

曾祖父用灰白色却闪烁着亮光的大眼睛看着我问：“你的血是什么颜色的？”

我知道他肯定是想到了我们最后一次对话，所以我回答：“和它昨晚一样，是红色的。”

他点点头：“那太阳呢？”

“太阳是金色的，但我们一般说它是黄色的。”

“这孩子真聪明。”海斯弗蒂蒂感叹。

“还有天空是蓝色的。”迈内黑特说。

“是的，是蓝色的。”

“如果你会的话，请告诉我其他颜色，像褐色、橙色、绿色和紫色是怎么来的？”

“橙色来自于血和太阳的结合，所以它就是火的颜色。”母亲以前就跟我说过，现在她又补充说：“绿色是草的颜色。”

但是我很生气，本来想自己说出来的：“是的，草是绿色的，就像天空是蓝色的，太阳是黄色的。”

迈内黑特没有笑，他说道：“说一说褐色是怎么来的。”

我点点头，一点都不觉得自己还是个小孩子，迈内黑特的思想与我的紧密联系在一起，所以我只要呼吸一下就可以感受到他思想的力量。

我说：“褐色就像河流，从前，红色尼罗河只是天上的一条血河。”

“现在这孩子肯定是发烧了。”海斯弗蒂蒂小声说道。

“胡说！”迈内黑特骂道。

“希望孩子不要得病。”父亲说道。

我不再发抖了，感觉神清气爽，“紫色是血和天空混合后产生的颜色吗？”我问迈内黑特。

“当然，”他回答道，“这就是为什么它也是疯狂的颜色，当所有的颜色回归肥沃的土地时，就产生了褐色，所以你的可可粉是褐色的。”

我开心地笑了。

“但是白色是怎么产生的呢？”我问。

“这孩子不傻啊！”他小声说道，托着我的下巴。“你现在还很小，没法理解白色是怎么产生的，”他说，“它是最神秘的颜色。”看到我脸上失望的表情，他皱起眉头说道：“现在你就把白色想成是石头的颜色吧，上帝从那里把不白的成分抽走了。”

“这就是庙宇需要用大理石建造的原因吗？”

“毫无疑问，”他回答道，然后对着母亲说，“这孩子真聪明，看来我们的血统真是纯正啊！”

父亲很痛苦，“求你了，别这么说了。”他低声道。好像即使小声说出这样的话，都显得他爱搬弄是非，从而对法老不忠。

我们的小船在万邦人的居住地慢慢地漂动着，我们遇到很多商人。其中有十二个撑着廉价的小船向我们靠近，他们的船太破旧了，连扔进纸莎草堆里的木篮子都不如。有一个人划着木筏子，桨是从浮舟上拆下来的木头制成的，其他人都撑着平底船。他们装了满船的货物前去集市卖。比如，有些人载着一船的油瓶，有灯油、调味油和芝麻油。有个傻瓜竟然把亚麻和大麦装在碗里卖，想让我的母亲买他的东西。“价格非常合理！”他不断地向凶巴巴的埃及人（就是“碎骨者”）推荐着，坚持不懈，身体差点失去平衡。他用一只桨不断地向我们挥舞着，动作很随意，就像在挥动胳膊跟我们打招呼似的，他紧跟着我们，为自己的商品喊叫了几个小时，但是母亲态度冷淡，最终他还是说不动她买点东西，他礼貌地叩个头，然后就离开了。这些小贩子都会靠近我们：有卖各种水果和调料的，有卖生黏土的，有卖牛奶和指甲油的，还有个人卖动物粪便烧成的炭，他的船散发着恶臭，母亲闻到后生气地尖叫着。“碎骨者”差点被她的狂怒吓到，他放下桨，拿起撑杆，赶紧把船撑走了。其实他在卖炭的船上留了一个撑杆，是通过枯萎的芦苇丛投过去的。有条卖假发的船开过来，母亲允许船靠近，她通过水面的倒影试了几顶假发。我知道她很怕虱子，她只是拿这些与自己的假发作对比，很快就把它们扔到一边去了。有只船载着两头猪来卖，看到“碎骨者”恶狠狠的眼神，船主人只好立即调转船头，我们不需要猪。有一只船卖鹅、鹤、鸭和母鸡，但是我们也不需要这些。还有只船载着两个木笼子，里面装着鬣狗和瞪羚。

“鬣狗是公的还是母的？”父亲问“食影者”，“食影者”又问船主人。船主人松松地握着手给出答案，父亲摆摆手说：“法老已经有一只母鬣狗了，我以为这只是公的呢！”

“法老成功地驯养了自己的鬣狗吗？”迈内黑特问。

“法老在驯养动物方面表现得很有天赋，”父亲虔诚地回答，“我看见他用皮带拴着鬣狗遛圈。”

曾祖父以前曾和狮子摔过跤，现在他只是笑了一下，抬头看了看从我们船上飞过去的一群鹌鹑，它们的翅膀快速地扇动着，像蜂鸟一样。

一只漆得亮闪闪的船划了过来，船上的生意人也是撑船人，他很年轻，穿着白色的裙子，身上涂着红色的赭石颜料，他长得很体面，在迈内黑特的示意下，“碎骨者”允许他靠近。他卖的是化妆品，但是他的杏仁油和花生油都添加了香料，质量不是很好。母亲不想让他生气，因为他的脸蛋很英俊，好像这么做会破坏自己的美貌，她最终决定从他那里买些亚洲润发油，这是一种很奇特的混合物，小伙子低着头绕过我们的船夫去向母亲保证这润发油是自己的独家秘方，而且自己也在用。这东西很黑，像黑橄榄一样，却又像油一样有光泽，海斯弗蒂蒂托“食影者”问那个小伙子黑橄榄是不是他制作化妆品的原料，他回答说是。她也能在其中分辨出油的气味。“你用了红枣油来提香吧？”她问道。

“美女，您太识货了！”他回答。

“但你的润发油里不全都是红枣油。”

“我的公主唉，这油瓶的底部有根黑狗毛，这条黑狗凶猛如狼，只要狗毛留在瓶子里，您的秀发就会非常坚韧。”他结结巴巴地向“食影者”解释道。我不禁笑了起来，因为这个小伙子不看着我母亲说话，而是盯着丑陋的“食影者”说话，他长着一个大鼻子，此时，他好像成了公主。

“谢谢你帮我保护头发的韧性，”海斯弗蒂蒂说，“但是你的润发油里有一股怪味。”

“那是马蹄磨成的颗粒。”年轻人说道。

“马蹄？”“食影者”惊讶道。

“马蹄！”海斯弗蒂蒂开怀大笑后说道。

“马蹄对你的发根和头皮有益啊，公主！”

母亲买下了润发油，父亲给了他一枚价值五铜币的小戒指，小伙子鞠了个躬作为答谢，他没有与我们讨价还价。我们走后，他还目不转睛地看着我们，眼神中充满期待，似乎想和我们永远在一起。

曾祖父咋呼道：“小伙子长得还挺不错。”

“外表满怀着他母亲的爱。”父亲附和。

迈内黑特点点头，这是他第一次与父亲取得共鸣：“我会建议他不要参军。”

父亲大笑，他外表很儒雅，却笑得这样粗野。一想到那个小伙子在军队里被人粗暴地使唤，他就突然地笑起来。

“我觉得自己不会用他的润发油来保养头发，用在胸上应该不错。”海斯弗蒂蒂说。

“必然的，”迈内黑特说，“有马蹄嘛！”

父亲又大笑起来，迈内黑特用温暖却有敌意的眼神看着他。

在一个拐弯处，我们离开了外邦人的聚居区。现在河岸上闪烁着孟斐斯白色的城墙，我们经过了卜塔华丽的大理石塔，但是只有几个身着白色衣服的祭司在塔旁边的路上走着，然后又在另一侧的河岸边看到了哈索尔的塔。

如果母亲在河岸上行走的话，她就能看见孟斐斯的第一座城镇。这些庙宇和公园昭示着这座城市的壮观。蛇形墙看上去就像白色的石头镶成的项链，很漂亮。墙后面有两座相连的山，山上竖立着很多高高的柱子，两座山之间有个花园，那里是我们见过的最美的地方。尼罗河在下一个拐弯处开始分流，分流处像湖一样宽，在河的左边，整个孟斐斯城都显现在我们眼前，河湾、卸货用的石质锭盘、船坞、防波堤、堤道、运河以及粮仓还有在高处的每一座拥挤的房子，我们都可以看得清清楚楚。是的，这就是我们的白色城市，但是最近它变成红色的了，因为这是旱季，尘土飞扬，岸边淤积了很多淤泥。不过这也无妨，进入这最后一个拐弯的地方就像是进到大门里去一样，刚开始，我还分辨不出码头上的工人和集市上站岗的士兵，还有商店里的叫卖声和道路上的喧哗声，但我仍然知道河流上的空气是特别的并且充满各种各样的信息。太阳照耀下的这座城市是多么壮观啊！连采石场的粉尘都闪闪发光，桔槔上的水桶不断地一上一下地运着水，它们把水运到高处的水闸里，然后由高处的桔槔把水运到更高处的水闸里，直到这些水可以流到城市的每一个角落为止。转动桔槔杠杆汲水的有一千个奴隶吗（或者有五千个吗）？当从船上看远处闪闪发光的河流时，我可以听到桔槔的嘎吱声，有远的，也有近的。每当人们把水运向更高处的水闸时，反射的太阳光就像剑刃一样。

在孟斐斯河湾的盆地里，我们碰到了一个巨大的漩涡，正好在防波堤和码头之间。船员赶紧解开船桨，从运河里抄近路，运河在河湾里狭长的岬后面。我很高兴，因为不是经常能看到近路两侧的景色，这次正好可以看到母亲所说的“一千年以前”建造的庙宇。它们坐落在潮湿的洞穴的低洼处，这个洞穴是用石头建成的，曾经云集在它们旁边的木质建筑已经倒塌，砖头（是用泥浆和稻草制成的）建造的建筑也被五十年一泛滥的大暴雨冲垮，现在只有这些石头建筑仍然屹立不倒。母亲告诉我她小的时候曾经经历过这样的暴风雨，穷人家棕榈叶盖的屋顶都被掀开了，就像陈旧的湿布一样。所以这些庙旁边的房子不断地被翻新，高度最终达到了神庙的一半，成了潮湿的空心建筑，破旧的灰色石块，和倒塌的竞技场一样悲壮。船夫划得很快，我们周围弥漫着锯末味、皮革味、粪便的臭味、腐烂的纸莎草味和石沫味，石沫是从运河岸上的石匠铺里倒出来的，周围还散发着刺鼻的漂白剂味道。我们经过木工店、草席店、凉鞋店、马具和战车的修理店、铁匠铺、马厩、亚麻布纺织厂还有保存尸体的殡仪馆，殡仪馆里有殡仪业人员和做棺材的工人，离岸边不到五步远有个女人在店里的织布机旁边露天工作着，她旁边坐着一位鞣皮匠，他正在揉搓豹子皮，那里传出来的气味更难闻，母亲不停地作呕。父亲和我们一起走进家具店，两个工人搬出来一个镶嵌着银子的黑檀木箱子，外表很精美，足以送给法老做礼物了。在我们经过的时候，工人们把它搬运到船上，"大白牙"（他是所有船夫里最帅的一个）大喊道："这要送到两门（地名）吗？"码头上的工人大声回答："是送到南方的，给迈内黑特老爷的！"船上的笑声弥漫开来，甚至连船夫都一起笑了起来，在这样的时刻，好像船上的全体人员都是一家人。

在运河的尽头，我们又要拐到河湾里去了。这里有家香水店，空气顿时清新了许多，这里有更大的集市，祭司学校是用白色的木柱子盖的，柱子很粗，屋子却很矮。经过一家假发店时，我正好看到一顶漂亮的蓝色假发，是给小孩子戴的，本想让母亲买给我当礼物的，但是船夫们划得很快，我在船上又有些不舒服，而且船上的大人们都在思考着自己什么时候能见到法老。

到了运河的尽头，我们又进入了河流的主河道，河岸上有个集市，集市上有各式各样的人物来往着。有祭司、贵族、战士、船夫、国外的商人、工匠、农民、奴隶、搬水工、大篷车队、驴子货队，还有各种各样的女人，甚至还有几位淑女。我在船上看着他们，心里乐开了花，感觉很安全，因为从他们中间走过肯定很困难，我的保姆伊雅塞雅博从他们中间走过的时候，战士和卖东西的货主都会盯着她性感的大腿看，而从我的高度，只能看见这些人色眯眯的眼睛。每家酒铺门前都会搭起彩色的遮篷，就像在风中张开的船帆。在远近闻名的烤鹅店门口，很多人在排队，想买些烤好的家禽带回家。

在离集市很远的地方，差不多是在街道和运河后面，有一片空地，三面都是由高高的围墙包围着，还有一侧由手挽着手的士兵守卫着，那是一家新开的露天商店，法老贴出告示告知大家。在他所有的决定里，民众对这个告示的讨论最多，最起码在我家是这样的。之前他的船只从提尔运来银锭，商队也从红海旁边的花岗山带回来了很多上等的黄金，现在他命令皇室工匠把这些金银制成护身符、胸片、金项圈、手镯、圣甲虫形的宝石、金质和银质的沙布提，然后拿到这家商店里来卖，珠宝和其他的异域宝物像香木、树胶、珊瑚、琥珀、亚麻布、玻璃器皿和刺绣是卖给集市上少数能付得起钱的客人的。任何人都不能反抗守卫的士兵，即便是用眼神也不行。制作这些装饰品的地方有皇宫里的商店、卜塔寺庙里的作坊以及和迈内黑特家的大小差不多的庄园。老百姓们非常想看看皇室工匠做出来的宝物，有些人甚至跪下身子通过士兵双腿间的空隙往里瞄，当有些外国商人或是当地的乡绅被士兵放行进入店里时，他们会羡慕地大叫起来，因为这些有钱人终于有机会亲手摸一摸那里的宝物了。每天晚上，为了防贼，宝物以及制作宝物的工具甚至用天鹅绒扫起来的金属加工时掉下来的粉尘都会被锁进箱子里，在士兵的守卫下锁到皇宫的密室里，第二天再被他们搬到集市上。

似乎向集市尽头的珍贵宝物的一瞥预示着我们的旅程即将结束。船夫开始收桨，“恶臭之人”、“大白牙”、“吸血者”、“食影者”、“头朝后者”和“鼻子上的他”使尽全身力气压着自己的桨，“碎骨者”有节奏地吆喝着。我们的大船脱离漩涡后很快与水流保持了一致的速度，船头抬起，河水哗啦啦地唱着歌，我们又看了一眼集市，弯弯曲曲的河岸上摆着各种各样的商品，两门的石灰石墙有迈内黑特的三层房子那么高，哨兵在墙头上站岗。

在船舶停靠前，一群在墙头阴影里休息的轿夫迅速经过长长的大理石集市向我们跑来。“请乘坐我们的轿子吧，老爷！”他们的领头向迈内黑特请求道，并向其他人示意，他们赶紧跪下，鞠躬，磕头。

“谁需要你们的轿子啊！”迈内黑特说，“我们一家人都很年轻，腿脚灵活着呢！”

“噢，老爷，拜见法老的时候还有一段长长的台阶要走呢，所以您现在还是省点力气比较好。”

“你用弯曲的背抬着我，那我肯定遭罪。”迈内黑特回答。

“大老爷啊！像您这样的贵人坐在里面，我们的轿子就轻多了。看着，在您入座之前，我把自己的脸贴到座位上。”那个领头说道，其他的轿夫迅速模仿着。

“抬完我之后，你是不是还要亲亲它？”

“我肯定亲了再亲。”领头说。

“看在你知礼节的份上，你就抬我们进红门，到院子的尽头吧。”曾祖父、母亲、父亲和我坐在不同的轿子上，轿夫抬着我们经过河流与皇室城墙之间的大理石集市。

靠近皇宫时，我看到一副恐怖的场景——墙边有个很可怜的人，脖子被项圈铐住，拴在柱子上。他的手肯定是几个小时之前才被砍下的，前肢的伤口处还绑着皮带，防止他流血致死，但是他的血还是一滴一滴地滴落到石头上。

迈内黑特身体前倚在轿子上问他：“你偷什么了？”

“与我们同在的大神九世慈悲为怀，他让我活了下来，我偷了太多的东西。”那人回答道。人们不太能听清他说什么，他可能对法官撒了谎，所以舌头被割下来了，现在只要他一笑，就像骷髅露出牙齿一样。

他旁边站着一个女人，她也被拴在柱子上，怀里抱着一个全身发紫的婴儿，母亲不忍直视，曾祖父问：“你怎么杀死了自己的孩子？”

“闷死的。”

“没东西给他吃吗？”

“有东西给他吃，”那女人说，“但是他哭得窒息了。”

“那他们什么时候释放你？”

“再过一晚吧！”

“恐怕这样的惩罚对你来说有点重了。”

我们前面的墙上有两扇并排的大门：一扇是用花岗石制成的，里面的纸莎草都被割干净了，它通向北方；还有一扇石灰石做的，门上刻着白色的百合花，它通向南方。现在，喇叭吹起来了，红色的花岗岩大门打开了。“伟大的迈内黑特伯爵及将军请进！迈内黑特尊贵的家人请进！”传令官大声喊道，然后吟诵着：“现在是第七个年头，奉南部之王和北部之王、美丽的卡和拉、挚爱的阿蒙、太阳之子、拉美西斯九世、代表真理的强壮公牛——荷鲁斯之命，诚挚地欢迎你们到这里来！”

“我们来这里是为了法老的健康、长寿和强壮，伟大的普塔－内穆－霍特普法老啊！”迈内黑特高声说道，然后转向在轿子旁边保卫着他的“碎骨者”说道：“你们每个人都会得到一些面包和啤酒。”鹅从我们头上飞过，鸽子在我们面前嬉闹，三只鹰（我数的是三只）站在城墙上俯瞰着我们。

三

眼前是我见过的最大的庭院。即使一个成年人捡起一块石头使劲往远处扔，然后再把它捡起来，在石头落地的地方再使劲往远处扔，也扔不到庭院的中间。

这个地方并不是很漂亮，没有湖泊，没有雕像，轿夫们正抬着我们在庭院中央的路上走着，这条路还没有四辆并列的战车宽。道路的两侧各有一片露天的红泥广场，它们一直延伸到城墙处，我记得母亲说过法老在这里检阅过成千上万的军队。庭院的另一端有一座低矮的兵营，就在我盯着那里看时，兵营的门打开了，一群身着沉重蓝色斗篷的舍尔丹人列队出来演习。在庭院的另一个角落有军械库、仓库、哨兵营，还有一口巨大的锅，这口巨大的锅正在熬汤，肉汤的香味不断地向我们飘来。

好像法老为了欢迎迈内黑特的到来安排了军事演习，兵营旁边的墙上已经竖起了稻草靶子，弓弩手也在弯着腰练习，一对战车不断地变换着队形。每列七人的四列纵队很快就变成每列十四人的两列，然后转换方向，变成每列十四人的横列，然后变成一个由二十八辆马车整整齐齐排列的长队，马车飞奔着，车轮之间的距离不超过几指宽。突然传来一声嘶鸣，马车突然停止，后面扬起一阵灰尘，这些士兵离我们不是很近，这对于他们队长来说是幸运的，因为海斯弗蒂蒂此时非常恼怒，她正愤怒地对曾祖父说："向我保证，我们不会在这里观看这无聊的表演。"

曾祖父耸了耸肩，然后我看到他与远处演习场地上的战车御者的队长进行着眼神交流，队长恭敬地抬起前臂，然后整个队伍向我们飞奔而来，他两侧的士兵表演着用皮质盾牌挡回想象中的剑，一系列的动作足以显示出他完美的平衡感。战车队长把缰绳系在腰间，指挥着左右两边的战马向中间靠拢，为了减慢战马奔跑的速度，他向后拉紧了缰绳；而缰绳向前甩时，会让战马飞奔起来。队长倾斜着身体可以让战马原地转圈、停止或者发起攻击。没人能猜出他下一个表演的项目是怎样的，每一个表演都不简单。此时，他的手没有碰触到任何东西，只见他拔出弓，拉上箭。队长从我们身边疾驰而过，将父亲吓了一跳。

"真是一个莽夫！"父亲吼道。海斯弗蒂蒂冷笑道："我倒认为他很有魅力。"

"如果马绊倒了，他手里的箭就会射到我们。"父亲说。

队长离开了我们，驾着战马飞奔回去了，后来他勒住马，从战车上跳下来，擦了擦额头上的灰尘。他和迈内黑特用奇怪的语言交谈着，他们的语言像舍尔丹语一样奇怪。一两分钟之后，他用埃及语说了句："全听您指挥，将军。"然后礼貌地举起胳膊，对我们全体人员尤其是母亲微笑着。最后他登上马，慢慢离开了——以防止在我们面前扬起灰尘。

"我告诉他我们等会儿再去看他的表演。"曾祖父说。

"谢谢！"海斯弗蒂蒂说。

现在我们来到了一扇小门前，有个人给我们开了门，放我们过去，但没跟我们说话。我们进入另一个庭院。

"这说明他们的驾驭技艺很高超。"海斯弗蒂蒂说。

"这是我们祖父开创的风格。"父亲说。

"也不尽然。"海斯弗蒂蒂说。

“是我开创的，”迈内黑特说，“是我在卡叠什大战[1]的前几年开创的，这也是大战取得胜利的原因。”

迈内黑特自鸣得意地说着这些往事，母亲心不在焉地说：“我认为是拉美西斯二世赢得了那场战争，而不是你的战车。”

“法老一直都是常胜军。”迈内黑特说。

我们现在走在另一个庭院里，大概和刚刚的那个庭院差不多大，但是我并不知道它具体有多大，因为它被树划分成好几个小庭院和围栏。湖泊周围有很多花园，我们左侧有一栋闪闪发光的木质建筑，第二层的阳台被窗帘挡住了，但我仍能看见里面来回走动的女人，她们看见海斯弗蒂蒂后发出一阵奇怪的笑声。我们现在被轿夫抬到一处白色的木墙前，上面画着鹰、蝎子、蜜蜂、莲花和纸莎草，栩栩如生，使得我害怕从这里穿过，我哆嗦起来，害怕蝎子靠近我。

我们从轿子上下来，迈内黑特点点头，轿夫立即去亲吻他坐过的位子，座位上只有一个象形文字⊗，代表死亡之地。父亲给了领头轿夫一枚铜币，门口的官员已经看见了我们，通过他脸上如释重负的表情，我知道他应该已经等了我们一个上午了。过道两旁的仆人不停地向我们鞠躬，我们来到了法老荣耀厅的绿色花园里。池塘旁边的树上结着我从没见过的果实，花园里的瓦片都是镀金的。

“这些树小的时候是种在罐子里的，”母亲小声对我说，“人们把它们装在船上，经历很多风暴才把它们送到我们国家。”

“这些小树生长的地方是什么样的？河流都是流向活水里的吗？”

“那里有非常多的鸟儿，你以前从没见过这么多的鸟儿。”她说。

我想象着那些湿地上鸟儿的尖叫声，它们与这个花园里的鸟儿肯定不

[1] 卡叠什大战是西方文明史上有文字记载的最早的会战，战后缔结的和约则是迄今为止最古老的国际军事条约文书。

一样。这里有一只橙色、粉色和金色相间的火烈鸟，那里有一只黑色的朱鹭，还有很多啄木鸟在枝头上跳来跳去，炫耀着自己像鸵鸟尾巴一样灿烂的羽毛。我记得自己两岁的时候还不知道该如何表达想法，就问母亲为什么要在神的雕像上挂那么多鸟头。在我识字之前就注意到我们纸莎草纸上记录的象形文字基本上都和鸟有关，因此我推断这些象形文字是神连同他们的画像一起赐给我们凡人的。母亲笑了，“这孩子问的问题让我头脑平静起来，”她说，“我能感觉到他的话语生出了能飞翔的翅膀。”她指的是玛特，我再长大一点才会明白。我们有一句谚语：羽毛的边缘可以让你接触到离真理最近的地方。不论我的想法给了母亲怎样的遐想，她都会说：“鸟儿是最受尊敬的动物，因为它们会飞。”

它们确实会飞，在枝头跳来跳去，它们的影子倒映在湖畔的金瓦上，湖水很浅，它们的影子倒映在湖水里，就像彩虹色的鱼，鸟儿们快乐地追着自己的影子飞翔，但即使它们在这些进口的树上欢呼雀跃，远处还是传来了它们痛苦的回声。这些鸟儿的声音很奇怪，就像在辛勤劳作的动物的咕哝声，我能从它们的声音里听出地球的声音，即连接人类的脚和地面的声音。鸟儿对于骚乱总是会叽叽喳喳地叫个不停，其实它们害怕大地，大地不是适合鸟儿栖息的场所。

我从庭院里望了一眼，这个花园里只有一片小树林。我能闻到沃土的气味和一些以前从未闻过的气味，潮湿而又神秘，就像在山洞里一样，感觉凉飕飕的。我能感觉到法老在靠近我们。路的尽头差不多都被叶子盖住了，那里有一座小型的木结构公寓，花园的仆人在墙上涂了各种各样的鲜艳色彩，这幢建筑确实很奇怪，建在木桩上面，看起来像一座房子，四侧都设有天井，我们走进它下面的影子里，从影子里出来时就进入了中央露天的空地，那里阳光明媚。

我总是梦到法老戴着王冠在宫殿里威严地端坐着，朝臣跪在地上，用膝盖慢慢地挪到他身边。迈内黑特跟我们说过，每逢节日的时候，在古老的城市底比斯，拉美西斯二世总是坐在一个巨大场地的中央面见自己的朝拜者。我总是想象着那地方得有多大，至少有我们观看战车表演的地方大吧？进到院子里，我感觉到法老就在附近，确切地说，是他的力量像太阳一样，乍一抬头看，非常刺眼。我的后脑勺感觉到一股沉重的压力，在有这样的感觉之前我是跪倒在地上的，没人教过我这个，我屁股朝天，脸和膝盖都贴着地，这神圣的地上有焚香的气味吗？我不知道这是来自于阳台上的法老的力量，还是父亲和母亲同时按着我的头让我跪下的。迈内黑特就站在我们前面，因为他的等级比我们的高，所以他只跪了一条腿。

母亲和父亲迅速与迈内黑特一起起身，他俩也半跪着，胳膊张开，这个姿势很合适父亲，他很高兴，但却降低了母亲的身份，她很不高兴。而令我吃惊的是：我不愿起身，感觉嘴巴和鼻子贴着地，眼睛离地还没有一指的距离，我可以感觉到平静的力量在我的身体里循环着。我不敢抬头看法老，他能释放一种力量，迫使我自觉地用嘴巴亲吻大地。我不知道自己背部所感受到的重力是不是来自于他的眼睛，或者是来自于太阳的全部热量，也有可能是同时来自于这两者，因为上午我听到人们说法老是太阳之子，除了我们的君主,地球上没人能接近太阳。拉美西斯九世有很多头衔：奈弗尔－卡－拉、赛特尼瑞、拉美西斯、卡梅－尤斯、玛睿阿蒙，而普塔－内穆－霍特普只是他童年时期的小名，只有他的朋友和高级官员才可以这么称呼他。

然后，我不知道自己是眩晕了还是狂喜过度了，彩色的晕圈从地上钻进我的眼睛里，我感觉有另一个声音在召唤我抬起头。这个声音一直在召唤，直到我鼓起勇气抬头去看阳台上的法老。

他坐在两根柱子中间，斜靠在金色的栏杆上，手掌托着腮，栏杆上放着一个绣花垫子。他身着金色的胸甲，戴着双层王冠，像两张帆，王冠上点缀着珍珠，右侧雕刻着金蛇。法老那高高的白色王冠向上拱起，胸甲向下呈弓形，我感觉自己更像是在看一个大型的盾牌，而不是人。我刚刚还在想象他的王冠和胸甲之间的脸，他的眼睛大大的，黑色的眼线使得眼球十分突出。母亲曾经告诉过我：法老的眼睛变化无常，一会儿像天空一样澄澈，一会儿又像没有月亮的夜晚一样漆黑。他的鼻子又长又丑，和别人的不一样，他的鼻梁很细，鼻孔像猫的一样狭窄。在他转头之际，我发现他鼻子的形状真的很奇怪，从一侧看去，鼻子为他英俊的鹰脸增添了完美的半月形，但是从另一个角度看去，就像叶尖即将滴落的水滴，并不好看。窄窄的鼻子下面长着一张迷人的嘴巴，因为嘴巴的线条非常优美。嘴巴与鼻子很亲近，说来也奇怪，我不知道该怎么去描述，这让我想起保姆伊雅塞雅博站在我身边抚慰我的情景，尽管我们身份悬殊，她只是个奴隶，又矮又胖，但那晚我确实感受到了前所未有的快感。我看着法老的嘴巴和鼻子，想起自己的鼻子紧贴着伊雅塞雅博那厚厚的裙子，闻着她身上的泥土、鱼和河岸的味道。法老的鼻孔下部会随着呼吸弯曲，我特别想靠上前去亲吻他。我想把自己甜甜的嘴唇（每个人都认为我的嘴唇很甜）贴到“拉之子”的嘴巴上去，这种渴望愈发强烈。马上我又萌发了另一个念想，我设想着自己脚趾头紧绷，正凑上去亲吻法老两腿之间的生殖器，以前我还从未产生过这种冲动，很快又想和迈内黑特做同样的事。法老的鼻子和母亲涂了粉的肚脐一样令我着迷，我可以预见未来的自己：我很年轻，在某个黑色山脉的黑暗房间里，跪在曾祖父的卡的面前。我不知道六岁时的我所看到的那是不是我的卡按照自己的记忆送给我的礼物，这是我生命中的其中一天，不管此刻我是不是在法老普塔－内穆－霍特普（我在心里这样叫他，好像我们是老朋友一样）的庭院里，我感觉自己比跪在胡夫墓里更有活力。然后，像从噩梦中惊醒，我确信自己还是活着的，而且是六岁的孩童，仍然两手着地跪在地上，于是我再次抬起头看着法老。他用银铃般清脆的声音说着话，语气很有威慑力，这种声音我以前极有可能听到过。他一句一句地说着，和曾祖父用笑话调侃真理的语气很像。

法老说：“迈内黑特，你此趟前来，意图不小吧？”

“我的头等大事在您面前都是不值一提的小事，陛下。”迈内黑特回答道，声音很温柔，就像落叶掉到水面上。

“这不过是奉承话，你肯定意图不小。”法老说，但是迈内黑特刚刚拍的那个马屁令他很高兴，法老又说道：“你请起，带着你的家人来我这里坐坐吧。”他拍拍自己身边的坐垫。

仆人把我们带到刻有图画的阶梯前，那里离阳台只有十步距离。普塔－内穆－霍特普拥抱了曾祖父，并亲吻了母亲的脸颊。母亲像只猫一样，弯下腰来认真地亲着他的脚趾。父亲很严肃地（人们一直都认为他很正派）跪下，抱着他另一只脚亲吻。普塔－内穆－霍特普问：“海斯弗蒂蒂的儿子叫什么名字？”

“迈内黑特二世。”海斯弗蒂蒂回答。

“不如叫迈内黑特－卡吧！”法老说，“这是一个长着美丽面孔的食人妖的名字。”他仔细看着我，不禁感叹道：“只有漂亮的海斯弗蒂蒂才能生出这样帅气的儿子。”

父亲对我吼道：“儿子，别站着不动啊！”

“是的，”法老说，“你得亲我的脚。”

于是我跪下，看到他的脚趾甲涂成了蓝色，亲他的脚趾时，我闻到他的脚有一股香水的味道，像母亲身上的香味，如暗红色的玫瑰香，后来才发现原来地板用香水洗过。当我亲法老的大脚趾头与下一个脚趾之间的缝隙时，鼻子突然被夹了一下，他在用脚趾戏弄我，我感觉到一阵眩晕，不是很痛，身体里似乎突然闪了一道白光，它肯定是从法老那里传来的，很强烈，仿佛花朵突然被连根拔起，但是花朵也会看到相同的白光吗？我突然感觉到自己仿佛身处仙境。

身体积聚了足够多的力量，我开始舔法老的脚，然后站起身，闻到的不止是玫瑰香，还有淡淡的泥土香和海里的鱼腥味，与保姆伊雅塞雅博大腿间的味道一样，甚至还散发着人尿的臭味，像迈内黑特裤裆里散发出的气味。我很困惑，这和以前我用唾沫把玩自己的屁股和肚脐时闻到的手上的气味是一样的。闻着这些气味，我再次感觉到法老的力量，懂得了法老是最接近神的人，以前从来没有人跟我说起过这些。法老闻起来有点像女人，和我的味道一样。

我抬起头，弓着腰，跪着向后撤退了两步，然后慢慢地站起来。法老目不转睛地看着我，“你的孩子真是与众不同，”他对海斯弗蒂蒂说，“笑得很甜，嘴上功夫更是了得。”似乎他的心情突然转变，就像太阳突然被乌云遮住，他心事重重地把眼睛转向曾祖父：“你要好好地训练这孩子的嘴上功夫。”

曾祖父说：“这是所有人共同的责任。”

“这是献给法老的。”普塔－内穆－霍特普说。

曾祖父的回答出人所料。“啊，你居住在黑夜里，却在白天闪耀于我们之上：你的智慧如大地和河流；又如赛特和荷鲁斯，能与活人、死人对话。问一问你的仆人迈内黑特吧，任何他可以回答的问题都可以问，但是不要让他思考：法老是否需要肚脐与大腿之间神秘地带的力量呢？”

他很英勇地说出这些话，夸耀的时候显然与本体分离了。他曾经向我展示过被俘的军官如何向自己鄙视的将军（他已经向这位将军投降）献上自己的剑，他只与我玩过一次这样的游戏，我很好奇他刚刚说的话是否表现出对法老的蔑视。

“告诉我，美丽的海斯弗蒂蒂，”拉美西斯九世说，“当我不在场的时候，他是不是也这样说过我？”

母亲说：“他提到过您的笑容和旨意。”

“大将军，”他继续问，并对海斯弗蒂蒂的回答耸了耸肩，因为她的回答太快了，“告诉我：你曾经就是这样对我的先人说话的吗？”

迈内黑特鞠了个躬：“以前是年轻的我说的，而现在我老喽！”

“何况先人是伟大的法老。”普塔－内穆－霍特普说。

迈内黑特回答：“拉美西斯二世与拉美西斯九世之间有所不同，就像诸神之间也有所不同一样。”

“你说说有哪些神？”

“不知道我是不是可以直呼其名。”

“我允许你这么做。”

“人们称拉美西斯二世为热爱真理的强壮公牛——荷鲁斯，但我觉得更像赛特。”迈内黑特停了一下，希望这样大胆的评论能得到法老的欣赏，然后补充道：“而你则让我想起了无与伦比的神——欧西里斯。”

迈内黑特的评价很到位，普塔－内穆－霍特普大笑起来，就像我时常听到的母亲的笑声一样欢乐，我很想知道他的呻吟声是否也像海斯弗蒂蒂的一样令人印象深刻。

“他们经常说我更像卜塔，而不是欧西里斯，”法老说，“你在这里，我非常高兴。”他点了点头，仆人拿来垫子。他示意我们坐到他旁边，甚至把自己的垫子也分出一部分给迈内黑特，让他与自己坐在一起。迈内黑特坐在他身边后，很不情愿法老亲他的嘴唇。普塔－内穆－霍特普亲完后对他嘴唇上的余香回味无穷，用舌头不停地舔舐着。法老转向海斯弗蒂蒂说：“等会儿仆人们会给我们涂圣油，我要处理国事，面见朝臣，但这个过程很无聊。你可以去自己的房间吗？”

“我想要听一听两大王国向您汇报问题，陛下。”

“有你在我身边真是一件让人愉快的事。”他小声对海斯弗蒂蒂说，父亲立刻变得不高兴。仆人们端着雪花石膏制成的碗上来，碗里盛着香水，他们坐在普塔－内穆－霍特普、迈内黑特、母亲和我的脚上，然后法老示意仆人拿出第五个垫子，让父亲坐下。“你就不需要去看那些宦官了，奈弗－赫普－奥科汉姆。”他对父亲说。

听到法老这样称呼自己，父亲两眼放光，这说明平时几乎没人叫他的全名。“伟大的神啊！”他回答，“我在您的圣灵里呼吸，却在坐垫上坐立不安，因为我害怕宦官会犯下不可饶恕的错误。”

父亲不经常与我谈心，但有一次我对他说，他作为御用化妆师的监工，地位应该与伊斯兰的高官同等重要，因为每一次两大王国遇到麻烦的时候，法老身上所穿的衣服以及脸上所化的妆都与埃及的运势密切相关，在这一天，法老的任何姿势都有可能改变远方战场上的战局。他涂成浅绿色和黑色的眼睛，掌控着头朝不同方向倾斜时所承受的重力，因为法老坐在永远面朝河流的王位上，头只需向右或向左倾斜，王国的上游或下游地区便会刮起微风，只需转动钩子上的把手，就会给我们看不见的山谷里的牧羊人带去恩赐，就连他鞭子上的小蛇都可以促使地主拿起鞭子抽打贫农。他的遮阳伞是用鸵鸟尾部的羽毛制成的，可以为花朵带来茁壮和芳香；他长达胸部的大项链是太阳的金耳朵；他有时会戴着羽毛王冠，可以为鸟儿的歌声送去欢乐和庄严。父亲给我讲这些故事的时候，母亲皱着眉头说："你为什么不告诉他只要古时候的法老系上豹子的尾巴便可以发动整个丛林里的动物，而我们的普塔－内穆－霍特普却没有这样的能力呢？"

我当时还是个孩子，却能够看出即使父亲很喜欢华丽的服装，但他还是很务实的。"法老如果不总是被其他无穷的力量攻击，他会有更加无穷的力量。"父亲回答道。

"为什么？"她问，"那他被攻击了吗？"

"那是因为他需要面对法老共有的弱点，"他转头看着我说，"正是因为这样，所以法老的所有装饰品都必须是完美无瑕的，否则他的力量就会被削弱。"

我觉得父亲的观点肯定有些错误。每次面见法老时，他总是不引人注意，经常躲藏在家里，几乎见不到化妆品。我对此很好奇，看见父亲现在坐在旁边，并没有受到宦官的影响。宦官们带进来许多可爱的小狗和善舞的美女，有两个宦官哼唱着小曲，并对我们微笑着。两个宦官开始边嬉闹边为普塔－内穆－霍特普洗脚，似乎和小狗一样，有权利揉捏或亲吻他的脚。另外三个宦官伺候迈内黑特、母亲和我。他们非常快乐，洁白的牙齿闪闪发光，用手指挠我们的脚心，手指像小鱼一样在我们的脚趾间穿梭，并用手指甲刮去我们脚后跟上的茧皮。

过了一会儿，清洁完我们的脚以后，他们又开始按摩我们的腿。他们长得很英俊，应该是来自努比亚或库什的同一个村子，因为他们的体型差不多，都长得很黑，看着他们闪着光的象牙鼻环，更觉得他们长得很像，因为他们鼻环的佩戴方式都是一样的，我甚至还觉得他们三个都是从同一个子宫里生出来的。

他们知道该怎么做自己的工作，无论父亲在不在场，几乎都不会出错。很快，他们不光帮我们按摩腿，还帮我们按摩脖子和肩膀。服侍海斯弗蒂蒂的宦官把油涂在她肚脐周围，熟练地打着圈，她很舒服，毫不顾忌地发出兴奋的呻吟声，声音很大也很清晰，好像这样的声音是贵族妇女礼节的一部分。

“我一定要把这个宦官从你那里买回去。”她对普塔－内穆－霍特普说，法老点头表示同意。“他们让你欢喜吗？”法老问，然后用充满爱意的眼睛看着五个黑黑的奴隶，曾经曾祖父也用过这样的眼神看配对的马或白色的孪生公牛。他们都没有穿衣服，我们不仅能看到他们粗壮的腰和腿，还能看见睾丸被切掉的地方，这又给了他们一个相似之处——他们都是宦官。

普塔－内穆－霍特普评论道：“你都无法想象这些人为我的后宫生活带来多大的快乐。我的爱妃们会吃醋的，我很感谢他们，宦官是对王室的赏赐。没有女人能让男人的身体这般平静，即使她们也为男人按摩。这些人甚至可以让动物平静下来。”普塔－内穆－霍特普叹了声气说道。

迈内黑特说：“他们比神灵还能让人心生欢喜。”

“他们肯定也没那么邪恶。”法老回答。

迈内黑特意味深长地点点头。

海斯弗蒂蒂说：“只有在你面前，在这宏伟的宫殿里，我听到这样的聊天才不会发抖。”但是她的话太谄媚了。普塔－内穆－霍特普回答：“即便奴隶也会厌烦主人的不断戏弄，所以我们不要这么大声地谈论神灵。”现在他就看起来有点厌烦了。

父亲趁机说：“在宏伟的宫殿里可以感受没有恐惧的生活。”但他说话的时候并不是丝毫都不恐惧，因为这时仆人进来送冷饮，普塔－内穆－霍特普觉得心烦，挥挥手让他们退下去了。“你和海斯弗蒂蒂，”他对着父亲评价道，“说起话来就像哥哥和妹妹。”他睁大温柔的大眼睛，很惊奇，似乎无法理解像我母亲这样举止优雅也很虔诚的公主为什么会嫁给父亲这样的平常人，而且从血缘上看，她也算是父亲的远房妹妹。我退后了一下，法老确实是在想这个问题。无论他是不是想这个问题，反正我在想，因为母亲曾经跟我说这是我们家里的第一个耻辱。

他对客人很关心，如果话题不转变，他的思想似乎会枯萎，所以他转向母亲说：“你喜欢我假发上的蓝色吗？”他问话的时候语气强而有力，似乎可以在母亲心里激起一道火光，因此母亲回答：“这和天空的蓝色是不一样的。”说完，他俩都笑了。父亲赶紧示意他的助手，皇室假发的负责人赶紧带着盛装假发的盘子进来，里面有两顶黑色的假发，一顶直的，一顶卷的，还有两顶新的蓝色假发，其中一顶也是卷的。法老和母亲现在很高兴，我也跟着兴奋。如果说法老温暖的问候里带有一种挥之不去的悲凉，那这些悲凉现在已经了无痕迹了，因为他好像生来就有平衡气氛的天赋。他能运用各种语言技巧应付举止上的瑕疵，甚至是小小的恶作剧也能让人欣然接受。毕竟，人的情绪有时候也像汤水一样，需要搅拌搅拌。

他挑了一顶假发，上面的头发是直的，然后拿起来仔细检查着。接着又悲伤地说：“没有任何东西能和天空的蓝色媲美，即便是我愿意戴在头上的最美丽的颜色也不算漂亮，只是我看不见而已。”

“这孩子可能有你想要的答案。”迈内黑特小声嘀咕道。

“你很漂亮，肯定也很聪明。”普塔－内穆－霍特普对我说。

我脑袋空空的，只有一股想说话的冲动，于是我点点头。

“你知道蓝色染料是从哪里提取的吗？”

我不用走很远就能得到答案，它通过曾祖父的意识传到我的身体里。我的思想就像一碗水，迈内黑特只要一动，水面就会荡起波纹。

“神圣的法老啊，蓝色颜料是从蓝莓里提取出来的。”回答完之后，我的舌头感觉一阵空白，在等着即将提出来的下一个问题。

“非常棒，”普塔－内穆－霍特普夸赞道，“浅蓝色染料不是液体，而是粉末状的。那你知道蓝色粉末是怎么来的吗？”

“伟大的神啊！”我说，“它不是从植物的根里提取的，而是从铜制品上刮下来的。”

“他跟你说得一样好。”法老说。

“他就是我的二儿子。”迈内黑特回答。

“我亲爱的迈内，跟我解释一下为什么我的假发永远没有天空那样蓝。”

“我伟大的神啊！假发的蓝色来源于地上，但天空的蓝色是在空气中形成的。”

“那我永远找不到自己中意的蓝色了？”他问，声音中充满令人同情的自嘲，使得我想向他走去。我轻松地说：“永远都不会，伟大的法老，直到你找到一种羽毛像天空一样湛蓝的鸟。”

迈内黑特吃惊地拍打着自己的大腿说：“这孩子只听最好听的声音。”

“他听到不止一种声音，”普塔－内穆－霍特普说，并用鞭子轻轻地蹭了蹭迈内黑特，“你在这里真好，”他说，“还有你。”用另一根鞭子去蹭海斯弗蒂蒂。

她用最甜美的笑容来回答他：“我以前从未见你这样英俊过。”

“我承认自己像个死人，被裹尸布层层包裹着，真无奈。”他说。

海斯弗蒂蒂说：“不会是这样的，你的眼睛如狮子般犀利，声音与空气相伴。”

“我的鼻孔可以闻到任何东西，”他说，“包括每一次沉闷的呼吸。”他叹了声气：“自己一个人的时候，我总是发出鸟儿的哭声来娱乐自己。”他发出一阵鸟叫声，模仿鸟儿护巢的情景。“把你们逗乐了吧？有时候感觉通过娱乐他人，自己暂时可以逃离世间万物的气味。这里，孩子，小小的迈内－卡，你想听狗叫吗？不过声音不是从它自己嘴里发出来的。”

我点点头，他看着我的笑脸补充道："你的曾祖父都不会说狗话。"

他奇怪地拍着手，然后大喊："泰特！泰特！"

我听到楼下的狗叫声，然后是慢慢上楼走到阳台上的声音，对于动物来说，这脚步声非常有礼节，就像两个仆人那四只训练有素的脚。

我看到一只银灰色的狗走上楼来，他的表情专注而又神秘。

"泰特，"法老轻声说道，"你可以坐下了。"

狗遵命坐下。

"我给你介绍一下他们，"普塔－内穆－霍特普说，"当我提你的名字时，请逗我开心，并一直这么想。"然后他指着我们，将我们介绍给那条狗，"好了，泰特，"他说，"下一位是海斯弗蒂蒂。"那只狗向前一步走，犹豫了一会儿，他重复道："是的，亲爱的，来认识海斯弗蒂蒂夫人。"

泰特看着母亲，然后向她走去，她还没来得及为它鼓掌，普塔－内穆－霍特普就说："来，下一位是迈内黑特。"

狗离开了母亲，转了一个圈，径直走向曾祖父，然后前腿撑着地，后腿跪着，鼻子和嘴贴在地上，呻吟起来。

"你害怕这个人吗？"法老问。

泰特动情地呜咽起来，好像身上受了箭伤一样，发出哼哼唧唧的声音。

"你听到了吗？"普塔－内穆－霍特普问，"它说'害怕，害怕'。"

"我只能说这不够准确。"迈内黑特说。

"泰特，泰特，"普塔－内穆－霍特普对泰特说，"说'tooooo'而不是'tyoo'，Tooooo！"

泰特弓着腰。

"你这个调皮的小家伙，"普塔－内穆－霍特普说，"来认识一下那个小男孩。"

狗环顾四周。

"看着这个小孩，看着迈内－卡。"

现在，它来到我面前，我们互相直视着对方的眼睛，我突然哭了起来，之前一点准备都没有，我以为自己会笑起来的，但是泰特心里的痛苦正好进入我心里，就像某人从罐子里倒水，不，不是那样的，这更像伊雅塞雅博在不开心的时候给我的吻，我感觉自己知晓仆人们全部悲伤的事。狗的悲伤全都进入我的身体里，伊雅塞雅博告诉我她在采石场工作的亲戚必须得背着大大的花岗岩石板并用绳子把它们拉到斜坡上时，我感受到的悲伤与此时一样。他们不时地会被鞭打，因为监工前一晚喝了很多酒，总是在太阳下发泄怒气，因此，在伊雅塞雅博告诉我她亲戚的事情那晚，我被她的声音弄得非常悲伤，这声音沉重却不卑微，因为她终于可以躺下来休息了，浑身也放松了。她为小时候便熟知的亲戚悲伤，她告诉我说他们晚上会来她的心里看她，不像在梦里，那样她可能会害怕他们，只要夜幕降临，她就会自觉地想起他们，她认为他们应该是在向她传递关于他们扭曲的骨骼的信息，此时，痛苦便像折磨她的绳子一样向她袭来，他们向她解说他们的生命就像被弓射出去的箭一样。

我不知道自己还记得她的哪些故事，也不知道有多少东西从狗那里传给了我，只知道这种悲伤不是我能理解的。泰特眼里的悲伤和我从许多智慧的奴隶的表情里看到的悲伤一样，甚至有过之而无不及，狗的悲伤似乎在诉说着它想去做却未能去做的事。

所以我号啕大哭，我都不相信自己会哭得这么大声。狗把远处的恐怖告诉了我，我从未如此害怕，虽然自己不会成为奴隶，但迟早都会感受到对生活的恐惧，而自己并不愿意过那种生活，因为我无法到自己想去的地方，这种强而有力的感觉使我哆嗦起来，足以破坏光的稳定性。然后我感觉自己同时住在阳光和黑暗里，快速地战栗和眨眼。我把眼睛睁得大大的，同时看到两种场景：六岁的我悲伤地哭着，泪如雨下，鼻涕流成了两条河；六岁的我还看到了在死亡之地的二十一岁的自己。然后海斯弗蒂蒂抓住我不断地摇晃着，她抱着我，让我不要再看法老，把我弄得快窒息了。

四

我们走在路上，我能感觉到海斯弗蒂蒂很生气。她将我扛在肩膀上，我的胃贴着她的肩膀，头垂在她的乳房上。前方的路在慢慢升高，我们每走一步就升高一点，似乎我正在变得头朝下。而我全身的热血沸腾着，很害怕自己只是一只掉进开水里的小动物，肉体受到煎熬，灵魂发出嘶叫。后来海斯弗蒂蒂停下来将我放下，那一刻我觉得自己可能已经死了。我们站在一栋非常漂亮的房子前，我第一次分不清那是一栋房子、一座花园还是一个池塘。

树木环绕在我们周围，每一面墙上都画着树。我站在草坪上，沼泽里种着金色的野草，彩色的鱼儿在金色的叶片之间嬉戏。天空的星星在我的头顶上眨着眼睛，太阳落山了，西面的墙泛着红光，和昨晚从曾祖父的屋顶上落下去时一样，只是此时可以看到金字塔，它们在太阳余晖的照耀下宛如石榴一样红。那些金字塔坐落在平原上，位于两棵金色的树中间，是这些树撑起了我们面前房子的屋角。鸽子和蝴蝶在空中飞舞着，田凫和金雀在芦苇丛中的公牛角上飞来飞去，我脚下的睡莲盛开了，蓝色的莲花让正从鳄鱼窝里偷蛋的老鼠原形毕露。我不哭了，反而被鳄鱼的表情逗乐了。

现在母亲用胳膊搂着我的腰，让我看她，但我却盯着她正坐着的椅榻的象牙腿看，它们很像公牛的四肢和蹄子，蹄子要么是放在抛光的地板上，要么是陷进去的，尽管我想继续观看，但是椅榻的表面离水面很高，我可以看到自己和母亲在水面上的倒影。

我们站在画里的鸟儿和动物之中，我可以看见画家在草根上画的苍蝇和蝎子，鱼儿也在那里闲游着。最后，我对母亲笑了。

“我想回去了。”我说。

她看着我问：“你喜欢这里吗？”

我点点头。

“这是我最喜欢的房间，”她说，“小时候我经常在这里玩。”

“我觉得自己应该也会喜欢在这里玩的。”我说。

“在这间房子里，我知道了自己本来是要嫁给法老的。”

我好像看到了母亲和普塔－内穆－霍特普都戴着蓝色的假发，她坐在法老王位的旁边，他们中间有个长得和我不一样的小孩在玩耍。

“如果你嫁给了他，那我就不会在这里了。”我说。

母亲深邃的黑色眼睛盯着我看了好长时间。“你仍然会是我的儿子。”她说。她把我放到大腿上，我感觉自己好像沉进她大腿的肉里了，很舒服，而且即便她大腿上的肉不往下陷了，这种感觉也不会停止。这种甜蜜的感觉不断重复着，就像是对夜晚的美好回忆，现在我很快乐，快乐程度与看着法老的小狗时感觉到的悲伤程度一样。我多么喜欢金字塔反射在沼泽草制成的地板上的红光啊！

“是的，我本该与法老结婚的，你喜欢他当你的父亲吗？这是你放声大哭的原因吗？”

我撒谎道：“我不知道为什么，那只狗让我很悲伤。”

“我认为那是你觉得自己本可以成为一位王子。”

“我不这么觉得。”

“我本来该是法老的第一夫人。”

“但是你和我父亲结了婚。”

“是的。”

“你为什么那么说？”

海斯弗蒂蒂好像感觉到我有窥视他人想法的能力（我以前也不知道自己有这样的能力），于是她清除了脑袋里的一切想法。

“是的，你嫁给了父亲，而我是他的儿子，现在你带我到这里来玩，我很开心。”我并不知道自己说了些什么，但不知怎地，我觉得自己很狡猾，跟她说那些话或许会让她跟我说更多。

“你不是你父亲的儿子，”她说，眼睛里立即闪烁出一丝恐惧，她补充道：“也就是说，你是，但也不是。”我知道她想到了迈内黑特。“但你是谁的儿子并不重要，”她继续说，“因为是我生的你。我祈祷你的到来，我在怀上你以前从未如此光彩照人过。”她用手托着我的脸，她的手非常柔软，我感觉自己好像躺在床上，两副玉体横卧在我两侧。“你因我的信念而来，我坚信自己可以生下一个法老，即便嫁给你父亲以后，这个信念也没有消失。”

“你现在还有这样的信念吗？”

“我不知道，你和其他的孩子不一样。当我单独和你在一起时，并不觉得和你之间有多大的代沟。当我们不在一起的时候，我经常想起你说过的话。有些时候，我觉得你的思想是从他人那里得来的。确实，你能读懂他人的想法，在拥有这样法力的人里，你是最高尚的，但我并不觉得你会成为法老，因为我并没有梦到过你戴上王冠。”

“你梦到我什么了？”

我从未对她的思想波动如此敏感，又看到她被虱子吓到，那只虫子可能也爬进了我的喉咙里。

无论如何，那只是我母亲两个家的其中之一，作为一名战士，迈内黑特的血肯定进入了她的身体里，因为她再次看着我，眼神就像军官打量战俘、衡量他的价值一样干脆。“你为什么要哭？”她问，“你是否从狗的眼睛里看到了不祥的未来。”

“它用眼神羞辱我。”我说，此时我想到了母亲和迈内黑特在顶层花园里搂在一起的情景，她肯定也知道了我的想法，因为我看到了血色呈现在她脸上，她显得很生气。

“不要提羞辱，因为你在法老面前让我蒙羞。”她斥责道。我感觉她怒火中烧，紧接着，她抱起我走到屋子里去。“我觉得你不可能成为法老，原因和小狗使你哭泣的原因一样，你像狗一样胆小。”

我们经常用这种方式跟对方说话——以眼还眼、以牙还牙。我喜欢这样，因为我比海斯弗蒂蒂更擅长这些。

“噢，我哭不是因为缺乏勇气，原因非常简单——父亲得不到你们的尊重，按照你所说的，如果他是我父亲的话。”

她扇了我一个耳光，我非常生气，哭了起来。我的眼泪肯定像硬石碰脆石一样破坏了她的视线，因为她生气时像黑色岩石一样单调的眼神现在崩溃了，我看到她眼神里的悲伤，和小狗眼睛里的悲伤一样。她的表情诉说着自己平生不能说的秘密。“你为什么没有成为法老的第一夫人？”我问她。

她也没有回答我，而是说：“我嫁给你父亲是因为他算是我的半个哥哥。”这个回答没有任何意义，因为有很多哥哥娶了妹妹或者半个哥哥娶了半个妹妹的美好的皇室婚姻，与穷人结合的情况不算，这根本不算是回答。但我仍能从母亲的思想里看出父亲年轻的时候长什么样，我很惊讶，因为他长得很强壮，有些粗鲁，但粗鲁的程度不严重，年轻且自信，也有点不苟言笑，很多女人都喜欢这样的男人。但是现在他变了，脸部变得扭曲，鼻孔里虽然还在呼吸着清新的空气，但却比他年轻的时候（只是七八年前而已）卑微了许多，我猜测这应该与他多年的生活环境有关，他经常和母亲以及曾祖父生闷气。他们之间经常会闹得不愉快，就像吃了不能消化的食物后身体会很难受一样。然后我劝诱母亲多告诉我一些事情，并钳制她的思想，我穷追不舍，终于知道了这个家族的丑闻：迈内黑特的女儿是我母亲的母亲，叫阿斯特－恩－拉，曾经嫁给了拉美西斯三世的弟弟，然后在同一个月里，拉美西斯三世的弟弟就死了，此时母亲降生。然后阿斯特－恩－拉嫁给了一个有钱人，他出身农民家庭，住在最落后的地区。他还是个孩子的时候，曾做过公共厕所的清洁工，这是一件可耻的事，但他很快就发迹了，靠着像盖布神的长相和一流的床上功夫开了家妓院，慢慢地积累了一大笔钱。祖母阿斯特－恩－拉嫁给他是为了报复迈内黑特，因为从十二岁开始，她就被迈内黑特像情妇一样对待，可当她嫁给王子之后迈内黑特就开始冷落她。所以为了报复，阿斯特－恩－拉嫁给了这个清扫厕所和开妓院的男人，迈内黑特最不认可他这样的发迹方式，他只叫她的第二任丈夫为菲克－弗提，这是我们对捡屎的人最常见的称呼。母亲在跟我说这件事的时候笑了起来，说："你的曾祖父迈内黑特如此嫉妒，他不想听到自己的女人嫁给了全孟斐斯最令人意想不到的人。这也是自打你父亲一出生，他就讨厌他的原因。"

"你也讨厌他吗？"

"不，我喜欢他，他是我哥哥，我崇拜他。"一段记忆从她脑袋里很自然地进入我的大脑，父亲六岁的时候，她八岁，是她勾引了父亲。但是，她好像又意识到了我窥视他人思想的能力，于是把意识关闭了。我可以看见她关闭了她的意识，因为我不能继续获取和追寻她的思想了。

但是，那个场面：一个可能成为我母亲的人赤裸着身体与另一个赤裸的身体缠绵在一起，而这个人还不是我的父亲，这迫使我想起昨晚她和迈内黑特缠绵在一起的情形，我第一次知道为什么我们都说思维有"双重空间"。但是这样的想法在我头脑里占据了太大的空间，很快我就不去想了，顿时感觉很轻松，四肢都很放松，好像某种宝贵的东西正从我的身体里逃离，但是还会回来。然后我很想在描画的墙边睡觉，在这里，夜晚的气息永远散发着玫瑰的芳香，空气也非常清新。

"现在我们可以回去了吗？"母亲问。

“你回去吧！”我对她说，“我想要在你小时候玩耍过的房间里睡觉。”以前我从未经历过的事现在发生了，让我很震惊，记忆仿佛从远处飞来的鸟，可以在你的巢里发光。我想到伊雅塞雅博抚慰我的情景，那种幸福的甜蜜感再次向我袭来。

母亲说：“好吧，那你就在这里待着吧！但别走丢了，我要回去了，到你盯着小狗的眼睛看了很久的地方去，和法老还有你的曾祖父在一起。”她对往事打了个寒战。“等你一个人待够时，我希望你能来跟我们坐在一起，然后留意法老对朝臣说些什么。到时他们会提到很多朝中的事，”她叹了口气，“他倾听最古怪的问题，有时候还可以解决它们，尽管他并不是一个勤于政事的人。”我点点头，她说这些话的语气好像她从今以后就要嫁给他似的。我还记得她对迈内黑特说：“如果我们只有一人能回去，那他/她该带着什么回去？”她出去的时候对我微笑，那是一个光彩夺目的笑容，让我心生暖意。只有我一个人了，舒服地躺在椅榻上，椅榻腿像公牛的四肢和蹄子，傍晚玫瑰色的光还残留在夜间。过了一会儿，我似睡未睡着，思维的“双重空间”变成了在水面上竞相漂动的两条船。然后我感觉到自己的存在很有可能已经不是我自己了，但并不觉得悲伤，并没有感觉自己不是一个六岁的孩子。是的，我很自信地这样想着，很开心，然后睡着了，或者，用我的话说，我已经不知道自己在哪里漫步了。我们的小船相继离开，而我在那个漫长的夜晚，在那间房子里躺下睡着了。

五

我平静地醒来，脑袋里构思出一幅画面——在两门外面，小鸟停在大理石台阶上，三大庭院里轻轻地飘浮着彩色的羽毛，这三个庭院横亘在我和尼罗河之间。我收获了有史以来最不寻常的经历，尽管我没遇到什么危险，我也丝毫没感觉到惊奇。母亲曾告诉我不要走丢了，但是我现在感觉自己可以像两个人一样向不同的地方走去。我的意识肯定已经跟随着一只手离开了这座宫殿，跟随着船夫“碎骨者”去孟斐斯的集市上喝酒了，同时跟随着另一只手与法老待在一起，看他如何解决国家大事，但我的身体并没有移动，我听从母亲的话，没有离开椅榻。我的感觉开始迷离，就像大人喝酒似的，甜甜的，很快乐，我的意识进入了船夫的体内，他叫赛特－克苏，一提到自己的名字他就生气，他的名字听起来和它的意思一样。出于礼貌，我们叫他“碎骨者”，“他真正的名字叫阿斯－博恩，有点同性恋的意味。”另一个船夫说，“赛特－克苏可以打碎你的腰骨。”

我不知道自己为什么跟随着他，但是我觉得自己坐在他旁边时会和他更亲近，可以窥探他的意识，不是模仿。我从没听见他头脑里思索过一句话，可能他不怎么思考吧！但我能感觉到他胸腔内的怒火，像狮子的肺一样愤怒，我的胃和他的胃同时变酸。我感觉自己就像一块地毯，上面布满了人们吐的痰和呕吐物，红色的蚂蚁在我身上爬动着，但是我很震惊，因为我敢这样近距离地探索。另一种感觉就是饥饿，每一根神经都在疼痛，比我知道的任何疲惫感都要难受，我听到“碎骨者”对周围喝啤酒的人咆哮道：“我们今晚必须要修理好主人的船，然后开始划桨起航。”

“不，我们不用修理，”一个摇晃着啤酒罐的男人说，那味道又酸又苦，他却喝到了甜甜的滋味，“今晚我们是顺流而下。”

“伙计，你不能顺流而下，最起码用主人的船不能这样。每一个漩涡都会成为灾难。”

“就漂下去呗！”喝着香甜的啤酒的男人说。

“把你腐烂的眼睛从脸上挖出来！”“碎骨者”骂道。那个说话的男人和“碎骨者”的体型差不多,但只有一只眼睛,而且长满了眼屎,已经发炎了。这个肮脏的酒吧的唯一出口就是那扇门，但即使是在这样昏暗的环境下，我也能计算出有多少人，他们中大部分人都瞎了一只眼睛，二十个人里大概有十五个吧！我不知道自己以前是否见过这么多的“独眼龙”。在我们的仆人里，在法老的仆人中也一样，只要瞎了一只眼的仆人，他们必须很老而且足够可信才可以留下来。谁想整日对着一个满脸皱纹的“独眼龙”啊。但是在这里，好像自从他们一出生，所有的沙子和动物的粪便都被揉进了他们的眼睛里，太阳的强光就更不用提了。我看着一个躺在角落里的酒鬼，内心很不舒服，他的脑袋低垂着，前额朝着地面，地上都是面包屑、洋葱根、溢出的啤酒、痰和呕吐物，甚至还有一小摊泥浆，撒在地上的啤酒减轻了地面的肮脏程度。那个醉汉在角落的垃圾堆里打起了呼噜。

“就要漂走了，”那个满眼眼屎的男人说，“就要漂走了！”

“你再敢张嘴试试？”“碎骨者”对他说，“再敢说，我就把拇指插进你另一只眼睛里。”我离他很近，足以感觉到他的欢乐，他现在已经没有了饥饿感。他现在愉快地呼吸着，暴怒像红光填满了他的脑袋。面前红红的眼睛边缘变成了苍白色，然后又变成了血红色。另一个男人的皮肤由黑色变成了鱼肚白，然后又变成了黑色，像“碎骨者”生气时露出的黑紫色烟雾一样。这不是那人的肤色在变，而是“碎骨者”脑袋里所成的影像在改变。他在盯着那人喝醉的嘴唇看，很快他们会再说一句话，“碎骨者”可能会和他们一起说。他可以感觉到自己的手指如何去挖那人的眼睛，这会很快乐，就像把桃子核从果肉里挤出来。

端酒的女孩站在他面前说:“今天开开心心地过吧！赛特－克苏，快喝，喝着喝着，你就会开心起来。”

“给我来十八杯葡萄酒。”他笑着说,我能感觉到他的醉意。我头晕目眩，知道这是醉酒的征兆，因为我以前喝过葡萄酒，并且喝醉过，但没醉成像他这样。酒吧的墙好像要倒了，他赶紧站起来。让我们吃惊的是，他看着那个女孩，微笑着对他说:“你的裙子白得真好看，你是怎么把它弄得这么干净的？”

“不让手脏的人碰！”她大叫着然后躲开了。

“回来，”他也大喊着，“我想要马里欧提斯[1]的葡萄酒。”

“我会回来的。”

“我还要一根长条面包。”

然后我瞥见了“碎骨者”的意识中正在发生的一幕：她白色的裙子被扯下来,他的大手在她的屁股上来回抚摸着,然后她与他的身体纠缠在一起，脸上露出欢乐的表情。我知道他目前只能看到这些，因为那个女孩已经走到放着葡萄酒罐子的长桌旁，已经拿了一罐酒回来了，胳膊里还夹着一根长条面包，边走边说:“这酒产于布陀。”

“布陀的酒很臭。”他嚷道。

他没有坐下，而是摇摇晃晃地站在那里，墙似乎也在摇晃着，我感觉自己像一只藏在他脖颈子里的小老鼠，好奇地观察着周围发生的一切。她把酒罐拿过来，他拔掉罐子上蜡质的塞子，倒了一杯酒，仰头就喝了个底

[1] 古埃及最好的葡萄酒，只有王族和身份极其高贵的人才有资格享用。

朝天，又倒了一杯。葡萄酒下肚时有一股血腥味。

“这里真难闻。”他抱怨道。

“付钱，赛特－克苏，”她小声嘀咕着，“外面的空气很好闻。”

“外面很热，这里很臭。”他非常生气，但忘记了生气的原因。他的手伸到短裤里，摸了很久，那个女孩吃惊地张着嘴，他和我都不知道她张开了嘴，她的嘴唇微微动了一下，他还以为嘴唇的颤动是因为自己把手放在她的身体上面呢。然后他从衣服的褶皱里掏出一枚小头铜币，重量只有一枚铜板的四分之一，然后用从主人迈内黑特那里学来的手势将铜币在她的眼前晃了晃，充分表达了对奢华而恶臭的酒吧的蔑视：“总有一天，我会娶了你，”“碎骨者”说着，摇摇晃晃地向大门走去了，地板上褐色的泥土和迟暮时分尼罗河上的深褐色一样。地板似乎在向他流动，就像缓缓流动的溪水，他急需跨过去，我很想知道他为什么不再咆哮了。他转过身，很像笨重的船在水上调头，走向那个只有一只红色眼睛的醉汉。

“你不能沿着大河顺流而下，”他打着嗝说道，呼出辛辣的啤酒味、白兰地酒味和布陀葡萄酒味，“强大的水流会形成漩涡，会把你吸进去的。”他还想说水里可能会有暗礁，船会搁浅，所以你必须要记清它们的位置，但是那个“独眼龙”醉汉只是傻笑着，表情憨憨的，摇一摇食指，说：“你要顺流而下。”好像这句话里蕴含着所有深奥的秘密。

“碎骨者”把衣服扔到一边，朝着醉汉身上撒尿。在他尿完之前，酒吧里的人都笑了。醉汉只是任他羞辱,傻笑了一下,然后又坐下来睡觉了。“碎骨者”转过身，乐了一会儿，没人敢跟他说一句话，他清醒后才意识到自己身上也有很刺鼻的尿骚味，就像马身下的热稻草发出的骚臭味。他走出来重塑自己威猛形象的时候，酒吧里的人开始对他骂骂咧咧，他把自己的威猛向所有的穷困商人、学徒和工匠展示，人们从远处向他扔烂洋葱和面包屑。他在街上踉踉跄跄地走着，脑袋昏昏沉沉的，但身体还是很好地保持着平衡，很想回过头去敲一两个人的脑袋。他听到酒吧里的人说的最后一句话是："迈内黑特老爷会听到你的'光荣事迹'的！"然后他就一个人走在大街上，只有我能听到他的呼吸声。他喘着气，仿佛已经划了好几个小时的船，急促地呼吸着，心中甚至还充满了对急促的狂喜。有一次迈内黑特命人用鞭子差点把他打死，那种感觉永生难忘。现在他在大街上再次体会到了那种感觉，孩子们指着他骂，男人和女人给他让路，在有四层楼高的墙边，有个与他体型一样的年轻家伙站在又窄又黑的路中间，他们一旦相互接触到就会立即打起来。那个家伙和其他人慢慢地向他靠近，当双方差不多快接触到的时候，那人的傲慢却变成了谨慎。他们只是从他的身边走过，双方都觉得很羞耻，因为没打起来。赛特－克苏感觉很累，坐在一个小广场上休息，广场在桔槔的旁边，主妇们正在那里打水，他伸手去掏自己的面包，掰下三指宽的一块面包塞进嘴里。

母亲常说我的嘴很挑食，确实，我从未吃过这样的面包，感觉它像麸皮一样粗糙。还没吃上三口，他就嚼到了一颗麦粒，大概有豌豆那么大，硌到了他的牙齿或牙根，他费了很大的劲才把它咬碎。牙齿突然疼了起来，他突然哭叫了起来，回想起这么多年以来自己的牙齿先后被砂砾、卵石、沙子、谷粒和磨盘上掉下的碎石片硌到过。他看见自己的母亲抓一把麦粒撒到中间有个洞的平石板里，然后就可以磨出面粉，平石板在房子外面，他就在那里长大，可能那面粉的味道和他现在拿在手里的面包的味道一样，面包的气孔里都有一股酸酸的尿臊味。他童年时的工作就是到处捡驴子、鸡、山羊、奶牛、狗和绵羊的粪，那种刺鼻的气味一直存留在他的鼻子里，然后母亲会把这些动物的粪便压成砖头，放在太阳下晒。如果他们找不到木头，就会用粪砖烤面包吃，因为木材经常不够用。通过面包的气味，他仿佛觉得自己的鼻子正在山羊的肛门周围嗅来嗅去。他又啜泣起来，因为刚刚硌到的牙根又开始疼痛了，那种抽泣就像正在愈合中的伤口慢慢减小。他站起来盯着每一个经过广场的女人看，一个女人带着鸡蛋和生鸡去卖，一个女孩胳膊里夹着只扑棱扑棱拍着翅膀的鹅，另一个女人拿着自己刚织好的亚麻布，布非常白，在太阳下闪闪发光，刺到了他的眼睛，他一边蹒跚地走着，一边晃动着脚，眼睛在慢慢地恢复。他朝集市上的大广场前进，头顶上的太阳很毒辣，就像身边横着一具急促喘息的玉体，太阳快要烤焦他红色的眼眶边缘了。有些人说所有的神都活在一位神里面，那就是太阳神。如果这是真的，他就很生气。

“神都活在屎里！”“碎骨者”自言自语，想起面包里的粪味，他笑了，然后盯着一位路过的穿着透视裙的女人看。这个女人留着长长的染成蓝色的头发，圆滚滚的屁股像打了蜡一样，她戴着手链和珠子，耳朵上别着一朵花。她经过他的时候，他眼睁睁地盯着她，想试试能不能从她长阴毛的部位看到点什么东西。他盯着她刺着花纹的下巴看，希望能从她身上找到一些妓女的痕迹，然后就可以跟她一起去妓院，但就在他吵吵嚷嚷的时候，她走了。我感觉到他的阴茎勃起来了，和撒尿时不一样，而是像压着巨石的土地在巨石被抬走的那一刹那的感觉。

“力量和烈酒！”他在她身后叫喊着，“力量和烈酒！”但她不理会他，她透视裙里若隐若现的屁股也很快就看不见了，他大笑起来，却弄疼了刚才受伤的牙齿，然后他大叫着：“聪明人只要一句话，就能让笨蛋挨揍。”他是跟迈内黑特学的，迈内黑特鞭打船夫的时候就经常这么说。他的脑袋一团糟，思维很混乱，因为很明显，“插”和“词语”听起来是一样的，只是他以前从未注意到罢了。Medu是“词语”的意思，而medu是“插”意思。打嗝的时候，他突然觉得自己很伟大，因为他觉得插进女人的身体里就像送给她一个词。是的，语言犹如他曾经见过的盒子，盒子里面有更小的盒子。“神都活在屎里！”他吼起来，唾沫星子都落到他的脸上。

赤身裸体的男孩和女孩从这里经过，这个地区的所有小孩都会经过这里。但这些赤裸的孩子有些戴着不止一个手镯，说明他们不全都是穷人家的孩子。他们以“碎骨者”为中心围成一个圈，他在中间摇头晃脑，累了就躺在地上睡觉。一个留着披肩长发的男孩现在正仔细看着他，轻声地笑着，想在他脚上撒尿，但只尿出几滴。“碎骨者”立刻醒了，男孩马上停止撒尿，“碎骨者”又躺在地上睡着了。

当驮着稻草的驴经过时，他只睁开一只眼睛，躺在地上看着它们。肥壮的公牛从集市上回来，在广场上的人群中穿行，也从他身边走过。渔夫挎着一篮篮鱼，面包师挎着一筐筐面包。还有糕点、肉、水果、鞋、谷物、洋葱、小麦、面包、香油、蜂蜜、席子、青铜剃刀、斧头、谷物篮、鸭子等等。一个卖装酒的皮革瓶子的小贩在去集市和回来的路上都要从他身边经过，小贩将枣子和调料以及蜂蜜、杏仁和开心果从他背后的小店里搬了出来，还有另一个小店在这个小广场上开了起来，一位厨师和两名服务员已经开始准备晚饭。在广场旁边的路口还有个大集市，那里开了许多食品店，我和伊雅塞雅博曾经来过这里，我还记得烤鹅和平底的酱料锅里肉汁的香味。有一天早上，我和她一起在这里看厨师切蔬菜看了很久，她喜欢那个厨师，现在我和“碎骨者”一起开心地做着梦——我们买了许多熟食带回家。“碎骨者”安静地在路上睡着，他梦到高级鞋匠送了他一双有铆钉的凉鞋，铆钉是个金匠做的，他专门用非洲金锭制作耳环和手镯。金匠店里有一串用金银合金和青金石打造的项链，青金石是从伊拉姆一带运来的。“碎骨者”听过伊拉姆是世界的尽头，所以很想要那串项链。他意识的小船穿越沙漠朝东方驶去，去寻找伊拉姆。不一会，铁匠和石匠都关门打烊了，木匠经过广场向家的方向走去，鞋匠、陶匠、理发师和染工也都相继回家了，染工身上很臭，因为他要不断地从兽皮上把腐肉刮下来。奴隶、生意人和国外的商人经过，一些优雅的女士搬着凳子也从这里经过。一辆战车驶来，看到“碎骨者”赶紧掉头，以防战马踩到他的头，战马拉下热气腾腾的粪便，使得两个捡粪的男孩为此打了起来。一个男孩推倒对方的捡粪篮，在铺满石子的路上和对方搏斗，直到另一个男孩把对手拖得足够远才两手捧起那些马粪。“碎骨者”惊醒了，睁大眼睛，看到了自己童年时期打架的情形，然后摇摇晃晃地向黄昏的集市走去。到了大广场上，他对着所有正在磨粉的黑人和希伯来人皱眉头，又继续向前走，我也向前走，把自己的思想从“碎骨者”身上撤下来，并把它向后拖了很久。这段时间足够我去与一个女人做一次爱，做完爱我就离开她。我还记得自己抽身出来时，又进入了我自己的身体，我就是通过这种方式把自己的思想从“碎骨者”身上撤回的。当我返回法老玫瑰色的房间时，似乎自己已经做完爱了，因为那时我觉得自己意识的另一半肯定在和法老一起面见众臣，我在一种与法老的亲近感中醒来，他们都告诉我法老的感情是很复杂的，所有人都感觉不到，但是我觉得跟船夫相比，我与法老的关系更亲近。事实上，理解了法老差不多就是我的父亲后，我更乐意和他在一起，就像知道某处是安全的之后，人才会放心地往那里跳。

但是看起来美好的东西往往会让人失望。当我第一次亲他的脚趾时很好奇我的内在和他的内在究竟有多少一致性，但现在发现并没有多少。他现在消化不良，肚子阵阵绞痛，但并不是很厉害，就像许多人早上或下午身体的习惯性疼痛。那是他的第一种感觉，此刻我明白了肩负着责任长大是怎样的感觉。精神饱受折磨，并且慢慢变酸了——他体内酸得像柠檬一样。我知道他暗黄色的脸想表达什么说不出口的感情，冷酷得就像突然变黑的天空。风暴刮起来，气温骤降、冷风刺骨，像魔鬼一样（其实那就是它的名字——卡美森风暴之魔）。风暴不断地吹向沙漠，阴风在孟斐斯窄窄的街道里怒号着，把沙浪吹到每户人家的门前。普塔－内穆－霍特普的思想好像那些痛苦的沙子，不断地刺痛他的皮肤。我很自然地把我的思想附到他的身上后，我也能体会到这种痛苦，他肩负的责任就像在肩上扛着死人，除了可以在夜晚寻求精神上的片刻安宁，他的内心已经没有一丝温暖了。如同已经消失却仍在人们的冥想里回荡的回声，他内心的感觉已几近消亡，因为他总是要听底比斯的阿蒙庙里的大祭司卡梅－尤莎的话，这是父母告诉我的。在那些困难的岁月里，卡梅－尤莎还是皇宫内的大臣。尽管手握大权，但他并不满足，还要站在高高的阳台上对下面的诸官员发号施令。

法老必须强迫自己去听，如果不认真听大臣说话，大臣们的心里可能会不舒服，所以普塔－内穆－霍特普必须认真倾听卡梅－尤莎所说的每一句话，这才使得他更加痛苦。我现在像只小鸟，藏在他的双王冠里，感受着大祭司的话在他未受损的耳朵里的分量。

卡梅－尤莎的声音很有威慑力，却又谦恭有礼，缓慢低沉，就像寺庙房间内的回声，其实也只有向他那样低沉中空的声音才可以为大事祈祷。他声音里从容的力量可以消灭一切与自身相矛盾的情绪。在座的每个人都不得不盯着他的秃头看，没法开小差，也没法避开他黑黑的眉毛下面那黑色的大眼睛里闪现的庄严。

普塔－内穆－霍特普端坐着，指尖相抵，胳膊靠在裹着红色天鹅绒的栏杆上，他从高高的王座上看下面来朝见他的地主、祭司、官员和皇室监工。下面大概有十到十二个大臣，有的站着，有的跪着，有的则像我之前那样脸贴着地面。在阳台上，海斯弗蒂蒂、迈内黑特和奈弗－赫普－奥科汉姆坐在法老周围，他们也在听卡梅－尤莎讲话。他底气十足地说着话，好像他每说一句话在场的人的庭院里就会多一尊新的雕像似的。

“啊！初升的太阳啊！您用自己的光芒照亮整个大地，”卡梅－尤莎对普塔－内穆－霍特普说，“是您驱散了埃及的黑暗。

“您的光芒可以渗入每一寸土地。

“世间万物都可以享受您带来的光明。

“您的话语统治四方。

“您能听见万民说话。

“您的眼睛比天上任何星星都璀璨。”

同时听着祭司的话和肠胃蠕动的声音，他想：“以消化吸收食物和饮料的名义，它们进入我的体内，多少还有些用处。可我为什么要在这里听八十多年以前写给麦伦普塔赫法老的颂歌呢？”但他依然将头转向卡梅－尤莎，好像这些颂歌是写给他自己的。

现在头贴着地面的官员跪下去了，站着的官员也跪下去了。只有卡梅－尤莎一个人是站着的，他说，其他人一起回答。

“您与拉相似。”他们大声说。

“您嘴里说出的话和日出、日落时荷鲁斯说出的相似。”

“您的嘴唇可以辨别语言的真伪，您比玛特还厉害。

“谁能像您一样完美？”

我能感觉到普塔－内穆－霍特普非常满意，内心像喝了蜜一样甜。但是过了一会儿，他觉得这样的甜味有些过了头，心想：我要像其他的法老一样回复大臣们的话，因为我并不像骑在自己背上的泰特那样禁得起夸赞。然后他对朝臣们冷笑起来，感觉头上的双王冠很沉重。

“没有您，人们就无法建造纪念碑，您是总工程师。”朝臣一齐歌颂道。

“如果您对天上的圣河说：到山上来。圣河就会听您的话，从天上流下来。”

“因为您就是拉。

“您就是那大大的甲壳虫——科佩拉。

“您的嘴巴是真理的庇护所。

“诸神都住在您的嘴里。

“您是永生的。”

卡梅－尤莎跪下，上身俯下，其他的官员前额贴地。我的父母和迈内黑特因为坐在皇室的椅子上，所以只能鞠躬。

在官员背诵完最后的几句话时，普塔－内穆－霍特普的身体里产生了一股力量，我能感觉到，于是他接受了下面这些大臣的跪拜。但我也能尝到他舌尖上的苦味。

他对卡梅－尤莎说：“你最后的几句赞美诗丰富睿智，也算合适，因为它是我祖先——‘热爱真理的公牛’拉美西斯二世刻在石头上的，他此类的话语都刻在通往伊特拜亚的路上的一根柱子上。”

卡梅－尤莎回答："您与真理同行，可以阅读柱子上的任何题词。"

"去年的这个时候你用与今年相同的写给麦伦普塔赫和拉美西斯二世的颂歌赞美我，我那时表扬了你，因为你的题材选得不错。"

卡梅－尤莎回答："您的先人是伟大的神，在宏伟的宫殿里，即使您在这样的地方坐着，也和人们对先人所颂扬的一样伟大。"

普塔－内穆－霍特普用食指按着自己长长的鼻头，呼吸在颤抖。"如果你对我的溢美之词像礼物一样与盒子相称，也只能带来荣耀和力量。"他站在阳台上盯着卡梅－尤莎，但是大祭司黑黑的眉毛下面的黑色眼睛并没有显示出畏惧，反而一直盯着法老。

"多年以来，我一直在思考颂歌的语言该怎么使用，"卡梅－尤莎说，"但我不知道自己能否理解你的话语。啊，伟大的宫殿！"

"我们可以找玛特帮忙，"普塔－内穆－霍特普回答，"用称颂勇敢之人的话语来赞美较聪明的人，这样合适吗？先人拉美西斯二世发现人们将他的伟大功绩与我的聪明相比较时肯定不会高兴。卡梅－尤莎，这是'圣猪节'。"

"伟大的王啊，那是我的理解！"

"在圣猪节，如果不互相将真理呈给对方，那平时我们就无法获得公平。"

法老现在在心里做演讲，话语就像排队行进的士兵，警觉地经过他的胸，但他没大声说一句话。只有我能听到他想说的话。"其他的国王十岁便能带兵打仗，但是在我十岁的时候呢？卡梅－尤莎，你还带着我光着屁股跳舞，最后我们都跳得满身大汗，累倒在地上，互相躺在对方的怀里打斗，我都不知道你身上有多少地方曾压在我的鼻子上。拉美西斯二世驯服了一头狮子，赢得了卡叠什战役的胜利，从叙利亚到蓬特，在整个埃及远近闻名。而我只带过一支军队打过仗，我只能从将军那里听到前方败退的消息。在拉美西斯二世五十岁的时候，孟斐斯和底比斯没有一个美人没跟他睡过，而我从未临幸过的王妃竟给我生了个女儿。半数的战车御者不敢直视我的眼睛。这是‘圣猪节’，习俗已经不及诉说真理重要了，所以，卡梅－尤莎，我求你不要用拉美西斯二世的伟大功绩来嘲笑我，他已经死了九十年了，请让大家称颂真实的我——聪明、机智、临危不乱。让大家问问这样的法老到底值不值得他们称颂。”

他内心的激情反复被鞭打，直到服从了教会的权威为止，他大声地对卡梅－尤莎说：“我接受你美好的愿望，因为它们是诗人用来称颂我伟大的先人——拉美西斯二世和麦伦普塔赫的。你的选择不错，我很喜欢，我想让你知道在这里陪我庆祝‘圣猪节’的还有迈内黑特——他曾经是阿蒙、拉、卜塔和赛特军队的将军，”普塔－内穆－霍特普用温柔的声音笑着对卡梅－尤莎说，“他是唯一还在世的卡叠什战役的幸存者，所以在埃及，人们都认为他很睿智。”

“我只认为自己是唯一一个见过那场战役的人。”迈内黑特轻松地笑着说道，尽管已年近花甲，但仍强壮有力。

现在大臣们又开始小声议论起来，卡叠什战役对于他们所有人来说都是最伟大的战役，是在拉美西斯二世执政早期爆发的，距离现在已经有一百五十年了，拉美西斯二世在位六十七年，其后有麦伦普塔赫（前1213—前1203）、阿蒙美西斯（前1203—前1200）、塞提二世（前1200—前1194）、希普塔（前1194—前1188）和一个叙利亚篡位者相继即位，再后面还有塞特纳赫特（前1186—前1184）、拉美西斯三世（前1184—前1153）、四世（前1153—前1147）、五世（前1147—前1143）、六世（前1143—前1136）、七世（前1136—前1129）、八世（前1129—前1126）和我们的普塔－内穆－霍特普，也就是拉美西斯九世（前1126—前1108），在卡叠什战役之后的一百五十年里，埃及总共经历了这十三位法老，但每一位的执政时间都只有短短几年。当普塔－内穆－霍特普看着大臣们在窃窃私语时，此刻他心里一定觉得很好笑。

大臣们抬起头向迈内黑特致敬。“很好，”普塔－内穆－霍特普自言自语，“现在他们都很想知道我会不会让他成为我的亲密大臣，来代替卡梅-尤莎。”

他只是有这种想法而已，然后我的意识又回到了玫瑰色房间里的椅榻上。海斯弗蒂蒂轻轻抚着我的脸颊：“来，是时候回到院子里去了。希望你能去看看自己的曾祖父受人景仰的场面。”

“我不知道。”我对她说道，似乎这次睡觉已经过去了一辈子，不，是两辈子之久。如果我自己数一数，是三辈子吗？“我不知道迈内黑特是一百八十年以前出生的。”

无疑，海斯弗蒂蒂看了我一眼，然后用手敬畏地抚摸着我的前额。“快来，”她说，再一次控制住自己的声音，“我感觉是时候告诉你一些真相了。你知道的，你的曾祖父可能被生了四次。”

六

我不知道该如何答复，海斯弗蒂蒂轻柔地笑着说："不要害怕，你的智商大概和一个十五岁的孩子差不多，你应该知道很多时候有些事情是人类无法掌控的，但我认为你有这样的能力，因为你出生的时候发生了一件大事。"她停顿了一会儿，好像她的声音会惊到静止的空气，然后补充道，"让我们聊聊那件大事差不多是什么吧！"

"差不多？"我惊异。

"这件事其实并不能算已经发生了。"

她说这话的时候用指尖拂过我的前额，在额头上画了个圈，我能看见迈内黑特的脸上浮现出她的思想，他的脸部扭曲着，就像被拧干最后一滴水的抹布，这个形象的曾祖父还真吓人。当然，我知道海斯弗蒂蒂想表达什么——在她怀上我的那一天迈内黑特差点死了。

但她说的却是另外一件事："我知道有时候你能进入周围人的思想里去窥探，但我不知你能看见另一间屋子里发生的事。"

"在这之前没有过。"我说。

"在我把你放在这里以后吗？"

"是的，"我回答她，"我觉得这是房间的原因，因为……"我都不知道自己为什么要向她讲述原因，"因为这个房间很漂亮。"但是现在通过我所说的话我知道自己想表达什么意思了，我意识到自己只能依靠散播在空气里的声音了解自己想知道的事情，那时候我能感觉到自己对身边的东西做了什么改变，从而知道刚刚说的哪些是真的、哪些是假的。此刻，这个房间的漂亮之处就像一张弯曲的弓，这也是我的思想能飞得那么远的原因。

“是的，也许是时候告诉你一些秘密了，我本来想等你再长大些才告诉你这些事的，但是如果你能从远处听见别人说话，那我的秘密哪里还能瞒得住你呢？当然瞒不住。”

“你可以的，”我说，“有些时候你就是这么做的。”

“我那样做是要做出牺牲的。”她小声说，然后用优雅的姿势将指尖伸向她的眼角，我们都笑了，因为我们都看到了她试图把我的思想从她的脑袋里挤出来时长出眼角纹的画面。“唉，你真是我的小心肝啊！”她小声说着，然后仔细亲了我一下，生怕破坏自己嘴唇上的妆。她的嘴唇有一股甜甜的香味，就像蜂蜜散发在空气中的味道，我之所以这么快就从奇怪的睡梦中醒来，有可能是因为她那充满柔情的嘴唇给了我一个强有力的吻。然后我感觉到了一绺卷发，感觉到有个柔软而性感的东西在我的肚脐下面蠕动着，我进入到了母亲的意识里，那天下午和晚上，迈内黑特和我父亲相继与她做爱，两个人都在这间房里做，其中一个做了整个傍晚，另一个是在晚一点的时候，在这个房间静静的红色墙角（无论墙脚漆得多黑，都不能代表晚上），因为我能看到夜晚的烛光。尽管伊雅塞雅博用嘴令我获得了极大的快感，但我还是无法理解在海斯弗蒂蒂豪华的床上到底发生了什么，如果她火辣辣的吻没有挑起我的性欲，又怎么会这样呢？因此，直到她怀上我的那一天才是她人生中最有意义的一天。好像她的吻在我脸上留下的柔情使得她无法防止思想被我窥视一样，所以我也知道了在我被她怀上的那一天，就在那个傍晚，迈内黑特用自己以前仅用过三次的姿势与母亲做爱。当母亲想到这里时，她试图把这些记忆碎片抢回自己的脑海里，但还是被我全部看到了，非常清晰，就像草被拔了以后露出发白的茎，白色的茎似乎要将自己的生命献给大地一样，那根白色的茎发出的第一道光仿佛从侧面砍来的刀——草突然痛了，与我窥视到自己家族里最深的秘密一样。母亲没说一句话就把她的思想呈现给了我，但向我坦白这些事的时候她的嘴唇肯定是颤动的。突然间，我了解到曾祖父会用别人从没用过的方法从死里复生，在拥抱别人的时候他会让自己的心脏骑在最后一个高峰上，完成最后一次呼吸，然后钻入女人的子宫重新出世。他就是用这种方法复活的：身体死了，但是记忆又进入到自己新的生命里。很快，少年时代的他就能展现出强大的能力，所以我明白了为什么母亲不想再瞒着我了，因为我已经有这样的能力了。

这样的坦白让我震惊。我觉得自己好像从一个生命逃到了另一个生命里，多么迷惑人啊！海斯弗蒂蒂平静的思想又开始告诉我她是怎样与迈内黑特做爱的，她脑海中记忆的泡沫很混乱，就像波浪一样涌入我的脑袋里。我的思想不知该怎样在这样汹涌的波涛中漂浮，不，关于怎样做爱，我懂得并不太多。

当然，在我思想的洪流里仍然漂浮着两个谜团：一个是关于我的，一个是关于母亲的。她的谜团是该不该再继续跟我说下去，我的谜团则是该怎么掌握自己刚刚听到的东西。因为如果迈内黑特会死，然后又变成了我，那我很好奇自己是不是会成为他的第五张脸，会是这样吗？还是我应该成为迈内黑特二世，成为他的儿子，而不是他自己生命的延续？无论是哪种情况，我都会获得他的力量吗？

这件事把我的心无限地打开了：我窥视了一下自己的野心，比熊熊燃烧的油的火焰还要旺盛。所以我明白了当我看着那只狗时为什么想哭，因为泰特肯定看到了我在二十一岁时死亡的情景，而且看到了我在大金字塔的暗室里的卡，我现在站在这间房子里也能看见那座金字塔。跪在曾祖父面前使他获得性快感的是哪个年轻人呢？我带着这个疑问看着母亲，为什么迈内黑特在该死的时候不愿死去？

我感觉到她思想的大门已经打开了，我再次看到湖中央迈内黑特扭曲的脸，然后我被推到她的思想里，那时候她正感觉他的心脏已经死了。她准备为他孕育这个孩子，内心充满了欣喜，想要向人们宣布它的存在。他死时发光的景象慢慢变成了她为他延续生命的情景，她伟大的情人——迈内黑特很快就变成了她的孩子。但就在那一刻，他并没有出世，而是躺在她的子宫里，处于濒死状态已经好几分钟了。

后来，他终于出来了，笑着说道："我不知道自己为何改变了主意。"他用手掌托着她的下巴，小声告诉她，"等以后再说吧！"然后他就从海斯弗蒂蒂的身体里分离出来了，他本来打算在那里死去的，我理解了这件事，但却不知道自己和他有多少相似之处，我只知道自己在不止一百个自己都说不清的方面与他类似，首先是我的能力，我还记得母亲说的："奈弗－赫普－奥科汉姆是你的父亲，但也不是。"所以在我被怀上的那天，从她折腾了很长时间的子宫里我找到了一些线索：她很有把握，通过迈内黑特一定能怀上一个孩子，为此她已经悄然心潮澎湃了。所以，那晚肯定是父亲使她受孕的。我可以看到那个狂热的夜晚，父亲和母亲做爱从床上做到地上，然后又从地上做回床上。父亲凶猛地拍打着她的皮肤，充满着狂野的乐趣，对她既恨又爱，而她的欲望从对他的蔑视和渴望中迸发出来。父亲缺少贵族应该具备的一些品质，但母亲却渴望从他身上闻到更多狂野的气味。对于她来说，他顶多是只狗，是匹马，性欲发泄完后就会把他送进畜栏里。其实在她八岁、他六岁的时候，她就玩弄过他，把他当成小弟弟来玩弄。她受不了他身上的气味、他的虚荣、弱点和蛮力，但当他进入她的体内时，她奇迹般地表现出热情的反应。对于父亲和母亲我了解了很多，远远超过她想让我知道的，这些信息就是在海斯弗蒂蒂努力关闭自己的思想之门时我窥探到的。而我在强迫她暴露她的思想，这似乎是我能做出的唯一诱惑了，于是我发现了一个她不想让我知道的秘密。通过我胸部的痉挛和知道这件事情后的心灵的颤抖与恶心，可以预测我即将知道的事情会更糟糕，所以我有些嫉妒。这是我第一次嫉妒，因为父亲能够吸引住母亲的原因是因为他的父亲是一个捡屎的人。现在，我理解了，仿佛刻在我的心灵上一般，外祖母无比仰慕菲克－弗提，母亲就是在这样的影响下长大的。尽管我不知道菲克－弗提长得怎么样，但我仍能感觉到他是我今天下午睡觉时通过“碎骨者”的眼睛看到的某个男孩，是那两个在路上抢粪球的男孩中的其中一个，所以他小时候经常为了粪球与其他孩子打架，直到有一天他发迹了，开了自己的妓院，命令穿着透视裙、戴着蓝色假发的妓女们在妓院门口揽客。我不知道这是自己的想法还是母亲的想法，但感觉都是很恶心的，仿佛自己还是两岁，正学着避免自己不被弄脏。

发现母亲对菲克－弗提有好感会不会让我很痛苦呢？现在，我感觉自己跟丢了她，因为海斯弗蒂蒂的思想之门彻底关闭了。

她拉着我的胳膊，“是时候回到法老那里去了。”她快速地说道，好像我刚刚只是到玫瑰色房间里瞥了一眼。我们离开了这里，一起在庭院里走着，一两个小时过去了，她才把哭喊中的我头朝下抱回来。

七

我刚刚了解到的情况肯定会永远影响着我，想到自己可能是从梦里醒来,顿时觉得很奇怪,这也是我在去法老阳台的路上疑惑消失的原因。现在,迈内黑特坐在普塔－内穆－霍特普的另一侧，这与我的预料不一样，这里已经没有什么东西可以让我觉得惊讶的了。

在阳台下面，有一位大臣正在陈述采石场工作的事宜，通过父亲的表情，我可以看出这些都不是什么重要的问题。我常常听母亲说父亲没有主见，长着一张大众脸，一直以来我都不知道她这句话是什么意思，直到有一天她夸父亲的言谈举止很合乎规范，因为他不再固守自己生下来时的那一套行为规范,而是向最好的行为规范学习了,我才明白这个评价是中肯的。父亲很快就将贵族男士举手投足的姿势模仿会了,他还学会了普塔－内穆－霍特普思考该给出怎样的评价时用手指轻轻触碰鼻尖的动作，而且还学会了曾祖父低头时面带善意的讥讽，表示自己并不同意刚刚听说的话。

我并不是说父亲模仿得不够好，今天在母亲身旁伺候法老时，他一直局促不安，但只要在别人不认识他的场合，他就会表现得像个尊贵的贵族。他身上披的白色亚麻布一尘不染，用炭笔描的眉毛也是干干净净的。佩戴珠宝时，他不会遗漏任何一块玉石。由于宝石和玉珠在配链松散的时候经常会掉落下来，即使遇到这样的情况，父亲也会表现得比母亲还镇定自若。

在大堂上，他的行为举止（确切地说是他学来的行为举止）非常合乎规范。我们在家里时经常议论法老身边需要一个人来向大臣们示意他们陈述问题时所用的语言是否恰当，而不能总是依靠法老的面部表情来判断。当台下的大臣说话时喉咙嘶哑、结巴或者不住地陈述已经说过的问题时，父亲的脸上就会露出恼怒的脸色。所以，不难看出父亲把普塔－内穆－霍特普伺候得很好。当然，父亲的表情使我意识到法老很容易多愁善感，如果不是这样为什么每次听到不合适的言语时父亲的脸上都会露出痛苦的表情呢？法老的耳朵多么敏感啊。有时候当别人突然打扰了他，他的心灵就会退缩，就像一座华丽的建筑物突然倒塌。现在我终于明白了为什么他明明很讨厌卡梅－尤莎所说的话，却仍然假装专心致志地聆听着。卡梅－尤莎庄严的声音应该能够强迫法老的意识，就像慢慢吸进鼻孔里的泥土一样，他从不改变语调，所以法老尽管很痛苦，却不至于发怒。

现在那个大臣在说另一件事。通过父亲鼓励的眼神可以知道法老对这个大臣和他的官员很同情，只见父亲用手指轻柔且傲慢地触碰着鼻尖，向大家表明法老有信心和能力为这个大臣提出的问题拿出切实可行的解决方案。父亲可以感觉法老态度上的变化，然后将之反馈给在场的每一个人。对于法老的每一个怪念头，他都能迅速地心领神会，母亲准备让我进入她的意识时我也能做到这样。如果父亲眉头紧锁，表现得很有压力——尽管他们都没有冒犯之意，说话的方式很得体，也很尊敬法老——就说明台下的官员说出的话让法老觉得刺耳。

与此同时，父亲表现得很有耐心，这可以让我对法老多一些了解。那个发言的大臣在为几代采石工人说话，每个工人都长着强有力的背和腿。他在说话，表明他是清醒的，而且也清楚自己在说什么，从他的陈述词里可以知道工人们每天都吃什么样的面包、喝什么样的汤水、吃什么样的肉食，所以总体上他的演讲还是可以接受的。但他的大脑反应太迟钝，并不能快速地想起很多东西；他的舌头就像残废的腿，不知道自己什么时候会口吃；

他的思绪一直像缺氧一样，有时候尤其清晰，有时候则停滞不前。在法老看来，这些缺点就像用木棍敲击罐子般烦人。

最大的困难是这个人不识字，所以他必须依靠回忆才能说出那些工人的名字、发生在他们身上的几起事故、他们的薪水以及食物的数量。虽然他记得很清楚，但说得很慢，而且如此详尽地叙述其实是不必要的。记录员拿着一卷有记录的纸莎草纸在旁边站着，每当那人说完一条，父亲就点头示意：可以继续往下说了。

我很好奇记录员为什么不直接把纸莎草纸上的记录念出来。很明显，法老的注意力集中在那位采石场官员的身上，父亲能够忍受这位官员及其记忆数字的能力，说明他很诚实。

当我试图进入母亲的思想时，发现她思想的大门仍旧关闭着，或者是对所有我想询问的人都是关闭的。她有能力知道我在想什么，这能力和我的一样吗？她把所有的注意力都集中在那个可怜的官员身上了。我通过进入她的思想，除了了解到采石工的不容易外，其他的一无所获。她记下那个官员报出的数字，然后试图看看他的手下在做什么。当那些数字从她的脑袋里传给我的时候，我的脚趾在蠕动。通过这样的方法，我理解了为什么法老会这么仔细地听着，我努力克服厌烦的情绪，才发现这个残酷的官员——鲁特－赛斯其实比他的爷爷和父亲更值得大家尊敬。他们都是孟斐斯东面采石场的监工，在拉美西斯九世即位后不久，他们就在那里的沙漠中开出了一条路，一直通往红海。因为现在是王朝的第七个年头，如果算上我在母腹里的一年，那条路修通的时间应该和我的年龄差不多，所以，这激起了我的兴趣。我现在了解到修建这条路时遇到了很多困难，普塔－内穆－霍特普想继续让它作为皇家的路，可以让两辆皇家马车相向而行，也就是要有八匹马那么宽，但这样的宽度在孟斐斯并不算什么，拉美西斯二世时期所建的路（从大集市到卜塔庙的那一段）就有二十匹马宽。可拉美西斯九世感觉在大山里建这么宽大的路很困难，因为那里有很多陡坡，还有像纪念碑一样大的岩石，岩石随时可能会滚落下来。鲁特－赛斯坦言：他们花了一个星期的时间才把一块大石头搬到路边的大坑里，但是那个大坑承受不住石头的重量，那块石头没过多久就跌落到下面的峡谷里了，发出了惊天动地的巨响。多方考虑后，他们又把大石头推上来。

“损失惨重啊，我的法老，”鲁特－赛斯说，“但没有办法，我们已经雇了一百零八个人，花了整整一个星期，但仍搬不动那块石头。在这一周时间里，我们总共用了十袋谷物、两大罐油、三大罐蜂蜜、二十二小袋洋葱、五百五十一块面包、四罐布陀啤酒……”法老皱起额头，好像每一件物品都要打开闻一闻味道、称一称重量、估一估价值似的。父亲点点头，说明鲁特－赛斯这么坦诚地承认错误，法老很赏识他。

法老说：“谢谢你，在这么短的时间里把你未解决的问题面面俱到地陈述出来。你身上的品质超然，就如我那庭院里最内侧的松树。”

“他是，他是会吹嘘自己的松树。”这是母亲的想法，但是被我感知到了，很清晰，就像她大声说出来的一样。

“在我登基后的第一年，”普塔－内穆－霍特普说，“托人从叙利亚的山上带来二十一株松树的树苗，我把它们种在我最内侧的庭院里。尽管他们说一年后所有的树苗都会活下来，但是现在成活的只有十四株。它们来自高山，抗严寒、很正直，就像你，鲁特－赛斯，一直辛勤地工作。是的，在路修好以后，我会让你闻一闻它们的芳香。”

“我很荣幸。”鲁特－赛斯看着自己的脚说。他对自己的陈述被打断一事很费解，因为那些事实就像公牛一样，正一头一头向他袭来，每一头都驮着货物，后面有人不断地抽打它们，以防它们偷懒。

“是的，坦言承认自己错误的人是诚实的。”他扫视了一眼其他的大臣说，“我必须要找到自己的方法来听其他官员进言，他们所说的永远没有错，也永远不会错，但其实都是错的。”

鲁特－赛斯再次跪下。

“但是，”法老说，“修路的进程有些慢，伤亡惨重，工人损失让人不甚满意。”

“是的，陛下，许多工人双目都失明了。”

“是粉尘还是石头碎片导致的？”

“是石头碎片，法老。”

“在下一次朝议时你把最后一份报告给我，记得我们谈到过石头碎片的事。我会让你用雪松木去烧煤。”

“我会按照您说的去做，我的法老。”

我不知道自己是不是理解他们现在谈论的内容，但是通过母亲的思想我看见厚厚的石床上已经铺着一道窄窄的炽热的炭石。当石床吸收了炭石的热量后，工人们开始往石床上泼水，我能听见水蒸气冒出的咝咝声，潮湿的粉尘顿时飞扬起来。石床上出现了很多条裂缝，犹如洪水退去后太阳炙烤着大地时干涸的河床上出现的裂缝。现在工人们开始用铜质凿子和木槌敲击裂缝，最后裂缝大概和拳头一样宽，与手臂一样深，这是两个工人一个早晨的工作量。他们要一直开凿，直到裂缝有几腕尺深，才可以把岩石撬开。

我已经学过度量衡的基本知识了，知道腕尺是拉美西斯二世发明的长度单位，一腕尺是从他中指的指尖到肘部的长度。我曾经逢人便说自己长得有两腕尺高了——两腕尺加一个头零两根手指，与同龄人相比，我算是高的了，究竟是不是呢？我一直这样说，直到有一天母亲让我住口。她告诉我如果在身高四腕尺的大人身边，两腕尺算不上什么。她还见过身高五腕尺的大个头呢！从那以后，我就没那样张扬了。但是法老与鲁特－赛斯的谈话重新唤起了母亲对于腕尺的记忆，并使她想起了一位伟大的法老，他高大英俊，比普塔－内穆－霍特普更像神灵，毫无疑问，这位法老就是拉美西斯二世。母亲看着他，仿佛他就活生生地站在我们面前。他双臂张开，祭司们在为他唱诵祈祷词，仆人们拉着绳子测量，皇室记录员负责记录，根据母亲的记忆，这就是腕尺的来历。但是她太开心了，迟暮时分的阳光洒在阳台上，照耀着她的大腿，她在用御绳制作自己的腕尺单位。“罗”是拉美西斯二世的阴茎，有半个腕尺长。母亲现在不再思考腕尺的问题，因为她刚刚发现我又在窥探她的思想了，我终于知道为什么她不会做算术。我闯入她的思想，她不知是该欢喜还是该恐惧，但是她开心地对我笑着，非常温柔，笑得很撒娇，然后把思想再次向我打开，就像张开自己的双臂一样简单。所以我立即进入到她可笑的陷阱里，她认为用残忍的景象教训一下我是她身为人母的责任。因此我现在不得不看着那些打磨石头的工人，他们的处境很凄惨，打磨石头时，石头相互敲击迸出的粉尘弄瞎了他们的眼睛，有些工人的眼睛周围都是红色的，有些人眉毛上部的切口里还流着鲜血。有个工人痛得直跺脚，因为有一块石头碎片迸到了他的眼珠上，这样的场景真是惨不忍睹。然后我意识到母亲把这些场景拼接在一起，一次性全部呈现给了我，我刚刚把一年里发生在采石场的意外事故全都看完了。

现在，母亲似乎是为了修复自己关于拉美西斯二世的腕尺的臆想，开始仔细听普塔－内穆－霍特普讲话。普塔－内穆－霍特普想知道在用雪松末烧煤的情况下，打造好石床上的裂缝要多长时间。如果换做用棕榈树、西克莫槭、柽柳和阿拉伯树胶末又要用多久呢？

鲁特－赛斯向法老保证，在用雪松烧煤的情况下，即使自己的手下都是最优秀的，仍需要十四天才能完成一个两腕尺长、四腕尺深的裂缝。只比用西克莫槭末烧煤少用一天时间，如果用阿拉伯树胶、棕榈树和柽柳末的时间会更长。

“如果你用最优秀的工人只比用普通工人快一天，”普塔－内穆－霍特普说，“用雪松的效率肯定没有用西克莫槭的效率高。”

鲁特－赛斯用前额叩地。

普塔－内穆－霍特普说：“但是你之前的报告说用雪松末烧煤打造裂缝比用西克莫槭末打造要深出半指？”

"伟大的法老啊，那是真的。"

"那为什么铺路的工程不能进展得再快一点？"

与法老这样亲密地交流使得鲁特－赛斯忘记了自己在与谁说话，他耸了耸肩，这是两个工人交谈的姿势，但与他对法老表现出的尊敬相比，这些都是小错误。可是父亲露出了不解的表情——采石场的工人在法老面前放屁，他怎么可以这样放肆？

监工肯定看到了父亲的表情，因为他跪着的时候脸是贴着地面的，他痛苦地说道："我的法老啊！我以为这些事情本来可以很快汇报完毕的。"

大家都沉寂了下来，法老咬着自己的嘴唇没说什么。沉默中，我可以闻到雪松末的味道，然后觉得自己是在采石场工人的思想里，是通过母亲还是通过自己就不得而知了，但我确实是在他们的思想里。现在鲁特－赛斯已经吓得没了想法，似乎是从一种气味挪到另一种气味，不再沉思自己要向法老汇报的数据，然后他不住地叩头，像桔槔似的，打起一桶水，倒空，再打一桶，一直重复着相同的动作。他说："伟大的法老啊！用雪松末会更快些，但是工人们总会出错，我们用雪松末烧煤的时候总是会出现这样那样的工伤，工人们都说它是被诅咒过的。"他叹了口气。

"那你是如何回答的？"

"我鞭打他们。"

"现在在我面前，你可以实话实说，如果你们都不说真话，你们的法老就是傻子，是瞎子。"

"我说实话，法老。"

"人们说，在圣猪节，即使骗子都会说真话。"

"尊敬的法老啊！我打手下的时候感到心虚，自己的胸都会疼。"

"你怎会有这样的感觉？"

"因为，法老啊，其实我也同意他们的看法。雪松的气味很怪。"

普塔－内穆－霍特普点点头："雪松产于比布里斯海岸，欧西里斯的棺材曾经停在那里的一棵树旁边。”

“是的，法老。”鲁特－赛斯说。

“如果雪松曾经是伟大的神——欧西里斯的停靠地，那雪松末永远都不会被诅咒。”

“是的，法老。”监工站在那里，“今天是圣猪节。”

“实话实说。”

“我的手下不经常提起欧西里斯神，对于我们来说，到阿蒙的庙宇里拜神更好些。”鲁特－赛斯的额头再次叩在地上。

“你难道不知道欧西里斯是在死亡之地审判死人的神吗？”普塔－内穆－霍特普问。

监工摇摇头说：“我只是个监工，也进入不了死亡之地。”

“但你是皇室的监工，你要与你的法老一起进入那里。”普塔－内穆－霍特普把头转向我的父亲，问道：“难道皇室监工都不明白自己官职的重要性吗？”

“不是很明白，伟大的法老。”父亲回答。

“一个人明白就够了，”法老说，然后又转向鲁特－赛斯，“你并不感激我给你的荣耀。”

“伟大的法老，我知道自己永远不会进入死亡之地。”

“是不是因为你没钱让自己厚葬？”法老问，“不要绝望，在我的庇护下，许多比你穷的人都富了起来。”

“伟大的神啊，当我死了，我就灰飞烟灭了。”

“你怎么知道的？”普塔－内穆－霍特普问。

“我是在石头相互敲击时，听到一块石头这样说的。”

普塔－内穆－霍特普说道：“真是有趣。”突然，他打了个哈欠。

在大堂上，每个人都打起哈欠来。

“那我们就不用雪松末了，”法老说，“它们的火更旺，温度更高，裂缝可以凿得更深，甚至有欧西里斯保佑着，但是在你们这些简单人看来，就是奇怪的。”

“法老，如果我的手下用自己更熟悉的材料工作，他们也会更得心应手的。”监工说。

普塔－内穆－霍特普点点头，鲁特－赛斯满怀感动地退下。

其他的大臣相继发言，但我对他们所说的事情丝毫不感兴趣，时而挠挠肚脐，时而抠抠脚丫，母亲冲我皱起眉头，但我不听她的，很快她便没辙了。她的思想空空的，我的也是，像一艘在芦苇荡里漂泊的小船。真希望自己现在能在那个玫瑰屋里，这样，我就能进入法老的思想里了。现在我离坐在王位上的法老还不到五腕尺，但跟不上他说话的思维，也无法窥视他的思想。我的家人与普塔－内穆－霍特普欢度晚宴的记忆开始在我的脑海里浮现，表达起来真的很奇怪，但我并不是很盼望圣猪节，因为它已经过去了，我只需要通过它记起自己忘记的事情。在某人的思想里游荡就像帮他回忆以前的事情，一会儿想到这，一会却什么都想不起来。官员们来来去去，述说着这样或那样的事情，我也在听着。

当然，我不能理解所有人说的事。有人汇报了三角洲附近布西里斯河堤的情况，有人提到了大坝的修建工作，还有人提到了湖泊的干涸问题以及拯救湖底鳗鱼时遇到的困难。我回过神来，想起在很久以前的一个金色早晨，其实就是今天早晨，我看到一只打渔船，船头至船尾的桅杆上都悬挂着绳子，绳子上挂着挂钩。他们把鱼的内脏取出来，然后像晒衣服似的把鱼挂在绳子上。我们近距离观察他们的制作过程，一股鱼腥味顿时扑鼻而来，鱼身上的血已经清洗干净了，但水里染满了血。我的思想早已飘到很远很远的地方，远离法老与他所关心的事情，不再听关于矿井的报告，或者是法老的提议——用瞪羚角代替象牙纺锤来开凿矿井，我也理解不了。母亲几乎不去想那个满脸伤疤和溃疡的将军了，这个将军很高，长得也很凶，他只汇报失败，不提成功，他说埃及边境的一些城镇已经被叙利亚人侵者袭击。

“为什么我一直听不到战胜的消息呢？”法老问。将军现在正在发烧，是打仗的时候患病的，身体不停地颤抖着。我觉得是他内心太恐惧了，才会止不住地发抖。

有个地方要修建水渠，但是毗邻的两家人因为水渠占地多少而争执不休，法老决定将这两家人安置到其他地方去。很快，其他类似于如何分配运河边界的石头等问题又冒了出来。皇室官员指控商人在皇宫的地板里掺了沙子，有个人读着一张单子，上面写着哪些船只在海上失踪，杳无音讯已经三年多了。

我自娱自乐，又试着进入母亲的思想。不过我不知道这是我的思想还是母亲的思想，因为我想起奇怪的火，不知道火焰里是否有所有燃烧之物的声音，不仅仅是燃烧的东西，还有火焰里神的思想。此时法老看着我，我睁大眼睛才发现自己正在他的思想里，我所看见的一切都属于我们两个人，此时我与法老像兄弟一样。

我意识到自己肯定是在睡觉。官员们已经走了，夜幕降临，法老笑着说：“快来，小王子，我们去吃饭吧！”他牵着我的手，劳累了一下午，我感觉到他身上充满了疲惫。

八

我们穿过花园，去餐厅与法老共进晚餐。母亲想起自己不愿回忆起的一段往事，但越不去想，她越能全部回想起来。每个人不都是这样的吗？几天前，父亲告诉母亲："法老说迈内黑特吃过屎球。"父亲知道这样的消息会如何折磨她，母亲却回答："他是当药吃的。"但父亲反驳道："不，不是这样的，他就是拿来吃的。法老是从卡梅－尤莎那里听说的，千真万确。这是很久以前的事了，但它一直停留在法老的脑海里挥之不去。我觉得这可能就是迈内黑特很久都没收到法老邀请的原因。"

"我也很久没收到法老的邀请了。"母亲克制不住自己，反驳道。

"如果记不起迈内黑特，法老也基本上想不起你。"父亲说。

最近，父亲总是提起法老对猪的兴趣，他不断地讲："你知道吗？如果贵族碰到了猪，无论衣着多么华丽，他们都会连衣服都来不及脱就跑到河里去洗掉身上的猪臭味。"

"伟大的法老啊！我从没碰过猪，以前听人说麻风病是人们喝猪奶引起的。"奈弗－赫普－奥科汉姆说。

"据我所知，没人这么做过。"法老答道，"不过用不了多久，迈内黑特还会这么做的。"父亲特别向母亲说明这句话。

两天前，普塔－内穆－霍特普再次因为猪的问题感到困惑。"我跟卡梅－

尤莎说了，”他对奈弗－赫普－奥科汉姆说，“我怀疑麻风病真的是猪传染的，养猪的人要遭受处罚，得割掉他们的鼻子，永远不能让他们进入庙堂拜神。‘那你是怎么知道的？’我问卡梅－尤莎，‘万一他们乔装打扮躲藏起来呢？’‘我们会知道的。’他告诉我。因为我们身边有位祭司，这是对大祭司的最高评价。”

此时，法老摘掉头上的假发，递给奈弗－赫普－奥科汉姆，然后歪着头戴上另一顶，在铜镜前上下打量着自己（这个场景是我母亲想象到的），然后对父亲说：“我要去庆祝今年的圣猪节了。”他看了一眼父亲，又补充道：“是的，我们会吃猪肉，你跟我会像其他在集市的篝火旁大吃特吃又肥又美味的猪肉的埃及人一样。还有，是的，”他停顿了一下，“你们一家人很久都没来这里了，到时我们一起吃顿便饭。告诉迈内黑特，”说到这里时，他亲切地笑了起来，“带上他的球拍。”

“伟大的法老，如果您能亲口告诉他，我将无比欢欣。”

法老又笑了：“到时候会有很多惊喜，我希望能在圣猪节那晚为你的妻儿带去快乐。”

我不知道该期待什么，因为父母和曾祖父曾经办过精彩纷呈的晚会，有很多乐师演奏竖琴、里拉，甚至还有吉他等乐器。宴会过后，还有很多精彩的节目。有玩杂技和杂耍的，有摔跤的，那些技艺娴熟的奴隶们还向画了靶的木板上扔刀子。曾祖父甚至把客人领到岸边，船夫们身上系着彩色的丝带，头上绑着羽毛头巾，然后用船桨把自己的伙伴们赶下水。“这个真的很危险。”客人们小声说，因为在船夫兴奋的时候让客人们下水去极有可能溺水，幸好没有一个人出事。曾祖父让人在火把上撒了一些盐，于是火把上的火都变成了绿色、紫色和绯红，在河的对岸都可以听到大伙儿的喧闹声，那真是一场盛大的晚会。

今晚应该就不一样了，母亲说只有我们五个人共进晚餐。我仍然能清晰地窥探她的思想：法老曾经举办过很多大型的晚宴，但是这次小型的宴会会让他觉得更有意思，因为我们可以更好地零距离交谈。我可以听见她在未来的几天里以朋友的口吻与他聊天，但是她的眼睛飘忽不定，在臆想一些东西，我知道她没有说谎。无论父亲是如何跟她说的，圣猪节肯定会成为一个奇迹。

确实是这样，一到那里我就知道今晚自己肯定会吃到以前没吃过的东西，听他们谈论自己不熟悉的事情。确实，很快我就知晓了很多秘密，比如如何把字写在死人的手上，以及食人族吃人肉的事。除了这些还有许多稀奇古怪的事。

在宴会上，我不断地吃到奇怪的菜肴，我的灵魂在冒着香气的火焰里玩耍，思想开始发烫，母亲所说的关于我出生的事像颗种子在我心里生根发芽。我的脸颊变得通红，父母之间（我不知道该看着父亲还是看着迈内黑特）的对话像烫嘴的点心在我的胃里蠕动。我感受到了疯狂的快感，对于一个孩子来说，这是很奇特的。在这里，每一刻都有新的大量的快乐向我涌来，这种快乐也很容易变成一场灾难。我不能像之前一样想哭就哭，不断的刺激让我身体发烫，眼前的美食让我欲罢不能，身体里的各个器官都被调动起来。

我们坐在黑檀木桌子旁边，上面放着薄薄的金质盘子，金质盘子还没母亲的雪花石盘子重。屋子里点了很多蜡烛，屋子像着了火的森林，这些蜡烛像夜晚的太阳照耀着我们。其实我们只是在一间木门关着的小屋里，门上的纹理似豹纹一般。我注意到法老换了身新衣服，衣服上有很多亚麻布褶，凸显出他的胸肌，但有一个肩膀上的装饰品比我们在座的每个人的肩膀上的装饰品都少，除了裙摆上缝了一根豹尾，他没戴任何装饰品。他时不时地拽一拽那条尾巴，恨不得把尾巴末端钉在桌子上，他这么做好像是为了表示自己对母亲或迈内黑特讲的东西很感兴趣。有一次，讲到兴奋处时他真的这么做了，他把尾巴在桌子上使劲地砸了几下，然后又狠狠地把它甩到地上，他好像也笑得身体发烫了。到了最后，他把豹子尾巴甩到他座位后面的鸵鸟扇柄上，扇子差点倒下来，幸亏被仆人们扶住了。

我们每个人后面都有两把鸵鸟毛制成的扇子，但法老身后有五六把，无论做什么事，撑扇子的仆人都会小声说道：“长寿，健康，强壮。”斟满高脚杯的时候他们会说，撤盘子的时候他们也说，上菜和加菜的时候他们也会说，轻柔的声音连续不断，让人心安，就像我家花园里蟋蟀的声音。这里一切都很安全，就像在家里一样。在家里我可以睡很久，直到第二天昆虫聒噪地叫个不停，它们这样叫只是为了预报明天的天气会更好，因此睡意又在我头顶盘旋。我很喜欢仆人们说个不停的嘴巴，好像这些嘴巴也很喜欢菜肴的香味。

炒蜗牛端上来了，这些蜗牛没有我以前见过的大，但是有洋葱酱和大蒜酱的味道，还有香草的香味，就像法老的花木一样香。之后有香草味从我的鼻子里冒出来，我的脑袋顿时感觉空空如也。我早就预料到会这样，母亲以前跟我说过这叫香草酱，而与洋葱一起炒时叫酱香洋葱。红辣椒辣气四溢，当香味从一个房间飘到另一个房间时，香草酱的香气充满了整个屋子。

我很喜欢这道菜，我们是用小小的牙签插着吃的。这种牙签是用象牙制成的，上面还镶着一块红宝石，很像法老的帽子，上面有五条小短线，两条刻成眼睛，两条刻成鼻子，还有一条刻成嘴巴，如果普塔－内穆－霍特普的脸再瘦一点的话，看起来就特别像他，真的很搞笑，这是充满喜剧效果的法老的脸庞。法老看到我很吃惊，于是他说：“这只在圣猪节的时候才用，今晚你可以笑话我，这是你的夜晚。”

“我的夜晚？”用这种语气问他，我真觉得自己很大胆。

“在圣猪节的晚上，最小的王子最尊贵，想说什么就说什么，小家伙。”

我笑了，刚刚才吃过香草酱，我就觉得自己已经头脑空空了，感觉自己像曾祖父一样年长和智慧。希望自己能有大智若愚的头脑，我把牙签插到蜗牛里，挑出蜗牛肉，在整个过程中感觉自己就像一个勇士，勇闯未知的山洞，洞里面生着火、烤着肉，我正用锋利的矛削着吃。

“你们喜欢吃这些蜗牛吗？”普塔－内穆－霍特普问，不管是不是圣猪节，父母连连点头称喜欢，向法老保证这是他们吃过的最肥美的蜗牛。普塔－内穆－霍特普说这些蜗牛是在椭圆形池塘里抓来的，池塘在花园里“拉美西斯二世走廊”的尽头，有一排棕榈树在旁边遮阳，夜晚，池塘可以沐浴到月光，蜗牛争相在月光里嬉戏。可能这就是这些蜗牛异常美味的原因吧！

“是的，口感很好，我觉得仆人们会偷的。”曾祖父说，其实他盘子里还剩着几个。

普塔－内穆－霍特普摇摇头：“偷则重罚。曾经有个宫女偷了几个，父亲就下令把她的乳头全割了。”

在其他夜晚，母亲可能不会这么早说话，但是现在，她抓住了说话的机会：“您肯定不会这么做吧？”

“我懒得去想，但是肯定会加重惩罚力度的。”

“哪怕只偷了一个蜗牛？”海斯弗蒂蒂打破砂锅问到底。

“那时我还是个孩子，”普塔－内穆－霍特普说，“但是到现在我仍没忘记父亲是如何伸开双手向我展示他的惩罚的。那个宫女还是个小女孩，乳头还没有我的小拇指大。我伤心地大哭，而父亲只是轻轻地把割下来的两个乳头弹进池塘里，然后跟我说只有重罚才能让这个地方远离偷盗，不然，蜗牛质量就会受到影响。你看，今天，这些蜗牛和其他生物一样，与油、洋葱和香草一起制成了一道美味的菜。有时候，我觉得自己得到的已经足够多了，但有时候又觉得我只是圣猪节晚上的一个可怜的家伙。”他开心地大笑着，优美的唇线就像一闪而过的骏马，或者是俯冲下来的雄鹰，动物和鸟都在我脑中的香草上奔跑飞驰着。我想看看母亲，但是她此时正在大胆地看着法老，我不得不把头转了过来。如果法老今晚不佩戴珠宝，她也不会佩戴。今晚她只穿了一条臧红色的袍子，没有褶，只系了一根带子，露出她右边的乳房，右边的乳房更大更美丽，并且她还把乳头涂成了红色（我觉得这种染料应该是从茜草里提炼出来的），以此来搭配颈上露出的茜草红的紧身衣，她将自己打扮成了一个集市中的姑娘。她每根纤细的手指上都戴着戒指，头上顶着浅金色的蛇形王冠，眼角贴着两颗绿色的宝石。在黑色头发和小麦色肩膀的映衬下，她是多么风姿绰约啊！现在，她正目不转睛地盯着法老看。

看到她眼睛里的脉脉风情，他好像很高兴。“迈内－卡，小可爱，”他对我说，“你知道主人的职责是什么吗？”

“迈内－卡怎么会知道？”母亲反问道，但我注意到她对我喊着法老的名字，尽管这也是我的乳名，此时却变成了“迈尼”。

“迈内－卡，”普塔－内穆－霍特普说，“主人的职责就是让自己的客人高兴，所以我想向你解说我们面前的每一道菜，希望能让你开心。”他指着我小小的空盘子说，“比如说这些小小的宫殿。”

我愉快地点点头，不知道他说的是什么意思，但这是圣猪节的夜晚，一切事情都有它的道理。

“你真是个聪明的小男孩，”他说，“现在请注意听好了，不然我会割掉你的鼻子。”这把父亲逗乐了，这是大家听到的他发出的第一声笑声。

“是的，”法老说，“我会把你的鼻子割掉，然后把它给你母亲的丈夫。”

父亲笑得更离谱。

“你喜欢紫色吗？”普塔－内穆－霍特普问我。

我再一次点点头。

“这是叙利亚国王和赫梯国王王袍的颜色，一些希伯来人和亚述人也穿这样的袍子。在埃及，我们觉得这很奇怪，因为紫色有些热情得过火了。为了争夺一个乡镇，他们这些人打了很长时间的仗，就只是因为这个镇生产的紫色染料是最好的。这种离奇的事情你相信吗？”

我点点头。

“这个镇就叫提尔，那里产的刺蜗牛很有名。蜗牛壳里面有一层膜是紫色的，将这层膜磨碎了就成了紫色染料的生产原料。因此，在提尔，每个人都争相抓蜗牛。年龄只有你曾祖父一半大的人，其实已经很老了，他们也抓蜗牛，侏儒也抓，巨人也抓。他们把蜗牛抓起来，碾碎，并不在意蜗牛肉。”

“为什么不在意蜗牛肉呢？”我问。

“不知道，可能他们已经吃腻了蜗牛肉。我觉得应该是因为把蜗牛肉从蜗牛壳里挑出来所需的时间比他们制作染料的时间长。在提尔，他们很富有也很贪婪，不愿花时间去挑出蜗牛肉。他们只是用两块石头把蜗牛壳砸碎，然后过滤掉它们的肉，再砸碎，直到获得紫色的生产原料。然后这些原料被倒进大缸里，上面还沾着许多蜗牛肉。”

母亲觉得很恶心。

“是的，的确很恶心，”法老说，“但是他们确实提取出来了紫色颜料，东方的国度认为这是喜庆的颜色，他们称之为‘皇室紫色’。他们说，在东方，这是国王的颜色，但是我们更智慧些，知道这是疯子的颜色。”法老高兴地叫起来，然后把豹子尾巴甩起来吩咐道：“赶紧上下一道菜。”

一个仆人端着两根金属棒进来了，法老看着我惊呆的表情非常开心，金属棒还没有我的手长，不及两根手指并在一起宽，也没一根手指厚，普塔－内穆－霍特普把它们放在雪白的盘子里，并把他们分开。

“看看这个，”普塔－内穆－霍特普说，“这是来自天堂的黑铜。”说着把盘子递给了曾祖父。

迈内黑特很好奇也很骄傲，轻轻地，把盘子递给了我。

“让孩子先看看。”他说。

“你不知道自己会错过怎样的精彩。”普塔－内穆－霍特普说。

我在一边看着盘子里的黑铜棒，不知道该怎么去触碰它。它是凉的还是热的？我迅速地弹了一下黑铜棒，然后赶紧收回来，这感觉和摸其他的金属一样，比如摸红铜。我拿起黑铜棒，把它平放着，它比平常的铜重，也比平常的铜硬。我使尽浑身力气，试图分开它。

“两根都试试吧。”迈内黑特说。

“你为什么跟他说这个？”普塔－内穆－霍特普问。

“如果法老想给我们展示的东西只藏在一根金属棒里，那他就不会让人端上两根来了。”

普塔－内穆－霍特普点点头，我鼓起勇气，一只手拿起一根金属棒，然后闻了闻第一根，上面有种来自远方的寒冷气味，又闻了闻第二根，一股寒气钻鼻。有些我以前从不知道的生物在金属棒里面瑟瑟发抖，我好像听到了两根铁棒的内心在颤抖。那些生物在金属棒的顶端，我又惊又喜地大哭起来，因为我能听到神的话语。他们轻轻地诉说着自己的旨意，两根金属棒相互吸引着，使得我两只无力的手慢慢靠拢，然后金属棒吸附在一起，但我看不见使它们吸在一起的是什么力量。

父亲立刻从我手里夺过它们，递给迈内黑特，海斯弗蒂蒂看到这一幕吓得大叫。“你是个魔法师。”她对普塔－内穆－霍特普大声说。

“我什么都没做，魔法在金属棒里面。”他回答。

“这黑铜是从哪里来的？”她追问着。

“一个牧羊人看到一个着火的球从天上落下来，像死马一样落进沙漠里。但这个球太重了，他搬不动，只能掰下一块，这些金属棒就是用他掰下的东西制成的。谁知道里面说话的是什么东西啊。”

“你能让它们安静下来吗？”迈内黑特问。

“曾经，有人把它们加热，然后锻造，但是它们的延展性太差了。当一块来自于同一个球但还没成型的黑铜放在另一块旁边的时候，两块就合二为一了。为什么它们要像一家人一样朝同一个方向聚合呢？金属棒在没成型之前就获得了生命，并且可以把生命传给另一根经过锻造的金属棒。”

他们继续谈论着有关黑铜棒的怪事。普塔－内穆－霍特普说如果有一滴水落到黑铜棒上，会立刻蒸发，留下一个橙红色的斑点，但水并不是红色的，而是黑铜的表面变成了淡红色的粉末，这些粉末可以擦掉。谁能理解为什么神喜欢这样呢？

我不再听他们之间的谈话。以前我每天都要听与神有关的故事，而且到处都能看见他们，比如说猫的尾巴上，因为只有猫可以通过尾巴听见声音。战马疾驰而过时，我看到它们眼睛里有一位神，而且每只甲壳虫的身体里也都有同一位神，因为神的动作比我的思想还快。奶牛的身体里有神，花朵里有神，树木里有神，为他们雕刻的雕像里也有神，甚至野猪身体里也有神。当我看到关在笼子里的野猪时，能感觉到赛特神的存在以及他的威力，但这些神并没有在我面前吸附在一起的黑铜棒里的可怕。我正在接近一位神，或者是两位，他们在雷鸣和闪电里，我感到很不安。摸着金属棒，明明很饿，但胃却在翻江倒海。

现在仆人为我们每人上了一小份紫色的水果，本来以为这是水果，但当金色的小碗放在自己面前时，我才发现原来是紫色的卷心菜。我以前没见过这样的卷心菜，闻起来很酸。

“小心醋，很酸，可能会酸倒牙齿，但对于清除刚刚吃过香草酱时留下的口气还是很有效的。”他夹起一块，咬了一口，就像吃石榴一样，然后说道，“这菜，真可怕。”

“那你为什么还让他们上这道菜？”海斯弗蒂蒂问。

“猪吃卷心菜，我觉得大家应该熟悉一下它们的生活习惯，我们很快就会见到它们，”他边说边玩弄着菜叶。“其实，”他说，“这是上等的醋，是用我最好的酒酿造出来的。我喜欢吃优质的醋，你不喜欢吗？”

“喜欢。”父亲说。

“不喜欢。”海斯弗蒂蒂说。

“一个让你喜欢上它的小小理由就是：顾影自怜的人一般都喜欢吃醋。”普塔－内穆－霍特普说。

“怎么会呢？”母亲有些不服气。

“它们在诉说着自己的失望。想一想一些质量比较次的酒，没有人喝，只能躺在酒坛子里，直到开始发酸，就成了醋。我能尝到这醋的愤怒。”

“你的味觉真灵敏。”曾祖父评价道。

“我的味觉很好，我对吃很有研究，不，不是吃，是品尝。把这菜撤下去吧！太淫荡了。”

“您今晚兴致真高！”海斯弗蒂蒂说。

“我喜欢这样，一年一次。”

“真遗憾一年才一次。”父亲贪婪地说。

“你喜欢这醋吗？”普塔－内穆－霍特普问。

“很酸，但您的描述很到位。”父亲说。

我不喜欢卷心菜，也不喜欢吃它们，更不喜欢下一道菜——生鹌鹑肉。人们把鹌鹑皮剥去，放上调料，然后又把皮套上，就像给它穿上外衣。我吃的时候能品出盐（其实是蒜盐）和辣椒的味道，突然看到鹌鹑的小生命从自己冷冰冰的身体里飞出来，钻进自己的鼻孔里，然后又从另一个鼻孔里飞出来。然后，我看到二十只鹌鹑，就像乌云里的二十个黑点突然变成山洞里的二十个白点，现在又变黑了。我的鼻子想尿尿，一想到这我就想笑，然后打了几个喷嚏。

下一道菜是鸟蛋。盘子里有一个很奇怪的蛋，外面的壳没有斑点，是全白色的。母亲大叫道：“这是巴比伦产的鸟蛋吗？”

“毫无疑问是啊。”普塔－内穆－霍特普说。

“是不会飞的鸟吗？”父亲问。

“巴比伦的鸟都不会飞，也不喜欢水。”

“那它们干什么？”母亲问。

“它们瞎叫，制造噪音，它们很傻、很脏，除了能下些鸟蛋，基本上没什么用。”

“它们的蛋有鸭蛋美味吗？”

“除非你是巴比伦人，才会觉得它比鸭蛋美味。”普塔–内穆–霍特普说道，大家都笑了。接下来他告诉我们他是如何让人用船把这些鸟运到这里来的，他不断地重复说这些鸟儿平淡无奇，但是老是咯咯地叫个不停，很吵，昂首阔步，船夫们认为这些鸟是在大声地呼唤它们的巴比伦神。在第一次有迹象表明要来大风暴时，船夫打算把船上的这些鸟贱卖掉。“很幸运，大风暴没来，我还便宜地买到了这些鸟。我把它们养在花园的拐角处，它们很快就习惯了埃及的土地，迅速开始繁殖，过不了多久我就可以送一些给你们了。我小声告诉你们，其实我很喜欢这些吵闹的小家伙，它们下的蛋好像和我的想法很契合。”

我很沮丧，蜡烛的热量、在我鼻子里打架的各种调料的味道、我的胸膛、肚子还有面前的这些咸蛋都让我觉得很悲伤。我不知道巴比伦咸蛋是用什么做的，它的蛋黄是黄色的，也是生的，而不是绿色的，吃起来像奶酪，摸起来像湿墙壁、硫磺和糨糊，闻起来有点像早晨喝的可可粉，我喜欢这种味道，所以我喜欢这些咸蛋。黄的就像法老自己制作的黄油，现在仆人们正在给每个人派发的蛋糕上涂抹着这样的黄油，这蛋糕是用最好的面粉烤出来的。

但是鱼卵和鸟蛋结合在一起肯定会让母亲有意见，因为她现在已经在跟法老说我出生那一天的事了，就好像我不在场一样。她说自己是如何抱住膝盖把我又挤回了子宫里，同时倾斜着身体好让法老看到她那只露在外面的乳房。“不到吉时，我是不会把他生下来的，”她说，“我不想让迈内，我的迈内–卡提前生下来，除非到了正午，太阳如这蛋黄般明亮时。”但法老只是点点头，似乎还没从笼罩着他的无聊中逃离出来。母亲把蛋推开，大声问道：“你不会跟我说这些红色的‘果冻’都会变成鱼吧？”

“所有的都不会变成鱼，”父亲说，“海里已经有足够多的鱼了。”

大家都停顿了一会儿，但对于母亲无理的非难和父亲认真的解释来说这段时间并不是很久。对于父亲刚刚所说的，我们可以用八到十个常用的词语来形容，比如“巧手一针顶七针”、“想得妙就等于丈夫干得好”，这些解释并不需要回答，所以就像我说的：现在出现冷场，但是大家并没有反感父亲。大家都知道他必须得阻止这样的谈话，因为他只考虑法老的想法，甚至在法老的思想形成之前他就知道了。大家都是这么想的，包括法老自己，他肯定想结束这次聊天，确实，他就是这么做的。

“是时候去方便了。”大家都笑了起来，他站起身，离开了房间，我知道父母都很震惊。“方便”是一个礼貌用语，告诉大家自己得去一下厕所。但是“便便”呢？根据普塔－内穆－霍特普说话时的口气可知房间内的每个角落都有肮脏的野兽呼出的温热空气。其实，“便便”是我们形容可可时所用的最差的词。当两个词合在一起时，“便便”就变得很不吉利，每个人，包括法老，除了在圣猪节晚上，都不敢随便说话。我觉得他是想告诉我们：每个人不仅可以，而且应该在今天晚上说我们平时不敢说的事。

普塔－内穆－霍特普一离开，我们就感觉被仆人们保护起来，他们的耳朵似乎复活了。海斯弗蒂蒂很诡异地安静下来，迈内黑特和奈弗－赫普－奥科汉姆在讨论如果在沼泽里抓鸭子时应该用怎样的叉子。很快他们的讨论也结束了，我能听见母亲和父亲小声嘀咕的声音。

“在其他夜晚他都不喜欢这样吗？”

在谈话的最后，父亲抬头向上看，然后摇了摇头。

现在，一个皮肤黝黑、满嘴胡茬的叙利亚人得到允许进来了，他穿着重重的棉质长袍，味道很难闻，进来后，在我们每个人面前都鞠了个躬，他胳膊上挎着沉重的酿造桶，给我们倒他亲手酿造的液体，身上散发着他自己带来的啤酒的气味。很快，我们的杯子都斟满了酒，然后他就离开了。他把啤酒和陈旧的体油、汗液和湿羊毛放在一起酿造，仆人们都觉得这液体算得上极品。出乎父母的预料，啤酒非常好喝，至少他们是这么说的，但是他们一点都不让我喝。普塔－内穆－霍特普回来后也加入了我们，仿佛他离开后这里什么事情都没发生过一样，其实有一个关于酿啤酒的人的精彩故事。

“有一天晚上，我让御膳房的监工给我去找孟斐斯最好的啤酒。但是第二天，他跪在地上跟我认罪，说我们孟斐斯最好的啤酒酿造师是个不讲卫生的家伙，叫拉瓦，就是你们刚刚看到的那个人，他说除非自己能押着啤酒来到这里，否则一点也不给酿。‘你没鞭打那个蠢货吗？’我问。‘我打了，’监工告诉我，‘但是拉瓦把啤酒都倒到地上了，我把他打到半死，他却说除非自己能亲自伺候法老，否则一点也不酿。’这倒让我很好奇，我让监工把那个蠢货带过来。他身上真的很脏，我们不得不离他远远的，但是他酿的啤酒真的很好喝。拉瓦说是他的酿造桶使得他的啤酒这么特别，但我知道他酿的啤酒一直在不断改善。他说自从我愿意喝他的啤酒以来，他的酿造桶就越来越神奇，啤酒味道也越来越好。他管自己的酒叫‘开心液’，这真不错。”

“伟大的法老啊，他说让您分享他的啤酒？”母亲问。

“是的，拉瓦说啤酒是大众饮品，一定要大家一起分享才好，这才是它的力量所在。你知道吗？我相信他，我喝着他的啤酒，感觉和自己的子民很亲近。以前我喝着‘心内的软膏’，”他指着另一罐酒说，“也就是藏在地窖里的酒，从未有过这种感觉，那时，我只感觉自己和祭司比较亲近。”他说这话时看起来很悲伤。

“我没想到您会这样说，”母亲用亲昵的声音跟他说，仿佛最终对圣猪节上自己的礼节很满意，她可以斥责他，还觉得他们已经是结婚十多年的老两口了。“您的酒远近闻名，”她微醺地笑着，似乎想要告诉大家父亲的乳名，“为什么我们的好朋友——奈弗——和我说话时眼神就变得像泥水一样呆滞呢，但是他和你说话时，”她停顿了一下，壮一壮胆，“他的眼睛却变得像宝石一样明亮。”

她没用手掌遮住嘴唇就打了个嗝，这样的行为在往常的夜晚是她所不允许的。她继续说道:“你可能喜欢蜗牛，但我喜欢圣猪节的夜晚。你看，我们都有足够的猪来举办这一年一度的节日了。当然，”她甜甜地笑着，“在这个夜晚，我们都有恐惧，是这恐惧限制了我们。我们害怕自己什么神都不是，只是头猪，但您依然是神，是伟大的猪之神。”

我感觉到耳朵里一阵骚乱，周围一点声音都没有。他们的注意力就像从海里捞出的鱼——脱离族群之后变得十分安静。父亲的嘴巴没有闭上，所以我生平第一次看到他舌头的全貌：他的舌头真大啊，即使迈内黑特都不会相信他有这么大的舌头。“你不许这样说话！”他严厉地对海斯弗蒂蒂说道。

普塔－内穆－霍特普用所剩的最后一点啤酒向她致意。“人们曾经称我为‘两只狮子’或‘两棵树’，还有人称我为‘两只神圣的河马’。人们叫我‘赛特之子’、‘荷鲁斯之子’、‘欧西里斯与伊希斯的王子’，甚至有人叫我‘透特和阿努比斯的继承人’，但从来没有人称我为南北王国的‘伟大国王’。我必须要问：猪在哪里？请把它们带来给我，”他对仆人说，并对母亲报以同样的甜蜜微笑。他的脸颊通红，就像刚被掐了一样，好像脓肿下面的血已经变成了冲入云霄的怒气。两个脸颊之间也是红色的，但与脸颊上的红色不一样。母亲曾与迈内黑特相互激情澎湃地对视过，此刻她用同样的眼神注视着法老的脸颊。房间内的蜡烛散发着更多的热量，火焰跳动着，母亲和普塔－内穆－霍特普静静地坐着。

然后她看向别处。“在圣猪节的晚上，女人都不能注视着神的眼睛。”

“看吧！”普塔－内穆－霍特普大喊道，“今晚，神不在。”

对我来说，此刻他比任何时候都更像神。母亲也没再说什么，只听见他发出胜利之声。“今晚真的很美好，”他一边说着一边拿起豹子尾巴在自己的鼻子上挠来挠去。“豹子的尾巴，”他补充道，“最先是我的祖先——胡夫穿的，他教会埃及人挪动巨石，搬到金字塔上去。”他用豹子尾巴重重地敲打着桌子，好像要使出搬石头的劲来，我从没见过他这样生龙活虎。

对母亲来说，他也从没像现在这样有魅力。我开始嫉妒起来，思想钻进了母亲乌黑的头发里，像情人爬墙头约会一样，嫉妒心带我穿过她对我的抵制，然后便无法把我赶出去。她急匆匆地把我往外赶，无暇顾及法老此刻进入她的思想里的意愿。

她有理由不让他进入。就像我猜到的一样，是一种暧昧关系，我都没准备好，便很快感受到她内心充满情欲的呼吸，立刻明白了她为什么要那样说。难以置信，那声音还在我的脑海里回荡：伟大的猪之神啊！这些词在她喝下去的啤酒里穿梭，顿时使得她骚动起来。我的意识在她的意识里面，我的身体就是她的身体，我的腿也是她的腿，所以我知道她通过转移思想与拉瓦交换了肉身。这样，我再次了解到自己以前就知道的事：不仅仅像伊雅塞雅博这样的女仆，像母亲这样的淑女也会和男人做一些羞于启齿的事。她还在想着自己和拉瓦在一起欢愉的情景，她的额头还沾着他身上之前流的汗、啤酒和叙利亚羊毛。通过她的思想我又想起普塔－内穆－霍特普对卷心菜的评价：淫荡。她颤抖地回忆起其他男人的生殖器："碎骨者"是第一个，因为那天早晨他脱下短裤的时候，她看见了他的腹股沟，我知道拉瓦在她的回忆里只是提着一大壶酒而已，她又想起了菲克－弗提，在她小的时候，每次一想起他的名字叫"捡屎的人"就会发笑，她常常坐在他的大腿上，和他从事着最古老的交易——他们躲在花园里，偷享着孩童时代的欢愉。她曾放荡地与别人拥抱在一起，快乐地呻吟着。所以她大声地哭喊出那些淫荡的话，很生气，因为普塔－内穆－霍特普让她喝了拉瓦酿制的啤酒，然后她确实这样说了，我听到的大概是："伟大的猪之神啊！"

是的，我需要了解母亲的地方太多了。如果我能理解法老的快乐——海斯弗蒂蒂试图盯着他的眼睛看，然后哭了出来，我也会知道他对她所说的话感到非常生气，仿佛他现在唯一的希望就是从谈话中获取快乐，从而熄灭心中的怒火，所以她用最温柔的声音说道："您说红酒比啤酒高级，只是开玩笑吗？”

“不，红酒没有啤酒高级，”普塔－内穆－霍特普说，“因为经常和祭司接触，我本人就非常像个祭司，你看见没？”

“一点也不像。”母亲说。

“你的善良太性感了，”普塔－内穆－霍特普说，他伸出手来，用中指的指尖抚摸她露出的乳头，“现在是娱乐时间，尽情娱乐吧！”他兴奋地说。

九

一个赤身裸体、只在腰间系了一根腰带的女孩走了进来，她很漂亮，手里拿着三根弦的里拉，进来便唱：

我的王子多么英俊，
他的国邦如此壮美。

普塔－内穆－霍特普没怎么注意她，只是应着音乐的节奏磕了几下桌子，一个骨瘦如柴的埃塞俄比亚人拿着比我长的笛子，跟在那个漂亮女孩的后面，也进来弹唱。女孩唱歌的时候，旁边有三个女孩在伴舞，和吹笛手一样，她们也没穿衣服，只是用带子系在臀部，只能遮住私处，我忍不住看她们美丽的肚脐和挺拔的乳房。在灿烂的烛火中，她们黑色的大眼睛忽闪忽闪的。吹笛手唱道：

把甜美的油脂和醉人的香气放在我的头上
把花朵放在我的胳膊上
亲吻你妹妹的身体
因为她常驻你心田

让城墙倒塌

“让城墙倒塌！”海斯弗蒂蒂抑制不住内心的激动也跟着唱了起来，拍着离自己最近的女仆的屁股，此时那个女孩正在往母亲的盘子里放花瓣。“你真可爱。”母亲对她说。那个女孩从自己带的篮子里拿出一个蜡质的瓶子递给母亲，瓶子散发着怡人的香味——是玫瑰和荷花的香味。

我们头上都戴着莲花制成的花环，玫瑰花瓣撒在乳白色的石膏盘子里，盘子又大又圆。我知道所有这些歌女、舞女、花朵、歌曲以及仆人间的暧昧都是不寻常的。母亲抚摸侍女的屁股时，侍女小声对她说：“您真美。”我的侍女还对我说：“你太小了，都不知道我该亲你身上的哪些地方。”其实我以前在许多晚宴上都听到过类似的话，但是今晚这些话就显得很不寻常。当两个皮肤黝黑的宦官把猪抬上来时，今晚的表演达到了高潮，宦官们只穿着衣服，没戴装饰品，但是，今晚他们的短裤上点缀着珍贵的宝石，这些宝石肯定是法老赐给他们的。他们把猪放到黑色的大餐盘里，然后抬起来放到桌子中央，与此同时，舞女们踩着轻快的拍子快速移动着，腰肢不停地摆动着，三弦里拉奏出悦耳的音乐，这音乐惊动了法老花园里的小鸟，它们也跟着喧闹起来。然后这个地方所有的动物都大叫起来，狗是第一个吠叫的。

猪也跟着叫了起来。我还没准备好看这一幕，它看起来像人一样充满生命力，而且很凶猛。我曾经见过关在笼子里的野猪，它们长得很丑，浑身长着刚毛，毛上面沾满了垃圾和淤泥。看着它们长长的鼻子，如果不是因为上面长着两个鼻孔，我会把它和小偷被剁掉手的胳膊联想在一起，就像我们用手指在泥巴上戳出的两个小孔一样。这只猪的刚毛已经被刮掉了，不，是它的皮已经被剥掉了，烤得不错，外面一层肉是粉色的，它的两根獠牙上面覆盖着金色的叶子，蹄子被修剪过，用银叶子包裹着，它的鼻孔被挖掉了，涂成了粉色，塞着白色的花骨朵，嘴里塞着一个石榴。仆人转着餐盘，向我们展示猪的每一个部位，我看到了卷成一个圈的猪尾巴，但还没来得及告诉别人猪尾巴使我想起了刚刚吃过的蜗牛，就发现了另一个惊奇的事：猪清洗干净的肛门里塞着一卷纸莎草纸卷轴。

“现在由你把它拉出来。”普塔－内穆－霍特普对海斯弗蒂蒂说。仆人们发出咯咯的笑声，即将看到难得一见的事，他们都很开心。海斯弗蒂蒂亲了下左手，拍拍手，快速地把纸莎草卷轴拽了出来。

“上面写了什么？”普塔－内穆－霍特普问。

“我保证在晚餐结束前念给大家听。”海斯弗蒂蒂回答道，表情很古怪，好像要给纸莎草卷轴呼吸的时间。

“不，现在就念。”法老吩咐道。

于是她撕开卷轴外面封着的芳香的蜡质层，打开卷轴，快乐地喘息着，就像甲虫形的红宝石掉进盘子里一样。她用卷轴碰了碰自己的乳头，然后把它展开，为我们大家念道：“我只是圣猪节晚上的奴隶，求您特赦，赐我自由。”父亲和迈内黑特大笑起来，普塔－内穆－霍特普和海斯弗蒂蒂没笑，他们温柔地前前后后打量着，动作一致，我真希望自己坐到他们中间去，他们之间的谈话似乎没有尽头。与此同时，父亲脸上露出快乐、幸福甚至有些孩子气的表情，好像人们对他妻子的注意使得他获得了从未有过的尊重，而曾祖父的脸上则刻着僵硬的笑容，不断地旋转装猪的餐盘自娱自乐，仿佛这猪身体里还有其他可读的信息。

我也趁机仔细观察这只烤猪，它像只刚刚出生的粉色河马，又像臃肿的侏儒，头对着我的时候，它看起来又像个祭司，这只是我的个人想法。我也笑了起来，因为烤猪虽然死了，眼睛却睁得圆溜溜的，而且几乎是透明的，好像正往昏暗的大理石大厅里看，不知怎地，大厅里的野兽突然惊起，可能那只是它绿色而苍白的死眼睛里闪烁的烛光，或者是嘴巴啃食石榴时的乐趣，甚至是鼻子凶猛的刺击，仿佛它那涂了色的长鼻可以呼吸一切气味，不管是最臭的还是最有力量的，这只猪的镇定和贪婪让我想起了大祭司卡梅-尤莎。我觉得很奇怪，但并不怀疑。

“把这只猪切了，分给每个人。”普塔-内穆-霍特普吩咐道。

开始吃的时候，我觉得猪肉难以下咽，内心怀着敬畏之情，喉咙麻木，其他人也是表情各异。父亲咬了第一口之后，眼睛奇怪地闪了一下，好像此刻介于喜悦和被揭露之间。我曾见过他的这种表情，那时我和母亲一起走进他的房间，他正在调戏一个侍女，一手摸着她的前面，一手摸着她的后面，两手都在她的肚脐下面。母亲露出焦虑的表情，仿佛这猪肉会招致可怕的后果。然后，我大胆地抬起头看法老，他露出失望的表情，好像这猪肉不够好吃，达不到他的心理预期。乐声嘹亮，但他下令停止音乐，舞女离开后，弹奏里拉和长笛的黑色奴隶也相继离开了。

曾祖父的表情更加复杂。他用自己长长的牙慢慢他咀嚼着猪肉，作为一个六十岁的老人，他还是很强壮的，我都不敢想象他八十岁或一百岁时的情景，而且他经常权衡自己所做的事。现在他的下巴有规律地咀嚼着，我也随之规律地摇动着，呈现出类似睡眠时与噩梦并行的善意。我被他吃猪肉的方式诱惑了，似乎没什么东西能惊扰到他的心。受他影响，我也咬了一口自己面前的猪肉，差点吐了出来，因为猪肉又肥又软，吃的时候冒出一股惊人的暧昧气味——有点像伊雅塞雅博在我嘴巴里自信地搅动着的舌头。猪更了解我，我没有那么了解它。

但是，我还是想吃这低贱而肥腻的猪肉。我曾经吃过一种非常难吃的药，想起那时的感觉，不禁打了个寒战。药方很神秘，它的味道和气味在我所吃过的东西里是最差的，吃了以后，我不停地呕吐。呕吐平息之后，鼻孔里钻入一股气味：柔和、温暖而又滑腻，还有点肮脏，和我现在含在嘴里的猪肉差不多。现在我感觉这猪肉好像是通过湿小麦、变质的大麦和腐烂的野草与诸神交融在一起形成的。吃猪肉时，就连死去的玫瑰花的气味也离我很近，所以我就在想与其他动物相比，猪是不是没那么有生命力，或者是猪比其他动物离死亡更近，或者是猪就埋在猪屎里？

“慢慢嚼。”母亲提醒我。

现在，我的鼻子里充满了香气，仔细地看着法老吃东西时的优雅姿势，我心生羡慕，于是向他学习。他的手在食物上面晃来晃去，就像小鸟的嘴巴一样，他挑了一块肉，这块肉精确地指向他的手指。“我觉得我们已经吃了足够多的猪肉了。”他说，于是有个仆人做出赞同的动作。“是的，”普塔－内穆－霍特普接着说，“这肉的味道自相矛盾，荷鲁斯对此深恶痛绝，而赛特则很喜欢吃。我既喜欢也不喜欢，觉得这两种态度都合理。”

现在皮肤黝黑的宦官进来把我们面前的盘子和吃剩下的猪肉都撤了出去。我对他们灵巧的手指和诙谐的动作很好奇，想起父亲曾让六个训练有素的黑人奴隶在餐桌旁服侍，这使得叙利亚奴隶非常生气。这意味着父亲和母亲与法老的近亲、少数高官和两到三个大将军的地位一样，其实我也知道。让叙利亚人上饭，然后黑人把它们撤走，我们可以支付得起这样的费用。

母亲告诉我人们一直把右手当成神庙对待。其实当她噘着嘴告诉我这些时，我发现自己从没见过右手放在身上的埃及贵族，只见过工人和摔跤手经常这样做。右手是用来支撑胳膊和接触食物的，因此人们餐前应该用荷花油洗手。我们用左手做一些不愿他人看到的私密事，特别是擦拭身体，我不想这种传统保留下去。因此我们对仆人上饭和撤饭的分工其实与左手和右手有关，其实黑人奴隶并不愿意参与这种分工。我经常能听到叙利亚人抗议，但这种冲突不像发牢骚一样经常发生，厨房的监工会耸耸肩说：“这是主人的命令。”我曾经认为黑人很了不起，因为他们总能忍受最糟糕的情绪，有时候甚至觉得除了迈内黑特、卡梅－尤莎和母亲外（母亲脾气最差的时候，能力和前两人相仿），他们是最有能力召唤自己的幽默之神的。

今晚，这些黑人的兴致很高，而且一直开口大笑着。有一次我不知道他们为什么笑，但很快我就知道了，原来法老正在用左手吃最后一块猪肉，这些黑人在一旁开心地傻笑着。

“他们喜欢猪，”他们走后，法老大声说，“他们喜欢南方的猪，是的，皮肤越黑的猪吃起来越香。”然后沿着桌子环视了一周，他突然下令道，“跟我说说黑人的故事吧，因为我对他们很着迷，他们的传统习俗为我们带来光明。”他使劲地摔打着豹尾以作强调，好像是为了告诉我们娱乐他的时间到了。我已经做好了准备，因为母亲曾跟我说过，如果法老想让我们逗他开心，那我们就应该做好准备。娱乐的时间，黑人们必须像刀锋一样闪闪发光，或是像花园里的花朵一样美丽。

“我曾经听过黑人的酋长们在达成交换财产的协议时，”父亲说，“一个酋长向另一个酋长的的嘴里吐口水并鞠躬，还张着嘴等待对方‘回礼’。这就是他们成交或达成协议的方式。”

“你不知道卡梅－尤莎和我还在用这种习俗吗？”法老问。

他的内心肯定很奇怪，很痛苦但却很激动。因为没人说话，空气里充满了沉闷的气氛。我的思想进入他的思想里，从来没这么容易过，而他脑袋里只有一个词：毒！

他看着我们，摇了摇头。“让我们聊一聊毒的事，”他说着，对迈内黑特笑道，“博学的迈内黑特，请告诉我毒的自然特性吧。”

曾祖父小心地笑道：“那是一种永不停止的纯净。”他的回答让我们都很吃惊，直到现在他都一直想把法老吸引到我们的谈话里来。

“我喜欢，你能把复杂的问题简单化吗？”法老说，“永不停止的纯净，有人用这种方式描述爱吗？”

“我可以，”迈内黑特说，“我经常认为毒与爱是从同一个地方来的。”

“你的话语很恶毒。”海斯弗蒂蒂说。

“一点也不，”普塔－内穆－霍特普附和道，“爱的举动有时候会变得恶毒。”

“伟大的法老啊，刚刚的猪肉使得您的思想变得邪恶。”母亲说。

“噢，不是邪恶，”普塔－内穆－霍特普说，“而是恶毒！”他又重重地拍击了一下豹尾，以此来奖励自己幽默的精确度。他说："是的，毒什么都是，而我们什么都不是。"

"很到位，"迈内黑特评价道，"您的头脑真是聪明。"

"拍马屁，"法老说，"一条老狗的马屁。听我说，你这个老头，你比任何人都了解我的先人，请告诉我，有哪位法老的头脑比你谦卑的普塔-内穆-霍特普还好吗？"

"没有人的大脑比您的反应快。"迈内黑特说。

"但他们的意识更强？"

"埃及上游和下游地区的国王拥有最强大的意识。"迈内黑特嘴巴张到最小的程度说。

"那让我们再聊聊别的吧！让我们……"他环顾了一下四周，"谈谈'月亮之血'[1]。"

"但那很不吉利。"母亲说。

"你听说过黑人遇到此类事情时的情景吗？"他问。

很明显，她不想聊这个话题。"我觉得孩子对南方人生活的情景和生活方式知道的很少。"她说，并对我点点头。

伊雅塞雅博曾经多次赤身裸体地睡在我的房间里，但我对"月亮之血"了解得很少。一月一次，随着满月的规律发生，她会到床上休息几日，大腿间缠着腰带，无论她一天洗多少次澡，身上总是散发着一种气味，使我想象起那种情景：自己夜间突然醒来的时候，河流改变了流向，河水冲进我们家里。我不是不喜欢这种气味，而是对此很好奇。因为我曾听过仆人的孩子们谈论：在十四天的上弦月和十四天的下弦月期间，女人们每月总会流"月亮之血"，许多人的日期都是固定的，每月都会在同一天开始。

我曾问过母亲她是不是也这样，还有我玩伴的母亲，他的父亲是我们

[1] 即月经。

马厩里的铁匠。在所到我提出的问题后，玩伴好像遇到了很大的麻烦，因为他跪了下来，在父亲炉子里火焰的照耀下，亲我的脚趾头，他的嘴唇像蜥蜴皮一样粗糙。然后他告诉我他母亲是某位神仙的亲戚,所以不会流“月亮之血”。我点点头，仿佛两个人都言之凿凿，但是我依然困惑，因为我经常抱着母亲的大腿，把头埋在她两腿间。随着自己不断地长高，我的头接触到的地方也在变高，但我从没像以前那样开心过。当然，母亲身上的味道有最好闻的莲花精油那么香，但她也有其他的体味，而且时不时地会散发出这种气味，很淡，就像被人扔掉的鱼。在第十五天的满月之夜，伊雅塞雅博给我一种感觉：我似乎住在从未见到过的南方的土地上，黑人在那里生长，那里的树有胡夫金字塔的一半高，枝叶繁茂，足以蔽天。这里的温度很高，生活在如此高温里的人连呼吸都很困难。在第十五天的满月之夜，伊雅塞雅博很痛苦，我很想知道头顶的神灵为什么要让女人遭受这样的痛苦。

其实母亲想保护我，但其实她不让我涉及的聊天话题对我来说已经不是什么新鲜事了。普塔－内穆－霍特普无视她的抗议,仍旧笑着对我说:“天才少年肯定得知道我们聊天的内容,而不是被父母遮遮掩掩。”他转而问我：“你认为是不是这样？”我点点头，好像这是我们两人之间的对话和想法。其实我非常赞同他的观点，并且认为如果不是在每个宴会上都听了人们的聊天，我肯定会经历许多可怕的事情。

“我有个黑奴,”普塔－内穆－霍特普说，“他告诉我：在他祖父所在的村子里，他们不允许正在流‘月亮之血’的妇女接近牲口。我无法向你们描述他们认为此时的女人有多危险。如果她碰到了丈夫的武器，丈夫将会在下一次战争中死在战场上。”

“他们是野蛮人。”母亲说。

“我不确定,”普塔－内穆－霍特普说，“我们有很多东西需要向他们学习。”

“他们的神庙都是用泥浆抹的。他们都不知道怎么切割石头，也不会写字，”母亲说，“您知道当记录员写字时他们在旁边是怎么表现的吗？他们像猴子一样呜咽着，急得出汗。”

“是的，”普塔－内穆－霍特普说，“但是他们知道我们不知道的事。”他停顿了一会儿说，“如果我想从孟斐斯送封信到底比斯去，最快什么时候可以到达？”

“骑马吗？”父亲补充道，“只要马不发生意外，骑手是个老手，且不睡觉的话，两天两夜就可以到达。”

“好像不需要三天，”法老说，“但是不要紧，在遥远的南方，在库什和努比亚旁边的地区，同样的信可以在灌木丛里传递，或是在不同的山峰之间传递，或是经过峡谷和河流传递。这些他们都跟我说过，坐船从底比斯到孟斐斯需要七天，骑马需要两到三天，但是黑人只需要半天就可以把信送到，也就是从正午到太阳落山之间的时间。黑人不走大路就可以把信在这么短的时间里送到，我认为这不是野蛮。”

“他们是怎么做到的？”母亲问。

“用鼓，”法老说，“他们不知道怎么写字，也不知道我们庙宇所藏的奥秘和技巧。”

“也不知道我们的坟墓。”迈内黑特说。

“他们是不知道我们精巧的坟墓设计，但是他们知道如何用鼓说话。方式很好，这样信息就可以很快送达。”

“他们就是野蛮人，”母亲说，“我们可以做得更好，我们可以从空气中得到无声的思想。”

“是的，”父亲附和道，“我们神圣的法老可以听到许多这样的思想。”

“我的信息通常都不准确。”普塔－内穆－霍特普回答。他笑了起来，用足够大的力敲击着豹尾，结束后，他的脸色变得好奇而冷酷。“以此刻为例，卜塔市场上的屠夫酒后杀死了自己的妻子，我清清楚楚地看到了这一幕。

在他等着邻居来抓他的时候，他祈求我的宽恕。我听到了，但忽视了他的祈求。他很残忍，有罪、劣等的思想也让我很不满。”

“但您真的听见了他的祈求？”海斯弗蒂蒂问。

“明天，如果我问起，我会发现谋杀案确实发生了，但不是在卜塔的集市附近，而是在阿蒙路边城墙旁边的贫困地区。杀人的是个烧砖的工人，而不是屠夫，他杀的是自己的弟弟或母亲，而不是他的妻子。你看，我可以接收到子民们的思想，如果我仔细听，会发现他们的思想如此多，如此喧闹。”他继续去听，表情很痛苦，仿佛自己的感觉都被听觉袭击了。“不，我不是经常听对自己最有利的事情。这很无聊，思想毕竟不像箭，而是像羽毛一样飘动，一头或者另一头向上，所以我很尊重黑人以及他们的鼓。他们即使距离很远也可以彼此交流。”

母亲说：“我也有一个关于如何传递信息的故事，故事和一位嫁给埃及军官的女人有关，但她现在死了。那个军官还活着，他希望能有人捎几句话给她。”母亲的声音里充满欢愉。“这样，人们需要的就不仅仅是鼓了。”她说。

她对自己极度满意，好像自己最后终于学会了如何让普塔-内穆-霍特普阴沉的思想跟着自己的喜好走了。

“继续。”他说。

“这个官员爱上了另一个很有魅力的女人，但他觉得自己被诅咒了，好像自己已逝的妻子永远都不会原谅自己。晚上，躺在新爱人的怀里，他的身体不得安稳。”

“可怜的家伙。”普塔-内穆-霍特普同情道。

“我希望自己也能遇到这样的事。”父亲说。

“你永远都不会这样，我的老朋友，奈弗-赫普-奥科汉姆。”母亲说。

“像其他军官一样，”母亲说，“他不喜欢祭司，但他很绝望，所以这个官员来到大祭司面前。”

“你知道这个军官是谁吗？”

“我不能说。”

普塔－内穆－霍特普开心地笑了。“如果你是王后的话，我不知道自己该相信什么。”

“你永远不会无聊。”母亲说。

“那我也不能合理地处理自己的事情。”

“对此我会尽量表现得厚道些，”海斯弗蒂蒂说，“不让埃及的人民受苦。”

“你妻子真有魅力。”法老对父亲说。

“她受到您的保护。”父亲回答他。

“海斯弗蒂蒂，大祭司给了军官什么样的建议？”法老问。

“他让军官给已逝的妻子写封信，把它塞到任何刚死的好心人手里。”

“然后发生了什么？”

“信就通过这种方式传递过去了，妻子不再骚扰他，他也得到了安稳。”

“活着的女人很难原谅自己的丈夫，”普塔－内穆－霍特普评价，“我们应该认为死去的女人才不会。告诉我军官写了什么，肯定是封了不起的信。”

“我不知道信上写的什么。”

“这些不够，”普塔－内穆－霍特普说，“你有什么要说的吗？”他问父亲。

父亲说的话让我很吃惊。“假如是我，我会在信上跟她说我很想她，”他说，“然后再说当自己和其他的女人做爱时感觉和她很亲近，因为那时我想的不是其他女人，思想里只有你，所以请保留我的体力，让我亲近你。”

“我觉得大家应该比那位已逝的妻子更感谢这样的话。”曾祖父说。

“为什么，你会怎么对她说？”海斯弗蒂蒂问。

“我会像对待下属一样跟她说话，其实，死者并不能干预我们的体力。他们就像我们七重灵魂里的其中一个灵魂，所以他们的诅咒是可以驱散的。

我们只需要把注意力集中在一个灵魂上即可。因此在我的信里，我会列举自己买了哪些护身符来对付她，这些护身符是神庙里的祭司卖给我的，这足以能吓到她了。”

“对待自己已逝的妻子，这招真够无情的。”普塔－内穆－霍特普说。

“我们不应该让任何人的东西削弱我们的力量。”迈内黑特说。

然后我们集体沉默了。

“你们没问我会写什么。”海斯弗蒂蒂说。

“我不敢问。”普塔－内穆－霍特普说。

“我晚点再告诉您，”母亲说，“时间不早了。”她停顿了一下，看着我，我第一次感受到她的残忍。她说：“问问我儿子吧，他也在听。”

“我会……”我说，“我会写……”我不知道该怎么结束这个话题。看着泰特小狗时所感到的悲伤现在又向我袭来，于是我说：“这是我听过的最恐怖的故事。”我没有大哭，而是低下头泪水慢慢地顺着脸颊滑了下来，因为我不想再在仆人面前哭泣。

我听到了母亲的想法，听到她说：“如果你不保留我的体力，我会杀了我们的孩子。”

时间在一分一秒地流逝着，但他们之间的谈话并没有开始，沉默依旧。母亲要写的信很残忍，我的内心被挫伤，于是又试着进入她的意识里，希望她可以对我温柔点。我突然用法老的眼睛看在座的每一个人，感觉每个人都怪怪的。我可以从法老的位子上看到母亲、父亲、迈内黑特甚至是我自己，这本来是很自然的，但也觉得怪怪的。原来自己试图溜进母亲思想里的时候，竟成功地进入了法老的意识里，其实母亲当时也试着溜进法老的意识里，只是最终是我成功地进入并通过法老的眼睛观察周围的一切，可见，母亲的能力还没有我的强大。没过多久，这种奇怪、和谐而又自然的感觉消失了，我浸泡在法老的痛苦之河里，好像摸了猪的贵族。其实他感觉到的并不是痛苦，而是一种我无以名状的东西，与我醒来时想到可怕的事在未来肯定会发生时的恐惧差不多。我还感觉到刚刚吃过的猪肉就像蜡一样堵在法老的胸口里，这些肉还没到达胃里。这间房子里的压迫感重重地压在他身上，万物所产生的悲伤向他袭来，似乎只有当他没了力气后才能远离所有的烦恼。我仿佛进入一个万物都是紫黑色的山洞里，这紫色好像从提尔的蜗牛里提取出来的一般，我有个绝佳的机会：可以通过法老的眼睛了解母亲、父亲和曾祖父。此时的这个家庭和我所了解的不一样，他们的表情，在法老看来和在我看来也是不一样的。我从没想过父亲的脸上会充满狡诈，迈内黑特脸上展现出的冷酷无情仿佛切肉的石头一样。其实不管迈内黑特在晚餐时多么寡言少语，普塔－内穆－霍特普所看到的这个人永远比石头复杂，就像一枚卵石，在墙倒塌后可能会露出里面的宝石，也有可能是只活生生的蝎子吧？普塔－内穆－霍特普惊惧而疑惑地看着迈内黑特。

至于母亲，除了她讲过的故事，我无法认出她来，她比我所知的母亲还要美丽和残忍。至于我自己，从他的眼睛里看到的自己让我震惊，不仅是因为自己精致的外表，而且我是自己见过的最闪亮的动物，而且比自己想象的还要生机勃勃，但是我脸上露出很惊恐的表情，因为当法老充满爱意地看着我的时候，我还没有准备好，在他肚子里的猪肉的压迫下，这种爱意突然消失了，而我也突然从他的意识里被弹到自己的身体里。

普塔－内穆－霍特普开始说话，像天性敏捷的船夫一样，他开始说一些问题，这些问题随时有可能让我分心。仆人们开始扑灭蜡烛，在他们扑灭两根蜡烛之间的空隙，他可以说很多事情。周围渐渐变黑，我感觉这房间像个山洞。

他说母亲的故事在王国之上回荡，让他回忆起往昔的岁月。他还说母亲提起我们周围的人，或者是那些逝去不久的人，让他有一种强烈的感情，尤其是对那位已逝的妻子，他由此想起修建金字塔的先人们。

我不相信这是普塔－内穆－霍特普所说的话。他的语气像卡梅－尤莎的语气那样低沉缓慢，如果不是因为他感人的评价平静了我躁动的情绪，我可能会变得不耐烦。不一会儿我开始统计今晚法老共说了多少句话，有的刺耳、有的低沉、有的粗糙、有的快速。在他两句话之间的空隙，我还可以听见“碎骨者”或拉瓦的回声，还有许多来自很多省份的回声。我们的神（或者他只是和神一样）可以发出很多人的声音，我觉得这很合适，但我并没想到他会发出卡梅－尤莎的声音。那时候我才意识到普塔－内穆－霍特普不喜欢的声音他根本就听不进去，他不喜欢将就，他恨不得连回声都要清除掉。因此我们能听到大祭司的声音，不论卡梅－尤莎在哪里，他肯定能感觉到自己令人敬畏的平静受到打扰了，像天堂的黑铜一样被法老模仿。

普塔－内穆－霍特普用这样的声音讲了个故事。“据说，我的先人——胡夫曾经查看过大金字塔上的每一块石头。还听说他遣散了所有的王妃，只留下自己的妻子。他就像忠于自己一样忠于她——纳塔－卡特。他认为自己的力量来自于忠诚，只与一个女人同床共枕可以得到两个优良的高尚灵魂，每一个灵魂都由七个部分组成，因此它们的力量成倍地增加，胡夫也因此得到了七倍的力量。”

普塔－内穆－霍特普说：“我们都舍弃了这种力量，因为我们都不想再建造金字塔。我们在一生中要处理很多问题，甚至觉得这样的选择是明智的。有什么能比完全信任一个人的风险更大呢？胡夫的力量会比其他的法老大出许多倍，但是他对于失去力量的恐惧也比他人大出很多。于是他每次离开皇宫的时候都会害怕拉强暴他的妻子，偷走他的力量。胡夫甚至在大金字塔的中央为自己修建了墓穴，这样，拉的光芒就永远照不到他。他还跟侍从说如果自己在大金字塔旁监工时被人杀死，那就把他的妻子用石头砸死。他不信任妻子的忠诚，很快也开始质疑自己的将军们。最终他下了一道法令：在孟斐斯，每个人做爱都要经过他的允许，老百姓们必须得遵守。当街上所有的声音都能听得一清二楚时，谁还会相信自己的邻居呢？

谁还能指望自己的仆人是忠诚的呢？所以，不论是穷人还是富人都必须要变成光棍。这个强大的帝国，他的坟墓比山脉还要宏伟，竟对男人的阴茎和女人的子宫下禁令。”普塔－内穆－霍特普小心地咳嗽了几声，继续说：“所以，当胡夫奄奄一息地躺在病床上时，他相信自己永远不会死，因为他就是神。”

普塔－内穆－霍特普停了下来，依次看着我们。他正视着我，好像我与他人的价值一样。“我在寻找智慧，”他说，“并且得出结论：法老是半人半神，无论在哪一方面，都不可以犯大错，不然他会疯掉。胡夫的错误在于花了太多的经历去寻找神的力量，而我在这方面却考虑得太少了。”

现在法老安静下来，动了动嘴唇，好像要跟我们再说些什么，犹豫了一下，又什么也没说。我知道在这个夜晚我们都发生了改变，以前所有奇怪而又和谐、恐怖而又古怪的快乐，现在都变得不安宁。我的思想翻江倒海，过了没多久，没有仆人通知，卡梅－尤莎自己走了进来。

十

如果我之前没有见过卡梅－尤莎，可能会以为他既是大臣又是大祭司，但当他走进来时，我几乎可以确定他曾经是位异国的王子。我与法老的呼吸一致，只有鸟儿知道，如果我们有翅膀的话，我们会在空中展翅飞翔，可惜门的铰链上早已布满了这个王国的抑郁。

大祭司像艘皇室游轮一样经过我身边，而我只是一只纸莎草制成的小船，在他的尾波里晃荡着。他个头不大，头却不小，剃光了头发，秃头上面抹着圣油，我对他锃光油亮的脑袋特别感兴趣。他穿着短裙，暴露出粗壮的大腿，肩上披着斗篷，我很快想起古时的祭司在特殊场合才会穿这种斗篷，因为母亲在第一次见到他时曾问过他斗篷的事，这让我更加对他肃然起敬。

“应该还有给你留的猪肉。”法老说。

“我已经吃过晚饭了，”卡梅－尤莎用缓慢而低沉的声音回答道，“我不过圣猪节。”

普塔－内穆－霍特普说：“让我们祈祷这没有侮辱到我们的神灵。”

“我不觉得自己这样会亵渎神灵。”他的行为表明他可以用合适的语气说话，从而消除自己的渎神罪。法老给他赐座，但他并不坐下，好像是为了表明自己内心的不悦，只见他用低沉的声音说道：“我有话要私下里跟您说。”

“这是圣猪节，有什么话可以当着我们大家的面说。”

卡梅－尤莎又沉默起来。

“我们的晚宴被你搅浑了，”法老说，“可你却不愿意和我们坐在一起。你有事要跟我说，但肯定不是好事，卡梅－尤莎，我本来在度过一个很美妙的夜晚。你能看到我经常高兴吗？不能，你看不到。因此，埃及的子民都在受苦，是不是？因为只有神欢喜的时候，老百姓才会开心。你知道吗？”

卡梅－尤莎点点头，虽然耐心地听着，却很疲倦。

“告诉我，比布里斯的国王杀了手上扣押的埃及使节吗？”

“没有，”大祭司说道，“我来不是为了说比布里斯国王的。”

“那也和囚禁着对我方有利的酋长的埃兰王子无关了？”

“也没关系。”卡梅－尤莎说。

“卡梅－尤莎，那你给我们带来了什么不好的消息呢？”

“孟斐斯大臣办公室的首席记录员刚跟我说了底比斯首席记录员传来的消息，这消息是信使连夜送来的。两天前底比斯大墓地的铁匠和木匠开始罢工了。”

“既然是两天前的消息，那为什么不等到明天早晨再上报？”

受到这样的指责，其他的大臣可能会跪下甚至会在地上连叩七个响头，但卡梅－尤莎只是噘了噘嘴辩解道：“我今晚来见您是因为事态严重，我明天又比较忙，我们必须现在就讨论这件事。”

“是的，”普塔－内穆－霍特普说，“你选择了唯一可行的时间。”他被母亲支持他的古怪表情逗乐了。

卡梅－尤莎开始阐述自己的观点：“据说大墓地的工人得到了充分的关怀，已经有两个月没给他们分配重活了，但他们以为轻松的七十天期间吃的东西也得像之前一样是标准的伙食配额。我们对他们已经很宽松了，但他们仍然罢工。”

“卡梅－尤莎，我们给他们制定伙食标准了吗？还是只是嘴上说说？”

“他们的伙食正在下拨，但是已经延期了。玉米恐怕已经断了一个星期了吧！油和啤酒有现成的，但玉米已经没有了！”他停了一下，“大豆也开始紧缺，鱼只能按平时的一半给，所以他们才罢工的。”

“你们这些官员怎能让这么严重的事情出现呢？”普塔－内穆－霍特普追问道。

现在卡梅－尤莎好像找到了自己应该跟法老单独说话的充足理由。“底比斯的木匠和铁匠的领头人是纳姆－山姆，他是由您亲自选派的。伟大的法老啊！如果您能回忆起来，我曾建议您不要指派长得漂亮的官员。您本性善良，总是看到他们美丽的外表，而看不到他们充满诡计的内心。纳姆－山姆手下有好几个投机商人和皮条客，所以他走私了本属于大墓地工人的五十麻袋玉米。工人们收不到这周的伙食，于是便罢工了。”

“从你寺庙的补给里匀给他们食物吧。”普塔－内穆－霍特普说。

卡梅－尤莎摇了摇头说：“我觉得这不是一个明智的办法。”

“国库去年给阿蒙的神庙拨了十八万五千袋玉米。”普塔－内穆－霍特普说，“为什么连五十袋都不愿意给这些工人呢？”

“他们有可观的薪酬拿，”卡梅－尤莎说，“而我的祭司们没有。”

普塔－内穆－霍特普看着曾祖父，重复道：“我的祭司们没有？”然后用讥讽的语调对他说话，任何没有卡梅－尤莎镇定的人听了以后都会觉得难堪。他说道：“你知道吗？在父王执政的三十多年间他拨了超过十万个奴隶、五十万头牛和一百万块地给神庙。更别说平时的小恩小惠了：价值一百万的小饰品、护身符和圣甲虫宝石，两百万束花，六百万条面包。我看过他的记录，如果不是自己执政这么多年也差不多拨给了卡梅－尤莎的神庙这么多东西，我都不会相信这些数字，而我们的国库并不比父王那时的富有，或许我们在节日期间没有给神庙所在的地区足够的重视。过多或过少，但通常是过少，因为我离阿蒙有些远。或者你，卡梅－尤莎，应该说你的祭司水平不够高，我们的庄稼产量一直以来都很低，没想到你竟然连五十袋玉米都不愿匀给他们。我父王在位的三十多年间给了你们神庙五十万条鱼，两百万罐香料、蜂蜜和油。父王——拉美西斯三世是位慷慨的君王，但是不够优秀，因为他在财政支出上没有对神庙说过一个‘不’字，我深受他的影响。卡梅－尤莎，我命令你匀给大墓地的工人他们应得的伙食，以便合理地解决这个问题。我处理纳姆－山姆的问题时犯了错，但也别在此看我的笑话。”

“我一定按照您说的做，”卡梅－尤莎说，“但我必须得提醒您，您这么做肯定会让这些工人得寸进尺的，他们肯定还会再罢工的。”

“合理解决这个问题。”普塔－内穆－霍特普重复道。

卡梅－尤莎的脸上顿时没有了表情，他无奈地说：“伟大的法老，您的心思很细密，处理事情就是不一样。但是在我走之前，有件事我必须得和您单独谈谈。”

“就像我所说的，这是圣猪节，请在大家面前说实话，不用遮遮掩掩。”

然而，卡梅－尤莎违抗了法老的命令，向前弯腰，在他耳边小声说着。然后他们互相看着对方的眼睛，我觉得自己内心的天平在摇摆不定。普塔－内穆－霍特普说：“是的，或许我应该跟你一起到花园里说这件事。”他对我们笑了一下，示意自己要突然离开，然后就和大祭司一起走了。

十一

他们离开以后，父亲和母亲都没有说话，迈内黑特也一句话都没有说。我突然觉得有些麻木，浑身充满了猪肉的味道。

吃饱饭后，我昏昏欲睡，对刚刚所发生的一切迷惑不解，就像瘀伤突然变得温和起来一样，我原谅了母亲。还有些蜡烛在燃烧着，金色的烛光倒映在我金色的高脚杯里，我想到这些光曾经是在蜜房里，并且我很快就被这可爱的想法迷惑住了，因为母亲曾经跟我说过蜡是从蜂窝里提取出来的。我看着烛光里的父母，尤其是美丽的母亲，从未见过她像今晚这样展现出多面的自己。我再次溜进他们的意识里，感觉自己的心智变得和五十岁的人一样成熟，而且非常愤世嫉俗，我也是第一次感觉到自己的优越性。如果是在家里，我肯定会对今晚机智圆滑的母亲发笑。和我们在一起的时候，母亲跟父亲说话既没有耐心，也不尊重他，她的个人情绪总会成为我们整个家庭的情绪。她的冷笑话，和所有黑人奴隶的一样，曾让我感觉天气热得难受。我一直认为她有能力改变天气，在炙热而漫长的下午，如果她的冷笑话很恶毒的话，连明媚的阳光也会被破坏。我还记得在一个闷人的午后，因为她说了一个冷笑话，西山上空突然就浮现出一朵乌云。

如果迈内黑特在场的话，她会展现出自己的另外一面，她会变得很娴静，就像一个十八岁的姑娘，我也不再是她的儿子，反而更像她的小弟弟。我们两人都很崇拜迈内黑特，至少在那晚我看到他们俩在一起之前我是这么认为的。看到她今晚的大胆和放肆，我很害怕，虽然她倾其所有来养育我，但她现在的野心很大，她想得到的东西也越来越多。

法老离开很久了，家人开始躁动起来，看见他那空空的座位，今晚的兴致似乎都消失得无影无踪。后来他又回来了，但是语调很奇怪，我能听出其中的不愉快，但他却表现得很开心，比之前还开心。

他还用手向仆人们示意，然后四个叙利亚人为我们呈上礼物。

父亲收到了一个银质的靠枕，迈内黑特收到了一个象牙雕刻的小玩偶：一个身披亚麻布的男人，只要按它的屁股，浅黄色的阴茎就会伸出来。父亲情不自禁地大笑，因为它的龟头还被涂成了红色。

母亲收到的是一个用彩色玻璃制成的蚱蜢，头上镶了两颗宝石雕刻的小眼睛，可以移动。现在散发出一股非常清新的香味。

“不要打开！”普塔－内穆－霍特普对她说，“省着用吧，我们很快就会离开这里，不用这么浪费。请你留着，下次再用。噢，可爱的小家伙！”他说话时用手做了个手势，好像已经把我忘记了。但他肯定没有，因为他让仆人给我呈上一个精致的小盒子，里面装着两块“天堂的黑铜”，我高兴得忘乎所以，只顾着玩弄那两块黑铜，它们相互吸引着，比我第一次玩弄它们时还好玩。当我闭上眼睛的时候，已经不知道哪一根在上哪一根在下了，只知道有股力量吸引着我的手。普塔－内穆－霍特普看着迈内黑特说：“请将其奥妙之处说给我听听。”

“我以前从未见过这东西，”迈内黑特说，“这不是一块可以吸引小纸片的琥珀，也不是一只眼睛镶在另一只上面的小饰品。它确实有很强的吸引力。”

“一根金属棒对另一根有欲望，你能想象得出来吗？”法老问。

“我觉得这不仅仅是一种欲望，而是万物相吸的引力。”

我能听到法老提问时声音里充满了好奇：“你从哪里发现这种引力的？

在河里？还是在天上？”

“在时间通道里。我这样说可能有些放肆了。”曾祖父小声说。

“我不懂你的意思，别人可能会说是在打结或抽筋的时候看到的。亲爱的医生，你是想说在时间的炎症里看到的吗？”

我真想对法老大声喊叫：“不要嘲笑我的曾祖父，不然我们每个人都会受到伤害。”但我没有勇气。

迈内黑特像无声的石头一样充满力量，只有在大家都看着他的时候，他才说：“我在想这样的吸引力应该不是对过去的召唤，而是对未来的呼唤。”

普塔－内穆－霍特普用豹尾轻轻地敲了一下桌子。“很好，”他说，“非常好。我们每个人肯定都对荷鲁斯或多或少有所了解。我们应该去寻找真相，因为我会说：做事要凭前车之鉴。”他点点头，呼了口气，我们也都跟着站了起来，晚宴到此结束。

仆人们把我们引出房间，我们站在大理石台阶上，周围有很多喷泉和棕榈树，遮住了整个院子，院子里摆设了很多可供倚靠的椅榻。在近处，我们可以看见耸立的大理石柱子，像正面看到的神庙一样庄严，再远点，能看见许多宫殿和院子，还能看见一条河。我专心地看着远方的景物，没注意到仆人们正端着东西一个个地走上来，这是许多封装好的小盒子，他们把这些盒子放在看台上，有序地摆好后，法老点了点头。我已经充分地了解普塔－内穆－霍特普，知道很快就有好东西在他面前打开。

最后一支火把熄灭了，八个黑人分别站在八只盖着的笼子旁边，黑暗中，我们看不清彼此的脸。现在普塔－内穆－霍特普一声令下，笼子动了起来。

慢慢地，有东西在黑暗中发光，这就是法老准备的惊喜。每只笼子都盖着透明的亚麻布，在布下面，有星星般淡淡的光点来回移动，每一只笼子里都有许多个光点。我们高兴地看着，然后鼓起掌来。捉成百上千只萤火虫是多么困难啊！母亲看着这些萤火虫，表情柔和、爱意深深。我们已经被黑暗中金色的星星包围了。

十二

“映着这些萤火虫的光，快说，您有什么要求？”母亲说。

“我没什么要求。”普塔－内穆－霍特普说。

“在我们家里，”母亲说，“我们经常以快乐回报快乐。您希望我们为您做什么？我们都会照做。”我真受不了她看着他时眼睛里流露出的放肆。

“我能想起很多种快乐，”普塔－内穆－霍特普说，但他笑起来，似乎想让她走开，“让我通过表达自己的欲望来获得满足吧，我已经构思好几年了！”他点点头，好像是为了表示这是真的，然后继续说道：“这些小虫的光使我想起了古时军队里的营火。”父亲惊叫起来，对这种想法感到很意外，普塔－内穆－霍特普点点头。“是的，”他继续说道，“我想问问大将军——你的祖父迈内黑特，他对于时间的分析让我大开眼界，现在我想让他给我们讲讲卡叠什战役的故事。”

迈内黑特小声说道：“我都不知道自己上一次讲这个故事是什么时候了。”

“我可以告诉你：我经常能梦到这场战役，”普塔－内穆－霍特普说，“勇猛的先人——拉美西斯二世经常出现在我的梦境里，所以，我想问：你愿意以快乐回报快乐，跟我说说卡叠什战役的故事吗？”

曾祖父迟疑了一下，然后鞠躬道：“就像海斯弗蒂蒂说的，这是我们家的传统。”他看起来并不开心，像朵雷雨云。

他还没开始说话，母亲又插嘴道：“说说那场战役吧。”她的语气里充满了愤怒，好像迈内黑特一不小心就会出错。

在充满厌恶表情的曾祖父面前，我们都沉默着。他的脸上显现出风暴来临前的吵闹，坏情绪全都发泄在母亲身上。我知道他的思想很丑陋，还没准备好接受这样的折磨。“吃蝙蝠屎的堕落之人开始透露秘密了。”这是曾祖父想对母亲说却未说出来的话。

“你们来到这里，我很高兴。”普塔－内穆－霍特普对沉默的我们说道。

迈内黑特再次向他鞠了个躬。

“我可以用四种声音给你们讲故事，”他说，“我可以用一位年轻农民升为战车御者再升为军队统帅的声音告诉你们，口吻和拉美西斯二世执政期间指挥阿蒙、拉、卜塔和赛特的军队一样。我也可以告诉你们在我第二次生命里，我曾经是底比斯最年轻的大祭司，而这也是在拉美西斯二世执政的后期。同样，我还可以告诉你们第三个迈内黑特是富豪之最，他在麦伦普塔赫法老执政期间出生，见证了希普塔、塞提二世还有其他的法老执政的全过程。现在如果你愿意，我还可以以现在的自己告诉你，这就是你的迈内黑特——一个贵族，一个将军，晚年还是个有名的大夫。我可以告诉你：你应该听听自己的父王是如何被暗算的；听听拉美西斯四世短暂而痛苦的执政王朝；听听拉美西斯五世、六世、七世和八世是如何在短短的二十五年里弃我们而去的。但您的执政时间会比他们所有人的加起来还长。”

我曾听说过，一个人可以给自己的最大尊重就是把自己的爵位和曾经取得的成就用最大的声音讲述出来。但是曾祖父的演讲太短，而且有些粗鲁，但他下面要说的话让我们更震惊：他在称呼法老时离经叛道。他现在说道：“伟大的法老啊，您说您看到我很高兴，但这是圣猪节，所以我说话时没什么顾忌，在您执政的七年里从未邀请我进过您的朝堂，现在您却说您最大的心愿就是想听听自己的祖先——拉美西斯二世的事迹，想听听关于卡叠什战役的故事。我舌尖的牙齿很酸，很想说出这些故事。我比您王国里的任何人知道的都多，但我的法老从来没有召见过我。”

海斯弗蒂蒂发出哽咽的声音。

法老的语调变得清晰，好像眼前的这个人正好说出了他的心声。“继续说吧！”他命令道。

“伟大的神啊，您会憎恨我所说的事的。”

“我希望听到。”

“如果在朝堂上有人嘲笑我，您会是第一个。”

“我不会。”

“今晚不会？”

“是的，我已经在以前的夜晚嘲笑过你了，今晚不会再嘲笑你。”

迈内黑特说：“这种幽默的回声又向我传来了。”

普塔－内穆－霍特普点点头说：“我知道在我的朝堂之上每个人都或多或少地崇拜你。他们肯定害怕你，但你也是大家讽刺的对象。你知道为什么会这样吗？”

“我更希望您能告诉我原因。”

“我们受人尊敬的迈内黑特有着不良的习惯。”

“他们真令人讨厌，”曾祖父回答，“他们都知道我是吃蝙蝠屎的堕落之人。”

“你看，他自己都大声地说了出来。”母亲说。

迈内黑特说：“蝙蝠是污秽的动物，像猴子一样神经质，像害虫一样焦躁不安。”

“谁不同意呢？”法老问，“憎恶你比理解你的生活习惯简单得多。”

他们互相注视着，觉得自己说得太多了。

法老又问：“你这么做是不是为了练习魔法？”

迈内黑特点点头：“我希望能熟练运用从其他动物身上学到的东西。”

“那你成功了吗？”

“曾经有一段时间，我就是放弃不了对古怪问题的追求，所以我不愿从那种声音里撤出来,那个声音一直在说：天机存在于蝙蝠不可说的憎恶里。”

“你继续了？”

“那是几年前的事了，我坚持了几周吧！我坚持不懈地探索那个问题，是的，我把那讨厌的东西泡在水里喝了一次，然后又喝了第二次，现在提起这件事就觉得恶心。但我觉得有必要说一说，因为我找到了自己想要的答案，比我想象中的要好。这件事到此本该结束了，但一个曾在准备仪式时帮过我的仆人却告诉了另一个人，我本来很信任他的。看来，没人是值得信任的。第二天晚上，孟斐斯都惊动了，我觉得应该没有一个贵族没听过这件事，他们都想通过我学到的来……”

“来干吗？”

“让我们贫瘠的土壤变得肥沃。”迈内黑特说道。法老惊奇地看着他，迈内黑特举起手，仿佛我们的君主，他说：“我没有祈祷让我们的河流涨到合适的高度，那是祭司做的事。我说着自己不想解释的事，这需要我的经历四世的智慧来理解有些仪式……”现在法老嘴角的不愉快像锋利的刀刃一样残忍，看到这一幕，我意识到在法老的好奇心被激起但又突然停滞不前时，他会立刻产生折磨别人的欲望。曾祖父停顿了一会儿，接着说道：“某些人可能会处理许多不同的仪式，运用语言的力量把自己的心意向某位神讲明。因为他不仅给那位神举行了很多仪式，还把自己的许多思想也传递给他。因此，我努力成为欧西里斯的使者，因为他在死亡之地跟我说过话，我认为只有他才可以使我们贫瘠的土地变得肥沃起来。”

现在，没人说话，曾祖父的自尊就像暴露的雕塑。

除了普塔－内穆－霍特普，还有谁能够这样安静？他问：“我是使你想到欧西里斯最多的法老吗？”

“是的，”曾祖父回答，“是这样的。”他看着法老眼睛里闪烁着的光，即使萤火虫发出的光很微弱，他也可以感受到他眼睛里的光。

“真有趣，请继续。我想听听朝臣给你造成的伤害。”

“我不想在您面前抱怨，我只想说我仆人小小的背叛造成了很严重的后果。因为贵族的憎恶，我的仪式一直达不到预期的效果，我无法忍受这种羞耻，我知道很多却做不到。”

“一个魔法师应该克服他人的嘲笑。”

“神灵总是倾听邪恶的思想，他们必须这样。当我们在梦中与神对话时，每个人都有魔法。”

“你说：有一个不守信用的仆人导致了故事悲惨的结局。”

“我没这样说，”迈内黑特说，“我做了很多事情，无论是虔诚的人还是不虔诚的人都不会赞同。但在大众的意识里，吃了那两顿奇怪的晚餐与我做的其他的事无异，真的很可悲，我要教给他的太多了。”

“是的，我相信你被人诽谤了，我想知道让你无法忘怀的究竟是关于蝙蝠这件事还是关于蝙蝠屎的？因为今晚是圣猪节，所以我也就很坦诚了。听说作为一名大夫，你的治疗方法很极端。”

“我自己怎么理解，现实中就怎么做，这才是正直的人生，”迈内黑特说，“我不惧怕任何东西，哪怕是与像您这样明智的法老对话，我也丝毫不畏惧。不，我不以说出自己的秘密为耻，只是别人听不下去而已。”

“我知道我不能，这样整个夜晚就被破坏了。”海斯弗蒂蒂对他说道，她说话声音很大，曾祖父将眼睛鼓得大大地看着她。她的力量闪烁不定，最后无法再盯着曾祖父看了，这是属于他的时刻。

“再说些吧！”普塔－内穆－霍特普说。

“我会的，”迈内黑特说，头斜靠在海斯弗蒂蒂身上。“我们不知道这样的思想是怎样传到埃及的，”他接着说，“但在很长一段时期内，我们都把猴子、蛇、山羊、马、奶牛、鸟甚至我们自己的屎入药。”他停顿了一下，继续说，“曾经有一段时间，我不得不思考我们食物的质量。我们从食物中吸收能量，而我们不想用或者不愿用的东西也随之排出来。粪便是不雅之物，但它里面含有我们无法吸收的东西——所有过于营养、过于勇敢或过于自傲的东西。今天是圣猪节，那我要跟你说：从你的贵族、淑女和大祭司的屎里找到的忠诚和宽容比从他们嘴里冒出的还多。因为滋养虚伪的食物总是很快被他们吸收，而你希望他们具有的美好品质总是被他们排出体外。"

"说得好，"普塔－内穆－霍特普说，"我不觉得这些很奇怪。"他的声音很微弱，他肯定也经历过曾祖父那样的痛苦。在萤火虫发出的可爱的光里，他开始论述这个问题："你可以无视常人的智慧吗？他们肯定会把干净的亚麻布当作等级的象征。完美无瑕的人总是可以惩罚污秽之人，我们甚至把自己不喜欢的人当作屎，但你的想法激起了我的好奇心，我不能总是怀疑它，它让人如此好奇。如果我们的屎尿不仅带走了我们身体内最坏的东西，也带走了最好的，那你如何从高尚之人的身体内发现美德呢？根据你的观点：最糟糕的食物往往是最先从他体内排出的。如果是这样的话，反之就不对了吧？穷人也是从他们的屁眼里拉出金子来的吗？为什么埃及的老百姓没有这样的常识，冲到乞丐们大便的公共厕所里捡金子？想一想这些可怜的人能拉出怎样的财富、勇敢和宽容？"

海斯弗蒂蒂笑得前仰后合。

然而，曾祖父却泰然自若。"是的，"他说，"我们和海斯弗蒂蒂夫人一样，一提到屎就发笑，但当事实被揭露又突然被隐藏时，我们也会笑。神灵总是用事实来挑逗我们，所以我们会笑。"

"曾祖父，你没有回答问题。"我突然喊出声来。

"你想知道问题的答案吗？"法老问。

我若有所思地点点头，大家哄堂大笑，我很好奇自己刚刚让他们看到了哪些事实。

在大家安静下来后，普塔－内穆－霍特普说："好，我也想知道答案。"

迈内黑特说道:“我相信贵族总是拒绝不良食物的诱惑，所以他们的排泄物只是没用的东西，而且贵族永远有一种羞耻感。当有机会可以大展拳脚时，他们却不敢尝试。毕竟不是每个人都能够迎接生命里的所有挑战，不然，最勇敢的人肯定很快就死翘翘了。结果，每一次他们都回避困难的选择，才导致体内最好的东西被排出体外。”

普塔－内穆－霍特普看着曾祖父。“我还是不能理解，”他用一种嘲笑的口吻说道，因为他对这个话题不感兴趣，“那为何我的大臣不觊觎乌合之众的排泄物？按照你的说法，那就没什么事能比在最脏的粪水里洗澡更令人神清气爽的了？”

“您的大臣们心知肚明，穷人和可怜的人可以诅咒大臣们的排泄物，如果不这样，他们连屎都得不到。”

“这句评价很到位。”普塔－内穆－霍特普说。

“我的法老,他说得真好啊！”海斯弗蒂蒂说。她的声音变得嘶哑起来，我很想知道这是谈话、红酒、啤酒、猪肉还是它们的综合。很显然，她对曾祖父没那么尊重了，看着法老的时候也很放肆。我有好几次想进入她的意识里，但除了一个像竞技场上的摔跤手一样的裸体，什么都看不见。然后我看到沼泽里的拉瓦，普塔－内穆－霍特普、父亲和曾祖父都在那里，母亲赤身裸体的和他们在一起，嘴巴张得大大的。

十三

即使萤火虫发出的光很微弱，我也能看到此时的普塔－内穆－霍特普很不平静。开始我认为他不安的原因和我的一样，是因为母亲那让人无法容忍的行为，但后来才发现与迈内黑特的谈话对他的影响更大。无论怎样，法老现在肯定满脑子都是屁眼，这和他自己密切相关，而且又长出了一对屁眼，长到了卡梅－尤莎的脸上。

此时，法老站了起来，让所有人意外的是，他向曾祖父示意道："来，我想带你去看一个房间。"我曾经以为他也会邀请我的，他好像在用充满爱意的眼神看着我，至少我是这么认为的，然后他和曾祖父一起走下台阶，他们突然离开，母亲大怒。

当他们走到柱子中间时，母亲站起来，像头被蛇缠住四条腿的豹子向前走去。我曾在曾祖父的花园里见过这种动物，他刚扔过去一块肉，豹子就赶紧跃身接住，所以在父亲说话的那一刻母亲决定撕裂他。父亲说道："我接下来要说的话并没有谴责你的意思……"

"闭嘴！"她骂道。

"我必须得跟你说。"

"孩子睡着了吗？"母亲问。

我悲伤地哽咽着，好像是在梦里，但并没有这么虚幻，每一次他们一争吵，我就会觉得极度悲伤。

父亲说："你不知道每天有多少女人主动去勾引他，他已经对这样的勾引厌倦了。"

"我没有主动，我只是献身。我做这些只是为了让你开心，在你的下半生，每次与我做爱的时候都会想起他曾经也跟我做过，这样你难道不开心吗？"她停下脚步，"这难道不会湿润你的心灵吗？你不想让我和法老睡一晚上吗？"

"请安静，空气里有回声。"

"每个人都知道我对你绝对忠诚。"母亲笑起来，声音很放肆。

父亲嘀咕道："我只是想让你记住自己是个淑女，我不认识今晚看到的这个女人，她的笑声太淫荡了。"

"你就是这么想的吗？我想做什么就做什么，在我做之前，请像个女人一样乖乖地坐着。"

"那不是我内心所想的。"

"是的，就是。你说得很好，就像我们刚结婚时我对你所说的一样。奈弗，我的老朋友啊，你把我优雅的举止偷走了，反而把你从自己父亲那里遗传来的粗鲁举止强加在我身上，他是个糟糕的男人。如果我的举止对你来说是粗鲁的，那是因为我堂堂一个公主，年轻的时候犯了错误，竟喜欢上了你。"

她这番话一说完，父亲就沉默了。每次他们吵完架，父亲总是沉默。他们这次也吵完了，母亲赢了，像个女王一样大摇大摆地向前走去。父亲败了，垂头丧气地坐在那里，我曾想如果父亲不是这样离不开她，她还会这样对谁都盛气凌人吗？

但是在今晚，父亲让我很吃惊，虽然输了但他还想再战。"你真是个傻瓜，"他大喊道，"你全都做错了，别不承认，我比你了解他，他是伟大的神，身上肩负着很多重担，所以他不喜欢孤芳自赏的女人，觉得这样的女人飞扬跋扈。”

“你才是错的，他没有王后，他连一个倾国倾城的王妃都没有，但他想找一个。他内心饥渴着呢！而我今晚就进入了他的心里。没有神注定要孤单、自慰、自己为剑涂抹圣油。他作为一个法老，却没有钩子……”

“安静点。”

“也没有鞭子。我会成为他的女人、他的指挥者、他的宝贝和奴隶。我不要再听你在那里啰啰唆唆，你这个捡屎人的龟孙子。”

“你真是一个大傻瓜，”父亲说，“你这么想要得到他，但很快就会甩了他，他会看着我，然后想：我害怕这个监督我的女人。他永远不会原谅我的。”

“在今晚结束前，我会让他原谅你。”母亲说。

“结果会变得更糟，”父亲说，“如果我丢了乌纱帽，我们就会成为迈内黑特的仆人，只是他的仆人而已。”

她没有回答，但我能感觉到她的内心里贪婪与恐惧并存。我不想再接近他们，因为我既窥视不了曾祖父和法老的思想，也不知道他们去了哪里，所以我赶紧睡觉,但在我合上眼之前,隐隐约约地看到了大祭司卡梅－尤莎，他越来越近，脸像月亮一样又大又圆。他的笑容就像布匹上熏的香。我睁开眼还是能看见父亲的，他们不在我的梦里。现在法老走上前来，和卡梅－尤莎并肩站着。

“跟我们说说咒语的事。”大祭司对我说。

我感觉到一小股力量，就像手指头戳着我的脑袋一样，那股力量使得我盯着卡梅－尤莎，然后说：“想要设下咒语，人必须得绕着墙转，这可以圈住敌人。”

“听孩子说话，”普塔－内穆－霍特普说，“你可以跟他学到很多东西，卡梅－尤莎。”

不知道为什么我刚刚所说的东西值得法老赞赏，我又想到了一些事，于是随口说了出来："绕着墙转了几圈后，你应该能找到进入墙里面的路。"我不知道自己所说的是什么意思，就像我很确定自己现在被下了咒语一样。卡梅-尤莎突然不见了，肯定是咒语的原因，然后我看见曾祖父和普塔-内穆-霍特普在一个奇怪的房间里，于是我开始偷听他们两人的谈话。

当然，我不确定在父母争吵时，迈内黑特和法老是不是一直都沉默着，直到现在才开始交谈，也不确定如果不是咒语带回他们的声音，我接下来听到的谈话会不会很快消失。

但我知道自己仍然可以看到笼子里发光的萤火虫。父母倚靠在不同的椅榻上，他们之间的不和就像一堵墙一样隔离在那里。我还是躺在自己的椅榻上，但越来越看不清庭院里的柱子，倒是另外一间房越来越清晰，在这个地方，画中的鱼似乎在我的脚下游动。这里画着播种时的田地，和田地里扶着牛耕地的农民。我还看见蹄子上溅满泥浆的老黄牛，法老左手拿着豹尾，右手拿着钩子，脚上穿着金色的草鞋站在田地里，但那些泥浆是画上去的，因为法老的脚很干净。

"你刚刚所说的东西都很清晰，所以我才决定带你到这里来的，因为除了你，我没带过其他的贵族到这里来过，你将是第一个看到我接下来所展示的东西的人。来，我带你去看看。"他牵着曾祖父的肘部往前走，这是对很尊贵的客人才用的礼节，法老带他到一个高台上，上面有一个金质的宝座，宝座旁边有一条金质的水渠，水渠上面是一架金质的桔槔。普塔-内穆-霍特普抬起宝座上金质的座位，露出一个黑檀木制成的座位，座位上有个孔。

"不是只有你一人才会那么想，"他对迈内黑特说，"你不知道，每天早晨我坐在这金质的便盆上都会沉思，这已经成为我的习惯。很多年以来，我都在思考我们两大王国所经受的苦难，是的，我们风不调雨不顺，在罕见的年头，洪水泛滥时会带来灌溉的水，这也算是行善了。我想着我们深深的峡谷里的黑土地，肥沃无比，却很狭窄，横亘在东西部的沙漠间，像条带子。你知道吗？这些奇怪的思考和金色便盆的习俗，让我感觉自己稍稍受人尊重些。每个人都说我缺乏一名优秀的法老该具有的虔诚，但是一名睿智的领导从来不会枉受人们的尊重。每天早上监工都会端着那金色的小盆（里面有我的排泄物）到香草园里倒掉，我很兴奋，因为神灵知道如何通过一名法老解决很多问题，所以他们很仔细地使用我的排泄物，像使用我的思想、语言、优雅的举止和法令一样。就像你说的，即使我是位法老，我也有很多思想连自己都觉得奇怪、不能接受，而这些思想是我和你都有的，我对自己所相信的东西感到很强大。每天早晨，我都会告诉自己：我的身体里没有充分维护两大王国利益的地方，以及缺乏贡献、虔诚、勇敢与尚武精神（其实我是个谨小慎微的人）的地方，这些都反映在我的大便里面。这样我的园丁可以培育出最好的香草、蔬菜、花朵和调料，并把它们分给祭司、官员以及监工，在我看来，他们为埃及的繁荣富强做了很大的贡献。几年下来，我一直都是这么想的，而且很放心，我还制作了一个清单，上面列出了最应该得到那些农产品的人。今天，我还让记录员给那个切割岩石的工匠——鲁特－赛斯送去八个土豆。去年我发现为我端便盆的监工是个贼，请试想那时我心里有多惊恐与愤怒。在大刑逼供下，他承认自己把我的大便卖给了一个巫师，从此，花园里所用的大便都是他的，而不是我的。

“埃及已经没人可信了，这都是很多年的事实了。且不说这个，就连盗墓贼都比以前多了很多，我研究过这方面的记录。粮食产量是由贪官计算出来的，窃贼身居要职是很正常的事，这非常糟糕。但是端我便盆的监工竟然从我的人那里偷东西，这比边境的偷袭更加能让我知道我们的国家在衰落。我没有得到诸神的庇护，至少不像其他的法老那样，他们与神的沟通比我的更有效。”他沉默了，但是迈内黑特什么都没说，于是他继续说。

“于是我决定相信我的老技工，和我同姓的卜塔。如果没有监工可信，那就算了，只有我用桔槔打出来的水可以带走我的大便。我让不同的工人把管子精巧地排在花园里，一节一节的，水槽一直延伸到这里。没有人看到全过程，现在花园里用的水是从墙外流过去的，你知道吗？确实管用。这些水慢慢汇成细流，无论何时需要灌溉，我就把桶递下去。”他确实是这么做的，宝座的孔里有只苍蝇飞出来，搅动了周围的空气。“这需要香气，我告诉你，这些黑色的小黑虫对这些芳香的气味感到很敏感，它们知道这个房间不接客。我的香草和蔬菜从未像现在这样茂盛，你们今晚也见到了，也可以感觉到：洋葱和卷心菜对你们下了咒。”

“确实。”迈内黑特说。

“根据你的经验告诉我：你曾听过我刚刚提出的灌溉的方法吗？”

“一次也没有。”

“我知道这是我一人发明的，不然，我不会在改变的时候感到那样害怕。我想问：你同意我所做的改变吗？”

“我不知道。”

“你的回答和卡梅－尤莎的一样值得推敲。”

“我承认自己很害怕走霉运，它可能削弱我所有的力量，”曾祖父鞠了个躬，“我曾被拉美西斯二世任命：为他的王后服务。她给了我一面精致的镜子，这是我见过的第一面货真价实的镜子，然后我说‘这会改变所有的东西。’我是对的，埃及现在衰落了。我觉得你的水渠用了太多的工具。”

“不，你只是不喜欢我所讲的事情而已，”普塔－内穆－霍特普说，“你有勇气告诉我你的想法，但我希望你能喜欢它。我感觉自己像个囚犯，我要有那么多地方与自己的祖先相似。有时候我觉得两大王国所面临的问题是由束缚我的传统引发的，然后我会对自己说：‘可能我不适合当法老吧！’”

曾祖父委婉地回答：“你是在等着我说你是……”

“你是对的，我是一个不往好处想的法老。有些晚上，我不相信自己的祖先是神灵，也感觉不到与他们亲近，更感觉不到自己的子民爱戴自己。你觉得呢？”

“你冷落了我七年，”曾祖父说，“然后召唤我，然后希望我能爱戴你。我知道自己是否能做到。我们必须用真感情来侍奉法老，他得信任我们。”

“我谁都不信任吗？”

“我没这么说。”

普塔－内穆－霍特普用手指摸了摸鼻翼。“我明白了，”他说，“我必须要和你一样坦诚，我认为自己不是，但我会和你交谈。我必须和人交谈，因为我这些年来一直把自己的真实想法憋在心里，心就像从未打开过门的房间，我害怕门后面的所有东西都枯萎了。”

十四

即使法老许诺过，但他还是说了很长时间，或者说，在我的咒语的作用下，显得时间很长。父母没有说话，只有萤火虫在笼子里不停地飞舞着。正是因为离法老很近，我才可以这么清晰地看到他和曾祖父在一起。

“我受不了卡梅－尤莎，”法老说，“你可能会问我：为什么还让自己的客人和他待在一起？他为什么要说让我离开王位、远离你和你的家人？这个，我现在还不能说，就把这当成我和卡梅－尤莎的私事，当成童年时代的友情吧！其实，我们从没喜欢过彼此，现在情况更糟，我受不了祭司。他们控制着我的思想，如果我的大脑是食物，他们就是食物上面的蚂蚁。他是我的大祭司，当我微服私访到底比斯的时候，他责怪我没有经常拜访阿蒙庙，然后竟敢因为我没去卜塔庙而责骂我。我对他说：‘你难道不知道我童年时曾在孟斐斯的汉特－卡－卜塔待过一段时间吗？我告诉你，卡梅－尤莎，当我还是个孩子时，就深得父王的宠爱，这激起后宫其他王妃的嫉妒，于是我母亲很害怕其他的王妃会对我下毒手。你不记得了吗？卡梅－尤莎。’当然，他肯定记得。他母亲就是那位要对我下毒手的王妃，母亲很害怕她。那时，我是最没有可能成为王储的，我前面全都是比我优秀的同父异母的哥哥，每个人都确定我将来会成为祭司。没人会知道他们会死得这么快。”他用豹尾狠狠地抽打着自己的大腿。“我跟你说得太多了。”

“是的，”曾祖父回答，“跟我说这么多，明天你不会原谅我的。”

“我会的，既然你很信任我，那我也信任你，我的朋友。”

“你确定我是你的朋友？”迈内黑特问。

“最起码，你是我敌人的敌人，那就是我的朋友。”普塔－内穆－霍特普微笑了一下。

曾祖父鞠了个躬。

“我希望能跟你说很多话，比你知道的还多，”法老说，“我对卡梅－尤莎很生气，我要摆脱他对我的控制，我不理解他。今晚我们几个人单独在一起的时候，他以前从没像这样在我面前说了这么久，我不相信他所说的！卡梅－尤莎，遇事沉着冷静，有过像他这样镇定的大祭司吗？但是在今晚，他抱怨连天，他对圣猪节表现得很冷淡，但其实并不是这样。在其他晚上，他装得好像手指上抹了玛特的蜜一样，他自己知道内心沉着冷静所带来的好处，但今晚我肯定激怒了他，比自己预料的还严重。他肯定在装，好像是在圣猪节一样。”普塔－内穆－霍特普笑了笑，继续说：“当他和我单独在一起时，他又开始抱怨了，这些抱怨都是真实的，我很欢迎。人们都对法老撒谎，所以真实对我就像空气、像血肉。圣猪节的晚上就像受庇护的土地之夜，我能更快地了解他人的想法，因此，我用公正来统治整个国家，而不是虚荣和浮华。如果我是公正的，不管你尊重我与否，诸神肯定会支持我，这是事实，所以我鼓励卡梅－尤莎多说话，但他竟跟我抱怨说自己肩负的担子太重了。他真不该这么说，我从没见过其他人像他这样给自己揽这么多活。卡梅－尤莎很虔诚，深信责任带来权利，所以当他说自己不能再继续当我的首席大臣时，我根本就不相信他。

“在上一个首席大臣去世后，他用尽一切方法成为首席大臣的代理人。他承诺：在我找到下一个合适的首席大臣前，他愿意像首席大臣那样为我尽责，当然，他知道朝堂之上再无能人。尽管我不喜欢他，但还是应允了他的请求，他也这么做了。现在他竟说这样做很困难，除非他能得到首席

大臣的头衔。因此，我调侃他，‘确实，’我对他说，‘那你就别再既当大祭司又当首席大臣的代理人了。’

“你知道吗？当我说这些话的时候，他只是点点头。然后他一一列举出自己的职责，好像我不了解他似的。他哼哼唧唧地说着，但我并不感激他所做的一切。我不知道他有多聪明，他给我的感觉要么是不说话，要么是慢悠悠地说着，他不拘小节，他的举动似乎能把你掘到一边去，像河马一样。如果我拒绝他，他只是记在心里，正好增加体重，我在和河马打交道啊！”普塔－内穆－霍特普停了下来，好奇地看着曾祖父，嘴巴扭曲，不知道是在讥讽还是在苦恼，然后我发现他又在用卡梅－尤莎的语气说话，声音平缓，让别人无法插嘴，就连动作都和他一样。“每天早晨，”他开始说，“黎明时的祷告结束后，我都会开启朝堂上的大门，进入我的御书房，没有我，一天的统治就无法开始。所以每天早晨我都要阅读来自四十二个省的报告，即便是最小的省，每年也必须呈上三份报告，一份在播种时，一份在收获时，一份在洪水肆虐时。这样，我发现了许多官员们自己都忘记了的谎言，他们自相矛盾，或者今天说的是真的，而昨天说的不是，所以我对处在潜伏期的不满很警觉，也能发现抗旨不尊的先兆。这样，无论哪个省造反，我都会知道。作为三军统帅，我每个月都得回顾两大王国和国外的战略部署；作为教会事务的负责人，我要监督记录教会接受的馈赠的书记员；作为经济事务的负责人，我得告诉大家伐木和灌溉运河的时间；作为公平的捍卫者，我要了解所有法官作出的判决，这不仅是我日常的工作，还是我每个月到各省视察时也得做的事，我要面见各省的长官，从而了解他们可不可信；作为首席大臣的代理人，这些只是我任务量里很小的一部分；作为大祭司，我每天下午都要会见庇护所的司库、祭品库的书记员、阿蒙庙里的财产主管、粮食账目的书记员、牧场和牛群的主管、仓库的主管、画家和金匠的主管。我还没有说自己更大的职责，在卡纳克的阿蒙神庙里，没有我，哪件神圣的事宜可以进行？黎明和午夜时分，只要你不在底比斯，我就成了你本人的代理人，晚上的时候，我还得重复做一遍。在庙里，我必须又当大祭司又当法老。如果我不用清凉的嗓子、正确的手势、精准的命令和连续的祷告指导他们，都不知道他们会犯多少错误。

“但是在完成这些事宜之后，我才发现自己每天都疏于对你的教导，这才是我真正的痛苦。在为数不多的日子里，你会来底比斯和我待在一起，但当我向你布道时，你并没有仔细聆听。在孟斐斯，你整日欣赏乐师演奏的音乐，或者读你最喜欢的诗集，而忽视对祖先的格言和事迹的学习，在你眼里，这没什么不妥。你每天下午都和厨子们谈话，在花园里插花，或者和皇宫的侍卫们一起喝酒，在你看来，这也没什么不妥。只有在很少数的情况下,你才会接见两大王国前来拜访你的王子,可这是两大王国的荣耀。在孟斐斯，你的绯闻满天飞，你也不在意，人们说你等不到晚上便在白天临幸后宫,观看王妃们跳舞,而我听到的远不止这些。但只要你能听我的话，这些都不是问题，因为这样你才能成为地球之主，用祖先的意志强盛埃及。我看到我们法老身上佩戴的胸甲，还有他头上戴的象征白土地和红土地的王冠，但在你的袍子里除了你自己，没有人和你坐在一起，而且你的声音很小。”

“后来这些话不是法老说的。”曾祖父说。

被这样突然打断后，大祭司的声音逐渐离开了法老，法老开始恢复自己的声音。“是的，”他说，“不是他说的。我还没准备好，他的智慧很低，却妄自尊大，我替他感到悲哀。想一想，他竟敢说：‘你的声音很小。’”

“那你是怎么回答他的？”曾祖父问。

“我说他是头公牛，生来就要负重，埃及的命运更多地建立在温柔之上，就像我拿着花朵的那种温柔，而不是靠着他那一千名记录员的报告。但每次说话时，我都不自信，我的神肯定已经厌弃了我，因为卡梅－尤莎责备我，甚至辱骂我，但他寺庙的城墙依然屹立不倒。

“我很惊恐，自己说得太多了，这也是因为我和他之间不开心的事太多了，就像两个小男孩一样。我对他说：‘也许我只是父王的第十一个儿子，但在他眼里，我母亲的品质很可贵，卡梅–尤莎，那是因为在后宫的王妃们都策划着刺杀他，当然这也包括你母亲，而我的母亲对父王始终忠诚，这也是我被提升为王储的原因。但这本身并没有拉近我与阿蒙的距离，不是吗？可是，我会说，卡梅–尤莎，我是法老，你的职责就是留给我充足的时间，让我思考怎么解决两大王国面临的问题。’但每当我指责他时，都能感觉到他在非难我。我的声音很小，我对他说：‘你可以说我不是一名优秀的法老，可以说我的第三条腿和荷鲁斯的一样虚弱，还可以说我只是看着后宫王妃却很少临幸她们，但别跟我说我的声音很小，因为我可以用全埃及所有的声音说话，当然，也包括你的。’然后我怒气冲冲地对他大声说道：‘让出你首席大臣的职位，只去当你的大祭司吧！’我所说的话让他很不安，于是我又说：‘迈内黑特会担任我的首席大臣。’我保证他被吓呆了，很快就离开了。”

“你提到让我当你的首席大臣？”曾祖父惊讶地问。

“是的。”

“你所言当真？”

“我不知道，但当我说出来时，我感觉很有气势。”

“如果你说的不是真的，我们都有可能死。”他耸了耸肩，好像有了这种想法，自尊心就变得很弱。

“我知道你想表达什么，但还是想听听你的想法。”

“我不否认自己想担任首席大臣一职，”迈内黑特说，“如果没有更高的职位让我发挥自己四世的智慧，那我要它何用？所以希望我们可以商量下这个重要的问题。但我并不是很自信，因为好几周之前就听说你要罢免卡梅–尤莎首席大臣一职，让书记员内斯–阿蒙代替他。”

“你相信这样的传闻吗？”

“他是利比亚人，”曾祖父说，“但他已经在你手下做了很多年的书记员了，你已经把他提升为王子，他现在是个贵族。”

“我跟他提过这事，但这个利比亚人没有你那样的智慧。”

“但是，”曾祖父说，“他很忠诚，如果我是你的首席大臣，你周围肯定有很多人整日在你身边嘀咕，说我不忠。”

“这事我自有判断。如果有机会倾听的话，我对人的判断是不会有误的。当然，很少有人敢在法老面前说别人坏话，只有你敢。我刚决定要告诉你事实，直到今晚我都计划让内斯－阿蒙担任首席大臣一职，他确实是个品行高尚的人，但每个仆人都认为他不可信。卡梅－尤莎跟我小声嘀咕时，从来不提我们小时候的事，但他告诉我他听说内斯－阿蒙已经做好篡位的准备，他对战车部队很有号召力。”

“卡梅－尤莎有没有提这事什么时候会发生？”

“他说今晚时机合适时便会发生，我大笑：‘你对军事事务的判断力真差，没有军队会在满月之夜发动攻击的，尤其是在圣猪节晚上，因为这晚所有的军队都会惨败。’卡梅－尤莎应该是被我说服了，对内斯－阿蒙没那么担心了，然后便开始因为内斯－阿蒙手上的权力训斥我，我觉得他可能是想通过陈述内斯－阿蒙手上的权力和对两大王国的影响力来恐吓我，但我不知他为什么敢这样跟我说话。他在冒险，最后明白了我对此多么不悦，为什么还要再辱骂我呢？这样只会威胁到他的官位。”

“我觉得卡梅－尤莎想让你罢免他，”曾祖父说，“现在又有许多人忠于他，但并不是特别地忠诚，还没到敢配合他造反的地步，因为你是法老。可如果你罢免了他的职位，与他走得很近的人也会失势，然后与他一同离去。”

“那你认为我该怎么做。”

“我会让内斯－阿蒙知道他肯定会代替卡梅－尤莎成为首席大臣，同时向卡梅－尤莎保证他很快便会成为首席大臣，在合适的时机，同时任命他们二人为首席大臣。把底比斯和埃及上游地区交给卡梅－尤莎管理，孟斐斯和埃及下游地区交给内斯－阿蒙管理。他们的称呼都是‘首席大臣的代理人’。”

“那你是首席大臣？”

“我会尽力。”

“我应该想到的，”法老咳嗽着说道，很悲伤，也很绝望，“我不知道该怎么做，你的敌人永远看不到你内心的品质，只是纠结于你吃蝙蝠屎这件事。”

“我最不担心的就是这个，”迈内黑特说，“声名狼藉的人在初掌大权时会受到人们的尊敬，因为所有人都不希望他变成一个残暴的人。”

“那你害怕什么？”

“我怕你今晚会失去一切，所以我命令自己的手下戍守城墙。”

“我不相信自己的手下，另外一半和内斯－阿蒙走得不近的官员是忠于卡梅－尤莎的，”现在普塔－内穆－霍特普笑着看着迈内黑特，“我的处境如下：我讨厌卡梅－尤莎，不相信内斯－阿蒙，一点也不了解你。但是，我现在很开心，我相信：如果法老很聪明，知道自己面前的是什么，是他的鞭子、钩子还是只是他手里的花？法老是两大王国力量最强大的人，当他的思想里没有恐惧时，没有军队敢动他一根汗毛。你相信吗？”

“我不知道。”

“我告诉你：我不是很睿智，但是我被你深深吸引了。如果你足够智慧，不会欺骗我，而且告诉我所有我想知道的事，那我自己的力量和智慧肯定会有所提升。当然，真的很难去相信你不会欺骗我。”

迈内黑特说：“有些晚上我甚至想骗欧西里斯。”

普塔－内穆－霍特普开心地大笑道：“我想让你跟我说说我的先人——拉美西斯二世的故事。在未来几小时甚至几年内，我都需要他那样的力量。我想知道卡叠什战役时发生的事，还有后来发生了什么？”

“说完这个故事可能需要一整夜的时间。”

“我可以通宵倾听，”他犹豫了一会儿，“你会跟我说卡叠什战役的故事吗？”

“我想成为你的首席大臣，请以此作交换。”

“听完你的故事后，我没其他选择，肯定会任命你为首席大臣的。”

曾祖父笑了，说道：“当我把真实的故事讲给你听后，你会学到很多，不会再需要我，你会成为比其他所有法老都优秀的君主，成为秘密的主人，除了我，还有谁见过拉美西斯二世本人呢？”

“还没开始，你就让我很感激你。”

曾祖父又笑了起来，显现出自己脸部的力量，即使他的第四次生命已经到了六十多岁，却依然很年轻。“我第一世的故事肯定可以讲一整晚，这比我能当上首席大臣还要确定。我能感觉到自己的每一次呼吸，如果在今晚，很多事都会终结，很多东西都会改变，那我们还是去庭院里吧！我会给你讲个精彩的故事，比任何父亲给儿子讲的故事都精彩，但我希望能沐浴在萤火虫的光里。你亲眼看到它们在白天的咆哮结束后带回萤火虫的思想。我也想让我的孙女听一听，还有我的曾孙，他们两人和我四次生命的肉身最接近。”

第四部

御者之书

一

仿佛普塔－内穆－霍特普刚刚躲过了海蛇的攻击，母亲非常轻松地向他打招呼。当听到我的曾祖父同意讲述他服侍拉美西斯二世的丰功伟绩时，她甚至高兴得拍起手来，虽然我相信如果她知道讲述这些故事要耗费很长时间她就不会洗耳恭听了。但既然她不知道，所以现在她索性坐在长椅上，像个小女孩一样用手撑着下巴准备倾听了。

“我即将告诉你们那些年的故事了，”我的曾祖父开始说道，“就像我们互不相识一样，今晚我不会讲述很多事情。按照这个规矩，我所说的将是我第一次生命中的简单想法，因此我们或许会对所有发生在我身上的那些事持一致观点。”

“那就相当于自然显现您的智慧了。”普塔－内穆－霍特普评论道。

“处在那样的生活中，与其说是智慧不如说是力量使然，”我的曾祖父开始说道。“我出身贫寒，却成了拉美西斯二世的第一位御者，甚至在卡叠什之战最艰苦的日子里，我依然常伴他左右。”他停了一下，朝四周看了看，仿佛那些长久的磨难对他来说像石头一样沉重，以至于他还没准备好去承受，他觉得他有必要再澄清一下，“实际上，这些功绩有刻在阿布－辛贝神庙、底比斯的拉美西斯二世神殿以及卡纳克神庙的墙上。另外，在阿比多斯也有，但是刻在那里的不都是正确的，当然也包括我的名字的拼写，因为听惯了拉美西斯二世对我的称呼，所以刻写的人就把我的名字刻成了‘Menni’而不是‘Meni’。”

“是的，”普塔－内穆－霍特普说道，“我见过阿布－辛贝神庙的墙面，上面写着法老是如何被赫梯人逼出他的军队的。上面还写道，您被抓的时候很恐惧。我闭上双眼，仍然可以看到那些铭文。照在上面的光线很明亮，而且光影也很重。您说，‘让我们自生自灭吧。’然后在下面写着拉美西斯－米亚蒙的回复，‘鼓起勇气吧，迈内，让你的内心强大起来。我会像隼鹰搜捕猎物一样，深入他们之中。我要让他们战死沙场。’当我读到这些文字的时候已经是傍晚了，所以我还能看到字母刻痕上的影子。”

“那些确实都是刻在上面的话。”迈内黑特说。

“您当时是真的害怕吗？”普塔－内穆－霍特普问道，但我的曾祖父没有立刻回答他的问题，他继续问道：“拉美西斯二世真的以如此英勇的口吻回答你吗？”

“我当时确实很害怕，”迈内黑特说道，“但是我想说有那么一瞬间拉美西斯－米亚蒙也有害怕过。但他是第一个选择勇敢面对的人，而那也使我变得更加勇敢了。”

“听您这么一说，您比记载的要勇敢得多，而拉美西斯－米亚蒙反而没那么勇敢了。那是真的吗？”

“我从来都不会说他不勇敢，他是我见过的最勇敢的人。然而事情并不像神庙的墙面上所记载的那样，有那么一段时间他也曾恐惧过。”

“我们愿听其详。”

“不行，现在还不能说，我的故事就像蛇一样长，如果我说了开头，你就会对主体一无所知，而只知道故事的表面现象了。至于现在，我想说我们都曾有些恐惧。为什么呢，就算是法老的狮子也会恐惧。”

“真的有狮子存在吗，”普塔－内穆－霍特普问道，“他真的养了这样一只野兽当宠物吗？在一些壁画上都可以看到它的身影。”

“是的，那狮子与拉美西斯二世并肩作战，这事非常奇妙。”说到这，我的曾祖父耸了耸肩。“但是如果你想知道所有发生在我身上的真实故事的话，我不得不再重申一下，与我讲述我的第一个生命所经历的事实相比，我必须以更中规中矩的方式讲述那些故事。”

“您可以慢慢道来。”我们的法老说道，并且十分从容地摆手示意。

于是我的曾祖父又再次准备讲述了，而且我们告诉他可以慢慢道来，进而才可以明白他所说的话，结果我发现沉默占据了他讲述过程中的大部分时间。有好一会儿他都没说话，然后才开始讲述，却又戛然而止，接下来又暂停了一会儿，发出一声感叹。“我必须，”他终于说道，“在我开始讲述故事之前回归原点，就像旅途开始前夜的准备。所以我将告诉你们我初见世面的童年，我不得不说其实我没有童年。我一无所有，至少我的童年一点也没有像我帅气的曾孙一样，他此时在我们面前半睡半醒着呢。他的童年充满了惊奇,但就像大多数我们那个年代的人一样,当我跟他一样大时，我所拥有的思想已经超越了任何生灵，如果不是因为有一个思想让我知道了我和其他人不一样，并且也永远不会一样的话，我也不会认识到这一点。在我出生之前我就已经深刻地认识到了，因为我母亲怀上我的那一夜，她看到了隐匿者之神阿蒙。

“只有在长大以后会成为法老的人，他们的母亲才会在这样的夜晚看到阿蒙，”普塔－内穆－霍特普说道，“这么说来好像我们都成兄弟了，我的母亲也见过阿蒙。”

现在，迈内黑特在开口前犹豫了一下，“我把我母亲告诉我的都告诉你吧。我的父母是穷乡僻壤里的穷苦人民，在这件事情发生的那天晚上，他们都在自己的稻草窝里躺着，我的父亲紧挨在母亲身边。突然有一道金色的光芒透过茫茫黑夜射进小屋，而且那空气闻起来比任何香水都甜美。阿蒙在我母亲耳边轻轻细语道，一位将引领世界的伟大新生儿即将诞生。”迈内黑特感叹道，“但是你可以看到，我做的还远远不够。”

“你相信她所说的话吗？”普塔－内穆－霍特普问道。

“如果你了解我的母亲，你就会相信的。她靠双手生活在这个世界上，她不知道什么所谓的神话传说，她就告诉我这么一次，但是已经足够了。当我长大后，我们从来不会轻易启齿，除非我们真的有什么要说的。因此你将永远不会忘记你被告知的一切，我们的思想就像是石头，每一句话都被铭刻在上面。”

“经你这么一说，”普塔－内穆－霍特普说道，“我更深切地理解我的子民了。因此，我明白你讲述这个故事时的顾虑。我甚至说，我可以做到就像以观看小溪流水的那种宁静来倾听。”

迈内黑特说道：“您的聪耳已经预测到我接下去要说的是什么了，因为我刚好要说一下我们的尼罗河，它一直在我的思想里萦绕，并且历经我的每一次呼吸。我可以说，在洪水高涨的时候我出生了，而我的第一次生命的终结是在河水从最高水位减退的那一夜。我听到的最后一个声响就是水声。”

仿佛这样的回忆显得有些吃力，此时迈内黑特的呼吸有点急促。“如今，生活在城市的人们已经忘却了旱涝之灾的绝境之苦。在孟斐斯这里，河水上涨之前我们可能会觉得有点热，但我们几乎没有什么不适，我们肥沃的土地终年都会被河水灌溉着并且绿树成荫，我们远离了沙漠。但在我的家乡，它处于孟斐斯和底比斯中间，那里的沙漠就像……”他暂停了一下，“那真是荒无人烟之地啊。”

我注意到曾祖父的声音，无疑是放下了惯有的嘲讽语调，现在转变得十分严肃了。其实呢，荒无人烟只是牧场劳动者不敢直接讨论鬼神时的说法而已，我碰巧知道这个，因为我母亲两天前刚告诉过我，她对于乡里人有这样的警惕一笑置之。

但我也注意到经过这个态度的转变，我的曾祖父对我们来说并不那么像神了，而更像是民众心中高贵的人，甚至对于那种他会不屑一顾的乡长也是，而且我注意到他对一位普通人也会使用恰当的措辞。他说道："那时我就像河岸的野草一样从村子里被选拔出来，在我讲述我十五岁就开始的部队生涯之前，我有必要先告诉你们那时我们是如何生活的，以及我们是如何了解河流的涨落的，那就是我们所知道的一切，它就是我们生活的全部，我遵循着它的法则而成长。在这座城市里，我们谈论着洪水的水位对庄稼来说是不是一个很好的高度，我们将河水上涨的时节作为最盛大的节日来庆祝，我们崇敬它，我们以为我们懂它，但这和一出生就伴随着河水声并且畏惧河水上涨的我所理解的不一样。

"所以，我会试着告诉你，我会讲述得好像你从来没见过它，事实上它的怒气就像你把手枕在狮子的肚子上睡觉时一样，一触即发。"

我看到母亲给父亲使了个眼色，好像要说：我真心希望他（指我的曾祖父）懂得怎样去取悦我们的法老。

然而普塔－内穆－霍特普点头道："是的，这样的话我倒想听听更多关于我们雄伟河流的故事，我发现随着你讲述我所熟悉的事情，我又再次了解了它们，而且也发现了它们的趣味各不相同。"

迈内黑特点点头说道："在我童年的岁月里，当尼罗河水位很低的时候，我们乡村的空气像柴火一样干燥，你一定可以想象到那空气有多干燥，任何地方的空气都没有这里的干燥。我的家乡处在尼罗河和底比斯之间，秋收刚过，牧场就变得非常干燥了，大地开始起皱，立刻苍老了许多。清晨，田地里的细缝对于我们的脚趾来说已经很宽大了，到了傍晚那些裂缝已经大到可以扭伤奶牛的脚踝了。我们待在小屋里，看着裂缝一天比一天大，在这个过程中，这些裂缝跨过田野向我们这边移来。沙子在田野里日积月累，沙漠逐渐向我们枯萎的牧场袭来。突然有一天，沙尘围绕住我们，树叶像垂死的手指一样悬挂着，狂风刮起的沙尘钻入我们的屋子，我们在稻草窝里睡着后，也会将灰尘吸进肺里去。我们的牛儿四处搜寻着麦茬，边走边伸出舌头喘气，你可以听到它们的哭喊声，'我好渴啊，我正在遭遇口干舌燥之苦。’其实我们更渴，我们一直在沟渠里劳作，甚至连小孩子也要参与，我们试着赶在洪水来临之前去清空窄渠的底部，开沟引水，疏通上游以便让我们的马车通行，还要修复水池的围堤，总之当河水水位低时我们所有人都必须劳作。到了晚上休息的时候，我们都累得不想玩闹了，只能从一处芦苇丛走到另一处芦苇丛。你可以在我们沟渠的泥沙里发现各种各样啮齿动物的死尸，而且从河流的上下游传来了隔壁村同样在劳作的声音，大家都在雪橇里装满了泥浆，然后让我们的公牛拉着到堤坝上去。在堤坝上我们会将稻草与泥浆混合，砌成砖块放在路堤上。我跟你说吧，接着就有一股恶臭在大地上传播开来，万物干燥得散发出皮革味和老人们的狐臭味，在这种腐坏现象中作祟的就是尿液，而且那气味一直存在着。那些难闻的气味经常直扑而来，而且还夹杂着灰尘和热气在我们眼前晃荡。人们说吸入这样的气味可能会导致眼盲，而我知道我的双眼已经起皱了。我到现在还记得有一条死鱼的骨头，就在河边被一堆细沙掩埋着——我想每天晚上住在附近的鳄鱼肯定在那里肆虐，因为那里的鱼儿每一天都在减少，越来越少见到鱼儿头部旁边干燥的皮了，眼眶里还塞满了沙子，骨头散发着浓烈的鱼腥味。你可以肯定那些枯死的鱼儿为了寻找水已经游遍了河底，因为它们腐烂的气味很好地证明了这一点。日复一日，我会去那附近闲逛，那些腐烂的鱼骨头比我见过的一切都更有力地表明了什么是邪恶，而且我认为邪恶的月神肯定就在河泥里面。渐渐地，那些鱼骷髅变得越来越像枯萎的植物，直到骨头自身在连接处脱落，连最后一块也被风吹走了。

“那就是我们感受到第一股湿气的时候。风从上游的德尔塔吹来，经过孟斐斯，然后吹到我们这里。尼罗河迟来的绿色就像汤在火里慢慢熬浓一样,开始荡起涟漪,我们常常说那是因为像河流一样长的鳄鱼在河底搅拌着，你不能看清它的表皮，但是水面就是在滑动，所有在干热中死去的万物都漂在河流的浮渣上。残骸、死鱼还有干燥的草木漂浮在尼罗河阴沉的表面上，河流开始在我们眼前溃烂，河流上空的空气变得又热又潮。过了很久才有新的尼罗河水从河道中央缓缓流来，而且那河水清洗了一大片芦苇丛。我们的天空布满了鸟儿，就像田野布满花儿一样。鸟儿随着上涨的河水飞到下游，飞经每一片芦苇丛，飞到这些清水还未流经的小岛上。紧接着，大声振动翅膀的鸟群飞过我们头顶，那声响比现在成群的鸟类还大声。每天早上水位都会涨高一点，村子里比较年老的人会用他们的手杖量着水位，虽然总是有传言从上游传来说今年的水位可能会更高或更低，但这些老人则宣称，他们是根据潮流的颜色来预测水位是否会上涨的。当水位上涨时，水面会出现很多波纹，而且能在晚上听到急流声，仿佛这些新的河水就是一支军队，而且潮流的颜色由绿变红，这景象我们每年都能在孟斐斯看到，过去我们常常说这是被杜阿德的火焰加热过。随着红色的河水流过，棕榈树上的果子也变红了。

“现在我们除了保护沟渠外没有其他工作可做了，因此我们可以坐在堤坝上看着河水在河底如何变成了漩涡。因为漩涡中间是空的，所以你可以把手臂伸进漩涡的洞穴里而不被流水弄湿——虽然我们这样告诉自己，但从来不敢把手臂伸进去，因为害怕漩涡会把整个人吸进去。

“在之后的几周时间里，河水刚好到最高水位时流进我们的牧场，在河水刚刚流进来的时候大地会发出一声叹息，就像有一头优质的奶牛要被宰杀来当祭品似的。虽然那时我还是个小男孩，但当河水流进来并反射出光线的时候，我仍然可以感受到大地在战栗。如今我们的大河变成了千万条支流，牧场也变成了湖泊，草地变成了大泻湖。在傍晚，红色的河水没有阳光的渲染，看起来像一片福地，而且在月光下呈银白色。我们的村庄本来是沿着河岸而建的，距离河流只有几步之遥，现在已经被这些反光的水域分割成一块块阴暗的小岛，沟渠成了唯一的通道。我们经常在沟渠上面行走，欣赏着下面的盆地（我们称它为我们的家，或者是上游田地之家、小山谷之家），因为我们已经知道如何去有效利用那些在地上镂空得像碗的东西，我们还沿着沟渠垒砌路堤，并为洪水预留了出口。田鼠在沟渠里与我们并行，鸭子也在水渠里跳跃着。当洪水到来的时候，遍地的蝎子在找寻旱地，而兔子、山猫和狼在四处乱跑，在不同的年份我都能看到它们在河岸上乱窜着。每一年都会有蛇钻进我们的屋子里，那里没有草屋，要不然湿气也不会从地板上冒出。夜晚睡觉时，还能听见驴和牛整夜吃着我们堆在墙边的稻草，那些躲在稻草里的狼蛛都被吓跑了。有时候，当水位超过了下面的堤坝，洪水会洗刷我们的村庄，我们只能乘着草筏到其他村庄去避难。由于在水位慢慢上涨的过程中昆虫会弃巢而逃，所以仙鹤会趁这个时候在洪水泛滥的岸边猛吃。总有那么几天是炎热的，空气潮湿，光线昏暗，而且比过去任何时候都闷热。最后，当牧场里的洪水渐渐退却时，会在腐烂的草地上留下一层泥沙，尼罗河里的水位也停止了上升。那些日子，你可以在牧场周围的泥土里听到一阵阵哭喊声。”迈内黑特感叹道，“天气又变得炎热了，太阳光从地平线上的山丘上反射回来，河水像太阳高升时睡着的月亮，恢复了平静。

“我的童年就是这样度过的，除了在河岸边劳作我实在不记得其他生活了，我也不记得有多少次想起母亲告诉我的关于阿蒙的事。我不认为自己和其他男孩有什么特别的区别，除了我更强壮些外，但这已经足够了。记得有一天早上，一个官方代表团来我们的村子征兵，我一点都不害怕，因为我一直在等待服兵役的机会，而且我也很想参军，我已经做好了一切准备，都悄悄地等得不耐烦了。我记得那刚好是在洪水到来的第二周，我们的牧场刚刚变成了一片汪洋大海，我设想着，那些军官可能会把这视为最让我们措手不及的日子，因为牧场被洪水淹没不是一件让人甘心的事，对于任何一个人来说都不可能跑进深山里去躲避。当然，我也不在意他们是怎么想的，实际上当我看到军官的那一刻我确实想到了阿蒙，对于我来说，军队就像神灵的右臂。

“那时我还不懂，”我的曾祖父说，“但我在等待着军人生涯的开始。我嘲笑我们的村长，因为他被夹在两个军官间颤抖着，两个军官各拿着一根大木棍。当我们被点到名时，我们会举起一只手臂大吼一声以示我们在现场，但有两次点名没有人回应，那两个男孩子已经跑掉了。军官们接到最高长官的指示后，对村长施行了一顿毒打，直到他倒在地上呻吟，那时候我们很多人都在一旁偷笑，因为我们已经受够了村长的气，看到他挨打我们一点都不心疼。接下来，军官从在场的十八个人中挑选，仔细地检查我们的牙齿，检查我们的手臂，检查我们的大腿，还让我们脱光了下体接受检查，最后他们挑选了十五名最强壮的。那时候母亲们都在一旁看着，我看到她们当中大多数人都哭了。后来我们被沿着沟渠带走了，登上了他们的船，划向上游往陌生的南方驶去，就这样划了一整天，直到我们到达一个转弯处，那里有一个大大的堡垒和仓库。我们与从其他村庄招募来的新兵被一起关在那里，那天晚上面包师傅给了我们圆圆的、坚硬的黑面包。"他微笑地回忆着，"我是一个穷小子，吃过各种各样坚硬的烤面包，但是这种面包比之前的还要硬。"说着，他的嘴巴表现出好像在亲口嚼着那东西一样。

"到了堡垒那里，"迈内黑特说，"其他的新兵都过来了，我们被训练如何行军，如何摔跤，如何用剑。至于我，神啊，我从头到脚都是最强壮的，而且在这样的训练中我打碎了五个盾。他们教我们很多用盾的技巧，我们那时用的盾比今天的要大很多，它可以遮住一个人从眼睛到膝盖的部位，然而它只能起到很小的防护作用。不像你们现在用的小盾和金属板那么灵活，那种大盾牌是用庞大的木架和皮革做成的。我们的盾确实很重，为了让我们能抓起盾牌，他们还在上面镶嵌了铁手柄。

"我们一个接一个地走上去面对射手，射手们从五十步远的地方向我们射箭，我们都很感激，因为他们射得很准，刚刚射到盾牌箭就掉落了。我们还被教导说，胸膛要向另一边，箭只会穿过皮革，这样就不会射到我们的身体。其实皮革也足够坚硬，可以抵抗一些箭穿过，这毕竟只是一项训练（拿着盾抵挡你不能躲闪的东西）而已。训练到最后，我们五十个人面对一百个射手，而且我们必须在他们的弓箭下前进。我可以确切地说，那天早上我忙得不可开交，因为大家都知道我在用盾方面很有技巧，很多射手都带着一种好奇心向我射箭。”

“是不是有很多人在这样的训练中丧生了呢？”普塔－内穆－霍特普问。

“有很多人被射伤和擦伤，还有几个人被射死，但我们是技术娴熟的躲箭手，就是这一点让我们成为了军人。此外，我们还穿着厚厚的棉袄，虽然穿得没有现在厚，但足以抵挡一些箭了。当时的训练特别辛苦，因为我们总是被告知很快就要开始打仗了，我们太无知了，居然不知道那些土地其实是我们一百年前就已经攻克下来的，只是现在处于叛乱中而已，不过那确实是很好的训练。我们是步兵，所用的武器主要是短剑和长矛，但他们也教我们使用弓箭和长剑。由于我在每场竞赛中都脱颖而出，首先是摔跤，然后就是比试短剑、长矛、长剑、盾牌和弓箭，所以我有幸去参加一项特殊的比赛，这项比赛主要是为了从我们的队伍中挑选出一位士兵去当战车御者。在那个年代，只有贵族子弟才有机会当战车御者。”

“那个年代的战车和现在的有什么不同吗？”普塔－内穆－霍特普问。

“那些战车跟现在的一样美观，现在的战车和我以前所接触的没有多大的区别，但在那个年代战车并不常见。我们村子里年纪最大的老人经常说，当他还是一个小孩子时，他认识的年纪最大的老人仍然记得他见过的第一匹马，正是在那个年代他们开始从东方引进马匹到埃及。这种动物对他来说很可怕，当时谁不会被这种奇怪的动物吓到呢？他们听到的是外国神灵的声音，整天发出长长的嘶叫，或者是伴随着风儿呼啸的哭泣声。我们村子里的这位老人经常说，靠近配有两匹马的战车就可以很快找到法老。对于我们年轻人来说，战车御者就是法老派下来的军人，而且他们还是身着金色戎装的军人。当他们在那些神灵背上飞奔而去的时候，我们对他们的敬重程度远远超过对从尼罗河上经过的大型游艇船长的敬重。在我接受训练的那些年月里，你可以想象对于一位普通的军人来说那仍然是一项稀缺的技能，而且你也知道我一直梦想着能当一位战车御者。为了从我们中间挑出一位最佳人选，我们被安排参加赛跑比赛，那是我见过的最盛大的比赛，我们被告知赢了比赛的人可以像贵族一样驾驭一辆战车。由于那时我们很无知,还不知道如何去控制战马,要驾驭战车对我们来说实在是太难了，所以我们就扛着马车以及车轮等配件，从山坡的一边跑上去再从另一边跑下来。虽然那时候的战车和现在的一样轻，只有一个十多岁的男孩重，但是肩上扛着战车快速跑到山顶然后再毫无损伤地从另一边跑下来就没那么容易了。你根本不能摔倒，有一点是确信无疑的，只要你损坏了任何东西，他们就会用木棍打断你的肋骨。

“一开始我只是慢跑着，有一些傻瓜跑得跟马一样快，可是在第一道斜坡上就败下阵来了。而我一开始就觉得自己是阿蒙之子，所以我可以从每一次呼吸中获得新的力量。我奔跑着，就像天神努特给了我的鼻子强大的力量，地神盖布给了我的双脚强大的力量，而玛特女神负责不让我反胃，在暗中指示我不要跑太快，直到我可以在我的身体极限和肺部的劳累之间找到平衡。尽管如此，大地变绿了，天空呈现橘黄色，有时候对我来说还是黑色的。沙漠里的沙也变成了黑色，天边变成了苍白色。随着我一步一步往上爬,山上的岩石对我来说已经不再是岩石,而是一群张牙舞爪的猎狗，有几个大石头像大野猪，还有一个大石头对我来说就像是一只赫普。当我即将达到山顶时，我的心都快跳到嗓子眼了，我以为自己会死掉，但最终我还是到达了山顶，而且是第一个到达的。在往下跑的过程中，有一个士兵接近我并且快速超过了我，因为他的腿很长，阔步前进，当他越来越接近我时我担心得出了一身冷汗。我在一片炎热中颤抖着，肩头的战车比一头狮子还重，我敢肯定它长着爪子，并且在我的背部撕扯着。在诸神的庇护下,我逐渐恢复了呼吸和力量,我甚至看到天空和大地恢复成原来的样子，光荣的痛苦在我的头顶徘徊着。我知道我不能拖延其他人，除非我对他要花招，他瘦长的身材和长长的双腿简直就是为这样的赛跑而生的。但我知道他很爱慕虚荣，于是我鼓足力气，抬起腿，纵身一跃，跳过了十个岩石堆。就这样，本来他即将超过我，现在却被我甩在了身后，而在这巨大的跳跃之后我一点受伤的感觉都没有。当然，他无法忍受我这么勇猛地长距离跳跃，所以他也试图用跳跃来超越我，没想到他一跳跃就摔倒了，而且战车也摔裂了。后来我就成了第一个跑下最后一道长坡的获胜者。

“我就这样成了一名战车御者，然后我去了图特摩斯三世（前1479—前1425）的皇家御者学校，你或许已经想到了后来我成为了最优秀的一名，虽然不是很快成为的。首先，我必须学会怎么去照顾好马匹，况且马是很神奇的动物，我必须学会怎么与它们对话以及如何帮它们清理身体，有相当长一段时间我不知道它们是野兽还是神灵，我只知道它们不像我。当我靠近的时候它们就会往后躲避，我不明白它们是聪明的还是愚蠢的。通过它们的两条小腿我可以发现它们是经过精挑细选来的，它们眼里闪着的光让我相信它们的头脑运行得像箭一样快。鉴于马那长长的鼻子，我知道它们闻一下路就知道下一步该怎么走了。而通过它们的牙齿我可以知道它们是平凡而倔强的，所以我真的不是很懂它们，那时我还只是一个乡村男孩。虽然我不懂它们，但我觉得自己本身就像一匹骏马，我没有想过也几乎无法遵循陌生的命令。

“学会如何使用缰绳并顺利驾驭马匹，成为我人生中的一个转折点，比赢得那次战车赛跑还要重要，”我的曾祖父说道，“随着我尝试着去提升我对这些马匹笨拙的驾驭能力，我受到越来越多的嘲笑。我不像那些贵族子弟生来就是优雅的，但如今我在他们中找到了自己，我常常想，直到现在也在想，随着我见证着我深爱的曾孙——迈内黑特二世的俊丽，”他说到这里时朝我这边微微点了一下头——“但那只会让我更有决心去学习。我发现自己想起一句我们以前常常在牧场说的话，对你来说可能听起来会有点粗鲁，但它是每一个农场的习语。我们常常说‘你该了解你的牲畜的气味。’于是，在马厩里工作的时候我明白了我有多么敬畏马儿独特的气味，与牧场和我们农场的鸡笼相比，马厩的气味更好闻而且也更特殊。它对我来说是一种神圣的气味，充满了麦田里阳光的味道。我唯一还有点害怕马匹的地方是，我觉得它们不像是野兽而更像是神灵。

“我在马厩里训练的是一匹种马，它很难对付。而沾染在我手指上的气味却证明它是亲切友好的，那味道就像我爱恋的第一个乡村女孩的气味。她闻过的大多是土地的味道而不是河流的味道，最重要的是她闻过麦田的味道以及她自己勤劳的汗水的味道，她坚强得犹如一匹马。所以伴随着我手指上的这种气味，我认为马匹不是神灵，而可能是死去的男人或女人投胎转世后变成了马。据我目前所知，没有人有过这样的想法，我确定那是亵渎神明的。然而，那匹种马灵魂的气味加强了，当我清楚地嗅到所有的谷物和稻草味时，我能感觉到我在靠近住在马匹里的某个人，不管它是谁，它可能有点像我曾经爱恋过的女孩。从那天早上我开始改变对马匹说话的方式，我不再试着去抚慰它，也不会对着它身体里面的神灵祷告，这样就省去了许多麻烦。一个人怎么可以对一个奇怪的神灵做祷告呢？而另一方面呢，我不再像拍打畜生一样去拍打这匹马，至少不经常那样去做了。现在我想的不仅是在马里面住的人，我还觉察到了这匹种马羡慕着我，和它曾经所做的一样，我说话和走路都是笔直的——所以我能感觉到一个强大的灵魂受到了何种程度的惩罚。在我的思想里，我开始对它说，‘你想要再次成为人类吗？试着听我说话吧，我可以成为你的朋友。’你知道吗，那匹马听懂了我的思想，我可以以不同的方式命令它。

“现在，在我们训练开始的时候，我们没有使用配有两匹战马的战车，而是用适合一匹马拖拉的小马车，它们的木轮厚厚的，而且时常发出令人讨厌的咔嗒声。那声音真是刺耳，那马车的颠簸对于脊椎来说太过于强烈。只有像我这样强壮的乡下人才接受得了这样的折腾，因为它可以教会我如何适当地驾驭一匹马。在我刚学会从马车上站起来驾驭的时候，其他学徒已经学战车交战很长时间了。然而，在最后一周时间里，我对我的进步感到吃惊，我已经学会怎么对那沉重的马车要把戏了，甚至我可以驾驭我的种马让它向后移动，所以他们让我养了两匹马，在另一匹马的身上相同的问题又再度重现。我必须记住：现在我不能再像一位朋友或兄弟更不能像一个陌生人一样去告诉另一个人该如何生活了，而应该像一位慈爱的父亲去教导两匹马该如何像兄弟姐妹般共处。”他停下来清了清嗓子，就像人们在声音沙哑时所做的那样，“如果没有锯子去砍伐木材，一个人是造不出椅子的，任何人都需要工具，而现在我有了这个工具。与这些马儿共处时我会用嗓音与它们交谈，有时候我会用思想与它们交谈，而且我教它们如何一起并肩奔跑。

“终于有一天我可以驾驭着我的战车直接转弯了，别人都觉得这不可思议，我现在不用再和马儿讲话了，我的思想已经与缰绳融为一体。甚至有些时候我还把缰绳缠绕在我的腰上，告诉大家不用手也可以驾驭战车。为了证明这个技能的价值，我手持弓箭，让箭射到稻草堆里。我开创了一种新的练习方式，很快其他的贵族子弟以及我的同伴都学着我将缰绳缠在腰上去驾驭战车，但他们都没有我学得那么快，而且还发生了许多意外，因为他们都没有和我一样住在战马的思想里。

“通过这样的方式我掌握了自己的独家技能，而且在练习的过程中我不再去把马儿想成男人或女人。到最后，说实话，我想得最多的是缰绳。马匹可能会变换，但是缰绳却一直掌握在我的手里，而且必须要正确对待，最后我只期待加油鼓劲的美好期许，我的缰绳变得如此睿智，我只是在马匹后面轻轻地拽着它们，马儿也听我指挥。”

我的曾祖父这会儿抬起头来看着我们，可能是因为从萤火虫笼子里发散出来的一束热光，将他的脸庞映照得充满朝气，他像年轻时一样充满了力量，或者至少像在他四次生命中的第一次那样充满力量，那时他还是一名皇家御者。随后他笑了，我第一次觉得我的曾祖父有一张迷人的脸庞，那是我六岁时见过的最坚强的面孔。

“我们要继续吗，”他问法老，“接着讲述卡叠什之战？”

“不，”普塔－内穆－霍特普以十分愉悦的口吻回答，“我承认我现在想要听到更多您早期在军队中的冒险经历，一切都还顺利吗？”

“那经历比你能想象到的糟糕得多了，那时候我仍然无视嫉妒的存在。我不能做到闭口不言，所以我告诉军队里面的每个人我将成为第一位皇家御者。我还没认识到一个人能取得至高的成就在很大程度上都归功于韬光养晦的能力，只有这样你的上级才会提拔你。就像我所说的，因为没有受到这种智慧的洗礼，我只能说今晚我仍然没有留意。”

“敬爱的迈内黑特，您很快就会成为无可取代的伟人。”法老说道。

我的曾祖父为这样的评论鞠了一个躬，我可以觉察到他没有停止说话的意思。“在那些日子里，”他说道，“我经常幻想着征服异邦的土地，而且希望我们的成功都归功于我。因为如果一个御者可以被教会把缰绳绑在腰上如何去驾驭战车，那么他也可以手持一把弓，这样每一辆配有两名射手的战车就可以驶入战场。与配备一名御者加一名射手的敌军相比，我们要比他们强大两倍。或者，就赫梯人而言，假使他们有三个人驾驶着巨大的战车（一名御者，一名射手，还有一人手持长矛），我们两人的武装战车也可以抵过他们三人的武装战车，因为我们的战车更快更灵活，而且轻轻一绕就可以急转弯，每当想到这些我就激动得无法入睡。对于我的提议贵族们都很好奇，并开始考验我，御者少校说，以他的实践经验来看，只有少数几个高手才可以用缠绕在腰上的缰绳控制住两匹战马。最后我被告知我的言论冒犯了阿蒙，因为我们的神灵已经通过一名射手配合一名御者的方法为埃及取得了胜利。

“然而我还是不甘心，我仍然宣称我可以成为第一御者，可以带领配有两把弓箭的战车及军队进入战场。因为这样的观点，我被遣送走了。一个我深恶痛绝的军官，还有一名大我一级的军官，非要派遣我到利比亚沙漠中央的那块折磨人的鬼地方。就在那里，”他用大拇指向背后指了指，那是一片距离金字塔很远的陆地，“在这样一块不毛之地，像您这样聪明杰出的人一天也待不下去。实际上我的思想好像已经变成了油，在沙漠的太阳下冒烟，我几乎没有事做，也没有酒喝。我手下有二十名士兵要管，当然都是些雇佣兵和乡巴佬。那里的酒，就像我们经常说的有马尿的味道，但我已经记不住那些悲情岁月里的很多故事了。我记得有一封信，是由我口述然后由抄写员写的，他是一个瘦弱的小伙子，对于军队训练来说他真的是乳臭未干，他和我一样渴望逃离这个鬼地方。所以我让他写了封信给我们的将军，‘字要写得漂亮，’我告诉他，‘不然我们永远都不能离开这里，这样你就有得受了。’

“他听了之后咯咯笑起来，我这样利用他但他并没有觉得难受。但他看懂了我的眼神，那眼神在说‘请带我离开特奔－沙玛什沙漠。’就是那个欧西斯的名字，这是个好名字，但却完完全全是块恶臭之地，那气味就萦绕在我们的帐篷周围。其实我们并没有房子住，那里没有稻草可以拿来砌墙，而苍蝇更是让人难以忍受。我会在椰枣树下躺几个小时，看着漫无边际的沙地，除了天空什么也看不到，就这样我爱上了飞行的鸟儿，这些鸟儿是那里唯一值得喜爱的东西。至于食物更是惨不忍食，枣子生出了霉味，一麻袋玉米也腐烂了，长满了寄生虫。”

“为什么要讲这些呢？”海斯弗蒂蒂问道。

“那里养了三百多条狗，而且每一条狗都能和我一起散步。它们的牙齿发臭，我的也是，蛀虫在我的牙床上打洞。在那里——臭气熏天的沙漠滩涂里，吃烂肉的动物的口鼻上沾满了发紫的血迹，被太阳烤成干瘪的一块块。在那些灰尘滚滚的路上，这些可怕的动物为了一具发臭的驴尸上的最后一只蛆虫而互相打斗，但我想象着马匹头上的鬃毛正引领着阅兵的地方。你可以设想我口述让抄写员写的那封信。‘带领我去孟斐斯吧，’我呼吁道，‘让我在黎明时看到它。’我本来以为我会死在一片臭气中的，我并不知道我的生命里还有如此多的使命等待着我，在我漫漫的人生路上，即使通过四次生命的长度来衡量，我仍觉得不够深刻。”

迈内黑特停顿了一下，手指在唇边磨蹭着，好像为了找回以前那种口渴难耐的记忆。

“在写那封信的时候，”迈内黑特说道，“我逐渐见证了月神透特的力量，并向他祷告，让我的抄写员能写出优美适当的措辞，因为我的力量对于这样的考验一点用处也没有。我的抄写员尽力将我的渴望阐述成适合写在莎草纸上的一段话，我有些担心，不停地告诉自己，那封信一定要把我释放出去，再也没有什么比在特奔－沙玛什再待一年更糟糕的事了。然而，当我读到那封信时我很惭愧，我告诉自己，我要么堕落毁灭要么坚持到底，但是我不能对将军发牢骚，更不能请求在黎明时看到孟斐斯。不，我想，我要有尊严地说出我的请求，所以我发出另外一封写得比较沉稳的信。最后，出乎我的意料，我很快就被召回市里了。

“我永远都不会忘记那个教训，一个人必须永远都不要放弃解除傲慢的渴望。当我要被召回的消息传来时，我高兴得大声高歌，好像我的命运开始跳舞了。又过了不到半年，我在孟斐斯遇见了伟大的拉美西斯二世，他刚访问底比斯回来。我在卡叠什之战的真实故事可以在此处正式上演了。”

二

即使是通过萤火虫的微光，我也能看出法老的眼里充满了希望，那是一种在长途登山的过程中对壮丽美景无比期待时才会出现的眼神。接下来，我的曾祖父将告诉我们国王比任何人都伟大，因为这些在我学会说话之前就已经听他说过了。

“是的，我比他早到，”迈内黑特说，“就在孟斐斯的阿蒙神柱那里，就是在那间他去敬拜的寺庙里，出于礼貌，那一天我去拜访卜塔神庙时起身比较晚。虽然我听过他庄严的举止和容光焕发的面孔，但我对自己亲眼所见的却毫无思想准备。他的身子比我们任何人都高，他的眼睛是发绿的，就像德尔塔那边无边无际的碧海一样。”迈内黑特在那里自辩着，“除非你离他很近，否则你不会相信我所说的，其实他的眼睛是蓝色的而不是绿色的，我从来没有见过谁的眼睛是蓝色的。”

“蓝色？”我母亲吃惊道，“那不可能，应该是灰色或绿色，抑或是像太阳一样的黄色、像水一样清澈，但不会是蓝色的。”

“确实像天空一样蓝，”迈内黑特说道，“而且他有着跟我们一样黝黑的皮肤，并且他的肌肤比我们的还美，他皮肤的颜色更像是清晨金红色的阳光洒在肩膀上，他看起来仿佛已经活在阳光里了，就像一只鸟儿在火炉里被烤成红色，那是一种可爱的、非凡的颜色。他穿着褶白色的衣服，而且那些褶子就像风中的芦苇在他的长衣上沙沙作响。长衣的下摆是白色的，而在池塘光线的反照下却可以看到闪烁着银色。

“而且最特别的是他的头发比太阳还黄，就像亚麻布一样呈金黄色。更像是米堤亚人，他的头发在风中飘飞着，比衣服下摆上的褶子还轻快。”

“他有金黄色的头发？”普塔－内穆－霍特普问道。

“在他的第一个任期内确实是这样的，他的头发像微弱的阳光一样黄，但是在他执政的那几年他的头发逐渐变黑了，他的眼睛从蓝色变成了绿色，再到带点棕榈的暗黄色，而到他去世的时候他的眼睛变成了黑色。”

“那是我在他的每一幅画像中看到的颜色。”我们的法老说道。

“是的，但是画家被禁止画他真实的颜色。他曾经跟我透露过，如果真将他头发的颜色画出来，那是一种哀伤的颜色，实际上在所有的公共场合他都戴着黑色的假发，除了去战场或者拜访神庙的时候，这是事实。”

“那你第一次见到他的时候是在阿蒙神庙吗？”

“我第一次见到他的时候有点波折。我在一个要塞执行了两个星期的任务后，刚好回到孟斐斯，而且当我到达营房的时候我才意识到朝反方向匆匆经过的人们都在窃窃私语，我才知道那位年轻的法老不仅和我一样在同一个早晨到达了孟斐斯，而且现在正在神庙那里。我抵达神庙的时候，只能与民众一起站在外面的场地上，顶着烈日，透过柱子往里面窥视，但尽管这样也根本看不到神殿里那位年轻的法老，就像通过一片牧场去窥视黑暗的洞穴，根本什么都看不见。

“然而当法老和大祭司一起出现时，我知道我正在注视着阿蒙－拉神之子。拉美西斯家族从来没有一张和我们梦里所见的高贵的神灵如此相近的面孔，当然除了您之外。”

我们的法老此刻在他俊美容貌的衬托下显得如此迷人，我不禁注视着他的鹰钩鼻,以及他那微微动着的嘴巴,在我眼里他比漂亮的女士还要高雅。

“我很荣幸听到这样的对比，但是我知道这再一次证明了您是不可或缺的重要人物。”普塔－内穆－霍特普说道。

迈内黑特优雅地鞠了一个躬，然后呼喊道：“我的神啊，他真的很俊俏，宛如在转弯的瞬间二十只鸟儿融合成一只鸟儿一样，他可以跟低头躲到轻薄云烟背后的满月相媲美，他和初升的太阳一样绚烂，而且特别年轻，我们可以注视着他的脸庞然后知道神灵有多么年轻。我生平第一次爱上了一个男人，也仅仅就这一次，我知道我生来就是服侍他的御者。

“从那一刻起我懂得了一个年轻人的爱的含义：它比任何情感都简单，我们爱着那些可以带领我们去一个如果没有他们带领我们就永远无法到达的地方的人。”

此刻，他停顿了一下，先向法老点了点头，然后又向我母亲点了点头。

“我们的法老已经由我们军营的御者引领到阿蒙神庙里了，看到他们从神殿里出现，你或许会想到我会与他们相伴离开神庙的大门，但是我当时是站在外面的，我必须借助我的战车飞奔过去，因为我把门留给了神庙里的另一个男孩守着，对此我心存感激。现在，我落在了人群的后面，看来我的鞭子可以很好地派上用场了，对于那些不让我过去的人，我快马加鞭，我还用我的手指戳某个傻瓜的鼻子，他正试图抓住我的车轮——我能清楚地看到他的脸，我想知道他为什么要把我拉回去——之后我在人群中打开了一条大道，我的战马飞奔到快速前进的队伍后面，拉美西斯二世就是队伍的头领。

“在卜塔神庙的赛跑就这样开始了。在孟斐斯，有关我们的新法老和一位勇猛的御者的故事流传了一年。现在我看到他很会赛跑，毫无疑问，他离开的时候大路上热浪滚滚，而且阿蒙之足肯定在引领着他的马蹄前进，他的马匹可以在遇到那么多坎坷的情况下轻松转弯。在他旁边的是他的王后，奈菲尔塔利，她淡定如水，仿佛她的婢女们正在为她梳理头发，她的美貌经常成为我们谈论的话题，就相当于我现在的孙女。”说着迈内黑特举起了他的酒杯，“今晚我在此与大家一起敬她一杯。”

“但是我对奈菲尔塔利的身体有很清楚的了解，”普塔－内穆－霍特普说道，“因为在卡纳克神庙已经有这位王后的雕像了，她站在拉美西斯二世的右边，还不到他体型的四分之一，却有着倾国倾城的容貌。”他现在也向海斯弗蒂蒂敬了一杯。我脸红了，在曾祖父房间的墙上有一张画像，是奈菲尔塔利王后的裸体像，就站在她丈夫的右边，她的胸部丰满挺拔，比其他埃及女人都要丰满。她的小肚腩，即使有点窄小，却也曲线突出。她的大腿尤其显眼，我已经不停地想这幅画好几天了，所以现在我满脸羞涩地想着，其他人会不会也这样看待我母亲的裸体像。

“告诉我们更多关于这位王后的事吧。”母亲说道。

“噢，可是我对她一点都不了解，”迈内黑特回答道，“虽然之后我知道了很多，但是当看着他们乘坐马车在我面前飞奔时我真的是肃然起敬了。很少有人在被从背后注视时不显示出缺陷的，甚至是很强大的男人或者是很优雅的女人，因为此时的臀部或者肩膀即使有一点小瑕疵也会被发现的，尤其是当他们知道有人在看着他们时。然而，这位国王和王后，站在马车上就像同一枝干上的两片叶子，在同一阵风中摇摆，只不过那不是他们遇到的风而是车轮滚动带起来的风，拉美西斯二世艰难地驾着马车，马车颠簸地行驶着。然而他的王后就在他旁边，笔直地站着，只有两个手指头盘绕在他的肱二头肌上，在每一次颠簸中她只是弯了一下膝盖，而且他们始终对着民众微笑。”

“你怎么能看得到他们的笑容呢？”普塔－内穆－霍特普问道，“如果你是跟在他们后面的话。”

“这就好像是伟大的神灵演示给我看的，我没有看到他们的脸庞，但是我知道他们在微笑，因为我看到了群众的神情，人们看到伟大的国王和他的配偶经过的时候都露出了灿烂的笑容，人们看到他们都很开心。”

“像您这样聪明的人，是最出色的大臣了。”普塔－内穆－霍特普夸赞道。

我第一次感受到了迈内黑特是怎样看待战车的，因为他的眼神里闪烁着往昔奔跑的光芒。

“我必须告诉您，”他继续说道，“拉美西斯二世，太阳的创建者，骑得如此之快以至于很快就甩掉了后面的追随者，当然那时别人也没有办法与他并驾齐驱。奈菲尔塔利王后的体重抵不过一位拿着矛和盾的强健的贵族，更何况我们的战马也比不上法老的战马。其实那时我们都没有胆量拼命地去追赶，谁敢这么做啊？况且任何一位损坏战车的御者都要付出生命的代价，如果一匹战马摔倒了折断了腿，会有更糟糕的惩罚等着他。总之，傻瓜才会去尝试呢。

“然而，让他超得太远也是一种耻辱。由于我的战车上只有我一个人，不用受到另一个人的体重妨碍，因此我拉紧缰绳超过了尊贵的护卫队，拼命逼近法老的马车。我的下巴不停地砰砰作响，好像在每次不经意的颠簸中都有一把弹弓顶在我的上颌。最后我还是靠近了，很快就冲进了他们身后的扬尘中。虽然年轻的法老都没有环顾四周，他的王后也没有，但是在拐弯的时候他们肯定已经瞥见了我，或者已经听到了我的马车声。随着我们驶进通往卜塔神庙的大马路时，那里可以让十辆马车并成一排，法老举起他的手臂，用三根弯曲的手指轻微移动着，就像用扁斧劈向天空，他挥手示意让我前进。随着我慢慢靠近，他大声问道，‘你叫什么名字？’

“当我告诉他我的名字时，由于战马在不停地嘶叫着，加之我的内心对他还有一种敬畏感，我只能用我出生地的乡下口音说出我的名字，因此他没有听清楚。于是他又问道，‘那是什么意思？’我回答，‘言语的根基，伟大的神啊，这就是迈内黑特的意思。’我还没有清楚地意识到我本来应该说‘美善的神啊’，而不是‘伟大的神啊’，但是我正继续寻找着我能用得上的最好的词——而最具说服力的‘神圣的拉之神’正是我所需要的，而且我记不清他的其他名字了，因为我的心思一直放在如何让我的马匹与他的马匹保持一定的距离上。随着其他战马的靠近，马匹变得很激动，奈菲尔塔利王后一直厌恶地看着我。我可以感受到我被蒙上了一层灰尘，而且灰尘从我的车轮飞扬到他们那边去，她对此很生气，所以我下意识地撤退了几步，却没有意识到将来我要一直服侍这位王后。她爱慕她的法老，而且想要和他单独共处。而我呢，我流了一脸的汗，汗水里沾得满满的全是灰尘，我露着洁白的牙齿笑得像只鳄鱼。

"'如果你的名字是言语的根基的话，为什么你讲话这么不清晰？'拉美西斯二世问道，又把他的马车向我靠近了一些。又一次，我撤退了几步以免他的王后又被蒙上灰尘，然后我在一片嘈杂声中大声说道，'神圣的拉之神啊，在我成长的村子里，人们更多的是和动物交谈而不是和人。'

"'你是从队列里飞奔出来的吗？'他问道。当我兴奋地点头时，他说，'你肯定是一位杰出的御者，继续往前面骑吧，让我看一看你的本领。'我照他的指示做了。在那条有着长长车轮痕迹的大道上，我利用机会，把缰绳缠绕在我的腰上，然而之前我只是在阅兵的场地上或者在有一些坑洼的牧场上试过，但我还是抓住了这次机会。我的身体向前倾，以便让马嘴里的马嚼子放松一些，我只是叫喊了一声它们便以射箭的速度出发了。我一边动作娴熟地驾驭着马车飞驰，一边又姿势优美地绕圈跨过重重障碍，然后又回到他的身旁。但是拉美西斯二世只问我，'你对卜塔神庙了解吗？'

"我开始结结巴巴地解释道，卜塔是孟斐斯人民心中的神中之神，相反底比斯的人会比较崇拜阿蒙，但是法老打断我大喊道，'这个我已经知道了。'"迈内黑特现在转向普塔－内穆－霍特普说道，"他没有像您对下级说话时那么优雅有礼。"

"他毕竟是一名军人。"我们的法老解释道。

"他的确很有军人的风范，但是不像大多数军人，信仰对他来说也是很重要的。所以他接着问我，'卜塔神庙也是欧西里斯神庙吗？'我回答道，'对于孟斐斯的人们来说，欧西里斯也和卜塔一样是神中之神。'他立即又问道，‘比阿蒙还受尊崇吗？’‘神啊，那也有可能，’我告诉他，‘但是您可以通过比较神庙的宏伟程度来自行判断。’我知道其实并没什么好比较的。在那个年代，阿蒙神庙要小得多，而且被祭品上燃着的烟熏黑了，然而卜塔神庙是用最白的大理石建成的。但他再次打断我的话，‘在底比斯是相反的，’他说道，‘那里有一间卜塔－塞克－欧西里斯神庙，又脏又小的一块地方，有很多老骨头还有狗足供奉在祭坛上，那里是所有娼妓都会去的地方。’当他与我脑子里所想的不谋而合时，我很想告诉他其实在孟斐斯也有一些事是相反的。他没有像您一样有学问，而且从来都不会快速回答问题，但也有像您的地方，他可以进入某个人的思想里。所以，他大笑了一阵，然后就大声吆喝着他的马匹离我而去了。我不知道他是否在邀请我加入一场追逐比赛，但是他很快出现了，似乎是在鼓动我再次靠近他，然后他说道，‘阿蒙神庙的祭司试着告诉我，孟斐斯这里对欧西里斯的敬拜只是简陋的祭拜。’就在那一刻我们刚好看到了我们眼前的一切，大理石的走廊，白色的围墙，有列柱的门廊，这就是神圣的卜塔神庙，就像晨光中法老的长袍一样美丽，他吹着口哨说道，‘为什么他们都觉得每个年轻的国王都是傻子？’

“‘您不仅是一位国王，我的神啊，您还是一名伟大的皇家御者！’

“‘你也比其他人都优秀，’他称赞我。‘难道其他御者也可以把缰绳绕在腰上吗？’

“‘有一些人正在跟我学。’我可以看到第一御者正从我们后面的大道飞奔而来，很显然他决定不让我们在这里谈论太长的时间，所以在还没冷场前，我补充道，‘如果我可以去教他们的话，我觉得有许多御者都可以学习像我这样驾驭战马。’作为一名军人，他懂我的意思，‘那我们可以赢得每一场战役，’他说道，但是又毫无愉悦地补充说道，‘如果你可以教这些赶不上我们的胆小鬼的话，你就和我一样是阿蒙之子了。’

“我本来很乐意去告诉他我的秘密，但我只是说，‘我们都是阿蒙的孩子。’

“他说道，‘我们比别人更独特一些，’然后补充道，‘作为一名优秀的御者，你很聪明。通常一个人必须要和他的马匹一样沉默寡言才能驾驭，就像我一样。’然后他用胳膊肘轻推了一下他的妻子。

“我斗胆和他们一起笑了，但是直到最后我才知道他们是在笑我，其实他非常了解卜塔神庙，而且还把他的加冕大礼放在那儿举行。与此同时，就算是身后的第一御者赶上了我们，也会在灰尘笼罩下面色苍白，而这就是最好不过的解释了。我即将取代第一御者的地位，当然，与我那天早上知道的相比，还任重而道远啊。”

三

“法老将我带回底比斯，让我负责管理军队，经过了年复一年的训练，他们才开始渐渐遵循我的指示。刚开始时我自吹自擂说我可以教会所有人怎么做，但这样的吹嘘让我不止一次感到绝望，因为在一开始时并没有人可以做到，只有一个十岁左右的男孩例外，他就是拉美西斯和奈菲尔塔利最大的儿子，阿蒙－赫普－苏－夫王子。”

“现在我有点不确定了，”普塔－内穆－霍特普说道，“当你第一次见到伟大的拉美西斯二世时他年纪多大了？”

“他十三岁时就与奈菲尔塔利公主（他的妹妹）结婚了，那时候她才十二岁，而阿蒙－赫普－苏－夫王子是在同一年出生的。当他父亲第一次来孟斐斯的时候我想王子大概是八岁吧，所以那个时候拉美西斯是二十一岁，奈菲尔塔利就是二十岁。”

“想不到这位神圣的法老竟然如此年轻。”

“我见到他的那天早上他确实很年轻，”迈内黑特说道，“但是他那时已经是一个八岁男孩的父亲了，并且他十岁的时候就已经是底比斯所有御者中第一位学会将缰绳缠绕在腰上驾驭战马的人，虽然这些技艺都是我教他的，但是这位王子从来都不会对我言谢。他是一个很不寻常的男孩，脾气倔到都可以和成年人打架了。然而，如果不是因为他还未成熟的技能，我觉得我们伟大的拉美西斯二世就会对其他御者缓慢的进步极不满意，但由于他对儿子感到骄傲，因此就对我的职责体谅了许多。其他人的技能进步缓慢，总是要慢慢才能学会，我觉得很惭愧。那天我向他展示了二十名御者的成绩，他们可以同时在一块场地上驰马奔跑，每个人都把缰绳绑在腰上，所有御者都能明白指令，当时每个人都在竞相角逐，他很高兴，不仅让我成为他的第一御者，而且成为他的王室侍从官，这意味着我每天早上都得跟在他身后骑马。他一直坚持每天早上去底比斯的阿蒙神庙，而那也成为了我的下一份职责。

“我们会在街道上列队前进，不像在孟斐斯时驰马奔驰，我们骑行的速度比步兵跑步的速度还慢，必须有两名前哨官在前面叫喊着让民众让出道来。我们每到一个地方，法老都会从当地的军队中挑选中意的士兵来作为他的侍卫官，因此这些来自不同地方的侍卫有着不同的肤色。红色和蓝色代表施尔登人，黑色和金色代表努比亚人，那些颜色我记忆犹新。然后是长矛轻骑兵、权杖员、射手，所有人都在慢跑，在御驾前面的就是旗手和持扇人了，法老喜欢让他们走在前面。

“在底比斯，他没有经常和奈菲尔塔利王后并驾。通常，王后会单独跟着自己的马车队前行，我也是单独驾行，而御者们都跟在每位皇室贵族后面。上百人每天都会去阿蒙神庙，然而我是唯一一个允许和法老一起进入神殿的人。

“在那些早晨里有那么一个早上，”迈内黑特继续说道，“我记得很清楚，因为那天我们和赫梯人宣战了，那时候的黎明就能预示下午会有多炎热，也就是在这样一个早晨，光线和热气纷纷涌来，仿佛是踩着一头野兽肥厚的脚掌而来。

“那是燥热的一天。在我们去神庙的途中，清晨的暖意还未散去，有一片罕见的云从东边朝我们飘过来，就像一艘远方驶来的大船，我们从未在早晨见过这样的云朵，而且它还遮住了太阳。我觉得在云朵飘过前我们的马匹还没走完二百步，我的拉美西斯就预测说，‘今天在神庙将会有非同寻常的事发生。’众所周知，他不是以思维敏捷而著称的国王，他只是力大无比，那时他的力气足以抵过三个人了，但是他迟钝的思维反而却让他能听到神灵降临的声音，这种天赋就算比他聪明的人也不具有。因此，我们的法老在很多时候都可以预言即将发生的事情。这时他对着妻子和我微微一笑，因为他停下时我们已经靠近他了，而他正在磨蹭着他细长的鼻子。”

普塔－内穆－霍特普现在轻声细语道：“在我看到的雕像里，他的鼻子并不细长啊。”

“那是在卡叠什之战时他鼻子才变形的，但那是后来才发生的事。现在，他说道，‘今天是我重生的日子，然而我的寿命会比其他人长两倍。’然后他抬起手肘，在他的腋窝下闻了好一会儿，仿佛那是在请示第一道神谕。”

“确实应该这样。”我父亲说道，我们都懂这句话的真实含义。一位国王的体味与两地命运的变化关联怎么会不密切呢？我的曾祖父利用这点闲暇时间模仿拉美西斯二世嗅着自己的腋窝，然后用力张开嘴巴，好像吞下了半罐啤酒。“然后，”我的曾祖父说道，“我们这位年轻的法老最终停了下来，行军队列也跟着停下来，一大群男孩在我们的马车前面大喊着，每条大街小巷里、每个院落和建筑屋里，以及让人窒息的贫民窟里，即使在‘拉美西斯二世大道’（这是许多年前他刚登基时命名的）后面都听到了，正如男孩们所愿，他们大声叫喊着‘法老来了！法老来了！’真的很吵闹，而之后就听到附和声说‘法老没来。’民众不是向大道这边挤来，而是站在原地观察着沉默的国王。

“而法老一直在思考着飘过来的云朵和他腋窝下的味道，他现在决定改道跨过河流到对岸去，由去神庙换成到西岸去献祭。这是一个非同寻常的决定，因为到西岸去要花费一个早上甚至更长的时间。虽然西岸从来都不会像东岸这么拥挤，但去西岸路途遥远，而且新的神庙也不在附近，单单停泊皇家船舰然后再渡过尼罗河就要花很长一段时间，更不用说派遣信使让东岸第一神庙的大祭司来与我们会合了。如果真让大祭司自己搭乘交通工具来跟我们会合，那他必然会让他的第二祭司和第三祭司陪同他，这样的会合就会与去新神庙祭祀混为一谈，扰乱祭神的本意。那是一个非常不受欢迎的决定，在两家神庙间散布着不满的情绪。然而法老怎么可以忽视那片云呢？当我回忆起云影发出的寒意时至今都在颤抖。当时法老看着我，我知道他正在等待消息，所以我望着天空说，‘那云朵已经飘过西岸了。’而事实上那云朵只是稍微向北移动了一点，但是我们的大河流在这个地方向东边转了个弯，这对他来说已经足够了。我们首先会前往他想去的地方。

“我们的马队再次启程了，那一群男孩跑在最前面，人们从他们的商店里、厨房里、作坊里走出来，妓女们从妓院里走出来，学生们从学校里走出来，总之男男女女都从四面八方蜂拥而来，七嘴八舌地猜测着法老会选择什么样的路线，因为拉美西斯二世很少全程都走大道去神庙。虽然他曾带领着他的随从经过一些肮脏的广场，那些广场只有一些小店铺，还有一些破旧的漏水的桔槔，但那是他视察城市时走的路线。随着马队移动的民众都在猜想法老会选择走哪条街去祭祀，如果猜对了，他们就会大胆地靠近行军队伍，他们一点都不害怕被马车轮碾断脚趾头。而那些被推挤到前排的男女必须支撑住自己的身体，不让身后推搡着看热闹的人推翻。

“在这天早上，我们行进的速度非常快，以弥补刚一开始因局促不安的民众挤得太紧导致法老不能立即拿定主意而拖延掉的时间。当有人大腿上的骨头折断时，我听到从腹股沟里传来的尖叫声，那是一阵疼痛无比的哀号声。之后我听说一些年轻的同伴那天在战车上摔断了腿。

“在匆忙的行军中我们一直保持着前行，直到我们看到第一座神庙的指示塔和旗子，而且可以进入长长的大道，途经上百个成排的狮身人面像。”我的曾祖父一脸苦相地讲出这些细节，仿佛提到对法老很了解这件事时深感抱歉，但是我觉得他在很礼貌地向我描述，而我从来都没去过底比斯。

“然后我们进入了大门。那时候，就像现在，很多人都会说世界上没有任何一座建筑可以与底比斯东岸的第一阿蒙神庙相媲美。我所经过的森林没有一处可以召集这么多的神灵，就像当微风吹拂着广场上的一百三十六根石柱时，可以听到人们之间的轻声细语，每一根石柱都比我见过的大树更高大更雄伟。

“在面对巍峨的大山、秀美的森林和壮丽的瀑布之前，我就要到战场上去了，在那里我骄傲自满的心理必须有所收敛。我知道异邦的神灵是伟大的，因为他们可以给予大地超乎寻常的地形。但是在埃及，我们的国土是平坦的，我们的山脉相比而言都比较低矮，神灵已经告诉我们要自己去创造奇迹了，而那让我们付出了很大的代价。我们没有对取得的成就无限自豪，相反，我们一点都不骄傲，只是对我们的工作感到吃惊。我知道没有其他山脉可以像神圣的胡夫金字塔一样令人敬畏，没有森林可以和阿蒙神庙的柱廊相提并论。”

“那都很好啊，”普塔－内穆－霍特普说道，“但是你说的柱廊是在拉美西斯二世的统治后期才完工的。”

我的曾祖父在回答之前暂停了一下，然后才说道：“我有四次生命，我的四次诞生都经历了尼罗河的奔流，但那都属于同一片流域，这就是为什么我在经历每个转折点时经常会犯错。因此您提醒了我，柱廊在他前期的统治期间确实还没完工，然而它看起来却像完工似的，至少对我来说是这样的，因为那时屋顶已经封好了，而且几乎有一百根柱子都已经竖好了。其实我曾觉得我就像一个蹒跚学步的小孩，在众多神灵的脚下游荡。我所听过的声音中没有像那晚大门廊里的沙沙声那样的。在我的第二次生命里，作为一名大祭司，我常常独自一人漫步经过走廊，倾听石柱在黄昏前的相互倾诉。”

他暂停了一会儿接着说道：“在这天早上，和每一个早晨一样，有一位民众在敞开的庭院里等着见我们年轻的法老一面，过了一会儿就有一小伙人在柱廊那里聚集了，他们忙于做高档物品的生意，如果你相信的话，他们平时都在售卖土地、牛、猪肉、珠宝、花瓶以及谷物等。”

“你不是说在大神庙的一楼有个集市吗？”我母亲问道。

“比那还要令人惊奇，”我的曾祖父回答道，“买卖交易是在很多祭司和底比斯最富有的商人之间进行的，但是却见不到一样实物。每个人对彼此都了如指掌，以至于欺骗的现象很少发生。我试着告诉自己，那是不切实际的，如果有欺诈行为，第二天他就会被发现，那位商人的诚信就得接受好几年的考验。而且明眼人都能看出，商人们的信任如此彻底，想象的感觉如此美好，以至于一块土地头天买下来在第二天卖出时，头天的买主根本都没看到过这块土地一眼。如果欺诈在这种交易中进行，往往要经过好几个买卖者才能找到那个最初就知道该商品一文不值的人。”

“这种现象在柱廊那边一直持续发生吗？”普塔－内穆－霍特普问道。

“神圣的法老啊，在我第四次生命时我没有经常去底比斯，但在我的第三次生命期间，当时我是埃及最富有的人之一（至少我是这样认为的），那样的惯例就经常发生。商人们开始使用更狡猾的手段。商人会选择特定的祭司和书吏作为代理人，因为这样看上去会更敬重神庙。之前买卖时的大声叫喊声就像风在柱子间咆哮，现在却变成了悄声细语。商人们开始是私下的买卖依然存在着。这是个物品大甩卖的市场，却没有买家可以看到这些物品，这教会了我很多关于财富的智慧。我了解到那不是金币，也不是对奴隶的掌控，而是一种能力，一种比别人更快积累财富的能力，那些不是特价的物品为交易增添了许多乐趣。只有最精明的商人才能在如此简陋的环境中工作。”

“那些祭司不怕亵渎神灵吗？”母亲问道。

“有一些会害怕，但就是在庄严肃穆的柱廊的映衬下才使得售卖的物品价值可信，因为在这种神圣的地方一个人不会轻易去欺骗另一个人。此外，献祭室里的气味萦绕着柱廊，为买卖活动增添了生气。甚至有一个卖假货的人发誓他卖的是真货，就是这些深重的阴影使场面镇静了下来，散发出血腥味、肉味，还有许多烟味。这些味道随时提醒着你，神有他们自己的集市，而且根本不把我们的集市当回事。”

“拉美西斯二世知道这些交易活动吗？”

“他过去会把柱廊巡视个遍，但却从来不会看商人一眼，他只关注他的祷告。我们会停下来，在神圣之池洗一下手，然后他就会匆匆忙忙地跑遍一间间祈祷室，直到他来到最古老的神庙。我必须说，在那个年代神殿是一间阴森森的房子（直到墙面在我身为大祭司时坍塌为止），那大概是一千年前在塞索斯特里斯统治期间建造的，又空旷又狭窄，有着高高的天花板和灰色的石墙，在靠近屋顶的南墙上有一个出口，因此祭坛旁边从早晨到中午都有光线射进来。

“就像我所说的，法老选我陪伴他进入神殿，而且在跨门槛的时候他会把王后留下——那个时候和现在一样，没有女人可以进入神庙殿堂，除非像汉特－谢普－苏特女王，因为她自己就是法老。因此，奈菲尔塔利被带到柱廊那一把庞大的镀金椅和金质的脚蹬旁，在那里她和国王的上级侍从一起等着。现在这个被一群贵族包围着的女人，没有一天早上我不能感受到她一路上对我的怒气。经过所有要献祭的祭品，经过所有来自其他房间的颂歌和祈祷、赔偿损失的请求、做错事的忏悔、所有群众轻声细诉的请求以及祈愿和怨言、怒骂声悲叹声，还有随烟雾一起盘旋的祷文，以及我们周围祭坛上燃烧的鲜血，我仍然能感受到奈菲尔塔利王后的怒气，她的怒气比其他任何祷告都要专注。我默默地等着，我被这些悲痛的哀求搞得晕头转向，一个女人向阿蒙请求延长她子宫的寿命，另一个人哀悼他死去的儿子。”——海斯弗蒂蒂现在已经从她的长椅子上移到我这边，在这个时候用她的手臂搂抱着我——“然而在这些伤痛的近旁可以听到一位地主的扬扬得意，他每个月都提交宗教捐税包括牛、酒、谷物、家具以及一个奴隶，以祝贺他订立的合约——把他儿子提拔为这间神庙的第三祭司。所有这些我都能听得一清二楚，他的声音甚至像一个乞丐的声音，以前的许多疮长时间在他的喉咙上结痂才使得他发出那样的声音，当一些祭司经过他面前的时候他会向前哽咽着说出他的请求。而在拉美西斯二世通往神殿的路上，所有的这一切都在他虔诚的心上留下了痕迹。但是随着他快步进入神庙，他就感受到了阿蒙的存在，我的拉美西斯二世不再是一个朋友或是同行的御者了，而是一位国王，像天空一样离我们如此遥远。事实上，随着我们来到神殿的大铜门前，当他打断黏土封条时，气氛就十分庄严肃穆，然后我们就进去了。

“庙里的石头地板中间有一圈银色的土壤，确切地说，是一些白色的沙和银器的碎屑构成的。拉美西斯二世总是会跪在上面，然后凝视着银色沙子上神圣的树皮画。而我，就跪在他旁边，能感受到这些碎屑刺破了我的膝盖，但是我们的法老却没有移动。拉美西斯二世对其他事情很没耐心，没有什么事情能比他跪在阿蒙树皮画前更让他快乐的了。那条船，如果要我描述给我家人听的话，仅仅六步长，却被金叶覆盖着，在船头和船尾各装饰着一个银色羊头。我们看着这些奇观，就这样跪在这间有着百年传统的神圣石屋的银沙上面，因此即使在炎热的天气里也能感觉到阵阵发冷，此外，阿蒙的存在已经足够增加寒意了。神庙里真的很暗，要不是有一束光线从南墙上的那个小孔里射进来照亮了旧祭坛上的纪念碑的话，那里几乎就是伸手不见五指。现在我们依然处于相当黑暗的环境中，只有那条船能引起我们的注意力，因为它金色的边缘与黑暗中的火一起发出光和热，就像人们时而能看到的心底的光芒。我跪着，能感受到阿蒙就在那条船的小屋里。我距离他的小屋还不到我的膝盖与胸膛之间的间隔，而那里就是伟大神灵的所在！而且我们了解他，因为他的情绪比尼罗河夜幕降临时还要变幻莫测，其实当我们在他面前跪着时，我们总是可以诉说，不管他对我们是满意的还是他感到很不愉快。

“很快，大祭司巴克－尼－昆－苏和两名祭司一起进入神殿，一个叫唐，另一个叫皮尔。”

普塔－内穆－霍特普问道："这些人是负责规范祷告的纯洁度的吗？"

"他们的头衔已经变了。"迈内黑特说道。

"变化太大了。"

"那时候不一样，巴克－尼－昆－苏只穿一件白色的长袍，而且赤着脚。唐和皮尔会润滑他们的头发，他们的头发闪闪发光。我对他们干净的穿着印象深刻，因为那时许多祭司的衣服都会溅满祭品的血渍，有一些祭司的衣服甚至还散发着一股烧焦的肉味。但这位大祭司不会，他是一个简约的人，现在只听他说道，'黏土掉落后封条就松了，门现在开着，那些对我来说都是罪恶的，我已经把它们丢在地上了。'说着，他在法老面前跪拜着，并亲吻了他的脚趾，而唐和皮尔亲吻了巴克－尼－昆－苏两边的地板。三个人都充满敬慕地仰望着我们的法老。

"我可以告诉你即使他们有相同的头衔，但他们并不是什么兄弟，不是很了解神庙外面的事情。巴克－尼－昆－苏一点都不像卡梅－尤莎，如果他在二十二岁时是第三祭司的话，那么他要等到四十岁左右才能成为第二祭司。在那些年月里，听说他保留着许多天真，但还需要再多一点点。之前没有人十分敬重他，直到我的法老让他成为了大祭司。我想他对拉美西斯二世的忠诚已经成为了他的首要美德，甚至可以说他一直都无微不至地服侍着法老。

"比如说，当皮尔打开小屋的门时，巴克－尼－昆－苏不仅亲吻了地板，而且还将他的手臂放在身后，所以他不得不向前俯身，直到仅用膝盖和鼻子在地板上支撑着，而且在这个棘手的位置上，他还能够在地板上敬畏地转动着脸，敬畏地打开小屋的门，这是事实，即使他们每一天都要这么做。

"我的眼睛逐渐适应了神殿里的昏暗，现在我可以看见雕像了。阿蒙金色的皮肤很光滑，他的头发以及下巴上的胡须都是黑色的，他用黑色的双眼仔细盯着我。我发誓，在这个早晨我感受到了一种新的恐惧，可能是因为我以前从来没敢正视阿蒙的脸庞吧。然而，他看起来更像一个幼小的人而不是神，没有像拉美西斯二世那么英俊，当然也没有像巴克－尼－昆－苏瘦削的脸颊那样优雅。事实上，阿蒙看起来像街上那些富有的小伙子，当然，他受到众人的亲密对待。大祭司站起身来，朝四面鞠了一圈躬，拿了一块布，然后说道，‘愿您的座位被装扮，愿您的长袍被尊崇。’然后他进入小屋里面，擦掉阿蒙脸上的旧胭脂。在又一次祷告前，他为神像涂上了新的胭脂，阿蒙现在看起来精神多了。”我本来打算不停地听我曾祖父讲述的，但这个时候不可能无视我父亲的存在，他对着普塔－内穆－霍特普笑着，他似乎想要告诉大家，在他当御用化妆师监工的那些重要日子里，他经常在法老的脸颊上涂抹胭脂。

“现在巴克－尼－昆－苏从阿蒙金色的四肢以及鼓起的肚子上掀掉陈旧的衣裳，然后换上新的衣服和珠宝，每一件被移除的物品都由唐来赞颂、皮尔来亲吻，然后再放回装有乌木和象牙的箱子里。檀香油制成的香水喷洒在阿蒙的眉毛上，放在他前面的是一杯水，一个装有几块被咬过几口的鸭肉以及蜂蜜的精致盘子。接下来祭司们把香点燃，大声祈祷着，‘来吧，洁白的衣服！’他们说道，‘来吧，荷鲁斯白色的眼睛，神用你装饰他们自己，而你的美名就是装饰！’

“我那时还年轻，并不知道我会死而复生，而且会成为一名大祭司。但就在早些时候，神殿的香味都不像我知道的气味，神殿的香味闻起来有点灼热，那种芳香也是充满神秘的。当我成为一名大祭司时，我终于知道熏香里面其实有很多成分，我现在提到它是因为您是我的法老，但在我的第二次生命期间，作为一名祭司，我都不敢谈论熏香里面有什么东西。当然，就像我现在说的一样，我不逐一讲述那些混杂的祷告声，我只向您讲述那精细的熏香粉末里含有松脂液香、施喜列香、白松香、乳香，而且里面还含有少量的没药、桂皮、甘松香油和藏红花粉。而且这些熏香粉里还有精挑细选的香果皮与肉桂粉，然后这些香料被与碱水、酒和盐一起腌制，加上铜屑的盐会产生蓝色的火焰。事实上，最好的碱水是从韭菜的根部吸取的，韭菜都生长在海拔较高的多石地带。在那个时代，就是靠大祭司守护着这个秘密。"

我本想听到更多故事的，但迈内黑特暂停了一下。他将会等着——他的举止说明了这一点——那些渴望得到熏香粉的人可以仔细思考他所描述的盐和粉末，毕竟这些香草可以唤回关于葬礼或者是芳香的长椅的记忆，所以他的听众会被很多想法分散了注意力。其实我没有必要对白松香和乳香耿耿于怀，我只等待着听故事就好。或许曾祖父的故事就像我们的尼罗河一样曲折悠长，即使有一天河水向南偏流了也没关系，因为我们坚信它总会再往北流回来的。

所以，我很有耐心地等待着，我知道曾祖父的四次生命就像箱子的四个角一样，他的思想可以承受我们任何一个人希望放入的东西——根本不存在他没有想法这个问题。这甚至就像一个人踏上了一艘船，然后顺着河流往下漂游，我们首先想到的是这个人已经走远了，但数小时之后才发现这个横渡的人走过的路程并没有多远，只觉得那河流比这个人所经历的最漫长的旅程还要长。也就是这样，我曾祖父悠长缓慢的思绪途经每个宫殿和洞穴，而这些我只在梦里见过。

现在当他开始再次讲述拉美西斯二世在神殿里的故事时，我可以感受到我母亲和父亲转回了注意力，然后是普塔－内穆－霍特普，因为他直到刚才还在思考着熏香的成分。

"在神庙之外的其他地方，"迈内黑特说道，"就像我说的一样，拉美西斯二世没有耐心。事实上，他对一名伟大女性的厌倦程度和对一名伟大男性的厌倦程度不相上下。他的脸庞，就像我已经提到过的一样，和完美的女人一样美，因此诸如像他掌控着一大笔财产这种话纯粹是玛特的表达，你只需瞥一眼他那又宽又长的长袍你就可以知道他是什么样的人了。虽然他俊美的面孔招来了许多不满，但埃及的权力就掌握在他的脚下。"

"我也听了很多类似的说法。"普塔－内穆－霍特普此时的声音就像沙漠里的沙一样干燥嘶哑。

“是的，”我的曾祖父说道，“而且我已经观察到那些很幸运地被献给神灵的大多数人，经常会显现出无法控制的烦恼。我们的拉美西斯二世在任何场合都不可能等待太长时间，他的耐性还不如一头狮子忍耐着被挑衅时所拥有的耐心，但在神庙里他却像树影一样平静。

“所以当巴克－尼－昆－苏问我的法老，今天早晨祭祀之后两地之王会向他展示哪些隐藏的问题时，他只是回答道，‘我蜷缩的舌头告诉我问题还不能揭晓。’事实上，在云朵跨过太阳的时候他哪里知道他真正的问题是什么呢？

“此时唐和皮尔打开了神殿的大门，一只白色的公羊走了进来，由两名年轻的祭司各走一边牵引着，后面有两名祭司用尖尖的枝条刺戳着公羊的脊背。就像现在这样，金绳把它的前脚紧紧绑在一起，它还可以走路但却不能逃跑了——然而我要告诉你，在祭祀前的那些日子里祭司们必须照顾好这些动物——羊角被金色的叶子覆盖着，而且它的表面被抹上了一层白色的粉，直到它比我们的衣服还白而且还散发出芳香的气味。

“然而，这只羊的内心是何等的恐惧啊！虽然一些牲畜在进入神殿的时候能与阿蒙平静共处，这对于它们而言也是个好预兆，这通常能证明它们的内脏是坚固的，形状也不会引起什么争议。但是，这只羊肯定也看到了同样的阴云，因为它刚到祭坛的时候发出了一声哀叫，仿佛已经被宰杀了，随即就排了粪便，在石头上留下了三堆大大的粪便。

“那是三堆，而且三是一个含有变数的数字。我们更喜欢四，因为四预示着良好的基础。不管怎么样，祭司们都等在那里了。公羊的嘴巴逐渐松开，颤抖的频率也减弱了，我们能感到阿蒙就像要送客似的，已经开始跃跃欲试了。唐和皮尔向前一步，从树皮画上放着的神圣之环那里抓了两把银色的沙子，在地上洒成一个个小银圈。

“现在公羊被带到了祭祀坛上，我还没描述那个祭坛呢，我觉得那是因为我从来都不乐意看着它！那神殿，是一间古老的神殿（现在全部都已经重建了），它已经有一千多年历史了，跟塞索斯特里斯法老一样老，但神殿里的祭坛更古老，我无法相信它已经经历了千年的洗刷，有陈旧的血迹一层层覆盖在上面，你会为之战栗。”海斯弗蒂蒂做了个鬼脸，我的曾祖父说道，“还有很多东西需要学习，因为这些古老的血迹比黑夜还要黑，比石头还要坚硬。神灵可能会流经我们的血管，但是哪里的岩石有干燥的血迹，哪里就是他们的家。

“巴克－尼－昆－苏开始对阿蒙说话了，他有着轻柔的音质。当他温柔地说话时，好像是在对圣灵自身说话一样。他每天都在用轻柔的声音服务着他的神灵，而且在他的生命里他从来没有感到过厌倦。这个时候祭司把公羊的头摁在祭坛上，巴克－尼－昆－苏靠近它，手里握着祭祀的刀，开始说着阿蒙曾经对图特摩斯三世说过的话：

我已经让它们把国王陛下看作一颗环行的星星，
它散射着光辉和露水。

“他用刀在公羊的脖子上轻轻一拉，公羊挣扎了几下，之后，它就躺在那里浑身颤抖。我们听见一滴滴血滴落的声音，那声音比水滴声还要响。

“巴克－尼－昆－苏说：

我已经让它们把国王陛下看成鳄鱼，
恐惧之神在水里，
我让您惩罚那些生活在岛上的人。
在绿色走廊里，他们听到你的号叫。

“而且，”迈内黑特说道，“他们像御用木匠切割木料一样杀羊，所以巴克－尼－昆－苏也是在这只由四名祭司抓着的公羊面前跪下，在微弱的灯光下，巴克－尼－昆－苏在公羊的身上划了长长的一刀，很少有像他这么精湛的屠宰技艺，动作干净利落。所有松散的器官，胃、肠子、肝脏、脾脏都纷纷掉落在石板上，然后公羊也倒下了。在它忧虑的脸上我看到了一种优美的神情，从眼睛延伸至鼻子。我看到它的表情从抽搐和恐惧变成了从容和高贵，仿佛它知道它的生命注定要在石板上终结，而且神灵们正在注视着它。就像所有的生命一样，死去的生命知道如何从神那里得到滋养。但愿死去的生命不要学会如何从我们活着的人身上得到滋养。"

这是一段在微微闪烁着柔和的萤火虫之光下的简短的谈话，我知道我不能说我们害怕什么。是怕那狂野的动物、邪恶的伙伴还是愤怒的神灵？抑或是它们聚集在一起同时存在？

"那次祭祀，"迈内黑特说道，"对我来说是一种释怀。我的感受如同一位恐惧的战士在战前所感受到的，像眼前的公羊一样几乎无法呼吸。公羊双腿的最后一动，我的心结也解开了，我尽可能地吸入大口的空气。黑暗中祭司们在收拾一块块肉，整个房间充满了血腥的肉味。

"巴克－尼－昆－苏跪下了，然后把他的双手放在公羊的肠子上，轻轻地从最上端拎起来，以寻找肠子下面的弯曲部分。在靠近中间那部分，就像一条蛇吞进了一只老鼠，整圈都是膨胀的，而且我感觉到我的喉咙有点被卡住了。我试着去描述，实际上与我们现在的文明相比，那是一段野蛮的时期，在那些日子里我们十分认真地研究着肠子，那只公羊或许是死了，但在它的肠子里还保留着滋养大地的力量。所以这些肠子和任何一块金币一样有很多故事，我们所花费的金币或许不再属于我们，但是在流通的过程中它为别人送去了很多温暖。"

"如果这是他们所说的哲学，"我的母亲说道，"那真是臭气熏天啊。"

"相反，"普塔－内穆－霍特普说道，"我对你心里去过的地方很感兴趣，你研究别人选择忘却的东西。"

迈内黑特对这样精妙的言论点了点头，然后继续说道："站在银色沙地的圈子里，我们的双眼盯着阿蒙金色的小肚脐眼，我们在等着，只见祭司从公羊的腿部切下几块肉，然后把它们放在祭坛的火焰上。在那里，随着新鲜的血液在滚烫的石板上烧焦，伴随着滚滚浓烟，我们感受到了公羊进入神灵们肚子里的意义。在这之前神灵们都静候着——也就是说我感受到了屋子里充满着强大的力量。然后我听到了阿蒙金色的肚子里搅动的声音，就像巴克－尼－昆－苏刚刚搅动公羊的肠子那样。大祭司开始说话，但不再是用他自己的语气，而是以一种大房子里的回响般的强有力的声音、一种从肺腑里发出的无比洪亮且令人难忘的声音说道：'致我的奴隶国王，但愿有七次你跌落在我的脚下，因为你是我的脚蹬、我的马夫、我的犬。'

"'我是你的犬，'拉美西斯低声说道。他讲话有点困难，而我却连一句话也说不出来。在神殿里，阿蒙的声音从未如此动听，那声音的力量可以使墙碎裂。'是的，我是你的犬，'拉美西斯重复道，'而且我就住在你不满的恐惧里。今天早上，一片云从阿蒙－拉的面前飘过。'

"巴克－尼－昆－苏沉默着，阿蒙也沉默着，只有一阵嘈杂声从火堆里冒出来。经过火焰的劈啪声，我可以听到很多声音，似乎这是很多王室和民众一起询问他的声音，拉美西斯二世现在鼓足勇气张开他的下颚，我很确信，仿佛是对着有野兽等候的洞口讲话一样，他的确说了，'伟大的阿蒙－拉，您是所有军人敬拜的神灵，我向您鞠躬！'我的法老在说话时就像那只羊一样颤抖着，'昨夜一名长官来到我面前，向我传达了赫梯国王美特拉[1]的消息，他宣布他要侵犯两地。他已经杀害了我们的盟友，掠夺了很多牛羊，现在他已经在卡叠什城布防了强大的军队，而且挑衅我发起战争。他居然挑衅我？神啊，请帮助我雪耻！'

[1] 常见资料显示此时期赫梯国王英文名为 Muwatalli，译为"穆瓦塔里"。本书原著此处英文为 Metella，故译为"美特拉"。

“拉美西斯二世开始哭泣了，这是我之前从未见过的情景。在哽咽声中，他轻声细语道，‘今天早晨有一片云挡住了阳光，对于敢冒犯您的人，我会在他面前战栗。我会觉得四肢无力。’

“伴随着烧焦的羊肉味，空气变得越来越沉重，”迈内黑特说道，“一直到卡叠什之战我才再次闻到这股沉重的气味。而笼罩在浓烟和悲痛中的法老，接下来是一段长时间的沉默。我发誓我看到了角落那边喷画上的阿蒙的嘴巴耷拉着，显得很不开心。然而当我闭上双眼时，透过浓烟以及白色的光芒它仍然在我的心里颤抖着，我怎么会知道我看到了什么呢？从黎明开始我就没吃东西，烤在祭坛上的肉味吊起了我的胃口。然后，阿蒙的大声喧嚷再次从巴克－尼－昆－苏口中吼出，哭诉着令人恐惧的盛怒，阿蒙说道：‘如果你背叛了我，你的双腿就会像水流经过山丘，你的右臂就会废掉，你的心灵就会永远哭泣。但是如果你像我一样在他们的头上闪耀着，你会像一只愤怒的狮子，你会毁掉野蛮人，然后把他们的尸体都葬在山谷里。你在海上会是安全的！没错，绿色走廊就像一条绳子绑在你的腰上。’阿蒙的声音如此洪亮，以至于巴克－尼－昆－苏的双唇静止不动，小屋里金色的雕像开始在小屋的底座上颤动着（直到我可以看到那些金色的双唇在胭脂下移动），‘是的，他们会把国王陛下看成我的两位王子，荷鲁斯和赛特，我正是挽着他们的臂膀来保卫你的胜利，为我的神庙带来亚洲的金银珠宝。’

“‘我就像你的犬，’我的法老说道，‘甚至就像士兵们也是我的犬一样，而赫梯的士兵是我方士兵的狗。’他再次鞠躬，而神灵保持沉默。很快我们离开神殿的宴会室，阿蒙在用完餐后留给我们公羊的一部分肉，那肉味道超棒，我的印象很深刻，而且现在想起来仍会垂涎三尺呢。

“‘来吧，’在我用完餐之前。拉美西斯二世说道，他的双眼因哭泣过多仍然红着，‘和我一起渡过河流吧，我想去看看我的墓穴。’”

四

“当我们渡过底比斯西岸，我想了很多，”我的曾祖父告诉我们，“我刚刚听到有史以来最洪亮的声音进入我的耳朵，我的耳膜嗡嗡作响。在其他年份，当我身为一名祭司时，我被神秘的语言指示着，我逐渐了解到神灵发出的声音与人类渴望的相同，所以在古老的年代里，一个渴望坐下来休息的人可以听到一位神灵说，‘椅子，瞧，那里有椅子！’

“当然，在这些年月里，我们和神灵并不亲近。我们可以像狮子一样号叫，但是我们永远不会将动物派上用场。

“在那天早上，我听到一个洪亮的声音从一颗高贵的心中传出，它吸引了巴克－尼－昆－苏的双唇与喉咙，使得他依照阿蒙的声音去服侍他。所以，我们知道只要坚持信念，胜利就会属于我们。

“那仍然是我现在感到诧异的。今天，我们神圣的庆典已经和其他场合不同了。通常会有十多个祭司拉着公牛进来，而不是拉公羊，负责朗诵的祭司会站在法老的身旁，轻声细语问下一句祷告是什么，或者是需要实行几个步骤。”

“他们今天有这样一个同伴，”普塔－内穆－霍特普说道，“但是他的举止不完全是得体的。”

“不然，”迈内黑特说道，“他就会非常敬重地来完成一切。但是那时像拉美西斯二世这样的国王会将全部注意力都集中在战争上，哪还记得住祈祷的顺序和动作呢？曾经我在一次祈祷中数过一百个不同的手势，由于我的疏忽，遗漏的另外一百个手势我后来当了祭司才知道。然而，如果国王能避免做礼拜时的所有错误，那他就是我们信仰的神——我必须重申，在那些日子我们都很单纯——因为阿蒙不会无视我们的请求。事实上，我记得在每一次礼拜仪式开始时，巴克－尼－昆－苏都会放一卷纸莎草纸在阿蒙的金手上，上面写着大祭司的祷辞，待祈祷完成后巴克－尼－昆－苏才把它收回。巴克－尼－昆－苏亲身感受着祷辞放在手掌里的力量，他就会宣布伟大的神灵对祷告是否应允了。当然，我一直相信巴克－尼－昆－苏可以诠释阿蒙的话，但对于其他的大祭司我就是再过几年也不会信任他们，因为我觉得他们感知不到阿蒙的智慧。当我成为一名大祭司时（我必须说明，我没有像巴克－尼－昆－苏那样纯粹，但达到这样一个职位只是在我接近拉美西斯二世的第二次生命中，那个时候我还很年轻，而他已经风烛残年），我才渐渐明白了阿蒙的智慧，那时我还没准备好传递神的旨意。噢，能感受到阿蒙的存在那实在是太可怕了，以至于我无法忽视纸莎草纸在手上的颤动。”

“你的生命就和品尝一种新的香料一样奇特。”我们的法老说道，然后对着我的母亲微笑。在第一时间察觉到法老的注意力时，她也马上回了一个微笑。但在她的脑子里（至于我，这会儿正全神贯注地听着我曾祖父讲述，还没有想到她的想法），她的双手正向前移动，用指尖触摸着和她的皮肤一样顺滑的长袍表层，她的手会伸到普塔－内穆－霍特普的长袍下，去抚摸他的大腿，而法老正坐在椅子上抚摸着他的豹尾。“您刚刚说的是一名大祭司请愿的力量。”他对迈内黑特说道。

“是的，”我的曾祖父说道，“如果我的请求是让法老改善底比斯的庙宇，我就会知道我想要的答案。一名大祭司必须增加他所管辖的庙宇的财富，阿蒙受信仰的程度是随着祭品的增加而增加的，尤其是大件的祭品。所以，我的祈求可能是恳请阿蒙指示我们年老的拉美西斯向神庙捐赠他去年从利比亚收来的贡品的十分之一。我的手触摸到了写着祷辞的纸莎草纸，除了倾听阿蒙肯定的答复之外其他的神谕我都不想听，但由于我如此渴望这样一个肯定的结果，我能清晰地感受到一种不祥的预感：突然在某一天早上，阿蒙并不想要这些增添的贡品。”

“然后你宣布结论了吗？”普塔－内穆－霍特普问道。

“神啊，我记不住了。我唯一能记得的是当这样一个答复传达给我时，我非常敬畏。当祈求的纸莎草纸上现出‘不行’的答案时，那感觉真的是糟糕透顶了。那一刻我手中的纸莎草纸就像蛇皮一样让人觉得不舒服。

“当然，在那天我们到河对岸去参观拉美西斯二世的墓穴时，我对这些细小的事情知之甚少，我只知道那天早晨和之前没有什么两样。

“因此，我一点都不惊讶，那一天会成为所有事情都不期而至的一天。很快我们到了底比斯西岸的码头，我的法老第一次邀请我上他的马车。当意识到奈菲尔塔利没跟法老在一起时，他的马匹和我一样震惊。这些马匹的名字我还记得，一匹公马叫‘底比斯之力’，一匹母马叫‘知足的玛特’。你可以想象，那匹母马跟奈菲尔塔利很像，它从来不想与它的异性伴侣分离，你只需驾驭好‘底比斯之力’，仿佛你已经驾驭好两匹马的八条腿。这些马匹只有在王后和国王并驾齐驱时才是最开心的。

“我的拉美西斯与我一起驶离人群，把同行的其他人都甩在了后面。所以我现在了解了底比斯西部的人通常只有在行军时才能看到他们的国王，当国王的战车没有护卫陪伴时，老百姓都不会抬头看一眼。只有当他们瞥见国王头顶的王冠，才会意识到伟大的埃及国王刚刚经过了。”我的曾祖父说道，仿佛对法老可以在没人知道他经过的情况下在埃及的任何地方行驶这样的说法表示歉意。迈内黑特现在用手指敲打了七下桌子，仿佛要避开他接下去要说的不敬重的话，“如果你感兴趣的话，今夜我可以讲述很多位法老，在所有的这些法老中，我了解他们是神也是人。”

“当然感兴趣。”

“拉美西斯二世身为法老是众所周知的，但是他却很难被理解为一个男人。我刚刚跟你说了他很虔诚，然而当他离开神庙后，他对谁会听到他的声音一点都不在意，他像一个士兵一样做了个简单的宣誓。当和奈菲尔塔利在一起时，他更像是一名深陷爱河的男子而不是一位国王，然而如果奈菲尔塔利没有和我们在一起，他就很少提起她。在这天早上，我们一起乘他的马车启程，他问我，‘你知道她大发脾气是由于我让她留在东岸的缘故吗？’我告诉她，‘回去吧，照料好你的事情，我想一个人待着。’我的法老笑道，‘她不喜欢被照料，’他补充说，‘她甚至不喜欢她的奶妈。’然后他用力地鞭打马匹，缰绳在马背上劈啪作响，我们就像两名在悠闲的午后享受完啤酒的御者，快马加鞭，驶向西岸的欧西里斯大道。是的，我现在明白了他与其他国王有什么不同，其他法老的重要性可以在他们出现的任何场合显现出来，但是我们伟大的拉美西斯二世很少考虑到这些，他就像一个小男孩，如果是不合身的衣服他就会脱掉。他那张嘴巴会盯着你，你不确定他想亲你一口还是咬你一口。”

我母亲发出的笑声充满了她的整个身体，那一眼让我完完全全地感觉到她两腿之间的阴毛，那阴毛像一个青年的金色头发，下面掩映着一张和我母亲的笑容一样鲜艳的红唇。我再次感受到了灵敏的手指——有一百根灵敏的手指在她和我的肚子间来回抚摸着。我在想这个金发的青年可能是拉美西斯二世死而复生的附体，那真是彻底把我搞糊涂了，我只能回到我曾祖父刚刚说的话里：“我从来就不喜欢西岸。”

“噢，我现在也不喜欢它。”普塔－内穆－霍特普说道，伴随着这样猛烈的刺激我看到了他脑子里的构图，那就是他看西岸时的感受，就像现在从河中央的一条船上朝我们这边看一样。因此，我看到了平原西边的悬崖峭壁，还有山谷里的众多神庙，那里有四通八达的大道。然而它看起来不像是一座城市，更像是一片园区，但不像皇家园林，因为在道路之间还有沼泽地，还有刚挖掘过的又长又杂乱的地基，这里肯定是在筹建大型建筑。我可以看见大道上的人流稀少，只有三三两两的马车驶过。这意味着西岸肯定和底比斯东岸完全不一样，狭窄的小巷随处可见，如果它和孟斐斯一样，那里就会住上许多友好的人。然而西岸的空间太大了，以至于你可以看到许多新的城镇建在道路两旁，这些城镇还延伸到了小山丘上。在这个地方每座石屋顶上都有一个小小的金字塔，后来我才意识到这不是房子而是底比斯西部大墓场里的墓穴，实际上它们看起来更像一千顶帽子种植在沙漠里，再过去一点，又是一千顶帽子。这里的每条街的布局都十分相似，我早已看花眼了。我正思索着是否活着的人真的以为死去的人喜欢住在这种径直的街道上。

我的曾祖父肯定已经听出了我的每一种想法（除非是我住在他的脑子里），因为现在我听到他说："大墓场的街道是根据计算后的精确角度来布局的，最好的回报就是买回那些被割成一小块一小块卖掉的土地。"

"迈内黑特，这就奇怪了，"法老说道，"我一直都以为这些街道保持一条直线是为了阻拦小偷还有邪恶的魂魄呢。"

"那也没错，"我的曾祖父说道，"当人们在一条路上可以直接从头看到尾时，那里就没有必要布置卫兵了，而在笔直的道路上行走的鬼魂也不能躲避和转弯，力量肯定也会被削弱。然而当方形布局的决定第一次在卡纳克的阿蒙神庙订立时，我们都不知道它后来会是如此受欢迎。那个时候我还是一名大祭司，我可以告诉你，我们需要那笔收益。我讲述的是在卡叠什之战五十年后甚至是再晚一点的那段时间，那时拉美西斯二世已经进入了垂暮之年，对战争已经没有丝毫的兴趣，而神庙只能指望以前被征服的王室的子孙后代提供贡品，因此我们给阿蒙的祭品越来越少。我想到跟我一样身为大祭司所做的活儿，每天早上当我从他脸上抹掉往日的胭脂时，每次他都会对我冷笑，然后唐和皮尔会帮忙涂上新的胭脂。

"我得出了一个简单的结论，能让阿蒙满意的祭品不一定非得来自法老，有很多富裕的人也可以去买下大墓场的基地。

“现在，我必须说明一下情况，在我谈到的这个奇怪的早晨，那时我有幸陪伴着拉美西斯二世。在西岸那边有一个大墓场，只是它不像今天一样有着上千个墓穴，那时候那里只有几条大道，墓地本身就很小，而且只有贵族世家才能埋葬在那里。我记得当我想到我永远不会在西岸停留时，心里有一种莫名的嫉妒感，似乎对我来说一个受邀去陪同法老的人应该有资格拥有一个墓穴，而且人们还会把他的人生经历刻在墓碑上。但我知道那是不可能的，如果你不是一个十分高贵的人，在那些年月你想都不用想死亡之地的问题。与我一起长大的村民们和我总能听到来自冥国卡特－纳塔的声音，那讨厌的声音像来自毒蛇、蝎子或者邪恶的鬼魂，只有法老或者他的一些皇家弟兄才敢往杜德底下挖洞。对于一个普通人来说，你只能期望你的家人带你离开沙漠，找一个平凡的地方挖一个洞，然后用沙子将你掩埋。如果你是一个农民，这样的事你根本就不用想了，因为想了也没用。当我成为一名御者后，我发现法老的所有亲戚都有高贵的墓穴，而且可以带着珍宝入葬。在我驾驭他的马车这天过后，我开始渴望着能在皇家的墓地中有一座自己的墓穴。

“多年后当我成为一名大祭司时，我知道富裕的人都想在这片大墓场买墓地。然而在卡叠什之战后出现了一个特别的因素，如果我可以这么说的话——这个因素在伟大的拉美西斯二世的性格中增强：他们不必再向民众售卖墓地了。因为他已经一把年纪，可以说数以千计的底比斯人都是他的子孙后代，而且那些不是他后代的人也可以和他的后代结婚。到了那个时候，只有最贫苦的百姓才不能说和神圣的拉美西斯二世有某种亲属关系。

“那是在卡叠什之战后的某一天，他得意地驾驶着他的战马，谁能想到接下来会发生什么事情呢？当他带领我们在空旷的底比斯西部飞驰时，我只能看到那里可以看到的东西。那时候那里没有多少人，正如我所说的，那些人都在大墓场还有停尸庙工作，看起来比东岸的人更苍白。甚至与那些走过大堂的一群就像卡纳克神庙的树林的祭司相比，停尸庙的祭司们显得又瘦又憔悴，虽然这些卡纳克的伙伴们也有很多活在阴影中，但是因为他们有机会享用祭品以及地窖里的金币而长得肥肥胖胖。但是西岸的这些民众却非常自由，他们可以安静地去享受精致的花园和广场上温和的阳光，我觉得在平静的年月里你必须在底比斯西部生活。我觉得大多数祭司都想要跨过卡纳克河流来这里，然后他们的不愉快才会烟消云散。到了黄昏那会儿，我却很忧伤，很长一段时间太阳仍旧高挂着，这还算好，但没过多久就有可怕的乌云像悬崖上的瀑布一样飘过来，覆盖住神庙的花园，呈现出一片阴暗。

“我始终不知道我的法老要带我去哪里，但他已经决定去拜访汉特－谢普－苏特女王神庙了，没有其他地方比这座神庙更简朴的了。令我惊讶的是，当我们朝着女王神庙骑行时，并没有几个祭司在现场，之后连献祭的烧焦味都没有了，我觉得我们可能是那些天拜访的第一批人。当然，神庙是一个女人建造的,它看起来更像是宫殿而不像是庙宇。我的法老说道,‘我过去常常会耻笑这个地方，只有女人才会只用干草堆建造一座庙宇，’然后拍拍我的后背，好像我们是两个步兵似的，我对他的话感到惊讶，但他又说道，‘数一下那些干草堆吧。’我真的按他说的数了，总共有二十四根柱子支撑着一个屋顶，在上面是另一排更短的柱子，这整体上是一间又洁白又美观的神庙，而且确实很大，神庙后面的悬崖正好直指云霄。随着我的国王打发走向他行完礼的祭司们后，我们就登上了第一层屋顶的露台，那里是一个有着上百棵没药树的花园，曾经我就在某一间神庙里的熏香上闻到过没药味，因而我也了解没药味的力量。此时我们已经站在这些比一百个人站在彼此肩膀上搭起来还要高的悬崖的阴影后面，在烈日的照耀下，黄色的沙漠将我们环绕，这些小树散发出的没药味充斥着我的头部，让我想到我的思维中心就和天空一样又清澈又空旷。有一名祭司搬出了两把凳子，一把给了法老，一把给了我，令我欣喜不已。他给我们每人一杯用金杯盛着的酒，我也品尝到了酒中的没药味，那味道就像葬礼上使用的香料散发出来的。所以，我一直觉得我和天空中的光线一样生动，我仍然会品尝一杯酒，通过酒中的没药来告诉我深夜发生的一些事，以及一些奇特的想法。

"'这些没药树是她带来的，'拉美西斯二世说道，起初我以为他指的是他的王后奈菲尔塔利，然而他补充说道，'汉特－谢普－苏特。'之后他就沉默了。他告诉我没药树之所以被带到此处，是因为阿蒙命令汉特－谢普－苏特女王把这片平地带到他的神庙里。即使天气很热，我听到这些话的时候还是浑身战栗，因为没药的气味着实让我觉得阴冷。接着我的国王告诉我，在汉特－谢普－苏特派遣她的海军舰队出行前，有很多考察都失败了，然而女王的五艘船舰却满载而归，他们带着没药、乌木、象牙、桂皮树，猩猩和当地人从未见过的奇特的猴子，还有一些新品种的狗、南方黑豹的毛皮，以及皮肤黝黑的庞特土著人，他们看起来比提尔蜗牛还要黑紫。汉特－谢普－苏特很是满意，于是她告诉她的爱人桑－穆特，以她的荣耀之名建立这座神庙，其实也就是两排干草堆。他开始笑道，然后抓住我的手臂继续说道，'有一天晚上我和奈菲尔塔利来到这里，那时就我们两个人在这块露台上。阿蒙对我说：这里虽然很暗，但是你们可以看到我的光芒。当奈菲尔塔利和我做爱时，我看到了我们的第一个孩子正在成形，因为我们就像彩虹和大地一样是相连的。所以即使我讨厌没药的味道，我们也没有一直嘲笑这座神庙。'说完后他就起身，我们也离开了，他骑得如此之快以至于我都来不及说句话。但是不知为何他很愤怒，似乎我们已经身在战场上了。

"那时，他的双眼就像鹰眼一样犀利，他看到一片牧场上有动静，就带领我们的马车离开大道，越过凹凸不平的地面，直到我们经过一个沟壑，那里有许多灌木丛，还有两个农家姑娘在前面走着。我可以告诉你，当她们站到一旁让我们先过时，我的法老就从马车上下来，拉着一个姑娘进入了灌木丛，留了另一个给我——他就是这么匆忙（他做爱的速度比我认识的所有人都要快）。很快他就精神饱满地完事了，他又准备跟我的姑娘做爱，然后把他的姑娘给我。当然这个新的姑娘和之前的那个姑娘一样，身上都散发着泥土的味道，但我还是饶有兴趣地扑向她，就像我的法老一样，我仿佛是在驾驭战车。当然了，一想到我踏进了法老刚刚赤脚踏过的地方，我就激动无比。”

“你没有感到丝毫的犹豫吗？”我母亲问道，普塔－内穆－霍特普点了点头。“我很好奇，”他说道，“你居然一点都不害怕，毕竟这些冒险经历只在你的第一轮生命中发生。”

“话是这么说，但如果真的进入战场的话我就会很畏惧。”我的曾祖父回答道。

“然而，”普塔－内穆－霍特普说道，“如果你会畏惧，那进入战场不是比做爱更容易吗？在战场上，你只需举起你的手臂。”

“是的，”我的曾祖父说道，“我就像跟那个姑娘战斗了一场，事实上，我多少觉得有点愧疚，我未能使她感到满意。在我完事之前，我的脚趾在地上蹬出了一个洞，大地的味道多美妙啊。‘我爱乡村女人身上的臭味，’我们离开时，法老告诉我，‘尤其是当那气味萦绕在我的手指间时。’

“我仍然觉得很开心，当我在牧场上醒来的时候阳光照耀在脸上，甚至就像我已经进入了那个乡下姑娘的内心，她也在我的内心。我仿佛看到一道巨大的白光从她的肚子里射出，接着法老的泪水像一千只白色的鸟儿飞过我紧闭的双眼。”

“的确，”普塔－内穆－霍特普说道，“这是通过共享一个乡下姑娘的收获啊。”

“看，那孩子睡着了。”我的母亲说道。

其实我正在装睡，我已经注意到随着我曾祖父讲的越来越多，大家也越来越少注意到我了，现在我只好闭着双眼，这样他们就不会记得我也在场了。这种方式很好，因为他们不用再费劲去遮掩他们的思想了。其实我真的快睡着了，因为我发现我正在理解我从未见过的事情，而且我都不知道该怎么称呼它们。

“后来我们很快就离开了这个颠簸的地方，”我的曾祖父说道，“仿佛什么事都没有发生过。因为在那些还未完工的大道上还有更颠簸的路段，我的法老停下来说道，‘今天早上在神殿里，在我们祈祷的过程中我看到了我自己。我独自一人死去，就在战场中央，我被包围了，然后孤独地死去。’在我答话之前他又急速前进，我只好闭口不言。

“我不知道他会带我们去哪里，但没过多久我们就离开了城镇，起初是沿着一条小路前行，很快就来到了悬崖边。现在路变得很陡峭，所以我们下了马车，有时候还得停下来抬走从悬崖两边落下来的石头。有那么几次，我以为他准备把公马绑上，之后我们就爬上了逐渐扩大的裂缝，突然有一条路奇迹般地出现在我们面前。

“我们都停下来在溪谷中部休息，就在这个时候他对我说，‘我将带你去一个地方，那里对我来说和我的神秘之名一样神秘，如果你泄露了这个地方的话你就活不了。’他温和地看着我，我觉得似乎自己就是拉美西斯本人。

“‘但是首先，’他对我说，‘我必须告诉你埃及的故事，要不然你就不懂我这个秘密的重要性。’”话音刚落，我的曾祖父就完全停顿了下来，看着我们所有人叹息着，仿佛在感慨他那时候的无知。“你们不知道啊，”他说道，“我对法老说的话压根儿就不理解，我从来不知道埃及有什么故事。我有一个故事，我认识的御者们都有故事，还有一两个妓女也有自己的故事，但是埃及的故事——我几乎一无所知，我只知道我们有一条河流每年都会闹洪灾。我们有法老，我所认识的最年老的老人可以记住一个与众不同的人，因为他不信仰阿蒙，但是我不记得他的名字。在那之前，有图特摩斯三世,那时候我们的皇家御者学校就以他的名字命名,还有汉特-谢普-

苏特女王，几千年前还有一个法老叫胡夫，但是他住在孟斐斯而不是底比斯，他建造了一座山，比孟斐斯和底比斯的任何一座山都要高，而另外两座山则是另外两位继承的法老建造的。这就是我所知道的埃及的所有故事了。

“然而他告诉我的是其他故事。我们并肩坐在溪谷的岩石上，眺望着东岸。越过河流，眺望远处，底比斯正呈现出蓬勃发展的景象，我们可以听到作坊里发出的声音，那声音和一块岩石落进旁边的峡谷后的回声一样清晰。所以很难想到我是在做梦，虽然我不能区分他跟我说的图特摩斯三世和阿蒙霍特普二世的故事。然而当我们继续说到他的父亲塞提的时候，我终于可以清楚地看到一位法老的面孔，因为塞提的图像已经雕刻在很多神庙的石墙上，这也让我明白了，当我们都还是孩子时，拉美西斯二世的童年和我的童年有什么不同。那个时候我总是可以看见父亲的后背，当他在牧场劳作时我可以看见他的手肘，而拉美西斯二世只能看到他父亲的画像被雕刻在很多神庙的石墙上，画像里他抓着一个囚犯的头发，将其在石头上砍断。无论何时当我看到这样一幅画面，我都会觉得自己就是那个囚犯，而塞提的气息就快要烧断我的后背了。我过去也常常思索着当拉美西斯二世还是个小孩时，他是否和我的感觉一样，但我并不敢问他。

“他继续告诉我，图特摩斯三世本来应该成为国王的，但是汉特－谢普－苏特占据了他的王位，因为她已经和图特摩斯二世结婚了，所以图特摩斯三世只能在神庙里当祭司，而且当汉特－谢普－苏特来神庙里祈祷时还要求他为其倾倒香壶。她死后，他就成了法老，但已经变得极度愤怒，他不仅在战场上强大得如同一头刚从笼子里释放出来的狮子，而且还命令他的石匠把汉特－谢普－苏特的名字从所有神庙的石墙上削掉，然后刻上他自己的名字以取代她原来的位置。

“‘为什么，’我记得当时我问法老，‘被毁坏的不是汉特－谢普－苏特神庙而只是她的名字？’他回答我说图特摩斯不想激怒那些深爱汉特－谢普－苏特的神灵，他只是希望把它们搅混。我记得拉美西斯二世一边看着我一边用他的手指抓紧我的膝盖，‘我也将成为一名把名字刻在石头上的国王。’他说道，接着告诉了我图特摩斯三世的更多丰功伟绩，包括他赢得了多少场战役、掠夺了多少财物等等。他还告诉我卡纳克国王的乌木像的故事，因为在那个时候那里也有这么一位国王，而图特摩斯却打败了他，把他的雕像带回底比斯。拉美西斯二世还告诉我，‘和图特摩斯一起站在马车上的勇士名叫阿蒙尼拿哈布，就像所有以阿蒙命名的人一样，他很勇敢，在国王知道自己的渴望前，他就明白图特摩斯三世想要的东西了，你也会逐渐明白的。’说到这里他吻了我一下，我感觉我的双唇像他的马车一样灿烂。他告诉我其他法老还没有强大到能握图特摩斯三世的剑，像那些不喜欢阿蒙的法老，比如阿蒙霍特普四世就长得很奇怪，他长着又软又圆的大肚子，鼻子长长的，额头高高的，他肯定还记得图特摩斯对汉特－谢普－苏特所做的事，因为他对阿蒙也做了同样的事。数以千计的石匠削掉神庙里阿蒙的名字，然后刻上新的名字：拉－阿托恩。拉美西斯二世后来告诉我,其实这个名字就是‘上帝’这个词倒过来写,就像拉－阿托恩是‘Neter’这个词倒过来写一样。这个阿蒙霍特普四世于是就把他的名字换成阿肯那顿，然后在埃及中央建了一座城，称之为‘阿托恩地平线’。我简直难以相信所听到的这些故事，这些故事对我来说都很奇特。那座城本来很快就可以建好的，但其实还未完工，因为很快阿肯那顿就死了，阿托恩的名字又从石头上被削掉，然后阿蒙的名字又被刻回去。‘所有这些，’我的法老说道，‘使得在陆地上的雕刻弊病百出，直到现在我们把神圣的记号刻在树木上而不是岩石上，因此我的父亲塞提告诉我，他的雕刻家只在石头上工作，那里有我父亲的很多张画像，他在把囚犯打死之前会先抓着囚犯的头，将其按压在石头上。’说到这里，他大笑着站起身来，抓起我的头发好像要打我，接着又笑着说，‘来，我带你看样东西。’然后我们就往路那边走去了。

“很快我们来到一处地方，在那里我们必须把马车停住，把马匹拴好，爬上一条很窄的小路，我们几乎是手足并用地爬上了悬崖。我对这样的困境感到欣慰，因为他所说的法老们改变神庙墙上的名字的故事已经让我很困惑了。对我来说如果有一个想法和卡纳克神庙的石头一样确信无疑的话，那就是阿蒙－拉是我们最伟大的神灵，怎么可以有那么一段时间让他给其他神灵让位呢？那个阿托恩法老，大肚便便的，长得很滑稽——此刻我快喘不过气来了，其中的原因是因为我在冥想而不是因为我在奋力攀爬。

“我们来到了悬崖顶部，我正期待着看到另一边的沙漠，但是看到的却只是延伸下去的一个新山谷以及一条崎岖的小路。站在山顶上，我的国王指着背后的河流对我说道，‘那里有个地方叫库那，那个地方什么也没有，但是有很多盗贼。虽然它看起来像个贫困的小镇，但是财富却隐藏在每家每户。有朝一日，如果我受够那些盗贼的话，我会把他们从库那城找出来，然后剁掉他们的双手，因为他们是猖獗的强盗。那座城镇上的家家户户都是祖传的猖獗强盗。’

“我很快明白了他为什么要说这些。我已经厌倦了图特摩斯三世的故事，还有汉特－谢普－苏特和阿蒙霍特普的故事，我的拉美西斯现在告诉我的是图特摩斯一世的故事。图特摩斯一世来过这里拜访他的祖庙，看到他们很多的墓穴都被盗窃过，而且被抢走了很多金质的家具以及其他财宝。看到这样亵渎死去的法老的猖獗行为，图特摩斯一世对着天空大声哭喊，因为他觉得当他死后他的墓穴也会被盗窃，就像他的祖先，或许他也会在冥国卡特－纳塔四处游荡，无处安息。‘于是他来到了山谷这里。’我的拉美西斯说道。

“说到这里我们一起看着山谷，我很好奇是不是这条地下河流塑造了这个地方，因为这是我见过的最崎岖的地面了。在我们面前有很多个洞口，就在地下的洞穴里敞开着，而且都是大洞。我可以感受到水流曾经是怎样盘旋着流经这里，然后发出一阵阵怒吼，卷走沙子和柔软的黏土，直到地下只剩坚硬的岩石。现在这个岩石的洞口跟国王的房间一样大，半中央有很多竖直的石壁，在这个满是圆石和岩礁的荒地上，它看上去就是个巨大的岩洞。

“现在，我的拉美西斯告诉我这位图特摩斯一世是如何找到一个入口很小的悬崖的，你只能径直往上爬才能到达，但一旦进入里面你就会发现，在这个入口后面是一个挨一个的大岩洞，他说道，‘在这里我要建一个秘密墓室。’他的墓穴是由王室建筑师扩建而成的，总共有十二室。

“那些墓室的岩石被运到沙漠里去，而工人们并没有机会讲述他们的工作。我的拉美西斯不说话了，但是我知道那些工人身上发生了什么事，我听到了他们沉默背后的声音。‘没有人发现图特摩斯一世隐藏的地方，’国王说道，‘甚至连法老们也不知道先前其他法老被埋葬在何处。在这些岩石后面，也就是在高耸的石壁上，你或许可以找到其中一位法老的墓穴，但是这个地方有数百万计的岩石，我不知道这是不是它取名为‘真理之地’的原因，总之我的墓穴将会隐藏于此。’

“因为我一直都对我的法老深感敬畏，所以我并不想听到他的秘密，我试着去改变话题。但是，就像受了重力从天而降的黑铜币一样，我还是被重力拉回了原来的话题。我问道，‘既然这些墓穴很难被发现，那为什么库那的强盗会如此盛行呢？’这时他抓住我的手臂说道，‘吻我的双唇吧，发誓你绝口不再提这些事。如果你泄露出去了，你的舌头就会被切掉。’于是我们又再次亲吻，我知道那意味着什么，通过接触一位法老的贵体，我再一次感受到了头上的光辉，在他讲述这些之前，这份秘密的重负已经压在我肩上。我知道我舌头的寿命可以持续多久，我也知道我永远都不想失去它。

“‘在这个山谷里，没有法老会觉得让其他法老知道自己的葬身之地是明智之举，’他说道，‘但是仍然有人会知道，要不然也不会出现墓穴被盗却找不到盗贼这种情况。事实上，每个大祭司都知道他们法老的墓穴藏在什么地方，在他们临死之前，就会把墓穴的情况告诉下一个大祭司。’

“此时，我的法老告诉我，有一个大祭司在阿蒙霍特普四世统治期间透露了一座墓穴的地点给库那家族，然后与之一起分享赃物，之后还为了这些盗贼大吵了一架，这样的亵渎之举到后来被发现了。‘那个库那人，’国王说道，‘让阿蒙霍特普四世都感到畏惧，于是他把名字改成阿肯那顿，然后把自己的墓穴转移到那条位于底比斯和孟斐斯之间的河流中央。’

“我简直不敢相信库那的这些盗贼有如此强大的咒语，甚至连法老都会怕他们。但是我仔细考虑了一下，断定这些强盗能够入侵墓穴是因为大祭司为他们所做的特殊祷告，我第一次明白在虔诚的职位上也可能有很多不虔诚的利益可以获取。这些库那的盗贼居然敢触碰法老的木乃伊，对此我依然感到很震惊，难道他们当中就没有人死于令人提心吊胆的恐惧吗？

“路上热气沸腾，那条小路离太阳很近，我浑身发热，到了树荫下我又觉得很冷。到了傍晚时分，我们正在攀爬这处真理之地的第二座山峰，这就意味着（如果它的名字是正确的话）所谓的真相实际是又热又丑陋的。当我们爬上这个山顶时，山顶并不像在大墓地那里的每个墓穴上端的小金字塔，国王称这座高大的山峰为‘号角’——这时候太阳已经落到‘号角’后面，正在逐渐消失。

“就在最后一个幽暗的山谷里，拉美西斯二世带我来到一块岩石的顶端，那岩石比方尖塔还高，距离悬崖只有一腕尺距离，看上去仿佛是受了闪电的劈击，已经裂开了一道大大的裂口。顺着这道裂口，拉美西斯二世将自己塞了进去，然后用背贴在石壁上，机智地用手脚撑在裂缝的另一边，我看到他正在裂缝里攀爬着，没用多久他已经爬得很高了。这样的情景我从来没有见过，经过这么一折腾他的白衣服已经被弄脏了，然而他却依然戴着他的王冠，一直没有卸下来。有那么一两次我以为他抓不到下一个着力点了，因为他需要在石壁上走动，而头顶的石壁在不停地蹭着他的王冠。实际上，当他碰到石壁时，那顶王冠几乎都要掉下去了，为了不碰到王冠他必须歪着脑袋，我看到他的王冠也歪了，他只好用一只手拽住王冠的顶。费了九牛二虎之力他终于爬出了这道裂缝，到了顶上他终于可以喘一口气了，然后他就对我大喊着要我也赶紧爬上去。他现在像卡纳克神庙的柱子一样重，也就是说他比十个男人还重。我开始沿着裂缝攀爬，想着我的国王就像我的生命一样高高在上，所以我攀爬起石缝来没有像表面看起来那么费劲，几乎就像沿着阶梯攀爬似的。我渐渐爱上了我背靠着的石壁，因为当我的手指头没有抓到着力点或者是抓到了锋利的石块而疼痛不已时，我可以靠在背后的石壁上休息，我身后的石壁就像我的密友。我觉得我会在许多夜晚梦到它，因为我越发觉得自己更靠近大地之神盖布了。当我紧抓着石壁表面的着力点时，我明白了原来不用祷告也可以来到神灵面前。

“实在是太费时费力了，我花了好长一段时间才爬到岩石顶端，但我却觉得在岩壁上走路与在地板上走路没有多大区别。当我爬上顶端与他相会时，我大叫了一声，随即就得到了他的一个拥抱，我们都沉浸在攀爬成功的喜悦中。我不得不说我喜欢他，我把他视为我的朋友，而不是我的法老。

“‘在这里，’他说道，‘这块巨石有别于其他千千万万块巨石，因为你可以看到这块岩石角落的背后是什么。’

“那块岩石又高又厚，后面有一个很大的洞，足以容下一个人在里面爬行。当他点头示意我钻进去时，我就试探了一下，这时候有一只蜥蜴爬到洞穴里的石壁上，因为很少有光线照入，我就这样处在一片黑暗中。

“过了没一会，拉美西斯二世来到我身边，我们就肩并肩坐在洞穴里，即使我们进来时惊扰了各种动物，它们被我们惊扰后发出一阵阵惊叫声，我们依然试着坐下来休息一下。蝙蝠就像鞭子一样从眼前飞过，我听到它们发出的哭喊声，很像一个将死之人的呼吸，那是恐慌的鸣叫。蝙蝠冲着我们这边排便，然而因为我此时接近法老，蝙蝠粪便的气味已经被改变了。在黑暗中，我可以感受到法老高贵的存在，他比洞穴还伟大。我指的是当他靠近我时，我的心脏突然像在岩洞里跳动一样，就连蝙蝠粪便的气味也因为混杂着我的法老在攀爬后流出的香汗味而变得没有了臭味。这天之后，在我的四次生命中我都无法轻视蝙蝠的气味，因为它总是让我想起年轻的拉美西斯芳香的体味，确实如此。

“我们没有在洞穴的地面上坐太久，在我见识到法老发光的力量之前，我可以在黑暗中逐渐看清一些东西了。然后我意识到这个洞穴更像是一间墓室而不是一条通道，他对我精妙的想象力赞赏有加，因为他将来会在这里建一座十二间墓室的墓穴。接着他补充说道，‘如果我从即将爆发的战争中归来，这里就是我的最佳归宿。’之后我们在洞穴里继续保持沉默，蜥蜴仍然在哗啦哗啦乱窜着，我知道它们的神灵闻到了我们身上散发出的阳光的味道后吓坏了。

“‘我们要交战的是赫梯人，’拉美西斯二世坐在我身旁的地面上说道，‘他们每辆战车上配有三个人，虽然个个都很强壮，但却很迟钝。他们用弓和箭，还有剑和长矛作战，’他慢慢说道，‘有时候他们还会用斧头作战，因为生活在绿树成荫的国度，所以他们知道如何使用斧头。’

“在一片黑暗中，我不能确定法老的表情是什么样的，但是我感受到了一种油然而生的恐惧，这种新的恐惧是多么令人胆寒啊，就像是一副从未见过的恐怖面孔，着实让人害怕。假如我被一支箭射杀，那并不算什么，但假如我被一把斧头砍杀的话，一想到这儿，我的后背、手臂和大腿就是一阵悲痛。

“‘赫梯人长着又黑又长的胡须，’我的拉美西斯说道，‘他们生活的地方生长着古老的养料和害虫，他们将头发编成马尾辫披在肩上，外表看上去比熊还丑，如果没有血腥的战争他们就活不下去。如果他们俘虏了你，就会施加最残忍的手段，他们会拴一根绳索在你的脖子上，如果你逃跑他们就会勒断你的脖子，有一些人甚至会活剥了你的皮。所以，如果我俘虏到赫梯人，就会带几千个回来，让他们来建造我的墓穴。’说到这里法老笑了，然而他并没有讲出他的真实想法，当墓穴完工时，我看到那些赫梯人都没了舌头。‘没错，’他说道，‘这样总比用埃及人好。’

“现在他停下来看着我，脸上浮现出他看到那两位乡村姑娘时的笑容。

如果我可以走动的话，或许他就不仅仅是微笑了，但我不希望那样，其实我也无法走动。接着他站起来抓住我的头发，就像他父亲抓着虏获的奴隶的头发一样，他兴奋地看着我，我从未允许任何人对我这样做。他仍然抓着我的头发，把我的头摁到他的双腿间，肆无忌惮地撕扯着我的腰部，我不知道他在撕扯什么，但是我听到我的头在咣当咣当作响，仿佛十个壮汉抱着原木冲撞神庙的大门。我的后面传来被撕裂的痛感，我把脸朝向洞穴里布满石子的地面，这时候一只蝙蝠尖叫着从我的头顶飞过。我听到拉美西斯二世哭喊道，'混蛋，小迈内，'——即使我跟他一样高，体重也差不多——'小迈内是我的，我将赐给你一百万年甚至无限年，亲爱的小迈内。'于是他就以这样的力气完事了，我最后的一丝快感也消失了。我不再是我自己，而是他的人了，我爱他，就连鳄鱼也知道我将为他而死，但我也知道我永远都不会原谅他，就连吃喝拉撒的时候也无法原谅他。就像一把箭穿过我的脑子里一样提醒着我：我一定要为自己报仇。

"'我们永远都不应该被战争毁灭，'他说道，'我们现在是动物，用四条腿行走。'他给了我最后一个吻，然后叹息了一声，好像他已经享用完了一顿饕餮盛宴似的。而我自己已经没有了胃口，内脏里的血液在不停地撞击着我的心房。

"后来我们就趴下身来，从月光中爬了回去，偶尔有云朵掠过繁星，我甚至可以听到云朵的声音。如果你在一个安静的夜晚，而且你也足够安静的话，你可以听到一片云朵发出的声音，即使那声音是它的轻声细语。到了黎明时分我们才返回，我们驾着马车来到停在河岸边的船上，在船上观看飞翔的雄鹰，我知道荷鲁斯之鸟和太阳是最亲密的，因为当我们西边还处在黑夜中时，荷鲁斯之鸟就已经能看到东方最早的日出了。"

五

迈内黑特很清楚我们的感受，当普塔－内穆－霍特普转移目光时，他的嘴角露出浅浅的笑容。我曾经见过一个小偷的手在公共场所被砍掉时的场面，当时，我在好奇心的驱使下急切地想瞅瞅他的表情。那小偷笑了一笑，呈现出的表情是那种不将法令放在眼里、却因犯罪而被捕时才会有的自负的笑容。

当刀砍下时，脸上的笑容不见了。看着他眼神里的迷乱，有很多个夜晚我都在尖叫声中惊醒，因为那小偷的模样看起来像个将死之人。

现在我就在曾祖父的脸上看到了这样的表情，而且我也知道他仍然活在国王墓穴的灰尘里。但他只耸了耸肩，他看到过一头在谷物袋下面劳动的驴子，那头驴子的有生之年每一天都背负着袋子。

"我知道，"他现在说道，"我永远都不会忘记而且我也没有忘记，但是直到今晚我才提起此事。现在，我要重申一遍，因为在接下来的日子我从未如此愧疚，并且这种愧疚感大部分归因于回忆的喜悦。我觉得自己勇气十足，神的光芒就在我的心里，而且有一位神灵已经进入了我的体内。我和其他男人不一样，虽然我感觉自己更像一个女人。"

没错，当他讲述这些事情时，勾起了我的父母以及拉美西斯九世的悲痛，他们都觉得受挫了，我也能理解他们的愧疚——不像我年幼时在床上失禁而直接尿湿床铺所感觉的那种内疚。当然，我也能感受到他们对迈内黑特的尊敬，现在不一样了，他在我们面前不再是孤单一人了，有另一个灵魂在陪伴着他。

“我记得，”他说道，“我两天都没有入睡，一心想着月神已经进入了我的内心，我只看到里面白茫茫的光辉。我发誓我永远都不会再让国王进入我的内心，如果再让他进来，那就相当于承认我很怕他，但是我从来就没怕过任何人。况且，如果他真想进来的话，我就会想方设法抵抗，但只要我抵抗我就会必死无疑。所以我琢磨着该如何去避开我的国王，我不停地思索着，直到我意识到现在反而轮到他躲避我了。不久之后，我们在一个清晨回到了底比斯，我的国王就忙着动员他的军队，以进军利比亚与赫梯人对抗，并且派信使到赛伊尼去调军队来支援，其他人则朝北前往孟斐斯，还有德尔塔的布西里斯、布托城和塔尼斯，以通知驻防部队需要召集多少人。我们就这样一直忙着在底比斯积蓄自己的力量。

“然后，我们登上了船，总共约有三千人来自底比斯，加上一千匹马和三十艘船，我们花了五天时间才到达下游的孟斐斯。我们拥挤着坐在甲板上，当某人的下巴蹭到另一个人的后背时，彼此就会打起架来，除了咬掉对方的鼻子，船上根本没有足够的空间让他们用更好的方式回击对方。这种咬鼻子的事我就做过两次，被我咬了鼻子的两个人的脸上一直保留着我的牙齿印直到死去。要我说，我觉得自己应该不是在猎鹰号战舰上，在大多数日子里，这艘皇家战舰都离下游很远，即使我可以听到对岸的笑声通过水面传过来，我们也看不到金色桅杆反射的影子。实际上，我已经有十五天没看到我的国王了，一直到我们抵达加沙，在那里军队最后被召集在一起，但是就连在那里我也没能单独接近他。我们在广阔的平原上露营，新分队训练时扬起的灰尘飞得到处都是，我们急速驰骋的战场将乌云抛在了脑后，总之，还是坐船比较可取。于是我们分批上了船，我们乘坐的那艘小船塞满了两百人，前排士兵的后背紧紧靠在后排士兵的膝盖上，连发牢骚的空间都没有。在每一排的两边各分配六个划桨手，这些划桨手都是菜鸟级的水平，差点连他们自己的命都豁出去了。他们说往下游划行会更容易些，当他们沉稳地划船时感觉就没那么明显了，节奏反而更快。我们在甲板上紧紧地挤在一起，红色的主帆布像遮阳篷一样在我们头顶展开，连天空都看不到了，但仍然能感觉到那是个大热天。只听见士兵们的喘息声夹杂着船桨的咯吱声，我从来没见过这么多人拥挤在一起。船两侧还有大汗淋漓的水手，他们举起的船桨能将眼前的视线挡住，我也没有感觉到河流底下有上千只动物经过，也没有听到水流的声音。另外还有两百名士兵在我们旁边的那艘船上，除了呼噜声之外我们什么也听不到。我们大家都吃谷物和喝水充饥，一直到我们像牛一样放着响屁，因为气体发酵的作用，吸进这些气体后人们就会变得昏昏沉沉。船上还有一只船长驯养的猴子，我相信只有那只猴子没有晕，也可能是因为有这么多人陪着它所以它显得很激动，不管怎样，它是我们唯一可以取乐的对象。它总能让我发笑，直到我头上的血管都快崩裂了。船长总是喜欢站在靠近船头的船舷上，他的两瓣肥胖的屁股挤在一起，还用手掌遮着眼睛以抵挡河面上反射回来的刺眼的阳光，那只猴子也学着他这么做，我们被它的动作逗得大笑不止，而且我一直在发笑，我也一直坐在我颠簸的座位上。如果我受伤了，是应该自豪呢还是应该惭愧，这种感觉就像自己是神灵最下层的仆人，更像那只被我们取笑的猴子。

“在加沙的时候我没有看到城区，但人们说如今这里已经是埃及的一座城市了。总之，那时候我们在沙漠里露营，喝着羊奶，在帐篷里谈论着新鲜的食物，这些都没有消耗我们多少体力。常言道：旅行就是迎风而上。我们回来后，在船上待了两周的我实在走不动了，但身为御者的我们必须出去寻找食物，甚至还要试着吃一些野鹅肉。我们把鹅肉放在枯树堆里烤着，干枯的木材燃起了银色的火焰，仿佛是吸取动物油的精华后的阳光洒落在火焰上了，我们在火焰里感受到了一丝愉悦，似乎木材比骨头还要干燥。

不管怎样，最后我们还是解除了饥渴。

“然后国王把我们一群人召集到他的皮质帐篷下，国王的帐篷有二十顶普通帐篷那么大，我们数百人就围着他坐成一个大圆圈谈论战事。我们的拉美西斯二世从未显得如此华丽，而且自从我上次见到他到现在，他又交到了一位新朋友：一头被短皮带绑着的狮子就蹲坐在他的右侧。

“这头狮子名叫赫拉，是一头十分引人注目的野兽，我不知道它是怎么被驯服的。它是来自努比亚的贡品，但是法老在我们离开前的那周才收到，而且听说现在他已经和狮子形影不离了，我感到有点嫉妒，毕竟国王已经不再敬重我了，我不记得后来我是不是像低级的御者一样被对待，或者只是因为他觉得那头狮子更吸引人。我甚至很好奇国王是否敢像之前待我那样打那头狮子的屁股，如果你真了解拉美西斯二世，这并不算什么荒谬的想法。换成是你，或许你的意志力像岩石一样顽强，但当他看着你的双眼或者注视着你，就像他父亲一样抓着你的头发时，你顽强的意志力也会变成无数条分散的河流。当然，他和赫拉之间是相互理解和默契十足的。其实面对赫拉，你会发现那头狮子更具有神灵的头脑，它很淡定，用睿智的眼神看着每个人，它的表情显得很友好，就像一个两岁的贵族子弟把所有接近他的人当成他最大的取悦对象。很显然他是被宠坏了，只要有一个不舒服的声音让他觉得刺耳，他就会立刻大发雷霆。对于这头狮子，它早已被国王宠坏了，虽然它都用友好的眼神看着你。

“但我确实妒忌它，当那头狮子认真地听着众人谈话时，我的嘴角露出了浅浅的一笑，然后就转向它的朋友和国王了。有一次，有两名军官同时讲话，彼此都力争引起国王的注意，那头狮子就在国王脚下，它迟钝的大鼻分别朝着他们，仿佛想把他们的气味永远记住，这些可恶的争论者啊！毫无疑问它正打算咬断他们的头。我一直告诉自己如果它要对我那样做的话，我会在它靠近我之前先咬掉它的鼻子。没错，我讨厌那头狮子。

“我从来没开过什么战争座谈会，所以我不知道是不是类似那样的会议都像今早那样宁静，即使那头狮子的出席引起在场所有人的警惕，就连它颤抖的后腿都让人感觉它已经等得不耐烦了。如果这头狮子对着一个侦察兵打一个长长的哈欠，那就说明这名侦察兵已经汇报很长时间了。

“听完他们说的话，我渐渐了解到这些陌生的军官都是地方长官或者是将军，他们掌管着这片区域的很多地盘，也就是我们埃及两地收取贡品的地方，所以我的国王召集他们来加沙汇报赫梯军队的情况，然而那些军队看起来似乎已经不存在了，他们都沉默不言。米吉多和腓尼基都很宁静；在奥龙特斯河岸，也没有什么动静；巴勒斯坦和叙利亚正在沉睡之中，而黎巴嫩也很安静。

“现在阿蒙－赫普－苏－夫王子要发言了，赫拉跟之前所做的一样，将爪子放在法老的膝盖上，而法老反过来也将手放在它的爪子上。‘父王，’阿蒙－赫普－苏－夫用清澈的声音说道，‘恕我冒昧地发表一下自己的观点。’

“‘没有什么观点会更有价值。’他父亲说道。

“此时王子已经十三岁，看上去已经像个大人了。他看起来更像是法老的兄弟而不是儿子，我相信我已经说过，因为奈菲尔塔利是国王的妹妹，所以你也可以说他的父亲也是他的舅舅。显然，阿蒙－赫普－苏－夫对法老说话时就像在对一个他嫉妒在心的哥哥说话。他讲道，‘听完了所有的谈话后，我觉得赫梯的国王是个胆小鬼，他不敢和我们在战场上正面交锋，他智慧地躲到城墙后面去。我们将看不到他的面孔，所以我们的军队必须做好攻城的准备。若要赫梯瓦解，那得花好几年时间。’

“与其说他像个大人，不如说他更像一名谋士在进言。他的嗓音听起来沉着老练，如果你没有看到他年轻的面孔，你可能会觉得他已经和他父亲一样年老了，当然，所有听到他说话的人都觉得他的言论很深刻。如果一些将军只习惯于听法老的命令，那么他们就不能深刻地理解他的话，因而当他讲完时，将军们只能迷茫地点点头。有一些军官甚至斗胆向法老请求话语权，然后对王子的话评头论足，他们不顾法老的看法却鲁莽行事，我觉得他们真是愚蠢至极，连我都不想按他们的指挥行事。之后我意识到这些将军都是同一个派别的，肯定在这次会议开始前就互相谈论过所有人了，从阿蒙－赫普－苏－夫的白色褶裙到他的宝剑，再到最粗鲁的地方将军。地方将军的胸毛厚得像一头熊的毛皮，一副沧桑的脸庞像刚被战争摧残过的战场，也像极了真理之地的岩石和水沟。但我很快就不去想这些评头论足的人会得到什么样的答复，道理很简单，如果国王同意他儿子的观点，他就不会去引领这场战争。鉴于他的不耐烦，他怎么可以忍受一场旷日持久的战役呢？这样的战役只会使得他的军队人数因疾病而减少的速度快过因战争而减少的速度。事实上，未来可能会很无趣，因为他很快就会离开，留下阿蒙－赫普－苏－夫去指导攻城战。如果真是那样的话，王子就会欣然同意，因为他父亲不在的时候他就可以以国王自居了。

“很明显我的法老对这样的讨论并不满意，这个时候我几乎也没准备说什么。拉美西斯二世在河上航行的那几周都没瞥过我一眼，在加沙的时候也没有，此时却又忽视其他的谋士，反过来询问我的想法，仿佛我已经是身经百战的老兵了。我必须说这几周我的舌头都在沉默，而暗地里却和需要锻炼的马匹一样充满活力。事实上我必须保证不要讲得太快，如果让法老费很大的劲才能明白你的言论，那是很失礼的。所以我尽力控制住我的声音，但我还是有很多话要说（毕竟，我已经在船上听到了太多的闲言碎语了）。于是我开始讲道：‘永世的国王啊，赫梯的国王已经召集了他的同盟，听说米西亚、莱西恩和特洛伊都站在他那一边，还有伊利昂、必达索、迦基米施、亚瓦底、伊克瑞和阿勒坡的士兵也跟他结成了同盟，这些人可都是野蛮人啊。有他们参战，战事可能会非常残忍。’

“现在我看到国王闭上他的双眼，似乎有一个不愉快的想法掠过他的大脑，而赫拉在我面前打着哈欠，说明我已经说得太多了。我臀部中间的股沟都开始发痒了，而这头狮子的下半身也变硬了，全都是因为没有耐心所致。尽管如此，我们讨论的严肃性还是使得拉美西斯二世不得不抑制住自己的怒气，他对身后的狮子比手势示意，好像在说‘在士兵们讲完之前，不要吓到他们’。然后点了点头。他会原谅我提醒他，因此我继续说道：‘这些敌军想要把我们放在火上烤，他们也想要战利品。如果他们不能很快实现，他们就会准备回到自己的国土。如果我是赫梯的国王，我就不会保留这样一批军队去围城，只会把他们带到战场上去。’

“‘那他们在哪里呢？’我的国王问道。

“我鞠了一下躬，在地上磕了七次头，因为我不希望因为我的快速回答而再次侮辱到拉美西斯二世。所以我用他的很多神圣的名号来称呼他，此时那头狮子饶有兴致地耷拉着脑袋，然后我说道，‘赫梯的国王了解每一座山丘以及黎巴嫩的每一座山谷。伟大的神啊，随着我们行军的进程，我担心赫梯人会试着向我们使诈。’

“我知道阿蒙－赫普－苏－夫王子听完后很生气，显然我已经与他为敌了。但我也看到我们的国王就像马车轮的中心，身为谋士的我们只不过是他的轮辐，我们从来不会与身边的另一个人成为朋友。‘那个乡下人的确很了解马匹，所以他成为了你的第一御者，’阿蒙－赫普－苏－夫对他父亲说道，‘当他谈到没有耐心的野蛮人时就好像那是我们可以信赖的真理似的，但是赫梯的国王在哪里呢？根本就没有敌人在我们的视野范围内活动，也没有间谍向我们汇报情况。要我说他们就躲藏在他们的城堡里，之后也会待在那儿。野蛮人没有贵族的力量，一些人显得很不耐烦，无疑他们像牛一样愚蠢，而且他们可以一直躲藏在城堡里。’现在王子以身为国王的长子所具备的全部力量看着我，虽然他很像他的母亲，长着一头乌黑的头发，但他却像他的父亲一样自信，他的言行举止表明他的任何想法都是来自神的旨意。

“但我觉得他现在已经冒犯了他的父亲，如果神对阿蒙－赫普－苏－夫的诉说先于法老的话，那法老就有理由生气了。

“国王说道：‘你说话的口气就像一位即将成为国王的人，但你不过是一只年轻的鸟儿，你必须在学会飞之前破壳而出。当你更年长一点，你就会了解到更多关于图特摩斯三世的战役的事情，你就会懂得哈门哈布战役，或许到了那时候你就会知道对一场还未开始的战争下结论是不明智的。’

“有一阵巨大的响声从我们之间传出来，其实是因为当真理太深奥的时候发出的嘀咕声。‘听见了没，法老都这样说了！’我们一致对王子说道，赫拉在这次座谈会上第一次发出号叫。

“我看到王子涨红了脸，他只好鞠躬对法老说道：‘敬爱的国王，您能跟我们说一下您的计划吗？’

“国王说他已经决定撤离营地，然后从加沙行军至米吉多，到了那里他将沿着峡谷下行到卡叠什。不论他走哪条路，他的行军速度都不会比山脊上那分布在山脊两侧的分队的速度快。他也会在卡叠什的路线上派遣侦察兵，一小部分御者将跨过约旦，另外一部分将前往大马士革。至于我，当法老说到我的名字时我才猛然抬头看着他，我收到的命令是我将会被派到提尔。他告诉我，我可以带上一个小分队，但当我注视着他蓝色的双眼时，我知道为了从头到尾去领会他的每一个想法，我已经孤独很长时间了，我觉得肚子很虚弱，没有力量。事实上，法老的轻视仍然让我的臀部隐隐作痛，我思索着我可不可以很好地带领分队。于是我向他鞠了个躬，并征询他的意见我是否可以独自前往。我告诉他，那样会更快些，而且他刚好也需要用到原本准备分派给我的小分队。

“从我周围众多的船长和将军中传来一阵嘶哑的低语声，如果我独自一人行进在陌生的路上，必须面对新的野兽，没有一个朋友可以帮我，也有可能遇到新的神灵。然而我的法老还是点头答应了我的请求，而且我也在琢磨着他会不会再次重用我。”

六

“在那次单独行程中我体会到了什么是孤独，我从来没有如此独处过。现在我即将到达我第四次生命的终点，我也曾给那些在我身边生活过而现在已经死去的人留下过回忆。在我的第一次生命期间，我总能在茫茫人海中找到自己，那只不过是一缕思绪罢了。在一些重要的时刻，总有一个声音会进入我的大脑里跟我说话，这个声音有时候很洪亮，我知道那是神灵或者是他的信使传来的声音。现在我正在前往提尔的途中，有一段时间我甚至听不到两匹马的声音，更不用说听到车轮和支架的咯吱声响了。在整个行程中我都是独自一人，各种各样的想法在我的大脑里蔓延，仿佛我不是孤身一人，而是处在一座士兵们正在行军经过的闹市里。

“当然，这些并不是我第一天的感受，也不是第二天或者第三天的感受。刚一开始时我觉得自己是独自一人，连说话的自由都没有，那确实很可怕——就像你在堡垒的围墙下行走，被一颗颗石头坠落下来砸在头上。我还依稀记得我的双眼就像鸟儿似的，在各种景象间飘荡，无片刻的停留，就连马匹也感觉到不舒适。这时候我用的不是我那灵敏轻巧的战车，而是为了这次行程的准确无误，我选择了一辆饱受摧残而且刚刚修好的正在接受训练的马车。我也挑选了两匹壮马，但是这两匹马都很愚笨，即使它们已经听到了无数次指示，但还是听不懂我的命令，整天都是晕头转向。如果以后有时间的话我会把它们训练成我想要的战马，而且我肯定可以做到，但这个时候我需要的并不是这些精疲力尽且愚笨的马匹，而是聪明的且充满活力的。

“其中一匹马叫作穆，是以前人们对水的称呼，对于一匹马来说那是一个奇怪的名字，而且穆在每次停留时都会小便。另外一匹马叫作塔，它和大地很亲密，总是在试图用粪便滋养大地。

“我就这样出发了，经过从加沙到约帕之间狭长的山谷，对我来说那是一片熟悉的国土。在尼罗河水退去之后，那土壤就跟我们身上的皮肤一样黝黑，那热气、那乡村以及乡村里的小屋与我们的国度没有什么不同，然而我在这些路上没有看到一张熟悉的面孔，在第一天的一整天都没有看到。当然了，有谁会靠近我们呢？我骑行的时候将缰绳缠在腰上，我的矛放在一个袋子里，而我的弓和箭放在另一个袋子里，盾牌挂在马车前端，剑放在剑鞘里。我的脸上布满愁容，头上戴着头盔，前胸和后背都裹着盔甲。不得不说在那些日子里我们并不知道怎么去把金属制成盔甲，所以我的盔甲是厚厚的棉质材料，上面有带状的皮革，真的很沉重，如果你想通过穿戴它来保护自己，那么你的力气就会在炎热的天气中衰减。虽然我看起来可能有些暴躁，我的舌头无比干燥，就像长期浸泡在盐碱里的肉片一样，几乎无法呼吸，然而，当我穿上这样的盾牌时，感觉就像住在一座坚固的房子里。我和我的马匹经过的只是这些空荡荡的乡村，他们的沉默也萦绕在我的耳边，因为我们已经掠夺了一切，这里什么也找不到，没有食物、没有棉布，也没有人。这些空荡荡的小屋里什么也没有，只有游荡的魂魄。我继续前进着，看着山谷两边的山脉，到了晚上，当我搭帐篷的时候，我可以看到山脊上正在建造的城镇发出的火光，点着火把的村民们正在上面看守城墙。在山谷下面，我在路边停了下来，试着入睡却难以入眠，整晚都在辗转反侧地听着心跳声。到了第二天早上我又出发了，沿途依旧沉默，就连蓝色的天空也像头顶上的一面蓝色墙壁，我觉得特别孤独。

“依然是熟悉的土地，但是接下来的土壤就没有那么好了，黑色的土壤已然变成红色的沙子，那颜色随处可见。在一些低矮的沙丘上长着一些低矮的没有生机的树，当我越过这些沙丘，才看到密密麻麻的一片灌木丛。但这些灌木丛完全不像高大的棕榈树，这些低矮的灌木丛有着厚厚的发育不良的树皮，还有盘旋的枝干，看起来让人极不舒服，仿佛风暴每天都在摧残着它们。看到这些灌木丛我的内心很不舒适，马匹也感觉很不舒适，很快我们就来到了一处破烂不堪的沼泽地。灌木丛茂密地生长着，基本上连路都没有，那些灌木丛比埃及任何一处沼泽地里的灌木丛都要茂盛。有时候我们会越过一条条小溪，溪流边的道路充满了泥泞。现在我必须下马了，就和平常一样，一直推着车轮在泥浆里前行，有几条鳄鱼从我身边溜过。当我们走出这片灌木丛生的沼泽地时，我再次跨上了马，这时候才发现我被蚊虫叮咬得厉害。

“我觉得我不仅身在一个陌生的地方，更是身在战场。在这些低矮的树林中有个最不友善的灵魂，我想着我可能会遇见熊和野猪之类的动物，而且我还记得曾经与人谈及过这里可能生长着凶狠的土狼，这片低矮的树林使我觉得我仿佛是从一头野兽的胃里穿过。阴暗和热气使我汗流浃背，想到太阳神拉并不在这里，于是我思索着这里的异族神灵在这样漆黑的沼泽地里会是什么样子呢。每次有小树枝在我面前折断，马匹就会突然蹦跳，而我的恐惧就像箭一样射过来。我们继续前行，撞到一个又一个的凹槽然后又回到泥潭里，我必须想办法避开以免惊动鳄鱼。

“沿着这条狭窄的小路慢慢爬坡而上，灌木丛逐渐变得稀少，树木却越来越高大。在这样的路面上我的马匹更好行走了，无论何时我都让我的马匹小跑着前进，然而，沿着道路生长的巨大的树根差点把我的马车绊倒。再往前，树的高度变得令人生畏，我的头上布满了树荫，完全看不到太阳，只能感觉到太阳在头顶的天空里。接着我来到一个令人讨厌的地方，这里有一棵大树倒塌了，树根几乎和树干一样长，树根在地上留下的洞像一个大大的洞穴，比巨蟒的大口还丑陋，在洞底爬行的昆虫让我觉得讨厌，我觉得通往死亡之地的入口肯定和这个洞一样可怕。一想到战争就要来临，我害怕得浑身颤抖，这根光秃秃的树根使我联想到，如果我的手臂被斧头砍掉，我的肩膀也会变成这个样子。

“我多么畏惧这样的情景啊！我们御者分队里的木匠是一个研究树木的奇才，现在我想起他告诉过我，住在丛林中的黑人从来不会去砍树，除非他们先杀一只鸡献祭，让鸡血滴落在树根上才可以。然后，在第一刀砍下去之后，你必须把嘴唇贴在切口上，吮吸着树汁，直到你和树变成手足般亲密。但我知道我永远都不会把我的舌头贴在树汁上，这些树对我来说都是陌生的，它们太凶残了。当我停下马车时，我的两匹马都颤抖了，连穆都累得不小便了，当然它也不敢小便。

“我想起了在沙漠里我们在干燥的银色大树枝上烧烤的鹅，那时候太阳神拉已经用手抓着每根树枝，开始加热。假如我在沙漠中死去，我就会变得和自己的骨头一样干瘪，可能连火都烧不着。然而，这些树都能迸发出和它们自身一样高的火焰,也就是在那个时候,我看到了森林里所有的火花，再次觉得像处在士兵们行军经过的城市里。

“到了晚上，我从湿地里走出来，然后翻过第一座山脉，看到了以前从未见过的景象。前方耸立着绿树成荫的山岭，而且前方的这些土地完全不像埃及的土地，这里的土地和埃及的土地相比，就像是一个有着浓密胡须的叙利亚人的脸颊和我们洁净的脸颊，这些绿树成荫的山岭让我感叹。我难以相信自己会如此孤独，因为有很多天我都没有见到商队从我身边经过，显然也没有商人敢在路上走动，我经过的每一个村落都是空荡荡的，这会让我何等恐惧啊！

“第二天，我了解了更多的信息，因为我来到了山上的一处地方，那里有三条路通往米吉多，而且这里传来了我的法老的声音，这声音向我讲述了关于图特摩斯三世的故事。因为图特摩斯三世曾经和他的军队也来到同样的岔路口，当时他只知道可以经过北边的长路通过泽夫提到达米吉多，或者通过南边开阔的路经由塔那什到达米吉多。这中间也有米吉多城的关隘，但是那条路是经过卡梅尔山脉到达城门的，是一条又窄又险的路。‘战马必须一匹紧跟着一匹，’他的军官说道，‘人也必须一个紧跟着一个。当我们后方的护卫队在这里时，前方的护卫队必须与处在另一边的敌军作战。’我对着这些陌生的树林所呈现出的自然景象沉思已久，它们最终将长存于这些逝世已久的图特摩斯三世的军官的回声里，因为我知道我将会选择图特摩斯走过的路。‘我会带着我的军队前进，’图特摩斯曾经说道，‘我会用我自己的双脚来亲自带路。’在卡叠什和米吉多的国王与他会面之前，他已经带着大部分军队经过关隘，他们本来还以为他会经过南边的长路到达塔那什。

“现在我必须经过那道关隘。如果我预先不知道有一批军队曾经经过的话，我或许早就放弃了。山脉很陡峭，树长得和卡纳克神庙的石柱一样高，因此，这片森林显得又冷又诡异。那条路始终保持着上坡的态势，山脉在路的一侧高高耸立着，而路的另一侧是笔直的悬崖，我可以看到生长在悬崖上的树冠就在脚下，而且那树冠和我预想的不一样，看起来像柔软的枕头。我觉得有点晕眩，想躺倒到树冠上面去，那些树神强烈地召唤着我向它们坠落下去（但我连那些神的名字都不知道）。虽然我只在这样的森林里待了一个早上，却感觉到自己仿佛已经在这里度过了我在埃及时的生命的一半光阴。我的心脏一直在恐惧地跳跃着，在我骑着战马经过的途中没有半刻停留。在这里，你无法接近阳光，你看不到沙漠里那种淡淡的金色，万物呈现出的都是绿色，甚至连天空也是绿色的，我抬起头就可以看到天空，对我来说这里的蓝天比我们尼罗河上空的天色还要蓝。森林的灵魂多么怪癖啊，惹得我的马匹不停地嘶喊着。

“当我到达下一个地方时，道路一侧的山脉消失了，而另一侧的山脉也变垂直了，我终于看见了太阳。我们已经爬到了树林上面，脚下的小路突然变得狭窄，我不能确定我的马车能否通过。一边是垂直的石壁，另一边是陡峭的悬崖，马匹吓得不敢走动，我只好放开穆的马套，它离悬崖是最近的，然后我把穆的缰绳拴在塔的尾巴上，这样穆就可以紧跟着塔走在后面了。而我则亲自推着马车，马车的外轮悬在空中，随着内轮空转着，我只能使出浑身的力气，倾斜着将马车推向石壁一侧。可想而知，每当遇到一个挡道的石头，我会有多么愤怒，愤怒归愤怒，我还得将马车扛过去。路还没走完，我就明白了为什么说图特摩斯三世是一位伟大的国王。

“是啊，那真是困难重重。可以这么说，我从来不去想真理之地的那些石壁，我和我的法老就是从那里爬到了国王的墓地，我也不想要这样的回忆，虽然我相信我在那次行程中有一种巨大的使命感，让我觉得自己变成了另一个人，而且是个软弱的人——就因为他抓住我头发时我可怜的沉默。不管怎样，当我和马成功地爬上一个斜坡时，我早已大汗淋漓了。在斜坡的前方，道路变宽了，远处的山脉延伸到山谷的另一边，越过绿油油的森林和耕地，那就是米吉多城。我通过山上的防卫墙看到了它。

“图特摩斯三世曾经就是从这个关隘下去的，然后杀到了战场上，将敌军杀个片甲不留，还虏获了好几马车金银，拉美西斯是这么说的，图特摩斯还带走了成千上万的牛和两千多匹马，以及大量的金银珠宝。听这么一说，我想这座城市应该很富有，就像我们的孟斐斯，拥有白色的大理石宫殿，或是镶金的神庙，至少是五彩斑斓的木质宅邸。然而，当我在第二天靠近这座城时才发现它不过是个贫穷的小镇，而且看上去又脏又乱，或许自从图特摩斯征服它之后就变得如此穷困潦倒了。往前走可以看见一座堡垒，那是我见过的第一座叙利亚堡垒，与我们的堡垒不同的是这个堡垒呈方形，而我们的堡垒是直立的石砖墙。那些峭壁是由高低不平的石子组成的，石壁连着山脉，像大地一样绵延起伏。因为每隔几百步就有一座高高的塔，没有成千上万支箭射下来是不可能攻下米吉多城门的。在这种肮脏而低劣的地方，只有饿死的份，我开始明白阿蒙－赫普－苏－夫所说的话了。

“这一天城门是大开着的，集市上人山人海，我没有进去，我觉得没必要进去。当你挨近那座城后你会发现卡叠什的国王是不会把军队藏在米吉多的城墙内的，所以我推测那个国王和他的军队都不在这里。此外，我的法老几天后就要到米吉多了，虽然他是走更平坦的路，但他没有我快。当他到了之后他会问一些能得到有效答案的问题，而且一个脏兮兮的士兵和一辆磨损的马车以及两匹狼狈的战马很有可能遭到他的拷问，因为他不可能从陌生人的口中逼问出任何真相。那是一个很大的城镇，我花了很长一段时间在城墙附近闲逛，最后我在城镇的另外一边发现了一条路，在加沙时曾有人谈起过它。这条路很好辨认，因为它是用石子铺成的，还有橡树分布在两边，这是一条径直从米吉多通往北边的捷径，整条路上只停着我那一辆破马车。

“我很快就了解清楚了，这条铺设石子的路在第一座山脉的另一边就到尽头了，现在我追随着一辆马车的车辙前进着，想必这是一辆以车辙闻名的马车。没追多远车辙就消失了，森林又开始变得密密麻麻，我和我的马匹又再度陷入恐惧。我们在通往提尔的路上，但这并不是平坦的路，这条路弯曲得像一条蛇，蜿蜒着爬上了更高的山脉。在昏暗的午后，我再次想起了曾经听过的关于在这条路上的盗窃事件。在我离开加沙之前，我听过这些盗贼袭击商队的故事，而且没有商人能够收买他们，也不可能向他们交纳贡品换取平安，所以这些被劫的商人都被当成奴隶贱卖掉了。通常每个商人都会写字，所以他们会被当作抄写员卖掉——这算是有价值的奴隶了。然后这些盗贼会卖掉货物，单独留下马匹。这一带有太多盗贼了，可以说米吉多人的专业职业就是盗窃，所以他们总能被雇佣为商队里的武装护卫。

“尽管如此，我对森林的恐惧依然胜过对盗贼的恐惧，因为即使有盗贼也要四五个盗贼才能打败我。但如果真来了五个盗贼，我也会让他们其中一人没了双手，其中一人没了双腿，剩下三人也会逃之夭夭。如果我战死了，我的大拇指会戳在某个人的眼睛里，他们什么也得不到，除了一具尸体，两匹驾驭不住的马，以及一辆他们可能卖不掉的马车，因为那辆马车都快散架了。除非我携带着一车金币——但我看起来并没那么富有——要不然我就不值得被盗贼袭击。他们会把我当成一名迷路的士兵，或者是一个准备加入任意一个盗贼团伙的落荒者，甚至把我当成侦察兵，而我确实就是侦察兵。但如果他们把我当成侦察兵的话，哎，与拉美西斯二世对付派遣到埃及侦察的侦察兵相比，他们会使出更凶残的招数来对付我。在我们加沙的同盟中，有一些来自附近部落的亚细亚人，通过他们的谈话，我知道他们很害怕新上任的法老。叙利亚人或许习惯了生活在他们周围的埃及驻军，但是在一个和平的年份，也只有一些象牙可以从底比斯送过来做贡品，而且还要与管辖区的亲王谈判。他们没有试着去改变规则，也没有干涉外国的庙宇。我们埃及人有个说法，'阿蒙感兴趣的是你的金币，而不是你的神灵。'所以这是一个明智的安排，通常也不会出现什么问题。

"然而，对于一位刚登基的法老那就不一样了，那个年轻的亚细亚王子更是目中无人。所以，在黎巴嫩的所有土地中，叙利亚已经四处传言：拉美西斯二世正带着史上最大规模的军队从埃及出发，即将行军抵达此处。如果真是那样，假若我是一个盗贼的话，躲在这些漆黑的山谷里，会有很多商人给我提供赏金，而且我会指望交到一个埃及朋友。因此，我没有犹豫，我选择走最危险的那条路去提尔，或许我会落在一些强盗手里，但他们可以给我提供一些情报。在行程中我可能会有强烈的恐惧感，甚至比我和国王重逢时没能提供任何情报还要恐惧。

"我继续保持速度前进。到现在，道路逐渐变得宽阔了，刚好可以让我的两匹马并列通过。然而到了晚上，森林和山脉仍然环绕在周围，我在树丛里安顿下来，给我的马喂了一些谷物，我自己也小心翼翼地咀嚼着一些谷物，以防砂砾塞到牙缝里，之后我就用斗篷当铺盖睡着了。但是，在这样的环境中睡觉确实很冷，很快我就从睡梦中醒来，下意识地背靠着一棵树坐起来，这样才感觉好一点。我背靠着树干的时候让我觉得我是背靠着一位朋友的，仿佛我正在跟这位朋友背靠背小心翼翼地坐着。我在黑暗中用目光扫视着四周，令我惊讶的是四周除了黑暗什么都看不见。突然，在不远处有一道火光从黑暗中升起，当我仔细看时，才发现那是一小堆篝火。

“这片森林的灵魂依然保持着沉默，它们也鼓励沉默。我可以感受到那些灵魂早已深入大地，而且我也可以感受到它们返回到树上，像玛特的羽毛一样轻盈。在每一缕微风的吹拂中，我听到树叶正在跟它们对话，因此，我可以感受到这些树木的宁静。在树木的一片静寂中，我通过耳膜听出了小动物们的一举一动。我的耳朵是如此灵敏啊，我琢磨着是不是我也受到了树神的保护，因为此时我不再感到恐惧，这是几周以来我第一次有如此安全的感觉。

“我一直盯着篝火看，除了篝火的光之外其他的我几乎什么都看不见。但通过说话的声音我判定不会超过三个人在那里，或许只有两个人，他们正用一种对我来说是陌生的语言交谈着。

“在这片漆黑的森林里，安静得可以清晰地听见这些盗贼的声音。我知道这种安静是一种当你可以选择和另一个人做任何事时才会降临的，你可以杀了他，或者是放他走。总之当时真的是无比的安静，而事实上我的法老总是以如此宁静的方式自居。

“现在我感受到了同样的力量，我的双手已经准备好在第二个强盗发现我在哪儿之前搞定第一个强盗。

“于是我悄悄动身了，马匹正在熟睡，我给它们传送了我的思想，这就和我用缰绳拍打它们一样理所当然。‘安静地睡吧，’我告诉它们，‘不要泄露任何风声。’然后我脱掉了铠甲，我的皮肤可以感受到周围矮树丛的亲近，在黑暗的掩护下，我开始朝火焰那里走去。突然间我几乎浑身无力，听力丧失，紧接着恐惧感再次浮现，此时森林不再是我的朋友，我只好再次靠着一棵大树坐下。

“现在我可以更清楚地听见那个盗贼的声音，勇气重返我的腰部和背部，我渴望继续前进，然而一旦我站起来，这些力量又离开了我的身体，似乎只有当我触摸树木时这些力量才会进入我的身体。难道我不像卡纳克神庙的盲祭司吗，正摸索着从一根柱子到另一根柱子？

“我无法走动，但我告诉自己如果我没有力量的话就无法靠近那处篝火。

“然而我又想，既然我是在一个陌生的地方，那为什么住在这些树林里的神灵们会赐予我信心呢？为什么他们不赐予篝火旁的盗贼呢？毕竟这是他们的国土啊。或许是因为那两个家伙醉了——我现在可以听到确实只有两个人——他们的脑子就像沼泽，正从各个方向渗出水来，这就是酒的力量。然而，那是从一颗颗垂死的葡萄里渗出来的汁液——醉了意味着知道如何死去，所以他们离附近的神灵很遥远，而我是最靠近神灵的，就像触摸头上的叶子那样近。就在这个时候，我明白了树神们被这些敢在它们周围醉酒的人的狂妄惹怒了，所以，只要我把前方的任务想得简单一点，保持靠近那离我最近的树枝的神灵，或许我就不用去触摸树木以获取力量了。此时我觉得我被森林保护着，我甚至可以嗅出哪些树很高兴，哪些树心情不太好——实在是大不相同啊：一棵树不满意它的树根长在许多岩石间，另外一棵树又年轻又清新，但是被一棵更高大的树投下的树影笼罩着；还有一棵树被闪电劈断，在被劈击之后长成了大树，它像一个残废的巨人矗立在那里，一直保持着沉默。我弯下头来，好像真的是经过了一个巨人身边似的，此时它正只盯着天空看。现在我明白了，如果我表现出足够的敬意，这些树就会赐予我积极的力量，而且我每走一步都格外小心，因此，我可以感受到一份美好的宁静，经过了赐予我力量的这些树（它们的思想如此纯净，让我觉得像香料一样）最后我到达了一块很小的空地边缘，篝火就是在这里烧起的。我看到了两个醉醺醺的盗贼，他们正在玩摔跤，像在跳某种舞蹈，一边吆喝一边大笑，因为篝火散发的热气而汗流浃背。

“他们看到我手中的剑时大声尖叫起来，然后就跑开了，真是明智之举。

如果现在不背对着其中一个人，我就不能攻击另一个人，然而这样也给了我先考虑袭击谁的机会。这两个盗贼的个子都很高，其中一个消瘦狡诈，像一只敏捷的动物，另一个则有着结实的肌肉，我可以看出他的身材和我的差不多。凭着从容的天性——如果我可以这么说——这种天性是那些树赐予我的智慧，我微笑着向他们点了点头，然后我用闪电般的速度挥出我的手臂，用我的剑刺穿了那个瘦削男子的胸膛，我感觉到他的心脏立刻脱离了我的手臂，我满腔的怒火就像被国王触摸时爆发出的怒气一样。我从来不知道，甚至跟我的国王在一起的时候我也不知道会有这么一刻，我刺杀他的速度竟然会如此快速。接着，那个被我刺杀的强盗瞬间变了脸色，他对其他人施加过的把戏全部在他的脸上逐一显现出来——偷窃、背叛、伏击……直到最后，我才看到一个善良勇敢的人平静地死去。

“当我正在查看我所做的一切时，另一个强盗本来可以跑掉的，但他却抓起一块石头向我的头部扔来。我躲开了第一块石头，他又扔了两块，我愉悦地笑了，因为我们可以有场比赛了，于是我就朝他跑去。他又扔了一块石头，我依旧躲过了，然后他又向我的胸膛狠狠地扔了一个石块，幸亏我用手接住了。当他俯下身去准备再捡一个石块时，我就用刚刚接住的石块把他打倒在地，给他的脖子狠狠一击，他就不再反抗了。他跪在地上时，像被打伤的准备献祭的奶牛一样摇晃着身子，我拿起我的剑，直接在他的后背上敲打着，直到他害怕得像被捣碎的牛排一样柔软，样子狼狈可笑。我敢保证，他就像受伤的野兽一样号叫着，叫声很悦耳，他并不想动用自己的肌肉。

“就在那时我发现了我的法老留在我内心深处的恩赐，当他抓着我的头发然后带我去其他人没去过的地方时我就知道了，有某些新的东西已经留给了我，我不知道该如何去使用，我从来没有经历过这样的时刻，现在，我能感受到那份恩赐。把一个小男孩或大男人从背后揪起来不算什么，因为这些人都是很脆弱的。但当我还是一个小男孩时，我就经常干这种事了——我可以找到比我更柔弱的男孩子、女孩子来干这种事。你必须找到一个这样的女孩——她的哥哥和父亲对你的恐惧胜过你对他们的恐惧。但不管怎样，那已是过眼云烟了，我是一名军人，不是恋人，甚至我连一名军人都不是，只能是一条河，遇到洪水上涨我就跟着上涨。”

说到这里，迈内黑特停顿了一下，然后继续说道：“伟大的神啊，我会再次将这件事讲清楚，我知道在我第一次生命时我讲出了我单纯的想法。在那些年月里，我从来没有想过我进入过的那些身体。相反，我发现了神灵赐予的平静，就连动物也清楚地了解这种平静，或许可以说我已经在一种动物的体内看到了这平静的光芒。因此，对我来说这个盗贼没有什么奇特的地方，除了他的后背和肋骨跟我有些相像之外，然而我从未如此愉悦地享受过。我的手抚摸着他后脑勺上浓密的头发，而且我觉得我的下体已经膨胀了。受拉美西斯二世所赐，我现在足够强大，没有什么可以抵挡。那个盗贼尖叫着，就像一头被割除内脏的野兽——屠夫第一刀就失手了，然后那头可怜的动物就在店铺里面乱跑着，它的内脏掉了出来，店里面的客人见状都惊叫着，屠夫也大声谩骂着。那种声音就跟我身体下的这个小伙子发出的声音一样，我甚至感觉到了他的最后一丝力量——这力量与每个人的神秘之名息息相关，如果我可以这么说——因为它直接进入我的肚子，仿佛我已经从他的身上吸收了力量。噢，我爱死他的臀部了，它是属于我的。我的感觉如此强烈，以至于我几乎没法呼吸。我以前用过洞孔自慰，但就像我说过的，这只能赐我安宁。这一次我准备偷走这个恶棍的魂魄，当我完事时，这些魂魄就和伟大的拉美西斯赐予我的而且写在我心里的讯息聚集在一起了。甚至可以说，我的阴茎已经被我的法老偷走了，所以我不得不从另外一个人那里偷回来，而且我知道这样的循环将永无休止。我的欲望就像我的血色一样浓烈，我会一直试着去从我见过的人中偷走他们的魂魄，而实际上我正在做着，最后，我吻了这个家伙，对他带给我的快感表示感谢。

“说到这里想必你们都知道了。我带着他过夜，如同我拥有了伟大的拉美西斯的力量一样——可以说真相就在玛特的天平之中——我逐渐了解了这个盗贼的力量，可我连他的名字都没问过（他的语言我一句也不会讲，他大概只知道五十句埃及话）。但在我完事之前，我已经完全掌握了他的性格特征，于是我试着利用他的一些坏习惯，是的，我对他有相当透彻的了解，以至于在后来的十年里一直有这样一个小偷住在我的心里。当我将他留在地上抽泣时，他已经是第十次感激我的不杀之恩了。他也悲叹地忏悔着他所做的那些恶行，但他永远都不会再次忏悔这些。从他口中我知道了一件与卡叠什国王有关的趣事——他在提尔城的珠宝商街有一个女人，就在新的提尔城那里，不是旧的，而国王的这个女人就是这个盗贼隐秘的性伴侣。至于卡叠什国王的军队，这个盗贼除了知道国王有一支军队以外其他的他一概不知。

“我能从他那里得知这些事情，仿佛那个小偷和我都有同样的语言，而且已经在啤酒屋里喝酒见过面似的，其实不是这样，就连他告诉我的这一点事还花费了半个晚上的时间呢，而且我还要抓着他的头发拷问才行。在他引起我的欲望前我几乎扯掉了他的半张头皮，后来他才吞吞吐吐全招了。如果不是因为他不太会讲埃及话，或许他可以更快地回答我的问题。这些叙利亚人长着窄小的耳朵，跟他们说话真的很费劲。我会问他一些问题，同时我也非常享受我的身体凌驾在他的身体之上的那种征服感，以至于他都没有力气说话了。我甚至觉得我已经在我的胯下种了一棵树，树正燃着熊熊火焰，而且已经被塞进最深处的神秘弯道里了，也就是拥有神秘之名的地方。”他暂停了一下，吸了一口气。

“我一直认为男人都能从彼此间获取很多快乐，”我的母亲说道，“但我就是不明白代价是怎样的。”

“不是一直那样的，”迈内黑特说道，“事实上，那是个不寻常的晚上。”

普塔－内穆－霍特普说道：“或许我们善良的迈内黑特也从回忆中得

到了快乐。”

“我们必须这样，”迈内黑特说道，他耸了耸肩，“在那天早上，我再次亲吻了那个可怜的盗贼，让他蹒跚地走回米吉多，而我自己则驾驶着马车朝提尔城走去。接着我来到了山上最恶劣的地方，那是一段很陡的下坡路——实在是太陡了，突然间冒出了一个溪谷，我沿着溪谷走了一段路，突然撞到一块岩石，随后就摔倒在地上。我从地上爬起来，幸好只是碰伤了脚后跟的骨头。马在路上嘶叫着，而且从马车架到马车轴的衔接处已经裂开了。虽然我的小袋子里有两个硬木钉和皮带，可是大半天了我也不知该如何修理，因为我并不是一个木匠。

“当我再次把穆和塔套在马车上时，已经是烈日当空了，前方的道路会是怎样的艰难啊！那条路变得更不顺畅了，马车上的每个扣件都在咯吱作响，我不知道我能否成功抵达提尔，也几乎不知道我想要去那儿的缘由。在这个时候，如果骑上一匹马，然后把武器驮在另一匹马背上能行进得更快速，但没有一位御者愿意失去他的马车。当然，我的马车并没有什么特别的地方，无非就是一辆木制的马车，但它仍然有马车的轮廓，所以我正确的判断力并没有屈服，只有一些染着颜料的小斑点残留在木头上，很显然那些缠在车轴上的皮带仿佛又快要脱落了。我仍然很喜欢它，所以我笑了，但此时我的脚底疼得厉害。‘你比我好多了，老伙计。’我对马车说道，然后我们继续前进。

“路是倾斜的，一会儿爬坡，一会儿拐弯，森林逐渐变得开阔，而且在一座小山旁边我可以向下通过溪谷看到大海。我突然从空气中闻到一股熟悉的味道，曾经在德尔塔的绿色长廊闻到过，噢，这股清新的气味经过美丽的绿色长廊飘到了山丘上，令我大吃一惊。这味道几乎和努特天神撑起天空时我呼吸到的空气一样纯净、一样清新，与渗入男人和女人肉体内的汗味有很大的区别。我开始哭喊着，因为我从来不知道有这种体味的女子存在。不是说我哭得像个小孩，也不是柔弱地哭泣，而是一种对健壮的渴望，更是由于我的自豪感（因为我之前征服了盗贼）恢复了不少。另外，水在远处奔涌着，我的双眼有些承受不了，我找不到海天交接的地方，那就是我为什么哭泣的原因，仿佛是绝美的景色让我无法抑制住自己的情绪似的。远处的海面上还有船舶，我看惯了我们的帆船在河流上航行着，皇家的船只悬挂着大红大紫的帆布，以及拥有金色和银色的船身，高调地展示着我们巨大的财富，而不仅仅是一支皇家船队。但是这些在绿色长廊上的船离我太远了，以至于我无法看清船身的颜色。那里的白色帆船也是我以前从未见过的，他们经过漫长的波浪起伏的水道，几乎要将自己淹没，而他们的帆船就像白色蝴蝶的翅膀一样在水面拍打着。有一些船正要驶离提尔，有一些船正朝提尔驶来，我无法统计我看到了多少艘船。当我下坡时，我看不到提尔城的全貌，只能看到海岸边的石头。

“现在，我的马车沿着全是岩石的海岸行驶，那条路时而会翻过一座山脉，就像你鼻子前的一只手臂一样伸进大海里。我的车轮在路上摇摇晃晃，几乎快掉落到海里的礁石上了，而且这些低矮的路都很潮湿，我以前从来没见过这样的水流朝人群涌来。那片大海就像一条滚下山丘的海蛇，如果真有一条海蛇这样做，就会在岩石上撞得粉身碎骨。我被来自绿色长廊的水雾笼罩着，它是怎样的一种味道呢——矿物质和鱼，以及住在贝壳里的柔软的小魔鬼，还有一些神秘的味道——或许那是我不知道的万物的气味。我能说的就是我感受到了绿色长廊的魅力，当它对我喷洒水雾时，仍然和一个女子很相似，因为它依旧是轻巧的、傲慢而富有情趣，能让你为之颤抖。

“之后天色变暗了，我意识到海里也有很多神灵，而且它们的心情一直在变换着。当然，从水中冒出的海蛇现在更用力地在海岸上拍打着，发出雷鸣般的声音，水雾也有点迷茫了。我很幸运地爬到另一座山上，逃过了一劫，但是我意识到当我从马车上下来后，我就得抬着马车从一个光滑的土坡跨到另一个土坡上，这里的山是由坚固的岩石组成的，至于工匠（得回溯到很久以前图特摩斯三世执政时，或者是临近胡夫执政前期？）肯定已经劳作了很多年来砌这些通往提尔的台阶。那真是一道天梯啊，要不是因为我们埃及的工作量比这大得多，它会给我留下多么深刻的印象，尽管如此，我了解到了另一个关于海洋的故事。在黑暗中，水拍打着路下面的基石，这样的撞击就像你站在一座城墙城楼上，一支军队正用攻城的战车猛烈撞击着你的城门。那水雾飞溅到我这里来了，离海面有五十到一百尺的高度，当我在黑暗中向下看时，看到绿色长廊有一百万甚至比一百万还要多的河口，河口处都搅动着白色泡沫，在暗礁丛里咆哮着、吮吸着，就像一头狮子在撕扯它的猎物。甚至当我注视着它时，一条巨大的海蛇从水中冒出，又是猛力一击，那是我迄今为止见过的最大的海蛇，一条和尼罗河一样大的蛇，它如此强烈地撞击着岸边的悬崖，以至于整座悬崖都发出一阵阵呻吟声，它从窝里猛抽出来，然后又掉进海里。在路上遇到这样的侵袭令我害怕得浑身颤抖，我可以感受到绿色长廊的真神无比愤怒，而我思索着明天该如何壮着胆去登上一艘船，或者是经过这样的海蛇前往新提尔岛。我只能说当我们很快翻过山脉时，那条向内陆延伸的路终于让我松了一口气，于是我搭起了帐篷，和马匹一起吃了一些受潮的谷物，然后身穿潮湿的衣服颤抖地睡着了。

“到了第二天早上，我看到了另一幅美妙的景象。山脉远离大海，透过一条长长的山谷，我看到了一片像花园一样的土地以及一个橄榄树果园。在远处，有一座城市沿着沙滩伸展开来。穿过那座城，在远离水面的另一边，是另一座城，看上去似乎和绿色长廊如出一辙。我知道沙滩上的地方是提尔，而在水面另一边的是新提尔，在那里我将会了解到更多关于卡叠什国王的情况。在我返回海岸的路上，即使车轴磨蹭着皮带发出刺耳的声响，我仍然觉得我的马车发出了悦耳的声音。”

七

“伟大而荣耀的普塔-内穆-霍特普啊，”我的曾祖父说道，“当你讲到紫色蜗牛时，我沉默不语，但你并没有讲述我在新提尔和旧提尔的经历。事实上，我几乎快要忘记这些紫色蜗牛以及它们散发出的臭气了。为什么会这样呢，我无法理解。当你靠近这座城时，就会闻到旧城腐烂的恶臭，那些小巷子真是太臭了，会让你使劲地捏着鼻子。在每条紫色的石子街上都会有一间染坊显得尤其明亮，甚至有些刺眼，人们甚至可以看到天空反射在那片潮湿的紫色雾气中。尽管如此，那些可恶的蜗牛散发出的气味还是如此令人作呕，以至于我经过大门时最先想到的就是我应该是从乞丐窟来到这里的。我鼻孔里的气息像有着腐烂牙齿的人咒骂时发出的臭味，你会觉得这是一种使玛特的羽毛萎缩的气味。总之，那气味确实令人很讨厌，所以我的马匹开始蹦跳起来，几天来它们第一次这样暴躁。如此一来，我那本来就严重受损的车辕更是受不了了，我只好下车拉着穆和塔步行，这样的场面对那些围观的人来说真是滑稽可笑。然而，他们也让我感到惊讶，因为我从来没有在这样一条臭气熏天的路上看到过这么多衣冠楚楚的人，或许这就是财富的代价吧，这些穿着华丽的富人们只能呼吸这种肮脏的空气。

“我承认，我的马匹偶尔发发脾气在旧提尔城是一种常见的现象。我不知道为什么臭气熏天的地方会有如此独特的吸引力——虽然努特天神（我们肯定都记得）只会爱上地神盖布，但是在第一次生命里我用我那犀利的双眼，总能精确地发现情侣们在彼此忙着性爱的事，在洞穴和沟渠里、在灌木丛深处、在地下室，还有在旧提尔城这里，在每个潮湿的小巷子里。我也从来没到过这样一座城市，人们在公共场合会如此频繁地发生性爱关系。或许是因为在炎热沙滩上空的太阳、月光照耀下的城墙上闪耀着的紫光，或者是和蜗牛本性相近的某种东西，我记得我骄傲的车辕从进来的那一刻就充满了活力。

“我受够了那破旧不堪的马车，还有那两匹愚蠢的马，到了拉美西斯二世皇家信使官邸的院子里时——不管怎样我很快就找到那官邸位于哪条街——我让看守马厩的男孩看着它们。其实我在提尔接触到的人当中，很少有人不明白我说的话，他们会用嘶哑的声音回答我，稍微夹杂着一点悦耳的喉音，这给我留下了一些好印象。即使是这样，我仍想揍他们一顿，因为他们破坏了我们地道的口音中所具备的礼节。

“我很快就了解到，那个皇家信使并不在旧提尔，他一年才回他的官邸一次，因为他要从腓尼基人那里收取贡品，然后继续到其他地方收取。然而我可以看到，他到达这个地方的时候就像法老之子来访一样隆重，那个皇家信使的官邸肯定是海滨最大的住所，甚至和提尔最富有的别墅比起来，它也算得上是一座宫殿。皇家信使的那些仆人很多都是埃及人，他们看守着房子等待着主人归来。我以前从未见过仆人在主人远离时会如此肆无忌惮，后来我终于明白了，原来每个经过旧提尔的埃及商人都会来访问这里，从中获取其他商人的小道消息。在一个房间里，我甚至看到了排列整齐的一行格架，藏着许多卷纸莎草纸，还有金绳和密封石蜡，以及许许多多由最后一艘从德尔塔至此的埃及或腓尼基的船舶留下的信件。当然，佣人们都把那些东西放在高处，而我则心满意足地在那里休息。

“一天时间就这样过去了。事实上，在我准备好乘船从旧提尔到新提尔的前一天,我就觉得自己需要花很多时间才能从行程中恢复过来,我很困惑,但并不是很累。在皇家信使的官邸的确可以打探到一些小道消息，但当我听完后，不知道卡叠什的国王是软弱的还是强大的，是谨慎的还是好斗的。我唯一可以确定的事情就是每个人都有情报可以提供，他们都用很官方的语气向我汇报，而且这个人说的与上一个人说的互相矛盾。

“当然，我也特别想看一下这座旧提尔城，毕竟我从来没拜访过这样的城镇。那贫穷的城区是如此古老，而且臭气熏天，比你在底比斯看到的一切都更让人难以忍受，但它却充满乐趣，那些新街道会让你想到一张掉了牙的嘴巴。在每条新的街道上都有许多空旷的土地，甚至城墙也有缺口，而且许多栅栏也破裂了，最好的街道通常都被破坏过，然而有个商人跟我说那城镇非常繁荣昌盛。海湾外就是新提尔城，建立在三座岛屿上，坚不可摧。通过陆地进军的军队都不能把它攻下，因为这样的军队在抵达时没有船只可以通行，就此而言，也没有一支海军可以打败提尔的舰队。所以，那座建于三座岛屿之上的城市就相当于伴有护城河的堡垒，即便是遭到了攻击，他们也不会挨饿，因为他们可以从四周的海面上输送食物，正如他们从前所做的一样。因此，人们决定永远都不会在海岸边守卫旧提尔，即使有一支军队将它破坏了，新提尔从贸易中赚到的钱也比重建旧提尔所花费的多，这就是为什么我会看到如此多的空土地和新建筑了。尽管旧提尔在两年前就被赫梯人攻陷了，但是我却听到很多人说，这座古老的城市看起来比新建的城市还要新。

“然而新提尔依然要向埃及纳贡，我判定这并不是因为恐惧而是受到利益的驱使所致。他们给我们的每种贡品都会在与德尔塔的贸易中被带回一两百件，没错，这些提尔人肯定是我见过的第一批不觉得自己低我们一等的人。

“第三天，我乘船前往新提尔，在途中看着水手将我们带到此起彼伏的海蛇背上。因为风的缘故，我的双眼被吹出了泪水，在那摇摇晃晃的船上我的腿都被吓软了。虽说那水域还不到一千条支流，却像在一间啤酒屋里有二十个人猛推你一样，而且浪花也在猛力拍打着我的脸颊。水雾都高达我的鼻尖了，我再次闻到了蜗牛尾巴的味道。然而，当我们到达新提尔的时候，海岸上似乎什么也没有。

“这座在三个小岛上屹立着的城市并没有马匹，因此，大家不是步行就是相互交换地背着，大多数地方只有三个人可以并排着行走。街道两边的房子的外墙彼此相隔得较远，所以你不能用双手同时碰到两边的墙，而且我从来没见过这么高的建筑，总共有五层楼高。越往上，墙就挨得越近，人们很容易就能从这个屋顶跳到另一个屋顶。因此，每个屋顶上的露台和门都加了防盗网，而且比街上的更牢固。

“我还记得当我们的渡船靠岸时，我想不到比那更拥挤的城镇了。没有通往岛上的沙滩，只有大风大浪，防波堤是由一个个岩石叠在一起建成的，成百上千人站在各个码头上，在他们身后，那座城呈现出悬崖彼此对立的模样，而且在一些屋顶上，建有与众不同的塔尖。你可以在喷绘好的墙上看到各种不同的颜料，所以这是一座最美丽也是最令人震撼的城市。这三座岛屿都挨得很近，以至于你可以通过建在水上的木桥步行到另一座岛屿上，然而一旦住在这座城市里，你就永远看不到天空，最多只能看到楼房之间的那道小间隙。那里没有花园,也没有广场,在集市上你根本无法走动，因为小巷子实在是太狭窄太拥挤了。然而，那地方不仅有蜗牛的恶臭，还有像蜗牛一样弯曲的小巷，不管你是在哪个小岛上，你都会经常迷路，直到抵达小岛的最外围。当在你钻进另一个小巷前，你可以从小巷的末端看到大海。走了这么多路后，我口渴难耐，但是那里没有桔槔，也没有干净的水，只能喝水池里的雨水，但那水里全是泥浆和盐巴。一切都被水雾覆盖了，而且雨水持续从雾里飘来，再落到水池里去。我甚至想不明白腓尼基人是如何获得淡水的，后来我才了解到富人们也有他们自己的船——在那种地方，除非你拥有一艘船和一群船员才称得上富裕，但是在埃及并不是所有富裕的人都是这样。在那里，家庭主妇们会为了买淡水而前往大陆，我也在集市上买了一些淡水，然而在半路就被我全部喝光了。

“之前我从未到过土地如此宝贵的地方，甚至连最昂贵的店铺也是小小的，而且作坊建筑的比住房还拥挤。商人们在售卖镶金的或镶银的陶器，售卖紫色的玻璃器皿和花瓶，他们甚至还售卖仿制的埃及护身符，而且我还听说他们可以在绿色长廊的每一个码头走私这些护身符，因为我们的护身符在咒语和咒文方面早已远近闻名。这些笨蛋从遥远的港口买来了这些仿制品，他们永远都不知道那是假货。你可以想象一下，这些作坊正在为异邦人制作的东西——埃及的剑和匕首，尽管这些东西现在看起来还不属于我们，这些东西也尚未见过我们的尼罗河。他们还在圣甲虫戒指上刻着我们的眼镜蛇，在金属上雕刻着我们的莲花。听说当你经过罗德岛、利西亚和塞浦路斯，以及另外一些隶属于野蛮的希腊人的岛屿时，到处都可以看到土著人戴着腓尼基的首饰，戴着他们的手镯和项圈，以及镶金的宝剑和雕花的宝剑，在他们手中每样东西都可以染成紫色。”

“但是在交易中这些野蛮人拿什么来交换呢？”我母亲问道。

“有一些人会拿来黄金，也许是他们从其他商人那里偷来的，他们也会拿珠宝或银条来交换。他们还会经常出售他们年幼的男孩和女孩，在一些地方，这也算一笔收成。”

“我已经注意到了，”普塔－内穆－霍特普说道，“即使是希腊的奴隶也和叙利亚人一样满脸胡须和浑身恶臭，所以当他们到达这里时，他们似乎也在向我们学习，而且学得很快。”

迈内黑特点了点头道。“我可以跟你说，卡叠什国王隐秘的娼妓是个希腊人，很少有人能教导她。但是提尔的妓女是受尊重的，尤其是那些比较出名的妓女。在我还没有进入阿施塔特神庙前，我无法给你介绍那里的祭司，我听说在某些情况下，妓女就像那里的祭司一样备受尊敬，这只表明我仍然对所看到的一切都知之甚少。我从未见过来自各个地方的如此多人聚集在一起，那人群有一条巷子那么长，从我抵达米嘉本神庙的码头开始，我就看到了腓尼基人、来自黎巴嫩的山里人、土耳其人、阿卡亚人、文身的黑人和来自伊拉姆、亚西利亚、迦勒底以及各个群岛的男人，还有来自西顿的水手、迈锡尼的船员。面前是让我眼花缭乱的服饰，有长筒靴、短靴、彩色的衣服、白色的衣服、红色和蓝色的羊毛披肩、兽皮、白色亚麻布，以及各种各样的发饰。大多数腓尼基人本身就裸着腰，穿着五彩斑斓的短棉裙。你可以认出谁是富人，因为他们的长卷发垂在脑后，头上四排卷发就像海上的四条海蛇背靠背躺着，总之，新提尔的一切都比旧提尔混乱。人们整天都在剥落着这三座岛屿的岩石上的蜗牛，孩子们会在那里潜水打闹，我从来不知道人还会游泳，直到我在这里看到了一群十多岁的男孩子像鱼儿一样在水中嬉戏。

“我住在这座岛上的一间小客栈里，我的床单是红丝绸制成的，墙是紫色布料编织成的。在埃及，就连一个不是很富有的商人的石棺都比这里的房子宽大。我的小屋子压根就没法让人站起身，那走廊实在是太狭窄了，以至于人们在相遇时无法给对方让路。之后，在紧挨着我的天花板上传来了一对夫妇的打骂声，紧接着我才意识到我的房子只是两间小房子中的一半，另外一半在上面，上下两层其实属于同一楼层，两间卧室事实上共用一个天花板。当然，我不得不说，每个小房间都有一扇窗户，你可以把你的剩饭剩菜倒向窗外，我已经听说当地人有那样的习惯了。而我的靴子可以告诉你更多，因为在提尔贫困的真正标志就是赤着脚走路。”

“我无法相信你告诉我们的这一切。”我母亲说道。

“相反地，”我父亲说，“我跟一些在提尔做生意的人交谈过，还是一如往昔。”

曾祖父点点头道，“这样的生活我们能知道些什么呢？在这里，在我们的沙漠上，我们有空间容纳所有人。有时候，我觉得我的思维很容易发散，我的想法加上我自身就可以填满一个帐篷。然而在提尔，只有海上才有空间，我从来没有如此强烈地感受到其他人的存在，而且我发现处于这样的拥挤环境中，根本无法思考，我的思维受到了严重的限制，只有我的内心还是自由的。而奇怪的是，处于那些腐烂的蜗牛发出的恶臭中，人们的身子却是芳香的，甚至紧邻这些腐烂的蜗牛时流出来的汗水闻起来也有香水的味道。当然，那里没有人洗澡，在水比黄金还贵的情况下是不会有人洗澡的。”

“那个地方简直就是瘟疫和噩梦的集结地。”我母亲说道。

“不，”迈内黑特告诉她，“我最后喜欢上那里了，你可以沿着运河行走，那些运河把每个岛屿分割开来。提尔人会把船搁置在这些运河旁边的干船坞里，而且提尔人像敬重圣灵一样敬重他们的船只。这些船是用产自黎巴嫩的上等木材做成的——其实是产自那片森林，那片我很快就会经过的森林——也有产自阿纳尼的橡树。我听说过所有在绿色长廊的船只，只有腓尼基人没有靠岸行驶过，因为他们每天晚上都在为建造港口忙碌，他们只能选择在黑暗中行驶，他们并不害怕在漫漫长夜里所有怪物都会浮出水面。这些人可以靠星星来指引航向，而且如果他们跟随着的那颗星星被云朵覆盖了，他们就会召唤另一颗星星出来指引他们航行。他们没有一个人会害怕，因此他们能在黑夜里乘风破浪，直至太阳出来。‘做好最坏的打算，我们就可以抵达陆地。’这是他们的一句格言。怎么跟你说呢，这些水手跟御者们一样高傲，而且他们当中最贫穷的人也表现得和啤酒屋里的富人一样高傲，我还看到了在那些密室里进行的打斗训练，他们正在为战争做着充分的准备。

“那里也有酒厅，你可以坐在长椅上小酌几杯，邻座的人会把手肘靠在你的颈部。那也没关系，因为你自己的手肘也搭着另一个邻座的颈部，人们都不会去计较谁是谁，虽然那酒和醋一样酸，我们却欣喜若狂，因为在一个凸起的大舞台上（那舞台上容一个姑娘站立简直绰绰有余）有一个妓女站在上面脱掉了衣服，而且——既然那孩子睡着了我就告诉你们——十分乐意露出了她的下半身。她有点像亚细亚人，长着乌黑亮丽的头发，生就皮革一样的肤色。我不知道是否到了那个时候我才如此渴望得到一个女人，或许是因为她脸上露出的神情表明她渴望得到我们在场的所有男人。作为证明，她弓起后背，抬起肚子，轮流在每个男人面前展示自己，她燃起了我更强烈的渴望。男人们围绕着这个妓女一圈，纷纷把礼品放在舞台上，当音乐结束时她就跟出价最高的人走了。但我没有拿出我的黄金，这黄金是属于法老的，只有在购买情报时才可以拿出来用。我真的是极度渴望啊，那个女人怎么会如此勾魂呢?

“之后我了解到她不仅是这个地方的妓女——会沿着小巷一家家的酒厅去揽客，而且在这个夜晚她也是一名祭司。黎明到来前，她会在靠近干船坞的漆黑的阿施塔特神庙的祭坛上与男人们私通。这些腓尼基人相信，在最肮脏最恶劣的地方可以发现最优美的彩虹色，这就是为什么他们会对蜗牛的恶臭以及闪耀在每颗潮湿的石头上的深紫色如此喜爱的原因。我试着去理解他们的信仰，我的脑袋感觉像雷霆一样轰隆作响，因为她向我们所有人展示她自己时，她也一直在为她的阿施塔特女神服务（有一些人叫她伊什塔）。没错，那个妓女就是为阿施塔特工作的，她把我们所有人的性欲都聚集到她的大腿间。除了在新提尔城这里，这些部位从来没有在小巷里看到过太阳，所以肯定是我们肚子里的热气被献给了女神。为什么那个妓女要收集我们足够的养分去完成一次极佳的献祭呢？那正是来自她大腿中间部位发出的光热。没错，然后她就把那份光热送上阿施塔特神庙的屋顶。

“我快要崩溃了，在巷子里看到人们小便是很普遍的现象，或者人们是为了自慰才露出他们的臀部。但此时我的下半身实在不好受，我觉得我很激动也很可笑，就赶紧跑回我的房间去了，以便抑制住身体的狂热，说实话，那个时候我对一个男人的渴望与对一个女人的渴望不相上下。那个小偷已经给过我相同的体验了，我多么渴望战争爆发的时候我就在卡叠什。

“然而我一躺下就有起床的冲动，不是说我不能起床，而是因为我只能在低矮的横梁下蹲坐着，呆呆地看着窗外的景色。在那样的环境里，即使可以看到另一个女人也是幸福的！我很快就发现，那个妓女是属于卡叠什国王的秘密娼妓。

“在埃及的时候，我们可以知道另一个人的脑子里在想什么，我们因具有可以施最有效的咒语的能力而闻名，当然，我们也因为可以不管自己的想法而直接将想法寄托给下一个人而感到欣慰。一个人必须在对方诅咒他之前了解对方的敌人，我觉得这样的能力很自然地来源于我们的沙漠和河流。在开阔的地方，思想可以和身体一样行走自如，但是在这个难以名状的拥挤小岛，在潮湿的提尔城，即使我们所有人都挨得很近，也没有一个人的思想可以渗透给另一个人。而在孟斐斯或底比斯，即使卡叠什国王的秘密娼妓住在我对面我也一点不会惊讶——假设她是我最终要找的那个人——我们的思想总是跑在前头召唤着陌生人。但是在这个蜂窝里，或者说是蚂蚁堆里，情况就不是这样了。后来，我仔细考虑了很久，我很惊讶我竟然能如此轻而易举就遇到了那个神秘的娼妓。那时我还不明白，在提尔城，一个人脑子里不存在的信息也可以悄悄传给另一个人，人们可以用语言来代替大脑。在提尔，闲言碎语甚至比金钱还司空见惯，所以大家都知道我是一个异邦的御者，而且，鉴于这些腓尼基人都很聪明，他们很快就猜出我不是一个逃兵就是一个肩负国王使命的军官。很显然我是后者，因为我没有逃兵隐藏不了的那种愁眉苦脸相。”

“我赞同，”普塔－内穆－霍特普说道，“这个女人肯定已经听说你在镇上了，但她怎么会知道你想要见她呢？”

“这就是问题的关键所在了。我伟大的神啊，她就是那个决定要见我的人，因为她想要报复卡叠什国王。当然，那个时候我并不知情，我只看到一个一丝不挂的女人躺在我对面那条街的床上，她的窗户和我的窗户之间仅仅只有一只手臂的距离，我以前不知道有像她这样漂亮的女人。后来，经过我的第一次生命那么多年以及我多次的生命经历后，我最终才知道其实女人各不相同，就像我们的沙漠不同于绿色长廊一样。只可惜在那些日子里我还一无所知，除了知道有很多迷人的美女住在法老的庭院里——她们都被称作王妃，以及在啤酒屋的那些妓女们。我也不会谈论出身高贵的女士，我知道这些高贵的女士跟其他女人不一样，就像你不能对高等妓女和普通的妓女说同样的话。但是，据我所知，与高贵的女士和高等妓女说话对我而言是一样的，我的意思不是说我对其中一方很熟悉，毕竟高贵的女士只会津津乐道，而高等妓女却知道如何唱歌和取悦你。不管怎样，我总是对高贵女士们装腔作势的举止感到十分不舒适，而任何比我低级的女人都令我觉得很舒服。当我还是一个乡下男孩时我就认识了很多丑陋与漂亮的农场女孩，当我成为士兵时又认识了很多酒屋里的女服务员和女顾客，我上了所有我能上的——其实男人和女人之间几乎没有什么不同，只是对于女人来说你更有可能去留意对方长什么样子。仍然和我之前说过的一样，我像一个士兵那样做爱，就那么简单。

“然而，这个卡叠什国王的秘密娼妓让我感觉我好像来到了魔法师面前。众所周知，就和我们在一个有强能量的人面前下跪一样，当我透过窗户看过去时，我也知道这个女人不是让人在酒厅里可以大饱眼福的那种妓女，也不是可以把你的性欲带到祭坛上的那种妓女，都不是。她可能没穿衣服，她的门敞开着，她可能平躺着，两条大腿向外张开着，而且没有女人能比她更赤裸了。如果你理解我心中的恐惧，你就能感觉到她就像一座神庙。我一点都不着急到她那边去，就像一个人向阿蒙献祭时不能有丝毫差错，因此必须在献祭仪式的每一个步骤上不能有丝毫畏惧。我鼓起了很大的勇气才从床上起身，脱掉我的白色长袍和靴子，仿佛我是一只行走在阳台扶手上的猫，蹑手蹑脚地从我的窗户探出身子，悄无声息地跨到她那边去，那房子足足有四层楼高。她的嘴角挂着一丝礼貌性的微笑，却没有丝毫喜悦感，我就这样靠近她躺着的那张床——那床全部是由紫色丝绸制成的——她弯曲着双脚正准备要触摸她的脚踝，但随着我靠近她，她的动作就变得越来越困难了。不，不是更难，而是更加迂回曲折了，仿佛我必须尊重她而不能直接靠近，然后她就停顿下来。我离那张床还不到两步远，但在这段过程中所花费的时间足够我爬完一段长长的阶梯了。一直到最后，我和她互相注视了很久，我才明白她的眼神并不像盾的表面，而是有点像走廊一样深邃，或者你会觉得这是你生平第一次注视着和你自己一样的双眼。在那一天，她的眼眸是我见过的最漂亮的风景。她的头发比鹰的毛发还乌黑，在烛光的照耀下她的双眼呈紫蓝色，当她把头转向光影时那双眼接近黑色，但是在紫色床单的反衬下又变成了蓝色，甚至变成了亮紫色。我觉得我好像在注视着一座宫殿，宫殿的门都在依次打开，直到我可以看到另一座宫殿。然而每只眼睛都各不相同，每座宫殿都有着令人惊奇的规模，而且里面有五彩缤纷的宝石。我盯得越久，就越加确定我看到了红色的房子和金色的水池，我的双眼已经穿透进她的心里了。因为我不敢亲吻她（我不知道怎么去亲吻一个女人，以前从未试过），我只能把手放在靠近她大腿的床沿边。

"曾经，在我孤独行进的那些日子里，当我停下的时候森林里的气氛会变得十分压抑，空气非常沉重甚至让人无法呼吸。我从剑鞘中拔出我的剑，然后又慢慢放下，仿佛在穿透隐形的东西。我敢保证，就在这样的沉寂中，我听到了一声动听的音调，就和拨动绷紧的绳子发出的声音一样响亮，至少在我打破那沉重的气氛时这声音是如此的清晰。我此时的百感交集就跟以前一样深重，我抚摸着她的肉体，而她发出跟玫瑰花一样纯洁的呻吟声，如果玫瑰花也会说话的话。我知道我不会犯任何错误，因为从她口中发出的所有声音都在引导着我下一处可以抚摸哪里，这令我很惊讶，以前我从未尝试过这样的做法，甚至觉得这是在做梦，我的脑袋就像一艘船绕行到港口里了。接下来经过她的膝盖时，我把我的鼻子放在所有孩子出生的地方，嗅着这个女人两条腿的中央地带。她既富有又冷酷，极度孤独地住在新提尔这座拥挤的城里，不管怎样，她实在是楚楚动人。其实她闻起来就像一只最芳香的蜗牛，甚至可以说，她是岛上唯一的一座花园，我觉得我仿佛处在一道接近紫罗兰色的光芒里。她一直低声哼着鼓舞人心的歌，如同炎热的午后一只母猫的叫声一样淫荡。希望法老能原谅我在他在场的时候说这些话，毕竟这是纵欲之夜。”

“我很欣慰这孩子睡着了。”我的母亲说道，但是她的声音很甜美，而且还带着些许愤怒，令我心潮澎湃，而此时我就躺在她的膝盖上。已经听到我的曾祖父讲述他眼里奇妙的宫殿，此时我在想象着一个国王正搅动着她的大腿中间的那片区域，然后他继续讲述着，以便告诉我们更多东西。

“就那样，带着洗刷沙滩的海潮一样宽广的胸怀，我感觉自己进入了一座像宫殿一样的‘神庙’里，伴随着我肌肉的搏动，一步步走下去。当我们走到有很多灿烂的光线照耀着的地方时，我感受到她的头发与我的头发纠缠在一起，散发出玫瑰、紫罗兰和柠檬绿的色彩，接着是一条巨大的海蛇从我身边腾空而起，而且我那因为匆促完事而气喘吁吁的魂魄，此时正从我的身体窜出来钻入到她的体内，恰如她的魂魄也从她的身体里窜出来钻入我的体内一样。当我们每个人都在大幅度地挥剑却砍不到一个头时，某场战争就会爆发，我们又再次处于她那芳香四溢的庭院中。谈不上极乐——也不像我之后理解的那样。其实，在高潮的时候，我阳痿了，我也是第一次知道做爱是怎么回事，而且充分了解到了一个女人的内心，她的贪婪、她的美丽、她的愤怒都跟我一样。我可以冒昧地说那是我第一次满意的性交。

“有些人通过战场上的成功，或者是用自己的意志战胜他人的成功来衡量自己生命的价值，甚至也有人和我一样，通过其他生命来衡量每一次生命的价值。然而，在我的第一轮生命中，我才明白感受一个又一个非凡的女人也是一种历程。那个卡叠什国王的神秘妓女就是我的第一次生命。”

“你怎么会知道她是谁？”我母亲问道。

“我不能说我是怎么知道的——可能是因为她的眼睛里有那些宫殿的景

象吧。然而，当我们完事时，我确信我了解了那个我可能很快会在战场上见到的国王。我了解他，如果我在战场上遇见他，我知道怎么与他作战，他的心思在我的掌控之中，她以身相许于我也就意味着她藐视国王的存在。不要问我这种对女人知之甚少的人现在怎么会知道这么多——那都是她的功劳。女人的天赋从未如此深刻，比如她们报复一个爱人时就会将所有的天赋发挥出来。

“然而我甚至不知道她的名字，我也不会再去见她了，这样的良辰美景不会再有，除非我准备和那个女人永远生活在一起。我现在说出我四次生命中的过分放肆之举——有二十个这样的女人，二十个这样失败的国王，但卡叠什国王的秘密妓女还是第一个，我们互相拥抱着直到天亮，有说有笑，彼此诉说着一些零星琐事，比如在埃及时对一些常见行为的习惯叫法等等。她被我逗得乐开了花，可以从水杯的倒影里看出来。‘不，’她不停地说道，然后重复着我刚才说过的话，‘不，不！’接着她咯咯咯地笑起来，仿佛那是一个绝妙的声音，而且真的有回声传来，她却一直假装以前从未听说过。

“我想要了解她的背景，我从来没有对一个女人的故事如此好奇过。而我了解到的却是，当她还是一个孩子的时候就被腓尼基人绑架了。当时，一艘船抵达了她居住的希腊小岛，船长派了两名水手到岸上，她的父亲和她的姐妹们会出现在船上吗？其实她的父亲已经带着她的姐妹们一起逃跑了，可是她们登上船没多久船就抛锚了，后来她就被腓尼基人带到了提尔。现在，她是阿施塔特神庙所有妓女的高级祭司，却在卡叠什国王面前保留着真面目（除了在节日晚上），她甚至跟他生了三个孩子。

“我不能肯定她告诉我的这些事有多少是真的，她像平时讲故事那样讲述着，虽然她不太会使用我们的语言，但我仍然能肯定她恨那个国王，最后，她告诉我她觉得国王会藏在哪里。她用手指在紫色的床单上画了一个小圆圈表示卡叠什，然后用另一个手指顺着圆圈画了一道浅痕表示一条河流，接着用凹起的手背表示小山丘。‘他在森林里，’她对我说，‘但不会待太久，他大力宣言着他的军队可以毁灭埃及人。我仍然不知道他什么时候会来这里，或许你的法老也不知道。’她叹息道，‘我觉得你需要用自己的双眼去观察。’然后她亲吻了我的双眼，准备离开。那时天已亮了，我不得不怀疑她会不会在阿施塔特神庙与其他妓女会合。

“她离开后，我跨过那道屋子的间隙回到我的房间里，躺在红色的床单上试图入睡，但却一心想着即将来临的战争，以及士兵们的各种死法。我希望我不怕卡叠什国王，而是他怕我。在太阳升起之前，我搭船回到旧提尔，回到皇家信使的住宅里，打听去往东边山脉的路径。

“很快我就需要做出一个决定了。皇家信使的木匠已经把我的马车轴修理好了，但由于他没有一根风干的木材，其他马车的车轴太小都不能借用，所以他只能换上新的木条，再配上新的皮鞭。但我觉得这样的马车可能撑不到卡叠什，而我也不想走大路，路上可能会有赫梯人将我虏获，所以我决定留下我的战车换成骑马而行。当然和我之前到达提尔时的感觉有所不同，那时我没有得到任何情报，也不希望在没有情报也没有马车的情况下与拉美西斯二世见面，但现在我得到的信息可以弥补相应的损失了。于是我就把我的装备绑在穆的背上，给塔套上马鞍——我已经把马车卖掉换成两套新的马具了——经由一条小路到达山上，那条路肯定是野山羊或者是野兔的地盘，真的很狭窄，马匹的肚子几乎都被两边的树枝擦破皮了，但我却乐在其中。我知道我不会犯什么大错，太阳升起后我就能找到方向了。此外，我只需要爬上一个坡，然后翻过大山脊，越过另一个山谷，再爬过另一个大山脊，过去就是奥伦提斯山谷了。我知道我会在那个山谷里的河边找到法老的军队，因为那是他唯一会选择的路。那辆载着他的大帐篷的大马车一边有六个轮子，由八匹马拉着，你都不用去想他会走哪条路，因为只有那条够宽的路才能通行。

“然而，在我行进的途中，我还没爬到第一座山脉的中间，灌木丛就变得很浓密了，荆棘让马匹骚动不安，我也被折腾得满头大汗，因为我不停地给马匹拔刺，就算它们猛烈地跳动着我也没有踢它们。那些杉木是如此之高啊，我都看不到天空了，太阳散射出微弱的光，没有投下阴影。如果我早知道这些高耸的树木会如此阴暗，我或许永远都不会离开提尔。

“于是我就随地扎营就寝了。到了第二天，我整天都在忙着赶路，就这样过去了一天，我以为我永远都到不了森林的尽头。在如此昏天暗地的境地，我每晚都只能在没有任何火把的情况下坐下来，然而我并不害怕，即使这些山丘里可能会出现赫梯的侦察兵。黎明时分我又出发了，带着我的马匹穿过清晨的薄雾，当时我第一次想到了地狱判官欧西里斯的经历，当他的肢体还是分散的十四块时，他陷入了极度的孤独中，就在那时他的灵魂肯定也曾穿过像现在这样的薄雾。没错，这些景象与地狱判官所经历的一致。随着我一步步穿过层层迷雾，这些森林里的大树就像一个个哨兵出现在我眼前，我只能通过苔藓仍然还长在岩石的同一边来判断我还没有迷路。我继续保持着行进的方向，我牢记苔藓就长在我的右边。漫长的一天让我觉得自己和一些树一样年迈，爬过第二道山脉后，到了晚上我们又成功地跨越过一个有着巨大岩石的峡谷，我害怕海蛇就潜伏在这些大岩石的洞孔里。我和马匹通过后，天色已渐黑，我试图靠着一棵树入睡。我已经不在黎巴嫩了，我估算了一下，也不是在叙利亚，这些巨大的杉木隶属于另一个神灵，它们都没有赐予我力量。自从离开米吉多之后，我感觉自己比以往任何时候都虚弱，后来才明白原来是那个卡叠什国王的秘密娼妓把我的大部分力量都吸走了，她吸走的比她给我的还要多。当然，我不得不承认我的那些力量首先来自于那个我用剑打过后背的盗贼，或许这也暗示了那些一夜情的人最好能和盗贼一样能干。最后，我夹在马匹中间睡着了，我们三个靠在一起取暖，怪不得有人说马匹足以和一个丰满的女人相比，但马匹不像女人会放如此多的屁。

“到了早上，我醒来前天已经亮了，透过稀疏的树林，我可以看到叙利亚的土地，就在一片辽阔的平原上。在远处，大概需要半天的行军路程才能到达，那地方肯定就是卡叠什，我想象着我看到了成百上千的马车正闪烁着光，或者是成千上万的马车就停靠在北边城镇后面的某个地方。

“在我脚下，不到一小时就可以走完最后一道斜坡了，到时我就可以看到我们自己的车队了，国王的皇家护卫队就在河边的浅滩上扎营等着我。看着他们，我知道——因为我仍然能感受到这种确定性——其他眼睛也正盯着他们。在我身后的森林里，似乎有一块巨石跟着我的想法一起坠落了，传来了马蹄声，仿佛有一匹马正带着情报飞奔到卡叠什国王那里。没错，那就是我自己的马匹快速奔跑的声音。”

八

“那块场地非常空旷，当我骑马慢跑在通往河流的最后一道长坡上时，肯定在很远的地方我就被发现了。法老军队的前哨中离我最近的是几个利比亚人，他们很快就按照埃及人的一贯做法把我捆绑了起来。他们让我坐在地板上，把我的手腕绑在脖子上，这种残忍的手段确实很见效，几乎将我的右臂从肩膀上拧脱了下来。后来，当我走下山的时候，一个御者认出了我，他飞奔而来很快就将我释放了。

“这件事情表明了这些前哨都很胆怯。在我们去兵营的路上，我从御者们那里了解到，沙波图那浅滩的营地今天早上不会被撤掉，所以军队里的士兵们可以用一个下午的时间在这个营地收拾自己的装备并顺便歇一歇脚。但是军官们却显得很不自在，我听说法老正在大发雷霆，他的侦察兵还是没能获取敌军的有效情报，而且这一切都太耗费时间了。前卫可能已经到沙波图那了，但只有阿蒙的分队在后面紧跟着。拉的分队还要半个早上才能赶回来，他们被困在奥伦提斯关隘，那条路实在是太狭窄了，容不得马车快速行驶，而卜塔和赛特的支队才刚刚拔营启程，还需要一天的时间才能到达后方。我预想他们肯定被困在峡谷中间了，甚至我都可以听到马夫的谩骂声和马匹发出的充满恐惧的声音。

“我的伙伴解释说，比那还要糟糕的是没有人知道我们会在卡叠什找到些什么。昨晚国王已经对他的军官说了‘赫梯的国王根本就不配当一个国王。’我们的拉美西斯怒气冲天，让人发狂的是他在不知道是要作战还是围攻的情况下，非得要前往卡叠什。

“我试着去判断我带来的情报有多大的价值,法老会准备聆听吗？况且，我不能这么快就见到我的法老，还有十个军官等着要跟他汇报呢，至于我，正充分感受着一种忐忑不安的心情，我不停地在营地四处走动，觉得身体很空虚，仿佛我的胃已经被急躁感烧化了。

“当时，我们仍然按照伟大的图特摩斯在位时期采用的方式来扎营。所以，今天早上一眼你就能看到，国王的大帐篷就竖立在军官们的帐篷中央，而皇家马车则分布在四周。这块营地被我们的公牛以及各个出口包围着，步兵们被安排在外面坚守着，他们高大的盾牌直立在前晚挖好的土垒脊上。在这种情况下，我们就像处在一座四面都是盾墙组成的堡垒里，你甚至可以从大门进来，但这并不是真的门，只是在那个开口的地方有一条路，在这条路的两边各有一排步兵罢了。然而，你可以在里面四处闲逛，甚至拜访你的朋友，若不是因为我要汇报消息，或许我也可以去体会一下做士兵的感觉了。在营地里待着的日子与我那些平凡的岁月相比更令我开心，即使很多人都没事干只是打着呼噜，或者是一个小时接一个小时地磨着短刀。

“在当天，有传言说我们仍有可能会进驻战场——如果军队里面没有流言生活会变得怎样呢？——许多努比亚人戴上他们的头盔，都不想摘下。这些黑人有些穿着豹皮，有些穿着白色长袍，一条橘色的肩带挂在右肩上，看上去十分气派。黑人们喜欢引起别人的注意，我观察到他们有五个人在一处吵架，有十个人在一旁静坐着，他们的缄默比周围的喧嚷还要强烈。与我们御者意见不符的稀奇古怪的士兵之中，有一些人说努比亚人在战斗中会展现勇敢的一面，而另一些人则说并非如此。我知道他们都很强壮，但是我只把他们看作马匹，直到受惊吓的时候他们才会变得勇敢，而且他们就像爱马匹一样深爱着他们的羽毛——努比亚人会在他们的皮制头盔上插一根黄色的羽毛。他们和叙利亚人相比简直是天壤之别啊，叙利亚人经常光着头，不戴头盔，而且留着大把的黑胡须。

“大概在那个时候我就意识到即使我的国王接见我也是下午的事了，一想到这儿，所有的紧张和忐忑都烟消云散了。我和其他御者一样在阳光下享受着轻松自由，跟他们讲述了我的冒险记，自己则保留了最精彩的情节，然后在方形营地的内外来回徘徊，拉之神的仁慈温暖着我的肉体，到最后我只穿着我的便鞋和腰布，和半数的士兵一样慵懒地躺在地上，一天的日子也就这样慵懒地过去了。

“我在皇家木匠的店铺里停了一会儿，告诉他我丢了马车的经历，但他也没有工夫理我，因为他正在把两辆破损的二轮马车拼凑成一辆四轮马车送给我，而且答应会帮我拼得比原来那辆还要好。他可以把七辆四分五裂的战车改装成六辆可以派上战场的战车，他对我讲话的时候就站在店铺中央，马车轮堆成一堆，车轮辐条堆成一堆，还有其他破损的部件也堆成了一堆。我不知道他在里面是怎么走动的。

“接着我看到其他步兵从浅滩上舀了几箩筐水装在一个大皮包里，皮包就悬挂在营地中央的三根枝条上，马匹正被驱赶到铁匠铺那里。我看到士兵们喝着酒，还有一些在摔跤，另外两个人牵着两头奶牛到野外的灶间去。我闻到了那天的汗味和烤肉的味道，两个正喝着酒的士兵开始用短剑在那里打斗，他们打斗了很久，也都知道如何攻击对方，所以都能挡住彼此的攻击。有一个施尔登人穿着红蓝相间的羊毛披风，像喷泉一样大汗淋漓，他正在鞭打着一只把鼻子伸进草料袋里的驴子，那食物让牲畜们大为激动，于是驴子也迅速站了起来。而那个施尔登人不停地鞭打着它，那头驴子也不停地蹦跳着，一直都是兴奋不已，吃着草料怎么也不愿意把头伸出袋子外面，至少在我观察它的时候是这样的。在这头驴子旁边，另外一头驴子也被这一切惹得有点激动，它正在尘土中打滚。

“此时大多数人都在睡觉，午后就变得更加慵懒了，我可以感受到这些士兵行军数日后的疲劳，而且我自己也感到极度劳累，于是就回到我和其他御者共用的帐篷里，直接躺在地席上睡着了，一直等到国王要见我的消息传来才把我叫醒。迷迷糊糊中，我还在梦着森林和盗贼，我站起来，端起盆里的水直往脸上泼，然后就朝国王的大帐篷跑去。我一直梦到赫梯人，然后看到一条插着削尖的木桩的路，埃及士兵都死在了那里。在我的梦里，尸体慢慢从木桩上滑落下来，我打心底觉得寒冷，于是就喝了一小杯酒让自己出汗，我看起来像个心有所属的汉子，然后就准备进拉美西斯二世的大帐篷里去了。

“那豪华的帐篷不亚于一座豪宅。不仅有神殿让他请愿，有卧室，有餐厅，还有一个专门供他接见众人的大房间。这一天，有很多军官、将军和阿蒙－赫普－苏－夫王子都在他身边，然而当我进去的时候，他很不耐烦，所以在我还没磕完头时他就开始讲话了。他问道，‘你都没有出击就要放弃你的地盘中最富庶的地区吗？’

“‘神啊，我会尽力像拉之子一样去战斗的。’

“‘但是，这里有些人告诉我卡叠什的国王在另外一边已经行军两天了，而且他已经不敢再靠近我们了。他就是个傻瓜，我会让所有人知道他蒙受的羞辱。我会立个石碑来庆祝我的胜利，然后向世人展示卡叠什的国王之名就相当于你们在一个妓女的大腿中间看到的一样龌龊！’

“这时帐篷里很热，因为太阳已从另一边照了进来，而且因为四十个军官体内散发的热气而再度升温，最大的热气来自我的法老，他就像大热天沙漠里的一把火。

“‘谁说他不会防守卡叠什呢？’我问道。

“我的法老指着两个在角落里静坐的牧羊人，通过他们长袍上的灰尘，可以看出他们仿佛已经和他们的牲畜长途跋涉了上百日。现在，他咧嘴一笑，露出他那仅剩的牙齿，然后鞠了七个躬，接下来那个年长的人开始说话了，不过是用他自己的语言。负责互译这两种语言的是我们的一个将军，他把贝都因人的话翻译成我们的语言，但只有在那个牧羊人歇气停顿的时候才可以翻译，而且他在翻译的时候总是断断续续。

“‘敬爱的拉美西斯，真理之神，’他翻译道，‘当伟大高尚的神砍掉敌人的头颅时会不知道高兴吗？难道那不是给了他超乎一天的快乐吗？’

“此时我看到我的法老笑了。

“那个牧羊人用既长又慢且沉重的声音说着，就像所有预言家一样深沉且带着附和声，‘您是荷鲁斯和阿蒙－拉所赐的国王，您是能沉稳地驾驭战马而且在战车上显得高贵华丽的国王，您知道我们已经来到了您的金御座前，’——其实我的国王只是坐在一个纯金的小椅子上——‘我们期望您代表我们的家族讲话。我们的家族是所有大家族中最大的，是向卡叠什国王以及赫梯人的首领美特拉起誓的家族。但是我们的家人说美特拉不再是我们的首领，因为他的血液已经变成了水的颜色。他和您的力量相比，就像是一只兔子眼对着一只公牛眼。美特拉坐在阿勒坡的土地上，没有勇气向卡叠什行军，所以我们的家族就把我们派到您这里来，作为臣服于您的保证。’

“‘我很荣幸，’国王说道，‘因为我知道你在说实话。在我面前没说真话的人马上就会被阉掉。在他失去双眼前肯定还会用双眼盯着他失去的部位。’

“我从未听过我的法老那样说话，但是我也从未感受到他身体散发出这样的热气。‘我相信这些人在说实话，’他说道，‘他们哪敢撒谎呢？’然而在同样的怒气之下他转向我说道:‘你相信他们吗？’我沉默着,他笑着说道:‘你不相信吗？你觉得他们会如此厚颜无耻地来欺骗你的法老吗？’

“‘我相信他们，’我说，‘我觉得他们在讲述着关于他们家族的事实，但是从他们离开后到现在已经有好几天了。在他们到我们这边来的行程中，或许卡叠什的国王也在行军。伟大的国王啊，’我说道，其实我很害怕，所

以也在地上磕了七次头，‘今天早上，也就是在黎明时分，当我下山时，我在靠近卡叠什的北边看见了一支军队。’

“‘你看见了一支军队？’

“‘是的，我看到了一支军队散发出的光亮。那是由长矛、剑还有盾上的抛光金属发出的光。’

“‘你没有看到剑吗？你只是看到了光是吧？’阿蒙－赫普－苏－夫王子问道。

“‘只看到了光。’我承认道。

“‘那光线是由那条围绕卡叠什城墙流淌的河流发出的。’王子说道，许多将军听到后都笑了。然而，当注意到我们的法老没有笑时，他们就沉默了。现在我明白为什么从法老身上散发的热气会如此奇怪了，因为赫拉此时不在他身边，我记得以前的大多数热气通常都是那头狮子散发出来的。没错，现在将军们在国王面前沉默不语，就像他们曾经在赫拉面前沉默不语一样。

“‘在你的行程中，你听到关于卡叠什国王的什么消息了吗？’我现在被法老问道。

“‘那个美特拉就隐藏在那座城附近的森林里，’我快速说道，‘他有一支庞大的军队，他将会突袭我们。’

“‘那不是真的，’法老咆哮道，在他黑绿相间的妆容下，我看到了他的眼珠变红了。‘那不是真的，’他重复说道，‘但我还是相信那是真的。’他盯着我看，仿佛我已经奚落了他一番似的。

“一场争论开始了，是否要在黎明时分撤营，然后让前两个分队行军去卡叠什，还是说——在这里我不能保持沉默，所以我很快也参与了争论——再等一天才是明智的选择。但愿后两个分队能安然经过峡谷。我说道，‘其实我们可以行军到大平原，一个角在左边，一个角在右边。’我之所以用‘角’这个字眼是因为我记得在我们去他墓地的当天，国王告诉过我伟大的图特摩斯从来不会说‘翼’或‘侧面’，当他说到军队的时候，仿佛自己是一头有着两个角的强壮的公牛。

“我的法老点了点头，他看向自己的内心深处，仿佛看到了他的战车在一块宽广的场地上处于一支有两个角的庞大的军队中央，我以为他会发出继续等待的命令。然而阿蒙－赫普－苏－夫王子也了解他的父亲，他说道：‘如果卡叠什国王没有来的话，在那片广大的土地上我们或许会再等一周。到那时我们的士兵就会互相打斗，他们会选择放弃，那样就显得我们很愚蠢，我们的角也会瓦解。’

“法老对此也点了点头，现在争论结束了，于是他给出了指示——我们会在黎明时分撤营。那天晚上，国王就站在关着他的狮子的笼子上——在黎巴嫩森林里的一个晚上，赫拉已经吃掉了我们的一个士兵，所以在第二天早上就给它做了一个笼子。现在我们的法老站在笼子顶端对我们所有人说话，而赫拉则在下面号叫着。

“‘伟大的法老，图特摩斯三世赢得了米吉多之战。这位国王亲自带领他的军队，他强有力的领导就像一把火焰，我也会这么强大地领导你们。’士兵们听到后欢呼起来，我再次明白我也是军队中的一部分，夜色一度是红色的，此时因为我们的欢呼而再度变红。‘图特摩斯勇猛地向前冲，然后杀掉了那些野蛮人，’我们的国王说道，‘没有人能像他一样，他带回了所有敌军的亲王，他们的战车都是金的。’我们再次欢呼，每次当我们的法老讲到金，我们就会欢呼。‘在图特摩斯面前所有人都落荒而逃，’我们的国王说，‘他们如此仓皇地逃跑，把衣服都落下了。’我们发出了像泥河一样巨大的嘲笑声。‘没错，他们遗弃了好几车的金银，’——我们发出一声叹息，就像水面上的月光的轻声细语——‘米吉多的人们空手拉着他们的士兵越过城墙，这个时候图特摩斯本来可以攻下那座城的。’

说到这里，国王暂停了一下。‘但是他们并没有那样做，’他继续说道，‘我们的士兵把全部的注意力都放在了战争中留下的战利品上，于是他们失去了城中的财宝。米吉多人像鱼儿一样遍地躺着，而图特摩斯的军队则像海鸥一样啄着他们的骨头。’我们发出一片叹息声，‘不要表现得像只海鸥。’拉美西斯说，‘如果那一天那座城没被攻下所有人就要被围困一年。图特摩斯的军队必须像奴隶一样拼命，砍倒森林，只有这样他们才可以建造靠近米吉多的城墙，而且直到所有的米吉多城墙都被图特摩斯建造的墙包围了才算完工，这项工程花了一年时间才完成啊！

“‘那座城物资匮乏，但在那个时候米吉多人自己也藏了黄金，对此我们不知所措。没有什么好的奴隶可以带走，映入图特摩斯军队眼帘的也只有遍地的死尸和瘟疫。所以我告诉你们，我们会打一场大战，但在我发话前你们谁都不能拿战利品！我想在那些死人堆里看到亚细亚人的手，而不是埃及人的手。’

“紧接着我们发出一片欢呼声，一想到有更多的战利品，我们既担心又高兴，但我们还是欢呼着，笼子里的那头狮子也咆哮着。度过了一个几乎无人入眠的夜晚后，在第二天的黎明时分，我们撤掉营地然后越过沙波图那的浅滩，河水淹到我们的胸部，幸亏没有人也没有马匹被淹死。到达对岸时，我们扰乱了岸上的甲虫，它们像云团一样飞翔在我们的头顶和太阳之间，这些甲虫密密麻麻地飞来飞去，还在我们的面前投下了阴影，没有人能从这些飞腾的甲虫中看到什么吉祥的预兆。

“我们一渡过河流就组成了自己的队列，从通往卡叠什的奥伦提斯峡谷上宽广而坚硬的平原出发，那里的土地跟阅兵场一样干硬。冒昧地说一下，我们的马匹和车轮碾过那些飞累了的甲虫。我们尽可能多地在我们走过的路上留下印记，仿佛我们已经踩踏过一片浆果地，此时甲虫就像瘟疫一样爬满我们的头发和衣服。

“我再次感受到了法老的烦躁情绪，此时他就在列队的前锋。他的御者，加上他最强壮的施尔登人、努比亚人和壮汉们组成的皇室护卫，总共还不到五百人。我们当然是在前头，在我们后面阿蒙分队的第一支军队与我们相距甚远。从斜坡上往回看，我可以看到这天早上我们已经行军穿越那个平原有多远的距离了，但是拉的军队才刚刚经过浅滩，还有半天时间卜塔的分队才能跟上。至于赛特支队，他们仍然被堵在峡谷里，不到晚上的话他们对我们任何人来说都毫无用处。

“我很满意我能处于列队的前沿，毕竟那里的灰尘会少些。云朵从这个平原上干硬的泥土上升起，浓密到可以把甲虫赶走了，而且这些密云正飘回到阿蒙支队以及他的五千名行军士兵那里，和那个分队同行就像是穿越烟雾。

“对于卡叠什来说我们多么显眼啊！透过灰尘，我们可以在天空与山脉交接的远处看到卡叠什。如果快马加鞭的话，不到一个小时的行程就能赶到那座城，但我知道还是要到下午才能抵达，因为现在我们必须绕道经过有少许森林覆盖的斜坡，再往前就什么也看不到了，所以我们必须马不停蹄地前进着。我们只能派出几位侦察兵，耐心地等待他们回来报告前方的情况。

“我的胸口很沉重，就像一个死人的心脏，但我丝毫不觉得虚弱或怯懦，即使陷于压抑之中，我还是保持着警惕，仿佛有一人群人在我的心脏里等着我开战。我试着去想如果我是卡叠什国王美特拉的话我会做什么，我会选择在这片树林的哪个地方袭击法老的皇家护卫，从而俘获伟大的拉美西斯呢？对我来说，似乎我更愿意等到阿蒙分队的一半士兵经过，或者是拉的分队的一半士兵经过，当他们在森林小道上拉开距离时我就可以全力袭击了。那条小路就像蠕虫一样又长又狭窄，你完全可以在半路伏击敌人。尽管如此，我依然努力地去思考，仿佛我不是自己而是别人，是一位外国的国王，这一切都令我头晕目眩，我想我正与来自卡叠什国王神秘娼妓的担忧相妥协。或许我并不像美特拉一样思考，实际上我更多地是住在他发自内心的思想里。如果真是那样，我们的前卫就可以安然无恙地继续前进，阿蒙的分队也可以安全地通过，突袭会在拉的分队那里出现。

“我的恐惧被悲痛取代，在这一刻，我们似乎没有处于危险的境地中，而是处在更大的险境之中。我永远都不会把这告诉国王，他的儿子阿蒙－赫普－苏－夫取代了我的位置并与他同行，将我丢在后面给卓尔不群的翻译官当车夫。这个家伙是一个名叫犹梯－克亨特的将军，不过，很显然这个名字的意思是‘远征军的情妇’，当然那只是军队里的玩笑话而已。听说他的直肠就像桶口，于是我再次明白了法老的怒气，因为生气，他才会让我和这样的男人共用一辆马车。

“当然，他现在正在听取他儿子的建议，只要他一发现我的思想可以触及敌人思想的这种能力时，我就可能会再次成为他的御者。这时，犹梯－克亨特沿着尘土飞扬的道路叽里咕噜地说着话，我机智地笑了。瞧，他指出每条鱼和每只猫都有神灵守护，而甲虫之神是一位伟大的神，除了他没有神灵会自找麻烦栖息于尘埃之中。你无法叫出这样一位神灵的名字，但是他并没有恶意，这个将军对其他将军来说就是个蠢货，他没有命令或指挥谁，他只是阿蒙－赫普－苏－夫王子的马屁精，但我很想知道这个可怜的犹梯－克亨特是不是在以前也是一位强壮的士兵，因为曾经服侍法老的父亲才变得这么软弱的。或许，那位赛特法老曾经也抓着他的头发强暴过他。

“我们行进在一条还算通畅的小路上，其实可以称得上是一条还算宽阔的路，能够让马车一辆接一辆通过。走在这样的小路上其实挺舒服的，因为在炎热的中午森林里还很凉爽，但我们没有一个人觉得轻松自在——此时卡叠什离我们太近了。另外，你必须琢磨着战车中队会在哪里袭击我们，尽管森林里的大部分地方都有通路，我们还是穿过了那段路，但也有可能一支军队就埋伏在路边，若真是中埋伏的话，五百个人就可以攻下五千个人。现在我们伟大的国王对拖延时间很不耐烦，他不想再费劲去派出侦察兵，他确信卡叠什的大门是敞开着的。

“行军至晌午时分，我们穿过又一片森林以及许多耕地，偶尔能看到一两个一见到我们就逃跑的农民，但我们继续保持和以前一样的速度前进，奥伦提斯河就在我们的右边，河流到了此处变得很浅，流速也变得缓慢了，如果这里是美特拉想要从另一个河岸攻击的地方，那么这条河有好几个宽阔的浅滩都可以通过一支军队。此时依然没有任何动静，当我们转过一个弯后，北边的一切尽收眼底，我们看到了卡叠什的城墙和塔楼，没有赫梯军队在那里驻扎。除了一条环绕城墙向左边流淌的护城河之外，我们面前什么也没有。我们行军很久了，在尼罗河、沙漠和山上度过了许多日日夜夜之后才到达这座城，所以当我伟大的国王从我们右边经过这座城时，我觉得他不会停下来，毕竟现在时机还没到，必须要保持速度前进。很快，我们来到了城墙脚下，似乎没有任何赫梯士兵在场，或者是在卡叠什塔窗里看不到任何面孔，我们陷入了困惑，在这个沉寂的山丘上，最大的声响就是我们的车轮发出的咯吱声——其实那声音不是很大，因为在平地上我们几乎没有用力驱赶马车。

“拉美西斯二世最后下达命令，在稀疏的森林里有许多小场地和一些零散的树木，我们就在河边停了下来。我们营地上的三个出口都面向那块我们很快就要用盾与敌军对抗的土地，而且努比亚人开始兴建用来支撑盾牌的土垒，就建在法老的大帐篷周围。这时我们默默地等待着，除了挖掘声之外几乎听不见其他声音。阿蒙分队很快也跟了上来，而且他们还在我们的营地周围搭建了更大的一块营地，这使得国王的护卫可以从奥伦提斯河后退而去，而阿蒙分队的营地靠着的河流刚好是第四个开口处。但到了现在那座城里还是没有任何消息。

“你可以听到阿蒙分队里五千名士兵的挖掘声在我们周围回荡，即使他们不是十分卖力，再过一个小时我们或许又要移动了，所以他们必须得抓紧时间挖掘。大家都很放松，卸下了马具，给马匹喂粮草和水，同时也填了一下自己的肚子，在这个无拘无束的供应队列中，庞大的规模给了我们安全感，只是我觉得呼吸很压抑。即使我不想在犹梯－克亨特身边作战，甚至不想和他同行，我也仍然在忙着修整我的马车，用我带在皮包里的一块稀有且坚硬的石头把青铜色的轮辋磨碎，直到将那边沿磨得像刀口一样锋利。那效果虽然不会保持很久，但是一个刚磨光的车轮碾杀一个掉落在地上的敌人是多么过瘾啊！而我一直觉得呼吸沉重，当我们来到这片营地后，我看不到另一支军队的任何迹象，远处也是一无所有。虽然可以感觉到森林地面上的红色松叶很光滑，但是它们看起来也没有像有序地往后飘的松叶那样光滑。我觉得在我们到来之前已经有一支军队到过这里了，甚至有可能就是在这天早上抵达的，我惊叹松叶竟如此轻而易举地暴露了他们的行踪。另外，我可以闻到松树之神的气息，他几乎和庞特的没药树的神灵一样奇异。

“很多士兵带着小零件陆陆续续来到法老的大帐篷里，有我们不熟悉的马车辐条，以及一些破损的散发着奇怪油味的皮带，我越发强烈地感觉到那片森林是污浊的。然后我想，如果我是美特拉的话，我就会待在卡叠什的北边，很好地隐藏在森林里，即使我们的国王会从南边进攻也不害怕。只有当他到达城墙时，我才会渡过河流来到东边，然后躲到另一边，让那座城介于我们之间。如果是从更远的北方来到这里，我也会移到南边，依然藏在卡叠什的城墙后面。这样子我就可以越过那条河流，就是我之前说的有很多浅滩而且可以突袭拉的分队的那个地方，也就是城南的那片空地里。

“正当我思考着这些策略时，我们的营地发出了一片哗然声，两个亚细亚人刚被侦察兵抓了进来，他们的脸上布满了血迹。正在煮饭的士兵目不转睛地看着侦察兵带着这些俘虏前往法老的大帐篷，随后多次传来了鞭打声和尖叫声。当我进入法老的帐篷时，那些俘虏的背就和他们的脸部一样鲜血淋漓，我很庆幸我没有看到他们挨打时的表情。”

“每抽打一鞭子都会让人掉下手掌一样大的皮。国王现在迅速扒掉俘虏肩膀上的衣服，就像纸莎草纸的丝带一样，然后扔在地上。他命令道，‘必须说实话！'那个赫梯人一点都听不懂我们的语言，但是他能理解这个声音，他明白这双正注视着他看的双眼所表达的意思。那双眼睛散发的光芒像太阳散发出火焰一样。所以他对着国王，经由犹梯－克亨特翻译说道，'敬爱的拉之子啊，求求您饶了我吧。'

"'你那可怜的赫梯国王究竟在哪里？'

"'看呐，'那个亚细亚人用他自己的语言哭喊道，我们的互译官用我们的语言也说着'看呐'，'卡叠什国王美特拉已经召集了很多民族的大量人手，他的士兵满山遍野都是。'

"正当阿蒙－赫普－苏－夫王子把这个人的手臂绕到脖子后面时，他还在继续说着话。我以为他的肩膀会脱臼，因为手臂上的血液已经不流动了，他的后背因为承受压迫而呈现出一片苍白。然而他全都说了，每说完几句话就等着犹梯－克亨特翻译他所说的，他一直不停地哽咽着。现在，国王举起他的剑，厉声问道，'美特拉现在在哪儿？'

"他毫无保留地说，'我的神啊，美特拉在河岸的另一边等候着。'

"我以为那剑会落下去，但它反而被举得更高。我们的国王放走了赫梯人，然后愤怒地对我们说，'看看你们都告诉了些什么，'他大声叫嚷道，'看看你们是怎么说卡叠什国王像个胆小鬼一样逃跑的。'此时我以为他会把剑给他儿子，那个王子在地上磕了七次头，他肯定已经有了很多想法，因为当他抬头时，他说道，'我的神啊，让我返回去告知卜塔的分队吧，我们需要他们支援。'我们的国王慢慢地点了点头，即使他此时怒气冲天，仿佛他是被迫才答应的，然后王子立刻走出帐篷，他一走，尽管我们没有人知道另一个人做了什么，我们还是立即陷入了一片混乱之中。

"我听到了远处的喧嚣声和附近的骚动声，然后就是百余匹马疾走的声音，一片混乱与恐惧的声音向我们袭来。我们并不知道拉的分队中的大批军团受到重击，没有战车的马匹和没有马匹的御者现在正朝我们奔跑过来，步兵追赶着无人驾驶的快马拉着的马车队，所有的这些混乱都靠近我们这里了。过后我才了解到正如我所预见的那样，拉的分队在半路被袭击了，就在那条如蠕虫般又长又狭窄的路上。此时拉后方的部队跑回到卜塔分队那里，前半部分的军队在溃败后与我们会合，有一些已经掉落在第一批赫梯人的第一辆战车下，而幸存者则蹒跚着爬到阿蒙营地外围的土垒和盾牌那里。美特拉的军队就像绿色长廊的海蛇一样，顷刻间冲刷了我们占据的海岸。在这样的喧嚷中，我们看到天空变得像步兵短剑上的金属一样黑。”

九

“我可以告诉你们，”迈内黑特对我们的法老和我的父母亲说，“我们后来是如何谈论这场战争的，每个人都从对自己有利的角度来讲述这场战争，所以，只有通过谎言的对比你才能寻找到真相，但那也是后来的事了，此时此刻只有噪音和混乱。然而我不能忘记接下去的那个漫长的午后我的种种感受，那天下午我们很多人更接近死者而不是生者，我从未有过这么强烈的感受。我仍然能看到刺穿我左肩的长矛，还有差点砍到我脑袋的刀剑。再有一次——如今回想起来那场面还是离我很近，就像我在睡梦中从床上跌落一样——一支长矛冲击着我的盾牌，把我赶下法老的战车。那是所有战争中最大的战役，在我的四次生命期间我从未听说过像这样大的战役。当然，那天我的思想并没有像往常一样与我对话，诚然，最不寻常与最不重要的时刻一样形同陌路，但我记得当喊叫声第一次从我们的营帐传出的时候，国王对我说道，‘拿起你的盾，骑上我的战车！’这一刻我已经期待已久了，从沿着尼罗河顺流而下的那一天起，历经加沙的尘土，再经过神秘的提尔，我一直都只能点头顺从。想着我在磨快犹梯－克亨特的马车轮上所下的功夫，真的是比战败还要糟糕，因为犹梯－克亨特很可能会从战车上掉下来折断自己的双腿，这就是战争让人震惊的地方，事情会变得很零碎，就像破碎的岩石块到处乱飞，所以我正要看看那些还未发生的‘碎片’。

当然，犹梯－克亨特确实从他的战车上掉了下来，当他的战马在恐慌中掀翻并碾压过他的身体时，他的腿被我磨过的车轮压碎了。

“正如我所说的，那一瞬间我的重任就是必须找到我的皮包和我的石头，然后尽快将他的马车轮磨锋利。但即使有这样的想法也是愚蠢的，因为有一部分士兵——彪悍的战车上的皇家护卫——总是装饰着金银丝饰品，然后在马车轮毂上安装皇家石器——如果是沿着他的车轮运行的话你会丢掉手指头的。所以我爬上了狮子笼，在上面能更好地看到我们周围的情况。紧接着，赫拉开始在笼子里咆哮，就像一个喝醉酒的乞丐，它猛烈地晃动着笼子，差点将我摔倒。当我站在那些板条上环顾四周时，那头狮子用它的尾巴、肩膀和头部撞击我的双脚，因而我全身开始沸腾，与绿色长廊里那些翻涌的泡沫很相似。我可以清楚地看到国王的方形营地被四周的堡垒所环绕，因为那个更大的方形营地是由阿蒙的士兵们匆忙建成的，但是现在已经不见了。在我们的方形营地外面是一片混乱和厮杀，阿蒙的分队正在消耗着他们的粮食、帐篷、车队，还有牲畜。然而我们内部的方形营地却在坚守着法老的营帐，至于外部，我仅仅看到我们的一些人正面对着一大群横行霸道的赫梯人，他们如此着急地硬闯营地，最后都被抓获了。在另一批跟我们埃及人行进时一样井井有序的御者后面，这些亚细亚人并没有将战马谨慎地骑成一排，只有成百上千辆马车围拢在一起，每辆马车上有三个人，他们都戴着怪异的黄帽子，并没有用弓和剑来战斗，而是试图用他们的斧头来砍倒一切。在一片厮杀声中，我们那些仍在战斗的马车不停地穿进穿出，我们有些御者甚至在这个时候拉弓上箭，就像麻雀和野猪打架一样迅速，他们还将缰绳缠绕在腰上。敌军的规模很庞大，而且很笨拙，我甚至经常看到两辆赫梯战车相撞，当一辆马车上的三个人被重摔在地时，另一辆马车上的三个人也被甩了出去。翻过山丘，经过这些稀疏的树林时，出现了更多赫梯车队，一些队列奔跑着，一些列队步行着。接下来我看到了离我们最近的三四十人，或许他们是一个骑兵中队，正朝国王的方形营地飞奔而去。他们猛攻我们的防护墙，向上翻越，而且几乎是蜂拥而至。这些人并没有陷入法老的强壮的施尔登人的掌控之中，这些施尔登人抓着这些亚细亚马匹的马笼头，伫立了好久才掉转马头停下马车，此时，其他的施尔登人用匕首划开了马匹的肚子，最终他们战胜了赫梯人，冲进我们方形营地的那三四十人，一个活口都没留下。至于我，像一个小毛孩站在赫拉的笼子上兴奋起来，只有那么一瞬间我看到了法老，他低着头，闭着双眼，仍然在祷告。我听到从他口中说出这样的话：'我执政的五年期间，第三个季度的第三个月，在威严的荷鲁斯神之下，我，拉美西斯－米亚蒙，强大的公牛，玛特女神的挚爱，埃及上下层的国王，永世的拉之子。'——我听到他召唤他所有的名号，正如一个桔槔装着一桶水被拎到山上去一样，我的法老热血沸腾，仿佛正将死亡之地的水提升至他的内心，直到他不害怕任何死亡，然后活人和死人都能听到：'我，英勇无比，壮如公牛，我肢体的力量如同火焰。'——他不停地祷告着。这时在树林战地上以及我们的方形营地外面，我看到一匹马在后退，有一支箭插在它的脖子上，还有三个赫梯人被压在这辆马车下面，而我们的一个御者掉落在两匹马之间的车辕上，有一支短矛刺进了他的胸膛。在他们后面，四处都躺满了仰面朝天的尸体，离我最近的尸体只有投掷一颗石子的距离，然而，尸体的眼睛却像鸟的眼睛一样明亮。我可以清楚地看到躺在他旁边的另外一具尸体，这个死人还在紧握着他的生殖器。接着我看到一个人的手臂被轮毂夹住了，一个赫梯人跟了过来，一斧头劈在他的头上。我们的大多数士兵一直往森林里逃跑，我几乎无法相信阿蒙的士兵会如此恐慌。

"现在法老已经结束了祷告，然后解开了赫拉的笼门将它放了出来。令我惊讶的是，国王一跃身就坐到马车上的驾驶座上去了。于是，我坐到他的身边，他绕着我们的方形营地巡视了一圈，当他叫喊着'我们即将发起进攻！我们即将发起进攻！'时，几乎都要撞到我们自己人了。

"六辆战车，接着是七辆，然后是八辆，跟随着我们绕圈。其他人敬着军礼但没有移动，一直等到我们环绕到下一圈，他们依然在敬着礼。现在其他人也加入了我们的绕行队伍中，但这还不够。

“‘跟着我！’国王吩咐道，随后二十辆战车组成的部队跟着他，他们全速抵达我们方形营地的南边，选择最低矮的地面冲了过去，到达另一边的时候战车相互狠狠地撞在一起，几乎都散架了。最终我们还是到了战场上，四面八方都是赫梯的人马，当我鼓起勇气往后看时，我们还有一半的部队在后方，而另外一半不敢翻越那道墙。我们已经被包围了，如果可以这么说的话，我们的法老已经将那些牺牲者的勇气抽出来分给他的每一个手下，更不用说底比斯的强大的部队以及令玛特满意的部队了，我们拥有陆地上最敏捷的马匹，还有赫拉在我们旁边咆哮跳跃着，他的号叫声比岩石崩塌后滚落悬崖的声响还大。我们所有人飞奔过每一个混乱的战场，即使我们已经精疲力尽了，但飞奔的速度还是如此之快，以至于没有人甚至连我们自己人都追不上。赫梯人在我们的通道前分开了队列，那阵势就和我们刚刚经过的来自阿蒙或拉的分队的贫穷的埃及人的队列一样，我们经过差不多一块场地的距离，再经过一片树林抵达另一块场地，途中没有一支箭射到我们，我们也没有射出一支箭，而且没有赫梯的部队追上来，士兵和马车都没有追上来——或许他们都害怕国王显赫的战车，更害怕在我们旁边咆哮的赫拉。

“在后面，我们的御者就像一条长长的尾巴舒展开来，部队的末端肯定有人在路边停下了战车。我知道与法老齐头并进经过那崎岖的道路要付出怎样的代价，而且此时只有少数人和我们待在一起。我斗胆眺望着前方，因为我感觉到似乎我的美好生活需要我不停地注视前方，我可以看到我们的一些人是如何被赫梯人包围住，一些人正往回撤退，或者是边杀边撤退。而我的拉美西斯二世仍然向南边飞奔着，没有人比他更高兴了，也没有人如此勇猛，如此英俊——仿佛阳光在他的眼里闪烁。‘我们要突出重围！’他大喊道，‘要找到卜塔的军队，当我们回来的时候我们会杀掉这些笨蛋！’

随后，我们在下一个战场上遇到了赫梯的许多战车。

“此时我看到战争已经超出一个人可以战斗的范围了，我也不能确定还有多少战车仍然和我们在一起。我们的拉美西斯驾驶着他的金色战车，全力以赴闯进这些笨重的赫梯马车中央，他们的马车都载着三个人。在接下去的几分钟我什么也没看到，就看到长矛向我的盾刺来，斧头差点砍到我的脑袋。我看到赫拉跳过一辆马车上的三个人，跳到另一辆车的马背上，它骑在马背上，前爪挂在马脖子上。为了躲避赫梯御者们的箭矢，它紧紧贴着马背，下巴贴在那匹公马血淋淋的脖子上，它正用后腿的爪子划开马肚皮，直到那匹马痛不欲生地挣扎着，另一匹马也跟着挣扎，两匹马都发出阵阵疼痛的嘶叫声，然后就向后倒在御者的身上了。正在这时，赫拉跳过这两匹马到一具尸体前，咬掉尸体的一只手臂，接下来它咬掉了很多死尸的手臂，我简直无法相信眼前所见的一切。在我用盾作战的过程中，从我的眼角边似乎突然有百箭齐发，全部射向法老。鉴于他的黄金部队，似乎没有人想到马匹，就连我也没有想到。那些箭在不停地射击，不是我所能阻挡的，箭阵像雨点猛烈地向我们袭来，箭头穿过我盾牌上的皮革，简直像敌人的尖鼻子一样邪恶。

“此时拉美西斯二世拉开他的弓极速射出了一支箭，接着又突然转向一辆赫梯的马车，然后又瞄准另一辆，动作是如此熟练以至于我们可以随意走走停停。当马车向我们围攻时，我们猛烈冲击，然后又停了下来。‘亮出你的剑！’国王站在原地叫喊道，我们各自对战两边的三个人，就这样我们背靠着背作战，用我们的剑对抗他们的六把斧头，只是没有表面看起来那样力量悬殊，因为赫拉攻下了一辆又一辆马车，而且它是如此狂暴血腥，所以其他马匹都不敢靠近它。于是我们重获了自由，确切地说，我们已经突围了，再次踏上了去往南方的路，要不了多久我们就可以与卜塔的分队会师了。我们是这样想的，所以我们互相叫喊着，没有想到仍然还有很多赫梯人摆成另一种方阵在我们前面试图拦截。

“有时候，我方军队的一些战车会赶上我们，所以我们不是一直在孤军奋战，但有几次我们是这样战斗的：有五次我们冲进人马堆里，一片密密麻麻，只能看到剑、盔甲、斧头、马匹、肢体，还有翻倒的马车。无人驾驶的马车与另一辆马车相撞，震得树木颤动不已。而拉美西斯的巨弓，除了他之外没有人能拉得动，一旦他拉弓搭箭，可以轻而易举地将一个人从马车上射倒在地，我看到这些零碎的场面，就像看到瓶瓶罐罐的碎片。比如说，我看到一个赫梯人举起一个遍体鳞伤都快断气的战士，而另外两个人坐上一辆没有缰绳的马车奔驰而去，第三个赫梯人早就从马上跌落在地了。许多士兵被马蹄踩踏过或者是被车轮碾压过——我看到很多那些我梦见多年的有八个辐条的赫梯车轮，噩梦啊，那小轮就像一个奇异的肛门一样撅起，而且场面十分荒唐，我甚至看到一个赫梯人正用马具攻击他自己的马匹。那家伙太疯狂了，他还用斧头砍死了那匹马，或许是因为那匹马试图要撞倒他的缘故吧。我不知道，我也没再看了，我正一边躲避打击一边蹒跚前行。当法老猛击以及他的战马急转弯时，他紧靠着我，有一次我甚至跌落到地上，我又跃身跳上了马车。我深知法老的热情，我看到赫拉向三个在马车上静止不动的家伙猛扑去，马匹的数量大量减少惊呆了他们。当赫拉将爪子按压在他们身上时，他们仍然盯着那没用的缰绳。

“到处都是慌乱的马匹。我看到一匹前腿断掉的马儿，它试图往后退，有一个躺在地上的车夫抓着这匹马的尾巴直到它扑腾着反过来咬他。另一个人单独待在马车上，他的马匹恍恍惚惚地走着，缰绳也是松软的，接着那个人就晕过去了，我看到他滑落到地上。在另一边，一匹无人驾驭的马正试图爬进一辆翻倒的马车里，实在是太疯狂了！有两匹无人驾驭的马试图冲撞其他马车，却失足跌倒了。当马群在战场上自乱阵脚时，一辆空车从头顶掠过，我以前从未听过动物发出这样的尖叫。最严重的就是国王坐骑的嘶叫了，当它不停地在我们的公马和母马之间跳跃着，一支箭射进了它的胸膛。到处都是惊慌失措的马匹，一边乱跑乱窜，一边大小便，而且这样的景象持续了很久。本以为我们已经突围了，却没想到南边又出现了一个方阵，我们再一次进攻，最终终于突围了。但在第六次袭击时，数以千计的赫梯人井井有条地朝我们逼近。

“我对国王说，‘这下完了，我们出不去了！’他对我怒目而视，仿佛我是个十足的懦夫，接着他大喊道，‘强大你的内心，鼓起勇气来，我要杀他们个片甲不留！’我看着那成千上万的士兵，再看看国王的脸庞，那样的神情似曾相识。当那些疯狂的乞丐自以为是法老之子时，他们的眼神也是这样的。没错，我的拉美西斯二世可以保证消灭掉所有赫梯人，我可以感受到他十分确信，就像我相信自己的判断力一样，只不过二者是截然相反的。于是我说道，‘我们回去吧，我的国王啊，回到你的营地里去，然后我们可以召集你的军队，重新杀回来消灭这些赫梯人。’话音一落，他就驾着我们的战车冲回北边，回到那属于国王的残留的方形营地，也就是两座山丘、三块练习场，我都不知道有多少树林消失不见了。

“到处都有敌军，但我们的马车没被发现，所以一路上都没有赫梯人拦截我们，他们都在忙着掠夺阿蒙分队的营地，所以我们很快就从后方回到国王的住处了，在场的所有人都欢呼着迎接我们。当我们停下马车时，军官们都朝我们跑来，激动地汇报着他们是如何保卫我们的南北阵地以及河边的营地，一直到赫梯人撤退——即使他们有成千上万的人马还是不能攻占我们的营地——但拉美西斯听得满腔怒火。听着他们的功绩，你会以为我们自己的人马都安然无恙，其实，可以看到还有箭插在我们的马具上，赫拉的脸因为染到赫梯人的血而变得更红，甚至比被剑割开的胸膛还红。当看到大量的鲜血时，我简直无法相信那血色会是如此鲜红。”

迈内黑特停顿了一下，继续说道：“在我告诉你们的这些经历中，那些体验都不是我内心真正的感受，但那些感受很真实。在那段日子里，我们努力向南边突围，我觉得自己已经是一个神了，我的体形增大了一倍——正如神灵们的身高是我们的两倍一样，而我的力量增加了四倍，恰如神灵们了解他们每个肩膀上都有四只手臂的力量。对如此重体力的活我一点也感觉不到疲倦，我的呼吸也从未这么接近神灵，我可以昼夜作战，因为我明白我对拉美西斯和马匹的爱全是源于我们一路走来一起历经的艰难险阻。不时地，我只想快速轮换到左边驾驭战马，好让我的国王大展身手。当一大批箭向我们射来时，仿佛我的后脑勺也长了眼睛，我下意识地挥动着我的盾牌去挡箭，似乎我们并没有在战场上，而是跟神灵们在一起，这些神灵正保护着我们。其实，就算砍掉我的脚我也会坚守在战场上，只要有神陪着我就够了。然而，当我看到成千上万的赫梯战车的那一瞬间，我却感受不到神灵的存在，我的手臂突然变得沉重，幸亏我不是很害怕，还能镇静自若，还能听到一个神灵的声音对我呐喊，‘不要让这个笨蛋发起进攻，不然你们两人都会死掉！’我跟你说那真是愉悦之声——就是那句话，如此优美轻柔，我发誓我听到的不是阿蒙强有力的嗓音，而是欧西里斯本身柔和的语调。还有谁敢说我的法老是个笨蛋呢？只有地狱判官欧西里斯，是他建议我迅速回到国王的营地，所以我告诉自己，‘即使我是阿蒙之子，今天让我逃过一劫的也是欧西里斯。’

“这时我们回到了皇家卫队的中央，沉浸在凯旋归来的喜悦中，我的确再次感受到了神的力量。我的身高再次倍增，至少对以前的我来说是这样的，接着我就很想战斗，觉得心潮澎湃，热血沸腾，一边放声大笑一边欣喜若狂地大喊着。我看到赫拉在旁边跳跃，用他那血淋淋的脸磨蹭着士兵们的脸，它的四肢强劲而有力，全都伸展开了，它精神抖擞地站在我旁边。我不知道是战场上的鲜血，还是这些军队因为守住了他们的营地而发出的欢呼，抑或是我们周围的尸体在七魂开始分离之前提早发酵了，我只能说我们鼻孔里闻到的气息就像夜晚的玫瑰，那个时候阳光也是玫瑰的颜色，伴随着我们对战斗的渴望，空气充满了沁人心脾的味道。我再次想到了关于母亲的故事：她在我父亲的身边醒来，有一位神灵戴着金光闪闪的胸铠出现在她头上，整间屋子里充满了香气，那是她一生中闻过的最芳香的气味。

“现在我明白她所说的了，如同此时空气中弥漫的香味，但这是阿蒙的启示还是欧西里斯的启示我也说不清楚，我只是激动地爬上了赫拉的笼子，让它很开心，它反过来用它的爪子咚咚地敲打着，意气风发。接着它朝下方走去,伴随着咕噜咕噜声。那时我才环顾四周,发现数以千计的赫梯人马，更远处跟随着成千上万的军队，形成两个大半圆正从西边和南边包抄过来，而我们的北边只剩一片荒地了。阿蒙和拉分队的所有士兵很久前就撤退了，我只看到尸体、废弃的马车和破碎的帐篷，运货的马车此时正遭遇赫梯人掠夺，欧西里斯的智慧肯定还与我同在，所以我低声对我的国王说，‘在河的东边，那里很少有亚细亚的军队。’真的，那里的赫梯人比我们营地的任何一处都少，其实我们距那河流还不到两百步远，于是他将阿蒙的力量和欧西里斯的智慧合并，对着我们四周英勇的王室前锋喊道，‘跟我走，到河流那边去！’我们的侧翼和后方的军队都毫不设防，接着拉美西斯上了马，我们就这样奔腾而去，后面跟着我们剩下的马车以及四边的步兵。

“我们东边的屏蔽线和他们隔不到五十步远，一眨眼的工夫我们就越过去了，那倒也无妨，但我从未见过这么多箭向我们射来，令我猝不及防。不久前，这些在河边的赫梯人已经昏昏欲睡，漫不经心地朝我们射箭，我们也这样对他们射箭。只要这样在两个战壕之间射来射去，就可以捡起掉落的箭，你射向赫梯的箭很快又会被射回来。当我们奔驰过去的时候，我仍然对此时有那么多箭向我们射来感到震惊，我听到士兵们被困住后大声叫喊着，身处这场惊心动魄的战争中——确实是惊心动魄，我们猛力攻击着我们面前的屏障，我们的两匹战马带着我们越过赫梯堡垒，然后我们骑着他们的战车下来，后面跟着我们自己的马车。

“因为我不会游泳，我不知道掉进河里被石头撞击是什么感受，除非我亲自试了否则我永远也不会知道。国王的金质马车比任何野兽都要强壮，而且就像神一样壮美，我们突然遇到了三辆赫梯马车。九个人、六匹马以及三辆沉重的马车与我们相撞了，仔细查看这四辆马车时，我知道肯定是国王的马车撞赢了。我还记得国王和我一起冲击地面，我们自己人的马车向我们冲过来，它的车轮很迟钝，现在还在我的背部刻下了印记。紧接着，马匹鸣叫着跳了起来，正如我正在脱离地面一样，他的马车也随着我脱离了地面。我不知道结果会怎样，除非它不停地绊倒马匹，毕竟那是他的马车，我们再次跳上了马，一边绕着圈骑行一边向赫梯人射箭。对于每次新出现的冲击我一直都没来得及调整身姿，也没能快速调整步伐，总之，这些冲突、碰撞、跌落和受伤正在上演着，就像你在梦里从山上滑落一样。

“我无法告诉你我们的战斗有多精彩，可不像我们操练多年的演习，我们的军队也不是一列列有条不紊地走着，更不是把步兵们赶到角落里去，都不是。我们匆忙地将他们赶到河边，动作非常迅速，赶在其他赫梯人在国王刚离开的营地上肆虐之前。或许我们已经身处绝境，没有前锋，没有后卫，也没有侧翼，甚至很有可能全军覆没，但我们依然像赫拉一样战斗，在这可怕的一天我们想取得胜利的欲望尤其强烈，我们一直不停地在马车上跳上跳下，拉美西斯时常和我背靠背作战，我们击伤了无数士兵，也杀了不少敌人，然后回到我们的战车上跟新出现的赫梯人对决，到处都可以看见我们的战车包围着他们沉重的战车灵巧地转着圈。在战场上，努比亚人正在用他们的短矛刺杀赫梯人，我看到一个人咬掉了另一个人的鼻子，而且不止一个努比亚人的黄色脸庞被鲜血染成了红色。此时有三个赫梯人奔跑过来，其中一个人手提一把斧头，屁股上还插着一支箭，他不停地往后看，仿佛要看看是谁咬了那人的鼻子。

“我们把他们全部赶到了河里，包括步兵、马车和马车夫，甚至还有他们的王子，那场面十分残酷。我们的宝剑都很坚固，让我们不顾一切地拼命作战正是战争本身的高尚之处。我听见各种抱怨声、啜泣声以及咆哮声在御者之间扩散着，步兵们发狂地跳上不羁的马匹，我们一直把他们赶到河堤边缘。有一辆赫梯马车想逃跑，却摔到河堤下面掉进了河里，只听到一声尖叫和一阵落水声就被冲走了。说到岩石和急流，此处的河段真是又窄又深，下游有许多岩石，水流也开始变得湍急。那辆跌落的马车被那些岩石撞得粉碎，我听见流水吞没了一阵哭喊声。

“现在，河流就在他们身后奔涌着，这些赫梯人的拼搏精神和我们的不相上下，但此时我们快要取胜了，我们的士兵兴奋不已。我们已经占领了他们的营火，我们军队里的一些人抓起燃烧的树枝朝他们猛扔，我甚至看到一个施尔登人挥动着一条半熟的牛腿进攻，赫梯人用火把和短剑回击，剑与剑交锋，斧头也与剑交锋。我们把他们全部推到岸边，包括那些在战场上受到重创的人，还有几个人紧紧贴在潮湿且险峻的河岸上，脸上也被射满了箭。因为战斗很激烈，我们军队里的一个努比亚人站出来，他下潜到河岸边想把一个赫梯人推到河里,但计划失败,结果两个人都掉入了河里，他们互相撕咬着，手臂缠绕着彼此的脖子。

“多么悲壮的场面啊，我们站在河岸边加油鼓劲，气喘吁吁，而且不停地啜泣，听起来像葬礼上悲痛的哀号。接着在水面上我们看到了此生难得一见的景象，一匹战马正在往下游游动，一个赫梯人拼命地想爬到马背上，可是又掉了下去，他又试了几遍，直到滑入水中溺水而亡，而那匹马却游到了对岸，其他赫梯人把马匹从水中拉出来。这时候旁边突然了出现一个王子，我是通过他紫色的衣服判断他的身份的，那些赫梯人把他整个人倒转着拎起来，直到王子嘴里吐出让人恶心的液体，之后我听说他居然是阿勒坡王子，于是我明白了为何王室成员一直紧跟在军队后面。接着我把目光转向另一个快被淹没的赫梯人，我清楚地看到他一边挣扎着往下沉一边向陆地上的人挥手告别。接着又有一个人从我正下方漂过，他的手臂挽着马脖子，仿佛在亲吻它，其实他正在对他的马匹说话，我听到他因爱而泣，过了一会儿他就和他的马匹一起撞死在岩石上了。在他后面漂来一个已经溺亡的士兵，由于他很肥胖，所以他能漂浮在水面上，有几支箭刺在他的胸脯上。我甚至看到一个士兵和他的马匹成功逃到了对岸，爬上岸后就躺在地上，因为他身负重伤，已经奄奄一息了。他断气后，他的马匹还在不停地舔着他的手。

“随后我看到了赫梯人的军队出现在对岸，他们是从树林里冒出来的，由于相距甚远，我们的箭都射不到他们。我试着估算了一下他们的人数，大概有八千人左右。我很庆幸他们占据的对岸没有浅滩，地势上没有优势。但我不得不说，当我们的拉美西斯看到他们时，不管我们之前取得了多大的胜利，他的愉悦感一下子全消失了。

“他呼喊道，‘再次发起进攻，到西边去！’

“我一直不明白我的国王在战争中是否明智，不过‘明智’这个词是用来判定人而不是神的，而且他从来都没有注意他的命令是否被遵循。当时他冲回到旧营地去，那地方就在我们四周的战壕里，到处都是疯狂掠夺的赫梯人，他们脸朝着地，背对着我们，就像肉上的蛆在埋头搜刮着。这群笨蛋如饥似渴地掠夺着，当我们到达河边时，他们就停下来从后方向我们逼近，但他们只掠夺我们的财物。当我们归来时，约有两百个赫梯人正在洗劫国王的大帐篷，奇怪的是，法老居然命令我们对他们放火，我几乎搞不懂我们的法老在想些什么。没有人比他本人更爱惜自己的财物了，然而在战场上他却如此疯狂，他第一个拿起一根燃烧的木棍向他的营帐扔去，接着我们许多人也跟着他一起扔。最后城墙坍塌了，但赫梯人依然在里面疯狂地抢夺着，当他们跑出来时，他们的胡子和羊毛披肩都着火了，就连他们的裤裆也着火了，我们的努比亚人拿着短棍与他们交锋，打爆了这些笨蛋的头，他们简直愚蠢至极，因为他们断气的时候怀里居然还堆着一抱掠夺品。国王燃烧的帐篷散发出的皮革的臭味甚至比烧焦的肉味还腥臭，而那气味就像一堆骨髓似的在为我们造血作战。我感受到我的剑活力四射，似乎这些金属也感觉到了疲惫，正在寻找新的力量。

“在法老的大帐篷里我们消灭了那些赫梯人，我们重新夺回了四个方位，然后再次组成了一个方形阵地，我们又一次欢呼起来。有两个大半圈的亚细亚战车本来已经朝我们围攻过来了，现在却在距我们的屏蔽线几百步远的地方停了下来。他们也是同一副德性，都忙着掠夺财物，但是他们剥夺的是自己的步兵，因为他们的步兵一直在抢捡着阿蒙的军队留下的战利品，直到赫梯的骑兵队压过来弱肉强食地剥夺他们。

“现在国王的大帐篷倒下了，皮革也烧光了，灰烬散了一地，有一些还在发着光。我的拉美西斯说，‘谁能把我们的神像带回来给我？’紧接着有一个努比亚长官用手指着他们队里的一个黑人，他体型庞大，大肚便便，看上去有点像阿蒙本人，只见那个黑人冲进热气沸腾的灰烬中，跑到一片倒塌的帐篷中央，拿起那个被烧黑的神像——我可以说那耗尽了他所有的力气——然后他就踉踉跄跄地跑出来了。由于雕像很重，那个努比亚人不得不用双手抱住它，他的胸膛都被灼伤了，还有他的肚子、双手、前臂和脚都被烧伤了。当他把神像立在国王的脚边时，我的国王居然亲吻了他——对一个黑人而言，能被法老亲吻是多么神圣的荣耀啊！紧接着，我的拉美西斯也在阿蒙旁边跪下了，开始用温柔的嗓音对他诉说着，夸赞他的大爱如同万里碧空。然后他撩起长袍的一角，擦拭着阿蒙神像脸上被熏黑的部位，吻着神像的双唇，尽管他自己的嘴唇突然被烫起了两个大水泡，其实这两个大水泡是在战斗的时候起的。多么可怕的场面啊，现在他只能用浮肿的双唇说话。

“我琢磨着那个黑人为什么能如此顽强地承受住这样的疼痛，而且，难道是因为对阿蒙的爱也促使着我的法老自寻苦痛？然而就在那时，从玛特头饰上脱落的一根羽毛慢悠悠地飘了过来，最后飘落在我的脚上。当我捡起它时，那羽毛沾满了战争的鲜血和尘垢，它如此沉重，像一把刀握在我的手里，当在我足够了解了这片羽毛之后我就亲吻了它。在我亲吻这片羽毛时，从法老的双唇冒出的巨大热气就进入了我的嘴巴，而且，我现在也要顶着嘴唇上肿起的白色水泡去参战了。

“我能跟你说一下当天的其他情况吗？你也知道我们是在阴沉的天气里开战的，那样昏暗的天色对我们埃及人的双眼来说是很陌生的，无论何时我们都要停下来呼吸，身上都冒着冷汗，而且口干舌燥，仿佛身处绝境。但现在好多了，此时赫梯人停止了掠夺，重新组好队后又开始向我们进攻，而且我们也组好了自己的军队，之前舍弃我们的阿蒙分队此时正从他们逃离的方向赶回来，这些归来的士兵还和赫梯人之间展开了许多小规模的战斗。我们知道这支不知所措的军队渴望着回到我们的营地，我的国王为了帮助他们，多次和我们的皇家护卫的御者们一起冲到阵前助战。有五次我们安然渡过了难关，虽历经了战争的惊险，但一次比一次更容易应对，因为我们已经总结出我们的第一优势是弓箭。我们射出去的箭能飞得更远，基本不用再费力去冲撞他们沉重的马车了，我们可以捡起对方射过来的箭，又用这些箭射回去。赫梯人在这次战争中遭到了重创，他们的许多战马被我们撞翻，使得其他失控的马车乱成一团，而且多次被迫撤退。之后，云开日出，傍晚时分我们觉得暖和些了，也恢复了精力，就在那时我的法老全然不知我们战胜了多少人。除了我之外，他对任何人都是一言不发。由于他感受到了如此和煦的阳光，加之他嘴上的水泡，他有点精神恍惚，驾驭战车的时候缰绳几乎都没有鞭打到我们的战马。而且我可以说，这天玛特和底比斯不再是马匹，而是有伟人在它们体内，它们朝着最大阵容的赫梯军队奔驰而去，速度是如此之快，我们很快就来到了赫梯首领们的帐篷里。在他们的方阵面前，又是国王和我单独两个人，我的国王靠近他们的军旗，此时我们几乎被亚细亚的战车包围了。赫拉狂怒地对着他们咆哮，我觉得任何敌军都不敢拉弓射箭，因为担心赫拉会袭击他们的脑袋。我不知道他们为什么没有冲锋，这一刻战场上很平静，仿佛没有人在走动，甚至赫拉在最后也沉默了。

“‘在那场大战中阿蒙与我同在，’拉美西斯二世说，‘当所有人都战败后，阿蒙会让他们把我视为他强有力的双臂，荷鲁斯与赛特，我就是光之神。’他举起他的剑，直到阳光在上面闪烁，然后从他的马车上跳下来，朝赫梯的首领们迈出了十余步。

“‘把那狮子绑起来！’他命令我，然后他手持利剑等候着，直到我把赫拉拴在我们的马车上。接着他举起食指，意思是说他想和他们最优秀的士兵单挑。

“从赫梯的首领中走出一个长相丑陋的亲王，他的胡子很少，一只眼睛像石头一样扁平，另一只眼睛却炯炯有神。这时候他也下了马，当国王看到他时，我感觉到我的国王不是很自信。

“他们开始搏斗了，那个赫梯人身手利落，动作比我的国王要快。如果这个亲王用刀剑作战时像我的国王一样强劲的话，那么这场战斗很快就会结束，但是当国王用这样的力度攻击那个亲王时，他却从国王的大手臂下绕了个圈躲过去了，这个赫梯人的几次闪避从上到下都挡住了国王的宝剑。现在，时机已经成熟，他已开始反击，看哪，国王的腿部都流血了。他现在瘸着腿，步履蹒跚，眼神游离不定，像受伤的战马一样喘着气。我简直无法相信——此时那个赫梯人的刀剑变得更加勇猛了，很快他又开始攻击，而我的国王则在后退。这长时间的较量使得他那生泡的嘴巴更难受了，紧接着,为了避开那个亲王的当头一击,我的拉美西斯被自己的盾刮破了鼻子。本以为他战败了，或许他确实也战败了，但搏斗还没结束却被中断了，因为那头狮子已经变得躁动不安,我不得不放开它,要不然它就会对战马下手。

“那个赫梯人一看到狮子朝他跑过去，立刻跑回自己的队列中，国王此时已经精疲力尽地拄着他的剑。赫拉舔着他的脸，冲着赫梯人群发出咆哮声，我确信赫拉会冲进他们的队伍里，要真是那样的话他们就完蛋了。或许国王都没有力气举起他的利剑了，只有我和赫拉相依为命。然而就在那一刻，赫梯人的喇叭声响了起来，我知道那是在召唤他们的军队撤退。出乎预料的是，他们在迅速撤退时居然把他们的王室营帐落下了。

“我敢肯定这是一个陷阱，我无法相信他们会为我们留下这些战利品，在他们的军队还如此强盛的时候他们是绝对不会这么做的。当时我就明白了他们的动机，卜塔分队终于来到了战场上，密密麻麻的人马正从南边迅速围攻过来，在卜塔分队越过他们撤退的防线之前，那些赫梯人必须迅速赶到卡叠什之门，所以只有我们留在战场上。

“那时候我觉得国王很有远见,他看到的是其他的景象。我只能跟你说，他蹒跚着经过那些被遗弃的帐篷，我突然发现他手臂里抱着一头金色的公牛，这是这些亚细亚人敬拜的神灵，它长着巨大的收拢的翅膀，而且那面孔不像是公牛的面孔，而是留有长胡须的叙利亚美男。它还长着怪物般尖尖的耳朵，头上顶着一座塔状的城堡，我从来没有见过这样的神灵。它现在用刺耳的亚细亚语言大声叫着,充满了悲痛,那是我听过的最恐惧的声音，它肯定意识到被自己的军队遗弃了。蝗虫叮咬着它，在身上留下了多处伤疤。紧接着经由法老水肿的双唇发出咒骂声，而且一直在他的喉咙里回荡，直到他把那个神灵扔在地上。突然有烟雾从公牛的嘴里冒出，没错，从这只公牛金色的嘴里冒出了烟雾，我发誓那是真的。我不知道我的法老为何会被称为阿蒙强大的公牛，但是在这里，在我们面前，有另一头公牛，也是一位神，不仅有翅膀，还有胡须。就在那时我看到了卡叠什国王秘密娼妓的面孔，我在这长着翅膀的公牛身上看到了她的特征，一张长着一把胡须的美人脸。所以我明白了这个哭喊的声音其实是来自美特拉的神灵，我们听到它正深陷战败的痛苦中。或许正是在战争中，你来到了一个彩虹与地面交接的地方，知道了很多被隐藏的东西其实并没有那么复杂。”

十

“赫梯人一离开，战场上就空荡荡了。正如我前面所说的，我们被孤立在战场上，赫拉仰着头发出孤独的号叫，那是一种沧桑的声音，仿佛它不知道我们是处在获胜的喜悦中还是失败的忧伤中。在远处，我看到卜塔的军队不再试着赶在赫梯人之前到达卡叠什之门了，他们反而朝国王的方形营地驶去，然而我的法老不屑地举起一支手臂欢迎他们。我们从这些血淋淋的弥漫着悲痛的战场返回，途中听到许多因伤痛而发出的哭喊声，还有不少奄奄一息的人在为我们欢呼着，有个家伙头都要掉一半了居然还能发出声音，你能看到他脖子上的刀孔，他似乎就是通过那个孔说话的。然而，当我们进入营地的门口时，我的法老无视我们的士兵欢呼雀跃的喧闹场面，一路默默地骑着马，径直走向他的大帐篷的废墟里。

“就在这时，他的军官朝我们走来，鞠了一个躬，然后就在我们面前跪下，但他只对马匹说话。‘你们，’他说道，‘是我伟大的战马，是你们和我一起击退了赫梯人，当我和敌人孤身奋战时，你们都很听我的话。’如果说他在战斗中用宝剑和敌人交战时击出了火花，那此时当他盯着他的军官时他的两只眼睛里冒出的就是火焰了。他们甚至都不敢往地上磕头了，他指着马匹说道，‘这就是我危难时刻的斗士，要让他们知道我的马厩是个荣耀之地，供应食物给我的同时也要喂好它们。’这时，他从战车上下来，亲吻了它们的鼻子，两匹马用十分愉悦的声音给出了回应。它们的毛没有多少，皮呈红色，腿因为过度劳累而不停地颤抖着，但是它们对国王表达了谢意。接下来我的拉美西斯才开始听他的军官们发言。

“‘伟大的战士啊！’军官们大声喊道，那是六到七种语言含混不清地发出的上百声赞美，而且全部都是匆匆念完、草草了事的。‘伟大的国王啊，’军官们大声称赞道，‘您已经拯救了您的军队，没有像您一样战斗的国王了，您真是无人能及啊！’

“国王回复道，‘你们并没有和我并肩作战，我记不得当我处在敌军之中时不在我身边的那些人的名字，但是站在这里的迈内就是我的盾牌。’说完他用胳膊搂住我，而且拍打着我的屁股，弄得我像一匹马似的。然后他对所有军官说，‘看，我用我的宝剑击败了成千上万的人，大量人马被我击倒，无数人被我击退。’

“他们发出一片欢呼声，”我的曾祖父说道，“有一些人参与过战斗，有一些人甚至身经百战，许多人的伤口还在流血。然而他们都低头惭愧地听着，在这重聚的时刻，当卜塔分队的将军前来和国王打招呼时，他并没有感谢他们那天救助了他，也没有奖励他的儿子阿蒙－赫普－苏－夫为了与卜塔的军队会合的艰苦骑行，他只是说道，‘如果阿蒙知道卜塔分队在如此神圣的一天留下我一个人不管，他会说些什么呢？我消灭了我的马车下的敌军，但是其他的战车都不在那里，我的步兵也不在。就我孤身一人，和赫梯的首领们正面交锋。’

“众人感受到了一阵凄凉，比赫梯的剑还要冰凉，因此我们只能鞠躬。他的军官们都跪了下来，猛烈磕着头，流露出悲痛的神情。而处于最特殊位置的我也鞠躬了，并且出于谨慎考虑我尽力忍住不笑。我觉得或许我错了，我不应该像其他人一样保持站姿，这样我的国王就不会把我和他们混为一谈了，我琢磨着他的脑子有没有从那个亚细亚神灵发出的尖叫声中转过弯来。我不知道，但我的国王很快就沉默了，独自坐在发黑的阿蒙雕像旁边，用他自己的衣服擦拭着阿蒙的肚子和四肢上的灰尘，他的额头贴在它金色的眉毛上，久久地拥抱着它。

“我们默默地围着他，静静地等待着。随着金黄色的晚霞逐渐褪去，夜幕就要降临了，他说，‘去告诉大家或许他们可以清点一下战亡人数了。’通过这句话，军官们知道他们应该再次跟他对话了。

“我能感受到他依依不舍地离开了阿蒙的眉毛，然后抬起头来。只要他坐下他的额头就能和大神的金色的额头贴在一起，他就能在他紧闭的双眼背后看到日落，感受到我们从容淡定的埃及智慧进入他的大脑，以及进入他饱经风霜的喉咙和嘴巴。我无法相信，当他抬起头时，他嘴唇上的水泡竟然不见了（但是我嘴唇上的水泡依旧还残留着）。于是我明白了，在所有用来制作阿蒙雕像的华丽的纯金里面，还有和露水一样清凉的香油，这些神圣的金属功不可没啊，居然治好了他嘴唇上的水泡！

“很快就要开始数手了，过去我们常常把盗贼的双手堆在宫殿门外，就和现在一样，然而在伟大的拉美西斯执政时期，数手的工作就改成了在战后才进行。此时国王站在他的战车上，士兵们从皇家卫队里排成一列走过来，后面跟着阿蒙分队的士兵。先是好几百人，接着就是成千上万的士兵，他们在这天晚上依次从法老面前经过，但至今我们也不知道是否所有的战役都已经结束了，或者说这仅仅是第一天的战斗。卡叠什国王美特拉仍然拥有他的步兵和马车，二者此时都分布在卡叠什门内，或许他们明天还会出来。因此，不能说我们已经赢了，也有可能是我们正在为黎明时分的战斗做准备。而在这天下午，我们作战的场地到了晚上就成了我们的地盘，这就像拥有了别人的女人一样，或许明天她就会离开你回到他身边去，但是今晚上你可以拥有她。所以，这样的夜晚越漫长我们的感觉就越高兴，似乎无视躲在城墙后面的敌人，我们点燃了很多营火，整个战场呈现出一片鲜红与金黄色，火焰散发的光芒照亮了黑夜，就像夜幕还未降临，在那些神奇的黄昏时分呈现出的晚霞的光辉，看起来大概就是这样。而在黄昏的最后一道光线里，所有人都被阴影笼罩着。在这个夜晚我们的营地显得尤其明亮，来自太阳的光芒在那些树木年幼的时候就进入了它们的体内，而此时在树木猛烈燃烧的时候太阳的光芒又从它们的体内散发出来。

“我们的火把整晚都燃烧得亮晃晃，也是在同一个圆月高悬的夜晚，国王站在他的马车上接收着前来供奉的一只只被杀戮的赫梯人的手。他对其他人一言不发，只对来到他右手边的士兵说话，接着又对坐在他左手边的记录员说话，让他记下带着战利品前来的士兵的名字。在那个漫漫长夜，国王从始至终都站在原地一动不动，我再次意识到，要想靠近他就得完全明白，当他以人的身份存在时，身为一位神灵会怎么做，他看起来很像一个凡人，然而就连他最细微的举动也表现出神性。他就以如此庄严的神态站在原地一动不动，他先接收了一千只右手，接下去又有一千只接着一千只手送到他面前，前来供奉的有这天下午才死去的人的右手，也有一小时前才死亡的——我们仍然在杀戮战俘——国王询问着呈上这或冷或暖的手的士兵叫什么名字，他身边的记录员就将他们的名字记下来。接着他原地不动地就把手扔在断手堆里，如此沉着稳重的动作正是人们想象中的神的标志。他从头到尾都没挪动脚步，随着他把手扔到断手堆里，那堆断手就越积越高，直到变得和帐篷一样高大。他把缰绳缠绕在腰上驾着玛特和底比斯，依然以同样优雅的动作扔着手，也就是说，他把这件事做得完美无瑕，人们想不到其他更完美的方法了。他向我们展示了尊重的本质——有一位死去的战士的右手可能在谈判条约的时候曾经握过他的手，此时被转交给了他，他也小心翼翼地把那只右手扔在了断手堆里，在他眼里那就是它的归属地。之后那断手堆变得像一座金字塔一样高大，每个角都是圆的，他从不允许断手堆的底部变得太宽，或者是顶部变得太粗，他也谨慎地避免顶部变得太过于精致，而使之成为一座浮华的建筑物，如果这样的话一次不小心的扔掷就会把那形状给毁了。这些断手是从平坦而夯实的基础上累起来的，同时也和我们的拉美西斯接收的士兵一样协调。”讲到这里，迈内黑特闭上了双眼，仿佛在回想着一切是否和他描述的一样完美。

接着他开始说道：“可想而知，如此宁静的仪式和我们营地上的场面并不匹配，不久之前是一片战场，现在又是一片营地。在战场上杀掉一个人是一回事，在那一瞬间找准时机砍掉他的手又是另一回事了。噢，就连在马车翻倒这样最糟糕的场景中，透过轮辐仍然可以看到我们的一个士兵此时正双膝跪地，远远地看着他刚刚落下的赫梯人的断手。你甚至能看到有些家伙因为他们的战利品而变得满脸涨红，顾头不顾尾，以至于都没有看到赫梯人已经从后面追上来了，把他们杀了个遍，然后割掉他们的嘴唇，居然割的是嘴唇！你能想象到如果我们这天输给了亚细亚人会是怎样的下场吗？

“所以你应该能明白，在这样打打杀杀的战场上，聪明的士兵是不会停下来索取死人的断手的。想想那天晚上大家发生的争论，战场上最英勇的战士们到了那天夜晚一项奖品也没有得到。对于一名士兵而言，那些手非常有价值，因为你可以把你的名字报给法老，然后被列入名单，紧跟着就会得到许多好处，甚至是得到升职。此外，即使参加了战役，但如果连一只断手都拿不出的话那就是一种耻辱，别人会问你在战斗的时候究竟在做些什么。我敢保证新的战斗要爆发了，与国王的皇家卫队并肩作战的一支中队发现了一群阿蒙分队的步兵，也就是那第一支跑掉的分队，现在正朝法老的队伍靠近，他们召集了更多的士兵，比御者们还要多，于是第二场战斗几乎要在我们内部爆发了。军官们必须从中出来斡旋，以平息这场风波。

“他们知道除非他们同意被分配，否则大家就会大闹一场，甚至在法老面前大吵大闹。所以，我们必须清楚地强调每个队究竟杀了多少个赫梯人，那样的话就可以决定每一排要分发多少只手了。如果在一个小队里的八个士兵总共能分到五只手，可想而知那八个士兵就会为了五只手而发生内部斗争，他们可不管当时自己是如何在战场上战斗的。跟你说吧，在那场持续不断的小战中，有不少人的耳朵被咬掉了。真正的勇士的暴行是可以被宽恕的，更不用说很多大汉的虚张声势，他们先前还是胆小鬼一个，现在他们给人的印象已不再像从前那样了。在破晓之前，我们肯定会有另外五十个人暴死于纷争中。

“那些被俘虏的赫梯人就更惨了，只要不是被那种勇敢且负责任的军官看守，他们的右手很快就会被士兵们砍掉，甚至有不少人流血致死。还有一些人的残肢被皮带捆绑着，被士兵们强行带回埃及当奴隶，他们可以顺理成章地想象这些只剩一只手的奴隶的美好未来。而那些还没分到战利品的士兵们一直拿着火把搜寻着鲜血淋漓的地面，有些人甚至斗胆砍掉我方阵亡士兵的右手，然而这样的做法如果被逮到的话同样要被砍掉手臂，因为用我方阵亡士兵的手来祭祀的话，每个人的战利品都会在第二天被玷污。因此我们会核查我方阵亡的士兵，看看这些士兵有没有手臂被砍掉的，有没有衣服被撕掉的，有没有整个尸体被弄得面目全非的，若出现这些情况的话，那就证明此事发生了——这里我就不用讲得太详细了。即便如此，到了早上，我方阵亡士兵的尸体看起来仍然像我们中的一员。不管有没有脸，一个赤裸的埃及死者看起来就是与一个赤裸的亚细亚人不一样，毕竟我们的体毛比较少。

“说到毛发，这些可恶的赫梯人有着丛林一样浓密的胡须，大概是希望借此保护他们的脖子免受剑的攻击吧。他们浓密的头发就和头盔一样厚，或许是用来保护他们的头颅不受棍棒的袭击吧。然而现在它们却少有用处，就连一个头盔也不能保护他们免受打击，更何况是头发。夜渐深了，我们开始对付这些俘虏，拼命地折磨他们，有二十多个赫梯人的手全部被绑到脖子后面，到处都是类似的惨象，然后用绑脖子的绳子把他们的喉咙绑在一起，一个接着一个，等到命令他们走动时，二十多人会步伐一致地蹒跚而行，他们的眼珠因为恐惧都快蹦出来了，脖子则向一边倾斜着，没错，他们就这样被绑在一起弓背前行着。你会把他们误以为是一条藤子上的一串无花果，只是这些无花果因为被绑在一起的疼痛感而频繁地呻吟着。我可以说那些士兵们把他们看守得并不如人意，任何一队跌跌撞撞经过的士兵都可以截断这一条线的第一个或最后一个——要把中间的俘虏解开的话那真的得大费周折了，随后你就会看到营火熊熊燃烧的营地上出现的一些场景，许多可怜的亚细亚人的胡子被当成女人的腹股沟一样对待，还有他们的臀部也是。哎呀，你会看到五个男人在猥亵一个家伙，很明显他已经被当成女人了，还有一个可怜的俘虏甚至像匹马一样被套上了马具，我们的士兵竟然如此玩弄着他，可实际上就连马匹他们都不敢这样玩弄。这个赫梯人甚至都无法张开嘴巴尖叫了——他的嘴巴被塞满了东西，都快窒息了。可以想象，对于一个男人来说，被人骑在头上是一件多么不可饶恕的事啊。

“你可能会认为既然我们在这天已经看到了如此多的血腥场面，有些人应该不再想看了吧，但是血液就像黄金一样能满足你的强烈欲望，你闻都闻不够，有些人甚至忍不住尽情地品尝着，即使嘴唇被血液黏着，血液在胃里凝结感觉并不舒服，但是大家却一直希望获得更多的血液，就像新的化妆品覆盖在旧的那层上一样。血液现在就像火一样令人着迷，而且离我们更近了，或许你永远都无法到达火焰的中心，但是血就在这里，在每个人的一呼一吸中。我们像鸟类一样在这个战场上无休止地搜刮着，如果真是鸟类，它们整个晚上都会以从死者身上扯下来的肉为食，它们会从地上奋力一跃，在空中自由飞翔，然后在我们靠近时发出雷鸣般的尖叫声，那只是它们吃饱以后振翅一飞逃离我们的威胁以及血腥的场面罢了。成群的苍蝇也在撕咬着我们，仿佛它们此时承载着那些被我们杀戮的人的怒气，在遭苍蝇叮咬的同时，我在思考伤口的本质，思考当一个人受伤时他的力量是如何从他的肉体中散发出去，然后传到那个让他受伤的男人的手臂里。另一方面，当你砍了一个人一刀以后，如果你对自己的行为深感抱歉的话，你可以治疗他的疼痛，你也可以在你的手上吐口唾沫，那样或许就能减少你的负罪感了，那个努比亚人就是这么跟我说的。但是如果你想要刺激他的伤口，最好让他喝一些又浓又热的饮料，或者是加热过的烈酒，那样他的伤口就会红肿发炎。所以我正在想着那些在我的胸膛、手臂、腿部留下刀口和切口的赫梯人，然后我环顾四周才找到一支赫梯的剑。整个晚上我就在伤口上抹了一些油，小心翼翼地用冰凉的叶子覆盖着，这样到了第二天我的伤口就会变好了。而且为了刺激我留在敌人身上的伤口，我也让他们喝了许多烈酒。

“我还记得我们有些人甚至把赫梯人的头颅插在又长又尖的树枝上，其他人则拿着火把在高处挥动着。我们站在河的一边，正对卡叠什的城墙和城门，晚上的时候我们就玩弄他们。河岸开始因为尸体早期的腐烂而发出恶臭，而在即将来临的大热天里就会加重。

“当我们站在河边时，有一些零零散散的箭从城墙那边向我们射来，所以我在琢磨着今天应该没有成千上万的赫梯士兵作战了——为什么他们会如此低调地射箭呢？此时已经无关紧要了。我们都昏昏沉沉的，我旁边有一个御者，被一支废弃的箭射中了胸膛，箭头刚好刺进肉里，因此他不得不把它拔出来，扔掉箭头和箭杆，用手擦着伤口，然后大笑一声，舔掉手指上沾染的血，但他的胸膛还在流血，他索性让全身都沾满血迹。可是伤口依然血流不止，他就从那些赫梯的死人下巴上割了几撮胡须来堵住伤口。”

我的母亲突然插话道：“没有什么能和男人的怪异相提并论了。”她一说完，我和她的感觉很接近，而且是加倍地接近，因为我假装睡着，所以我再次存在于她的情感里。我的曾祖父对她的这句话产生的怒气我从来没有感受过，当她注视着他的脸庞时，我也可以感受到她奚落他的勇气，其实她也很激动。正如我所预料的，她肚子上的疼痛转移到我的脑袋里来了，就像牙痛一样在作祟，我都快痛得大叫起来了。

迈内黑特只是摇了摇头，他继续说道："在河的另一边，也就是在一座塔的顶端，有一个女人在眺望着我们，而且只盯着一个少了一撮胡须的赫梯人看。她突然发出尖叫声，或许她认出了她的情人、丈夫、父亲或者儿子的脸庞。我跟你说吧，她的哭声呼天抢地，她的尖叫痛不欲生。我曾经听过女人类似的哭喊声，我们知道那些女人在葬礼上会发出这样的声音。其实,这样的女人都很虚伪,虽然她们悲痛地诉说着她们内心的一切不如意，但是一两年后这些女人就会和别的男人生活在一起了。"

我的母亲用深沉的声音回答道："女人总是在寻找她们悲痛的底线。如果她们真的找到了，她们就会和另一个男人在一起。哎呀，如果我曾经为了爱人而哭泣，而且他也理解我那无尽的伤痛，我就知道他就是那个我终生追随的男人了。但是这样的感觉要在我哀号的时候才能确定。"她向我的曾祖父投去一个诡异的眼神，仿佛在问"你有没有想过你可以成为那样的男人？"

普塔－内穆－霍特普微微一笑，"敬爱的迈内黑特，您的讲述非常精彩，在每场战役的转折处我都有十个问题想问，然而我不想转移你的注意力。但是现在，既然海斯弗蒂蒂把她发自肺腑的感受跟您说了，那我也要问一下：我的祖先，拉美西斯二世在这样一个可怕的夜晚到底是怎么想的？他真的对这些都视而不见吗？他的脚，真的就一直站在那里都没有挪动过吗？"

"他的双脚的确从未挪动过，就像我前面所说的，我一直站在他旁边，但我是可以随意走动的，当我回来的时候，那个断手堆变得更高了。但除了法老的情绪发生变化之外，其他的都没什么变化，而且他的情绪变得越来越稳重。不管一个人有多了解他，即使你每天都见到他，你也肯定不能随便地接近他。如果你发现他很高兴，那么甚至隔几步远你都可以感受到像进入一间充满阳光的屋子一样，而当他生气时，在进门之前你就能意识到了。在战场上，他的盛怒成为了我们的保护牌，赫梯人都无法直视他的宝剑发出的炫耀而刺目的光芒，敌军的战马也不敢向前冲杀了。

“然而，长夜漫漫，我明白了他不仅是阿蒙的挚爱，受到太阳神保护，而且还是一个在黑夜中和欧西里斯神同在并且对地狱很熟悉的国王。很显然，他先问每个士兵的姓名然后再对记录员重复一遍，然后再把呈上来的手扔到断手堆上去，这样的礼节持续得越久他的存在对我来说也就越稳重，直到我闭着双眼就知道我在拉美西斯面前，就像一个盲人踏进了一个洞穴，这个洞穴的大小他很轻易就可以辨别出来。这天晚上，国王高大的形象填满了整个黑夜，空气离他很近，不像营地上的火把上那红色的小火苗，也不像我们这些醉鬼的呼吸，更像洞穴里的一股冷空气。他正在观察着死者的魂魄，或许这些战死的人大多数人可以通过他们的手被辨认出来，正如我们通过抓起陌生人的手指致意时能对他们有所了解一样，当我的拉美西斯拿着他们的名单的那一瞬间，他也能对每个敌兵有所了解，因此他能理解一些士兵的特征以及死亡的情况。我从来没见过我的国王这么忧心忡忡过，此时他的情绪继续恶化，直到变得和绿色长廊里震耳欲聋的咆哮声相差无几。

“事实上，当我站在他身边时，也就是说这天晚上当我进入他住的洞穴里时，我不知道我所理解的每个想法到底是我的还是法老的，我只知道我越长时间注视着这个断手堆在月光下变成银色，我就越多地回想起赫梯人的力量现在是如何归我们所有，而且我们也占据了那块营地。只要我们的法老触碰到那些战败士兵手里的每一个邪念，然后从那里汲取力量为以后的战役所用，他们就不能把死亡的诅咒施加给我们。因此，我的法老掌握着我们两地的命运。

“有很长一段时间我都跟他挨得很近，不论何时我离开他在营地上游荡，我都觉得我的思想跟他联系着，或许是因为他敏锐的嗅觉知道接下去会发生什么事吧。当我越过一个土堆，在两块岩石之间发现赫拉在月光下半睡半醒时，我一点都不惊讶。我不知道那狮子根本就没关进笼子里呢，还是我们的一些士兵把它给放了，总之此时它很安静，而且还处于半梦半醒之间。这天晚上那片场地上的火焰依旧燃烧着，和我们庄严的法老就隔着一个小山丘，赫拉此时一看到我就咧开大大的嘴笑了，它一边翻滚着，一边伸展着四肢，给我看它的肛门有多深，向我展示它的前爪有多锋利，还邀请我在他的肚皮上打滚。我不知道那天我从哪里来的勇气，经过我的四次生命我也没搞懂。我轻轻拍着它的毛发，亲吻着它的脸颊。它发出一声咕哝和咆哮声，然后又翻滚着，起身，再对着我的脸打嗝，发出一股酸臭味，那是它喝过的所有血液散发出的味道。不过，我那满是酒味的气息是取悦它最好的工具了，不管怎么说，我们现在算是朋友了，可以一起去散散步。当我经过那满是火焰的血淋淋的营地时，数万个狂人站满了这片草坪，而且还能透过数以千计的火把看到大家痛快地狂欢，我不知道曾经是否感受到比此情此景更多的生命、欢乐与力量，而此时唯独我和一头狮子在一起！那是史无前例的盛况啊，可以看到屁股多过脸蛋。

“要我说其实我们的军队中也有女人，有一群营妓跟随着赛特的分队。因为这些士兵是最后抵达的，而且他们来的时候刚好是满月。这个赛特支队中有大量出了名的淫棍，现在他们开始对虏获的赫梯人下手，他们的行为还没有刚进来的新兵的行为文明。

“他们那天基本没做什么，除了不停地向前行进着，快到目的地的时候，他们从卜塔分队的一些信使口中得知我们获胜的消息，当他们抵达的时候军粮已经快用完了，所以每个士兵都被饿得有气无力。现在有几个士兵正在塞特分队的士兵带来的妓女面前等着做爱（顺便说一句，这些妓女有时以收取赫梯的战利品作为补偿）。那天晚上我看到了三次生命中见过的最多的做爱方式。由于男人比女人多，如果你在意自己的屁股的话，你就应当看看谁在对付你的肛门，我发誓，那简直是一种侮辱。那些努比亚人的个头都很高大，而且他们有一个习惯，在他们足够富有去供养一个老婆前，他们就会先彼此互相享用一番，因此在这天晚上，那些可怜的埃及士兵如果是在一个努比亚人面前等候的话，那他们就有得受了，因为那个努比亚人很快就会跪下来，而埃及人却不会这么做，毕竟我们是比较瘦小的民族。那天晚上，我们的很多力量都让给了努比亚人和利比亚人，这样做能得到什么好处呢？能够与那个混血的妓女多交欢几次吗？在火把的照耀下，大家都很急促，许多人都迫不及待，甚至当那个姑娘还在'忙碌'时，就双手拽着她的乳头将她带走了，多么阴险啊。这时，有一个士兵在取乐妓女，第二名士兵躺在妓女的身体下，扭成一团的三人看上去甚至比那些捆绑得像无花果的俘虏还糟糕。其他还在等待的士兵不停地叫嚷着'快点让位，快点让位！'此时到处散发着汗臭味，我可以闻出那是半支军队的臀部扩散出来的。可以说这些行为着实令人恶心，虽然我不喜欢评头论足，但接下来发生的事情更令人憎恶。毕竟我没有说过一夜情和私通是同样一回事，不是吗？我只能说我也身处其中，而且倍感兴奋。我发誓，要不是经历那次性交之夜，就不能对这件事如此了解。我和赫拉途经战地营火，看到打鼾的醉汉、情侣、战利品、食腐动物，甚至还有那些阵阵呻吟的伤员，在中途还看到了奄奄一息的战士。敌军的伤员都已死光了——那些断肢的伤员发着高烧，首先是因为口渴难耐而死，接着是因为喝了酒而死，有时候你并不能从那些绝望的哀号声中分辨出让人欣慰的誓言。我和赫拉在一片火光中走着，经过一片片哭喊声。有时候赫拉会踩踏到几个性交者，许多士兵甚至能感受到它的呼吸，能看到它那双淡绿色的眼睛（有目共睹，当赫拉感觉到自身像一只小猫的时候，它的双眼就会变成非常狂野的淡绿色）。在这样的夜晚面对这样一只野兽，这样的惊吓就像一把能将人砍断的剑，毫不夸张地说，那些妓女特别喜欢赫拉。我从来没有看到女人如此贪得无厌，如此野蛮，如此高傲地享受着那种性交的快乐——那是她们女人的伎俩，与男人无关。甚至在这样一片骚乱中，不止一个人想要那种快感，如果一个人死亡时会感觉到剧痛，也会因为跟这些女人性交而忘了疼痛。她们只是营妓，有着令人厌恶的体味，但是我看到了天堂的大门——我从这些女人身上获得了最彻底的快感。接着我闻到了一股烟味，那一定是战场上的血渍和营火上的烤肉散发出来的。当所有人都被这股烟味呛到时，或许心怀善意的玛特会出来处理好此事。总之，你不得不惊叹正是这样的方式在营地里培养出了如此多的将军。

“我刚刚讲到了烤肉，在战场上你肯定能感受到肚子饥饿的感觉，而且肚子的饥饿会让你忘记性的饥饿。我很饿，赫拉也很饿，我们所有的士兵都很饿，当我们吃完了从赫梯人那里掠夺来的所有东西之后，我们自己储备的物资也快用完了。我看到一小块腌牛肉被扔到火里烤着，然后被拿出来割成牛排，一边是黑的，另一边是红的，于是又被扔回火里继续烤着。很快他们就会对死马开刀了。

“然而，我真的是奇饿无比，我不知道我能说出多少话来，每块肉的味道都给了我去品尝另一种肉的渴望。牛肉无法让我满足，甚至连马肉也不能，即使那些马肉里富含有煮熟的血液的味道，这味道蕴含着不可思议的真相和新的力量，我只能不停地吃着牛肉和马肉来填饱我的肠胃。狮子也在场，它不停地用鼻子刺探着那些尸体的伤口，还没嗅完，许多尸体就已经引诱它打开了极度饥饿的胃口——我要怎么跟你说呢？我跟那头狮子一起走着，它成为了我在那里最好的朋友，所以我可以清晰地看透它的想法，就像我能看透法老的想法一样，而令我惊讶的是，那头狮子的头脑居然会如此聪明。现在它不是通过语言来思考，而是通过气味来思考，而且每一种感觉都使得它更具判断力。赫拉一边吃着一个死人的生肝脏（虽然那个人还在抽搐着，但我已经把他当死人看了），一边盯着我们的法老看，它有滋有味地咀嚼着，我们法老的英勇让它很是满意，就和此时它正在品尝勇士的肝脏一样满意，而结果证明那个死掉的家伙压根就没有那么勇敢。胆汁的味道进入了赫拉的喉咙，这个战士隐秘的怯懦就像一条肮脏的缰绳穿过他的肝脏。

“看到赫拉啃噬着死尸的耳朵，直至找到它最喜欢吃的部位。就在那时我看到了，在它进食的过程中它的头顶是满天繁星，比因薄雾和雨云而模糊不清且满是烟尘的天空还明亮。事实上，在它进食的过程中，我感觉我的想法得到了神的庇护，因为我了解到我们的耳朵是所有聪明才智的基础，也是通往福地的大门。现在赫拉开始舔着许多死尸的额头，在众多口味中深思熟虑地做着选择，它从一个额头转移到另一个额头，逐一比较着他们的味道。很快，我就知道它为什么会这么乐意地舔舐了，因为它从最让它满意的额头那里看到了这样一幅景象：一个士兵正往山上逃跑，他迫不得已地在狂风中逃跑。真的，赫拉最后要吃的家伙居然是一个有勇气有毅力的士兵！后来，赫拉居然连他的睾丸都吃了，然后把他的骨头嚼得粉碎。赫拉低沉的吼叫声让人恐惧，我意识到被它吃掉的这个士兵正是人类勇气的代表。

“进一步跟你说吧。在天亮之前，我也沉迷于那些死人肉，先是放在火上烤，然后拿出来尝一下，然后再放到火上烤，这天晚上让我体会到了一个食人者的快乐。无须多说，虽然我的行为是污秽的，但那让我经历了很多奇迹和智慧。你不是真的想要听关于卡叠什之战的更多故事吧？我只想说我吞下了不少人类的脂肪和血肉，它们还具有一定的麻醉作用。之后我就变得像赫拉一样昏昏欲睡了。”

说到这里时，迈内黑特闭口不言了。

十一

迈内黑特给我们留下了许多悬念。一阵沉默被打破后，接着又进入了另一阵沉默，此时我们的法老灵机一动，看着萤火虫说道："我希望你能继续讲述，我很想知道第二天到底发生了什么。"

迈内黑特叹了一口气，这是他众多叹息声中的第一个疲倦的声音。此刻萤火虫在细麻布后面颤动着，我看到了没有被察觉到的东西了吗？难道是当火把逐渐燃尽，精疲力尽的士兵们入睡后，这些小虫发出的微光因对黎明致敬而逐渐淡出了卡叠什城墙？毫无疑问，萤火虫发出的光确实很微弱，但仍然记得伊亚塞亚布告诉过我，对于这些萤火虫而言最美味的就是它们自己的同类，因为它们都是互相捕食对方的。

"我不知道究竟还有多少要说的，"我的曾祖父说道，"美特拉肯定被他的神秘娼妓下了诅咒，那天早上他没有和他的八千名步兵一起出现，也没有与他的战车一起出现，甚至当我们捕获了他们的一个军官后把他的手臂绑在马车上，再把他推到河里直到他被淹至脖子时美特拉也没有现身。我觉得他不仅是一个笨蛋更是一个胆小鬼，他本应该发起进攻的，那天早上我们怨恨交加，狂妄不羁，纠缠于无数的恶魔之中，美特拉本来可能消灭我们的，但他的军队也经历了一个像我们一样的夜晚。

"我们商量了一下，有一些军官说要采取围攻，而且还拼命宣称伟大的图特摩斯曾经提出要在卡叠什城墙对面建造一座围攻的城墙，还大肆阐述他是如何砍掉这些山丘上的果园里的果树的，如果在几个月前我们采用同样的做法，那座城早就被攻下来了。我的拉美西斯聆听着，看起来像是受到了冒犯，最后他说道，‘我不是滥砍树木的人。’于是在当天下午我们就撤营了。

“显然我们不是轻易离开的。首先，虽然我们的伤口才刚刚愈合，但我们得掩埋死去的战友，需要花费很多精力才能把他们的尸体掩埋好，因为那些坑一直都不够深。这些死尸紧密地塞在一起，有些臀部、手肘、头部都露在外面，必然会引来鸟儿啄食，当然，还有一些是昆虫蚕食后剩下一半的尸体。看到那些扎堆挤在坑里的还没被掩埋的尸体，我终于知道了一个问题的答案，我明白了为什么说甲虫神科佩拉是离拉之神最近的生物了。在每一个炎热的深夜，在一片沉寂之中，稍微留意一下你就会听到它们当中最洪亮的声音，那是昆虫的嗡嗡声。简直不计其数，它们独自享受着那片寂静！

“毫无疑问，也有些尸体没有被鸟类蛆虫蚕食，因为每支分队都有一小队防腐师，他们的马车上装有一张圣桌，他们会把那些阵亡的亲王和将军们包裹起来——即使你只是一个军官，也可能碰巧你是一个富商的儿子，防腐师都会替你的尸体说好话——每个防腐师都知道，如果他把一具包裹完好的尸体寄回给他的家人，他就会在孟斐斯或底比斯得到相应的奖赏。于是在全部完工前，就有许许多多军官的尸体被小心翼翼地堆在不同的马车上。虽然防腐工作是在战地上完成的，但这些包裹好的尸体只有极少的几具会发臭。

“那些伤员就更凄惨了，有些幸存，有些死去，他们的伤口上都散发着阵阵恶臭。阿蒙、拉、卜塔、赛特分队正一队紧跟着一队前行，那队伍特别长，甚至要花一天的时间才能从队前走到队尾，此时我们真的就像一条被砍成四段的虫子，只有那气味把我们连接在了一起。我们缓缓前行着，经过飘满腐尸且混浊不清的河流，当载满伤员的马车在峡谷的岩石上颠簸前行时，伤员们都被颠得惨叫。

“当然，我们全都处于疼痛中，谁没有疼痛的刀伤和刮伤啊。很快我的身上也长出了疖子，与我其他的伤痛连接在一起，当这些新的伤口不受旧的伤口牵连时，我就可以感觉到这些伤口上的毒素正从新的地方长出来。第三天过后，我们有些人因为发烧而变得精神错乱，而且还要冒着酷热行军，那本来是一场胜利的战役，现在却变得像一次失败的战役在我们身上上演着。到了第四天，我们被袭击了，美特拉最好的一些士兵开始跟踪我们，虽然不是什么大问题，但数量却足以袭击我们的后方。我们的人被杀掉了一些，也有一些受了伤，然后他们就撤离了。我们去追赶他们的时候花费了不少时间，因为我们又花费了一些时间用来埋葬死去的战友。由于装载伤员的马车已经装满了，步兵们此时被叫来打轿子，许多士兵累得摔倒在地上，落在了部队后面，其他人也跟着一起受苦。

“为了运载那些断手我们就用了不止十头驴子，每一头驴子都驮着两个大袋子，在驴子的背上一边挂着一个，有一个赫梯人的突袭者甚至试图偷走几头驮运断手的驴子。除非你靠近驴子，否则那气味也不是特别惹人讨厌——最后一只断手上的肉所剩无几，表皮早已干枯——不过从那些篮子里散发出的气味比腐烂的牙齿还刺鼻（如果你傻到把自己的头伸进去闻的话），这就是名副其实的诅咒啊。如果靠得太近，那股恶臭就会钻进你的鼻膜里，但赫拉一直不远离这股恶臭，它没有被拴着，总喜欢用调皮的方法来挑逗这些驴子。驴子试图挣脱缰绳时，却被嚼口纠缠住了，差点被勒死，受到惊恐的驴子不停地窜到其他驴子身边，在一片混乱中，有几个装断手的袋子被刮破了。赫拉享受着掉在地上的美味，我赶紧跑过去打算将它赶走，因为除了法老之外它只听我的话，但我还是迟了一步，它已经吞掉了好几只断手。

“说来也奇怪，先是金字塔，后来是大城市的意象在赫拉的脑子里跳跃着，我从未见过像此时赫拉头脑里想象的建筑物，有成千上万的窗户和巨塔在它的脑海里浮现，而且都高耸入云，仿佛浮现在它的脑子里的那些宏伟的建筑就是对它吃下去的那些断手所携带的信息的诠释。多么可怕的一顿大餐啊！

“赫拉的牙齿坚硬到都可以咬断人的骨头了，虽然没有那么夸张——它的嘴巴更青睐柔软的肉，它喜欢把那些肉撕成条状吃。现在它断了一颗牙齿，疼得像个婴儿呜咽着，但它仍然在继续吞食——它吞下了坚韧粗糙的表皮，吞掉了令人厌恶的气味和腐烂的肉，还有那些手指的小骨头，随后就发出强劲的嘎吱嘎吱的咀嚼声，真是不堪入耳！尽管如此，这些烂肉散发出的气味中还有某种东西在诱惑着赫拉去吞噬更多，当我试图把它拉回来时，它突然对我发怒，它想要摧毁那些咒语，这些咒语是我们勇于看穿的，或者是希望看穿的。当它这第二次准备摧毁这些咒语时，有一股隐隐的怒气从这些不计其数的断手中冒出来，这就是为什么赫拉会如此生气了。这些断手中冒出的怒气让它看到了未来的愿景，又一次，我看到了和山脉一样高大的建筑物。

“那头狮子因为所吞食的东西生了一场大病，到了第二天它连路都走不动了。它的肚子鼓起来，它的后腿曾因赫梯的剑受伤留下过很多伤口，现在也开始溃烂了。它的肩部有一个矛尖刺过的伤口变成了黑色，有许多苍蝇在这些伤口上叮咬着，而赫拉的尾巴已经虚弱到没有力气去驱赶这些苍蝇了。我们组装了一个大大的轿子，让六个人抬着它，但赫拉仍像一条奄奄一息的鱼，眼里晃动着微弱的光。我知道它吃进肚子里的那些烂手正在紧抓着它的内脏，那些小骨头像一把把小刀正狠狠地搜刮着它的肠子。

“我的法老一天有十次跟我们待在一起。他舍弃了金碧辉煌的皇室马车，靠在载着赫拉的轿子上向前走，他一边握住它的爪子，一边落着泪。我也哭了，不仅是因为对赫拉的疼爱，更多的是出于一种强烈的自责感，假如我早点让它远离那些驴子驮运的袋子的话，它就不会生病了。

“法老一度泪流满面，泪水将他眼边黑色和绿色的妆容洗刷成一条条细线，他对我说道，‘如果我能早点战胜那个和我单独交战的赫梯亲王，赫拉就会安然无恙了！’对于他的话，我不知道是要点头赞同还是要摇头否认，谁能判定，鼓动他生自己的气与生我的气哪个更好呢？其实答案不言自明，我伟大的拉美西斯二世不是那种能忍受被别人触怒的人。

“后来那头狮子死了，我居然哭得那么伤心，真是难以置信，而且我所有的悲痛都是缘于赫拉的离去。我之所以哭泣，是因为没有人能像那头狮子一样跟我这般够朋友。

“很少有被防腐处理过的亲王能享有器官被妥当包裹的荣耀，那辆货车上的防腐师可能携带着几组卡诺匹斯罐子，但是当每个阵亡的亲王都需要四个罐子的时候，防腐师又能有多少罐子给他们呢，甚至就连许多将军的器官都被扔到森林里去了。然而，对于赫拉，防腐师却用最后一组卡诺匹斯罐子来盛装它的器官，而且包裹器官的整个过程都由国王亲自监督。其实，当他检查赫拉的肠子时，他发现了有少量断裂的骨头从它的肠道里刺穿出来，就像白色石块做成的箭头一样，我听出了国王语气里的愤怒。通过法老看我的眼神，很明显我又一次失宠了。

“这次我受到的惩罚就没有那么轻了。他时常让我和他坐在王室马车里一起前行，我们一起坐在金色的椅子上，一边透过开着的窗户看峡谷里的深渊，一边在里面承受着艰险的颠簸。有一些凸起的地方甚至还倾覆了货车（货车厢里的高度足够让我们站立），所以我们也都差点翻倒了。

“有时候，法老一语不发，只是默默地流着泪，哭得泪眼朦胧。然后那个化妆师的总监督官会给他补补妆，那是一个和奈弗一样灵巧的家伙。”说到这，迈内黑特对我父亲点了点头，“我们一直默默地坐着，有时候当我们独处时（因为有时国王会擦掉他脸上所有的妆容，然后将那个总监督官打发走），他会一脸忧郁且言简意赅地说起那场战役。‘我没有赢，也没有输，因而我还是输了。’他这话根本就是冲我说的，因为他的视线一直没从我身上移开，所以我只好点头致意，这是事实。但当事实让每次呼吸都变得沉重时，即使是神灵也不会喜欢事实。当天，他在昏暗的马车里对我说，‘在你放任赫拉去吃那些腐烂的断手时，你本就该连你的手臂也给它吃了。’我只能点头鞠躬，然后在地板上磕了七次头，即使那辆马车的地板像一块掉落的岩石一样粗糙，那也无关紧要。

“此时一声长叹从拉美西斯二世的口中发出，就如赫拉口中曾经发出的那些死者的声音，而这种可怕的声音就像那头狮子再一次死亡一样悲壮。要我怎么说呢？我经常琢磨着那声叹息的寓意，之后我意识到那头狮子生命的终结也就意味着国王见到我时的愉悦感的终结。他指责我的核心思想是，如果我不知道我的好运在多大程度上取决于那头狮子的生命和健康，那么我和好运就是最无缘的。

“当军队返回加沙的时候，我从国王的皇家护卫队被调到阿蒙分队的御者队列，我可以说经历了卡叠什之站后四支分队都是名声扫地了。但我们仍然受到加沙当地人的欢迎，而且我也不惊讶。我们归来的那几天，人们在路边为我们欢呼，有个信使赶在我们前面告诉了众人：拉美西斯二世的军队已经取得了全面的胜利，赫梯人被打得溃不成军。

“我觉得我的法老肯定已经听过他的信使所说的话了，他的伤口已经痊愈，看起来气色极佳。最后一天我可以见到他，但之后就要十五年后才能见到了，他就在加沙的阅兵场上。在那里他展示了赫梯人有翼的公牛，把它献给了那座城市当礼物。他告诉百姓，这个被俘虏的神灵会保护我们的东部边境。

“第二天，我们开始行军至德尔塔，然后从那里渡河到底比斯。我同样坐在拥挤的帆船上，背靠着坐在我后面那个人的膝盖上，而且因为风浪不平稳，我们往下游行驶的时间甚至比往上游行驶的时间还长。我们抵达底比斯的当天，我就被遣送到努比亚偏远的地方，也就是说，我的国王将我流放到一个叫伊休拉尼布的偏远之地。我掌控着一支小分队，尽可能往尼罗河上游行驶，最终花了二十四天时间才穿过一片沙漠，那沙漠上的热气让人难以忘记。”他正在讲这些话的时候，我在眼前看到了这样一片沙漠，“在那个时候，”他说，“我告别了所有精彩和兴奋的日子。那片沙漠升起的热气比冥地的还要滚烫，而且我只是一位名不副实的军官。”他停顿了一下，点了点头，最后说道，“我觉得我的回忆可以到此结束了。”

十二

此时他发出一声叹息。

“没错，”普塔－内穆－霍特普说道，“我之前请求你告诉我卡叠什战役的故事，你讲得很好，然而我不得不说我还很想听到更多的故事。”

“很荣幸得到您的赞美，”迈内黑特回答道，但他的声音还是有些沙哑。“伟大高尚的神啊，”他说，“单调乏味的生活加上糟糕透顶的劳作就是我得到的报应，你真的希望我讲述我在沙漠度过的那些岁月吗？”

我的母亲超乎寻常，一直耐心地听着我的曾祖父讲述，她说道：“我也赞成，或许我们并不想听到这些。”她对她大胆的言论不苟言笑，她注视着法老的双眼低声说道，“因为我不敢决定你感兴趣的是什么，所以我没有恐慌地逃避话题。”

法老莞尔一笑，转而对迈内黑特说话。

法老问道：“你在伊休拉尼布待了多久？”

“有十四年，那真的是一段漫长的岁月啊。”

“那个时候那里已经有金矿了吗？”

“是的。”

我们的法老告诉迈内黑特：“我想听一下你会怎么解释，为什么你待在任何地方都能看到别人看不到的东西呢？况且，金子一直都很吸引人。”

迈内黑特鞠了奇怪的一躬，借着萤火虫的光，我突然发现一片金光，这些金光来自父亲胸前的胸针、母亲头上的金蛇、迈内黑特金色的手镯子，以及我们将去拜访的每一户贵族人家里的金子。就在那时我想我听到了什么动静，那似乎是一阵微弱的哭喊声，是那些已经交付了这种奇妙金属的劳工传来的哭泣声，而且我看到法老明智地点了点头，仿佛他也听到了这些声音，而且这种哭泣声也是体现金子奇异价值的一部分。

像记忆中湿润的黏土，我的曾祖父开口说道："你的渴望，是我智慧的源泉。"

"讲得像维齐尔[1]说的一样。"普塔－内穆－霍特普说道。

此时，迈内黑特吞咽了一口杯中的啤酒。"我想说，"他告诉我们，"在我的四次生命中，我的喉咙从未如此干燥过。如果还有什么比努比亚多山的沙漠折磨人，那就是舌头上的灰尘了，我记得这样的遭遇在行军经过沙漠的那二十四天每一天都经历着。我的分队被流放的时候，没有熟悉的同伴，只有一群俘虏，幸亏还有几个是我昔日的战友，而且那两个带路的人似乎一整天只靠一把谷物为生，只喝一点点水，一周只排一次便，他们在黎明和黄昏时分都会祈愿，那是他们最大的恶习，可想而知他们会带出怎样的士兵。然而我需要那两个引路人，因为那次行军中遭遇的酷热比我之前在埃及或战争中遭遇的还要严重，那片沙漠危机四伏，我看到空中有许多神灵和恶魔，我知道欧西里斯神正陪伴着我，因为我听到他的声音告诉我，当我死去的时候我就不用再长途跋涉去往死亡之地了，仿佛我已经越过了那片沙漠。我相信自己已经看到了他。（即使高山上的岩石还在我面前晃动，像燃烧着的木柴一样让人惊恐，谁又能知道在这些峡谷里会看到些什么呢？）

"最后我们到达伊休拉尼布，我在一座悬崖底下看到了许多石屋，那片

[1] 对伊斯兰国家的高官和大臣的泛称。

采矿场上没有溪流也没有欧西斯，在我们面前只有两大盆矿石，还有装着水的蓄水箱，我们如饥似渴地喝着，当努特因为盖布哭泣时，从她的眼睛里掉下的每一滴泪水变成了滋润万物的雨水，虽然这些雨水对我的喉咙来说至关重要，但还得先将它用去冲洗矿石。所以我们继续忍受口渴，那种感觉就像病魔一样在整个劳作过程中一直纠缠着我们，我们没日没夜地挖凿矿井，一直要挖到发现石英石。我们还会在通道的顶端生火——似乎伊休拉尼布的酷热还不够——矿工的孩子们就会爬到裂缝里，挑出那些已经从岩石上落下的矿石，然后放在花岗岩制成的轮子上将其碾碎。有时候如果矿石太大碾不碎，矿工们就会用那种跟我手臂一样粗的皮绳把它们提起来，然后在一块平坦的大石头上将其砸碎。

“我记得，那些皮绳总是会断掉，所以咒骂声和鞭打声从未停止过，水流动的声音也没停止过，从我们的水箱流到倾斜的清洗矿石的石床上。之后，当那些沉淀物沉淀下来后，我们就能喝一点水，再把剩下的水倒回水箱里。当我想到伊休拉尼布的时候，我仍能回忆起那水的味道。”我的曾祖父现在又停顿了，普塔-内穆-霍特普借机说道：“是啊，我非常感兴趣。”

迈内黑特继续说道：“我们有成百上千个工人，大多数都是埃及人，有一些是来自孟斐斯和底比斯的犯人，他们被流放到这里是因为连他们自己都不记得自己犯了什么罪行。他们没多久就被那里的热气闷坏了，多数人都被矿井里的灰尘弄瞎了眼睛，矿工们的孩子都是在这种地方出生的，而且我亲眼看到他们有一些已经在这里长成大人，说着一种稀奇古怪的混合语言。这是因为这些矿工们有的是留着大胡须的狂野的叙利亚人，有的是长着彩色伤疤的埃塞俄比亚人，有的是皮肤黝黑且长着鹰钩鼻的庞特人，他们的语言混杂在一起，孩子们从小就是听着这种混合语言长大的。我本来想沉默的，但因为我是这个军团的指挥官，所以又不能沉默。”

我们的法老问道：“为什么伊休拉尼布会需要一个御者呢？”

“在阿蒙霍特普国王二世执政期间，他们就开始挖掘矿井，听说那时任命了三个御者，我明白那些御者服侍的目的是什么，只是我不知道为什么那里需要我。很快，另外两个御者和我自己都变得很烦躁，我们开始驾驶一辆载满矿井里的石英石的马车，把矿石运到那个冲洗矿石的石床上。我越来越感觉到厌烦，我甚至试图去改善磨碎那些大块石英石的方法，正如我前面所说的，那条皮绳总是会断掉，所以我努力打着绳结，直到我琢磨出一种打结方法，这种方法打的绳结能承受更多重量且不会像被刀割了一样容易断裂。一段艰苦的岁月就这样开始了，而且在很长一段时间内我一无所获，除了体会无聊的秘诀：任何时候都没有神灵（善的或邪恶的）在你的身边。

“然而，正在我担忧的时候矿石还是掉在了石床上，然后我们的金色河流就从地面上被挖出，一块金子接着一块金子，简直狂热至极。”迈内黑特叹息道，“那次搜寻仍然让人觉得心里沸腾，即使那些金子永远都不会成为我们自己的，想想都觉得残酷。经历了许多年，有人学到了很多，有人一无所获。”

“你也一无所获吗？”普塔－内穆－霍特普问道。

我的曾祖父沉默不语。

现在我明白了我们法老的思维是多么缜密，他说：“这是真的吗？我觉得你似乎还有所保留。”

“我能告诉你的只是一小部分而已。”我的曾祖父回答道。

“我还是想从这种小事中了解跟你今晚告诉我们的同样多的信息。”

此时曾祖父的声音略显委婉，我以前都没听过他以这样的语气说话。“你已经听出了藏在我思想深处的是什么了，”他注视着我们的法老说道，“没错，你已经把这些话掏出来了，我本来不打算说的，但是你对我的掌握似乎比我自己还清楚。我不得不承认其实有一件小事让我学到了很多，因为我在那些矿工中发现了一个罪犯，他给我传达了一个秘诀，这个秘密比我得到的任何东西都更有价值。”

这时，他暂停了一下，仿佛他已经说得太多了，接下来只能快速地将剩下的事情讲完，“这个罪犯是一个可怜的希伯来人，因为他和伙伴们犯下的一项罪行而被遣送到这里，从我见到他的第一眼起他就引起了我的兴趣，因为他看起来很像卡叠什之战中和国王单战的那个赫梯人。就像那个勇士，他也有两只与众不同的眼睛，仿佛一只眼睛回望过去，另一只眼睛看向未来。他的名字叫内夫什－贝赦，字面意思是‘肉体的灵魂’，我索性给他取了个好听一点的埃及名字‘穆胡－阿斯’。毕竟，他出生于靠近图米拉特的东部沙漠，因此他的名字对于希伯来人而言就和我们的肉体的灵魂一样。他后来经常听到我这样叫他，因为我很关注他，仿佛他就是那个赫梯人。他看起来确实很像啊，是神灵的一致应允造就了他们。”此时，迈内黑特又点了点头，“是啊，我十分感激他。”

“我见到他的时候他病得很重，然而他的妻子——在这种地方她可以称得上是最漂亮的女人了——仍然在为她的丈夫着想，与他一起越过沙漠，一直陪在他身边，与他一起被监禁，把他照顾得很周到。在这样的地方，像这样的伴侣，通常几周后就会被埋葬了。然而，我感到很好奇，为了保住他的性命，在路上我友善地跟他们分享食物，于是穆胡－阿斯逐渐变得可以与我推心置腹了。他说他快要死了，但他将会活着——他是这么说的。

“一开始我以为他肯定是发疯了，但他是如此镇定，而且对他自己所说的很肯定，所以我仔细聆听着他说的话。有一个名叫摩西的希伯来法师告诉了他那个秘诀，他是在比东城认识这个法师的，那座城是自从拉美西斯二世成为法老以后希伯来人为他建造的，摩西曾被派遣到东部沙漠担任这些人的首领。这么一说，我记得在底比斯有个身材高大的希伯来人的名字也叫摩西，如果这个摩西是那个摩西的话，那他过去常常行驶在成百上千的跟从国王去拜访卡纳克神庙的贵族之列中，因为他是希伯来人，这个摩西就只能在外面等候，但有些人以为他可能是后宫里的一个王妃之子（从塞提一世成为法老的那个时候起就有了后宫）。这事儿到底是怎么回事我们也不得而知，我也没有经常看到他。现在穆胡－阿斯告诉我，在同一个时期，当国王行军去卡叠什时，摩西抵达比东城，乔装打扮成埃及军官的模样，然后告诉希伯来人他会带领他们到东部一片他们可以征服的土地上。后来，穆胡－阿斯说他得知那个部落在一个清晨长驱直入占领了那片沙漠，没有一个人被逮捕。其实道理很简单，就在那天夜里，摩西已经突击搜查了一些年轻力壮的希伯来人，他们杀掉了还在睡梦中的比东城的埃及护卫。所以，压根就不可能有人去追捕他们。

“然而，穆胡－阿斯告诉我他没有和其他人一起逃跑，他的妻子那天晚上刚好不在，去附近探望她的父母去了。穆胡－阿斯是如此深爱她，所以并不想离开她，后来因为他向当局投降了，没有被判死刑，只是被流放到了伊休拉尼布。

“当我问他是否会恨摩西时，他摇了摇头，表示一点都不恨。摩西已经传给他一个伟大的秘诀，那就是当你呼吸着最后一口气时，如何把自己放进妻子的肚子里。

“他就在那里。内夫什－贝赦这个快死的人，却在谈论着生。他一点也不像那些由于受尊重的原因而被子孙们继续提起的人。他告诉我，你在生命的最后一刻造就的孩子会成为你自己的新躯体。听到这些话如此自信地从一个病人的口中说出来，真的让人难以忘怀。然而他不能告诉我，他在自己女人的身体里说的最后一段希伯来祈祷文是什么，在最后一刻，我仍然是他的恩人，所以他会通过他的肉体把秘诀传达给我。而且他指示我去做一件十分令人不快的事，但是在他死去的那个晚上我还是照做了，这件事情实在是难以启齿。我之前说过，赫拉是如何教会了我通过吃别人的肉而得到残暴的德性，但那是发生在抵达卡叠什的前夜。当我抓起一只烤人腿咬了一口后，并没有询问它的来源——就像肉与肉、血和血轻易地混合在一起一样，真是一片血肉模糊啊。然而，在这里，那个家伙一直生着病，现在他已经离开人世了。他曾告诉过我不用等上一天他就会死去，那样的话，他就可以不用祈祷就能充当我的食物了。”

“这种想法多么令人厌恶与难忘啊。”海斯弗蒂蒂说道，她的声音有气无力。迈内黑特只是一脸的严肃，他说：“若不是因为我在伊休拉尼布除了依旧不变的无聊外几乎什么也没有，我也不会去做他要求的事。我还是十分反感地靠近了这顿小餐，试了很多次才咬了一小口，但最终还是吞下去了，我感受不到我体内有新增的学识……其实我确实感受到了，但我不能说。

“穆胡－阿斯死后的几周里，他的妻子告诉我她怀孕了，内夫什－贝赦一直是个好名字，他的灵魂肯定留在她的肉体内，就算是那样，他也没能在她的忠贞下存活下去。她曾经那么无微不至地照顾他，如今她已经耗尽了她的爱情。当我看着她的眼神时，我开始帮这个寡妇一些小忙。没多久，她就成了我的情妇。

“我早已厌倦了男人脸上散发出的虚弱的气质，所以我留住了这个女人。她的名字叫瑞普－瑞普特，这也是个好名字。当她纵情享受着做爱的快感时，她对于我来说——在伊休拉尼布这些刺眼的炉火下——就像尼罗河的一棵幼嫩的植物和一位女神一样美，我是多么喜欢对此时正在她体内的小穆胡－阿斯讲话啊。很快我就意识到男性的阴茎可以跟一个尚未出生的小孩说很多话，你知道吗，我感受到了新的穆胡－阿斯的野心和盛怒，即使他还没有生出来。当然我一点都不怕他，所以我一笑置之，他的前妻是如此惹人喜欢。

“唉，瑞普－瑞普特将她浑身的嗜好和智慧都交给了我。她告诉我，她以前做爱的时候经常都不会让他的精液溢出，于是我很快也学会了他的一贯做法。相信你等候的时间越长，你得到的回报就会越多，这是鞭策你在伊休拉尼布存活的唯一信念。所以我终于熟悉了如何在一个女人的阴道里干活，她教我对自己说许多祷文，直到我成为阴茎的主宰，而且可以将它缩回到腹股沟，那使我多了一条通往冥地的路。有时候，我和她一起躺着度过那段时间，我感觉自己仿佛在生死边缘徘徊了很久，而且我也能很好地屏住呼吸，其实我的内心是如此激动，恰好在我内心的狂吼声中。我再次勃起，原本可以令自己身上冲刷进她体内的激流源源不断，因为我知道那个方法，所以我能让那些激流激情流淌。由于纵情于她的肉体之欢，我十分乐意在夜间跟她调情，而且这样的时刻对我来说特别亲密，我觉得自己跟身处后宫的法老一样幸运，而且拥有许多美妙的想法，并处于各种混淆之中。

“有时候，在我们漫长的拥抱过程中，赫拉会来访，我也说不清那是不是它真正的魂魄，但它就在近旁，我自己也像一只动物，用各种语言发出的声音。在瑞普－瑞普特的怀里，我听到了外面的野生动物的哭喊声，还有夜间从乡村小屋里发出的嘈杂声，周围的一切都开始用很多神秘的语言对我说话，而且我最终明白了，或许是某一些声音在用各式各样的口音说着同样的事情。我总是为伊休拉尼布形形色色的与母亲有关的字字句句感到纳闷，因为它们都带有‘m’的音在里面，而且我总会问自己为什么一个野蛮人只要愤怒地讲话就能让你联想到与字母‘r’相关的吼叫，因此就对赫拉肃然起敬！我对‘nak-nak’思来想去，不停地问自己，是否‘k’指的是所有的敲击声，正如‘啪’在那里可能指的是男人发出的声音。

“在伊休拉尼布度过的漫长日子里，我努力地去学习怎么识字和朗读，只要我们的每个声音都有一个神圣的记号，就会变得很简单，而且还没有象形文字的时候，我就会开始琢磨一些更奇异的声调。‘嗯’没有同一个调，‘噢’就像风的长音从我的喉咙发出，而且不需要记号。没有文字可以用来形容你听到的那种当某人遭遇无法忍受的疼痛时发出的尖叫声，‘咿’是遭遇那种疼痛时发出的声音，正如‘噢’是肚子的回响，而且也没有关于它的记号。

“这辈子我已经听过无数次这样的哭喊了，这样的声音在伊休拉尼布的金矿区我听到的最多，因为在那里我们野蛮的护卫总是会殴打那些囚犯。如今，也有其他声音在夜晚响起，比如更柔和的哭喊‘噢’与‘啊’——这些呻吟声发自肺腑，在这种呻吟声里一个人能够感受到众所周知的苦难。在夜间，你几乎可以在孟斐斯的每条大街上、每家每户中听到这样的低声细语，但如果这些低声细语是从黑夜中的伊休拉尼布的工棚里传出的话就不一样了，他们的快乐传到我的耳朵里的历程就像跨过水面从一座岛屿到另一座岛屿的旅行。总之，我们生活在各种呻吟声的海洋里。

“深深埋头在她怀里，我浮想联翩，接近努特和盖布相接的苍穹，然而那个未出生的孩子怒气冲冲地跟我作对，我对这些关于语言的问题沉思了很久，而且渴望看一眼我们的尼罗河，之后那个孩子在她的肚子里变得越来越大。

“接着，激动人心的时刻到了，我再次看到了穆胡－阿斯。他是对的，他的确拥有他声称的力量。

“他重生的那天我看到他了，一个刚出生的婴儿用两只眼睛注视着我，那是憎恨我的眼神。我和瑞普－瑞普特在一起是多么开心啊，而且这个小家伙都无力咒骂我，只能挥动着他的拳头捶打我。看着一个刚出生的婴儿，我从未感觉到如此兴奋，你知道的，我已经准备好去抚养这个孩子了。在伊休拉尼布还有什么比这更有趣的呢？

“然而事情却不如所愿，由于矿灰落入了婴儿的眼里，重生的穆胡－阿斯在三个月大的时候就变瞎了，没过多久就死掉了。这教会了我很多关于重生的技巧，我明白了在你生命的最后一刻孕育你的来生还不够——那或许是一种大胆的技艺，但你还需要有足够的意识去挑选合适的女人成为你的母亲。

“我多么喜爱我亲切的尼罗河嫩枝和我温柔的尼罗河女神啊！我和瑞普－瑞普特一起在伊休拉尼布的那间小屋里住了许多年，谈不上绝望，因为经过一段时间以后她变得几乎和卡叠什的神秘妓女一样，把这些动作完成得相当漂亮，而且我可以说在我的第一次人生中我从未感受到和她在一起时的平静。当然，这需要付出一定的代价，因为每天在太阳底下将石头抬起又扔下，那些石英被压碎，被流水冲到倾斜的石床上，冲洗掉金块上面的杂质。还有无数的金块等着冲洗呢……击打声持续着，哭喊声和呻吟声在夜空回荡着。有时候我绝望至极，因为我差点用内夫什－贝赦赐予的勇气去冒十足的风险，我也想要死而复生，但是在那个地方出生是多么荒唐啊！有一次我在起死回生前差点断了气，之后就有一个孩子孕育而成。九个月后，我看到了她的脸庞，我爱她，她死去后，我悼念她的失去就像悼念我的四肢失去一样，当然我也知道我不能永远待在伊休拉尼布了。

“要不要带上瑞普－瑞普特一起走就成了困扰我的问题。我直面自己冰冷的内心，如果我回到底比斯的话我会有多珍惜这个女人呢？她并不是一名御者的妻子,说得更好听点,她仅仅是一个将军（将军是我立志要成为的）的妻子。但那时，瑞普－瑞普特将会是我唯一真正的妻子——我不知道是因为对我们女儿的死感到痛苦，还是害怕她感受到我冰冷的内心——后来她死于一场高烧，没有想到失去她我是如此哀痛。她最后对我说，‘从此以后，没有人会再和你这么亲近了。’

“我单独一人可以存活多久我也说不清。在十四年后的一个炎热的午后，我被释放出来了，而且这样的结果在我第一次生命的余生中一直在我的脑子里不断浮现，如同欧西里斯躯体的分块一样。因此，在我被释放的那一刻，我思索着我真正的神灵是谁——阿蒙还是欧西里斯——而且这个问题一直留在我的第一次生命中。但是比我这十四年来的奇迹更令我兴奋的是，在我面前的是一支新的分队，有个御者和他们在一起，他是我的接替者。他转交了一张纸莎草纸给我，上面写着让我回去的命令。”

“这么说国王已经原谅你了？”

迈内黑特点了点头。

“我一直都在想我的祖先，伟大的拉美西斯，”我们的法老说道，“他永远都不会忘却的，就永远都不会原谅。”

“他从未忘却，但那一年他刚好需要我的帮助。”

“你可以确切地告诉我是哪一年吗？

“不，”我的曾祖父坦言，“不能。”

我的母亲在曾祖父的镇静中发现了一丝软弱，经由母亲的思想我进入了曾祖父的思想，才知道我的曾祖父充满惭愧的想法。他可以讲述自己吃掉一个死人的双腿，但他无法忍受坦言自己低劣的做法，此时他正镇定自若地坐在他的座位上。

我的母亲说：“你把自己从伊休拉尼布赎了出去，你顶多不过是菲克-弗提。”

十三

提到我的祖父菲克－弗提，我父亲就发出了一声感叹，然而此时迈内黑特的眼睛一亮，就像曾经我在讨价还价的高潮时在一个商人脸上看到的表情。

“没错，”他说，“我把自己从伊休拉尼布赎了出来，但我不能自吹自擂说那是机智的做法，漫长的十四年啊，我才存足了金块给一个底比斯的将军支付这笔赎金。作为回报，我的名字被列入了王室御者的任命名单中。”

普塔－内穆－霍特普问道：“究竟有多少在我们外院训练的军官通过类似的报酬而被提拔呢？”

迈内黑特没有转移目光继续说道：“关键是他们的驾驭技术都很好，自己不公平比批评别人不公平并去纠正他们还要失策——就让江河之水冲走一切宿怨吧！”

我的父亲意味深长地点了点头，仿佛这最后一句话是所有智慧的结晶。

普塔－内穆－霍特普说：“作为一名维齐尔，你最细微的品质就是能够带走我们微不足道的恶行，然后把它们转换成优秀的品德归还给我们。”

“现在看起来似乎就是那样的，”我的曾祖父赞同道，“但是我可以告诉你，伟大的法老啊，在那个时候并不容易，我付出报酬后还得再等一年才可以收回，因为我一直都没有告诉瑞普－瑞普特，我开始思索是否要弃她而去。她死后，我想着那些我们在卡叠什收集的赫梯人的手，非常害怕自己的手在不久后也会变成那堆断手里的一只，我还记得赫拉吃最后一顿大餐时浮现出的那些非凡的城市，我断定最严重的惩罚肯定就是失去双手，如果我们没有了双手，就无法知道别人的想法，而只能困在自己的想法里。不要问我为什么会这样，我只知道事实就是这样。为了消除我的疑虑，我一遍又一遍看着从底比斯发过来的纸莎草纸，上面赫然写着：我殚精竭虑地守卫着法老的金块，以防止被盗窃。好吧，我尽力相信了。”

“我必须把你留给欧西里斯神。”普塔－内穆－霍特普笑着说。

迈内黑特轻轻地磕着头，说道：“伟大高尚的神啊，那些日子里我想了很多关于正当行为的本质，因为这张用偷来的金块买来的纸莎草纸见证了我的诚实与否。最终我意识到，如果一个人总是不停地说谎，这个说谎的人就可以和任何说实话的人一样自在，因为这个说谎的人拥有的生活和一个说实话的人拥有的生活一样。仔细想想吧，一个诚实的人一旦开始撒谎是很痛苦的，因为他肯定一直都牢记着真相，但他所说的偏偏不是真相。同样的道理，一旦一个撒谎者以一种诚实的口吻说话，他也是很痛苦的。

“我之所以说这些是因为我一回底比斯就了解到，拉美西斯二世已经成了一个撒谎者。恕我直言，这是一个畅所欲言之夜，我发现我成了众所周知的人物，而且是那种臭名昭著的人物。我的名字被刻在每座新神庙的墙壁上，而且我可以肯定，在我离开的那几年建了很多神庙。国王也在一刻不停地为自己建造纪念碑，大大小小应有尽有，在随便一条河流的拐弯处你都可以看到他的雕像，在随便一块草地上你也可以看到他的纪念柱。确信无疑的是，每座新的神庙都有一段卡叠什之战的记述，我的名字也被刻在了神庙的墙壁上。神庙墙壁上的刻痕在永恒地叫喊着，‘噢，我的神啊，我们战败了，我们必须迅速离开！’然而，看到这些刻痕我会摇摇头，仿佛我这样做就可以抹去那些神圣的记号。‘你先走吧，迈内，’国王回答道，‘我要孤身奋战了！’碑文甚至连我的名字——Menni 都写错了，而我已经在一张纸莎草纸上学会辨识MN，此时我发现刻在石头上的却是MNN，但我仍然视若无睹，因为我觉得刻在神庙墙壁上的内容不会有什么错误。那个时候我还不知道，一直到了第二次生命期间才了解到，虽然那些记录员知道的比祭司还少，但他们全都抢着去在石头上刻字了。我没有意识到我正看着一个粗糙的错误，但我在向后退着，仿佛那面城墙会把我压倒似的。想到我已经对大神小神们做出的祷告，我对着这些数以万计的神灵，心里却用错误的神圣记号称呼他们:‘MN求求您了！’其实，我本应该说‘MNN求求您了！’但那时候我已经说出口了。

“现在，如果拼错我的名字让人很困扰，我就会想起神庙石壁上所刻的内容，这些石壁上所刻的错误更加让人受不了。我肯定已经说过卡叠什之战的事情了，但我忘记说了些什么。然而在同一座神庙的另一面石壁墙上，真相似乎被埋在了厚厚的墙壁里，我逐字逐句读着:‘瞧，国王快马加鞭向前冲——就他一个人。’那天晚上我因为发热醒来，墙壁就压在我的胸口。在整个卡叠什战役中，法老一直是单枪匹马吗？我花了好几年时间才弄明白，对他本人而言，他的确只是孤身与自己同行。他是一个神，而陪他同行的我不过是他战车上的一块木料罢了。

“这似乎是一出闹剧，我居然出名了——我的名字被刻在神庙石壁上。其实我的功绩不超过一条虫子所做的工作，但我是一条神圣的虫子。在营房，在御者的队伍里，迎接我的是一些叽叽咕咕的嘲笑之声。总有一个嘲讽的声音在我抵达的时候叫喊道:‘这就是我们卡叠什之战的英雄啊！’

“‘你说这话是什么意思？’我问道,我不喜欢他这样用‘英雄’这个词，因为这个词也可以指‘鸟’或者‘懦夫’。

“‘我的意思是说你是一个英雄，我们都知道的。’然后就哄堂大笑，我对此无能为力。这些来自孟斐斯和底比斯最好的家族的御者们并不想打斗，众所周知，这些军官没有一个是我的对手，所以他们只能用他们高雅的方式嘲弄我，说白了就是挖空心思玩弄词句，直到要再想出一个微妙的词来嘲弄我比抓住一条米诺鱼还困难时，他们才会勉强作罢。我发誓，只要我还没完蛋，他们就得先屈服于我。

“之后发生了一件奇怪的事——有消息传到底比斯说美特拉已经死了——这件事教会了我新的思考方式。

“此时，我已经在伊休拉尼布了，曾经我们和赫梯人有过多次小规模战斗，但是美特拉一离世，他那倡导和平的弟弟赫塔沙就受到了拥戴。或许正是因为如此我们的拉美西斯才对战争感到厌倦，十五年来，每一年他都是在战场上孤身奋战。所以，在塔尼斯，在一个刚完工的宏伟的神庙里，他接待了赫梯新任的国王。赫塔沙给他带了一个银板，有不止一百行字清晰地雕刻在上面，我仍然记得银板上面所刻的内容，因为我们所有在塔尼斯的王室护卫队成员都仔细地盯着它看：‘这是赫梯伟大且英勇的首领，赫塔沙，英勇的孟拉沙之子，英勇的塞雷尔之孙，在银板上订立的契约，献给埃及伟大的统治者，英勇的塞提一世之子，英勇的拉美西斯一世之孙：这份友好的关于友谊的契约将为这些民族开创永恒的和平。’

“我把所有的铭文都读完了，而且是逐字逐句仔细阅读的，我十分钦佩那些文字竟然是赫梯国王亲手写的，要是换做我们的法老他是不会这样说的。在这个银板上有月光照耀着，那冷冷的反光让我对这些赫梯人产生了新的恐惧，他们蓄着肮脏的胡须，驾着笨拙的马车，从粗犷的外表看上去不会有聪慧的内心。然而，这块石碑写得多明智啊，字里行间都平衡得很好，以至于你可以感受到和平真的快要到来了：伟大的赫梯亲王和伟大的埃及国王拉美西斯二世，让我们处于美好的联盟与和平中，让赫梯亲王的子孙后代与埃及国王拉美西斯二世的子孙后代继续处于美好的联盟与和平中，没有敌意会在他们之间萌生。’

“哎呀，这个赫塔沙甚至说道：‘如果有人从埃及逃到赫梯，那么伟大的赫梯亲王就应该把他羁押然后再带回给伟大的埃及国王拉美西斯二世。当这个人被带回去后，不要处罚他的罪过，也不要烧毁他的房子，更不要杀死他的妻儿和母亲，不要损伤他的眼睛、嘴巴和双脚。’反过来，对于任何从他们国家逃到我们这里来的赫梯人也是一样。我十分钦佩这种友善的做法，如果人们不怕被重罚，不费吹灰之力就可以把逃离自己国家的人遣送回去。我更钦佩的是我们的拉美西斯居然容许赫梯亲王的名字出现在他之前，那肯定是出于他对所有写在银板上的这些动听的言辞的一种敬重。另外，那份契约还包含了十分强大的陌生神灵的名字，银板上面写着，‘赫梯数以千计的男神女神们，与埃及数以千计的男神女神们，将同我们一起来见证这些话：泽耶西利尔之神、克柔特之神、克本泰尔斯之神、克瑞芬之城的女神、赫维克女神、塞瑞普之神、亨贝特之神、掌管天堂的王后、掌管誓言的所有神灵、掌管土壤的女神、掌管赫梯土地上的山脉与河流的神灵、掌管正义的男神女神，以及掌管天空、土壤、大海、风暴的神灵。’

“契约就是这样结尾的。”迈内黑特说道，“当我们完整地读完契约时，现场一片静寂。拉美西斯用他戒指上以象形文字刻着他名号的长方形边框贴在柔软的银板上，这样就形成了一个印记，接着他还拥抱了信使们。瞧，战争就这样终结了。”

迈内黑特沉默时我们的法老打着哈欠，貌似他并不乐意听到这么多陌生神灵的名字，所以法老说道：“或许海斯弗蒂蒂对你讲述出更有趣的事情的期待是明智的，”他说，“没错，在这段陈述中你过多地隐藏了自己，你实在是太谦虚了。”他摆动了一下他的连枷[1]，似乎要清除空气中关于这份契约的所有回响，他说道：“你知道吗？当我第一次登基时，你的名字一直挂在我的王妃们的嘴边。”

“我的名字？”我的曾祖父吃惊地问道。

“是的，别无他人。”

“自从我在后宫服侍国王那几年后，我就再没去过那里了。”

[1] 古埃及权杖的一种。

“因此，你愈发被谈论得更多了，而我渐渐厌恶了她们那无聊的好奇心和永无休止的谈论，甚至当她们沉默的时候，我都能隐约地感觉到王妃们正在想着你。”

在这暂停的瞬间，我钻进了母亲的思想里，感觉到了她内心的不安。像我的心跳一样简单，我们的法老竟如此轻易地谈及他听到的别人的想法，此时他肯定很喜欢她的想法，远远超过她停留在他的思想里的期望。在那一刻，就像一块布被扔在溢出的汤上面，她大脑里的思想像擦过的地板一样干净。

普塔－内穆－霍特普微微一笑，我琢磨着他是否在嘲笑自己如此空洞和圆滑的思想，之后他笑着说道：“没错，在埃及，没有其他男人能比迈内黑特更能吸引我的美人们的注意力了，她们整天生活在八卦的汪洋里，而你就是隐藏在风暴里的那片汪洋。即使是现在，她们也十分生气，因为她们没有一个人被邀请来和我们一起畅谈。我可以听到她们的心声。”——他用手指懒懒地朝她们的方向指去，“算啦，反正她们今晚就会谈论你，会再次谈论所有我已经听过的关于你的第二次、第三次和第四次生命的故事。当然了，关于你的第一次生命的事迹是她们的最爱，她们总是不停地议论着你是如何成为总将军的。至于你现在的地位嘛，她们说，国王在位期间后宫的势力很大，而你又是后宫的总监督官。”

“她们是这么说的吗？”迈内黑特问道。

“半数人是这么说的。”普塔－内穆－霍特普回答，“有一些王妃一直保持自高自傲的姿态，但其余的王妃很好奇一位总将军如何能容忍自己成为国王嫔妾的看守者呢？我向你保证，她们总会因为这件事争吵不休，但我仍然希望你有一个更好的理由吸引她们。除了那种总是要低声细语说出的故事才能勉强取悦她们以外，其他的故事她们几乎都不相信——因为她们觉得相信这些故事是对自己的亵渎，尤其是当你讲述你第一次见到拉美西斯二世和他的王后时是最清白的，她们是最不相信的。然而她们说（你看，我自己也变得低声细语了）你成了奈菲尔塔利的情人，我甚至听说你通过一把留在自己背后的刀离开第一轮生命进入你的第二轮生命，也就是说当你的精液进入那位王后的体内后你就死了。”

普塔－内穆－霍特普乐了，嘴角挂着一丝浅笑，他是不是整个晚上都在等着鼓动迈内黑特告诉我们关于奈菲尔塔利王后的爱情呢？很显然，他给大家带来的惊愕感把他自己都逗乐了。

我的母亲突然产生了各种想法，我父亲也诞生了一些想法，父亲的思想跳进母亲的脑子里，他看到迈内黑特躺在奈菲尔塔利的肚子上。其实，我的父亲看到我们家族的肉体在王室的肉体之上的景象，倍感震撼，他的腹股沟挺拔而起，他就是从那里出来的，而此时他的衣服下面湿成了一片，我的母亲立即因为这样的损耗感到不适，毕竟我父亲新射出的精液对她来说是她脸上最好的面霜。

迈内黑特咳嗽着，一阵从沙漠上吹来的风沿着他衣服的缝隙往里钻，待风消失后他又开始说话了。他说道：“我不想扫你的兴，但是有很多我都回忆不起来了。我出生过不止一次，也因为我已经出生过四次，所以不能清晰地记得每一轮生命的经历。”

我们的法老答道：“我还是想请求你能告诉我们你跟奈菲尔塔利王后的情谊。”

迈内黑特说道：“刚开始我只担任王妃们的总监督官，到了最后我才成为国王的配偶奈菲尔塔利王后的得力助手。”

“我很想听到你将这些事情娓娓道来，只要你告诉我们，或许你就能记起很多你以为你已经忘记的事情。”

迈内黑特鞠了个躬，然后用头部触碰他的手指磕了七次，他说：“我想重申一下，这些事情比一场大战的故事更难以讲述。”

“没错，”我们的法老说道，“但我一点都不急，我更喜欢在这样的晚上，历经漫漫黑夜后被你讲述的东西取悦。”

“而且是被你的客人取悦。”我的母亲说道。

“没错，我的客人，”普塔－内穆－霍特普说道，似乎她的注意力（如果变得太沉闷的话）会破坏他自己的注意力，他对她俨然一笑，然后重新回到刚才的话题，对迈内黑特说道，“找回你的记忆吧，老朋友。”

迈内黑特问道：“我可以先讲述在伊休拉尼布之后我从军队中得到提拔的那段岁月吗？我想那段岁月或许可以激发我的记忆力。并且我承认，如果快速进入后宫这个话题我会觉得尴尬和不适。”

“我再说一遍，”我们的法老说道，“随便用你自己的方法讲都可以。”

迈内黑特点头致意说道：“回到我之前所说的那里，我仔细研读着写在银板上的与赫梯人签订的条约，若不是因为那些话对我的影响，我永远都不会成为总将军。我从来没读过这么精美的措辞，它启发我必须要学会细腻之人的技巧，这个赫塔沙早就知道怎么去称呼国王了。直到那时，我所学会的一切都是源于我体内的天赋，但是到了如今，如果我要出人头地的话，就必须学会说话的技巧。”

“你有发现许多与之相关的原则吗？”我的法老问道。

“最重要的一条原则是：避谈你的上级担惊受怕的所有话题。我明白了所有人都会害怕，然后会尽一切力量去回避他们最害怕的事情。比如，只要你没有当场见证，那些怯懦的人就会告诉你他们自己无畏的作为。

“我以前常常相信别人告诉我的一切事情，现在却要从他们的谈论里寻找谎言了。我很快就意识到那些野心勃勃的人通过他们设的圈套去观察你是否和他们说一样少的真话，结果我爱上了这样的较量以及可以跟我一起较量的人。庆幸的是，我深谙阿谀奉承之道，这仍然是成为受重用的有效途径。当然，通过玛特的平衡，我也必须明白，处处争着出风头也是不明智的，那样的话你永远得不到提拔。看看那些最好的仆人吧，他们总是在乏味而单调的工作中死去。因此，那套把戏不仅要用来取悦上级，还要让他们感觉到一丝丝恐惧，这样就会促使他想要提拔你了，而且他仍然会保持一段安全的距离来接受你的恭维。我甚至不得不学会如何阻止我的下属晋升得比我自己还快，这是我以前一直不屑一顾的伎俩。年轻的时候我身边的人都有什么需要呢？比如拉美西斯，阿蒙的挚爱，就只信奉进攻，其他的一概不信。然而我已经通过赫拉得到了启发，预料之外的事情可以把一个人摧毁。所以，我会小心翼翼且悄无声息地减缓我下级长官们的野心，他们并不知情。而对于我的上级，我会竭尽所能让他们心有不安，以促使他时刻想着要提拔我。最终，我明白了来自强盛家族且能力一般的人最憎恨无法预料的事情，因此要设法取悦他们，让他们兴奋起来，保证他们可以按照自己的习惯生活，轻柔地关心他们，永远不要改变他们的习惯。这些人尤其畏惧所有胜过他们自身的人。”

“我从未听你讲得这么好，”我们的普塔－内穆－霍特普说道，“那是第一仆人的心声。”他把手伸到桌子对面，然后用他的连枷轻轻拍了一下迈内黑特，问道：“你为什么要讲这些实话呢？为什么不更加坚守你的原则呢，你为何不撒一些谎言呢？”

现在，我的曾祖父微笑着说道：“撒谎者的伎俩就是口才太好了，以至于你永远都不知道他第一次准备背叛你是什么时候。”

“你说得我的心怦怦直跳，”普塔－内穆－霍特普说，“现在，你得告诉我接下去发生的事情了。”然而，可以看出，迈内黑特容颜大悦，因为国王已经成功地让我的曾祖父再次变得能言善辩了。

十四

迈内黑特说："这些低下的伎俩我可能讲得太多了，可能会给别人留下我不是一名诚实军人的印象。其实这其中有所误解，赫梯人离开之后，我们的军队一直在参加一些小规模战役，而且我在雅士克伦、加利利的塔波尔、亚瓦底以及瑞德鲁一带地势较低的地方作战，前后经历了大大小小无数次战役，但没有像卡叠什之战那样规模宏大。我们一直都很强大，而且我们的营地没有再一次受到突袭过。

"尽管如此我们还是战斗了许多年，每一年我们都能攻下几座城池并得到大量的领地。那时我们的国王会大肆征税并搜刮战利品，可我们一旦回到底比斯，那些领地就会再度陷入叛乱。

"后来，我的事业蒸蒸日上。我是唯一一个可以在战场上作战并且已经在底比斯学会了奉承伎俩的埃及军官。我们的高级祭司，巴克–尼–昆–苏如今已经年迈力衰了，有一些日子，他派他的第二祭司每天来觐见国王，我也趁机学会了奉承第二祭司的伎俩，那是十分费力的苦差事。可以说，如果你给他们带一些吃的东西就会非常奏效——至少对于那些肥胖的祭司来说是有效的，但对于那些消瘦的祭司就很难对付了。有时候，他们只会被特殊的祷告中蕴含的学问打动，那些肥胖的祭司总是对你津津乐道哪些诗篇能吸引和感动消瘦的祭司们。"

他微笑着继续说道，“对于那些瘦弱的阿蒙的仆人，只有当你献给他们最稀有的纸莎草纸时，或者献给他们从战场上带回来的颜色精致的石头时，他们才会满意——无论怎么说，各行各业的守财奴都是一副德性。幸运的是我结交了几个可以向拉美西斯二世进言的祭司，不管他们是胖是瘦，我都像灌溉自己的植物一样灌溉他们。后来，我的法老没那么讨厌我了，比之前他遣送我到努比亚沙漠时好多了，我也明白了如何去讲述阿蒙对我的法老的面孔无限的喜爱。可是我想不明白，当像我一样能够胜任管理军队的埃及人站在他身边时，他怎么可以任命一个利比亚人或叙利亚人去掌管他的军队呢？其实他不太想让我当大将军，但是当最后的抉择落在阿蒙－赫普－苏－夫和我之间时，他才发觉自己的儿子并不值得信任，还有什么比被自己的亲骨肉背叛更可怕的呢？所以他最后还是提拔了我，还赐予了我金色马车。

“如果不是因为国王的某种思想意识导致了那些动荡的日子，我会长时间担任他的将军的。后来我们的埃及变得史无前例的强大，没有一个法老能像他那样受到众人的尊敬和爱戴了。可是，他对女人的渴望并没得到满足，他在嫉妒、诡计、矛盾和憎恨中茁壮成长起来，自从卡叠什之战起，他就被这些思想和情绪锤炼了将近三十年。当然，只有神才能超越玛特的平衡并战胜这些因素。如此说来，他的确是名副其实的伟大的拉美西斯。

“和以前那个与奈菲尔塔利并骑的年轻国王相比，他已经大为改观了。甚至可以说，正是在卡叠什那些神圣而可怕的日子的锤炼下，他一生的方方面面才有了改善，当然，他对奈菲尔塔利的爱也发生了一些改变。到那次战役为止，我的国王或许会和他后宫的一个王妃共度一个下午，或者是搞上一两个农家姑娘，就像那次在前往他坟墓的峡谷的途中我和他所做的那样，但那只不过是玩玩罢了。奈菲尔塔利是他的妹妹，是他孩提时的挚爱，是他的第一个新娘，也是他唯一的王后。他们结婚时，他十三岁，他妹妹十二岁，人们都说她的美丽如此耀眼，你都不敢正眼看她。在我认识他的头几年，我感觉到他的很多想法都跟战争意识有关，包括祷告、霸占奈菲尔塔利，以及其他的嗜好——比如他喜爱勇者们的屁股。

“然而，经历卡叠什之战后，他就像一片欧西斯的树叶在棕榈树下寻找新的水分，然后再分给其他树木，而以前那里只有三棵树。我们伟大的国王从卡叠什回来后，对女人香甜的肉体的渴望胜过我所有四次生命中见过的任何人，他肯定已经获得了他杀掉的赫梯人的精液，因为他的阴茎就像涨潮时的尼罗河一样膨胀，每次看到一个美人他就想占有她。奇怪的是，他对丑女也产生了浓厚的兴趣，有一次他和后宫的一个丑陋无比的王妃（她看起来就像一只青蛙，丑不忍睹）共度一晚后，他告诉我，‘通过玛特的平衡，我希望能在她身上找到内在的美。那些不入眼的女人虽然没有外在美，但她们有内在美。比如这个丑女，她的嘴上功夫已经洞悉了甜蜜的秘诀。

“在卡叠什之战后，如果你有了妻子，那么你的妻子就会变成他的妻子。为了变成国王宫廷的一员，他会让你的妻子在你的家里怀上他的孩子，没错，那婴儿生下来后通常和法老一样俊俏。当然，在多次狩猎的途中，他仍然能搞上几个路过的姑娘。沿着埃及的每一条路，众所周知，国王都会间歇出现两次，而其他男人只会出现一次。他想要在一天之内认识尽可能多的女人，因为在两轮性爱之间要有一段间歇——就像从埃及广阔的耕地这里延伸到战场需要有一段间歇一样。也就是在那些年他开创了拉美赛德部落，那个部落现在发展得尤为庞大，到了我第三次生命的时候，大墓地上几乎全是国王的亲骨肉，他的种子就植根于我们所有人的种子之上。在他之后没有人能生出这么多后人，这也是我们埃及贵族的美名能够名扬四海的原因。跟你说实话吧，他的长相真的很俊俏，在夜晚，每逢王室驳船沿着尼罗河往下航行时，激起的浪潮冲刷着河岸，发出动听的声响，会引得河岸上的那些女人们疯狂地想着他，彻夜难眠。

有一次我正和我的女人在岸上睡觉，国王的驳船刚好经过，我的女人立刻就转过胸怀用背对着我。”

“妙极了！”普塔–内穆–霍特普说道。

“伟大的法老啊，我可以说，他是深受爱戴的，但也不全是。”

“除了奈菲尔塔利女王，你本人，以及一群嫉妒的女人之外，还有谁会不爱他呢？”我的母亲问道。

“国王的后宫不可忽视。”普塔–内穆–霍特普说道。

迈内黑特点了七次头，都很轻柔，仿佛为了不搅动萤火虫的丝毫光亮。“你的智慧高深神圣啊！”他说道。

“一点也不，”我们的法老回答道，“你知道的，曾经有一个阴谋就是利用后宫的一些女人来暗杀我的父王。”

“那件事我记得很清楚，”迈内黑特说道，“这些女人的行踪是保密的，后来却成了孟斐斯和底比斯的常谈。听说你的父王并不了解他的重臣，也不知道怎么去抓住他们忠心的根源，但我可以告诉你，拉美西斯二世就能做到。他在位期间，王宫后花园里满是来自贵族家庭的女人，我觉得我的法老从来就不会去想任何男女太长时间，但他清楚这种家族所具有的傲慢态势，他知道无论何时如果他选择这种家族的一个女儿作为后宫的嫔妾，就会引起多大的分裂。所以，他知道必须牢牢控制住这些家族。当忠诚存在于羞耻之中，而且必须称之为荣耀时，忠诚就从未变得可靠过。

“你的父王对此不是很了解，他经常无视那些家族。很多后宫的女人在自尊心受到伤害后，就会求助她们的父亲或兄弟，我觉得杀害你父王的密谋就是那样开始的，这个阴谋失败了，另一个就可能成功，毕竟他的死是很不寻常的。”

“没错，”普塔–内穆–霍特普说，“对此我自己也想了很多。”

“那是二十五年前的事了，”迈内黑特说，“那时候我们已经有拉美西斯四世、五世以及六、七、八世——伟大的普塔–内穆–霍特普，你只要想想看，你在位的七年里，掌握王权的时间比你的兄弟和表亲们都要长。”

“是的，我也那样想过，”普塔－内穆－霍特普微笑着说道，“我记得我同父异母的兄弟，拉美西斯四世，他是最聪明的。在他的后宫里，贵族姑娘他一个都没要，因为他不想树敌。他在位第一年就关闭后宫，然后等他再次开放时，瞧，姑娘们就变得肥壮且普通了，而且他们的父亲都没有贵族头衔，只不过是些商人罢了。

“这种做法并不是很吸引人，我的亲属中没有一个遵循了这种做法。我一登基就去探访后宫，吓了我一大跳，众多肥胖的女人们穿戴着如此之多的金银珠宝，她们的气息里充斥着大蒜味！如今，后宫再次变得芳香，虽然不能和你那时候相比。我想知道，多长时间以前你从总将军被调到了后宫去当总监督官的？”

我的曾祖父没有立即回答，而我则继续装睡。看着萤火虫，我的脑海里掠过一丝伤感，整个晚上它们都在永远逃不出去的笼子里飞来飞去。我想起了宫殿附近的沼泽地，好几百个身手敏捷的奴隶在今晚肯定已经站在那低洼地里了，他们抓到了一只又一只的萤火虫。我的伤感在我的体内蔓延，直到这种伤感充斥了我的全身。

就在那时我意识到自己的同情心已经因为我曾祖父微笑背后的悲伤而大大增加了，那是一种相当沉重的悲伤，由很多事情促成，但首当其冲的肯定是因为他意识到了他得继续告诉法老更多的经历。我的法老，通过他自己精湛的技艺，不管如何微笑，看起来都是冷酷的，至于我的曾祖父，则镇定自若，仍然想要成为维齐尔来满足法老的提问。

“是的，在一百三十年前我成了后宫的总监督官。”他回答道。

“你对你的生涯中如此巨大的改变感到满意吗？”

“我很震惊。我记得那时我刚庆祝完五十岁生日，我不知道我为自己留下了什么，幸亏我的身体还显得健壮。虽然我曾经当过总将军，觉得我的生活几乎还没有开始，我感觉自己仍然在兵营里生活着，而此时我准备去缔结一段美妙的婚姻——我只需要选择对象是谁，因为她们已经全部都呈现在我的面前。

“然而，就像遮住太阳的云朵一样，国王生活的阴影也让我和奢侈安逸的生活终结了，因为我的法老心里的那份恐惧就像汉特－谢普－苏特神庙的没药树林里的那片阴暗一样向我袭来。但是，我今天想到的不是赫梯人，而是他的妻子奈菲尔塔利，她就是忧郁的缘由，因为国王又娶了一个赫梯公主作为他的新王后了。

“更让人没有想到的是，在卡叠什战役之前他就已经娶了另一个王后了，那个王后和奈菲尔塔利不可同日而语，她是在巴克－尼－昆－苏之前阿蒙神庙的最后一个高级祭司的女儿，可谓是家世显赫，所以那场婚姻就相当于把阿蒙神庙嫁给了拉之子。然而这个名叫伊索尼瑞特的第二任王后还是长得很丑，不久他就不再让她待在奈菲尔塔利附近了，他在一条河流旁的一座小镇上为她建了一座宫殿，取名叫思笆－胡特伊索尼瑞特，意思是伊索尼瑞特隐蔽的家，这是个好名字。他时不时地会抽空去探访她，探访的时间也就和生儿育女差不多长吧。而奈菲尔塔利仍然是底比斯唯一的王后，听说持续好多年来国王都敢将阿蒙神庙的不悦置于他第一任妻子的盛怒之前。

“当国王终于斗胆娶了第三个王后时，这个决定本身就像他驾驭战马一样冒险，因为那位新任的妻子是赫塔沙的女儿，长得既年轻又漂亮。她的母亲是普迪赫帕王后，是来自米迪亚的亚利安人，而且听所有看过她女儿的人都说，那个赫梯公主淡褐色的头发比月光还要耀眼。”

“这里我必须打断一下，”普塔－内穆－霍特普问道，“当国王娶第三位王后的时候你已经担任总将军多久了？”

“有五年了。莫娜芙如瑞公主是在国王在位的第三十三年抵达的，也就是卡叠什之战后的第二十八个年头，签订条约后的第十三年。我对这些日期一清二楚，因为我是在和约签订后的第八年当上总将军的。”

“还有一个问题仍然困扰着我，”普塔－内穆－霍特普说道，“你刚刚讲到了奈菲尔塔利的盛怒。然而，在条约签订的时候，也就是在十三年前，就已经安排好要将这个赫梯公主嫁给他了。”

“你对这件事情的了解基本接近事实。”我的曾祖父说道。

“但是还不够，我不明白为什么奈菲尔塔利会同意第三次婚姻。”我们的法老说道。

“那个时候赫梯公主只有七岁，并不像条约中所说的一切都被平等地接受。况且，在那些年里，奈菲尔塔利还不能指望她长子的权力。在国王娶了那个赫梯人的时候，阿蒙－赫普－苏－夫王子已经当上了大将军，极有可能对王权造成威胁。此外，这个时候和这个公主结婚什么也得不到，事实上卡叠什甚至没有足够的财产去偿还赫塔沙签订条约时所欠的借款，于是赫塔沙只好把莫娜芙如瑞送过来当作贡品，仅此而已，我们的国王甚至都没有接见她。她历经千辛万苦才抵达这里，而且出于蔑视，她被安排到他在法尤姆的后宫，他就是在那里与她相见的。底比斯的人都在不停地谈论此事，因为国王一见到这个女子就被她的美丽征服了——我是这么听说的——接着就把她从后宫接出来，跟她结了婚，将她带回底比斯。让人不解的是，本来她的名字叫莫娜芙如瑞，但是所有人都叫她娜芙如瑞，听起来太像奈菲尔塔利了，于是我们的法老就把她的名字改为拉美－娜芙如，这样听起来就比较像他自己的名字了。以至于那些认识奈菲尔塔利的人都对这位赫梯公主口出恶语，羞辱不已。”

迈内黑特捧起双掌，把脸贴在双手合成的杯子上，仿佛要喝掉过去。

“我们接下来的处境如下：国王两边各有一个王后。我们遇到了很多变故，然而，我没有预料到第一个变故会降临在我头上。国王最终决定把阿蒙－赫普－苏－夫遣送到远离王宫的地方，他的第一任王后必须与长子分开。然而他不敢在没有提拔他的情况下就把他派到利比亚的战争中，况且我的级别比王子的高，所以国王就决定授予他那个头衔了。”

“他都没跟你说什么吗？”

“我本来应该为他窘迫的处境做点什么的。那时，他正在为他大概还有一年才到的第三次‘节中节’制订伟大的计划，这将是他在位期间最盛大的节日。所以他活在恐惧中，害怕自己会在这一年死去。因此他对自己的行为感到十分不适，因为他正在为那个隆重的节日建造一座富丽堂皇的殿堂——乌尼斯殿堂——然而令他生气的是，他发现还要花两年时间才能将上游的石头采集来建造这座殿堂。于是，他决定拆掉我们底比斯的图特摩斯神庙，更糟糕的是，他还决定拆除阿比多斯的塞提神庙——塞提神庙以及图特摩斯神庙里的石头是唯一合适的大理石——他居然要使用他父亲的石头！

“我不能告诉你拆除那些石头时必须有多少名祭司在现场，至于他们可能会遭遇的诅咒，可以通过祭司的祷告而烟消云散。有时候，那些大理石上的碑文会被削掉，这就需要更多的祷告。有多少伟大的名字就因为建造乌尼斯殿堂而被掩埋啊。

“他对奈菲尔塔利本就感到恐惧，当他转移这些大石块时更增加了他的恐惧。我记得他带我一起到工地的当天，他带我到他的小宫殿里就寝，这是莫大的荣耀，因为只有他的第一任和第二任王后才会经常被邀请到那里去。然而在还没达到我们谈话的目的之前，他就一直长谈阴谋诡计。

“此时，我的法老拥有一颗与众不同的心，如果我们的心是绳子做成的，那么没有人像他一样有那么多的心结。他的喜怒哀惧全部紧密地缠绕在绳子一端，他从来都不知道自己所做的事的缘由，然而他做任何事都是全力以赴，所有经过他内心的力量都会变得足够强大。我认为他甚至感觉不到他对奈菲尔塔利或者是阿蒙－赫普－苏－夫的一丝恐惧，然而事实是他感受到了，而且是非常恐惧，太可怕了。他甚至对我说，‘总有那么一天，一天中的任何时候都会有可怕的厄运降临。就在这一天，有人企图杀了我。’他坚信他后宫的一些女人可能知道谁是凶手。

“我感受到了他的恐惧，这恐惧不像剑的尖端攻击他的胸膛，而更像他思想里的毒药。这一天，他一遍又一遍地谈论着阴谋，然而那时我还搞不明白，直到现在我才体会到他当时的恐惧，那是因为身为一位法老有太多的事情需要面对，所以他的记忆力一直都好不到哪儿去。要记住，一个人必须学会往后看，然而法老被那些每时每刻都在为他着想的人向前推着跑。

“他们的思想总是在前方的黑暗中闪闪发光，因为他们想要给予他力量去真正看穿接下去会发生什么，只有法老才能成为我们的引导。然而国王却活在如此多的恐惧中，他就像一个凡人，盯着在阳光下闪耀的一片耕地，以为是一条河流，那确实也是一条河流，但是只有光，没有水。我的法老也有一只能听到叛逆之声的耳朵，还有一个能嗅出阴谋的鼻子。然而，在火点燃之前他就闻到了自己的皮肉烧焦的气味。他也看得很远，甚至领悟到阴谋将会在超过一百年后——对一个神灵而言，一百年就像一呼一吸那么短暂——出现在你的父王身上，他也看到了即将降临在自己身上的灾祸。

“因此，他不信任后宫。在多次思考后，他决定把我安置在后宫里。我是埃及上下唯一足够睿智去发现那里是否真的有有阴谋的人。‘没错，’他说道，‘在卡叠什，除了你还有谁知道美特拉的想法呢？’他抓着我的手臂说道，‘没有什么任务比照顾我更重要了，这对于任何一位将军而言都是崇高的任务。’接着他开始讲述过去那些伟大的将军们到后来都成为了法老，他的命令是如此地坚定。

“他将把我派到只有女人的地方。我不敢拒绝，我知道他的战士们肯定会鄙视我，即使那是法老的命令。

“所以，我不得不念叨着我的新头衔——后宫总监督官，这也是他告诉我三十年可以很快就过去的一种方法。但他不会忘记他把我的屁股弄开花的那一天，我就像个女人一样血流成河。在别人眼里，我也许是一名将军，但是从他高贵的角度来看，我就是一个王妃或者是后宫的大嬷嬷。这是他开的玩笑吗？我几乎快被忍气吞声的满腔怒火窒息而死了。

“一离开他我就开始祈祷，‘愿神保佑确实有个对付他的阴谋存在，’我祈求道，‘然后我就能当上最高的领袖了！’”

（上册完）

FONGHONG
凤凰联动出品

ANCIENT EVENINGS

古代的夜晚（下）

[美] 诺曼·梅勒 著
段淳淳 马飞剑 朱琼莉 译

江苏凤凰文艺出版社
JIANGSU PHOENIX LITERATURE AND ART PUBLISHING, LTD

第五部

王后之书

一

“在后宫里，我学到了很多在其他地方学不到的东西，而且还体会到了与战争时斧头上的玫瑰不一样的迷人色彩。然而我不能说后宫看起来是什么样，很多女人住在那里，这也算是王宫里面最迷人的地方。在围墙后面有许多华丽的房子，你可以听到从厨房里发出十分愉悦的声音，因为很多王妃都很爱吃，当有食物摆在她们面前时她们就会很开心，当然她们也爱喝，总之她们每天的生活都是千篇一律。从宫殿里传出来的声音越过围墙后唤醒了所有人,除了她们自己之外,王妃们总是在那声响过后很久才起床，接着整个早上她们都会精心地梳妆打扮，喋喋不休地谈论着她们要借的饰品——如果法老碰巧过来看望一位王妃时，她刚好戴着一条借来的项链，那么这条项链就会成为她自己的了。原因是既然国王都已经看到那条项链戴在她身上了，就不可能再还回去了。当然，她自己的礼物从来都不能轻易借人，国王赠予的任何饰品都不容其他人触碰。有一次，就有一位王妃违反了这条规定，因而她不得不受到可怕的惩罚，她左脚的小脚趾被切断了。当她把国王的礼物借给别人时，她闯下的罪犹如摧毁了由伟大的拉美西斯建造的一座神庙的一根石柱。后来，这位王妃就没有跳舞了，事实上，她几乎没法走动了，她只能整天坐着吃一些好吃的食物，比如蜜饯的鸟翅，以缓解她的小脚趾剩余部分引起的疼痛，后来她变得很肥胖，所以大家都叫她‘蜜球’，我刚进入后宫就听说了她的故事。

“在那些日子里——我什么时候开始厌倦以前的知识了？——我总是跪着双膝去研究每个后宫池子边的鲜花。那里有一朵花，我想应该是兰花，但它的颜色是橘黄色的，我多次对着它说话。我对着它大声说出我的想法，那朵花总会作出反应，但我不能明确地辨别它说了些什么。虽然没有微风从我们身边拂过，但当我靠近它的时候它还是会摇动，而且有时候它会摇摆着它的枝干，仿佛一位翩翩起舞的王妃，它的花瓣在我面前颤抖着，就像一个不能掩饰自己爱意的姑娘似的。当没有风的时候，其他花朵都丝毫不动了，这种情况还是会发生，仿佛这株兰花的枝干有着和我内心的想法一样深邃的根部，而且当它把那两块黑铜天币合在一起时，我就可以和我们今晚认识的同一个神灵共呼吸了。我并不知道住在兰花里面的是什么魂魄，但是花丝会在我的注视下卷曲，而且它微小的花药会在我的凝神注视下逐渐变大，直到我可以看到一簇花蕊。

“当王妃们对你的出现表示爱慕时，她们双眼散发出的光芒就会变得像那些散发着香味的花药。在年终前，我没有想到会有一个人会用这样的方式看我。众所周知，任何一个不是宦官的男人都会发现在后宫服侍是多么不自然，也知道自己会亲近如此多的女儿身。可是，因为她们都是国王的女人，没有人敢靠太近去闻她们的香水，更不敢拿她们的金杯来饮用，如果被发现与这些女人有任何沾染的话就会必死无疑。而且我已经见过有两百多个男人因为沾染王妃而被处死了，他们被处死的时候还发出愉快的惨叫声，那个时候我正身处战争中，在死亡的那一刻你会明白你的荣耀，看起来就像是太阳神的拥抱。而此时我想要生存的意识很薄弱，也不想被法老在我背后下的诅咒所控制。因此，我会跟王妃们说话，仿佛她们是池塘边的花朵，而且我会尽力显现出一位将军自有的严峻脸色。我脸上的每个伤疤都像是雕琢而成的。

“当然，那些被处死的人的故事吓不到我，每天早上我从后宫醒来，都渴望去了解这些后宫佳丽的方方面面。我深刻地意识到自己骨子里还是个乡下人，即便通过战争取得功绩而让自己变得很高贵，对于理解我现在身为监督官所在的后宫的气氛以及愚蠢的争论都仍旧毫无用处，我尤其不了解她们化妆的技巧，不理解她们讲述的故事，听不懂她们听的音乐，看不懂她们跳的舞蹈，猜不透她们对国王的诱惑力。在这里，她们在我的眼里就像驴子和耕地在乡下人的眼里一样普通。我无法判定我每天看到的一场场争吵对于神灵来说是否和两个男人间的战斗一样重要，其实她们在服侍某位神灵的时候会争斗得更厉害。对于后宫而言我是个十足的陌生人，一开始我甚至都不知道那些王妃是如何被选来的，也不知道她们当中有多少是来自四十二个省中的富贵人家。本来我可以打听到她们的很多故事，可惜那位年老的后宫监督官也就是她们的主管人逝世了。”

“我不喜欢你跟我们讲述后宫的方式，”海斯弗蒂蒂说，“因为我从来没在后宫待过，我自己也无法想象后宫是什么样子，”我的母亲十分恼怒地说道，“你的思想里没有任何人的面孔，也没有什么东西可以让我们凝望。”

我的曾祖父耸耸肩。

“想必你并不疲倦，”普塔－内穆－霍特普说道，“既然我们如此接近这些爱的故事，难道讲述这些故事比遭遇战争还难吗？”

“不，我不会告诉你我的思想是疲倦的，但我仍在犹豫，这种犹豫简直难以名状。我觉得那是我生命中最奇特的岁月，你知道我以前从来就没有过家吗？现在我总算有个家了——就在后宫里——而且还有仆人为我看管着，我什么时候想离开都可以，如果我愿意的话，我还可以去见见我在外面认识的几个女人。然而我却像受到黑铜天币的掌控一样，我不敢离开后宫，仿佛我现在正努力了解的东西在我跨出大门、踏上熙熙攘攘的底比斯街道的那一刻就会全部消失。其实，我也没有那么自由，我仍然受到国王不言自明的命令的约束，因为国王不希望看到在任何他不期而至的时候，他的监督官不在后宫。”

“而且，我活了那么多年直到这时候才能沉思。”我的曾祖父看起来有些伤感，“唉，”他叹了口气，“小鸟也需要活动活动。”他在最靠近他的笼子旁边挥动着手，那些萤火虫还是那么困倦，在那禁闭它们的精细透明的亚麻布后面，我几乎看不到它们能自由动弹。

我的曾祖父没有再多讲了，我们就这样默默地坐着。今晚，我已经听到了他的许多声音，以至于此时我不需要听更多了，他所说的一切我几乎都可以想象出来。其实，他不得不说的那些内容比他的声音还要清晰，也就是说我自己对后宫花园的画面有了更多的想象，而且看到女人们如其所愿地在他的思想里呈现出来。在这想象中，我可以站在这些花园里的其中一个池塘的小桥上，听着王妃们互相倾诉着，我还可以看到我曾祖父的脸庞，在那个时候肯定就是他的面孔（很显然他的脸庞和他告诉过我们的被剑划下的切口一样严峻），此时我不再需要一直睁着双眼，因为他的思想变得如此强大，以至于我不仅能听到王妃的声音还能听到他自己的声音，他的嗓音就像琵琶上绷得最紧的那根弦在我的心里颤动。

我躺在我的软垫上，虽然睡着了，但我的身体仍能感觉像睡眠本身一样的舒适。我闭着双眼，由于睫毛的掩盖我可以看到以前从未见过的幻象。我对母亲曾带我去看过的很多神庙和坟墓墙壁上的神灵的图像感到大为震惊，因为这些人从来没在街上出现过，比如说，没有人像透特一样长着一个长长的鸟喙，也没有人像叟伯克那样长着像鳄鱼一样的下巴，我也知道其实总有人长成这样子。你可以在一个人的头上看到不止一副面孔，因而当我看着我的曾祖父时，他的脸上呈现出他所想到的许多人的许多张面孔，然后我开始目击他们的故事，仿佛这些人就在这间房子里似的，若不是因为我不喜欢走动，或许我已经行走在他们的队列中了。这些想法似乎已不属于我的孩提时代，我想只有一个二十岁的男子才会有这样的智慧，但我相信这些丰富的思想是我应得的，因为我的曾祖父的冥想是先经过别人的思想然后再漂到我的思想里来的。因此，法老的庭院里很快呈现出许多房子，而且没有两间房子是一样大小的。在我先前可以看到放长椅的地方现在我只能看到一条路，两根石柱间的拱门就像迈内黑特看到的后宫入口处的大门，我甚至看到白天和夜间的大门两边各有一只石狮，而且我知道——我对后宫花园的了解堪比长时间待在这里的迈内黑特所了解的一样丰富——这些石狮子是赠送给法老的礼物，来自河流下游一个叫狮子城的地方，接着我被引领着经过这些石狮子，然后才进入花园。我还可以看到四个身材魁梧的黑宦官，他们站在门口守卫着，还佩戴着金质的头盔，他们的牙齿和法老的衣服一样白。

没多久我们就来到了后宫，那里树木众多，地上长满了鲜花，有一些鲜花是我熟知的，还有一些是以前我从未见过的，我想这些鲜花在这里生长肯定比在埃及的任何地方生长得都要色彩缤纷，比如红色的、橘色的、柠檬色的、金色的以及金绿色的，或许还会开出多姿多彩的紫罗兰色、玫瑰色、乳白色、深红色，而且这些花瓣在迈内黑特的冥想里是如此粉嫩，以至于我以为王妃们甜美的嘴唇已经贴在我的脸庞上低语了。我从未见过这么多的颜色，也没有见过这些黑黄相间的小桥，小桥上银灰色的栏杆和金黄色的柱子穿过蜿蜒的池塘，池畔的小径被一片绿色的苔藓覆盖着，在柔光下像绿宝石一样耀眼。那是我见过的最漂亮的地方，花儿和果树散发出一股馨香味，蓝色的莲花也散发着香味。通常莲花是没有香味的，我不知道为什么此时我可以闻到——直到我看到了皮肤黝黑的宦官们跪在地上用芳香的油料涂刷着蓝色的莲花、豆角树、梧桐树以及枣树的根部时我才明白是怎么回事。园子里高大的树木长着茂盛的叶子，低处的果树上也缠绕着浓密的葡萄藤，从林下走过的人几乎看不到天空，这些树荫在傍晚会反射出淡紫色的光。

随处可见鸟儿从一棵树上飞到另一棵树上。池塘里游荡着各种颜色的鸭子，离我最近的是一只长着橙黄色和深红色翅膀的古铜色鸭子，还有一只黑色的天鹅，长着亮红色的嘴巴，名叫卡蒂玛，跟一位又高又黑的公主同名，她是来自努比亚的卡蒂玛，也是一位王妃。

我从没见过这么多鸟儿，当它们在我们的沙漠和河流上空飞翔时，肯定在很远的地方就看到了这座葱郁的花园，它们如此混乱而又迫不及待地飞进了这片树林里，而且还唱着嘈杂的含混不清的歌，吵得我都无法听见迈内黑特在说什么了。所有这些鸟儿，包括大雁、鹤、火烈鸟、鹈鹕、麻雀、鸽子、燕子、夜莺以及阿拉伯半岛的鸟儿（速度比箭还快但是体型还没有蝴蝶大）遍布草坪、沼泽和树枝。我在鸟儿翅膀的嗡嗡声和颤动声下呼吸着，直到它们的力量从我的胸腔中释放出来，就像一股我再也无法憋住的呼吸。在近处，一些鸟儿在地上栖息着，一些鸟儿在成群地往天空飞；在远处，在棕榈树上，一些鸟儿在打斗，它们打斗的嘶叫声也传到我们这里。高空中翠鸟在竞飞，猎鹰在翱翔，大乌鸦在盘旋。树林里则是那些体型娇小的鸟儿在嬉戏，它们相互传递着情报，仿佛此时在我们的后宫和这座城里发生的一切事情正由一只鸟儿转告给另一只鸟儿。有时候，它们把后宫弄得像集市一样吵闹。

那些花朵的芳香知道如何让气氛平静下来，鸟儿们的声音也由嘈杂变成了和谐，你可以感受到树荫的凉意，也可以倾听到水流的低语。此时我正聆听着小溪流动的声音，那是一条源自羚羊湖的溪流，在鸟儿的歌声中，有几个繁忙的奴隶和几个桔槔正将低处池子里的水提起然后再注入到高处的池子里。今夜，在这种昏昏欲睡的时刻，欢快的水流声和协调的桔槔声对我而言就像那不慌不忙的心跳一样令人欣慰。还有什么声响比正被强壮的奴隶们提起的水发出的声音高尚呢?

溪流很清澈，水从镶嵌着珍贵石子的土砖上流过，溪水映衬着那些五颜六色的石头。我看到像红宝石一样红的水面，像葡萄一样紫的河流，还有一道金色的瀑布，溪流就这样在金色的河床上缓缓流动着。即使这里的树荫很暗，我也能看到河床上的珍珠母，以及一个像夕阳一样红润的洞穴。沿着这道河岸，在一棵散发着香味的橘子树下，你会看到在没有光亮的水中鱼儿是如何经过的，这些鱼儿的个头还没有我的手指大，如果我轻轻挥动一下我的手臂它们都会立即逃走，这些银色的小鱼儿看起来就像水中的月光，它们用身上鳞甲的银色光亮使花园变得清爽明亮。

有一个池塘旁边没有树木，只有一个草坪，草坪像苔藓一样翠绿，由黑宦官们负责整日灌溉。中午时分天气实在太热了，只有等到黄昏才会逐渐变得凉爽，王妃们就坐在她们的仆人送来的金质小椅子上，看着卡蒂玛飞过。那只天鹅喜欢在黄昏的时候飞过，仿佛它也想看看天色是如何逐渐变黑的。一直到了天黑，鸟儿们才会安静下来。宦官们辛勤地操纵着他们的桔槔，直到水泵和水桶不再移动。王妃们从果盆里拿起水果，即将被品尝的梨的气味与花朵的香味混杂在一起。天鹅抖动着双翼，在黄昏的天色中留下波纹。我知道我们正赶上王妃们开始嬉戏的时刻，有一些到湖里去沐浴了，有一些回到她们的房间里，还有一些回到了她们的仆人和孩子身边。还有一些王妃已经开始了每晚的啤酒屋狂欢节，不久就能听到琵琶声和她们的嬉笑声响彻傍晚的每一个角落。迈内黑特走进花园，顺着河流从一个水池走到另一个水池，由于没有宦官调转桔槔上的水桶，所以水流没有发出潺潺的声音，除了有条小河的河床因为镶嵌着金块而发出金光之外，四周一片昏暗。在月光下，浅滩犹如擦亮的铜币，迈内黑特经过溪流的时候总会盯着银色的小鱼儿看，黑暗中的音乐声和啤酒屋里的欢笑声全都萦绕在他的周围，欢笑声透露出一种爱慕以及对国王的敬畏，仿佛那是他在场时才有的欢乐。但是他远远地站在金色的河床边，那条小河从挚爱的智慧之池流到蓝色的莲花之池，他因王妃们发出的嘈杂声而隐隐发抖，因为她们的欢声笑语里还藏着一种他能感觉到的不忠诚，这种不忠诚的感觉开始刺激着迈内黑特，他的呼吸变得像水流一样急促。他开始对王妃们心有余悸，很明显孤立于这么多的女人以及她们所生的男孩是一种耻辱。等到了十岁，在这里出生的孩子们就要被送往祭司学校学习去了，他听到的全是女人的声音，她们没有丈夫，没有朋友和爱人，只有伟大而神圣的国王。

更糟糕的是，她们身边只有肥胖的宦官，他们黑色的肌肉因为安逸的生活变得更饱满，正吸引着大家的注意——包括众多的女人和迈内黑特——迈内黑特感受到了一股强大的吸引力。此时他的生殖器火烧火燎，喉咙有些堵塞，而且他的嘴巴很想吃东西，所以他不想透过啤酒屋的窗户去观看这些王妃们是如何在里面狂欢的。在黑夜里，就像一匹马在一片树叶的沙沙声中听到一只凶恶的野兽发出声音，每次风吹草动都能让他一惊一乍。此时，花园里到处都是宦官，他们正用手指和嘴唇互相爱抚着，像孩子一样咯吱咯吱地笑着，他们的行为激起了迈内黑特的欲望。他的身体突然对性欲充满了渴望，就像在战争中对屠杀充满了强烈的渴望一样，但是，他永远都不会亲近一个宦官，因为这些宦官就像不懂事的孩子一样会到处乱说，每个军官都听说过，为了亲近一个王后他们必须屈服于一个宦官。而迈内黑特一直在花园里走着，仿佛是一个不能放弃旧军务的哨兵的鬼魂。

早上要简单得多，王妃们一边为彼此梳着头发一边唱着歌。她们一边在自己的胸前摸索着一边更衣，然后和孩子们一起玩耍，给她们的仆人下达命令。因为她们自己不能走出后宫，只能派她们的厨子到市场上去买食物，等他们回来就责骂他们买的洋葱和肉上的各种瑕疵。到了晌午，王妃们在各自的卧室里吃饭，用水果和油作为交换礼物，用花朵为彼此装扮，她们训练着她们的宠物狗、宠物猫以及鸟儿。她们互相倾诉着自己家族的故事，教她们的孩子她们老家那边的神灵和地球上的神灵的名字，还教他们各种感官和各种风向，以及白天和夜晚的各个时辰的神灵。王妃们一觉睡过炎热的白天之后，到了黄昏，她们就会凑到一起讨论她们的魔法书上的分歧，或者彼此分享着各自的香水。在这个时间段，她们有些人会祷告，有些人会去拜访其他的王妃。

到了黄昏，她们会到亭子里去等候国王，只有在月圆之夜国王才有可能驾到。那个时候月光刚好从他的马车上升起，而迈内黑特会守候在塔门那里注视着，此时王室信使赶在国王前面驶经那条街，停靠一旁，亲了一下石狮然后门就自动打开了。紧接着国王就驾驶着他的马车进去了，把两排王室护卫、持扇员、旗手、权杖兵还有长矛轻骑兵留在身后，而他们依次对护送王子和高官的一帮人马鞠躬致意，他们驾驶着马车经过底比斯的街道返回他们的住处，在灰暗中他们就站在马车夫旁边，身子咔哒咔哒地摇晃着。

国王现在就在人群里，有时候所有人都知道他要来，其余的夜晚除了那些十分精明的王妃之外大家都会对他的不期而至感到惊讶。然而一旦他在人群里出现时，人们都知道他的心情是好的。当他开心的时候他会乐意展现自己，他的展现会让一位王妃深深迷醉，其结果却只能自作自受地躲在房间里哭上好几个晚上。因为他可能会骂那些王妃：“现在就给我滚，你的口气不干净！”

有时候，在清晨时分他会坐在亭子旁边，当卡蒂玛经过的时候就给它喂食，就在那片他经常逗留的草地上，他会一个接一个地跟王妃们谈话，一直谈到深夜。只有在月亮升起之后，他才会挑选一个女人，陪她去她的房间度过下半夜的时光。当然，他也可能选取七个女人，而且在节日的晚上他会和十四个女人一起庆祝。在平日里，国王按时出现的情况并不常见，那些王妃们殷切地等候着他，但他却没有到来。然而她们之前就已经接到神灵的指示说时机是有利的，此时她们不得不猜想是不是其他的神灵已经干预进来了，或者是祷告的时候口音不清导致的。她们会举手示意仆人把她们金色的椅子拿走，然后对仆人们挑选的香水大发雷霆，也有可能是那些香水也背叛了她们，之后她们就会走到湖里去，在月光下沐浴，洗掉身上的晦气。

有些王妃每天晚上都打扮得花枝招展，但她们一次都没被国王选中过。迈内黑特后来明白了，这些王妃就像败兵一样，在之后的好几个月都不愿意再次去吸引国王了，宁愿待在家里教导她们的孩子，一直要等到另一个季节来临。如果她们是在洪水泛滥的夏季失败的，她们就得等待整个秋耕和秋收时节过去，等到田野里变成光秃秃的一片，她们才会试着去吸引国王。但有一些王妃从未试过第二次去吸引国王，还有些王妃在后宫生活了十几年也从未见过国王一面——如果她们可以充当一位国王最宠爱的王妃的朋友也心满意足了。当然，国王宠爱的王妃总是在变化着。

在旱季，在迈内黑特成为后宫总监督官数月之后，国王有一天在深夜时才抵达后宫，而那些失望的宫女已经在湖里沐浴了。他醉醺醺的，迈内黑特以前从未见他这样过。“我因为喝克罗比已经醉了三天三夜了，”国王说道，“克罗比是整个埃及最烈的白兰地。”此时我大睁着双眼，看到普塔-内穆-霍特普在点头，仿佛那些酒已经进入了他的思想。在这些酒进入我的思想的那一瞬间，它们也携带着自身的所有烈性。“没错，跟我一起喝克罗比吧，”国王一边迈进大门一边说道，迈内黑特鞠着躬说道，“再光荣不过了！”然后仰头吞下一大口金酒杯里的酒再递给国王。国王问道：“克罗比难以吞咽吗？”见迈内黑特没有回应，他再次说道，“我说话的时候有臭味吗？如果没有就喝吧！”

这天晚上，国王决定下湖了。自从迈内黑特在那里那么长时间以来他都没下过湖，因此他令几个在月光下沐浴的王妃大吃一惊。当时她们正在水中嬉戏，岸上有几个宦官手里提着她们的长袍看着她们嬉戏。此时，她们发出欢笑声和尖叫声，还有彼此泼水戏弄而发出的溅水声。国王不停地大笑着，直到王妃们闻到了弥漫在空气中的白兰地味道。

“全部上岸来取悦我吧，”国王说道，“你们已经玩得够久了。”

王妃们赤裸着身子一个接一个上岸了，在洁白的月光下，这些王妃看起来比在阳光下还要漂亮。有几个宫女在羞涩地颤抖着，因为她们已经有很长一段时间没有亲近国王了。其中有一个王妃，名叫海奎特，是以青蛙女神命名的，以前偶尔会成为国王的伴侣；而另一个王妃，也就是那个肥胖的名叫蜜球的女人，在她的脚趾被切断前，曾经也是国王的宠妃。此时，她正在他的面前鞠躬，她的眼睛里流露出一道强烈的闪光，所以即使在晚上她的眼白都比亚麻布还白。虽然蜜球很胖，但她依然把自己打扮得像那些美丽的王妃，而且在这个时候她看起来并不是那么胖而是显得很强壮。她的臀部像马屁股一样。

最后王妃们全都上岸了，她们的宦官提前把金椅摆好，以便她们围绕着国王坐成一个圈。国王接着问道："谁想和我共饮克罗比？"在她们所有人当中只有蜜球伸出手，国王把杯子递给她，她饮尽杯中酒后将杯子交还国王，然后迈内黑特又给国王倒满克罗比。

"讲故事给我听吧，"国王说道，"我已经喝了这种埃及白兰地三天三夜了，我还不如吞掉一个死人的血液呢。每天早上我都是被鬼神的当头一击惊醒的，虽然我不知道是哪个鬼神，但我敢保证他是赫梯的鬼神，难道不是这样吗，迈内？赫梯人会拿起斧头，"他清了一下嗓子说道，"曾经在黎巴嫩的山上，我来到一个峡谷，跨过另一个峡谷，在中间有座山丘，有四条河流从山丘上流出。就在那里，我给你们讲过一个故事，现在该轮到你们给我讲故事了。"

从国王口中散发出的白兰地气味弥漫在夜色中，夹带着葡萄发酵的味道。国王拥有能呼吸火焰的肺，坐在他身旁的王妃们的鼻孔里吸入了许多无形的烟气，她们很害怕白兰地那无形的火焰。

有一位名叫玛赛格特的王妃，个儿小嗓门大，她是第一个与国王搭话的。她的名字是以沉默女神命名的，然而在每一个团体中她都是最吵闹的。当别人都沉默的时候，她总喜欢恐慌地抢着答话，此时，她正试图讲述一个故事，关于一位贫穷的国王牵着他的马匹在黑夜中徘徊的故事，因为作为向导的星星被乌云遮盖了。"听听我的故事吧，他是一位给圣坛送去欢乐、给美人送去强烈快感的国王。"玛赛格特用她有趣的声音说道，那声音像一根芦苇杆从她的鼻子里冒出来，"然而，这个国王本身既不快乐也不富有。"

"这个国王是哪个国度的？"国王问道。

"远东的一个国度。"玛赛格特回答道。

“继续讲，但要大声地讲出来。你讲得好的话你的声音就是最好听的。”

“在黑夜中，那个国王什么也看不见，”她说，“他彻底迷失了方向。当他绝望地低下头时，他却在马蹄下面看到了天空，而且马蹄下面的天空里有星星在闪耀。于是那个国王下马了，噢，原来他已经站在天空上，星星在他的脚下。于是他屈膝跪下，拾起一颗宝石一样的星星，从它的光芒里他发现了神灵的存在。宝石里的神灵帮助他找到了更多的宝石，最后通过这些宝石发出的光，他得以回到他的王国，变得再次富裕起来。”

国王打了一声响亮的饱嗝，打破了安静的气氛，大家都开始嘲笑玛赛格特。

“我想要听到更好的故事，现在这里的天色已经黑下来了，我们可以使用一些宝石了。”他瞥了每个女人一眼，“谁要给我们讲故事吗？哈曼尼，白琳，还是赫普？……”说到这，他对蜜球点头致意，有一些王妃因为国王这样叫她嗤嗤地笑着，“还有努布提，阿门提特，海奎特，奶油。对了，还有兔子，兔子你有什么故事要讲的吗？”

兔子是所有王妃中年龄最小个子最高的一位，而且长得腼腆害羞，所以她一个劲儿摇着头。“奥西斯，你要对我说什么吗？”国王问道，奥西斯也叫巴斯特，是以猫头女神命名的，由于她的眼睛很漂亮，看起来像两口井，所以大家都叫她奥西斯。

她叹了一口气，她拥有一口优美的嗓音。此时她开始讲述一个婴儿要在母亲的子宫里孕育九个月，以及要在母亲的肚子里必须途经的九扇门。然而，这样的故事国王不感兴趣，所以他打断奥西斯的话：“我不想再听了！”他又喝了一口克罗比，然后是一片沉默。

“海奎特，”他说，“轮到你讲故事取悦我了。”国王又打了一个饱嗝，王后们又嗤嗤地笑起来，这样的笑声或许搭接在他的火气边缘还可以起到“灭火”的作用。然而，就在今晚，他喝了太多的克罗比了，她们都十分疑惑地笑着，不知道她们的欢笑是缓和了他的火气还是在他的火上加油了。

“伟大而崇高的国王啊，”海奎特说道，“我想讲一个不能取悦你的故事。”

“那就不要讲关于青蛙的故事，因为你自己长得太像青蛙了。”

国王总是用这种方式跟海奎特说话，很显然，国王无法忍受她的容貌。她是王妃中最丑的一位，也算是许多女人堆里最丑的。她的脸上长着许多雀斑，脖子很粗，而且身材也是不匀称的，皮肤还经常冒着臭汗。在这些王妃中，没有一个是能和迈内黑特说实话的，只有几个宦官会供出她们的故事，至于这些宦官是否可信就不得而知了，因为他们笑得比那些宫女还虚假。确实有那么一年，在洪水泛滥的季节，青蛙经过花园然后在每间房子门前聚集，就在那天晚上，国王去海奎特的房间与她共度良宵，后来她住的地方总是散发着臭气。宦官们都知道，因为他们负责清理她的房间，而且在两年前的一个夜晚，出现了一场雹暴，她的院子里同样爬满了奇形怪状的青蛙，有些死了，有些正奄奄一息，看起来就像投错胎的男人和女人，它们成群结队地从泥浆里冒出来。听了这个故事，迈内黑特举起手臂在空中摇晃着，仿佛正挥舞着一把剑来反对宦官所说的话，因为他想要用这种排斥的做法来割断国王和海奎特的影像。

在黑夜的湖边，海奎特说道：“在叙利亚提尔的东部，很多男人的新娘是在拍卖会上买下的，最漂亮的新娘能给她们的家庭带来一笔可观的收入。而对于丑陋的女人就没有利益可言了，新娘的父亲必须反过来给新郎付钱。所以在拍卖会上会有那么一段时间，钱在变换着流通的方向，正如绿色长廊的潮涨潮落一样，很多钱都是由最丑的新娘的父亲支付的。”

这个故事成功地吸引了国王的注意力，也有王妃在一旁窃窃私语，海奎特说道：“有时候会出现这样的情况：一个女人长得太丑以至于她的新任丈夫一看到她就不舒服。在他们结婚后不久，丑女会在一场梦里得到阿斯塔特女神的帮助。伟大高尚的神啊，阿斯塔特是我们国家神庙里的所有女神中最漂亮的一位，她的美对我们而言就像伊希斯的美对埃及人而言。此时，阿斯塔特说道，‘我已经对美丽感到厌倦，因为我发现美丽随处可见。

所以我注意到了你，可怜的丑女，我愿意为你提供这些咒语，它们会保佑你的丈夫和儿子免受所有疾病的侵扰，除了那种要置他们于死地的疾病。'接着阿斯塔特就不见了。后来这个丑女人的丈夫变得精力充沛，每天晚上都和他的丑老婆做爱，于是他们生了很多健康的孩子。最后，当她的丈夫死于一种要致他于死地的疾病后，那个女人就请求再次被拍卖。由于她使自己最亲密的人变得精力充沛的能力已经美名远扬，所以在这次拍卖会上她卖出了最高价,付给她的钱比付给最漂亮的新娘的还多。因此,就在那天,关于美丽的所有规则全被改变了，此时，在我们国家，他们无法从丑女中辨别出美女，而且他们以长着长长的鹰钩鼻为荣。"

说到这里，她向国王深深鞠了一躬，她的故事到此结束。有一些王妃开始小声地笑起来，只有蜜球放声大笑着，她的笑声自她那强有力的嗓门发出。但相对而言还是海奎特的声音底气足，而且她对以前乐事的回忆讲得如此精彩，以至于连迈内黑特都觉得还是她的声音最优美。

"给我倒上更多的克罗比，"国王吩咐道，"大大地饮一口，接下去就轮到你讲故事了。"

蜜球也向国王鞠了一躬，她的腰跟站在旁边的随便两个女人的腰加起来一样粗，但她却鞠了很得体的一躬，额头刚好碰到她的膝盖。

"我听说有这么一位女神，"蜜球说，"长着玫瑰色的头发，没有人知道她叫什么名字。"

"我倒想听听这样一位女神。"国王说道，他的声音和她的一样强劲。

"伟大的奥西曼提斯，"她说道——她说出的这个名字，暗含着只用一只翅膀飞翔的微妙嘲弄,因为这个名字是东边的民族对国王的称呼——"如果你想要看这位玫瑰色的女神，你就要抓住她。但一旦你抓住了她，她就不再是一位女神，而是变成了和我们一样平凡的女人。"

王妃们听完后都开怀大笑，因为她对国王的称赞中暗含着辱骂。国王只好回答道："讲你的故事吧，赫普，趁我还没挤破你的肚子，以及这个湖岸还没被你肚子里的油脂覆盖之前，你赶快说吧。”

“我万分抱歉，”蜜球说，“耽搁了取悦你的时间。噢，伟大的奥西曼提斯，这位长着玫瑰色头发的女神皮肤皙白，而且她喜欢躺在绿色且潮湿的草本沼泽上。有一天，来了一个很俊俏的且比一般人都要强壮的牧羊人，牧羊人一看到她就想拥有她。但她说告诉他，‘首先你得在我的沼泽地上与我搏斗。’牧羊人想要挑逗她，于是说道，‘如果我输了怎么办？’噢，她告诉他，如果他输了的话就必须送给她一只羊。于是那个牧羊人抓着她的头发，把她拉了过来，她的头发闻起来就像玫瑰一样芳香。紧接着他的手就被她头发上的荆棘钩住了，于是她抓着他的大腿然后把他抛了出去，而且她还踩在他的头顶上，后来他发现在其余的树林里也有她头发上的荆棘。噢，她还没放他走，他的嘴巴一直在流血，最后他不得不输给她一只羊。第二天，他再次过来找她挑战，结果还是输了，于是又输给她一只羊。他每天都来与她作战，一直到他的羊群输光了为止。那时，他已经被她折磨得惨不忍睹了。”

此时，蜜球开始大笑并且几乎笑得停不下来。她那洪亮的声音犹如第一次泛滥的洪水，蕴含着一股可以推翻岸上一切的力量。其他的王妃们也跟着笑了起来，宦官们也跟着笑了起来，所有人都在分享着这个故事所带来的乐趣。

或许是因为喝多了克罗比，或许是因为国王一时兴起，王妃们的欢笑声还是没有停下来，国王也跟着笑了。然后他又喝掉半杯克罗比，把剩下的递给蜜球。“玛－库瑞特，”国王说，“你的声音的确是真实之声。”顺便说一下，我借由迈内黑特的耳朵听到了国王那和钟声一样响亮的声音，我知道那个玛－库瑞特之名曾经是蜜球苗条而又漂亮时的名字，那使得我的父母亲以及我自己的法老在他们的冥想里发出一小声惊叹。我现在了解到，玛－库瑞特是一个头衔，只授予最伟大且最高明的祭司，只有那些具有最真实的声音、那些用最清晰最坚定的语气说出最深切的祷告的人才能得到这个称号（拥有这个称号，就可以将那些恶意的祷告像遣送一支逃跑的军队一样遣送回去，以防那些可能干预祷告的邪恶之神出现），只有高级祭司才会被授予这样一种尊贵的称号。而此时蜜球被授予了玛－库瑞特之名，只因为她拥有真实的声音。

“伟大的国王！”蜜球说，“如果我讲得清晰明了，是因为我对你的名号产生了无比的敬畏。”

王妃们咕哝着她们一致的意见，她们对国王的虔诚加重了湖面上的浓雾。听说，如果她们用完美一致的音调读出法老的众多名号，那是一股能使大地和山脉摇动的力量。

“那很好，”国王说，“我希望你总是能小心翼翼地说出我的名号，我不想再砍掉你另一只脚的脚趾头了。”

此时有个王妃急切地喘着粗气，不经意间就被蜜球听到了，其他人也不笑了。蜜球转动着她的头，低声说道：“噢，那样我会变得加倍肥胖的。”

“那后宫就没有足够坚固的床来承载你的重量了。”国王对她说。

“是啊，那我就没床了。”蜜球回答道，她的眼睛再次闪着光，迈内黑特深受感动。今晚她出现在国王面前完全不同于出现在其他场合，在其他场合时，她只不过是个因为肥胖加重了脚趾的疼痛连走路都是一瘸一拐的胖女人。可是在今晚，她端庄地坐在金椅上，因为那把金色的椅子太小了，将她显得很高大。如此一来，她看上去更像一位威严的王后，至少在这个时候是这样的。

“再讲一个故事吧，”国王说，“而且要把它讲好。”

“哎呀，伟大的奥西曼提斯，如果我讲得不好的话，”她说，“我愿意赔上我的一根手指。”有些王妃情不自禁地对她的保证窃笑不已，尤其是努布提，一个金色的小女神（因为她最近开始戴金色的假发，所以她被取了这个名字。也就是说，那假发是源自一只生活在金色粉尘中的猞猁的毛发，而且大家都知道她只想引诱国王在后宫里把她看成是拉美－娜芙如）。

“把这个故事讲长点，”国王说，“我更喜欢长篇故事。”

“这个故事讲了两位法师。”蜜球说道，她的声音像一阵能让飞行的鸟儿静止不动的风，总之她的声音很饱满。“第一个法师是北部的荷鲁斯，在他还没出生前，他就被容许在欧西里斯的脚下睡觉了。

“另一个法师是南部的荷鲁斯，他是个黑人。他的名字是努比亚的祭司取的，那些祭司在第一瀑布的阿蒙神庙里偷走了许多卷纸莎草纸。回到丛林里，他们学习了这些知识，而且练习了一千年直到他们充满智慧为止。后来他们成为黑人法师荷鲁斯的老师，直到南部的荷鲁斯前往底比斯去恐吓一位法老。”

“哪位法老？”国王问。

“伟大的太阳神的挚爱啊，我不能说，要不然我会给埃及带来厄运。”

国王看起来很生气，但还是没敢坚持要求她说。“讲你的故事吧，玛－库瑞特，我倒要看看你讲完后我会不会满意。”

黑夜中，一只白色的蝴蝶在女人们的头上徘徊着，而且湖边的沉默是如此彻底，以至于我都可以听到蝴蝶翅膀的颤动声。

“在他去往宫廷的路上，穿过所有从努比亚到底比斯的丛林，这个南部的荷鲁斯每天晚上都小心翼翼地从魔法书里取出一张纸莎草纸，将其溶解在酒中，然后他就把酒喝掉，写在纸莎草纸上的魔咒就会到达他的思想深处，因此，南部的荷鲁斯逐渐拥有了不可战胜的智慧。听说他在宫殿里出现的时候，他的眼神里放射着拉之神的光芒。然而当他敲打着宫殿的大门时，有个御者在那里逮捕了他，因为有很多目击者已经事先跑在前头报告说那个正在走近的陌生的努比亚人身上有巫术的味道。没错，他吞掉了那么多的魔咒，不可能不散发出巫术的味道。”

“我喜欢这个故事。”国王评价道。

“南部的荷鲁斯对护卫说，‘没有绳子能把我绑住。’他举起一只手指，那条缠在他腰上的绳子就像虫子一样断成了几段，然后迅速散开。”

“你看到了吗？”国王问。

“伟大的神啊，我是在我的睡梦中看到的。”

国王喝了一口克罗比，然后长嘘一口气，他说：“看看我的魔力，甚至连白色的蝴蝶都被我嘴里的火烧焦了。”而此时那只正在前面飞舞的蝴蝶，很明显还在颤动着翅膀，因而王妃们又开始窃笑着。

蜜球等候着，直到她的沉默变得比国王喝酒的声音还要强大。接下来她说道：“因为没有绳子可以绑住他，南部的荷鲁斯就径直走过阅兵场，对法老说道，‘我是南部的荷鲁斯，我就像一场瘟疫一样来到了埃及，没有法师可以和我较量。我要带你回努比亚王国，让你受尽我的国民的嘲笑。’”

“哎呀！”有个王妃尖惊叫道，但蜜球没有停顿。

“法老还没给出答复，北部的荷鲁斯就从后宫出来了，他说道，‘我的魔力比你这场瘟疫还强大！’那位法老将他的连枷摇了七遍，意思是他想要两名法师展开比赛，但他的高官们乞求他先等等看。他们知道南部的荷鲁斯是一位王妃的儿子，仅此而已，他们没见过他睡在地狱判官欧西里斯的脚下，但那位法老知道。”蜜球说着，所有的王妃都为那位法老的智慧拍手叫好。

“而且南部的荷鲁斯看起来并不是那么让人害怕，他赤手空拳。紧接着，看哪，他的手里出现了一根手杖。他说，‘美都（Medu）是手杖的意思，也是字（word）的意思，因此我用这根手杖画了一个有魔力的字。’他接着叽叽咕咕地说了这些话：‘美都是为了美都的美都，照美都的原样，还是美都。凭此，美都可以产生美都。[1]’接着用他手杖的尖端画了个三角形。此时突然从三角形里涌出一团火焰，在空中熊熊燃烧，吓得宫廷里所有的人都往后退。”这时，蜜球停了下来，在继续讲述之前她十分谨慎地看着国王。

---

[1] 原文为“Medu is the medu for Medu,as is medu.Wherely medu may beget medu.”这是作者瞎编的类似于咒语的绕口令，无具体意义。

“然而北部的荷鲁斯站了起来，围绕着他的法老也画了一个圈，火焰就消退了。此时，在北部的荷鲁斯法师的另一只手里出现了一个金杯，里面装着一点水。北部的荷鲁斯把那些少量的水滴往空中撒出去，这些水滴就像一场大雨一样降落下来，浇灭了那些火焰，留下南部的荷鲁斯以及将他带到这里的河流，浑身湿漉漉的，而北部的荷鲁斯和法老都没被大雨淋湿。当贵族们开始嘲笑南部的荷鲁斯时，他也以笑回应，而且笑得更厉害，他毫不犹豫地在空中画了一个粗鲁的图形表示肛门，那个圆圈上的辐条就像你已经俘获的马车轮一样，伟大的国王啊，那是多么可怕啊！从这个圆圈里刮出了一阵强风，这阵强风来自这个努比亚法师那可怕的丛林，由努比亚的神灵们排出，散发着污浊的臭味，以表示他们对法老和宫廷的蔑视。”尽管她们都是自己人，还是有一些王妃在偷笑，但蜜球假装没听到她们的笑声而继续讲着故事。

“作为回应，北部的荷鲁斯挥动着他的手杖，手杖顶端画出的弧线就像一个螺旋。而那个努比亚法师放出所有的强风，缠绕着手杖的顶端。只听见‘嗖’一声巨响，北部的荷鲁斯就从这股强风中收回他的手杖，手杖突然着火了。

“现在南部的荷鲁斯露出他的牙齿，他的头变得像一条蛇一样丑陋。他对法老说，‘听我的：你的宫廷将会成为你的坟墓！’语音刚落，他就把他的手杖抛到空中，手杖飞到一定高度时，不肯降落，而是奇迹般地漂浮在空中，逐渐展开成一块平坦的大石板。现在，南部的荷鲁斯说道：‘这块大石板会突然坠落，你会被大石板砸死，除非你同意跟我一起回努比亚。’

“‘到了努比亚将会发生什么？’法老问道。

“‘我的国民会看着你跪下。’

“‘那么我永远都不会去。’那个法老说。

“‘那就去死吧！’

“所有人都胆战心惊地等着北部的荷鲁斯出招，只见他脸色苍白，眼睛的颜色也变成了白色。北部的荷鲁斯在遮天蔽日的大石板的阴影下微微一笑，接着他大叫一声，也将自己的手杖抛到空中。他们可以看到，那根手杖变成了一艘驳船不停地往上升，直到它托住了那块巨大的石板。最后，这艘船一边呻吟着一边将这块大石板运回到空中。

“南部的荷鲁斯说了三句奇怪的话，他马上就隐形了。但结果证明他的隐形术起不到保护作用，只见北部的荷鲁斯立刻倒着重说了那三句话，南部的荷鲁斯的原形又再次显现出来。此时，他已经变成了一只黑色的公鸡，他的翅膀被截断了。在这种情况下，他只能发出十分惨重的叫声。”

“他们是怎么埋葬他的？”国王问道。

“噢，伟大的国王啊，故事还没结束呢，北部的荷鲁斯叫来一个士兵准备把那只公鸡阉掉。就在这个时候，南部的荷鲁斯号啕不已，他乞求法老放过他的生殖器。

“‘我会放过你的，’法老说道，‘如果通过玛特的平衡，你愿意让我把所有虏获到的努比亚人都弄成宦官的话。而且你愿意给我、我的子孙后代直至一千年后都赋予这样的权力吗？’

“南部的荷鲁斯落泪了。‘我输了，’他哭道，‘所有的努比亚人都输了，你想怎么做就怎么做吧，我保证一千年内我都不会回到埃及。’当法老点头致意时，北部的荷鲁斯做出一个手势，那只公鸡就长出翅膀飞走了。与此同时，所有被虏获的努比亚人的生殖器全都不见了，而且他们还学会了如何服侍后宫的法老们。”

“那是事实，”王妃的宦官们说，“那肯定就是我们在这里的真实原因。”接着他们发出一声感叹。

“这是故事的结尾吗？”国王问道。

“快要到结尾了。”她仿佛要炫耀今晚有很多神灵跟她同在似的，所有月亏之际的光全都洒在了她的脸上，她的眼睛又大又黑，鼻子十分优美，嘴巴呈现出完美的轮廓，而且对一个强壮的女人而言，她的脸上透出阴柔之美。

“结尾是什么？”国王问道。

“噢，伟大的国王，”蜜球说道，“从我讲这个故事的时候起，已经过去不止一千年了，南部的荷鲁斯现在可能准备回来了。”

“如果真是那样的话，我要怎样才能找到北部的荷鲁斯呢？”国王问道，他的声音很轻，但他的声音因为喝了克罗比而显得沉重。

蜜球耸耸肩，在黑夜中，她的举动所散发的力量可以在空气中被感觉到。“让我先给北部的荷鲁斯的灵魂做个祷告吧，那位伟大的法师或许希望找到他的继承者。”

此时，我听到的不再是蜜球的声音，而是迈内黑特的声音。我正襟危坐，仿佛头发被悬挂着。我已经如此深邃地聆听了他的思想，他的声音此时就像帐篷旁边的一只动物的嘶叫声一样惊人。“她一说到继承者，”我的曾祖父十分肯定地说，“我就开始颤抖，那是一个温暖的夜晚，但我却在不停地颤抖。一个王妃不解地问我，‘你为什么会对这个故事感到害怕呢？’我告诉她我并不害怕，我只是冷得颤抖而已。事实上，我真的很害怕，蜜球不止一次地盯着我看，我也壮着胆回视她的双眼，突然有个想法从她的思想里进入了我的思想里：‘我要教会你一些关于这种魔法的技巧。’”

二

然而，我的曾祖父的声音再次上升到他的思想层面，此时他看起来精神抖擞，开始若有所思地大声说着几个细微的问题。

“在他喝醉的时候，”我的曾祖父说道，“我觉得国王对那两位法师的故事感到不安，原因你是知道的，他坚信他会在后宫被杀害。但是，在谋杀还没变成事实之前就预知他的遭遇，其结果必定是令人困惑的，因为一直到最后他都没被暗杀。当然，按照另一种测算方法，我可以说他差一点就在这年被杀害了，即使我们都知道他一直活到很大的年纪。拉美西斯二世和拉之神一样老，他是一位执政六十七年的法老，我们过去常常这样说，他在位的后几年我还当上了一名高级祭司，其实他仅在我的第二次生命逝去的前后几年才死去的。我仍然记得孩子们在他的葬礼上说道：‘神死了！’孩子们很好奇为什么神死了太阳还能发光。然而在这天晚上过后，即使他会继续执政三十四年，我仍然觉得每个季节国王都在担心南部的荷鲁斯归来。

“当然，那天晚上我并不知情，相反他一点都没表现出恐惧感。如果蜜球讲的故事直接对我的国王增加了力量的话，那就是引发了他的欲望。人们几乎可以感受到他肚子里的光热，那股光热从伟大的法老体内升起，就像克罗比的烟气下冒着的火焰一样。宦官们开始吟唱，他们用双手以同一个节拍快速地轻拍着他们的大腿，我可以听到蟋蟀的唧唧声以及马蹄的哒哒声，有一个宦官甚至在他的膝盖上划着指甲，像小河里的微波发出淙淙声。伴随着这些声音，从黑夜中涌现出成群的飞蛾和蝴蝶，它们在我们的耳际飞来飞去，仿佛我们是水草，而它们是不计其数的小鱼儿。蜜球开始哼唱歌曲，她的声音如此嘹亮，使得我再次对眼前这个胖女人另眼相看。平时，她穿着衣服的时候看起来没有一点曲线，然而从她今晚上岸的那一刻起，她那结实的身子使她看起来具有一种独特的美。就像其他肥胖的人一样，她的肉也是松弛下垂的，只有当她开心的时候才会充满血色。

“今晚，她唱的是一首民歌，一首甜美而纯洁的歌曲，关于一个农家姑娘对一个牧羊人的爱意。国王一边喝着克罗比应和着歌声，一边流着眼泪，就像许多强大的男人一样，他喜欢在感受到柔弱的情感时悄悄哭泣，但不会持续太长时间。很快，蜜球就接着唱下一首，旋律和上一首是一样的，但此时牧羊人已经对那个姑娘不感兴趣了，反而看上他的绵羊的后臀，这是一首多么邪恶的民歌啊！‘哎哟！’她呻吟着，那声音把我们都唤醒了，‘哎哟！’那声音响彻天际。

“国王现在准备动身了。‘过来，’他对她说，‘你，海奎特，努布提，还有欧西斯！’他并没有用心去掩饰他今晚的慢火散发的热气，他补充说道，‘去努布提的房间吧。’接着仿佛有个想法来到了他的手中，正如赫拉过去常常站在他旁边舔着他的手指一样，国王说，‘迈内，你也要跟我走。’然后他拉着我的手，就那样，我们一起走着。

“奇怪的是，在国王的眼里我已经变成了赫拉，其实他是在对那头狮子表示友好而不是我，因此对于我而言此时就变得非常荒谬了。在我许下的所有誓言中，我早就知道了报复，这么些年来我一直没有得到过他的爱慕之情。毫无疑问，如果他那只牵着我的手能牵得更久一点的话，我就准备像一头狮子一样咆哮。

“当我们正走着的时候发生了一件奇怪的事，如果对国王而言我就是赫拉的话，我可以感觉到一头野猪走在他身旁的声音，他竟然有这样的伴侣！倘若我首先能想到这头猪是蜜球赠送给他的一份礼物，我就不会觉得奇怪了。那天晚上在努布提的房间过夜之后，那头猪就经常出现在我身边，一直到它被杀掉为止，它大概在什么时候被杀我也会告诉你，但那是以后的事了。第二天当我沿着草坪散步时，那头野猪还在跟着我，当我停在一个王妃的房前看着一个人给另一个梳头发时，那头猪仍然跟在我旁边，最后我清楚地看见了它的真面目，其他人都不能看到它。它跟着我到处走，但我不能召唤它，我只需要想着它的脸庞它就会出现。当然，在我孤身一人的那些晚上，当我无法忍受啤酒屋里发出的声响时，它就是不出来陪我。然而事实证明，陪在我身边的王妃们发出的噪声令我厌烦，其实，一旦习惯了这只沉默动物的陪伴，没有它我就会变得十分孤独。

“我早就知道了这些为数众多的王妃们不会一直傻等着我们神圣的拉美西斯给她们送去快感，相反，许多时候她们会互相安慰。这个发现令我很反感，即使这种事本来是我所熟悉的——小时候我在一群男孩堆里长大，大家总是压在彼此身上做这种事。我们对一个强大的朋友的称呼是：他就是在我背上的那人。所以，当我还是一个少年时，我就对那种事无所不知了。只是因为我的傲慢，也因为我的强壮，才没人敢压在我身上——可是我仍然忍不住去想这些女人在一起的情景，也无法想象那些强壮的王妃们经常对待那些柔弱的王妃们的方法。在国王没有驾到的那些夜晚，会从许多房间里响起女人们发出的刺耳的尖叫声和淫荡的呻吟声。王妃们这样嬉戏是很常见的，还会有几个人弹奏着竖琴陪伴着其他人。我听着这样的声音，在我的脑子里不停地想着那些景象。但我没有漠视我高贵的国王，我们都知道他喜欢看他的王妃们相互嬉闹，‘噢，没错，’国王总是会说，‘她们是我的琴弦，必须学会一起颤动。’

“特别是在没有那头猪陪伴的时候，我经常会把那些互相抚慰的王妃们看作是随着洪水一起升起的污秽，这也是由这些女人引发的一场瘟疫。有时候我会大胆地去设想，她们对国王的爱和她们对彼此的爱的总和是否一样多。很多时候，两位王妃几乎就生活在同一间屋子里，就像夫妻或姐妹一样，而且她们的孩子会把两位王妃等同地视作自己的母亲。在我看来，似乎一个女人对另一个女人的爱远远胜过了她们对法老的爱，这无异于自惹麻烦，因此我迸发出的所有思想都必须显示出对国王的忠诚，否则我也会惹上麻烦。但当我和那头猪一起走过花园的时候，我就变成了另一个人，我会容忍着她们的嬉戏，而且还会悄悄地窥视她们。其实，我还喜欢观察她们的饮食和舞蹈，观察她们在彼此的胸前摸索着为对方穿上华丽的衣服，以及倾听她们为彼此梳头时唱的歌。事实上，经过长时间的观察，我甚至可以像奈弗－赫普－奥科汉姆一样说出她们使用的每种化妆品的名字。"

"有我不知道的吗？"海斯弗蒂蒂问道。

"那里的每一种花油你都用过。"他回答道。

"那香草呢？"她执意问道。

"只有最好且最芳香的香料才会被她们看中，她们不需要苦涩的古蓬香脂或黑加仑甜酒。"

"是的，"我的母亲说道，"甘松香油呢？"

"甘松香油她们会用到，还有藏红花、肉桂以及甜酒，把油以及一点烤肉汁擦到大腿上时就恰好会散发出迷人的气味。"

此时，普塔－内穆－霍特普生气地插话道："你说的话越来越少，这正成了你的过失，我想要知道的是在努布提的房间里你们都做了些什么事？"

迈内黑特说道："没有把我自己表现得像个傻子的话我就无法告知你。"

"那几乎不可能，"普塔－内穆－霍特普说道，"我都听你讲了这么久了，就是因为你不是傻子。但我几乎不能预料到你是自己四轮生命中的每个晚上的主人，甚至连法老也有可能装傻。得啦，我都已经说了这么多不妥的话了。"

“既然这样，如果我说了，我很快就会讲完。”我的曾祖父说，而且他身体向前倾，仿佛要开始这个无奈的约定，他必须快速讲完。

“那个王妃，努布提，拥有一尊阿蒙的雕像，雕像的肚子还没有我的手掌大。有一次，国王在这个小神像面前跪下，举起他的双手，仿佛要说，他的一切，包括他自己还有他的十四个灵魂都愿意服侍阿蒙。

“接下来王妃们开始给法老浑身涂油，这个晚上就和平时我没在现场的时候一样，法老坐得像阿蒙神一样端正，王妃们像祭司唐和皮尔一样服侍着他，我这样说的意思是她们会小心翼翼地擦着他的脸，然后给他化上新的眼妆。她们会脱掉他的衣服，给他穿上崭新的亚麻服饰，给他戴上绚烂的珠宝，然后为他吟诵诗篇。每一件从他身上脱下来的衣物和每一件即将穿上他身上的衣物，都由一个王妃负责亲吻。由于在那些日子里我还没有完全明白吻和吃的区别——这其中的区别哪个乡下人会知道呢？——我还以为她们用嘴唇发出这些轻微的亲吻声是表示法老的亚麻布衣服吃起来味道不错呢。

“现在，在这个和平常没有区别的晚上，她们给法老的眉毛洒上了香水。然后，王妃们一个接一个地与他共享欢爱，其余的王妃则在一旁低声说着，‘神灵们装饰自己，那神灵本身就是个装饰。’

“令我震惊的是，国王像个女人似的，让自己在王妃堆里放荡不羁。他平躺着身体，让强而有力的大腿悬在空中，两腿张得比他自己宽大的肩膀还要宽，而我的手被他紧紧握着，几乎都无法挣脱，然而这只是开端。我仍然很害怕，希望努布提的房间能围绕着我们燃起熊熊大火，那墙壁在不停地摇晃着，似乎是由于震惊所致，却屹立不倒。其实，那可能是我自己的身体在颤抖，正如我所说的，我仍处于灾祸中。庆幸的是，当祸事还没有发生我的恐惧就减轻了，因此，他握着我的手也放松了。

“到了最后，他轻轻地拉着我的手，我能感受到涌进他体内的愉悦感。事实上，即使是现在，伟大的普塔－内穆－霍特普，我仍然可以告诉你所有那些在国王体内准备涌现的一切。在那时候，我才知道他不仅是一位法老，更是一位非常伟大而神圣的神灵，在感受到四位王妃在魁梧且英俊的国王的身子面前跪下时的那种愉悦后，我终于认清了他。海奎特把他的脚趾含在嘴里，舔着他的脚趾中间的部位，就像一条银蛇缠绕着金质的树根一样。努布提则用她的舌尖舔着他的耳鼻和眼睑。没错，所有这些来爱抚经由他的手指进入我的体内，我的感觉比后宫花园里的所有花朵都要美丽。他躺在那里，张着腿，弯着膝盖，呼吸着雨后一道彩虹散发出的清新空气。他兴奋地攥着我的手，我就在他身边。于是我明白了拉之船在冥地的阴间之河上升是怎么一回事，那是一个令人惊奇的地方，有这样一艘一直载着蛇和蝎子的船，那些野兽嘴里含着的火是我见过的最可怕的了，而且圣地的草就连在晚上都是芳香的。国王漂过冥地时，我和他在一起，而那头猪藏在我的大腿下，国王把太阳和月亮看作是他的亲戚。接着，河流就涌动到他的下体上，我听到国王大喊道，‘我是，我就是永生！’这时候女人们也大叫着，他呕吐了，在我看来克罗比的鬼魂就像一道又红又鲜绿的火光从他的嘴里喷出来。

“我也在他的旁边呕吐了，他体内所有涌动的力量不停地通过他的手指涌进我的身体，但我的呕吐物很快就被那头猪吞食干净了。于是，我感觉到自己的整个食道都被占有了，伟大的国王和奇怪的猪占有了流经我体内的河流的两端，正如欧西里斯控制着冥地的出入口一样。

“我找不到任何理由来庆祝。国王刚从像女人一样呕吐的状态中恢复过来，他就准备像男人一样站立起来。此时，他对四个王妃的大腿中间不再感兴趣了，转而捧着我可怜的脸蛋，在女人们面前，让我再次当了一回女人。‘哎呀，卡扎马。’她们笑着喊道，就在那时我才知道卡扎马是王妃们对我的戏称。当她们互相说着这个名字的时候，她们想到的是奴隶主，很显然此时的奴隶主已经成了奴隶。”

说到这里，迈内黑特沉默了，至于我，一直闭着双眼全神贯注地听着。

此时我睁开双眼，看到母亲已经走到房间对面，在普塔－内穆－霍特普面前跪下，爱抚着他。然而，当我坐起来时，他们之间的所有交流都中断了。我的母亲仍然像只猫一样发出呼噜声，我的父亲则沉沉睡着了，至少，他此时没有挪动，而且双眼紧闭，正痛苦地打着鼾。萤火虫发出的光如此明亮,我都可以借着萤火虫之光看到曾祖父脸上的表情了,虽然他离我们很远。接下来，曾祖父开始用蜜球的嗓音跟我们说话。

三

我知道那是蜜球的声音，我一直待在曾祖父的思想里，所以已经听过她说话的声音了。此时，他的眼白像死人一样往上翻，接着从他的嗓子里冒出了蜜球的声音。

“卡扎马，”她说道，“我和别人一起笑是因为国王把你当成了女人。在他难以摆脱的力量的驱使下，你就像一条虫子一样。然而现在我想到的不是国王，而是你受伤的高傲的心。当河水从你身上流过时，你就像泥土一样柔软。告诉我吧，情况并不是这样的。”

“情况确实是这样的。”我的曾祖父用他自己的声音说道，这句话发自肺腑。通过逐渐减弱的萤火虫的光，我知道他再次变得镇定，他的声音是我听过的最苍老的，听起来大概有一百岁的样子，甚至还不止一百岁。我正试着回忆在墓穴里我自己的口部的某个通道，阴湿到我都无法呼吸。当蜜球的声音再次响起时，我回到了今晚的喃喃细语中，“我对你思想的痛楚感同身受，当一个孩子出生时，生母会遭受腹部的抽搐之痛，卡扎马是这样吗？”

“是的。”迈内黑特说。

“就在那个时候，你说不出自己是男人还是女人，你只能思索着为什么女人要与男人发生关系。”

当她的最后一声回音消失后，迈内黑特探出头来看着我们所有人，仿佛他已经睡了一百年。他的面孔从暮年归来，脸上涂了一层新的妆容，我从未见他显得这么年轻，一个六十岁的男人站在我们之中就像四十岁的样子，而且他的身体比一个马车夫还要强壮。此时我的父亲不再打鼾了，他慢慢醒过来，我母亲的嘴角露出一丝满足感，仿佛她已经尝到了一个核心秘密的滋味。

"继续往下说，"普塔 – 内穆 – 霍特普说道，"告诉我们更多关于蜜球的故事吧。她的这些故事听起来几乎和我伟大的祖先拉美西斯二世一样奇妙，但愿在圣地我也能受到他的欢迎。"他发出一声尖锐的声音，以提醒我们这仍然是畅所欲言之夜，虔诚地说话能得到众神的庇护。"没错，"他说，"趁还没破晓之前就告诉我们吧，再过一会儿海斯弗蒂蒂和我可能都想睡觉了。"他开怀大笑道。这是我听到他的第一个源自真实快乐的声音，之后我们的法老亲吻了我父亲的额头。

"没错。"我的父亲附和道。

"再次用蜜球的声音讲述吧。"普塔 – 内穆 – 霍特普对我的曾祖父喊道，仿佛他也一直在喝着克罗比。

"神圣的国王啊，我刚刚睡了一会儿后觉得精神好多了，你听到了她的声音了吗？"

普塔 – 内穆 – 霍特普笑了。

"肯定没错，"迈内黑特说道，"我现在正想着她。"

"没错，继续吧，"我们的法老说，"我很乐意听。"

"如果我没记错的话，"我的曾祖父说道，"我离开努布提的房间时月亮已经从夜空消失了，而且对我难受的双眼而言，夜色就和我最糟糕的想法一样黑暗。我来到了黑天鹅晚上喜欢停留的池塘边，试图对她说话，然而我满脑子想的都是我蒙受的羞辱。就在那时，我许下了第二个誓言——羞辱，跟其他任何毒药一样，需要它本身反常的疗法。我决定鼓起疯狂的勇气，去做没有人敢做的事，放任自己到其中一位王妃的床上。

“将这种想法说了两遍，本身就是勇敢的表现，然而我知道我必须清晰地说出我的誓言，我确实也是这么告诉自己的。但那时我颤抖得厉害，那只黑天鹅也开始剧烈地颤抖着，她拍打着翅膀，波纹从她的翅膀下扩散出来，使得池塘的水面哗啦啦地泛起了泡沫，可以肯定在后宫里的每个房间都能听到这种声音，没过多久那池塘又恢复了平静。我开始想念蜜球了，那个胖女人的胸前曾经升起过对我的一丝柔情，就像在大地干燥时河水上涨时升起的柔情。那头猪的鼻子贴在我的背上，还时常摩擦着我的大腿。

“不要让我说我花了多少时间才开始第一次探访，也不要让我说我成功战胜的每一种恐惧却让我失去了对下一个恐惧的承受力，所有这些故事都是一样的。我不知道我能否在我的梦里进入她的房间，我并没有一直朝着她的房间走。我多么希望能像国王一样平躺着，轻易就能看到她双腿间的那个洞穴啊。

“我就像一枚黑铜天币被另一枚黑铜币吸引了一样，我也逐渐被蜜球吸引了。在一个国王没有光顾后宫的夜晚，我出现在她的房间门口。但在那次探访中我甚至都不敢坐在她的身边，离开的时候我问她明天我能否再来，她同意了，并且告诉我，‘只要是晚上，肯定没有人会看到你在这里。’接着她带我来到她自己花园围墙边的一棵树下，我可以通过这棵树从围墙上爬进爬出，如此一来我溜进溜出的时候就不会吵醒她的女仆和宦官了。触摸着树枝的时候，我想起了有一天晚上，当我在通往卡叠什的路上背靠着另一棵树而坐的情景。我对她点了点头，她把手放在我的脖子上慢慢地摩擦着，她那肥胖的手指向我传递着一股力量，就像我曾经从黎巴嫩的树木上获得的力量一样。

“我离开她的房间之后，整夜都无法入睡，蜜球身上的某种力量已经开始吸引我了。我从来没喜欢过像她一样肥胖的女人，想到她的丰满就像一缕清风在我的肚子里搅动，我承认我的感觉就像一只圣甲虫在岸边欢乐地推动着一个粪球，在辗转反侧的时候我跟甲虫神科佩拉本身一样富饶、温暖，体内填满了泥土。而且我再次领教了埃及人的粪料的气味，那满是腐烂和干枯的臭味，依然散发着古埃及的贪婪，我思索着这种味道是不是因为蜜球没洒香水而从她的肉体内散发出来的。在幻想着她的时候，我还感觉到了四处都是黄金，在我紧闭的双眼中，浮现出一片金色的天空，天空里响着雷鸣声，仿佛拉之神的光还没有满足玉米、芦苇、闪烁的河流以及那些富饶的金色矿土，却温暖了所有的污秽。从这个粪球的正中央穿过，我感到了前所未有的愉悦，于是我坐起身子，开始思索我可能在她怀里发现的邪恶吸引力。我坚决要去了解她，因为我已经忍受了那么多年的羞辱了，到这个时候已经忍无可忍了。

"于是我从床上爬起来，朝她的花园走去。我爬上围墙旁边的那棵树，攀着树枝下降到她的花园里。她正在她的房间里等着我，我惊慌失措地赶紧躲进她的怀里。与她接触后我感觉她的身体比大地还要博大，我以为我拥抱的是一座大山。在那天晚上，我终于体会到了恐惧和高潮的感觉。当我们完事的时候我甚至都没有感觉到羞辱，而是如释重负，很快我就可以站起来走路了。

"然而她并没有急着送我离开，她在我身边沉重地叹了一口气，就像一只大鸟的影子越过我的影子那样阴沉。后来她说道，'我要送你到树那里去。'但当我穿上我的便鞋时，她却带我朝另一个方向走去，我们经过一扇门，来到了另一个房间，里面散发着许多野兽的体臭味以及死去许久的动物的腐尸味，靠近壁龛旁边的角落里放着一小碗雪花膏，里面装着油，有一根灯芯正在燃烧着。借着灯光，她从一个罐子里捏出三指头粉末，蘸在酒里面搅拌着，自己喝掉了一半，然后把剩下的一半递给我，我尝到了一种比棺材还要陈旧的味道。

"她因我脸上的表情而发出大笑声，那笑声大到都可以惊醒其他人。她把一只沉重的手搭在我的肩膀上，仿佛要告诉我她的仆人们是不会被她在晚上发出的任何声音惊醒的，而且我知道，即使她此时几乎不跟我说一句话，我们一起喝下的酒便是她的喉咙和我的喉咙连接的桥梁，越过这道桥梁就能传递彼此的思想。于是我也知道了，这间挨着她寝室的房间就是她在每个无法入睡的夜晚的栖身之处。紧接着，我的鼻子很快就告诉我，事实上有许多小型的献祭仪式在这里举行过，我看到了祭坛，看到了花岗岩做成的桌子，还闻到了许多小动物的血液味，它们都在生命的最后一刻恐惧地屈服于她。最终我明白了，正如我之前躺在我的床上一样，感受到科佩拉之神的圣甲虫在我的肠子里搅动着，这些酒里的粉末也是来自她捕捉到之后风干的甲虫（她先将这些甲虫的头去掉，然后再风干，然后再研碎）。她肯定是先将它们捣碎，筛选好之后再说着和粉末对应的咒语将它们装进罐子里，我们已经一起喝光了那杯酒，此时那杯酒使我再次想到了我们的圣甲虫，我们是如此敬畏它的力量以至于我们不能研究它精妙的习性。然而在我的少年时代，我已经花了很多个下午在河边观察甲虫了，童年时代没有比这更好的娱乐方式了，我看着它们把粪球推到岸上的洞里去，它们会在那里把粪球埋好，那个粪球将作为它产在里面的卵的食物来源。如果你混淆了两只甲虫，将它们的粪球调换，它们仍然会竭力为其他的卵履行这些职责，因为它们并不知道它们的卵已经被调换了。我之所以告诉你这个是因为站在蜜球旁边的我明白了，她已经把我们的意图混合在了一起，把我们的思想也混合在一起了，而且国王永远都不会想到我们两人是混合在一起的。这天晚上，在我离开之前，仿佛她想要拥有我更多的东西，甚至比拥有国王的东西还要多。她用一把锋利的小刀子切断了我的指甲，然后把它们收集在一起，再用她的刀将它们剁碎，接下来她就当着我的面把碎指甲吃掉，我不知道我是和一个女人、一个女神还是一头野兽在一起。‘如果你在这里是因为爱我的话，’她像念咒语一样说着，‘那么你的双手将学会爱抚我；但如果你是国王派来的，那么你的手指就会在它们掉落之前承受麻风病人的疼痛。’她再次因为我脸上的表情而发笑，‘来，’她说，‘我信任你，一点一点累积吧。’接着她亲吻了我的嘴唇，我之所以说‘吻’是因为那是我第一次真正尝试着去亲吻一个女人。我之前已经认识了那个卡叠什的秘密娼妓，我在伊休拉尼布的女人还有许多乡下姑娘，也知道我们一起共呼吸很令人愉悦。乡下人都这样告诉彼此，‘贵族用金盘子吃东西，所以他们知道如何去亲吻彼此的嘴巴。’此时，她把唇贴在我的嘴上，一动不动地紧贴着，我感觉像个木乃伊一样被包裹着，而且包裹我的这块布料是我摸过的最好的布料，她的舌头比任何东西都要甜美，然而当它压在我的舌头上时，就像一把剑一样。不，还不如说像是一条在蜂蜜中游动的小蛇。

“‘如果明晚国王不来这里，那你就过来吧。’蜜球对我说，然后将我带到树那里，我刚离开，我的欲望就驱使我回来了。到了第二天晚上，当我再次返回她的住处时，我又一次表现得精疲力尽，她的手就像桔槔，稳稳地将我托住，再一次，我感受到了她身体上的围墙而无法进入她的大门。在第二个晚上她表现得很体贴，而且温柔地对我说，‘你什么时候想做爱了就来我这里吧，总会有那么一个美好的夜晚，你会变得和国王一样勇猛。’她仿佛在安慰我，仿佛我需要花很多个夜晚才会懂得这个道理似的，接着她把她的蝎子介绍给我认识。她有七只蝎子，它们的名字分别叫泰芬、比芬、美斯特、美斯特提夫、佩特、赛特、梅特，我无法相信她竟然能记住每一只蝎子的名字，因为这些蝎子在箱子里就像彼此互不相让的乞丐一样爬来爬去。有时候，她会用手指将它们捉出来，放在她的眼睛和嘴唇上，一点都不担心被蜇到。‘它们的名字和伊希斯的七只蝎子是一样的，’她告诉我，‘而且它们是真正的继承者。’借着她的油灯光，我可以看到这些蝎子覆盖了她头部的七窍：两只眼睛，两只耳朵，两个鼻孔和一张嘴巴。玩弄了一会儿她就把它们取下来，放回盒子里，然后亲吻了我，她告诉我，是这七只蝎子的祖先创造了我们的七魂。然后她就将我送回去，我们的暗中媾和就这样开始了。

“此时，正如我之前所说的，我是唯一生活在后宫里但不是宦官的男人，所以我不想听到在我和国王共度良宵后从这些王妃们的房间里发出的嘲笑声。于是，我待在自己的花园里，再也不整天挨家挨户去拜访她们了，这样的拜访最容易给她们提供说三道四的机会，但是通过后宫的宦官以及后宫里的记录员（他也是一个宦官，这个人我之后会告诉你），我们都没有听到任何关于王子、高级祭司、总督、王室审判官以及维齐尔的第三督察的故事，就连……”说到这里他对我父亲点了点头，“化妆师的第一监督官的助手的故事都没听到。我会告诉大家，宦官们是最早知道八卦的，接下来是王妃们，而我总是最后一个知道。即使是这样，与之前作为一名御者飞奔过底比斯相比，此时我了解了更多关于这座城里的每个人的好运与厄运。当然，探访王妃是一大美事，吃着她们的蛋糕，闻着她们身上的香水味，赞赏着她们的彩釉陶器和她们的金手镯、项链、家具、长袍，还有她们的孩子，直到所有的恭维话都说完后，我们就会回到更感兴趣的话题上，在这些话题上，我会听到许多关于其他重要人物的新闻。而在话题的结尾处，她们总会谈到奈菲尔塔利王后和拉美－娜芙如。当然，那些王妃们有她们自己的偏好，就像不同的祭司学校敬拜不同的神庙一样，所以你可以听到她们说拉美－娜芙如成为这个季节国王唯一的最爱，或者她会成为他多年的挚爱。很快我就明白了这些只是王妃们道听途说的一些故事而已，于是你能想象，去聆听一个王妃的故事就等于去相信另一个王妃刚刚失宠。

“因此，我最终知道了她们的许多秘密，甚至在我还没在夜晚去探访蜜球之前，我对她的了解几乎都来自于她的朋友，以及一些不是她朋友的王妃。我听着两群人说着关于她的相同的故事，就像同时吃着两份食物一样，它们同时在我的肚子里被消化掉。其实，更早以前我就爬过她园子里的树，听过她在湖边唱歌，也听说过她的脚趾的事儿，我几乎听说了她的全部故事。虽然我曾经见过成千上万的人被宰杀，而且他们的尸体还被吃掉，但通过玛特的平衡，那种巨大的痛苦或许还没有这些被切断一只脚趾的王妃们感受到的疼痛沉重。在后宫，蜜球曾经是国王的最爱——关于这一点，她的朋友以及那些不喜欢她的人都是承认的。那个时候她并不胖，她沐浴的时候连宦官们都不敢盯着她看，她的美丽是如此销魂，玛－库瑞特是她在所有场合使用的名字。但是她很自负，就算只是身为一位王妃她也很自负，在我听过所有关于她的好与坏之后，我也得出同样的结论：她果真是自负的。她与海奎特（那位最丑的王妃）进行交易，卖给了她一条曾经属于国王母亲的项链，而且她还欺骗我们的法老，她告诉法老，她已经把那条项链兑换成一碗雪花膏了，她还问国王可以找到另一碗来与之配对吗。当她说这话的时候，她和国王两人就在她的床上，国王站起来，抓起他的刀，握着她的脚踝，切断了那根脚趾头；而玛赛格特呢，那位以沉默女神命名的王妃从来就没闭过嘴，她告诉我，在每一个静寂的夜晚都能在池塘边听到玛－库瑞特疼痛的尖叫声，她的仇敌们说，她急忙把那小脚趾头包裹起来，进行防腐处理。有些人说从这个晚上过后，她就夜以继日地研究魔法了。后来她逐渐变肥胖了，她的花园里生长着罕见而且难闻的植物，她的房间里塞满了她收集的各种东西，在这个房间里她曾经拥有王妃们手中最好的雪花膏，如今那些漂亮的碗已经变空且受损了，有大量的树根、树皮和粉末腐烂在碗底。发臭的烟气总是从她执行仪式的房间里的火罐里冒出来，而且你可以闻到装在笼子里的各种各样的鸟儿、蜥蜴和蛇的粪便味。不用说，她不仅给这些动物取了名字，她还给自己保存的各种各样的石头和树枝也取了名字。她收藏了许多蜘蛛网、香料、香草、蛇皮、盐罐、干枯的花朵、五颜六色的丝线、香水瓶子、神圣的纸莎草纸以及香油，有本地的也有国外的，有一些来自我从不认识的花草和树木。有一些香油需要在月光的照耀下才能使用，有一些香油需要在太阳的照耀下才能使用，她知道许多稀有的并且我从未见过的根茎的名字。她还收藏了各种类型的毛发，这些毛发来自许多王妃和不少宦官的一道道眉毛。

“每天早上她都会在纸莎草纸上为自己画一道新的护身符，那些纸莎草纸都是在前一天由她最信任的宦官凯凯购买的，凯凯是由蓖麻做成的一种油的名字，也是一个女孩的名字，但不管怎样，她可以随便给一个宦官取一个这样的名字。‘蓖麻油’恰好是跟她的第二宠爱的宦官萨伊斯的叟伯克一样好听的名字，也描绘了他跟鳄鱼一样忧伤的相似性，所以她就给这个宦官取名叫凯凯。服侍她起床的那两个宦官对看的神情会让你以为那是两条鳄鱼，他们好像害怕被放在蓖麻油里煎炸似的。蜜球就是这么厉害，她还可以给她养的蛇施加魔力，而且是通过她粗重的手臂的移动（那两只手臂本身就像两条大蛇），或者是通过她的咒语。这是她用来唤醒灵魂的最后一种方法，当她向我解释时，没有魂魄能抵抗她的神秘呼唤。”

“我已经听过很多关于在我们周围的魂魄的描述了，”普塔－内穆－霍特普说道，“但是你让它们听起来像是奇异的鸟或者野兽。”

“玛－库瑞特经常说，一旦我们的思想和神灵的气息混合在一起，就变成了生物。它们虽然是隐形的但仍然是生物，有些魂魄甚至会像长着相同羽毛的鸟儿聚居在一起，或者是变得和聚集在一起的军队一样强大，它们可以像山脉一样成群地聚在一起，或者像河边的城市一样凑在一起。”

“没错，”海斯弗蒂蒂应声道，“我曾经就强烈地感觉到魂魄在离开我很久以后都还存在。”她看着法老，竭尽所能去显现出这种强烈的情绪。

“是的，”迈内黑特说，“用那些强烈的感觉去创造一些魂魄是很常见的。一旦它们形成了，我们大多数人都无法将它们召回，那是因为我们不知道它们的神秘之名。然而，玛－库瑞特有一股神秘的力量可以将魂魄移来移去，而且知道运用哪些物品。这么说吧，她可以在公牛的血液和青蛙的血液之间作出选择。虽然，当别人的思想一旦被唤醒就能了解他的思想确实是高贵的甚至是神圣的，但是蜜球知道如何独自沿着那些隐形的、由我们所有人的思想形成的河流顺流而下。在我第二轮生命的时候我是一名祭司，我学会了如何在阿蒙的仆人和敬拜者出席献祭仪式并一起凝视他的时候就凝结出一股升上天堂的巨大力量。当我们沿着一个普通的祷告者的思想流域游走时，我们的思想就像河面上的波纹，因此，对于有大量人群的大船，祭司就可以充当舵手了。

“蜜球没有这么多的人群可以利用，但她知道如何去唤起不同的魂魄，而且她可以劝诱它们写出其他魂魄的名字，我可以说她比任何祭司都要用功。”

“那么，请告诉我们她所完成的奇迹吧。”普塔－内穆－霍特普说道。

迈内黑特用额头贴了国王的手心达七遍之多，然后说道：“我不会说出在北部的荷鲁斯与南部的荷鲁斯作战的那个年代我就已知晓的奇迹，我反而要告诉你的是发生在后宫的奇迹，在她的房间和花园里出现的奇迹。后宫的房子都不大，围墙外面是宫殿以及国王的各种神庙。

“所以，为了衡量她的工作，就必须将她与祭司们作出的众多祷告相比较。不计其数的魂魄形成的河流在国王和荣耀的太阳神阿蒙－拉之间流动着。

“然而，蜜球只有她自己的仪式，这些仪式她要执行一整天，有时候直到深夜。当我偶尔在晚上造访时，她还在她存放圣坛的房间里忙碌着，为了遵从仪式的圣洁性，我只能安静地等待很长时间才向她开口说话。她的每个动作自始至终都很完美，如果你问我什么意思的话，我不能告诉你，除了说她会用她的魔杖的尖端在空中画三角形，那不是一般的三角形，我还没来得及看清楚，三角形就燃起了火焰。当她说着祈祷词时，嘴里发出的声音是开门和关门的声音、是巨大的岩石落在平坦的石床上的声音、是蜥蜴爬行的声音、是许多鸟儿同时冲上云霄拍动翅膀发出的声音。当她深呼吸时，风的叹息进入她的胸膛，当她说话时，狮子的嚎叫声返回她的喉咙。所有这些都只是她工作中很自然的一部分，她还有很多其他的任务。比如说，在她圣坛的火堆上有一些罐子，还有很多材料在放进那些罐子之前要先通过相应力量的咒语来加强。有时候，为了准备一场仪式，她要花上一整天时间来阅读一卷卷纸莎草纸，这些纸莎草纸是那个名叫蓖麻油或者鳄鱼的宦官从神庙的图书室给她带回来的，她会抄写一些段落到她自己的纸莎草纸上，在所有的王妃当中，唯有她可以写得和后宫记录员一样好。有时候我会从这些成堆的旧纸卷里挑选出几卷，悄悄打开它们，那些纸莎草纸会告诉我很多无以名状的东西，里面包含着博大精深的思想。

“看着她的字迹，我总会想到我认识的所有负责此类任务的小抄写员，而且我会沉思这种做法的力量，我问自己为什么这些微不足道的男人竟能够如此吸引神灵，即便他们说话的时候从来都不是男人的声音，而是像芦苇一样虚弱，他们大多数人的声音是沙哑的。然而他们写在纸莎草纸上的那些话，却可以产生一股沉默的力量。所以他们可以控制比说出来的声音更加无法企及的力量，毕竟，话一旦说出来，就失去了沉默的力量。

“她尊重那股沉默的力量。曾经我看到她的上臂内侧有两道小伤口，平行并排着，但为了自我惩罚她把每道伤口切开，然后她发了一句誓表示自己要沉默。在接下去的日子里，她虽然会开口说话，但从不提及她自己，如果她想要进餐，她就会告诉仆人，‘可以开餐了。’必要的时候，她想要活在她自身之外，仿佛不在房间里，而是从她的躯体中移出她的灵魂，好让她的灵魂可以从她的躯体内走出来看着她。

“这使得她可以为多个目的工作，有一些是大型的，有一些是和需要贡献一点小伤的仪式一样微不足道的。正如我们围坐在现场一样，她知道如何驱赶蚊子，而且对这样的做法她再熟练不过了，所以她从来都不用围绕她的头部画任何圆圈或者吟诵任何祷辞。只要听见这些小动物嗡嗡飞翔的声音，她就会举起她合并的双手，然后打开，那些蚊子就飞走了。你可以听到蚊子撤退时的哭泣声。”

“我有那种气味浓烈的药膏，蚊子从来都不会靠近我。”海斯弗蒂蒂说，“当我记不起那个圆圈对应的祷告或者感觉手指无力时，我就会利用那些药膏。我看不出你的蜜球的本领在哪些地方超越了我。”

“因为她失去了国王的宠爱，而你或许已经得到了宠爱，你这是话中有话。”我的曾祖父回答道。

普塔－内穆－霍特普被逗乐了，他对海斯弗蒂蒂说道：“你的家人从来都是会给出答复的。尽管如此，我会很谨慎，不会对这个玛－库瑞特评价太低。”

“拉美西斯九世果然是大智慧，”迈内黑特回答道，“确实是这样，一个对蜜球口出恶言的王妃就会被她的蝎子蜇伤，因为蜜球的灵魂知道怎么从她的躯体中分离出来，她有时甚至会乐意受到许多蚊子的叮咬。我从来都没有看到过她无助地睡在她的床上,也许你会说,躯体全被蚊子覆盖着的话，这足以杀掉这个人了。可是她的灵魂一直在自己的躯体外面，等她的灵魂返回来以后，她就会使用那些蚊子留在她血管里的毒液。有个说了蜜球坏话的王妃就被蜜球施了魔法，她被最大的蚊子叮咬后好几天都不能离开房间，因为她全身红肿得厉害。

“谈到她的魔力，这只是一个小故事，我要说一个更厉害的。国王不在后宫的那些夜晚，我都会在黑夜中醒来，那头猪用鼻子磨蹭着我，便会燃起我的欲望，于是我就会被吸引到她的围墙外。仔细察看完周边的情况后，确信没有宦官在近旁了，我就会从我身为总监督官住的地方通过那棵大树跳跃到后宫里那片长满众多奇异植物的花园里。但我还是没有足够的勇气，我只能把她抱在怀里，我的下体就像一条断了脖子的蛇一样，而当她吻我的时候，我对她嘴唇的跳动无所适从，她饱满的嘴唇本身倾涌着浓浓的蜂蜜。

“这时候我就不能尝到甜头了，我十分完整地回想起她的嘴唇吻着国王的情景。一想到这，暖意就涌上来了，我再次像个女人一样尝到了十足的快感，却一点都不像个男人——因为我无法让自己勃起。而且这种快感只在我的体内回旋，就像一直没有从罐里倒出来的油。我开始憎恨自己那么清楚地看到她的嘴巴亲吻国王的情景，我甚至开始不喜欢她了，不喜欢她那令人生厌的体重，以及她臂膀下那混杂着香水散发出来的臭味。就像别的胖女人一样，那股气味都渗到潮湿的屋檐上了。

“在经历了七个晚上的失败后，有一天晚上，她对我说，‘你身处愤怒之中，我会做一艘凌驾于国王之上的船。’我将疲倦且近乎绝望的双眼一闭，她就用她的指甲轻轻画了一个船身，在黑暗中，这些线条对我闭着的双眼而言就如火焰般清晰。当我看着船的每一部分时，她也用她自己的声音说着这些部位的名称，有个声音轻轻地回复了神秘之名。第二个声音似乎像来自损伤的树木、拉伸的绳子或者是风吹过风帆时的啪啪声。我听到船桨在船闸中的嘎吱声，但我不敢睁开眼睛，因为害怕失去这艘船的影像。

“‘我是那船的龙骨。’她说，接着另一个声音回答道，‘我的神秘之名是伊希斯的大腿。’然后第一个声音说道，‘我是舵。’另一个声音的回答是，‘我的名字是尼罗河的河段。’

“我听得越仔细她的话就变得越短促，直到她仅仅说‘桨’，然后会从嘎吱作响的船身上发出答复，‘荷鲁斯的手指。’

“过了一会儿，我就只有一边的耳朵能听到她说话了，而另一只耳朵听到另一个声音发出的神秘之名。‘船头。’她说，回答的是‘城邦的首领。’‘帆。’她说，然后我听到轻声的回答，‘天空。’

“‘船杆。’蜜球说，接着发出的声音是：‘圣殿里的居住者。’

“‘泵。’蜜球说道，接着她用自己深沉的声音继续说，‘伊希斯之手抹掉荷鲁斯之血。’话音一落，她就就像一阵风同你的指尖一起轻轻地抚摸过水面，她鼻子里的气息吹散她握在手里的所有东西的顶端，直到最后她说‘船桅，’没有任何动作，她咕哝着，‘趁那个女士还没离开，先把她带回来。’话一说完，她就把嘴唇凑了上去。我的阴茎不再死气沉沉了，变得像一把愤怒的剑。接下来，当船在水中前进时，我不知道我在自己体内看到的是拉之神还是国王高贵的愉悦。然后她躺了回去，把我也拉了过去，动作十分迅速，我都还没站稳，我甚至都尖叫了。火焰和岩石在我体内滚动，当我出现的时候把我从她身边抛出，我的船飞过了天空的边缘，我感觉到她正亲吻着我的嘴，我的阴茎终于鼓起勇气进入了只有法老才有权力进入的地方。我从来没有这么兴奋过，我充满了活力，一旦国王读到了我的思想，我将必死无疑。

“接着她围绕我的头部画了一个伊希斯的圆圈（一个两层的圆圈），然后通往我的思想的大门就关上了。‘回去吧，’她说，‘明天晚上再过来。’”

四

“卡叠什之战中没有什么风险能与此匹敌，”我的曾祖父说，“因为当战争结束的时候就是结束了，然而，如今我在生活中的每一天都得处处提防着。不管我多有耐心，我都不能等到第二天晚上了，只想着跟她夜夜厮守。第二天早上，当我履行完我的一些小的职责后，我也拥有了一股几乎可以让我把手同时放在几个王妃身上的力量，我感觉到自己仿佛仍然在那艘船上——或者我已经变成了留在船上的某种东西——和太阳一起航行。

“到了晚上，国王驾到了，因此我不能去见她了，国王与其他的王妃一起共度良宵，而我也不敢趁机去会见蜜球。因为国王的到来，宦官们必须一直清醒着，而且这些宦官也躲在灌木丛中偷着情，况且，如果我去偷会蜜球，王妃们也会听见我的动静。夜色就像一只黑色的耳朵，其实我还是可以去试一下的，但蜜球的屋子离国王只有一到两间房子那么远，如果我偷偷摸摸地待在她身边还是可行的，但我不想再去冒险做那样耻辱的事了。因此，整个晚上我不得不听着国王放肆的笑声和如雷般的呼噜声，就像拉之神一样，国王和动物们关系密切，后宫里到处都能听见他发出狮子、公牛、豺以及鳄鱼一样的嚎叫声，他甚至还能发出鸟儿的尖叫声以及鸽子的咕咕声。当时我无法入睡，我的猪又回来了，而且在我的腹股沟呼吸着。

“第二天晚上国王离开了后宫，我又和蜜球待在一起了。我们提前就做好了亲热的准备，一躺下身，她的身体就风骚地扭动着，让我无法停下来。这次我听到了她痛快的尖叫声、激烈的呻吟声以及在她内部震颤的声音。

“与前些夜晚相比，还是有许多不同之处令我感到愉悦的，在今天晚上，她一上来就迅速将我搂在她的怀里了。当然，做完了第一次爱，我还想再做一次，第二次感觉依然很好，而且我感受到我已经掌控了自己的命运。一想到她的嘴巴是国王的奴隶，我就对她那正忙于性爱的嘴唇既鄙视又喜欢（我对自己也是既鄙视又喜欢），那种感觉非常刺激。她那波涛汹涌的臀部跟着我来回摇晃，我仿佛正站在船舷上。其实，我正带着她开始我们躯体的航行，经过夜色中的河流，直到她的花园里那些关在笼子里的动物们发出轻微的挪动声，这些声音逐渐扩散到岸上，甚至连那些着了迷的老鼠也停在了墙壁上的裂缝里观看我们亲热。我领教着她那熟练的吻技，虽然几天前她才在国王的那个部位使用了她的吻技，这让我十分反感，所以我把国王鄙视成一个凡人。可是他仍然是一位神，无论在一位神灵身上发生什么事情，凡人都没有资格去评说。过去人们常常说我们的肉体是由阿蒙的残留物形成的，香水则是他腐坏时的芳香汇聚的，所以，我可以一边赞赏国王一边鄙视国王。最后，我们一起加快速度，猛推着彼此，当我们从性爱的巅峰滑落下来，才真正平静下来休息，此时那只小猪又十分温柔地摩擦着我的腹股沟。

“在那天晚上我感受到了一次更为甜蜜的温情，因为我觉得她很漂亮，甚至觉得她那沉重的臀部具有野兽般的魔力，她的腰也像一棵大树一样充满活力。我特别喜爱她的后背，她的后背很健壮，布满了强壮的肌肉，就和以前我常在赫拉的腰腿部看到的一样，而她的臂膀就像年轻姑娘的大腿，引领着我来到她甜蜜的嘴边。当我用两只手臂抓着她的大腿时，感觉就像同时搂着两个年轻姑娘的腰一样让我满足。

“后来，我越来越了解她了，所以在国王来她屋子里和她做爱的那些夜晚我十分痛苦。有一天晚上他选了蜜球和几个王妃陪伴他，他们嬉笑的声音让我觉得很难受，当时我就像热锅上的蚂蚁一样几乎都要冲进去了。或许，这样的行为与处于痛苦的聆听状态相比会让人更舒服些。

“第二天晚上他又来到了后宫，我从王妃们的声音中辨认出国王并没有挑选蜜球，我说不清是应该高兴还是应该同情她的魅力不足，难道她已经不能吸引他了吗？不管怎样，我还是小心翼翼地翻进她的围墙，爬到她的床上，她一跟我说起昨晚的事我就很恼火。她告诉我她已经看到了国王昨晚所做的一切，但她一点也没有参与其中。国王问她为什么如此贞洁地站在他面前，她说是为了准备一场圣洁的仪式，她一直在和恶魔交流，而且希望能避免这些无形的食人魔（它们可能就在近旁）亲近国王神圣的身体，当国王问她举行仪式的目的是什么时，她回答说那是为了埃及两地的生命、健康与力量。国王对此咕噜着说，‘你本可以选一个其他日子的。’之后就再也没多问了。

“这就是她对当天晚上的叙述，我对此难以置信。那天晚上，在我痛苦难受之时我多次听到了她的笑声，况且，国王对于任何不能取悦他的人几乎是没有耐心可言的。当我准备将这些实情告诉她时，她就把手指放在我的唇上（不过我向你保证，我们几乎用跟沉默相差无几的语气在对话）低声说道，‘接着我就对他说，如果我在这晚没有触碰他的肉体，我就可以加倍地接受他。’蜜球在黑夜中发出咯咯的笑声，虽然她已经围绕着我们画了很多次伊希斯的双重圈，好让我们之间连一个短暂的想法都不会逝去，以便进入其他任何人的思想里。但她还是再次画了几个圈，以保护我们不会因为嘲笑国王而承受恶果。‘那他怎么说的？’我问道。

“‘哎哟，’她说，‘他告诉我下次他看到我时会加倍小心。’她发出淫荡的笑声，接着把嘴巴贴在我的耳边，用街头巷尾的语气说道，‘他说因为他是两地之神，而且是埃及的双王，他想要占有我的肉体。’

“‘那你怎么说？’我小声问道。

“‘伟大的国王啊，那样的话要我们全部人都出动才能将你的全身舔完。’

国王开始大笑，几乎都停不下来。我的回答几乎破坏了他的心情，但我也只能那样对他说了。

"'你真的会那样做吗？'我问道。

"'我会尽全力避免那样做。'她说道，依旧咧着嘴淫荡地笑着，我很想打她耳光，却抓起了她的脚。

"到目前为止，不管我们多么亲热地拥抱在一起，她从来都没让我靠近她的双脚。对于一个体型庞大的女人而言那双脚真的很小，我可以看得很清楚，就和她母亲的脚一样娇小，那种小巧玲珑的脚，被普遍认为在萨伊斯所有富有且高贵的女士中是最优雅的。蜜球告诉过我小脚是一个贵族家庭的标志，当我问她为什么细小的脚如此重要时，她轻蔑地看着我说，'如果我们的头发可以感受到风的细语，那么我们就可以拥有和鸟儿一样细腻的思想。''没错，'我回答，'但是通过玛特的平衡可以知道，我们的脚应该和大地一样健壮。'她笑了，'你这话，像一个农民说的。'她说完再次笑了起来，她伸出她的大拇指和食指围成的一个圈让我进入她的思想。我现在看到自己像个玩偶一样在国王的剑端上轻轻摇晃着，那让我生气到都想去打她了，但我并没有那样做，否则她以后就不会让我进入她的思想里了。'亲爱的卡扎马，'她说，'最深邃的思想是由大地掌控的，经过我们的脚趾——如果脚趾是完好的——然后进入到冥地。'

"就是那么简单，她一句话就很好地道出了为什么要有小巧玲珑的脚的原因。如果她不再次嘲笑我，我就不会再一次抚摸她的小脚了。那个受到操纵的木偶在国王的身上呻吟着，轻轻摇动着——因为我在她欢笑的嘴角看到了国王的身影，于是我又一次抓起了她的脚。

"通过她的抵抗，我立刻就明白了自己已经做出了出格的举动，但在这一切无声的愤怒中（因为我们没有制造出什么喧闹的声音去吵醒任何一个仆人），我匆忙地对付着她的反抗，以至于都不清楚我抓的那只脚恰好是那只被国王砍了脚趾的脚。因为我用双手抓着那只脚，她就用另一只腿踢着我的腰部和头部，我唯一能做的就是去探查那个可怜的小脚趾被切断的地方，我用指尖抚摸着那里，感觉就像一个盗贼的手被切断后在手腕上残留的伤口一样光滑。当我仔细地观察这只小脚时，我才发现这个被砍掉的脚趾才是真正吸引我的地方，而且此时我觉得自己像一棵树一样强壮，我必须顶着头盖骨去应对她的每一次脚踢，同时小心翼翼地亲吻着这块光滑的疤痕。但我的头部因为她多次用腿踢打而疼得厉害，以至于恍恍惚惚看到了她的家人正乘着一艘华丽的大船从我面前经过，那是一艘在德尔塔广阔的水域行驶的全副金装的大船。后来她就不踢我了，突然大哭起来，她的哭泣声变成了黑夜中整个后宫最大的声音，就像水流一样冲破了夜色的沉寂。但是国王从来都不在意这些哭声，有哪个王妃没在自己的房间里大哭过呢。蜜球的身体再次变得柔软，我躺下来，抓着那只脚，吸收着所有从那个伤口上散发出来的悲痛，甚至连她脚趾的小缝都是悲伤的。我知道她处于怎样的痛苦中，于是我起身亲吻着她的嘴巴，去体会同样的悲伤。啊，我的胸膛感受到了一种从未有过的柔情。

“从那时候开始我就把她当成一个妹妹看待了。在我们的村子里有一个说法：‘你可以在一个女人的床上睡一百年，但你永远都不懂她的心，直到你把她当作妹妹一样去疼爱。’我一直都不喜欢这种说法，对于没完没了地处理问题的观点我丝毫感觉不到愉快，现在我相信我明白了为什么蜜球会变得这么肥胖。我没想到会触碰到她小脚趾的残余部分，但我刚刚就那样做了，而且感受到了她内心的失落——那个脚趾的残留部分就像一片寂静大海里的一颗石子，我可以感觉到她的思想在上面拍打着。因此最终我明白了，她对国王的感觉可能只是在憎恨中夹杂着一点爱意，而她对国王的恨远远多于对我的恨。她一直哭泣着，而我一直抱着她，她的心告诉我，我们已经是一家人了——在后宫或者整个宫廷里，你找不到另一对男女像我们这样充满了强烈的报复心理，这种心理甚至让我们坚信同一个想法，然后我们用自己的气息去践行。然而，在很远的地方，国王的耳朵就像捕鸟的网一样敏捷，而且你从来都不知道他的鼻子会不会瞄准一个愚蠢的仇敌大声咒骂。此时，凭借我四轮生命中的智慧，我惊叹着我们竟如此大胆地共享这种报复的快感——哎呀，要不是因为她在我们心脏周围设立的保护圈，就连鸟儿都不敢动弹了。”

“然而，在我看来，她似乎有点忧愁过度了。”海斯弗蒂蒂现在用很官方的声音说道，“想必她就是个娇生惯养的女人，所以才会这样。”

“我的孙女啊，顺着你所有的这些看法，我想说，到目前为止我还没告诉你她之所以这样的理由呢。这个惩罚，对你而言是微不足道的，但对蜜球而言却是痛不欲生的，因为那改变了她的生活，而且使她的体重加倍了。当国王拿出他的短刀，抓着她的脚时——我想，这也就是当我抓着那只脚时她会那么猛烈挣扎的原因——他迅速地将刀刃一划，那个脚趾就被切断了，然后他把那血淋淋的小脚趾交还给她。她们都说她尖叫着跑开了，她告诉过我这一切都是真的，她用泡碱将那个脚趾防腐保存了七十天，就保存在一个像石棺的金盒子里，那是一个无比重视自己的女人才会有的做法，你必须明白对于她的家人而言她并不是一位王妃，而是一位正王后。她的母亲会经常说：‘玛－库瑞特仅次于奈菲尔塔利。’当然，那绝不是真的，对于她的家人而言那确实是千真万确，她的脚趾被砍断了就扰乱了她当正王后的天意。她明白这一点，于是就吃了很多肥肉，包括公猪肉、蟒蛇肉、天鹅肉，以便将被惊吓后逃到远方去的灵魂召唤到她身边来。”

“我还是想问：就因为失去一根脚趾，她就这样放弃了她的身材吗？”我的母亲执意问道。

“她经常说，”我的曾祖父说道，“那是对玛特的遵从。通过她给予那失去的脚趾的关爱而使自己得到了许多力量，她现在不得不承载这些力量，她要用一间更大的房子来装载更大的宝物。她总是这么跟我阐释着自己，可我觉得她十分脆弱。她从国王最宠爱的王妃沦落到一年只会被国王谈及两次的地步可不是一个小问题，就像一具木乃伊，我觉得她不得不用三副棺材将自己掩盖。

“此外，她已经给她的家庭带来了很大的耻辱。她告诉我，在萨伊斯，她失去一只脚趾的事饱受那些富贵家庭的非议，以至于她的一个原本与一位年轻贵族订婚的妹妹，突然间接到消息说那个求婚者将要和另一个女人结婚了。蜜球叹息着说道，‘他们还不如用羊皮把我掩埋了算了。’

“后来，她又跟我讲了她遭遇的另一次耻辱。这个晚上我不明白为什么国王会举办一场宴会，她也不知道她是否会被邀请到宴会上。一年之中在他的宫殿里和几个王妃一起小乐一下仍然是国王的习惯，至少在那个时候是这样的，我们过去常常称那个地方为小宫殿，国王甚至会邀请底比斯的一些贵族到场。当天晚上，夜色渐浓，宴会即将开始了——我作为将军的时候常常出席这样的宴会，所以我知道这不是什么盛大的宴会，只是对于被选上的王妃而言那是走出后宫的一个难得的机会。

“因为近两年来在盛会上都没有什么欢乐的气氛，许多王妃对这次宴会抱着新的希望，蜜球也一样。她甚至施行了一些小法术，但那烟雾太浓厚了，她告诉我，而且她的思想太分散了，她最强大的灵魂没有在她的召唤中出现。她说她从来都没被邀请过，‘我不知道我是否真的希望被邀请。’她伤心地补充说道，当然，我并不相信她，毕竟那件事对于她而言意义重大。上次，也就是三年前，那时她仍然拥有苗条的身材，仍然拥有健全的脚趾，她是十个王妃中第一个被介绍给奈菲尔塔利认识的人，而且王后还邀请她坐在自己的身边，甚至还赞扬了玛－库瑞特的声音：‘他们都说你的嗓音很甜美，能鼓动别人唱起歌来。’我对王后的赞美大为吃惊，蜜球也把那一夜看作是一个美妙的夜晚。

“当我们知道这一年有谁被国王邀请去参加宴会后，那些没被邀请到的人心里很受打击。‘虽然那是个小问题，’蜜球说道，‘但因此产生的痛苦并不小。’我感受到了她真正的悲痛。在这一年，随着庆祝国王在位三十四年的盛大节日的到来（我们当中谁不知道那将是任何人记忆中最盛大的节日呢），有一些王妃主动提出了要参加这次盛会，她们这么做是为了确保自己在这个盛大的节日中不被忽略，这一点蜜球十分清楚。

“我不得不说，她因为不能参加这个盛大的宴会而产生的失落感不是没有根据，大多数王妃每天都可以离开后宫去和新建的乌尼斯国王大厅里的贵族们交往——这是一个让王妃邀请她的父母到底比斯的难得机会，然而，那完全取决于那位王妃是否已经为国王生了孩子。如果去参加宴会，可以开通一条道路，增加被邀请的机会。在这个神圣的庆典上，他的儿女可以趁机到现场去看看他们的父亲，结果就会有许许多多这样的孩子到场，但对于那些没有为他生育孩子的王妃，就不会抱有被邀请到场的希望了，蜜球对此十分沮丧。

“我觉得那是因为她的法术失败了，她才如此沮丧。随着我们越来越熟悉，她也变得越来越谦虚，她一直不愿意在我们面前展示她的法力。事实上，有那么一些晚上，当我把她当成妹妹时，她会对我倾诉许多小伤痛和许多小秘密，我从她口中听到了一种旧时的说法，人们经常在底比斯听到的关于德尔塔人的说法：‘那些居住在湿地里的人一无所知。’这个说法的含义一直都很明显，所以我从未质疑过它的真实性——生活在湿地的人会变得潮湿，会受到昆虫的折磨，会因为热气的熏蒸而变得虚弱。一切都变得那么简单，玛特的平衡力量也不存在了，人们处于恍惚中，因而一无所知。

“‘这是千真万确的，’蜜球说道，‘只是可能对某些个别的人而言并不正确。’她继续告诉我她那二十代都生活在萨伊斯城的家族是如何自豪地战胜了那片湿地的。‘我们的渴望，’她说道，‘就是与我们一无所知的邻居和平相处。’接着我不得不聆听她倾诉自己对尼罗河的深度和星星的高度的深思，以及对存在于河道深水区的神灵、靠近河岸的浅滩处的神灵以及来自一直亮着的星星和闪烁的星星的预兆的沉思，这些预兆令她十分恼怒。奇怪的是，我连自己出生的月份都不知道，于是她掀开一卷纸莎草纸，给我看那种可以通过一个人出生的时间测量他的死期的图表。‘那你会活多久呢？’我问她，她回答，‘会活很多年，我很长寿的。’然后她叹息着说道，‘不久后我失去的将不只是我的小脚趾，那些星星是这么预兆的。’她深深地叹了口气。

“在盛会结束后，我欺骗她说那不是什么大场面，就连奈菲尔塔利和拉美－娜芙如王后都没有在场，但蜜球的心情还是没有好转，因为欧西斯和玛赛格特把盛会说得充满了光芒和惊奇，还说她们受到很多人的关注。蜜球哀怨道，‘因为我是来自萨伊斯的，所以国王不重视我。’这种沮丧的情绪一直持续了好几天。因为国王的漠视，蜜球要为自己报仇，因此她花了很多功夫在她的仪式上。每天晚上她都会施行一场仪式去扭动国王的头部，然后喊出那些重要的神灵的名字，她的声音因为兴奋而颤抖着。到了第二天早上，她的精疲力竭就会体现在脸上。

“我开始自问，有哪个法师能扭动国王的脖子呢？国王能够号召数以千计的男神和女神：他的上方本来就已经有了无数的神灵。现在，在他和拉美－娜芙如结婚后，他的下方也有了赫梯的无数神灵。

“然而，每天晚上当我躺在她身边时，仿佛她的魔力可以扭动我的脖子，效果远比扭动国王的脖子好得多，我并不厌倦她忧郁的情绪，而是一直爱着她，我们会互相吸收彼此的悲痛。我会躺在她身边，把脸贴在她的胸脯上，让自己身处一片庄重中，仔细地倾听着她的内心，直到我认为她不会愚蠢到被一场盛会的事填满整个内心为止。但我知道她把那件事视为是对她的家人的一次伤害，因为如果她不能邀请他们出席那盛大的节日，他们的家人就没有脸面和尊严，我终于明白了在她心里家人远比国王重要。她的心里藏着她所珍惜的一切，她的父亲、母亲、妹妹，还有我。此时，感受着自己在她的体内，我想如果她是被慢慢激发的，我可能永远都无法享受这种高潮的快感，无法享受和那个拥有诱人胸部的女人在床上一起跳跃的舞蹈的快感。我们沉迷在安静的甜蜜中，在这合成一体中预示了我在这个巨大的乳房里找到的爱并不少，而且也不会很快就逝去。当她的心跳从她深处的肉体里向我传来时，我听到了她心里神秘的意图，我知道她已经决定毫无顾忌地信任我了，这意味着她必须自我和她自己的心里出发来施行她的法术。我们如此紧密地结合在一起，只要她稍微走神，在法术中的一个小失误就可能导致一次大错误。我也知道，如果我不在黑夜中立刻起身离开她的房间，可能会被别人发现，就没有机会跟她单独待在一起了，我将会对剩下的意志失去控制力，但是她内心的力量如此强大，以至于我一点都不急于起身。事实上，我已经变成她的一个性奴隶了，而且跟她如此亲近。

“那天晚上她接纳我成为秘密仪式的一员，我踏上了成为北部荷鲁斯的第一步。当然，这些事情充满了叛逆与危险。如今，回首往事，我不知道我是否在成为一位充满智慧和力量的法师之路上前行着。”

五

“那间放着她的祭坛的方形屋子是没有窗户的，天花板的高度和地板的长度差不多，蜜球在地板的中央部分镶嵌了图案，也就是在一个宽广的圆圈里镶嵌着狭窄的呈带状的青金石，而靠在四面墙上的是低矮的象牙桌，桌子上放着一些高高的箱子，里面装着她的衣物。除了门之外，唯一的一个开口就是屋顶上的通风口，从祭坛上冒出的烟雾可以直接从通风口升入空中。

“在蜜球让我加入她的秘密仪式的那天晚上，我记得她教我的每一个动作，但我现在不会讲述仪式的具体程序，因为害怕被别人滥用。我知道，高尚伟大的神啊，如果我未能井井有条地告诉你所有的真相，你或许会不高兴，但如果没有施行法术仪式的话，就没有什么真相可言。正如我已经信任了你，跟你坦言我的四轮生命中都没人知道的事情，所以你现在肯定也信任我，而且知道我在说这一切时我最大的希望都是捍卫你的王位，以及你掌管的埃及两地。”

普塔－内穆－霍特普点了点头，“虽然你的话听上去很有礼貌，其实还是有点失礼，因为他们会认为我们是平等的，所以我们必须相互信任，但你应该比我更清楚，是你来信任我才对。但是，我还是愿意听听你讲述那个法术仪式是怎么回事，或许之后我就不会再过问了，我寻求的魔法是一种更高的境界而不是你现在讲述的这种。通过衡量你带进我的思想里的过去的那些秘密（过去的那些秘密此时就藏在我的四肢里，就像我的血液一样），我知道你未来的工作是光荣地去施行更高技术的魔术。因此，即使你隐瞒了你加入法术仪式的具体顺序，在这个时候我也不会怪你。”

迈内黑特磕了七次头，然后说道：“我为你如此睿智的思想表示感谢，这个仪式可以很安全地说出来了：蜜球用了很多预备仪式来净化她画在青金石上的圆圈，然后召唤许多友好的神灵来做我们的见证者（不过有一些神灵的名字我以前从没听过）。然后，在我们开始仪式之前，她问我‘你准备加入我的神庙了吗？’我说是的，接着我就感觉到我的胸膛在膨胀，比战争时憋闷在胸膛里的仇恨还要涨得厉害。之后她又问了我两遍，在仔细听完之后仿佛我的心跳比我的嗓音能告诉她更多的东西，最后她对她的神灵说道，‘他被问了三遍问题，而且三遍他都说了同样的答案。’

“现在我们站在青金石圆圈里，她用十分正式的顺序为我的裸体祝圣。这个环节我也会讲述一下：她用香熏了我的肚脐、额头、脚板、颈部、膝盖以及胸部，最后经过我腹股沟的私处，然后她借着一支蜡烛的火焰散发出来的光芒，用少量的盐水和几滴油来涂抹着以上几个地方，整个过程她一直将蜡烛靠近我的身子，以便让我保持暖和。祝圣仪式已经完毕，而且我已经做好了准备。

“她从祭坛上拿了一把刀，刀的手柄是精致的白色大理石做成的，刀尖锋利无比，如果你继续盯着刃口看，你的眼睛就会流血。现在她脱掉身上白色的长袍，和我一样赤裸着站在彼此面前，她用那把刀刺破了我肚脐下的腹部，她也在自己的小腹上刺破了，然后把我的血跟她的血混在一起。她重复着每个祝圣的步骤，然后从我的额头上、大脚趾上、右肩上以及私处取走几滴血，每一滴血都像眼泪一样粘在刀尖上，直到那滴血被带到她身上的相同部位为止。因此当我们完成仪式之后，那七个部位上的血液就混合在一起了，最后我们一起站在祭坛旁边，一样的标记，一样的赤裸，一样的庄重。

“现在，我准备好加入她的神庙的祝圣仪式了。在那个圆圈里，只有一根在油碟里燃烧的灯芯提供照明，她让我躺在石头上，高高地举起一条鞭子，鞭打了我两次、三次、四次，一直打到第十四次。

“我小时候经常被鞭打，曾经我被打到趴在地上，然后再爬着去寻找泥土来止血。在我的第一轮生命期间，不管我的头衔有多高，没有人会认为我是一个贵族，因为我的背上有太多的鞭痕了。被鞭打的滋味对我来说一点都不陌生，但是被蜜球鞭打和被其他人鞭打的感觉就是不一样。虽然她轻轻挥着鞭子，可打在我身上的疼痛感并未减轻。她持续地鞭打着我，就像你把一颗石子扔进池塘里，接着再把第二颗石子扔进第一颗石子荡起的波纹中央，这样做并不会减弱第一颗石子激起的波纹，只会加深波纹——蜜球每鞭打我一次，就像往水里投一颗石子，总在加剧我的疼痛。这种疼痛感在我的全身弥漫开来，就像香油会扩散到布料的每个角落一样。在其他夜晚，她已经教会了我很多吻技，我体会到了如此兴奋的感觉，明白了为什么亲吻是贵族们必不可少的一种乐趣。原本我几乎无法容忍这种疼痛的，由于她猛烈的鞭打，我本来想跃入空中的，尽管她在每一次鞭打时都伴随着一丝温柔的声音。但是现在，我终于过了鞭打这一关，感觉到了一种近乎醉酒状态的头晕目眩，也就是说我已经进入了一种对自己的疼痛的崇敬状态，因此，我仿佛觉得这些疼痛洗涤了我所有的耻辱，我该怎么处理这种矛盾的情感呢？其实她挥鞭的动作很准确，先是对我赤裸的臀部两边打了一次、两次，然后再次鞭打欧西里斯身体上所有疼痛的十四个部位，我之所以这么说是因为我此时的身体和欧西里斯神的身体已经合为一体了。我闭上眼睛，她在我的脸部鞭打了一次，我睁开眼时，她又在我的脸部鞭打了一次。我的两只肩膀、两个拳头、两只脚以及后背、肚子、胸膛和脖子都被她鞭打遍了，最后她还鞭打了我的私处。当她的鞭子落下来时，它再次变得像一条软弱的蛇。火烧云飘浮在头顶上，我甚至听到玛-库瑞特在每次鞭打过后都会用清晰的声音吟诵道，‘我用油将你圣化！’然后她就将那些油涂抹在十四处鞭痕的火焰上，直到那火焰的温度冷却到跟我的体温差不多。接着她吟诵道，‘我用酒将你圣化！’然后将苦涩的酒涂抹在我身上的十四处火焰上，刺激得我不停地发出尖叫声。她轻轻地用冷水给我洗身，直到那平静下来的火焰的水蒸气从我的体内冒出，然后她吟诵道，‘我用火把将你圣化！’但她只用一个焚香的碗散发的烟气在我身上每个疼痛部位熏来熏去。最后她说道，‘我用嘴唇将你圣化！’在我的眼睛一睁一闭之间，她已经亲吻了我的额头两次，接下来又亲吻了我的脚底、两只臂膀上的肌肉、两个拳头上的指节以及后背、肚子、胸膛、脖子，最后就久久地舔舐着我的私处，直到它变得像鳄鱼的头一样坚硬。最后她说道，‘我会让你成为玛－库瑞特神庙里第一位居住在欧西里斯的祭司，请宣誓你必须是忠诚的，宣誓你一定会尽职尽责。’我大声宣誓着，这宣誓预示着我将来的任务和权力。之后她就像一座神奇的神庙躺在我的身上，她甜美的肉体颤动着，然后她轻声呼唤着我的神秘之名，伴随着我那吞咽了痛感的十四个部位涌现出来的汗水，我的洪水开始泛滥了。

“这就是仪式的结尾，而仪式的结尾也就是我们做爱的开端。现在，轮到我鞭打她的臀部了，当我鞭打完后，她两边的屁股肿得像太阳一样红，像月亮一样大。我可以说，我学会了鞭打的技巧，并不是我的手臂掌控着鞭子，而是她的心吸引着鞭子去打在她的身上，因此我觉得我正在鞭打她膨胀的内心。但令我感到惊讶和厌恶的是——因为以前我从来没为任何人做过这种事，甚至也没为国王做过——我居然抓着那两瓣饱受鞭打的屁股，把我的脸贴在上面，贪婪地亲吻着她的敏感部位，伴随着这些冲动，她的味道闻起来比母马的味道还要骚臭。当然她也对我做了同样的事情，我们一起翻滚着，通过这个仪式我们就算结婚了，我们的生活也就从此改变了。在接下来的时间里，她又疯狂地亲吻了我无数遍，通过她的爱抚，我终于感觉到自己像一位平躺着的法老，既尊贵又伟大。继续着这份缠绵的美好，我再次感受到她没有说出来的那些意图，我正在被她大量的意图奴役着。

“用‘大量’一词是最恰当的，在接下去的夜晚我就像一个在船上睡着的人一样幸福地躺在她身旁。然而在梦里我们的船被搁在高高的悬崖上，我们被惊醒了，紧紧地抓着岩石。于是我知道了我们研究魔法的目的——现在是我们自己的魔法了——仅仅是为了削弱国王的力量。当我看着她的脸庞时，我能看到在最严肃的神灵欧西里斯眼神里的那种高尚的智慧，那让我觉得自己就像北部的荷鲁斯。事实上，凝视着另一个人的眼睛，就能看到自己的过去和未来。”

“你的神秘之名是什么？”普塔－内穆－霍特普问道。

我想我的曾祖父应该不会很快给出答复的，但出乎我意料的是，他很快就回答了：“哎呀，就是‘扭动国王脖子的施助者’。这个名字很快就让我得到了报应，因此我不得不放弃它。”

“你会告诉我们是怎么回事吗？”

“我会的，但我想以后再说。其实我知道那是一个危险的名字，然而她对此十分坦率。如果我要成为她伟大法术的仆人，我必须准备以死赴之。她经常那样对我说，而且总是补充道，‘不能再像一个农民了。’不，现在我必须学会在完全特制的防腐材料中死去，就像学习亲吻的技巧一样，死亡也是贵族的特权。我经常嘲笑她，我需要加强这种特权和意志吗？——我可是见过成千上万的死在斧头下的人——其实她比我更清楚。她明白，如果我很快就死去是最危险的，因为每个人都必须为通过地狱的那段路程做好充足的准备。

“她一次又一次地想要跟我保证她的身体和心灵还没所属（当然也包括我），还没有得到玛－库瑞特的保护，无论是这辈子还是下辈子都是这样。我告诉她，小时候在我们的村庄里，我们知道只有贵族和十分富有的人才能经过阴森的冥国，也才有希望到达圣地。对于一个贫穷的农民来说，只能屡屡遭遇凶猛的大蛇、炙热的火焰和陡峭的悬崖，一个胆小谨慎的人根本不敢去尝试，甚至连想都不敢去想。一个贫穷的人只能埋在贫瘠的沙地里，当然，我也记起来了，我们村里很多死人没有接受这样的安息方式，于是他们就变成了鬼魂，他们总是在晚上经过村庄，在梦里跟我们说话。直到后来我们这个地区的葬法变得极其残酷，人们砍掉了尸体的头部并切断双脚，如此一来鬼魂就不会跟着我们了。有时候，我们甚至把尸体的头部埋葬在膝盖之间或是把脚放在尸体的耳边，这样就可以将鬼魂弄得晕头转向了。我这样对她说完之后她发出了愉悦的笑声，月光倾泻在她柔和的思想里，不管她的思想此时在何处游荡。

“就在那时她从床上起来，拿出一具还没我手指长的小石棺，玛－库瑞特的脸庞和身体就刻画在棺盖上。里面装着一个木乃伊，只有一条短小的毛毛虫那么大，用细亚麻布紧密地包裹着，都不需要用树脂处理了，事实上，它触摸起来犹如玫瑰的花瓣一样讨人喜爱。我正拿着她那被防腐处理过的小脚趾的木乃伊细看，我还没能断定它具不具有价值，她就对我讲述了她的小脚趾是如何经过地狱的大门和火热的关口，我嘀咕着说我连整个身体是如何穿越过的都不知道，更不用说是一根脚趾了，她听后发出愉悦的笑声。‘要通过一场仪式才可以，那场仪式只有我们那个地方的人才知道。’她说道，‘有时候那些来自萨伊斯的人知道得也不少啊，’她再次微笑着说，‘我的家人把这个脚趾的灵魂许配给了萨伊斯一个又肥又富的商人的灵魂。没错，这两个灵魂甚至为我的家人赚取了几卷昂贵的纸莎草纸。’我很了解她，所以我相信她说的是真话，后来她告诉了我整个事情的经过——在收到她母亲的一封信后，蜜球了解到这个商人死亡的那天晚上正是她失去脚趾的那天晚上，正当她的脚趾躺在装着泡碱的小碗里时，那个商人也躺在他的浴缸里，二者都被浸泡了七十天。于是她跟家人互相保持着信件往来，确保二者在同一天的下午被包裹起来，然后在同一个晚上把二者放在各自的石棺里，一大一小，一个是底比斯的脚趾，一个是萨伊斯的胖商人。两个灵魂用了十天时间穿越尼罗河，当然，对于灵魂来说任何长度的距离它都不在乎。于是，二者的灵魂准备一起远行到卡特－纳塔去。

“接着她说她的母亲在准备的过程中帮助了那个胖男人的家人，她的母亲提醒那个寡妇应该安排哪种类型的小人俑，以及谁是德尔塔最好的工匠。‘一个小人俑可能还没有你的手指重，但必须妥当地竖立在它对应的木船上。当他被埋在坟墓里的时候，这个可怜的女人甚至都不知道小人俑应该摆放在哪里。由此可见，如果一个家族如此快速地富裕起来，却没有因为财富的富足而带来任何学问，那是一件十分可怕的事，他们甚至连要去买的草纸卷的名字都叫不出，那个寡妇也不懂。但无论花多少钱，她都得买下那卷认罪篇。’

“‘认罪篇？’我疑惑地问道，蜜球认为我和那个胖男人的家人一样无知。

“‘没错，’她回答，‘那个寡妇对此项花费抱怨不已，她十分小气，最后我的母亲不得不自己付钱，因为她不想让我的小脚趾头的灵魂独自在卡特－纳塔游荡，除非他有认罪篇，他的灵魂才可以和我的灵魂在一起。葬礼的前一天晚上，我的母亲不得不雇佣两名祭司，他们一直祈祷到天明，并妥善地将认罪篇刻写在祝圣过三次的纸莎草纸上，此时至少那个商人可以向神灵、魔鬼以及动物们证明他是一个好人，这张纸莎草纸证明了他从未犯过任何罪，他没有杀过任何人，没有从神庙偷过任何东西。他没有侵犯过阿蒙的财产，从来没说过谎言或者咒骂过人；没有一个女人会宣称他跟她有过私通，没有一个男人会说他曾和另一个男人有过性爱；他在世的时候没有满腔愤怒，他从来不偷听邻居的谈话；他没有偷取过自己渴望得到的土地，没有诽谤过任何人，没有自淫过；他从来都不会拒绝听取真相，而且还发誓对于注定要流到别人腰包里的肥水，他从来不去阻拦；他从来都不亵渎神灵，他甚至在说话时连嗓门都没提高过，他没有触犯四十二条罪过里的任意一条。而且最确定的是，他从来没有对国王施行过任何法术。’

“现在蜜球就像之前那样开怀大笑道，‘哎呀，卡扎马，我们帮助的是一个多么可恶的男人啊，没有哪一条罪恶是他没触犯过的。他的名声很坏，以至于萨伊斯的每个人都叫他菲克－弗提，虽然不是当着他的面叫他的。’”

海斯弗蒂蒂和奈弗－赫普－奥科汉姆在听到这个名字后愣了一下，但他们两人都没说话，迈内黑特几乎也没有停顿地继续说道：“‘你明白吗？’蜜球对我说，这卷认罪篇的力量是如此强大，所以我的脚趾的灵魂很安全。’她点了点头，‘在我的梦里我一直都是被这样告知的。菲克－弗提在冥地蓬勃发展，而我的小脚趾就伴随在他身边。’

“‘蓬勃发展？’我问她，对此我感到十分困惑。前天晚上，她试图让我钦佩她从她的脚趾的这一连串的穿行中获得了不少的智慧，她说没有祭司能像她一样，可以如此清楚地告诉我应该对阴间的那些怒气冲冲的动物和看门人说些什么。她不仅知道那些蛇的名字，也熟悉阴间河岸上的猿和鳄鱼，她的灵魂曾经对牙齿冒着火焰的狮子以及爪子像剑一样的猞猁说过话。她可以使用强有力的咒语带你经过燃油的湖泊，而且知道如何在黑暗中穿过每扇门，到另一边的流沙前应该先吃哪些草本植物。

“而且，她可以将我在卡特－纳塔可能需要的所有护身符圣化，比如说，心脏的护身符（如果心脏的护身符被祝圣，就能给我的灵魂提供新的力量），或者是两根金手指的护身符（这可以帮助我爬上通往天堂的阶梯），她甚至知道如何去净化九层阶梯的护身符（那九层阶梯通往欧西里斯神的宝座）。此外，她还准备把我需要的许多篇章的咒语写在纸莎草纸上，然后告诉我它们各自的名称：《白天现身篇》《死后重生篇》《越过巨蛇阿佩普的后背篇》《西部的赞美诗篇》《使一个人在阴间记住自己的名字之篇章》《击退鳄鱼篇》《不允许一个人的心脏被取走之篇章》。我不知道我能否完全明白，篇章确实是太多了：《依靠空气生存篇》《不再次垂死篇》《不食用污物篇》《抓住帆船篇》（因此，一个人的灵魂之船才有可能前进经过那糟糕的臭气）。另外还有《如何借助力量变成王子篇》《百合篇》《雄鹰篇》《公羊篇》，还没完呢，还有《赶走一个人邪恶的回忆之篇章》《不允许灵魂被监禁之篇章》，以及《崇拜欧西里斯篇》《月圆之夜朗诵篇》，每一次我都以为她要讲完的时候她又再次记起别的篇章，《从网格中出现之篇章》《建立欧西里斯的脊柱之篇章》。她轻轻地对我说着，但这些名字在我的脑子里变得和一个小商贩的叫喊声一样响亮。

“‘你就相当于国王的王室图书馆啊。’我夸赞道。

“‘这一切我都愿为你而做。’她告诉我，我可以从她的声音里听出明显的爱意。其实，她会在冥地真正地把我照顾好，她希望我不要害怕那个地方。因此，我在她举行的仪式上就没有那么多恐惧了。

“但我现在仍然搞不懂，她已经讲述完我需要拥有的所有护身符和篇章了，然而即使这样，菲克－弗提被给予的仍然是一小张写满谎言的纸莎草纸，由两个醉醺醺的、整晚都在互相爱抚的祭司来为其祝圣。

“‘噢，’她说，‘那份被祝圣三次的认罪篇并不是单独为菲克－弗提而写的，那也是为了我的小脚趾的灵魂而写的。’

“‘那你能说你也没有犯过那四十二宗罪吗？’

“‘纸莎草纸的美德并不存在于真相之中，而是存在于购买它的家族的权力和财力中。’最后她承认道。

“她的话让我恍然大悟，玛－库瑞特可能会宣称她能够为我做很多很多，但一个更有可能的事实是我们都处于危险中。

“我把这些话告诉她，而且我几乎都没必要说出来，因为她知道我的想法。

“‘我们可能会一起被杀死。’她冷静地说道，这个时候我们并排躺在她的床上。

“那你为什么要告诉我所有这些篇章的名字呢？你不会留下来为我写下那些篇章吗？’

“她说，‘所以你必须保证自己能记住那些篇章的名字。’

“‘所有的吗？’

“‘可以做到的。’

“‘是啊，你已经做到了。’我应允了道。

“玛－库瑞特可能知道怎么去记住她所需要的那些祷告，因为她的记忆力比我的肌肉还要强大。我甚至都不想去尝试这种技艺，她或许和王室图书馆一样有智慧，但她同时也是愚蠢的，居然不知道将来不可能有供我使用的泡碱浴缸，国王将会把我的尸体切成四十二段，然后再把它们分散在不同的地方。”

就在这个时候我的母亲（她的思想已经误入到她自己的童年时光中去了）问道：“这个菲克－弗提是谁？”

迈内黑特对她突然间的插话很生气，并没有回头看她。“不是同一个人，”他说道，“而是以前的另一个菲克－弗提，正如我现在不是昨日的我一样。”就这样回答了她的问题后，他继续说道，“我告诉你，就在这个时候，我想起了希伯来人内夫什－贝赦的智慧，或许我也应该在我生命的最后一口气时让我自己进入我的女人的肚子里，然后重生为一个新的躯体和新的生命。但一有了这个想法，我就想要回到自己的床上去，在那里我可以围绕着我的头部画四十二遍圆圈，才不会让这样的想法游走。实际上，我一离开她回到自己的房间后，就会喝一罐克罗比，而且很快就喝光了。而一个伤心的事实是，我居然不知道我今生的生命是否希望以成为一个她肚子里的孩子而告终，我想要成为一个已经尝过另一个男人的残留物的女人的儿子吗？

“就在那时我才知道自己已经在多大程度上和蜜球结合，以及在多大程度上受到她的压制了，甚至是在我的房间里我都不敢有任何想法。我对此自言自语，手上拿着那个几乎空掉的克罗比罐子，醉得跟高尚和伟大的国王一样。我绕着自己的头部画了四十二个圆圈，就头晕眼花地倒下睡着了。

阴间的审判和埋伏在脑子里的妄念已经变得像肠子一样扭曲。

“在我第二天醒来时，还因为克罗比而神志不清，我在床上翻来覆去自言自语道，‘夜晚到处都是魔鬼。’因为在我身处四十二个保护圈之中时，我仍然憎恨蜜球，而且十分满意自己有那么几个思想是她无法企及的。

“在我屋子外面玩耍的孩子们的叫喊声一直萦绕在我的耳边。外面有好多孩子啊，此时我因为克罗比的幽灵而呕吐着，可以模糊地听到（我以前从来都没有这种感觉）孩子们玩游戏的声音，甚至比鸟儿的叫声还大。这些孩子的叫喊声传到四面八方，现在我听出他们正在水池里洗澡并且追赶着水池里的那些鹅，有的爬到高高的树上跟鸟儿讲话。从我头上传来了急促不清的保姆的责骂声、母亲们的责骂声、冗长的啜泣声以及各种笑声，所有这些孩子都是国王的儿女。一想到这些孩子，我的眼里就满含泪水，就像沙漠中的一场细雨一样奇特而甜美，我想起了我曾和瑞普－瑞普特生的女儿，她已经死了好多年了，我仍然幻想着她看起来应该还是个孩子。然后我突然灵机一动，想到了蜜球是极少数没有给国王生过孩子的王妃，可能是因为她几乎不爱国王的私处，难道她更喜欢我的私处吗？在这一刻我感觉到她亲近了我的内心许多，于是我就不再恨她了，毕竟，她已经准备和我一起死去。

“我刚刚从各种压迫中醒来，现在我终于可以自由呼吸了。我被她的宽宏大量所感动，我仿佛第一次明白了，没有人能够像这个女人一样让我的未来充满如此多的精彩，这也让我明白了一个家庭的真正力量。当拉乘坐着他神圣的船经过阴间的暗河时，一个妻子和孩子也乘坐着他们的金船经过那里。蜜球和我已经通过神秘的结合仪式结婚了，我们喜爱彼此的臀部，分享着彼此丰满的肉体，现在，我们将会有自己的孩子。没错，我告诉自己，我们必须逃出后宫，我要像摩西一样，和她一起逃到东部的沙漠里，然后我们就可以从那里去新提尔。凭借着她渊博的学识，难道我们还不能在这样一个奇特的城市中兴旺发达起来吗？”

话音一落，迈内黑特抬起头来看着我的母亲和普塔-内穆-霍特普，想看看他们是否同意他的爱情观和婚姻观，但令他和我都感到惊讶的是，他们已经不在场了。因为之前我们一直只注意听我曾祖父说话，在他倾诉的时候他们已经离开现场了，而我那可怜的父亲已经昏迷般地睡着了。

六

我不仅能感觉到母亲的存在，而且知道她就在不远处，我知道我们的法老正和她在一起，然而因为只有我能听到法老说话，所以我的曾祖父也就不吭声了。透过萤火虫的光芒，他在寂静的黑夜里冥想着，他的思想正和神灵以及魂魄交流着。我知道我的母亲可能在哪个房间或者在花园里的哪条小路上，我的曾祖父和蜜球的故事正通过夜色中的那些寂静的小路、通过花朵的芳香以及飘过棕榈树的微风传入她的耳朵里。我甚至知道，就和母亲想要离开的欲望差不多，我的曾祖父也不是很高兴，因为他仍然能感觉到法老的注意力。事实上，从来没有过气氛如此紧张的夜晚。

正如一个声音迷茫地思索着它的回声是不是自己的本身一样，我再一次丝毫感觉不到自己处于什么年龄段，我只能在国王强大的沉默中静坐着，听着渐渐远去的低语，甚至听着王妃们在去湖边的路上途经棕榈树林时彼此交流的耳语，而我的曾祖父就那样静坐着，默默地看着我，我感觉自己是如此亲近他，以至于他的冥想就像泉水一样往上涌，而且我在他静默的时候比他大声说话的时候更了解他的思想。接着我看到他穿过花园，询问蜜球是否愿意和他一起私奔到新提尔，就在那时他想起了海奎特讲述的那个丑女人让她的丈夫免受各种疾病的故事，然后他就哈哈大笑起来。当他抱着蜜球细看时，发现她的脸蛋很漂亮，她的身躯和国王的财富一样庞大，然而他知道她肯定就是海奎特所讲的那个丑女。因此，如果国王跟她生活在一起，将不会遭受任何疾病，他们的孩子也不会，她会保护他们，他因为这些好处而爱她，到了深夜回到自己的房间后，因为感受到这些清晰的情感令他无法入睡。他每天早上都能闻到清新的空气，就在他们从米吉多到新提尔的漫漫长夜中的山脉间，甚至连危险对他来说都是乐事。他可以向玛－库瑞特展示他曾经在那片森林里获取勇气的方法，他感觉自己就像神，比以往任何时候都勇猛。

到了第二天晚上，在性爱之后的幸福沉默中，他们十分荣幸也十分满意在没有法术仪式的晚上能拥抱在一起，但表现出来的似乎是兄妹般的爱意，他捧着她的脸，非常清楚在她屋子上方的广阔天宇中，或许有神灵正在聆听。他低声对她说，如果他们结婚了，会有很多孩子和他们生活在一起。在说这些话的时候他意识到了沿途的危险，于是他又希望能够通过她的魔法帮助他们抵达其他安全的地方。

她答道："最好在这里，哪里也别去。"

国王从她的眼睛里清楚地看到她想要放弃的一切：装着她的护身符的罐子和箱子、她的粉末以及她的兽皮。曾经她把这些东西视为一座城市，就像用她自己的力量筑成的堡垒，而他明确地告诉她，到了另一个地方他们也可以拥有这一切。可她却突然问道："孩子对你而言有多宝贵？"

"我们当然要生很多孩子啊。"

"其实你并不想和我一起逃走。"她说道，她的眼里并没有泪水，当她说这句话的时候，她的声音一点也不悲伤，直到她把话说完了才突然哭起来。她哭着告诉国王，她肚子里原本已经有了他的孩子，然而在国王把她的脚趾切断的那天晚上她就失去了那个孩子，那是她的第一个孩子。

"我不相信。"国王说道。

"是真的，我失去了那个孩子，而且也失去了生育能力。"她的声音就和后宫最强大的树根一样坚定，接着她继续说道，"那才是我变胖的真正原因。"

痛苦地听着她的讲述，国王的思绪就像无人驾驶的马匹一样四处乱窜。

她从床上起来，点燃了一炉香，国王把每股烟气都吸入喉咙，他可以肯定的是他的寿命会随着每一阵香味而变短。正如他吸入的是绵长的香气，呼出的是短暂的叹息，在她的子宫里，他的最后一粒精子也失效了。

国王无法忍受沉默的痛苦，他开始再次跟她做爱，但感觉已经变得相当麻木，还不如和她一起躺在一处沼泽地上睡觉，然后思考那个围绕着他的头部画了四十二个圆圈的力量是否可以防止她洞悉他的思想深处有多么不开心。

她没有说话，没有什么爱能如此接近她的胜利之舟，国王默默地躺在她的身边，整个晚上都在等着黎明到来前他必须离开的时机。他不想待着，但她深处的思想（他无法进入）就像一具动物的尸体一样承压在他身上，而实际上他们的思想就像是两只身受重伤的动物一样彼此依偎着熬过了整个夜晚。

在国王离开之前的最后一点时间里，她允许他再次接近她的思想，像一艘船上的乘客可以聆听尼罗河的细语、可以了解尼罗河的灵魂一样，他也察觉到了她正在绞尽脑汁去准备一场可以猛烈攻击国王的魔法仪式。

次日早上他又回到她的房间，通过她准备的那些物品可以看出，她将要跟伊希斯对话，对此国王并不感到惊讶。

蜜球已经说过这个仪式有多危险了，她的选择就和迈内黑特的逃跑计划一样勇敢，一股爱的勇气涌上了她的心头。或许迈内黑特的勇敢已经激发了她，所以，迈内黑特在这天没有给她提供食物，没有给她提供甜瓜、蚕豆、鹅肉，而是早早就来到了蜜球的房间。通常迈内黑特都会与这个或那个王妃共进晚餐，这是个好预兆，因为总监督官的到访可能会带来国王本人的一次到访。在这天晚上，他和蜜球吃了一道由纸莎草纸做成的盘子盛着的小麦熟食。接下来，他扫视了一遍她的宦官们，以及所有在房间里闲逛的王妃们，然后就起身离开了。他仍然还在她围墙外面的小道上逗留，一边跟其他王妃聊天一边等待天黑。今晚不会有月亮了，所以国王不可能到访，蜜球的宦官们一被打发走后，他就越过围墙返回她的房间里。

蜜球正穿着一双白色的便鞋以及一身透明的亚麻布长袍，她的香水散发着白玫瑰的味道，而她的气息比她的香水还芬芳。迈内黑特思索着那是不是因为他们吃下的小麦里冒出了伊希斯的灵魂，因为在很多个夜晚他都闻到了阴间的臭味。然而，在今天晚上，蜜球的气息很平静，腰上红色的伊希斯护身符也很平静，她的气息像鲜花的气息一样扩散着。

现在，蜜球开始祈祷，她将用塞提一世的声音号召伊希斯，玛－库瑞特可能受到了许多力量和魂魄的尊崇，但只有一位法老才被容许进入伊希斯居住的高处。事实上，蜜球已经在国王的王室图书室发现了一句咒语，如果由一个死去的法老说出那句咒语，就可以唤醒全能的伊希斯，因此她必须号召这样一个法老的灵魂。此时她被伊希斯的魂魄包围着，而她却可以像个国王一样讲话。

因此，她走到圆圈外面，脱掉她的长袍，再脱掉她的白裙、金质的便鞋以及一个金质的大到足够盖住她胸部的胸甲。接着，令迈内黑特惊讶的是，她打开另一个箱子取出一个由僵直的细麻布做成的双皇冠，通过她的双手，他意识到那不止有一腕尺高。她把双皇冠戴在自己的头上，嘴边粘着一撮胡须。当她走进那个圆圈内，将红色的护身符放在祭坛上时，她整张嘴就在这个时候变成了塞提严厉的口唇——迈内黑特曾经通过许多神庙上的图画对他有所了解。

接着她用一种充满权威的声音开始祈祷，这种声音可以唤醒那位法老的灵魂。

此时迈内黑特仰面朝天在祭坛上躺着，蜜球的脚就踩在他的胸膛上，因此他可以仰视到一副与伟大的法老、拉美西斯二世的父亲一样凶猛且巨大的身躯和脸庞。接着蜜球开始吟诵着一首诗篇：

四大元素，
各自分散着，
将会给这些事件带来它们的生命。
愿塞提的灵魂诞生，
愿塞提的灵魂来到我们的土地上。

气，水，地，火，
萌芽，生根，成树，结果，
呼吸，溺亡，埋葬，重生，
气，水，火，地，
啊，塞提，到我这儿来吧！

她站在上面说着，而躺在她脚下的迈内黑特复述着，他们异口同声地将这几行诗说了很多遍。她一边说一边将香炉里少量的香放在他身边，直到整个房间都弥漫着烟气，而且她心里的热气也升高了，她的声音穿过浓烟，她的气息把浓烟变换成云朵。

紧接着她说道："你是最伟大的法老，也是伟大的拉美西斯二世的父亲，而且比他加倍伟大。你的儿子，伟大的拉美西斯二世知道我召唤你的声音，因为我是玛－库瑞特，我的父亲是来自萨伊斯的阿赫摩斯，生于你在位的时候。

"伟大的塞提啊，你是最伟大的法老，让我们知道你的力量、你的愤怒以及你在位期间的辉煌。因为你的儿子，拉美西斯二世已经拆毁了你在底比斯的神庙，他已经将所有写着他的父亲塞提的好话的石壁都反过来了。在这些神庙里，早已没了对他父亲的赞颂，那些石头已经被堵住了。如果你听到我所说的话，就让你的第一灵魂像一顶帐篷一样降临在我的身上吧。"她沉默了一下，然后继续说道，"啊，塞提，到我身边来吧！"

她用一位法老清晰且雄浑的语气说着，左手指向祭坛北边，也就是处于德尔塔的萨伊斯城的北边，这时迈内黑特感受到那位死去的法老的灵魂就像一顶有着明亮的亚麻布的帐篷一样降临在她的身上，蜜球的身上附上了塞提的灵魂，他们一起站在迈内黑特的胸膛上。他看到地上绿色的圆圈与祭坛上的红色护身符一起燃烧，鸟儿们的叫声穿过塞提那个年代寂静的天空。最后，迈内黑特坐了起来，因而拉美西斯二世的父亲可以用手抓着他的头发，其实他的头发已经被他抓住了，他感觉到塞提手里强大的力量施加在他的头发上，那种感觉就像一座青铜色的雕像压在他身上。

迈内黑特听到塞提的灵魂之声对伊希斯说："伟大的女神啊，"他用这种声音说道，"你是我们粮食的母亲，是我们面包的女主人，你是所有绿色万物的女神。你掌管着所有的云、湿地、麦田以及每一片草地上的花朵。因此，你比所有的阿蒙神庙都要伟大。"此时，一股迷雾从祭坛上升起，只见一股田野里的芬芳弥漫在空气中。

"伟大的女神啊，听听塞提一世蒙受的耻辱吧，他的儿子移动了他在神庙里的石头，那些大理石的石碑被掀翻了，刻在墙壁上的塞提的荣耀事迹被反了过来。"

"没错。"迈内黑特附和道。

"腐烂的气味从这些移动的石头中发出，那些石头在埋藏着它们的泥土中诉苦。让这些石头落在拉美西斯的身上吧，让他的心被塞提的这些石头压碎吧。"

波浪从塞提的灵魂中涌出，然后经过迈内黑特，那扩散的波浪经过风、水面、火浪以及严重扭曲的肉身，最后全部回到了他举起的那只手里。

"你的嘴巴命令拉之神，月亮就是你的神庙，所有的山脉都要臣服于你。"

在祭坛上，那个红色护身符发出熔浆的光，和燃烧金属发出的火光一样白。现在，迈内黑特不能呼吸，那个祭坛颤动着，摇摇欲坠，就像塞提神庙里的石头一样撞击着。他听到一只被捕的鸟儿的尖叫声，此时，迈内黑特被一股巨大的愤怒摇动着。紧随着，塞提的灵魂从蜜球的身体里转移到了他的身体里，这时候祭坛倒塌了，她的每一个指示都在告知他，他必须保持不动，一直坚持到最后一刻，以协助她感谢伊希斯从而帮助伊希斯离开。而且他还得站起来感谢塞提的灵魂，此时迈内黑特发出像动物一样的嚎叫声，附在他体内的塞提的灵魂像一头凶猛的野猪一样乱蹿着。在杂乱的祭坛旁边，他骑在蜜球的身上，用他以前从未用过的姿势跟她做爱，她在他身体下面显得很淫荡。这个时候迈内黑特发出一声号叫，大到都可以唤醒南部的荷鲁斯了（因此到了第二天早上，不止有一个王妃说昨夜她们听到了许多邪恶的巨蛇横穿过整个后宫的声音），迈内黑特明白了那些围绕着国王的一千零一个神灵的手已经不再束缚着他了。其实，他发出的那声巨大的咆哮就是附着在他身上的塞提得知自己神庙的石头被掀翻时发出的雷鸣般的愤怒声。迈内黑特在一怒之下再次和玛－库瑞特做爱，他把蜜球翻过身来，仔细观察着她身上的每一个洞穴，她的花朵之洞，她的鱼儿之洞，她的深坑之洞，然后把自己身体上的两个洞穴也展示给她看，以便她能更清楚地了解自己。在后宫的围墙外，在大宫殿和小宫殿的广场和花园中，向外延伸到底比斯之城，沿着河流，他可以感受到塞提的愤怒进入了那些新的神庙中被毁坏的石头里，迈内黑特知道国王正因为他的镇静而感到不安，就像暴风雨来临前的海面一样。

当全部仪式结束后，蜜球说道：“我不知道发生了什么事，塞提一世的灵魂不应该从我的体内转移到你的体内去。”

整个晚上蜜球一直对仪式中意料之外的转变感到焦虑不安，而且在第二天的整个早上一直都郁郁寡欢。

七

到了第二天晚上，后宫里的每个人都听说了发生在国王身上的事。国王在中午时分来到了奈菲尔塔利的宫殿，在和他的王后一起进餐的时候，一个仆人不小心把一碗滚烫的汤洒在了他的身上。国王的护卫一听到他疼痛的吼叫声，就冲过去把那个躲在厨房里的仆人揪了出来，极其凶残地把那个可怜的仆人打了一顿，太阳还没落山那个仆人就死掉了。整个后宫都在不停地谈论着这件事，蜜球也开怀大笑着，迈内黑特已经好几周都没听到她愉快的声音了。“看来伊希斯的力量直接奏效啊。”她评论道。

这个事故发生后不到两天，国王派遣了许多人员抄写那些大量的带有咒语的纸莎草纸，直到连王室抄写员都无法算出要为此事准备多少个护身符。

迈内黑特接受了蜜球的劝说，开始了一段极其少有的外出巡视活动。他走出后宫，来到了宫廷抄写员的宽大的工作室里，有五百多人坐在调色板和涂料箱旁边，正在给神庙里的兄弟抄写员写信，以及给黄金所、谷物所、军事所、法庭写信。你可以想象一下，在王国的各个省份为了各种王室事务而雇佣的抄写员会有多少个，那个大工作室本身就像一座神庙，因为那里没有围墙，只有宽阔的屋顶和许多石柱子，而且那些抄写员不仅在工作还家长里短地互相闲聊着，迈内黑特最后才明白其实他们的大部分工作就像一群忙乱的鸟儿在天地之间飞翔时给神灵和动物们捎去消息一样，并不能和玛－库瑞特的思想相提并论。尽管如此，他们也还是很强大的。

这一天，在与一些主抄写员闲谈之后，迈内黑特了解到现在制作的护身符已经不能满足法老的需求了，抄写员工作室里已经有大量的工作中断了。他们很多人都习惯于写信给远方省份的官员，对于这些新的工艺感到十分不适。

迈内黑特将此事告诉蜜球之后她再次笑了，“伊希斯的力量也在慢慢起作用了。”她说道，而且还补充说国王的很多思想肯定已经狂乱了，因为她想到了那些不熟练的抄写员制作出来的护身符肯定是荒唐可笑的，如果交到国王手里一定会把他气得抓狂。对于任何正在被编写的纸莎草纸，每一步精密的制作步骤都至关重要。在其他地方制作的护身符根本比不上在萨伊斯制作的护身符,蜜球就是在那里学会了这种工艺的,那个城里的人常说，出现在护身符上的一个小错误也会衍生出二十个大错误。而那些刚刚入职的抄写员只擅长于保存牲畜的清单，或者是告诉你在一个祭日中用了多少只鹅来献祭——这就是抄写员的现状。她嗤嗤地嘲笑着，对她而言这些抄写员就像猴子，顶多能比得上宦官。如果他们永远都无法说出那些无声的咒语，那他们怎么能做出护身符呢？

迈内黑特接着告诉她，那天下午他听到了一个非同寻常的故事，是斯得特－斯比特说的，大家也叫他皮普提，他是后宫的抄写员，理所当然的也必须是一个宦官，事实上他也是后宫唯一的抄写员，这使得他成了一个无与伦比的八卦者。宦官们自己没有孩子需要保护，因此他们总是乐于谈论所有被禁止的事情，同样地，迈内黑特告诉蜜球那些抄写员也是一样的。他们在同一间屋子里度过各自的大部分生活，抄写员们对于那些因为工作任务而被带到热闹活跃地方的人很自然地就会产生嫉妒感，因此就会心有不平地谈论那些人比他们优越的地方。蜜球承认这一点，但对于一个既是宦官又是抄写员的男人他们会怎么说呢？他们对此都付之一笑。事实上，他们并不会当面嘲笑他，斯得特－斯比特并不是一个喜欢树敌的人。只是在几年前，他曾经是农业监管人的最低级的王室抄写员，然而他强烈希望升级，于是他就请求净身成为一名宦官，在那个像沼泽般的身体部位留下伤口后，也留下了脓液，很长一段时间他都是在疼痛中度过的。迈内黑特对此很是敬佩，对于一个埃及人而言真不容易啊，他们没有努比亚人那么有忍耐力，忍受不了阉割后那严重的感染。然而，成为主抄写员的机会是如此渺茫，必须通过走捷径。斯得特－斯比特曾经告诉迈内黑特，当他了解到后宫里以前的一个抄写员——一个年老且才华出众的努比亚人已经开始显示出失明的迹象了，他就迫切地请求净身。

如今，斯得特－斯比特已经在后宫工作多年了，也就是说他拥有的工作是所有抄写员中最好的。他可以在所有王妃的屋子里用餐，在后宫里懒洋洋地躺着的时间多于他的工作时间。但他在工作过程中会十分注意每一个细枝末节，因此他能觉察到每个王妃彼此间的爱意，甚至知道她们给宠物们取的名字。这些王妃们就给他取了一个新名字，皮普提，因为他以前那个名字斯得特－斯比特的意思是颤抖的柱子，她们只要一想到他的净身过程就会在与他说话的时候不停地窃笑。当然，作为一个宦官，可以在这么多屋子里享受盛宴，皮普提慢慢就变得像蜜球一样胖了。据说没有一个人可以跟他和蜜球当中的其中一人的智慧相匹敌，而他们两人比起来还是蜜球更有智慧，皮普提的智慧是通过他的工作任务学到的。在后宫的这些女人们都会告诉她们的抄写员，昨晚她跟国王有过性爱（然后那个日期就会被抄写员小心翼翼地记在他的记录本里，因此受孕的日期才不会有什么差错），在皮普提担任后宫抄写员的三年时间里，他拥有每个被国王选上的王妃的名单。因此，若没有皮普提的学识，王妃们就不可能被法老了解并受到他或高或低的评价。

皮普提也听说了在努布提的房间里发生在迈内黑特身上的事——第二天早上皮普提就全都知道了——哎呀，卡扎马！海奎特和蜜球在睡前就告诉他了，因为他在她们的房间里记录国王与她们发生的性爱，当然，皮普提自己并没有为此保密，宦官们的一阵冷笑就像一条盘卷的银蛇一样席卷整个后宫。宦官们看到他们的总监督官时总是把手掌遮在嘴上，迈内黑特想到了这个后宫的抄写员讲述这个故事的情景，而且可以看到他因大笑而晃动的大肚子，然而他并不憎恨皮普提。迈内黑特知道不管怎样那个故事都会被大家知道的，况且，这样的故事在后宫里很快就会老掉牙，然后随着掉落的无花果一起腐烂。而且，他也不敢与皮普提为敌，因为那个抄写员可能会让宦官们暗中监视他，他还是对皮普提和颜悦色些好，也因为那样，身为后宫唯一的高官，他与皮普提才不得不经常因记录而交谈。宦官们在市场上买的所有东西都要通过抄写员标记，然后再由监督官检查。

之后，皮普提会和迈内黑特闲谈。皮普提和所有人都会闲谈，对于他而言，一个没说出的故事就像没消化掉的食物一样令人不安。在这天早上，当迈内黑特经过抄写员的大工作室时，刚好遇到皮普提在与老朋友们谈话，他就顺便让皮普提搭上他的马车，在他们身处广场上铺设的石头以及泥泞道路与车辙碰撞发出的嘈杂声中时，皮普提一直不停地说着话，而在底比斯市场上的每个商人和工人的闲言碎语中，迈内黑特听到了一些小道消息，因此他明白了关于洒汤事件的来龙去脉。那顿饭看起来似乎在一开始就被破坏了，因为在一场出乎意料快速告捷的利比亚战役后，阿蒙－赫普－苏－夫在那天早上就回到了底比斯。当国王进屋的时候，他正和奈菲尔塔利在一起，而那位王子没有受到邀请就坐到了他父亲身边，当那碗汤被打翻的时候场面是如此混乱，没有一个人不感到惊慌的。国王甚至因为他被烫伤的胸膛而咒骂他的儿子，然后就离开了，他的皮肤在他光滑的金胸甲下开始起泡，他几乎没有停顿就跑到了拉美－娜芙如的寝宫里。“这个赫梯人在这时肯定就是国王的最爱了。”——那个抄写员这么跟迈内黑特保证道，因为有好几个王妃告诉过皮普提，拉美－娜芙如这个名字挂在国王嘴边的次数比他的第一任王后还要多。而且，自从那天晚上他就没再和奈菲尔塔利讲话了，王后也没跟他讲话了。奈菲尔塔利已经开始悼念那个被打死的仆人，看起来那个仆人似乎已经跟着她很长时间了，当然，这是对国王极度怨念的表现，这段日子阿蒙－赫普－苏－夫的存在对他产生很大的威胁。

现在，蜜球十分肯定国王的精神已经变得极度混乱了，因此她说要唤醒奈菲尔塔利的仆人的灵魂。当迈内黑特问她，随便一个仆人的灵魂怎么可以被利用来对付国王的时候，蜜球告诉他，这种突然且不合理的死亡都能给予灵魂强大的力量，不管那个人多么普通。所以她想要召唤那个仆人的灵魂。

然而，正当她有如此打算的时候，迈内黑特被一根骨头呛到了，而且是卡在他的喉咙深处，以至于他的眼睛变得像鸡蛋一样大。蜜球马上叫来她的仆人，蓖麻油与鳄鱼就将他带到她的青金石圆圈中间。

没有做进一步的准备，蜜球就大声喊道："啊，公牛的骨头，从他的肚子里出来吧！从他的心脏里出来吧！从他的喉咙里出来吧！从他的喉咙里出来，都到我的手上来吧！我的头顶着天空，我的脚站在无尽的深渊中。神的骨头，人的骨头，动物的骨头，都到我手上来吧！"随着他的一声呕吐，那根骨头就从他的喉咙里吐了出来。她不知名的神灵已经开始攻击她心灵的仆人迈内黑特了。

在当天晚上，迈内黑特觉得有足够的力气回到自己的住处去了。可一个人独处又觉得痛苦，所以他决定返回。然而，在小路上，他觉得四肢无力，几乎都没有力气爬上那棵树进入她的花园里去了。当他到她的屋子里时，发现她闷闷不乐，而且眼睛都肿了，仿佛自从他离开后她就一直在哭。

"我的意图已经被扭曲了，"她说道，"当塞提的灵魂从我的身体里转移到你的身体里的那天晚上我就知道了。"

迈内黑特说，他很懊悔没有遵从她的指示，她回答道："不，那不是你的错，是我自己的错。我忘记了还有那只动物存在。"

迈内黑特从来都没谈到那头猪，但他一直觉得那头猪是从她那边过来的。他问道：“是你将它派出来，所以我才来到你身边的吗？”

她点了点头，然后叹气说道：“它并不完全属于我，它也是国王邪恶的思想塑造出来的，现在那只动物或许会打乱我们所有的仪式。”

当她这样大声地说完，他就知道她肯定要迅速地施行仪式了。

她从一个象牙箱子里取出一小块干净的方形亚麻布，然后小心翼翼地把之前呛在他喉咙里的骨头包裹起来，放在一个比她的手还要小的象牙雕塑的中空的盒子里。雕塑上有卜塔的面孔，塞克的皇冠，以及欧西里斯的身躯。接着她迅速把这小雕塑放在破损的祭坛上，然后用干燥的克赫梢草生成了一把火焰。接着从她上身的口袋里取出一小块蜡，做成了巨蟒之神阿佩普的形状。

她说道：“巨蛇啊，火焰将你笼罩！来自荷鲁斯之眼的一股火焰吃掉了阿佩普的心！”祭坛上的火焰瞬间飞到了天花板的出口处，房间里顿时冒出了巨大的热气，迈内黑特双腿交叉坐在从他的皮肤上不断流出的汗水汇成的水池中，而玛－库瑞特脱掉她的上衣以显现出她巨大的胸部，借着这火光，乳房看起来像一团红火焰。“感受你死亡的滋味吧，阿佩普！”她说，“回到火焰里去，那里才是你的终结点！回去吧，恶魔，从此不要再出来了！”现在她把用蜡做成的阿佩普的塑像放在一卷折好的纸莎草纸上，她刚刚已经用猫屎在纸上涂抹成一条海蛇的形状了。然后她把这个祭品放进祭坛的火焰里，在上面吐了口水后说道：“大火将会审判你，阿佩普，火焰将会毁灭你！你从此就没有了灵魂，因为你的灵魂已经干枯了。你的名字被埋没了，沉默笼罩着你！”

迈内黑特的喉咙因为刚刚呛到了骨头还肿着，他的眼睛生疼，肺部也被阻塞了。在他的脑子里，他感受到了众多神灵的愤怒，但他并没有抱怨，他也不敢抱怨。众多的神灵在他不可见的空间里碰撞着，他甚至可以在克赫梢草中的猫屎冒出的烟气里闻到一些死人和伤者的气味。战斗打响了，而他是一个无知的军人，但他绝不会在这个时候舍弃蜜球。她喊道：“啊，荷鲁斯之眼，伊希斯之子，让阿佩普之名发臭吧！”迈内黑特在那发臭的烟气中闻到了死去和受伤的神灵气味。而后，蜜球亲吻了他，她的嘴唇就像蛇一样爽滑，她的气息就和那股烟气一样难闻，他那受到伤害而疼痛的喉咙再次作呕。

她向前走到祭坛上，大声喊道：“出来吧，禁肉之猪，走进圆圈里去，你是‘七风’的恶臭。”接着她就用七种声音吟唱着，每个嗓音发出一种声响，而且每个嗓音都比前一个低，仿佛她放下了一架梯子到饲养那头猪的坑里面。“我！——”她哼唱道，直到那把悬挂在墙上的一根绳子上的竖琴开始抖动；“咿！——”她哼唱道，直到他清晰地听到她那盛放着雪花膏的碗开始咔嗒咔嗒颤响；她说出“唉！——”他的牙齿开始发疼；她说出“噢！——”他的肚子在移动；当她说到“噢噢”时，那声音已经就进入了他的腹股沟；当她说到“你！——”的时候，他脚下的地面开始颤动。最后她用十分低沉的声音，甚至比生活在湿地里的动物们的声音还低，她哼唱道“啊！——”这时，他听到了一阵清晰的呼噜声，然后感觉到那头猪的鼻子上挺拔的毛发摩擦着他的腹股沟，就和迈内黑特独自走过花园时的那些夜晚一样。

现在，站在祭坛前面，她举起她的刀，对着天空喊道：“毁灭之神，我恳求你！塞特，我恳求你！我用其他人都不知道的名字称呼你！”她说着他听过的最陌生的名字。“名叫塞特的你啊，我称呼你为艾欧帕克比斯，艾欧波尔克候瑞思，艾欧帕萨纳克斯，阿克提欧菲，艾瑞斯克海高尔，尼波珀索尔雷斯，还有勒尔塞仨纳克斯与伊斯瑞尔诺斯。当我杀掉那头猪所代表的一切邪恶时，请求你来我这里。”然后她转了一圈，把刀举起来，迈内黑特感觉到那头猪的舌头变得与砍掉的一根树枝的末端一样坚硬，刹那间推动了一下他的腹股沟后就消失了。迈内黑特能够感觉到有血在他的脚下流淌，但当他向下看时，地上干巴巴的什么也没有，他只看到了那头猪的面孔。

它已经奄奄一息了，微闭的双眼还残留着无力的光芒，正如在普通的死亡中，生命之水正慢慢渗入沙子中。在一道闪光以及闪光瞬间带来的阴影过后，那头猪的眼里发出的光就消失不见了，就像一块石头落在溪水里激起了许多波纹，迈内黑特看到了国王脸上的许多表情。他看到国王脸上的恐惧，从卡叠什之战中，那个赫梯人打伤了他的鼻子的那天开始，这种恐惧就变成了一种极度的愤怒，犹如一只公猪眼里发出且从它那湿润的鼻孔中反射出来的闪光一样愤怒。后来，那头猪死掉了，它的脸庞跟蜜球熟睡时的脸庞一样圆润，从此人们再也没见到那头猪了。

这个仪式跟其他的仪式不一样，因为现在他对蜜球没有丝毫欲望了。仪式已经结束了，那头猪也死了，伴随着他的私处的怒气以及心里的愉悦也消失了，于是迈内黑特感到既失落又伤心。

“我并不想杀掉那头猪，”蜜球说，“我只是杀掉我不喜欢的那部分。”

“谁能知道接下去会发生什么呢？”他缓慢地说道。

她笑了，但他没有回应，迈内黑特被她随后的冥想惊动了，她自言自语道:“我们就这样结束吧。”就在那时他才知道他的神秘之名也不见了。“扭动国王的脖子的施助者”之名已经不再属于迈内黑特，他现在没有什么能和他的法老抗衡了。

八

第二天晚上，迈内黑特不得不在海奎特的房间里握着国王的手，这位埃及两地的法老平躺着，就像河水上涨后的水面一样平坦，这时王妃们开始跟他做爱了。赫鲁伊特和哈提比在他的脚趾旁边，阿麦特和泰特在他的胸膛上，他那被爱抚的乳头如洪水一样开始膨胀，直到肿得像尼罗河之神哈碧一样，他是一位长有女人胸部的神灵。安赫持久且缓慢地舔着他的肚脐，而迈内黑特抓着他的手，可以感受到他的肚脐像耳朵一样颤抖。海奎特舔着他的私处，她的嘴唇就像圣地里由玫瑰花瓣做成的帐篷，而她美丽的嘴巴和她丑陋的脸庞形成了鲜明的对比。洁赛瑞特在他的头那边，当他把脸侧向一个又一个的王妃时，谭塔努伊特疯狂地亲吻着他。这八个王妃如此钟情于他的身体，她们就像在神庙里跪在他的身旁祈祷一样，她们都愉快地用舌头舔着他。借着油碟里燃烧的灯芯发出的光，她们的眼睛像狮子的眼睛一样金光闪闪，她们的四肢也闪烁着欲望的光。

迈内黑特也感受到了国王的悲痛，他内心的黑暗像尼罗河底部的淤泥，在他的身体里涌动着，仿佛淤泥里有不可见的怪物。有一股十分古怪的味道从那些被反转过去面对墙壁的石头里飘进迈内黑特的鼻孔里，与他的欲望混合在一起，像一匹公马的心跳一样活跃，国王的肚子因为这些石头的滚动而十分不适，他的脑海里出现了一段连续多年的记忆。迈内黑特可以清晰地听到，国王自言自语道：“以前当我和奈菲尔塔利做爱时，我能感觉到我的王国在她的肚子里翻涌。”

从迈内黑特的手指开始，沿着国王长长的手臂，经过他的身子再到他的私处，迈内黑特感觉到了国王和奈菲尔塔利欢愉的那些日子，那时她就跟拉美－娜芙如一样年轻，国王此时也感觉到奈菲尔塔利以前也跟海奎特一样用嘴唇取悦他。所以，迈内黑特就能进入年轻的奈菲尔塔利的肚子里，那种感觉，就像在黄昏里观赏夕阳的最后一丝余晖，柔和而又高贵。迈内黑特变得情不自禁起来，他的下身湿了一片。

国王甩开他的王妃们的舔吻后询问道：“你是怎么回事？”

“我的神啊，我不知道。”

迈内黑特觉得自己就像一个刚生下孩子的女人，国王祖先的石碑已经在他的肚子里被磨碎成精液，而且精液已经射出来了，因此他不再能感受到国王的疼痛。相反地，他只能孤零零地感受到自己那双可怜而湿透了的大腿。在这个时候他闭着双眼，看到了塞提神庙的大石门被拆除的场景，听到了石碑上的铭文被削掉时发出的咔嚓声。

经过这段记忆的回放后，身为后宫总监督官的迈内黑特回到了法老阴暗的思想里，借由海奎特，他再次感受到奈菲尔塔利王后是如此亲近，她的心里装着阿蒙，而且阿蒙的私处就像她大腿间的小森林中的一道彩虹散发的光芒。像尼罗河底的黑淤泥一样存在于国王内心的阴暗之名是阿蒙－赫普－苏－夫，因为那个王子是阿蒙的孩子，是阿蒙取代他占领了奈菲尔塔利大腿之间的那片区域。

国王的血液快速流动着，就像被狮子叼在嘴里的野兔般痛苦万分，他的私处在海奎特的嘴里慢慢变软了，在那道彩虹的光芒后，阿蒙对奈菲尔塔利轻声说道：“你将会生下一个谋杀他父亲的王子。”奈菲尔塔利十分疼痛却略显愉悦地呻吟着，然而阿蒙抽身时不仅庞大而且还散发着光辉，此时国王也从与王妃们的欢愉中抽身出来了，但什么也没有。来自光之神塞克的最黑暗的洞穴里的伤痛就存在于国王的心中，他看到了这个企图杀掉自己的儿子。

“我将割掉任何预谋与我对抗的人的鼻子。”国王此时对八个王妃说道，而且气势汹汹地盯着她们，以至于在那晚接下去的时间里没有留下任何愉悦的气氛。他再次平躺着身子，深陷于忧郁之中，他抓着迈内黑特的手，而王妃们在一边陪着他。海奎特此时正跪在他身旁，试着去召唤他想要靠近的神灵。

“伟大的法老啊，”海奎特说道，“芦苇和蜜蜂的国王，两地之神，透特的主人，最受爱戴的卜塔，我们将涂抹你的身躯！”接着海奎特就把由阿蒙神庙的高级祭司祝圣过的一种油涂抹在他的脚趾上，其他的王妃则涂抹着他的七窍，以及他胸膛上起伏如绿色长廊的波浪一样的肌肉，国王的绝望是如此深刻。

“啊，金鹰！”海奎特喊道，“你是欧西里斯之子荷鲁斯，你用你的翅膀连接了天空和大地。你对天上的拉以及地上的盖布说话，你是活在伟大的国王体内的荷鲁斯！”海奎特把脸贴在国王的腹股沟那里，但他没有反应，就像在他的坟墓里一样一动不动地躺着。

“啊，埃及上下的国王，”海奎特说道，“两地的神啊，荷鲁斯和赛特，你的话语就像是火焰……”

国王说道：“我不知道什么火焰，我很冷。阿蒙已经把自己隐藏起来了。”

“阿蒙对不忠的人会隐藏起来，而且没有人可以摧毁他。”海奎特说道，“因为他已经创造了天地，将黑暗撒落在水域。阿蒙用光线创造了白天，而且是不费吹灰之力的，阿蒙还为你的鼻孔创造了微风。”

“为我的鼻孔。”国王说。

“阿蒙，”海奎特说道，“创造了水果、粮食、家禽和鱼类供你食用，他会杀死他的敌人，正如他已经摧毁了所有敢辱骂他的人一样，然而他可以听到他的孩子的哭泣声。你的话语就像火焰，你是阿蒙之子。”海奎特用嘴唇抚弄着国王的私处，然后国王发出了一阵深沉的呻吟，身体却没有动弹。

紧接着，迈内黑特抓着国王的手指，感觉到了一种新的恐惧。因为他的法老清晰地听到了七种声音，仿佛在昨晚处决那头猪的仪式中他也在场似的，而且当那碗汤再次洒在国王的胸膛上时，那七个声音混杂在一起了。他怒火中烧,因为这样的热气,使得一股迷雾从他的内心深处散发出来。“我必须汇聚我的力量，”他大声说道，“这样我或许能让洪水平静下来。”如果不是为了指导他的思想通往他的王国里的所有思想以缓解洪水的话，他为什么要躺着呢？今年的高水位肯定不会涨得很高，但他依然无法让他的思想平静下来。他既愤怒又不能平静，还重重地叹着气，没有什么爱抚可以缓解他心中的恐惧。“只有在洪水到来的时候，才会有人毒害法老。”他低声说道，对阿蒙－赫普－苏－夫归来的恐惧就像是对一股难闻的烟气袭来一样恐惧。国王坐起来，盯着在他面前的每个王妃，他看着赫鲁伊特与哈提比，阿麦特与泰特，安赫与海奎特，以及洁赛瑞特与谭塔努伊特，想着其他没在场的王妃们，玛赛格特和玛瑞特、都能娴熟地使他欢愉的阿胡瑞和玛－库瑞特——她们的这种服侍本领跟海奎特不相上下。他一想到蜜球的面孔，就使劲地抓着迈内黑特的手，但他继续想到了欧西斯、特布伊、普纳特、松鼠、兔子、奶油以及其余的众多王妃。就像卡蒂玛在黄昏时游泳的那个池塘边的花朵一样在他面前晃动，国王想着每个王妃，思索着是谁对他发出了邪恶的咒语。

他在丑陋的海奎特面前停了下来，说道：“你来自叙利亚，所以你知道我年轻的拉美－娜芙如王后的祈祷文。说出这个赫梯的祈祷文去对抗像灰尘一样不计其数的恶魔吧。”

“高尚而伟大的神啊，你指的是对抗虫子的咒语吗？”

“没错，就是它，”国王说道，“在敌人面前说出这些咒语，它们会在空中跑掉的。”

“这些虫子，”海奎特说道，“是不可见的。但是在沉寂的夜晚，能在宫殿中听到它们的叫声。”

“我有听到过。”国王说道。

“它们可以存在于每间房子的椽子里，没有门可以把它们阻挡在门外。它们从门下面的缝隙里进来，它们把一对对夫妻分开。”

“唤醒可以追捕它们的神灵吧，召唤你的神灵！”国王说道。

“我将召唤纳格尔神，”海奎特说，“他处于墙的顶端。我将召唤纳柔迪，他就在床底下等着。如果我们给他提供食物和饮料，他就会保佑我们。”

此时国王站了起来，以前王妃们跟他在一起交欢时，他通常不会从床上起身的，除非射了很多次精之后才会。但是就在这个晚上，仿佛受到了尼罗河的侵扰，它的低语声覆盖了所有的花园和庭院，此时因为他愤怒的设想而变得再次不安起来。他站起身，让海奎特拿来食物和饮料放在床底下供奉给叙利亚神灵纳柔迪。然后他紧抓着迈内黑特，对王妃们大声说道：“我想要的是伊希斯。”

迈内黑特不知道是不是因为他本身的惊恐，一种眩晕感从他的脚底涌到头顶，因为恐慌，他连话都说不出来。即使有四十二个无声的保护圈在他头顶，国王还是靠近了他的思想。

国王问道：“你们当中有人知道唤起伊希斯所需的仪式吗？”

此时王妃们都沉默不语。

“你，像青蛙一样丑陋的海奎特，你是一个叙利亚人，你知道两种不同语言的咒语。召唤出附近的伊希斯吧！”

“伟大的国王啊，”海奎特说道，“那个仪式是由法老或是高级祭司才能完成的。”

“那需要一位高级祭司吗？”国王问道，“那么，就由你，迈内黑特来充当吧，在这个时候别无他人了，更多的人在场将会触犯阿蒙。”

“两地的神啊，”迈内黑特轻声说道，“我并不知道那些咒语。”

“海奎特会说出那些咒语，你会听到的。”迈内黑特的头发被国王的手猛烈地拽着，然后国王躺回床上，将迈内黑特的鼻子贴近他臀部的中央部位。

“祈祷吧！”国王说，迈内黑特听到了伊希斯的尖叫声，跟欧西里斯的身躯被砍成十四个部分时发出的尖叫声一样。

然而，第一声祈祷就是我曾祖父本人清晰的声音。迈内黑特开始再次大声祈祷着，仿佛他的声音不仅要让我们听到，而且还要穿过黑夜让海斯弗蒂蒂和普塔－内穆－霍特普听到，不管他们此时身处何方。

“没错，”我的曾祖父说道，他意气相投地看着我的父亲，仿佛要说，不管奈弗－赫普－奥科汉姆睡着与否，都会比任何人更能明白那种舔舐王室的臀部的感觉，“你是知道这些事情的！”没错，没有人能比他更好地明白我曾祖父的感受了。

“经过拉美西斯二世金色的指甲，”我的曾祖父说，“借由他高贵的手掌，我已经迈过了他的一些巨大且强有力的思想门廊。当然，这些抵达他的王国的入口前算不了什么，我了解到的只是奴隶的反抗，我甚至准备去呼吸那腐烂的湿处，实则不然，因为我在一间金色的大房间里看到了拉之神的光芒。这并不是什么污秽的交换，就像我和蜜球一样，她会顺从玛特的平衡然后与她交欢。但此时不再是那样，我的舌尖不断地被往前拖，就像狗为了新奇的东西用爪子扒着地面，我的舌头也颤抖地亲吻着国王的臀部，我甚至可以把我的鼻子当成犁，把我的舌头当成了铲子（因为他的手很粗糙），这样做并没有让我觉得我正在被埃及的泥土埋没，反而像进入了一间神庙，我敢保证，被如此之多的王妃们大量涂抹之后，国王的身体一定香气四溢，而我，是他那高贵的激情刺激了我，他的愤怒以及欲望也向我袭来。他躺在那里，其他王妃在一旁陪着他，她们从他的耳朵舔到他的肚子……足够长的时间后她开始吟诵道，‘绿色万物的女神，欧西里斯、奈芙蒂斯以及赛特的妹妹，天地之女，湿地的女主人！’话音一落，我就像只动物一样把脸埋在国王的洞穴里，我是唯一知道国王思想的人，我可以告诉你，他此时正幻想着他将如何毁灭冥地所有的神灵，至少是那些与他为敌的神灵。他乘坐在一艘和拉之船一样的船上，经过地狱里炽热的熔炉。我可以看到阴河里那些该死的蠕虫，此时女神从燃烧的岩石中吐出一把大火去消灭这些与国王为敌的魂魄以及影子。我甚至觉得我在火焰中看到了阿蒙－赫普－苏－夫的身躯，可以确信的是，我看到了雾和雨的恶魔，以及云和黑夜的魔鬼。

“在这艘船上与我们国王同行的是一位伟大的法老，他像拉美西斯二世一样强壮和英俊。我知道那是他远古的祖先，乌尼斯法老，有座节庆大厅正是为他而建的。此时，陪同着乌尼斯，国王把船停好后，登上冥地的岸边去追捕其他的神灵。我看到了追捕的场景，很多大神很快就被抓住了，然后乌尼斯和国王的仆人们就把这些神切碎放在大锅里熬煮。我看到国王吃着这些神灵的烂肉，此时他的祖先乌尼斯也吞掉了最好的那些部分，然而那些年老的神灵们的肉都很干糙，像断裂的枯树一样，他们脆弱的骨头被用来当柴火。而那些最好的神灵的灵魂已经被国王吸收了，于是国王逐渐变成了神灵们的模样。现在，我看到国王的嘴巴、鼻子、眼睛是从神灵身上转移到他身上的。他是荷鲁斯，欧西里斯之子，然而他又是欧西里斯本人，国王和冥地之王肩并肩坐在一起，欧西里斯神圣的宝座是由一种比水还清晰、比光还明亮的材料做成的。国王就坐在伊希斯的位置上。

“所有这些就是我的法老、伟大的拉美西斯二世所想的，他芬芳的身躯躺在我们中央，他是我们的神，他浑身充满了爱意，而我的身上布满了他看到的火焰里迸出的血，他吃掉的美餐就和明亮之地的光芒一样灿烂，在那里麦秆上的花朵像金色的星星一样闪耀。我几乎无法呼吸，他的两瓣臀部紧紧地夹着我的鼻子,最终我还是感觉如释重负了,因为他不再怀疑我了,只是尽兴地吃着那些神灵。他忧郁的黑暗面消失了，整个身体平静地躺在一片金色的麦田上。依然还是没有把我松开。

“所以我继续试图给他带来更多的快感，他的欲望可以通过神的躯体而得到最好的满足。我们所有人都处于平静中，既然他不再被悲痛的情绪侵扰，我的思想就回溯到孩提时的村庄里，再次成为一个小男孩。事实上，如果不是一个刚出生的孩子，回到我的过去那些安静的岁月的意志，就像被太阳烘烤过的岩石和黏土一样坚定。我不仅处在我的法老的心里，还在自己的心里，那就像存在于埃及两地的国王，一个是拥有我们全部智慧的国王，另一个肯定是拥有我们全部性欲的国王。在那种情况下，我的智慧就相当于两个人的智慧，我的性欲也相当于两个人的性欲了。我的手抓着伟大的国王的臀部，它们就像马后臀一样肥美。从他的内心发出，进入我智慧的双手，我一直处于国王对奈菲尔塔利和拉美－娜芙如两位王后的失望和快乐中。

“虽然我曾经接近过奈菲尔塔利，但从来没有靠近过拉美－娜芙如，现在她们就像他两边的臀部，右边的臀部使我想到了他对奈菲尔塔利最美好的回忆，因为他的思想已经回到了他登基的时候。在那个时节，年轻的国王继承他死去的父亲塞提的王位，他寻求技艺以赶超他的父亲，通过那条路最后想到了通往伊卡塔的金矿地的道路上的枯井。不管途中能发现什么，有一半的劳动者都会死在这样的行程中。然而，在伊卡塔并没有挖出什么黄金去庆祝自己继承王位。

“然而在国王登基的第一周，有一天晚上他临幸了新娘。之后，当他们平躺下来时奈菲尔塔利说，‘水会从通往伊卡塔之路的山上冒出。’听到她如此肯定的声音，国王就下达命令让人在那里挖了一口井，就在那里发现了水源,在拉美西斯二世执政的前几年,水流使得劳动者们带回了很多黄金。因此，他在奈菲尔塔利面前发誓，他将不会爱其他女人。

“视线离开他右边的臀部，触摸着他左边的臀部，正如看到奈菲尔塔利一样，我也清晰地看到了拉美－娜芙如，当时她没有比其他人年长，一想到拉美－娜芙如，国王就像一个年轻的恋人一样温柔。

“拉美－娜芙如是一个赫梯人的女儿，而且是由鼻子比剑还要弯曲的女人抚养长大的，在她童年的时候她就见过了有胡须的男人，但她本人就像在一个明朗的清晨里美丽动人的尼罗河，所以我知道为什么她是国王的挚爱。在她的臂弯里，国王能听见黎明时分的鸟叫声，能看到太阳高照时宫廷里明净的光亮。到了晚上，她很温柔，就像他的花园里最小的花朵一样温柔。我是通过手指触摸着他左边的臀部才了解到这么多的，我的内心里浮现着国王那满满的幸福。但是，国王的强烈性欲并没有完全占据他的心，对他而言，拉美－娜芙如的头发的光泽就像一道从透明的天堂宝座上散发出来的光亮。当然，他的感觉是如此纯洁，以至于当他的心因为恐惧而变得阴暗时，他就不能和拉美－娜芙如在一起了，否则她就得忍受他的怒气。

“那天深夜，国王和八个王妃做完爱之后，每个人都拿着一把火埋没了卡特－纳塔的火焰，他最后变得像无风的池塘里的水面一样平静。我们一起穿好衣服，手牵手在花园里走着，他好久都没有如此镇定了，他的气息散发着强烈的克罗比味道，我明白了这一整夜我们是多么亲近伊希斯的身体啊，因为所有的谷物以及瓜果都归属于她了，而这一切在河水上涨的时节都归我们所有。

“这次，国王不再像上次那样犹豫地告诉我，让我不要再当全军司令而是到后宫去当总监督官。这次他说道，‘我已经犹豫好几个月了，也该有个了结了。明天，你就开始担任奈菲尔塔利的私人助手吧。’

“我问道，‘那由谁来担任总监督官呢？’他回答，‘我将把后宫交给皮普提管理，他会把后宫管理得很好的，而你则属于我的第一任王后的宫殿。你有智慧把她服侍好，甚至服侍得比我还好。’他点头致意，仿佛他自己的智慧是最博大的。‘你必须待在奈菲尔塔利身边，你不能离开她。如果等到有一天你听到我死了的消息，你只需遵循一个指示：不管她在哪里都要杀掉她。’

“此时他亲吻了我。‘杀了她，’他说，‘即使有人会在下一刻杀了你。’

“我鞠了一个躬，黎明对我而言就像我对未来的生活的设想一样迷人。‘那就是你最好的死法，’他说，‘你可以陪着我乘坐阴间的金船。’

“他是我的国王，因此我不敢说我可能会在卡特－纳塔游荡，而且在任何船上都不会受到他的欢迎。然而，我只能再次对他鞠躬以示谢意。”

九

曾经，我和母亲坐在她的卧室里，看到她拿起一个有着金质手柄的银盘，然后把它放在我的脸下方，在那光亮的表面上是我的灵魂在回望着我，我差点大叫出来。我曾经在平静的池塘水面上看过这样的脸庞，我也知道自己不能触摸这样的灵魂，一旦我将手伸出去它就会伴随着几个小波纹消逝。此时，我的母亲告诉我："这是站立着的灵魂的面纱。"的确如此，当我用手指去触摸那盘子的表面时，另外一只手指就会出来与我会合，但是那张面孔并没有移动——面孔就和我本人一样严肃且恭敬地站立着。就在那个时候，我感觉到自己离六岁是如此遥远，但是除了年龄，在智慧方面却和我的曾祖父差不多。我知道如果对"站立着的灵魂的面纱"的银光注视足够长的时间，就能明白所有的思想。由于我面前的这副面孔，我分享到了神灵的智慧，即便只分享了一瞬间。

如今，我当时具有的某些知识肯定已经进入我的思想里了，不知道为什么，当我在这个庭院里睁开眼时，居然期望再一次看到自己的面孔。于是我反而注视着曾祖父的双眼，我们就这样互相注视着，直到我完全感觉不到在这个漆黑的夜晚地平线在哪里。此时我确信我不再属于这里，而是跪在堆积如山的石头中央的某间石屋里，我张着嘴巴，而我的曾祖父还是目不转睛地看着我，一切都是那么宁静。

我体会到了黑夜的空虚，我可以感受到黑暗一直笼罩着我们，我几乎不太相信我还能再次见到太阳。那些萤火虫几乎不动了，它们的光是如此微弱，以至于几乎都看不到它们的笼子。此时我的父亲在睡梦中挪动了一下身子，伴随着一阵梦呓声，我第一次觉得自己离他如此近。然而，我不知道他是清醒着的还是在做梦，他的手伸到了我身边，他所有的思想也全部经由他的手指流进了我的身体里，但是他的思想和伟大的国王的思想完全不一样。我的父亲纯粹只是因为喉咙疼痛，就像迈内黑特吞进那根骨头后感受到的疼痛，我知道到了这个时候普塔－内穆－霍特普正和我的母亲紧紧拥抱着躺在一起，彼此抚摸着赤裸的身体，他们的偷情直接施加于我父亲的感觉上，父亲的感受犹如突然涌上心头的血液让他极度痛苦，由此可见我的父亲是如此爱慕我母亲的美貌。父亲的痛苦并没有在他知道母亲献身（以及献出她所有的财富）给了那个他最亲近的男人（也是万神之神）之后而减轻，因此，出于对我母亲以及普塔－内穆－霍特普的爱，我的父亲此时仿佛遭遇的是一种爱慕与另一种爱慕之间猛烈的碰撞，就像一头狮子遭遇内脏的毁灭。然而——他多么像一头狮子啊！——他的内心也感受到了荣耀。

正如我所说的，就在那时候我进入了他的思想。在这天晚上之前，我已经捕获了一些思想，然而，就像扔一根棍子到天空虽然有可能打到一只飞翔的鸟儿，但那种可能性也是极其渺小的。周围充斥着许多影像，因此只要稍微努力一下就能捕获一些思想，正如这根棍子既然都打到鸟儿了，那么也极有可能打到鸟的翅膀。然而，今晚我明白了，如果一个人可以像玛特一样是真实的，那么他也可能拥有真实的想法，而且这种真实的想法就诞生于他的冥想之河中。就这样我继续承载着父亲的冥想，意识到他看到了相同的飞棍（像蛇一样弯曲，而且由华丽的象牙做成）就在刚刚通过我的冥想时被猛投到空中。然而这些思想是如此巧妙，我不是通过自己的眼睛看到眼前这一切的，而是通过另一个人的思想看到的，此时这根黑色的飞棍开始沿着母亲愉悦的成就之地坠落，她对普塔－内穆－霍特普的技能惊叹不已，而且要不是因为她和他一起站在由纸莎草纸做成的脆弱的小帆船上（这条小帆船是由一叠叠纸莎草纸精细地捆绑在一起造成的），她早就高兴得蹦跳起来了。

此时我的母亲呈现出有生以来最年轻的模样，而且还由于傲慢而显得很活泼，在这样一位年轻的公主眼里闪烁着光芒，很显然此时她很开心，轻而易举就能看明白。即便如此，直到我看到她那由棕榈叶和纸莎草纸做成的便鞋（和小帆船一样精致的）放在一起时，我才意识到（仅仅通过父亲放在我手上的手）我看到了七年前的一个阳光明媚的午后，普塔－内穆－霍特普与母亲的傲慢很匹配，仍然是一位年轻的王子，就在这一年他当上了法老，虽然自己是一位年轻的国王但他的心情并不太好，因此他经常和母亲调情，他们说话的时候额头紧挨着额头，国王仍然站在小帆船上，他的后背挺直，眼睛比嘴巴笑得还灿烂，他的下巴上长着只有国王才会有的细长胡须。

“噢，看那猴子。”母亲尖叫道。在他们休息的片刻，小帆船漂过芦苇丛（被惊醒的鸟儿也飞到其他地方的水草丛里去了），阳光在花园里高高的芦苇杆上闪烁着耀眼的光芒，树上的猴子正在忙着给宦官们摘无花果，是园丁还是猴子笑得多，大家都分不清楚。当国王经过花园的时候，众人都向他挥手致意，海斯弗蒂蒂也笑了。阳光照耀在沼泽地里的水草和纸莎草杆顶端的花朵上，一切都陷入沉寂。他们靠近另一群鸟儿时肩并肩站在一起，身体的平衡感就像河面上摇摆的小船一样灵活，国王冲进芦苇丛里时周围都在颤动，一群惊飞的鸭子同时发出一阵叫喊声，就像一群马嚎叫着冲上山丘，他抛向天空的木棒也跟着鸭子一起飞起来，甚至还有一只鸟被击落了下来。

那天下午就这样过去了，就像一片云从太阳底下飘过一样迅速，母亲的笑声再一次伤害了父亲的心。父亲在十五岁至十七岁的时候几乎每晚都跟她做爱，而且也一直知道他会跟她结婚的，然而当她站在小船上，她那苗条的身材与普塔－内穆－霍特普肥胖的身躯相匹配时，她内心呈现出的微妙快乐感让父亲很难受，奈弗－赫普－奥科汉姆从来就没见她这样对他。他一直远眺着湿地边缘的树林，由于蚊子的叮咬他的脸颊变成红一块紫一块，当她在晚上看到他时就会嘲笑他，因为他脸上这些可笑的伤痕说明了在一个荒唐的下午，他因为那些蚊子被困在一片树林里，况且，她本来就是野蛮的。令人沮丧的是普塔－内穆－霍特普带回小船之后，并没有追求她多远，尽管她的大腿因他而颤抖得比鸟儿拍打翅膀的频率还要快速。当他们依依不舍地离开后，她在黄昏的时候被她的祖父抓住了，自从她十二岁起她祖父就跟她做爱了，这天他又再次用相当于四位法老的激情和她做爱，因为迈内黑特没有意识到她是多么渴望普塔－内穆－霍特普那沉默而淡定的微笑，他正要结束的时候他就死掉了。之前他已经遭遇她的两次拒绝了，一次是因为做爱得太少，一次是因为做得太多，海斯弗蒂蒂最后十分残酷地在她的弟弟面前嘲笑他，然而最后她还是怀着一种对她的祖父或者一位法老巨大的愤怒和渴望跟他做爱了，他们搂抱在一起时将那个房间里的大部分地板都滚遍了，或许我就是在那个时候被怀上的，或许是之前由我的曾祖父和她怀上的，也有可能是我母亲和她爱慕的年轻的法老怀上的。这时候我只知道父亲的心里很痛，他仍然凝视着湿地里的阳光，眼眶里充满了泪水，因为他看到我的母亲和普塔－内穆－霍特普拥抱在一起，她被他的法老征服了，今晚他受到他祖先的活力的激励，即使他不能等同于拉美西斯二世，至少也能和他的后代相媲美。我母亲那充满快感的淫荡声就像一把短剑搜刮着父亲的耳朵。

当然，到目前为止，在没有父亲代替祈祷的情况下我就会完全沉浸在母亲的心里，我会以母亲的视角看待父亲，我知道他们的婚姻是建立在肉体的愉悦之上的，我可以体会到母亲喜爱父亲的程度是她的理智所不能控制的，事实上他们彼此就喜欢黏在一起。因此，父亲不得不意识到——这是他的痛处之一——当他进入母亲的身体里时母亲可能想着埃及的其他富人。当然，由于母亲的性欲并不是很亢奋，当他们的身子彼此纠缠在一起时就像退潮时的海浪纠缠着海岸，有气无力，母亲随时随地都在想着背叛父亲，她一直想着要去和我的曾祖父生活在一起，因为在曾祖父的怀里，她用一个晚上的时间了解到的神灵比她和父亲在一起一年的时间了解的还要多。迈内黑特的气味或许对她来说显得很独特，就像远古的泥土一样芳香而又干燥地覆盖在被太阳炙烤的岩石上，但是有可能很多人也有跟他一样的气味。之后，她会告诉奈弗－赫普－奥科汉姆（因为父亲总能感觉到，母亲跟奈弗－赫普－奥科汉姆交谈时能让她感觉到快乐），她之所以跟迈内黑特做爱，因为迈内黑特像一位法老，她能感觉到成为王后的快感，跟迈内黑特在一起时，她的感觉就像在阳光照耀下的田野里一样自在。然而当她和丈夫在一起时，啊，可怜的人啊，她的丈夫几乎没有什么吸引力能让她心动。说到这里时，她那丰满的乳房全都被吸进了父亲饥渴的嘴里，听着她坦白的事实，父亲就会变得口干舌燥，像个婴儿狼吞虎咽地吮吸着她的乳头，又像个年轻的小伙子，更像一个受伤的丈夫，极不熟练又拼命地抓着她的臀部。海斯弗蒂蒂模仿着她喜爱的猫叫声，最后她几乎吻遍了父亲的全身，这让他们都想起了她十五岁而他十三岁时他们在隐蔽的地方做这种事时所获得的快感。但是，那时候她经常觉得她和弟弟在一起是对祖父的背叛。然而，到如今他们两人都被背叛了，我就像他们二人一样住在母亲的肉体内，而我们的法老也在她的体内，充满了贪婪与欲望。那是我们伟大的法老啊，拉美西斯九世，在听了迈内黑特的故事之后处于一种非同寻常的喜悦中。就像拉美西斯二世，此时普塔－内穆－霍特普正感觉到有一大群神灵住在他体内，然而我的父亲和海斯弗蒂蒂的肉体结合时并没有倍感兴奋，可怜的他在这七年里已经把他的吻献给法老的脚和臀部了，没错，在那片他的国民和祖先生活的天地里，此时我的法老正全力抓着海斯弗蒂蒂那即将融化为尼罗河的身体，走近一看，普塔－内穆－霍特普就在激流后面，感觉到自己正沿着洪水飞泻而下到达德尔塔的入口，到了那里就被掩埋在绿色长廊，海斯弗蒂蒂在他的身体下面正像一只母狮呻吟着，用一个吻封住了他的嘴。他终于做完爱了，而她仍然任性地翻来覆去，就像洪水还在岸上泛滥着。

当普塔－内穆－霍特普完事后，他感受到了一阵寒意，他被这个卑微的女人——她不过是一个化妆师监督官的妻子，一个仆人的配偶而已——推开，而他的嘴巴还贴着她的嘴巴，就像煮沸的骨头产生了胶状物，她的嘴唇就像一张封条，把他们的婚约写在纸莎草纸上。他们的嘴巴就这样黏在一起，一个是奴隶，一个是被埋葬在土里的人，他的双王位与她无法满足的欲望连在了一起。

迈内黑特越来越冷却的感情也进入了我体内，但不是通过我的母亲，不是的，法老的内心一直在跟我对话，而且只要到了晚上就能听到，在夜晚，法老的疼痛会经过父亲的身体传递给我，通过父亲的身体我就可以体会到他的感受，而父亲也因为知道自己受鄙视后而倍感心痛。

然而海斯弗蒂蒂丝毫感觉不到法老承受的痛苦，她只能感觉到他施加的重负。其实，她理解他的疲倦，她从未对一个男人如此温柔过。我接收到的这些情感是如此直接，仿佛她已经说出来而且已经领会了，我曾经怀疑过，我拥有两只不一样的眼睛和耳朵，两片用于品尝的嘴唇（一片品尝好的，一片品尝坏的），两个用来呼吸的鼻孔（一边是男神，一边是女神）——正如埃及是一个分为两地的王国，法老有双皇冠以及双王位，尼罗河有两个河岸，大自然有白天和黑夜一样，我的大脑能同时接收到两个人的思想。但对于母亲而言，她对普塔－内穆－霍特普充满了甜蜜的爱意，甚至比她对我的爱还甜蜜，然而法老此时感到一阵愤怒，因为这个女人的魅力以及她那封着他的嘴唇带来的持续不断的快感，她丰满的身躯到处都很柔软，都令他不快，他再次用他从十个王妃那里学来的技巧和她做爱。可以说迄今为止，他对这十个王妃更为了解，胜过拉美西斯二世对他那数以百计的王妃的了解，其实他已经感受过各种爱抚，他对所有存在的女神都怀有崇敬之情，但海斯弗蒂蒂并不是什么女神，然而从他登基至今的七个年头以来，她总能将他潜在的欲望唤醒。普塔－内穆－霍特普一直抚摸着她的肉体，他想得更多的是迈内黑特而不是她。

在他欢愉后感受到的那阵寒意中，他再次明白了拉美西斯二世的强大，而那也给了普塔－内穆－霍特普强大的力量。他通过一边鼻孔吸入的气息给了他力量，通过另外一边的鼻孔让他无法优于迈内黑特，因为拉美西斯二世也正在进入他体内，即使是通过海斯弗蒂蒂再次吟唱她的乐曲。现在，他用一只手抚摸着她湿润的乳房，另一只手抚摸着她臀部的夹缝，回想起那次借着炉火的光亮，他在她大腿中间看到的景象，神灵们在那块湿润的肉上闪烁着，他感到极度兴奋，他的生命在她的肚子里搅动，变得像尼罗河一样漫长，像阴间一样黑暗。他的祖先，拉美西斯二世强有力的阴茎就像一位神灵的斗篷一样，就在那一刻，他的神秘之名肯定已经敞开了大门，因为有那么一瞬间，他再一次被拉美西斯二世侵犯。他斗胆对仆人的妻子体内的神灵诉说，随着这个可怕的想法掠过，我的母亲也再次看到了我们今天早上在河边看到的巨大方尖石塔，她也在肚子里感觉到了那些男人正迎着巨大的水流向上游滑行的力量，因为普塔－内穆－霍特普的阴茎就像那座方尖石塔，拥有金色的顶端，借着它散发出来的光，她爬上了天堂的阶梯。

其实海斯弗蒂蒂已经被抬举得很高了，以至于她精神焕发，正如我所渴望尝试的那样，我不能在她兴奋之际逗留，而是漂浮到曾祖父的冥想里，此时他正盯着我看。他正搜寻着普塔－内穆－霍特普的思想，我也很想知道我们的法老是否已经睡着了，还是正遭受着自己黑暗想法的侵扰，因为我已经感觉不到他的存在，只有我曾祖父对奈菲尔塔利的回忆在萌动，然而我知道这样的回忆肯定就像围着新提尔岛汹涌的水面一样动荡。尽管如此，他肯定已经找到了他所搜寻的普塔－内穆－霍特普法老的那些思想，因为我的曾祖父已经变得特别宁静，我听不到有任何声音传来，只有思想在流动，如果此时有一个仆人进来，可能会以为我们只是沉默地坐着。其实我们确实是沉默地坐着，但我却清楚地听到了那些还未说出口的话语。

十

我的曾祖父开始说道：“伟大的拉美西斯九世，我向你坦白，奈菲尔塔利王后在我的回忆里并不像大家在她的雕像上看到的那种表情，因为那个为她塑造雕像的雕刻家缺乏完整的信息，让她看起来很像国王本人。在雕像上你能看到同样修长且威严的鹰钩鼻，还有那精美的双唇，对于雕刻家而言，这是最保守的设计，毕竟她是拉美西斯二世的妹妹啊，其实我对她十分了解，她的雕像一点都不像她本人。然而——我最奇特的困境就是活在四轮生命所经历的记忆中——此时我不能确定当我想着奈菲尔塔利时，呈现在我眼前的这张面孔是不是我过去所爱着的，直到那时候我才知道彻彻底底地渴望一个女人是怎样一种感觉，就连我的脚趾末端都充满了对她的渴望，我似乎变成了一棵树，可以从土地深处吸汲力量。我知道她的长相，没错，然而依我现在对她的印象，她跟蜜球有所不同，很显然她并不胖，虽然她也是一个体态丰满的女人，至少在我认识她的那个时候是这样的，奈菲尔塔利的面孔跟蜜球有些类似，同样是小巧玲珑的鼻子，同样精美的双唇，那两片红润的唇像两颗熟透的樱桃，时刻表现出温柔的或开心的或冷酷的表情。当然，奈菲尔塔利的头发乌黑油亮，与众不同，她拥有一双当之无愧的女神般的眼睛，仿佛永远都在注视着黄昏的天空。那是一双深色系的眼睛，但既不是棕色的也不是黑色的，更像是深紫罗兰色，这颜色就像提尔海岸上的王室染料一样紫，这紫色表明了王室的财富，这些就是我对她的印象了。然而，我不能确定我看到的是她精致的脸庞，还是仅仅是对她的回忆。”

我的曾祖父伸出双手，那是种十分古怪的手势，他很少会做出一些不确切的举动，然而此时他迟疑地将手臂举起又放下，显露出一些感伤，这样的感伤恰恰是因为意识到一个人永远都无法知道一些事情的真相才会显露出来。由此可见，新错误永远都是从旧错误中滋生出来的。

他继续说道：“然而，我依然记得那天早上，我第一次踏进奈菲尔塔利王后宫殿里的觐见室（那座宫殿本身就是地平线之神拉的众多宫殿之一），就在那里我被正式引见为她的得力助手，阳光透过她身后敞开的窗户射进来，照得金座上的那些狮子和眼镜蛇的刻痕闪闪发光，令人目眩。

“她的卫兵们快速将我传到她的面前，很显然我的新职位在她的宫廷里是相当重要的，他们为我打开了一扇又一扇门，在我经过一道巨大的双层门后，进入了她那金碧辉煌的觐见室，我的眼睛差点被那金座闪耀的光芒刺瞎了——王妃们能告诉你她们没见过的一切，她们就曾告诉过我很多关于早晨时分当王后坐在东岸边的石柱旁时散发出来的绚烂光辉。我跟着国王已经这么长时间了，我想在她面前我应该能站稳脚跟的。实则不然，我扑倒在地上，五体投地，亲吻着地板，在当时这是最常规的仪式，正如现在一样，当你第一次在宫廷里被引见给国王或王后时就要行这样的礼（之后，就只需深深地鞠躬了）。而在第一次会面时，每个贵族，不管有多么高贵，都得亲吻地板，尝尝地板上的尘土，也就是说，他们得把牙齿贴在埃及光滑的大理石地板上，当我的牙齿碰到地板时就发出了咔嗒咔嗒的响声。我是在一位接近阿蒙的王后面前，是阿蒙，而不是拉美西斯二世，阿蒙在这宫殿里正与她同在。我只能说当我跪倒在地板上的时候，有一片云飘了过来，我的视线一片模糊，我已经汗流成河了，我的心脏已经不存在于我的胸口里，而是像‘巴’一样飞出来了。

"'起来吧,高贵的迈内黑特。'这是奈菲尔塔利王后对我说的第一句话,可是我的四肢仍然像没起波浪的水面一样平静。不管怎么说,我得像阿蒙－赫普－苏－夫一样必须学会攀登最危险的悬崖峭壁,于是我抬起头来,我们就这样在沉默中四目相对。

"这给了我强大的力量。很久以前我就从王妃们那里听说过奈菲尔塔利的双眼有着迷人的色彩,而且我已经做好了心理准备,因此这迷人的色彩给了我力量,正如一个将死之人被给予玫瑰花瓣时体会到的幸福一样。我们就这样四目相对,就像尼罗河被一个岛屿分割开时感受到的忐忑不安,我和她共处一室,她深蓝色的眼眸在我的眼里是如此变化多端,而我们并不仅仅是相互致意,当我们彼此回过神来时,就像两片不同色彩的云乘着不同方向的风不期而遇,然后开始在空中翩翩起舞。在这初见的一刻她的脸庞和身躯就像由闪耀的宝石镶嵌而成——我甚至看不到她的全身——但是我知道我爱她,而且我愿意尽全力服侍她,成为她真正的得力助手。她的眼里散发着一丝愉悦,她甜蜜地笑着,发出肆意的笑声。是啊,那美好的一刻预示着将来的一切都会变得更加美好。

"在那种场合我们并没有说太多话,我充满敬意地低声向她做自我介绍。在这种情况下比敬重更妥当的,就是用我那不完全受控制的颤抖的声音赞赏她的美貌,我只能用这种不能受控的语气跟她说话了。紧接着,我站起身来,优雅地对她鞠了一个躬,如此优雅的姿势对于一个从战场上混出来的御者是很难得的,一般情况下只有那些贵族才会那样做——这种优雅的姿势我是在一个特殊的省份学到的,因此王后问我道:'亲爱的新朋友,迈内黑特,你是萨伊斯人吗?'

"'不,伟大的王后,但我曾经和萨伊斯人生活在一起。'

"'噢,听说有一些王妃就来自萨伊斯。'

"我又向她鞠了个躬,并没有作出回应。我实在是太糊涂了,居然连房间里有多少个侍从都搞不清,不知道是五个还是十五个,我只看到了王后和我自己。

“之后，奈菲尔塔利就分派给我身为王后陪护官的住宅，她赐给我金桌金椅和金衣橱，还有金手链、金胸甲、上千片彩色陶片以及一片镶嵌着金边的蓝色石头，我还闻到了国王赏赐给我的高档香水——那高档的香水也有可能是赏给奈菲尔塔利本人用的——我打量着我的新仆人，总共有五个。接着我巡视了新住宅里的每一间房子，总共有七个房间（每个房间里都有蝎子），包括厨房、餐厅、接待室、冥想室、浴室、寝室以及仆人房（这是我的新钥匙监管人说的，他是一个长得像皮普提的抄写员，而且名叫‘细条’，让人忍俊不禁的是——他是如此之胖），末端的仆人房间里住着我的五个仆人，分别是我的厨子、钥匙看管人（他顺便负责我的财务和通信）、园丁以及负责我的金马车的马车夫，最后一个房间里住的不仅是我的管家也是我的男仆，我知道现在我的职位比将军或监督官更高级，住的是大房而不再是小房。

“在这个新的环境里我很开心，就算在这种新环境里住一天我也很开心。通过一开始的那几天我就总结出，我处于一个摇摆不定的位置，就像被风往两边吹打的船只，因为奈菲尔塔利生活在灿烂金色的阳光下，可她的人民就大不同了。她的军官都是低级之人，她的将军所下的命令你一个都不会听，她的监督官不再监督任何事务（就像我本人一样），一名前任的维齐尔此时浑身散发着克罗比的臭味，正在长篇大论谈着他在拉美西斯二世执政前期所做的具有前瞻性的决定。她的祭司浑身充满恶习，首当其冲的就是贪婪，而她的侍女们曾经都很漂亮，而且都比王后年轻。最后我知道，他们的思想都很狭隘，整天只会想着王后的财富、他们自己的家庭以及娱乐消遣，而他们对艺术以及高雅东西的了解比王妃们了解的还少——很显然是对我而言的，在一开始的那些日子里我会在走廊里迷路，毕竟大家都不能很快就对宫廷了如指掌，然而我相信我在军队待过的那几年经验对我是有用处的。那时我还是一位将军，仅仅用了一个小时就拜访了敌军的一名指挥官，之后就得出了一个十分重要的结论：敌军已经准备上阵，而且跟我所预料的相比他们实在是太弱小了。我在王后宫廷里的那前几个小时看到了大量的奢华景象，很多贵族都展示出了优雅的举止，但是我也明白了国王不需要去畏惧她的下属——在这里野心本身已经被扭曲，荣耀已经满含辛酸味，这些侍臣更担心的是他们可能会失去什么而不是梦想着展现英勇无畏而得到新的奖励，因此阴谋会随时在这里出现。

“几年过后，在另一轮生命中，我是一名高级祭司，对埃及所有的荣华富贵了如指掌，在那个时候我明白了需要我注视很长时间的地方是什么。到了我的第二轮生命，我走进了奈菲尔塔利的宫殿，然后说道：‘这里除了闲言碎语之外什么也没有。’当然，我是对的，我再次听到了以前从王妃们那里听说的每一个故事，在王后的宫殿里，这些故事在被讲述的时候所附带的那些小细节甚至比黄金首饰还贵重，而且就像礼物一样呈现给每一个人。因此在奈菲尔塔利的宫殿里，我听到更多的是关于拉美－娜芙如，而不是第一任王后奈菲尔塔利，我通过那个喝着克罗比的前任维齐尔第一次拜访我的宅邸时了解到，奈菲尔塔利已经对拉美－娜芙如戴着棕色的假发大肆嘲笑，在洒汤事件发生的那个晚上，她通过国王无意间的吹嘘发现了拉美－娜芙如大腿之间的阴毛也是棕色的，没有人见过像她那种颜色的阴毛。一听到这个消息，奈菲尔塔利就烧掉了她柜子里所有的棕色假发。此刻那位维齐尔没有继续讲述了，只是闭上了一只明智而又悲伤的眼睛，随后又将这双朦胧的眼睛睁开来眨了眨。‘拉美－娜芙如将会变得像我一样秃头。’他低声说道。

“那是我接受的第一次拜访，后来陆陆续续也有其他人来访，后宫的礼仪是如此繁缛啊，以至于我都没有闲暇时间去抚摸一个王妃的手。但是由于我的名声远播，使得五个男人的妻子同时来访，她们具有诱惑男人的本领。然而，这些长得不算漂亮的女人唯一的娱乐消遣方式就是传播流言蜚语了，无须多说，传播流言蜚语她们最在行。因此，奈菲尔塔利总是从这些女人

口中听到关于拉美 – 娜芙如年轻美貌的传言，她们过去常常传言说奈菲尔塔利是‘唯一可以看到荷鲁斯和赛特的女人’，现在却对拉美 – 娜芙如说同样的话。告诉我这些传言的那个女士因为后来与奈菲尔塔利生活在一起，感受到来自周围环境的压力和恐惧而痛不欲生。

“现在，身为王后的得力助手，我的任务就是亲近王后，大家都明白，无论何时只要王后离开宫殿我都得寸步不离地陪着她，虽然她离开宫殿的次数不是很频繁，但她总喜欢将整个底比斯大大小小的神殿游个遍。王后不像国王，她不仅对阿蒙表现得很虔诚，而且对其他城市的神灵也很崇敬，比如孟菲斯的卜塔，赫努姆的透特，以及在阿比多斯受到至高崇拜的欧西里斯，而且她还为这些神灵在这里专门建造了小神庙，专门为这些神庙安排了忠诚的祭司。我的王后还经常在其他神庙发现其他神祇，而且发现神祇的这些地方都很寒酸。比如在底比斯一个贫民窟的一条泥泞小巷里，那里的孩子既肮脏又无知，当他们见到王后的时候并没有低头行礼也没有表现出任何敬畏的表情，除了两只眼睛睁得大大的。那条泥泞的小路对王后的轿子来说太狭窄了，她只能用她那穿着金质便鞋的小巧玲珑的双脚亲自走进小巷深处，最后由这个破旧不堪的小神庙里的祭司（通常是哈托尔，或者是贝斯塔，或者是孔苏）为她清洗双脚。为了寻找其他神祇她也会经过富人的住宅区，经过豪宅的大门，这些门口随时都有卫兵和大理石雕刻的狮身人面像把守着。为了对阿蒙的配偶穆特女神表达敬意，以及对底比斯萨伊斯城神庙里的女神奈特表达敬意，我经常陪着她来到一座‘神圣的小神庙’——她是这么说的，这座神圣的小神庙里的大理石柱纤细而低矮。在底比斯奥姆包斯城的神庙里，或者在底比斯埃德夫城的神庙里，或者在阿匹斯的卜塔神庙里，朝拜者们都敬拜神牛身体内的神灵，这真是令人难以置信。比肩接踵的朝拜者挤在这些神庙里，很多事情让我忙得不可开交，祭司们也经常对王后的突如其来不知所措，他们只能笨拙地清理着通往神殿的道路。

“朝拜完之后，王后会去购物，我们总是结成一小队车马的阵势行进，我和她在金质的王后马车里，她的护卫跟在身后，我们会在沿途停下来去拜访一两个珠宝商或者女裁缝。进入市场上这些高档的房子与进入那些肮脏的小神庙相比，并没有更多地引发她的兴趣。身为她的助手，我也是她的贴身保镖，如果就我个人接收的真正命令而言，我是她最亲近的敌人了，是啊，在这些小规模的考察途中，我几乎都没想到她的死亡，我总能看到了一两个可能会给她的生活带来困扰的家伙。

“此外，还有另一个难题摆在这里。当国王没有走出王宫的时候，是阿蒙－赫普－苏－夫陪伴着王后去集市和神庙，而如今我正在逐渐取代王子的位置。可以说王子曾经取代了我成为了将军，但那对他并不算什么。其实，我从他在宫殿里第一次向我打招呼的神情可以看出，我是多么地受欢迎。每天早上我都会在通往王后寝室的双层门那里与王子相遇，然后他会对我说：‘今天由我来陪伴王后吧，你就不用去了！’我哪知道该怎么回答呢。在卡叠什之战时，他还是一个小男孩，虽然他已经勇敢到可以抱着必死的决心上战场了，而这些年我也知道他的力量正逐渐超越我。事实上，他仍然是如此高大挺拔，以至于在军队中他的名号都变成了‘嗖！’——正如他迅速刺出长矛时发出的声响。我只能直接看着阿蒙，以及在我体内向后晃动着的神灵，因此我不敢直接反对他。然而我从未见过我的王后与她的儿子一起驾着战车逃离过，如果真有这么一天的话，暗杀国王的阴谋也就成真了。就在伟大的国王在他宫殿里的大理石地板上即将流血过多而死时，王后和阿蒙－赫普－苏－夫在一起是安全的，无论是在成百上千的任何一座宫殿里还是到一些乡间偏僻的隐秘小屋里。我在王后的身边是为了保护她，但我也不得不接近她的身体，最后再抵达她的内心，就像我的国王一样，我同时存在于她的内心和身旁。当然，在阿蒙－赫普－苏－夫命令我不用陪王后的时候，我也会斗胆拒绝他，王子甚至会在我的拒绝声还没传出去之前就把我给杀了，然后他可以随意编造一个故事就敷衍了事了。因此，我住在王后恩赐的豪华宅邸里并不安全。

“然而我和奈菲尔塔利生活在一起的每一天都很开心，在我和蜜球共处的那些日子里，我仍然不知道该如何对待她。她曾经就像一位祭司、一头野兽、一名妓女，她不仅仅只是我的女人，虽然我们总是在一起举行一场又一场的法术仪式。我依然还记得我们在分开十五天之后再度重逢时的疯狂生活，我仍然会在睡梦中被惊醒，似乎我正处于海上的风暴中，我不知道是我渴望她还是她渴望我。但不管我们有没有处决那头猪，都在彼此的心里残留下了一些渴望，我再次明白了因为她失去的小脚趾她受到了多少煎熬，我们的突然分离对我后来的生活也产生了巨大的影响。有一天早上，我醒来的时候甚至发现她的小脚趾就在我的脚板上抽动着，于是我体会到蜜球是有多么焦虑不安啊，但是我们之间的距离仍然是那么遥远。其实，当我和奈菲尔塔利在一起的时候，我可以感受到蜜球正在施助于我，或者是正在收回对我的帮助。我可以十分优雅地给王后倒酒，就像一位正在从自己的水池里饮水的女神一样完美，我知道那是蜜球的手在引导着我沉着应对。我还可以轻松地将金水壶底部留在桌面上的一圈水汽吹干，可以肯定的是，我的前任情妇早就教会了我如何用嘴唇将水蒸气吹跑。

“即使让我跟奈菲尔塔利独处一小时我也很快乐，她很擅长言辞，那是一种心灵的魔法。因为蜜球，在我十分沮丧的时候我会感觉到魔法可以承载太多的东西。然而，坐在奈菲尔塔利身旁，我能从鸟儿的歌唱声中或者从花朵的摇曳中了解到其他魔法，而且奈菲尔塔利也不时地用她甜美的声音引诱我。

“她说什么已经不重要了，以前她不得不经常和宫廷里的那些人生活在一起，即使现在与我谈一些无关紧要的琐事她也觉得很开心，而且对我经历的那些不为人知的事情充满了好奇心。很快我就意识到在她和国王结婚后的那段时间里，她从来都没有跟后宫里的人谈过心，因此她很想听听王妃们的故事。她几乎认识每一个王妃，而王妃的家人总是对家里的小公主以前的生活津津乐道，因此奈菲尔塔利能从王妃的家人口中了解她们的故事。王后经常有通信往来，有许多日子我就跟她以及她的抄写员坐在王后的庭院里，那个抄写员是一个名叫夜莺的侏儒，虽然驼着背，但是双手小巧玲珑，通常情况下他抄写完会将信念给王后听，王后会将手掌放在调色板上作为回应，她的手印对于那个将会读到此信的人就是一份厚重的礼物。有时候，王后会让我欣赏她的手绘作品，而我总是神魂颠倒仿佛感受到了王后高贵的爱抚。她那神圣的小手杖、罗网、壶罐、奇妙的字体，以及描绘得栩栩如生的珍奇鸟儿使得那张纸莎草纸在我的手里颤抖，她用精致的画笔画在信纸上的这些鸟儿仿佛正从纸上跃然飞起，划过我的指缝。当王后写这些信时，能陪着她坐在她身边的时光真是无比宝贵。

“有一天晚上，奈菲尔塔利安排阿蒙－赫普－苏－夫和我共进晚餐，很显然她的目的是想要鼓励我们友好相处，或者是让我们都对她的观点‘仆人是最伟大的需要’达成共识，最后她也是这么表态的。就在那个时候我才对最伟大的女人有所理解：没有‘伟大的需要’就不能成为伟大的王后。不管她的需要有没有可能伤害拉美－娜芙如，是否会对国王施加仇恨，还是扶持她的亲骨肉阿蒙－赫普－苏－夫继承他的父亲，有谁知道呢。我还记得那些腹部深受重伤的士兵，如果他们可以忍受疼痛的话，尊严就成了他们最高的荣耀，士兵们最敬重的神灵似乎已经在他们周围聚集了。我想起一个御者用十分平静的语气对我说过，当月亮正在升起时他即将死去，他没有显示出任何痛苦的迹象，而且我是亲眼见证的。

“现在，奈菲尔塔利又对我们聊起那些微不足道的小事，比如她那只叫作银心的母狗正在性欲大发，而那条狗现在就坐在她身边，当王后说话的时候银心总是不停地看着我们，而且我们的王后总是感叹银心是如何怀念它那些留在红海东部熏香之国的家人。听到这些话后，银心会发出一阵悲叹声，它其实是在嚎叫，仿佛是在悼念它的主人。然后王后会发出甜蜜的笑声，她的笑声中隐含着所有的不愉快以及她所说的‘伟大的需要’，因此在柔软的灯光照耀下，即使她的晚餐还没结束，我已经做好服侍她的准备了。

“然而我觉得阿蒙－赫普－苏－夫不可能成为我的朋友，就像内夫什－贝赦一样，他的一只眼睛总是斜视着，从来都不会正眼看人，他的目光就像一只从头顶飞过的蝙蝠，他也让我想起了那个驰骋战场与国王刀剑交锋的赫梯人。阿蒙－赫普－苏－夫的鼻子跟他父亲一样长，他的鹰钩鼻甚至比弯刀的弧线还弯，没错，他永远都不会喜欢我。他只爱他的母亲，而且用的是错误的口吻，就像我们以前当御者时经常说的那样。事实上，王后总是以小名来称呼他，仿佛他的长矛一直存在于她的思想里。‘阿蒙，’王后总是说，‘你为什么如此愁眉苦脸呢？’而此时我就坐在她们母子身边，感觉自身更加渺小了，无法参与到他们的谈话中。他只跟王后谈一些我全然不知的事情，比如他的兄弟及其妻子，他的妻子与他作伴在荒原中捕猎，而且就在前几天她还与他一起站在一艘由纸莎草纸做成的船上，他投出五次飞棍就打下了八只鸟，而且最后一只鸟还掉在了他妻子的大腿上——他们母子之间的那种纯粹的默契是我无法企及的。

“奈菲尔塔利试图与我谈话，于是我只好赞美她那漂亮的字迹，她轻描淡写地解释到那归功于她孩童时代就读的埃及贵族学校，这所学校是埃及为数不多的可供女孩子就读的学校，但是对于老师们来说是困难重重，因为所收的学生几乎都是公主，至少是省长的女儿（就像蜜球一样，是萨伊斯省长的女儿，到现在我才发现蜜球和奈菲尔塔利是同班同学），因此老师们几乎都没有鞭打过她们。‘然而，’她说，‘正如每个抄写员都会告诉你的：“男孩子的注意力集中在他们的臀部那里，因而当他们受到鞭打后的那段时间学习得最好。”那么老师们会鞭打公主们的什么地方呢？确实，老师们根本就不会那样做，但我们还是尝到了不少苦头，女孩子的注意力都集中在她们的内心里，当我们犯错的时候我们会哭泣，而且我一直都学不会算术学，每次我写出“Seven”的字样时，唯一能想到的是那条把我的长袍绑在一起的小绳子，毕竟写法是一样的。’

"'噢,是"Sefekh",'阿蒙－赫普－苏－夫说道,'我从来没那样想过。'

"'Sefekh,'王后说道,'那是一样的,我总是会把它们混淆,而且它们的结合让我头脑混乱。全部松开吧!'他们母子二人异口同声道,他们因为这个精妙的词语与另一个词语的相似性而欢笑嬉闹。虽然我也勉为其难地附和着他们笑了笑,但他们依然知道我是随声附和而已,他们彼此之间的笑声就像一阵没有吹到我的风。当然,这已经不是第一次让我觉得我们的语言太精妙了,因为在被戏弄过不止一次后,我很清楚,那些出生在富贵家庭里的上等埃及人知道同样的一个词含有多种意思,而且还可以写成多种形式。我暗自想着:'在这些贵族面前我就像粪便一样低劣,但是他们却用"粪便"这个词来形容"漂白的亚麻布"。谁知道他们是什么意思呢?他们对那些生来就低他们一等的人隐瞒了很多,那些在低等人中间使用的低等词语从他们嘴里说出来也会变得高贵。'

"然而,回到我当御者的初期,在那时候我就已经注意到一个高贵的人最显著的特征是他们个人的智慧,而不仅仅是他们优雅的口音。作为一名普通的御者,我经常对这些高贵的人所说的全然不知,在我们埃及每句话都有多重意思,叫我如何能够明白透彻呢?他们或许会用'心理'这个词来表示'乳房',也可能指的是'眼睛',而另一个表示眼睛的词是'乌切特',乌切特是指神的眼睛,也可以用来表示'流浪者',只是语调上有稍微的不同。服侍这些贵族的必须都是聪明人,毕竟他们很会玩弄词句。尽管如此,在这方面没有人可以做得像奈菲尔塔利一样优秀,通过她喉咙里发出的声调充满了魔力,当她说'亨－特'时她可以把'鬣狗'这个词变成'宝石',这也是一种魔法,她巧妙地运用了字词的音调变化,直到每个声音都变得闪闪发光。她甚至能做到从一层意思跳跃到另一层意思,比如她说'克哈特',不管她说的是'湿地'还是'采石场',只要她带着厌恶的语调说,她就能将这个词说成'阴间'。

"这样的游戏会从白天持续到晚上,从阿蒙－赫普－苏－夫身为王室成员的言行中可以看出，与其说他是一名贵族还不如说他是一名士兵，在玩弄词句方面他的天赋不如他的母亲，实际上他是一个思想庄重且顽固的人。虽然他一直努力谈论着我插不上边的话题，但是出于王后对我的同情，最后他还是不得不谈论一些我本人可以发表言论的话题。当王后把话题转向战争时，我就没有那么乐意了，因为他的战绩通常都比我优秀。但是跟我关系最密切的将军们总是说他有勇无谋，即使是在这样的时候，即使关于他的每个故事的结局都是坏的，我还是明白他有多么勇敢，虽然后宫里的那些王妃们与他素未谋面，依然对他怀有崇拜之情。

“即使我很想看低他，但我也不得不承认没有一个指挥官能像他一样厉害，因为他组织了成功的围攻而享有盛誉。在我担任总将军时，我们费尽心思让阿蒙－赫普－苏－夫的支队远离叙利亚的边境，但是我不停地收到战报说他攻下了一个又一个城镇，而且有一些强大的城镇是以前从未战败过的。他还建造了一种用木轮滚动着前行的堡垒，每座堡垒有三层楼那么高，相当于他要进攻的城墙的高度。他需要不计其数的劳作者，他围绕着城镇挖出了壕沟，城墙里所有的人都无法逃走，他总是自豪地夸耀说，那些被围困在城墙里的人忍饥挨饿的哀号声给了他的军队强大的力量。当然，王妃们谈论的更多的是关于他的勇敢而不是这种残忍的手段，即便我已经在军队中听过不止一遍，也还会在后宫里听到，王妃们说他为了适应城墙上遇到的困难经常攀登悬崖峭壁，而且还带着他的一个骑兵中队一起训练，直到整个中队的士兵都像他一样技艺精湛。在利比亚发动最后一场围攻的那天晚上（他的父亲把他派遣到这里的目的就是想让他远离战争），阿蒙－赫普－苏－夫和他的士兵甚至在没有梯子且壕沟都还没挖掘好的情况下就徒手攀登城墙！他的军队在当天下午就抵达了目的地，大家都对此议论纷纷。那次攻城居然连一个晚上的时间都没用上啊，很显然，阿蒙－赫普－苏－夫想让埃及所有人都知道他比拉美西斯二世伟大。

“当然，关于他的未来后宫里一直都是流言不断。阿蒙－赫普－苏－

夫会继承王位吗？法老会选择另一位王子来继承王位吗？拉美－娜芙如已经生了两个孩子了，虽然有一个在出生的第一周就死了，但是另一个正在茁壮成长。大部分时间里这些流言全都暗示着对幼小的佩特－阿－拉的某种威胁，他是以狮子拉的强大之名命名的，而他的父亲一直称他为赫拉。当然，只要在后宫待上一个季度且听到王妃们所说的话，你就会了解到，不可能有王子会继承他的父亲登上王位，除非法老的其他嫡系兄弟都死了。在啤酒屋里我听到过很多关于死亡的故事，在战场上死掉的，在奸诈的女人的床上死掉的，或者是在摇篮里窒息而亡的，这些我一个都不信，直到我看到了大规模的护卫队围绕着拉美－娜芙如的宫殿，才发现我正在思考着阻碍佩特－阿－拉继承王位的人，佩特－阿－拉是一个拥有一半赫梯血统的小王子，将来他会成为埃及的国王。

“我仍然思考着这些问题，在晚餐快要结束的时候阿蒙－赫普－苏－夫却让我大吃一惊，因为当他清晰地跟他的母亲谈到今晚在底比斯等候他的女士的美貌之后——可以看出他想让他的母亲对此产生嫉妒——他直接就跟我说话了。他的意思很明确，而且是用轻蔑的语气跟我说的，‘你是我父王的亲信。’他说道。

“‘没有人会像我这样表态的。’他笑了，他总是在提醒我将来他有可能成为我的国王，而且是一位更难伺候的国王。接着他说道：‘你必须跟我父王讲清楚是谁奖赏了你。’

“他因为最后这句话而欣喜不已，就连他母亲也拍手鼓掌了，而且还在他离开之前大口地亲吻了他。

“‘你告诉他父王什么了吗？’王后问我。

“‘也没有什么，’我说道，‘伟大的国王并没有听进去。’我叹了口气道，‘可悲的是，那些坏人的四肢会被两块大石头压碎。’幸好这时候我终于露出一丝笑容，我知道这种笑容是那种诡秘而邪恶的微笑，王后也报以微笑。‘你就像“奶油”一样“无助”，’她说道，‘两块大石头有什么好怕的。’

“这个玩笑就是一个很好的例子，表明王后对我们的语言又加以巧妙利用了。‘无助’跟‘奶油’的发音是相同的，而且这个词语是她魔法词汇里的典型代表，就像鸽子的翅膀一样轻盈。其实，这使得我深思为什么同样的声音可以让她同时想到奶油和无助，正如‘想’这个词也可以简单地表示‘口渴了’，或者表示‘你是一个花瓶’，或者表示‘你在跳舞’，或者表示‘准备停下’。用我们的语言表示‘冥想’就跟‘亵渎神明’差不多，正如我们轻声说出‘深思’，也意味着‘神之光’，或者可以指你的‘肛门’，由此可见，承载我们的思想的词汇之网是没有尽头的。因为奈菲尔塔利经常写这些词语，所以她知道只要在一个单词的末端画上一个小神灵或者是某种旋曲的花纹就可以从阳光里摄取某种含义，然后这神秘的含义就会进入你腹部最黑暗的棺材里，果真是这样的吗？王后精致的祭品经常让我大吃一惊。习惯了玛－库瑞特力量的我，现在才意识到那些接近神灵的人的触碰是多么轻微。我知道，尽管王后很爱慕她高大的儿子，她也很乐意跟我独处，这是一位伟大的王后以及神灵的配偶所具有的本性，就像拉美西斯，她也不止有一个灵魂，而是十四个，因此她体内有很多个女人同时存在，每个女人都可以在不同的男人身上找到乐趣。

“可以说她对我很了解，我们独处的时候她的第一个举动就是来到一个金箱子前面，上面放着一个大箱子，她从里面取出一片像额头一样宽大的圆形乌木，手柄是合金制成的，圆形乌木里镶嵌着抛光的银盘。她小心翼翼地拿起来，因此我只能看到这个乌木圆片的背面，她坐在我旁边，然后把圆形乌木片放在桌子上。接着她说道（几乎也是我想到的）：‘你研究过那种优美的“揭露”吗？’

“我再次感到困惑，我不相信她指的是阿蒙来到她面前而让她怀上阿蒙－赫普－苏－夫的那个晚上，事实上我对如此直接的问题感到十分尴尬，因为我猜想她所指的不可能是‘受孕’，虽然‘受孕’这个词也有‘揭露’的意思，但是通过她脸上的浅浅一笑可以看出，她的意思与阿蒙无关。因此我必须去领会这句话的另一层意思，我不停地思考着，难道她的意思是‘你研究过那种邪恶之事吗？’然而再次确认她的表情可知，这句话几乎不可能是这样的意思。最后，在排除大部分不可能的意思之后，我推断出她所说的意思是‘你研究过一条优美的河流吗？’因为我确实研究过，我仔细观察过河水平静且清澈的尼罗河，我的脸庞在细小的水波上荡起了涟漪，因此我点头回答道：‘有，我对尼罗河几乎无所不知。’我一下子觉得如释重负，随后她举起手来捏了捏我的脸，取来一盏烛台，将乌木圆盘绕着烛台转，我惊恐地往后退。借着火焰散发出的光芒，我看到了一副男人的面孔，跟我的脸庞有某些相似之处，但是比我在尼罗河水面上看到的脸庞还要清晰。现在，我几乎在这个抛光的银盘上看到了自己的特征，而且我看起来很像奈弗－赫普－奥科汉姆，也就是我孙女海斯弗蒂蒂的丈夫，没错，我表现出的是那种服侍高尚且伟大的神灵们的表情，曾经身为御者的我看到此时如此谨慎的自己而大吃一惊，我的脸庞是多么平静而又忧愁啊，所有的愁绪都来自蜜球的脸颊，一座腐坏的坟墓肯定存在于我的心里。那是我看到自己的脸庞后最先闪过的念头，这样的念头源自我身边最高贵的灵魂、最接近勇敢的神灵，而且这个念头对我自己是最苛刻的，随之而来的声音是发自我的肉体，大家都在得意地看着我。我自以为在女人们心里我是才貌双全的，实际上，虽然我如此英俊但在她们眼里我就像一条供她们娱乐的狗。我十分害怕，因为我意识到我看到的不是自己的脸庞，而是我的灵魂，它就存在于这个抛光的银盘表面。奈菲尔塔利以一种嘲讽的姿态用指尖轻抚我的双颊，说道：‘啊，这位亲爱的男士居然不知道这是一面镜子。’

“‘没有镜子像这样的。’我努力回应她，我几乎说不出话来了，其实我想说的是：‘为什么这面镜子会改变一切？’因为我知道如果每个士兵和农民都可以看到自己的灵魂，那就没有必要所有人都想表现得跟神灵一样了。噢，我曾经看过那种普通的镜子，是拼凑而成的而且没有光泽的那种，它们的表面很粗糙，因此当你照镜子时会发现眼睛和鼻子都被扭曲了，但是这面镜子与众不同，它肯定是整个埃及最光滑的镜子，是一种真正的‘揭露’——这是她经常使用的词语——而我的灵魂就在我面前，我们互相盯着对方。

“我再次明白了游荡在卡特－纳塔是多么残酷，无坟可归，身边只有黑暗冰冷的阴河，口喷火焰的大蛇以及各种怪物。因为我明白了我的灵魂实质上就是我自己，而且在我面前是如此活灵活现，他是属于那种即使在微风中或者轻烟中都会被摧毁的魂魄，我很想发出大声的呐喊，以对抗这些怪物。镜子里的这张脸庞看起来是如此栩栩如生，就连倒映出的烛光都像是卡特－纳塔的火焰，我知道我爱我的灵魂，不管我的生命中有多少特征是腐坏的。接下来，通过王后的手腕转动那个手柄，我也看到了她的灵魂，她靛蓝的双眼在火焰的映照下就像傍晚的天空那样蓝，然后她从那抛光的银盘里回视我，我鼓起勇气直视她的灵魂，至少这是她十四个灵魂中的其中一个。我的表情肯定已经向她表明我有多么爱她，她眨着眼睛，仿佛她也能看到隐形翅膀的影子。我想在那时候她肯定会知道，如果国王死了的话我一定会杀了她。我们通过镜子看着对方，直到彼此的眼泪都夺眶而出。

“经过我们聚精会神的对视，我第一次进入了她的思想，而且在我们凝视完毕之前，我握起她的手——我终于鼓起勇气握起了她的手——经由她的手指（她的手指就像国王的手指）得以进入她的内心，她的思想并不缜密。她正在回忆阿蒙来到她床边然后她怀上了阿蒙－赫普－苏－夫的那个晚上，没错，国王的嫉妒心由此而生。而我当触摸着她的手掌时，我的嫉妒心理也开始作祟了，我看到她坐在阿蒙神的大腿上，没有人比他更强大了。她的思想急速从我的思想里经过，就像一匹骏马奔驰过一样。之后她再次变得镇定起来，而且显得有些邪恶，她将身体前倾至我的耳边轻声问道：‘玛－库瑞特真的对你爱不释手吗？’

“我不知道她听到的是我的思想还是蜜球孤独的思想，也有可能像鸟群一样叽叽喳喳的宦官们的思想，从一座宫殿的厨房到另一座宫殿的大门，所有的闲谈都被奈菲尔塔利听到了。而如果此时我恰巧是这些闲谈中的一部分，我会何等尴尬啊。

“我没有作出回应。我想，如果我假装不知道这个问题，贵为王后的奈菲尔塔利怎会穷追不舍呢。到那时我还是不明白，她的言行举止是如此优雅，而她的欲望就像国王一样与那头狮子的嚎叫相契合。‘说吧，’她说道，‘是真的吗，玛－库瑞特是这么说的吗？’现在，我不得不思索是否玛－库瑞特和王后已经亲密无间了，她们通过彼此信任的朋友进行对话。

“我原本应该像个傻子一样微笑的，或者就纯粹要些小聪明，然而从我心底散发出的力量却像一位勇者一样激励着我，使我将目光重新投放到了那面镜子上。我伸出手指将手柄旋转了一下，通过灵魂的对视我们就可以再次谈话了，我说道：‘如果不是因为您的美丽动人，我就会经常想起玛－库瑞特。’在这一刻我突然明白了对报复的真正渴望就像一条大蛇，蛇的尾部存在于我思想的深坑里，而头部则在王后的眼神里活灵活现。我们都感觉到了玛－库瑞特的呼吸，仿佛她给我们的祝福还不能和她使用咒语的力量相比。奈菲尔塔利和我依然通过镜子对视着，彼此的思绪就像强大的洪水冲刷着高大的河岸。我们十分惊讶地看着对方，就像大家在集市上看到一个陌生的外地人时的表情——没错，通过她的苗条的身躯以及丰满的臀部，这个女人确实在引诱着我，而且她的年龄也在引诱着我——她和我同龄，拥有与我相当的智慧，虽然她是陌生人，却极有可能成为我的配偶。我看着她，我知道她也在看着我，她现在是一个女人而不是女神，我现在是一个男人而不是仆人。很奇妙我们会如此投缘地邂逅，真是美妙的邂逅。接着我们对彼此温柔一笑，唉，可惜那灵魂只是她十四个灵魂的其中之一啊。

“尽管如此，我们仍然像老朋友一样友好，而且她再次握着我的手，由于此时我们很亲近，她就开始对我解释我以前一直都想不明白的问题。之前在后宫里令我费解的那些问题现在都真相大白了，也让我对法老有了新的了解，我明白了为什么法老从卡叠什回来之后就变成了另一个人，因为她告诉我在赫梯人突围的那些大战期间，国王就在他的帐篷里祈祷，祈求阿蒙赐予他跟敌人交锋的力量，阿蒙也保证他的希望一定能实现。阿蒙的原话是这样的：‘你并没有为了长寿而祈求于我，因此你将会得到巨大的力量。’

“奈菲尔塔利说道：‘从那一天开始到现在他已经活了二十九年了，但是他仍然等待着阿蒙来取走他生命的那一刻。’

“‘这就是为什么他现在和那个赫梯女人在一起的原因，’奈菲尔塔利说道，‘他相信阿蒙不敢跟赫梯的神灵作战。’此时我看到了她眼神里的愤怒，‘当他跟赫梯的公主睡在一起时，他感到十分恐惧，因而试图接近她的赫梯神灵。就此而言，国王仍然需要我。’奈菲尔塔利的嗓音就像黑夜一样深沉，而且就跟她想施加在国王坟墓上的巨石一样沉重，‘他的懦弱让我十分鄙视他。’她愤怒地说道。”

十一

“有时候，独自一人睡在我的府邸，我会在半夜突然醒来，感觉蜜球似乎就在我身边。我朝四周望了望，并没有蝙蝠掠过窗前，也不是鸟儿突然闯入花园的灌木丛中发出的声音把我惊醒。我常常觉得神灵们就像突如其来的洪水，可以把所有的村庄都变成沼泽地，而我的好运气就如同被洪水冲走了一样，只能无可奈何地面对眼前的现实。

“我这么说是因为接下来的祭祀品着实不堪入鼻，我讨厌这样的祭祀方法，而我为奈菲尔塔利提供的服务也没有什么新的花样。有一次，蜜球将她的猫屎和植物烧完的灰烬以及她手臂上的血混合在一起，然后自言自语道：‘法老的粪便正是我想要的。’我突然感到极度反胃，残留在我胃里的食物因为她的魔法又一次翻江倒海。我发誓我绝对不会忘记那天她所说的话，因为我知道她确实是那么想的。居住在后宫的时候，我常常会思考是不是这就是万物的本质。有时候这种想法会让我深信不疑，因为它就像我脚下所踩的土地那样真实。我从来都不知道动物的粪便可以成为一个事件的关键因素，也许这就是它离开我们身体的重要原因吧。最后我得出了一个令人难以置信的结论：粪便、血和火是魔法不可缺少的三样东西，而这三样东西中粪便更为重要，因为粪便被认为是那些行将就木的身体和腐朽的灵魂想再一次结合在一起以获得重生的载体。但是当我开始思考一些关于粪便转换的事情时（不仅仅要考虑它的来源，还要考虑吃它的狗和围绕着它盘旋的苍蝇），我会想到所有这些所谓的神灵，正如瘟疫那样在经常发生变化，这些神灵时时刻刻都会改变心意。‘粪便真是危险的东西。’我自言自语地说，甚至我还想到了一个连自己都无法解释的怪念头——拥有某个人或者某种动物的粪便就等同于拥有了黄金和财富。

“难道这就是每个上朝堂的人一旦接受赐封都会穿得像黄金一样闪闪发光的原因吗？我还清晰地记得在位于大宫殿和小宫殿之间的大广场上，黄金雕像在太阳的照耀下，倒映在湖面上闪闪发光。而在河岸边，黄金屋顶下面有一排白色的大理石，底比斯城的贵族和富商们总会聚集在这个地方乘凉，最后这些人几乎都到了上埃及地区。他们从尼罗河三角洲出发，沿着尼罗河到达上埃及地区，就像散布在尼罗河两岸饮水的牲畜，最后终将会成为我的献祭品。

“想进入大宫殿里没有通行令是行不通的，同样，除了法老的贴身随从之外，谁都不可以进入小宫殿。因此，在法老迁都之后，位于玛特湖岸边的露天场地两侧的金银财宝也从底比斯城转移到了孟斐斯。法老出门时总是被华丽的轿子抬着，一般都由八个人抬，这八个人是从数百人中精挑细选出来的，他们每天都是要么守护在宫门口要么就在国王巡访时随时陪在左右待命。这些人后来都变成了惹是生非的流氓，性格暴躁，即便是琐碎小事（比如被水溅到）都会与别人发生冲撞，这一切都只是因为他们曾经抬过法老，如同他们触碰过神灵的肚子（这是我们称呼顶在这些人肩膀上的轿子的另一种方式）。还有其他人专门负责把法老从朝堂抬到神庙、抬到底比斯的街道或者抬到王室的码头上，这些人以前也有头衔，他们被称为国王出行的三等搬运工，然而，这些士兵并不太习惯法老从大宫殿到小宫殿的出行。而且，其他德高望重的商人都可以经过河边的双重门，如果幸运的话，他们可以获得抬着法老经过真理之湖（即玛特湖）附近的几百级台阶从而进入其他宫殿的特权。那段路程并不算太长，也有人说这些士兵会在酷热的下午守住每一道宫门，尤其是在一天中最热的那几个小时里，顶着毒辣的太阳，人就像站在太阳底下的火炉里一样，如果不涂香水就会浑身散发出汗臭味，而且这种味道肯定不允许被法老闻到。在这种巨大的压力下，有人会放弃，有人则会引以为傲（在他们年老的时候还津津乐道）。不管他们等得有多辛苦，在他们抬起法老的那一刻总是会欢呼起来，甚至在应该快步疾行的时候还在欢呼尖叫，似乎他们从来都不害怕因为步伐缓慢而被处死。而另一队候选的人则在慢慢地等待着有一天法老会出现在他们面前。

“那时候我才知道自己的地位有多高。对于这些抬轿子的人，我认为他们自取其辱,因而总是对他们视而不见。虽然我也不被允许进入朝圣堂（小宫殿的别称），但是我可以坐在我的战车上紧随着法老的战车，一起在城里的大街行进，或是陪他到城东外的沙地里去狩猎，只要路途不远我都可以跟着，而他出行的路程一般都不会太远。当他坐在轿子上出行的时候，我总是紧随在他右边，成为仅次于法老身边那个下埃及地区维齐尔的第二把手。那个下埃及地区的维齐尔是个软弱的人，以前常常要靠我支持他，而我作为后宫的监督官，一直握着他的把柄。如今，作为法老的陪同，我终于有资格随时从任何一道门进入小宫殿了。但是，我们的国王怎么可能畏惧自己的妻儿呢？他让我告诉他我所知道一切的和所听到的一切，通常他都会授权给我，让我随心所欲地跟他交流任何问题。当然，我从来都不会为了取悦他而说一些他想听的话，比如奈菲尔塔利有没有背叛他或者他儿子是否有什么阴谋之类的。跟法老交流的时候，我会用上一些之前使蜜球一点一点信任我的小技巧（我总能从她的言语，从她对阿蒙－赫普－苏－夫的毒舌中慢慢推敲出来），通过对这些小事情的夸大其词，慢慢地让国王坚信我效忠于他。让法老相信他的妻儿没有任何邪恶的念头并不是一件简单的事情，我的做法让他特别满意，这不管是对他还是对他的妻儿都是一个皆大欢喜的结局。对于法老而言，他所戴的双皇冠代表着埃及‘两地’，因此他所做的事情必须兼顾大局，如果发生以下的情况——上埃及地区的人想了解奈菲尔塔利背叛的真相，而下埃及地区的人则渴望得知她是一个忠贞的人——他也好应对。同样的，当奈菲尔塔利在我面前揭穿法老忌惮阿蒙－赫普－苏－夫的事情时，我也会把她说过的话告诉法老，即使连我自己也没想到我居然会告诉他那么多事情。他躺在大寝宫的床上接见了我，拉美－娜芙如依偎在他怀里，她的金发覆盖在他的胸前，我就这样不带任何愧疚地背叛了奈菲尔塔利。其实她知道我肯定会将这件事告诉法老的，并且她也希望我这么做。毫无疑问，她在我们眼中都变得强大了，我非常赞同她所说的话：'我鄙视他的胆小怯懦。'

"法老的叫喊声穿透城墙传到了我耳边,拉美－娜芙如第一次盯着我看，虽然我在她来之前曾在法老的寝宫停留过两次，但是每次都只能看到她的背影。他们总是会在我面前显得十分拘谨，因此我觉得自己无话可说，只好离开以保全自尊。现在，只要我够大胆重复王后之前说过的话，就可以做一次小小的回击了。

"拉美－娜芙如从床上爬了起来，坦开邪恶的胸膛，大声哭喊道：'她是邪恶的，她的双眼也是邪恶的。'我不明白她是什么意思，她的情绪如此激动，如此恶毒的话居然会从一位像盛开的花朵般美丽的女人口中说出，但是我可以从她的话语中感受到她的痛苦，她想竭力控制住自己的情绪，以免被愤怒冲昏头脑。她知道在接下来的几个小时里法老都不会想起她了，法老宁愿与奈菲尔塔利同床共枕而不愿和他美丽的新娘共度春宵，她对法老的厚颜无耻感到震怒。

"过了一会儿，法老命令我把他床边的金碗送出去，到花园里倒掉里面的东西。我从来不指望得到王后的理解，但是法老对我的指令却受到了她的鄙视，仿佛她这样做就能降低这件事对她的羞辱。我同时向王后和国王都鞠了躬，起身拿起金碗离开了房间，朝着房间后面走去，把金碗交给了正在那里等待的祭司。他是专门照看金碗的负责人，在我牙牙学语的时候他就被授予了这神圣的使命，他告诉我我的任务完成了。

“我并没有跟他辩驳，怒火在指尖燃烧，我对这样被免职的方式感到羞辱。尽管我没有流泪，但当时我感觉很糟糕，就像无助的孩子，我恨我的法老，但是这样的憎恨无济于事，因为我希望自己能够去爱戴他。其实，我的内心深处是爱着他的，但是没有用，一想起他只会越来越不喜欢我，我就很想毁掉他。

“我的内心滋生了种种报复性的想法。一边走在拿着金碗的祭司身旁，一边想着即便今晚怒气在我内心深处汹涌澎湃，但是明早一醒来，金碗被我碰过的地方仍残留着余温，太阳依旧像金碗那般金黄，我的手掌会像太阳一样灼热而疼痛。

“祭司看到我还站在他身边，就不怀好意地跟我说：‘我并不是对你的高权位有所质疑，只是国王希望我秘密执行这项任务。’

“我告诉他：‘平时是这样的，但是今早法老让我跟着你，不信你可以问问他。’

“我知道他肯定不会去问法老，因为在他整洁的外表下，其实藏着一颗懦弱而自私的心。他点点头，装作毫不惊讶的模样以保全他的自尊和面子。但是，我还是看得出他很担心，不知他会不会被降职呢。

“我们沿着小径穿过花园，祭司双手交叉在胸前，紧紧地抱着金碗，仿佛那是刚刚从祭坛上取下来的圣物一样。不管是遇到士兵、仆人还是园丁走过我们身旁，他们都会恭恭敬敬地向金碗鞠躬致敬，而我可以从祭司走路的姿势看出，他正骄傲地昂首阔步，完全把自己当成了法老。

“我们来到了一道绿色的门廊前，在那里我看到了一张简略图画着一头黑色的野猪。我们停了下来，祭司从他的衣服口袋里掏出一把木制的钥匙，回头看了看我才打开了门，我知道他还在琢磨着是不是法老之前就已经把事情的来龙去脉告诉我了。而我装作什么都不知道地询问他：‘请问这只野猪叫什么名字？’

“‘沙哈，’他继续装出一副无所不知的样子说道，‘那是塞特的名字，当年他与荷鲁斯大战失败后就变成了一头野猪。’

“‘我知道，这和法老告诉我应该进的那道门的名字一样。’我不明白为什么当时我想进去看看，总之我还是坦然地进去了，就像是靠近神灵的旨意那样坚定。换句话说，是靠近那些在你内部清醒着的神灵们。谁能有这般荣幸去知晓这些神灵的名字呢？

“我们来到了一个种了很多草药的花园，祭司弯下腰，跪在一块小水田面前，放下金碗，打开盖子，倒掉金碗里边的东西，在每一小寸土地上捣鼓着，把泥土揉捏成小泥团。我紧随着他跪在一旁，而且必须表现出仿佛要去触摸每一片叶子的动作，因为他告诉我：‘这是智慧草，只有作为守护神的我才可以采摘。’我点点头，按照他告诉我的去做，然后就站起来了。当然，当我触碰到叶子的时候，他还是用质疑的眼神看着我的手，但他并没有看到我放在底部的另一只手，此时我的这只手里还握着一小块泥土，犹如法老的血一样散发着余温。我鞠了个躬，祭司在祭坛旁边跪了下来，默默地祷告着，接着他用从小花园里提来的圣水洗了洗手。我站在离他一步之遥的地方，只是为了防止外边的人进入，接着快速走向小宫殿的空地上，那空地环绕着玛特湖，紧挨着大宫殿。我迅速地穿过几座小花园，走过神殿和神龛，直到后宫的门映入我的眼帘。在奈菲尔塔利的宫殿前，我受到了她的热情款待，每一个清晨，她都会在那里跟她的官员和百姓一起畅谈。那里还有一个卧室，我们两人总会在前一天晚上靠着她的镜子秉烛夜谈。此时我的手一直在颤动，仿佛正握着法老的残余物。

“当我把手中握着的东西展现给我的王后看时，她显得很严肃，突然间她变得很机敏。她没有等到夜幕降临，也没有进行任何祈祷，只是把小球紧紧地握在手心，紧闭着双眼，然后自言自语地说了几句话，就把小球还给了我。她对我说：‘把神灵给他的这个恩赐拿去丢在玛特湖里吧。’

“我照她说的意思做了。在那天下午的晚些时候，那八个士兵就把法老从大宫殿抬到了小宫殿，在他们经过玛特湖的那一刻，法老突然摔倒在地，从高高的轿子上重重地摔了下来。他的头撞到了大理石，一动不动 ，有些人以为他死了，而大家也都知道他可能快死了。突然间一切都静止了，除了风在他的喉咙里搅动。

“随即法老被禁卫军送到了朝拜堂，他的床也被移到了祭拜坛，由四位御医轮流照看着，而塞克美学院的祭司则在一旁祈祷着。从沙哈花园采摘来的草药正放在壶里煎熬着，苦涩的味道扑鼻而来。从努比亚狮子下巴上扯下来的肉，与对应着他十四个灵魂的十四种蔬菜混合在一起，他撞在地板上的头部被涂抹了圣油。祭司们唱着祈祷的圣歌，拉美 – 娜芙如进来用她自己的方言轻轻地诉说着什么，当其他人都走了之后，奈菲尔塔利与阿蒙 – 赫普 – 苏 – 夫也来看他。他们都静静地在坐在法老的床边，我则站在他们的后面，紧挨着来自塞克美的医师。此时法老还是一动不动。

“看着法老静静地躺在那里，我意识到大家心目中的神灵就快死了，我也在默默地祈祷着，因为如果法老死了，我就不得不杀了奈菲尔塔利，要不然等我去了阴间就要面对法老数年来的怨气。

“现在我望着奈菲尔塔利，总感觉自己就是个刽子手，她就默默地坐在她的金色宝座上，静静地等待第三个黎明的到来。而在后宫的外面，透过天井和花园，国王则一动也不动地躺在小宫殿里，守夜的医师们也并没有就此而停下。没有人走到大理石的遮蔽处或是到围墙之外去，整座底比斯城仿佛陷入了一片死寂。奈菲尔塔利也是一样，显得格外安静，我坐在那里不知所措，不知道能否守住国王的秘密。

“此时此刻我正暗暗思忖，那些伟大的贵族、高官和祭司们正在秘密地盘算着谁能成为下一任国王最亲密的朋友。阿蒙 – 赫普 – 苏 – 夫总是和他的母亲在一起，当然他的士兵们也总是紧随其后，而我深信，这些士兵已经为即将到来的战争整装待发了。他们与普通士兵相比，经历过更多的磨难，因而也显得更加积极和乐观。此时此刻我知道，这些士兵就像大猛兽那样精力充沛，都等不及想把这些人的头统统摁住然后狠狠地撞向大理石板了。

“近些日子以来我都没有见到阿蒙－赫普－苏－夫了,他也收敛了不少，不再那样虎视眈眈。有时候他总是会盯着我看，直到我选择不再逃避而是用目光直接与他对视，我们总是相互对视着，直到想撕破对方的脸的那种冲动消失。我本来不应该在他紧握拳头的时候表现出自己的恐惧和压迫感的，但我对他的羞辱感到很不耐烦。我曾经在一次大规模的战役中在他父亲面前奋勇杀敌，所以我觉得他那天运气很不好，事情的真相是，那天我用尽全力狠狠地回击了他。我们互相瞪着对方，宛如一场决斗，若不是因为奈菲尔塔利的话——‘如果你父亲去世了，我特别需要你们两个。’——打断了我，我会瞪着他直到眼睛瞎了也无憾。

“阿蒙－赫普－苏－夫离开了房间，他受不了用欺骗的手段来取胜。他从不相信自己会失败，因而被他母亲的话打断就相当于输掉了一场战争，只是我并不知道这些事情。如果我在他眨眼之前先眨眼，我觉得我会在下一次呼吸的瞬间抽出我的短匕首刺向他。如果我杀了他，接下来奈菲尔塔利就会成为第二个目标，等我杀完他们两人后，其他人闻声赶来时已经太晚了。在那个时候我因为佩服自己的勇气而欢欣鼓舞，顿时觉得自己可以跟奈菲尔塔利平起平坐，她将双手放在我们之间以保护自己的生命。也就是在那一刻，年少时的那种想法又再次浮上我的心头，那就是：我确实是阿蒙之子，他当时真的在我母亲面前。难道还有其他证据能解释为什么我和阿蒙－赫普－苏－夫的眼神一模一样这个事实吗？别无他选了，我暗暗嘲笑他的愚蠢，竟然让我和他的母亲单独待在一起。

“她温柔地笑了笑，然后问我：‘为什么法老选你作为我的仆人？’

“‘是因为我是你的朋友你才这样问我吗？’

“起初她没有回答，而是慢慢地靠近了我，然后说道：‘我知道你心中对阿蒙－赫普－苏－夫有种种怀疑。’

“我弯下腰鞠了躬，在地板上叩了几个响头，我不知道应该怎样回答她。‘法老死去的时候我会待在他的身边，’我说，‘这就是他对我的命令。’

“她点了点头，其实她了解我不想说的一些事情，死亡临近于她就像仆人送给她的一件衣服一样。

“‘为什么你要告诉我呢？’她问了问，‘是因为你不想顺从他吗？’

“原本我打算说：‘我是绝对不可能会顺从法老的意思的，你对我的关怀对我来说比他对我的命令重要得多。’但是我并没有说出来，最有智慧的神灵告诉我，人要懂得守住自己的嘴巴，最后我告诉她：‘我不能确定我会不会遵从他的意愿，与此同时我也不敢保证。’

“她用另一种眼神看着我，我看到她的眼神变得更加温柔了，而且眼神里还含着一些敬意。她很钦佩我竟然敢杀她，这样的勇气肯定只有神灵才具有。但是，一个王后怎么可能被像我这样的男人所吸引呢？除非是神灵经由她在传达旨意。

“‘是的，’她说，‘肯定没错，玛特对你爱不释手。’她的会心一笑清楚地表明了我只需要足够勇敢，一切都有可能发生。

“当然，她是一位王后，而王后的心思就像迷宫一样让人捉摸不透。所以我觉得她有可能对我几乎没有爱，因为我是毁掉她婚姻的导火索。如果法老在死亡之前下令让她陪葬，那要怎样才能让她相信法老是真心想和她在一起的呢？”

十二

“法老并没有死，昏迷了四天之后终于睁开了眼睛，第五天能开口说话，到了第六天，他终于可以抬起头来，而在第七天他居然可以站起来了。很快他又重掌大权，还巡视了后宫。我和皮普提继续保持联系，我经常在清晨时分在通往后宫的门口遇见他，我们两人会站在各自的立场上互通消息。我了解到，当他走在返回后宫的路上时，法老已经与蜜球共度良宵了，两人鱼水之欢的声音甚至比狮子和河马的声音还要大。第二天起来时，她就让自己表现得像个王后一样，春光满面地到处炫耀。

“每次看到皮普提讲述这些事情时脸上那自鸣得意的样子（难道这些宦官还以为是他们自己在行鱼水之欢的事吗），我能想象得出那种凄冷的悲伤就像大篷车被劫后，商人们被扒光衣服丢在月光下一样。

“但是，现在回想起来，我也不知道在那场博弈中我是输了还是赢了，很多对法老最恶毒的诅咒也许就是奈菲尔塔利下的。在我回去时，我遇到蜜球宫中的宦官们正在我的屋外等着我，并交给我一根长长的红色羽毛，接着他就静静地离开了。这根羽毛带有特定的信息，那是在我离开后宫时我们两人共同达成的协定——暗示着蜜球要我赶快去见她。

“在法老慢慢康复的这些日子里，王宫里一片混乱，这都是那些野心勃勃的人计划在法老死后制造混乱的前奏，现在这些计划也随着法老的康复而彻底破灭了。那么谁会调查这些事情背后的真相呢？之前贵族和祭司们都向这些试图篡权的人保证绝对会成功地怂恿他们加入，我知道在法老康复期间，很多事情都偏离了原来的轨道。在神庙里举办的庆典仪式是错误的，堆积如山的麻烦事正等着他去处理。上议院的大厅拥挤得可怕，上下议院的议员们都拿着文件在外边等候着，这些都是由于法老病倒而无法批阅的文件。

“我对这些都无动于衷，我没有进入神庙，只是径直地穿过人群，来到了奈菲尔塔利的身边。这些日子我比以往更加频繁地陪在她身边，因为她对我说过她需要我。我们都不知道万一法老死了我会怎么做，其实即便他真的死了我们也不知道应该怎么办。一天还没有完全过去，她就拿出了镜子，我们面面相觑，研究着其他面孔后面的灵魂，我最终知道了她十四个灵魂中的绝大部分，不管怎样，至少是在一点点了解。云飘浮不定，触碰不到太阳的边缘，微风无处不在，却无法穿过庭院里的大柱子，在她的一个灵魂离开前，又有另一个灵魂进入镜子里面。我们的目光在镜子里交汇，有时候她就是用这种方式和我说话的，尤其是在国王去看望拉美－娜芙如的那些清晨，每个宫殿都知道这件事，她就会说：‘除非我就洒汤事件请求他的原谅，要不然他不会到我这里来的。但是我不会那样做的，因为他已经把我的仆人鞭打死了。’她看了看我，怀着沉重的心情继续说下去：‘这个可怜的仆人有个失明的女儿，她拥有一副美妙的嗓音，曾经是我的盲人唱诗班里唱得最好的孩子。但是自从她的父亲被打死之后，她就无法模仿鸟儿发出清澈的声音，这都归咎于那个染发的女人。’

“这就是奈菲尔塔利对拉美－娜芙如的看法，奈菲尔塔利对拉美－娜芙如是如此憎恨，以致于用排泄物来起誓诅咒她。奈菲尔塔利反反复复地摆弄着动物的粪便，就像人们传说的那样，这些东西可以给拉美－娜芙如带去厄运，诅咒她那一头秀发脱落直到死亡。我不喜欢奈菲尔塔利的灵魂展现出的这残酷的一面，因为一旦开始，这残酷的力量就没有想离开镜子的意思。接着我的王后说道：‘那个赫梯人讨厌法老，因为法老经历了很多连他自己都不能预料到的磨难，他太坚强了，以至于没有意识到那就是他的苦难。如果法老的知觉不是那么迟钝的话，他就会察觉到自己会重重摔倒，这就是法老痴迷拉美－娜芙如那一头该死的长发的后果。’

“最后，奈菲尔塔利告诉我说：‘我希望她的头发掉光光，到了那时候要我献祭任何礼品都可以。’

“奈菲尔塔利寥寥数语给我的震撼甚深，我敬畏她，害怕她，觉得她就像一个神。我竭尽全力去相信她，让自己对她选择我作为她的助手这个事实深信不疑。我或许是阿蒙之子，但是她有比我更厉害的儿子。接着她继续重复道：‘到了那时候要我献祭任何礼品都可以！’她的双眼如此清楚地跟我的阴茎和精液诉说着，塞特之神在我体内醒来，于是我生平第一次有了想跟她做爱的冲动。我渴望着她大腿之间的私密部分，也就是伊希斯的灵魂所在地。

“奈菲尔塔利此时对我说：‘你必须去看一下蜜球。’

“我并没有告诉她这件事到底有多难，我只是对她鞠了个躬，之后便离开了她的宫殿，远远地看着阿蒙－赫普－苏－夫朝我走来，我又向他行了个礼。如今，我们再也没有互相注视对方了，我们再也不喜欢用像刀子般锋利的眼神狠狠地盯着对方了。事实上，我们当时还寒暄了几句，因为那时候他刚好在和他的母亲告别。我们四目相对，似乎只有谁先主动开口才能打破这僵局。今天他就要和他的船队沿着尼罗河而下，他们将为了一场小型战役前往利比亚，那里是另外一个边防要塞，这是法老下的命令。我祝愿他一切顺利，却隐隐约约感觉到这是他要战死沙场的先兆。

“阿蒙－赫普－苏－夫离开之后，我在后宫的晨昏门附近散步，后来就让守在城门口的其中一个宦官去帮我给皮普捎个信。没过多久，我们就通过城门边的小空地隔墙说话。

“我告诉他：‘我的心很平静，希望你也能找到你心中的宁静。’

“‘我的心也很平静。’

“他没能继续说下去，而是开始笑了起来，笑对于他来说就像哭一样。我发现，对于许多宦官而言，他们不明白笑和哭有什么区别，他们的生活与我们的区别太大了。他说：‘实际上，在后宫有一段小插曲。’接着他又告诉了我王妃们之间的争吵和宦官们之间的推推搡搡，不用问，后宫现在肯定是乱成一团。大家对那天晚上法老和蜜球过夜的事情感到很迷惑。接着，他又叹气道：‘尼罗河的水位已经上涨了。’

“‘我必须告诉你另外一件大事，王宫很快就要搬迁了，王后们就要睡在新床上了。’

“他因为王宫的搬迁而痛哭，虽然他的眼里含着泪水，但我分辨不清他到底是在哭还是在笑。他揉着红肿的眼睛哭诉道：‘事情很快就能尘埃落定了，因为国王喜欢那像金色阳光般光芒万丈的权力，当他和拉美－娜芙如在一起的时候，他总是感觉拥有了全世界。’

“‘以前的确就是这样，但自从他摔伤之后，他就对那个赫梯女人失去了兴趣。’

“皮普提无奈地耸了耸肩：‘但是他却让玛－库瑞特教他魔法，好让那个赫梯女人更爱他。’

“‘玛－库瑞特告诉你的话比告诉我的还多。’

“‘那是，毕竟我是一个宦官。’

“我点头表示赞同，‘你也很聪明，我曾经告诉过奈菲尔塔利王后说你是我见过的最有智慧的人。她表示“我们需要这样一个人来做我们的维齐尔！”’

“他非常高兴，但是并不相信我所说的，在这一点上，他太聪明了。‘你应该不只是来听王后甜美的声音的吧。’我问他，‘你知道她很讨厌现任的

维齐尔吗？’

“‘我听说了。’我想他最好是聪明一点相信我。他问我说，‘国王会听奈菲尔塔利的话吗？’

“‘很快就会听了。’

“皮普提把我当成一个傻瓜看待。

“‘不，你错了，他身边总是有不同的女人来来往往，但总有一天他会回到拉美－娜芙如的身边去。如果国王最后果真这么做，奈菲尔塔利肯定会将那些一直以来效忠于她、对她不离不弃的人铭记于心。现在忠诚于她，总有一天她会回馈给你至高无上的荣耀。’

“皮普提听后闷闷不乐，‘即使真的像你所说的那样，但是国王仍旧不可能让一个宦官位居高位。’

“‘不，你错了，国王唯一信得过的正是宦官。’我说得有点讽刺，但是对于这件事我觉得自己也可以成为维齐尔了，‘国王除了宦官们之外谁都不信。’

“现在，皮普提终于相信我了，虽然我的话有点刻薄，但他觉得这才是真话。

“他哭着告诉我说：‘你希望我位居高位，然后到时候你就可以通过我掌控后宫了。’

“‘这是不可能的，我绝对不会这样做的。’

“他好像觉得我的谎言有点荒谬，于是笑了笑。虽然，他表面看起来越来越相信我，但是我知道他心中的诡计。一旦让他爬上权力的顶端，他就会表现出随心所欲而不是小心谨慎。‘我的朋友，祈求你成为维齐尔的那一天赶快到来吧，到时候我们就能见证是我通过你说话，还是你通过我说话。’

“‘我觉得我和奈菲尔塔利走得不够近。’

“‘但是如果你现在帮助她，她将感激不尽。’

"'她怎么知道我就是那个能够帮到她的人呢？'

"'她已经让我找蜜球谈了，并且她知道没有你的协助事情将无法完成。'

"'如果我被发现了，就会被砍掉双手作为惩戒。'

"我告诉他不会的，任务十分简单，他只需要把两个宦官中的一个安排在市场口接应，另外一个安排在王妃的寝宫里，而皮普提则坚守在自己的岗位上。之后，蜜球可能会走过后宫在围墙的小开口处停留。她会四处转转，确保没有人看到她。

"即便现在后宫里一片混乱，他也十分小心谨慎，皮普提说：'昨晚啤酒屋经历了有史以来最乱最吵的一个晚上。他还是不能相信蜜球能够从她的寝宫走那么长一段距离来到这里，而且还要做到不引起任何注意，他觉得这是不太可能的事情，但最终蜜球确实这么做了，他找了她谈话。而如果我能在今晚赶回来，他就会在围墙那的小开口处等我。'

"没有大臣能够对我视而不见。那天晚上，当我们碰头的时候，他告诉我蜜球已经表示愿意为奈菲尔塔利效劳了，但得满足她的条件：在举行盛典时，她和她的家人要作为王后的特邀嘉宾坐在上座。

"奈菲尔塔利很不高兴。当然，她完全可以满足蜜球的要求，但她有点犹豫不决，不知如何是好。她不再冷静，我又看见了她愤怒的表情。

"'我可以满足蜜球的要求，这是她理应得到的，但是我受不了她的家人。他们虽然很有钱，拥有一个造纸厂，与他们省的每座阿蒙神庙都有联系，但总归只是一介平民。玛－库瑞特的曾祖母曾经是个妓女，虽然这是流言，可我深信不疑，这些都可以从他们的餐桌礼仪中辨别出来。他们总是仔细地擦着手，讲话语速特别快，就像是二十年前的人一样。只要你亲眼见到了，你就会相信的，他们仍然是一介莽夫，实在是平凡得不能再平凡了，他们给自己的后代取名字就像给动物取名字一样，他们总是我行我素。我本来想向他们解释什么是家庭，我本还可以聊起汉特－谢普－苏特和图特摩斯，但是最后我们能谈到的只有他们的祖先，他们做了二十代的妓女和盗贼，这就是生活在湿地的人们啊。我不要他们坐在我的嘉宾位置上，我甚至都不确定让蜜球靠近我是不是正确的，虽然她有着良好的教育背景，像我一样对香水知识了解甚多。平时我是不会这样去称赞其他女人的，然而我厌恶她来自偏远的蛮荒之地，这真是对玛特湖区域的一大亵渎。我喜欢蜜球，因为我们从小就认识，我欣赏她的声音，如果她的眼睛看不见，那么我会把她当成女神，静静地享受她的歌声。但是我可以告诉你，我还把她当作一个淫娃荡妇那样看待。她有着贵族的血统，但却是贵族中最低等的，她的家人还跟挑粪工一起做生意呢。'

"我突然大胆地说道：'她只是想保护自己的脚趾。'

"'那个被法老砍掉的脚趾吗？'当我回答'是'的时候，奈菲尔塔利幸灾乐祸地说，'法老从没有告诉过我这件事，他并不擅长讲故事。'她深深地叹了口气问我，'你觉得我应该邀请她吗？'

"'你最好是把玛－库瑞特当成自己的朋友而非敌人。'

"'更好的是把我也当成朋友。'她最后坐了下来，'到这儿来，看着镜子。'她看起来心情不错，'我挺喜欢玛－库瑞特的，在我和法老都还年轻的时候，玛－库瑞特就已经是一个王妃了，这一点我特别嫉妒她。卡扎马，你说我嫉妒她是不是不对啊？'

"'我不知道，伟大神圣的女神啊，我是不被允许接近王妃的。'

"'每个人都知道你和玛－库瑞特的事情，即便是她的妹妹也知道，这是她妹妹写信告诉我的。正是因为他们一家非常平凡，我和她的家人关系反而都很好。'

"'国王知道吗？'

"'我觉得他应该知道的。'

"'那他知道后不生气吗？'

"'他为什么要生气？他曾经让你把脸贴在他的臀部上，不是吗？'她震怒了，之前我也大胆地要求蜜球那样做。法老本不应该听说我在后宫的风流韵事的，当时奈菲尔塔利只是在给我小小的惩戒，我算是明白了，因为我没有做到在没有回报付出的情况下就促成玛－库瑞特的魔法，奈菲尔塔利心里很不爽快。她从镜子里看着我，我看不到她的眼神里有任何爱意。‘帮我转告蜜球我会给她留一个上座的，给她父母留两个，再留一个给她的妹妹，再多就不行了。’她把目光从镜子里转到我身上，弄得我像个仆人一样。‘睡个好觉吧。’她安慰我，然而那晚我并没有睡好。”

十三

“第二天早上我在大宫殿里遇见了皮普提，他在王座的另一边与文武百官一起等候着向国王奏事，所以当时我也只能对他点头示好，要等到晚上才能在赫比－赫珀（这是王妃们给我和皮普提对话的围墙上的洞口取的名字）与他会面，这个小洞口显得很讽刺，因为这里什么都不是，顶多只能算一个御者和王妃们八卦的地方。

“皮普提用一根小棍把蜜球用带有香味的亚麻布包裹着的小包递给了我，这个小包比她自己的脚趾头还细长，从小包里散发出的气味让我猜不出那到底是什么玩意儿。

“在我回去的路上，维齐尔的贴身侍卫刚好守在王后的宫门外，在不远处，维齐尔正在跟奈菲尔塔利聊天，她对维齐尔的到访表现得毕恭毕敬。这是数月来维齐尔第一次到访，所以她利用我轻微地嘲弄了他：‘看吧，你再不来卡扎马就是我的维齐尔了。’这句话引起了他十足的关注，他对别人的观察犹如海盗对风向一般敏锐，他向我行了礼，看起来似乎知道我和奈菲尔塔利之间的事情。等他离开后，奈菲尔塔利告诉我：‘这个人倒是没有做过什么对不起我的事情，希望你也一样。’她接过我递给她的小布包，里面装着一张纸莎草纸和一撮金黄色的头发，只见她满脸不悦地说道：‘这头发跟公牛尾巴上的毛一样粗糙。’说完她又开始念出写在纸莎草纸上的内容：

‘果然没猜错，这真的是公牛尾巴上的毛。’她抬头向远方望了一望，似乎想起了什么，‘黑色的毛发配上咒语，然后给毛发染色，待黑发变成金发的时候咒语就会开始生效，金发也会开始脱落。’她很不高兴地大叫起来，指着那撮黑色抱怨道：‘看啊，这不是蜡而是该死的虫子。她居然想让我把这个混在我的润发油里，晚上枕着一起睡。晚上这虫子在我的头发里睡着的时候，肯定就像我的床底下垫着一根牛尾巴。我不要它在我的枕头里，我会受不了的。’

“她看起来脸色不太好，我竭尽所能地安慰她，我解释道：任何对敌人斩草除根的强大魔法总是不可避免地会产生一些混乱，没有人可以对别人作恶而自己却平安无事的。我并没有问王后是怎么回事，如果她可以如此熟练地用法老的粪便下咒，可以让他的头撞在大理石上，那她也应该明白在这种情况下她应该做到一丝不苟，一点儿差错都不能出现。但是，我也能理解，一般女人利用魔法去害另一个女人会比去害一个男人更可怕。我不敢把皮普提的最后一个提示说出来，这是连续七天以来我第一次不得不回到赫比－赫帕去再多要一个小包裹，而每天晚上奈菲尔塔利都会收到不同的信息。

“事实上，第二天晚上情况更加糟了。按照指示，第一天晚上她要把垫在枕头下的那金黄色的纤维拿出来，在第二天晚上睡觉的时候握在手里睡，而第三天晚上则在睡觉前把它放在肚子上。到了第四天晚上，放在她的脖子上。现在已经是第七个晚上了，则要把它放在大腿上，现在她已经不再那么生气了，可以看出魔法正在慢慢地起作用。

“就在当时，几乎王宫里的每一个人都知道拉美－娜芙如在痛不欲生地挣扎着，不停地呕吐着。我在第五个晚上看到她时，国王正把她抱在怀里，她时而软瘫瘫地倚靠在国王的怀里，时而探出头来呕吐，御医则托着茶碟帮她接住呕吐物。刚见到她一面，国王就命令我出去，我知道她的五脏六腑正在体内翻江倒海。当天晚些时候，我听说她的头发开始脱落了。关于她的消息很快就在王宫里传得沸沸扬扬。

“国王从后宫里叫来了王妃海奎特，准备让这个叙利亚人去治疗一个接近叙利亚血统的赫梯王后。于是海奎特让人去找一个绿色长廊海岸边的龟壳，御医和通讯兵们几乎将底比斯城的每一个市集找遍了才终于找到，海奎特把龟壳熬成胶状，然后将它与从刚刚宰杀的河马体内取出来的脂肪混合在一起。御医每天都给她涂抹这种润发油，最后据说拉美－娜芙如的头发还是全部掉光了。

“奈菲尔塔利依旧喋喋不休地说着海奎特的事情。‘生病真是件不幸的事，但是让一个脸长得像青蛙般丑陋的人来医治更是灾难。告诉我，海奎特是否和国王同床共枕过？’当我点头示意的时候，她钦佩地摇了摇头，‘他真是一个神，也只有神才能同时拥有蜜球和海奎特。’她又一次看了看我说道，‘是不是同一个晚上的事？’我同样点了点头，‘他还真的像头公狮那样饥渴啊。’但是从她说话的表情可以看出她的心情并不是很好，‘你应该告诉我多一点关于蜜球的事情。’

“‘我不敢。’

“‘没事的，你可以告诉我。’我猜不透她的用意，我不知道是否奈菲尔塔利还在为法老继续痴迷拉美－娜芙如的事情而烦恼，这可怕的病并没有吓走他。事实上自从拉美－娜芙如病了之后，他连一次也没有移驾到后宫里去过。看着奈菲尔塔利的欣喜若狂在慢慢消失，我甚至怀疑利用所谓的能让玛特湖地区恢复平衡的魔法是否值得。后来因为肱骨疼得厉害，奈菲尔塔利走路开始变得有点跛，而跛脚这个毛病延续到了她后来的人生中，她从来都不会唉声叹气，这件事丝毫没有影响到她的好心情，她选择直接忽视此事，因为身为一位王后，还有很多事情等着她去担忧。有一次，奈菲尔塔利告诉我，‘法老总是跟你说他对我有多么忠心。’她大笑着，‘且不管这话是真是假，他这个人毫无情趣可言，他会永远效忠拉美－娜芙如，直到他再也无法忍受她的那一天。他会送给她一顶蓝色的假发，然后他们会联合起来向我们宣战。阿蒙－赫普－苏－夫会争取到属于他自己的荣耀，而不是一直在小型的围攻战里安度年月，法老则会跟我一起慢慢变老。如今我终于明白了汉特－谢普－苏特的力量。’她一边讲话一边紧紧握着我的手，我可以感觉到她手心的温度。

“但是其他人已经开始在暗地里奉承她了，她的宫殿里每天挤满了人，而之前几乎是门可罗雀，除了宫殿里的仆人、守卫以及一些老朋友们之外，几乎无人问津。现在，就连上埃及地区的财政部长每天早上都会带着他的八个抄写员前去拜访，以彰显他的谦恭有礼，甚至连地方议员、王子、法官、国王身边的大红人也去拜访她。虽然这些人并不是最有权力的，但却是国王的老朋友，在我看来，过去当奈菲尔塔利孤立无助的时候，这些人也是十分亲近拉美－娜芙如的。

“那段时间，奈菲尔塔利即便是向我抱怨也显得很开心，她对我说：‘现在的我更加享受生活了，夜晚时分我们可以一起凝视镜子。’说这些话的时候，她要么是轻轻地抚摸着我的耳后根，要么是温柔地挽着我，我从来都没有过这种感觉（除了之前与卡叠什国王的秘密娼妓有过之外），即便是她轻轻的触碰也能让我的内心深处涌起一股暖流。如今，当我们独处的时候，即便没有镜子她的眼睛也能和我说话，她不断地用手指挑逗我的脖子。她的长袍越来越透明，我知道有人可以用麻布织出很神奇的东西，很多女人会穿着薄纱去参加盛会，所以有时候你可以跟她们的丈夫一样透过她们的长袍清楚地看到她们的胴体。但是我知道不管她今晚穿得多么薄如空气，这些质量极好的衣服材料都是她施法让蜘蛛不分昼夜织出来的。奈菲尔塔利尽量让它们保持色泽光亮，以保证有时候看起来不会泛黄，同时又保证了她的胴体隐约可见。当衣衫触碰到奈菲尔塔利的双乳时，她那粉嫩的乳头在灯光下更显地红润诱人。

“我心中顿时觉得有千万只小鹿在乱撞，我低声嘟囔了几句，但只有我自己能听到。我就像一只没有脚的狮子一样无法向前走动，即便我知道奈菲尔塔利会用蜜球教她的最原始最狂野的方法跟我做爱（虽然蜜球肯定不会这么做），但是我觉得我的勇气在她那伊希斯的灵魂面前是苍白无力的，我会像死尸一样麻木且没有活力。如果和王后发生关系，就等同于搬起石头砸自己的脚。

“所以我只能从镜子里看着她，将自己的欲火埋藏在心底，我就像一头如饥似渴的狮子，我那充满欲望的眼神让空气变得暧昧起来。当其他人走后只剩下我们两人独处，她看起来很享受这样的夜晚，她对我的渴望犹如宫墙外的水一样逐渐膨胀起来，而我的下体感觉就像覆盖着冰冷水汽的一块陆地，因为我想起了她对玛－库瑞特家族的诋毁性评价，想不明白她为什么会要我。最后我得出了结论，是不是玛－库瑞特的聪明才智遭到了法老的赏识而招致奈菲尔塔利对她的嫉妒，这比她被贱民踩了一脚还让她受不了。从这以后，每天晚上她都会穿着薄如空气的长袍坐在我的身旁，每一次不小心透过她的衣服看到她的身体总会让我不知所措，愣坐在那里，我开始觉得我更像一个不食人间烟火的祭司在神坛祷告，而不是一个准备好进攻她的身体的勇士。其实，我知道我应该取悦于她的，因为有天晚上她告诉我她和阿蒙的云雨之事。有时候我在想，为什么我没有像法老那样的雄风，我本应该无所顾忌地驾驭她的。

“‘当我还是一个年轻的新娘时，法老是所有神灵中最帅气的，但就在那时我看到了阿蒙，他比我的法老更加骁勇善战，他的矛锋利得就像死亡判官欧西里斯那柄三叉戟，我看到阿蒙手持三根戟在电闪雷鸣中勇搏河马，他用第一根戟直捣赛特的洞穴，但是伊希斯的发力会吞掉拉的神秘之名（第二根戟的名字），而他的第三根戟犹如欧西里斯的箭一样，他高举着指向雨后挂着彩虹的天空，人们推着他的战车奔向太阳。就在那天晚上，我成为了上下埃及的王后。’

“她给我讲述这些故事的时候，我突然发现自己不太认识眼前的她。我本应该对她的过去回眸一瞥的，而她的眼神很深邃。我臣服在她的脚上，给她叩头,用我的脸轻轻地碰了一下她的两个脚背,两个脚背微微颤了一下。

“王后的脚踝还残留着她的香水味,但摸起来却像我的腰部一样冰凉。我捧起她冰冷的双脚,然后放入我上衣的胸怀里,我的脸轻轻地摩擦着她的膝盖。我了解她有多么寂寞,而我就像一团火熊熊地燃烧在空荡荡的洞穴里。她的脚趾头不断地挑逗着我的下半身,特别像一只受惊后不知所措的老鼠。除此之外,她还用脚趾撩拨我的阴毛,直到它们不再冰冷,她的动作就像一只偷偷摸摸而又狡猾的老鼠。

“突然一阵狂风穿过庭院的大柱子扑面袭来,足以将我冷醒,我从冷风中感觉到拉美 – 娜芙如失去头发的痛苦。风突然静了下来,拉美 – 娜芙如就像庭院里那些枯黄的树叶一样对凉风毫无抵抗力。当我从她的双膝间抬起头的那一瞬间,我觉得奈菲尔塔利应该读懂了我的心思,她觉得她应该说点什么,她告诉我蜜球给她的那一撮头发不是来自于普通的公牛尾巴而是艾比斯神牛节上的公牛尾巴,这种毛发往往都会为祭司所用,他们会用热水将它洗干净。她还说,公牛的身体还会被喷上浓浓的檀香味香水,每天晚上,祭司们都会给这些公牛铺上舒服的亚麻布以供它们睡觉。等到要宰杀它们的时候,祭司们会慢慢地引领着公牛走向神坛,然后在神坛前用手指蘸酒四处播洒,接着祭司就会将祭祀的酒喝掉。神坛的大理石会被鲜血染红,那是因为领头的公牛被砍成了两半。王后举起她的手说道:‘我知道,在公牛被祭杀后,我的尾巴也被其中的一个祭司给偷走了。为了还赌债,那个祭司还把它卖给了一个富裕的家庭。’

“她无奈地耸耸肩,一点儿也没有王后应该有的样子。‘我本应该告诉你的,那个卖掉尾巴的人就是我的小儿子卡哈马斯。他不是一名合格的王子,也不是一名诚实的祭司,你之前见过他的。’

“我惊讶地看着她,她继续说道:‘他和你一起经过黑猪之门,因为他是金碗的守护者。’

“‘身为一名王子去担任这样的职务合适吗?’我忍不住问她。

“‘即便是王妃的儿子也不会去做，但是他的偷窃行为被发现了，神庙决定把那头公牛涂满油让其永不腐朽。最后，他承认了自己的过错。一般出身低微的祭司如果犯这样的错误就会被砍掉双手以示惩戒，但是鉴于他是王子的身份就被豁免了。最终他被罚守护金碗，他的父亲从此就很少跟我说话了。’

“在我还没来得及对这个懦弱的王子产生好奇之前，她紧接着就告诉我：‘一次偷窃行为会让魔力大乱，后来他又再次偷走了牛尾巴并高价卖给了玛－库瑞特，我不得不说那东西真的很有威力。在我拥有它不久后就察觉到它是来自艾比斯的神牛身上，当时我欣喜若狂。后来我向玛－库瑞特求证了此事，她也表示我所猜测的都没错。虽然这只是一只小牛犊，但是它的额头上有着黑白相间的方块花纹，而在它的舌头上则有着黑色的甲壳虫作为标志。这些印记都意味着这只牛是百里挑一的好牛。’

“奈菲尔塔利将她的手放在我的膝盖上，我可以感觉到她的体温。‘年轻时，在阿蒙来到我身边之前的那些年，总会有一只艾比斯的公牛被选中以祭奠法老的父亲塞特。他们会在各省各州寻找，直到在尼拉河三角洲找到带有上边所说的那些印记的牛为止，接着祭司们就会把它送到上游的孟斐斯。在孟斐斯城，人们为这头牛的到来而欢呼喝彩，给它喂用麦子和蜂蜜做成的蛋糕以及烤鹅，甚至还有一群小男孩为它唱圣歌以赞美它。接着这头牛就会被送到卜塔神庙的神圣之林去喂养，而普通的牛群是必须分开来养的，它是多么的俊丽呀。我之所以知道这些事情是因为在我和法老成婚之前我正在孟斐斯探亲，我的阿姨，一个永远都渴望有男人抚慰的女人，和我一同前往卜塔神庙的神圣之林，在那里，只有女人才被允许观赏这头牛，有些人还在这头神牛面前展露自己。我发现我的阿姨也跟着那样做了，她是一个高贵且漂亮的女人，但是她还是张开她的双腿，并学着牛嗷嗷叫起来，还让公牛骑在她身上。’

“‘当时因为我太年轻，不敢表露自己，但是我阿姨的愉悦感染了我。

我嫁给法老之后，有一天晚上阿蒙来找我，他的眼神里散发着的神奇的光吸引了我，于是我大胆地将自己献给了他。’说着说着，她就把她那单薄的外衣掀起来，张开她的大腿，让我亲吻她的胸部。她身上的味道就像大海那样神秘莫测，我看到她的双唇就像大海里的金鱼在闪闪跳动，我把她搂得紧紧的，亲吻她向我敞开的每一处肌肤，她的身体在微微颤动。她温柔地亲吻着我的唇，我知道她很想和我共享鱼水之欢。

“过了一会儿，她又穿上了衣服，我什么也没有得到。她告诉我另一个故事，我从中了解到了汉特－谢普－苏特女王和她那出身平凡的建筑师森姆特的伟大爱情故事。她十分倾慕他，他也为她建造了很多宫殿和庙宇，甚至还为她建造了两座方尖塔，并在塔顶镶上了十二蒲式耳[1]的金银。

“‘她是一位强大的王后，像最伟大的法老一样伟大。’奈菲尔塔利告诉我，‘她还像法老一样在下巴上留着胡子。正如哈比神有胸部一样，汉特－谢普－苏特也拥有欧西里斯那样神圣的阴茎，不仅强壮而且有三个分支，她甚至能用它跟她的设计师做爱。’讲到这里，奈菲尔塔利更加开心地笑了起来。

“她告诉我，汉特－谢普－苏特是充满力量的女王，因为她是哈托尔的后裔，没有国王能拥有这样的女神。当哈托尔想攻城的时候，严厉的惩罚就会降临到他身上，而她则是穷兵黩武喜好弑杀，导致血流成河。拉之神看着那些抵抗的人离开埃及却没有一个活着回来后恼羞成怒，因此他让很多国王去麦子场，用血将麦子发酵做成七千杯啤酒献给哈托尔。鲜血在她的血盆大口外凝结成块，但是她依然不停地屠杀人们。‘倒啤酒！’拉之神说道，神灵们冲到草地上，直到哈托尔醉了，再也没有一脸穷凶极恶之相，而是屁颠颠地摇晃着，似乎已经忘记人类的存在。

“奈菲尔塔利告诉我这个故事的时候，我还清楚地记得卡叠什战役，战

[1] 一个计量单位。它是一种定量容器，就像我国旧时的斗、升等计量容器。

场的气味如同晚上烤肉飘来的味道一样，而塞特率领的一个分队到达时，后边跟着很多随从者。那天晚上我从两三个人口中想到了我认识的所有男男女女。除了法老的剑之外，没有人的剑能有我的锋利，而当时他则在另外一个战场上数着断手，我仿佛还能看到那天晚上血流成河、尸体遍野的场面，借着跳动的篝火，我仿佛又回到那天晚上和被我抓住的女人纵情声色的欢愉之中。这些缭绕的烟雾出现在我的脑海里，奈菲尔塔利仿佛又再一次搂住我。在镜子里，她的眼神犹如那跳动的篝火，透过轻纱，她的乳房显得丰满挺拔。在她面前，即便是我的畏惧之心，都不再像神庙里那样不食人间烟火，而是像神坛上那一股熊熊燃烧的烈火一样。

“她坐在镜子边，注视着我的短衫，虽然她并没有如饥似渴地望着我，但她希望我无所畏惧地像一头初生的牛犊一样靠近她。她叹了一口气，或许是害怕法老知道她有如此想法而表示无奈。而对于我，我无法说我不是时时刻刻饱受着煎熬的，在她走到我面前告诉我另外一个故事时，她在自己头上画了一个圈。

“那是关于另外一个建筑师的故事。回到图腾时代，没有任何遗迹，只有一个由荷鲁斯统治的王国，荷鲁斯是一个懦弱的国王，他把自己掠夺回来的东西藏在一个由建筑师圣－阿蒙建造的墓穴里。

“荷鲁斯害怕他的财富会被盗走，所以将墓穴的墙壁建得非常厚，建造墓穴的石头则由圣－阿蒙亲自挑选，他本身不仅是个建筑师还是一个泥瓦匠。然而，有一天晚上，在他的工人们离开之后，他磨光了其中一块石头，将其倾斜着从墙上移了出来，在那晚他就知道荷鲁斯是多么富有，只要他愿意，他就可以将此据为己有。但是他年事已高，偷不走任何东西，他只是带着他的长子参观了法老的墓穴，数一数国王到底有多少金银财宝。

“但是，圣－阿蒙死后，他的长子和另外一个年纪稍小的儿子把他们所能搬的金子都给搬走了。由于法老也很喜欢数他自己的宝藏，他很快就发现有小偷存在，于是他在惊慌失措中设了一个陷阱。

“当小偷又折回来偷更多的金子时，石棺盖便砸到小儿子头上，他尖叫起来：‘我再也逃不出去了，把我的头砍下来吧，这样就没有人能认出来了。’他的哥哥最后真听他的话照做了。

“当荷鲁斯发现这具没有头的尸体时，他又惊又喜。他让人把尸体挂在城门口，并让士兵逮捕围观者中那些哭泣的人。‘这是法老最残忍的一次命令，一般我们对死去的人都表示敬仰和尊重，荷鲁斯这么做无异于叙利亚人。’奈菲尔塔利感叹道。

“‘那个可怜的小偷的母亲并没有在大庭广众之下哭泣，她只是悄悄告诉她大儿子将他弟弟的尸体偷回来，不然她就自己去认领。因此那天晚上，他走到城门口给守卫灌酒，守卫很快就醉酒昏睡了，他就偷偷地把他弟弟的尸体放下来带走了。’

“‘这是不是就是你想告诉我的故事的全部内容？’我有点失望，那石棺盖狠狠地砸到小偷的那一下似乎也砸中了我。当那两兄弟偷黄金的时候，我心中不禁泛起一层涟漪，因为那具无头的尸体在我的心中犹如那具石棺一样有千斤重。

“‘还有呢，’她继续说，她告诉我那个古怪的国王被小偷的聪明才智所惹怒，耿耿于怀无法入睡，荷鲁斯甚至命令他那因淫荡而出名的女儿苏巴－瑟巴大开房门迎接各式各样的男人，不管是贵族还是平民。如果这些男人能取悦她那么他就能尽情地亲她三次，也只有像叙利亚人那般野蛮的荷鲁斯和他的女儿才会做这种事情。通过这种方式，她就知道在父亲统治的王国内有哪些最糟糕的人在出轨。这些事情总是能让她兴奋起来，男人们可以通过亲吻她三次来辨别她吃的肉的味道。‘她真是一个淫娃荡妇。’奈菲尔塔利加重语气道，‘她的兴奋让她的欲望没有止境，从她杂乱的头发中我可以看到荷鲁斯流露的淫秽眼色，她的声音就像在和圣－阿蒙的大儿子说话。为了以防万一，偷走弟弟尸体的那个人把一个刚刚过世的邻居的手臂给砍了下来，然后藏在他的长袍里。接着他就去觐见公主，在她的宫殿里，他告诉公主自己是如何救下他弟弟的遗体的。但是当公主想把他抓住的时候，她抓到的只是一个死人的手而已。就在手臂从他的衣服里掉下来的那一刻，公主吓得晕过去了，于是这个小偷借机和公主发生了性关系。’

“‘他离开之后，荷鲁斯很欣赏他的无畏和勇气，于是就公诸天下说他饶恕了这个年轻人。后来圣－阿蒙的儿子便出现了，还娶了这个埃及一半男人都认识的公主为妻，成为了一位快婿。

“奈菲尔塔利跪在我面前，掀起我的衣服，用纤细的手指慢慢地挑逗着我的身体，‘这只手臂没有被砍下来。’接着她让我轻轻地抚摸她漂亮的脸蛋。当她的嘴巴在我的下半身进进出出的时候，我的内心百感交集，我渴望着，觉得羞辱的同时，却又觉得特别有成就感。顿时，我觉得身体飘飘然，好像七窍都被打开了。接着就只剩下我一个人了，于是欲火焚身的感觉便慢慢地消减下来，她再也不用她的嘴亲吻我了。‘你就像一匹种马一样，我从来没有闻过这么狂野的躯体。’

“我趴下来亲吻着她的双脚，就像一个拜倒在她石榴裙下的人，深深地迷恋着她，我愿意为她卑躬屈膝。她的嘴唇轻轻触碰我私处的感觉仍停留着，犹如光环给人的那种感觉。我即便现在就在云雨之中死去也不会感到一丝羞辱。法老的女人已经臣服于我，我可以毫无顾忌地亲吻着她的脚趾。

“‘卡扎马，其实你下体的味道很难闻。’她亲吻完后抹干净嘴，用娇滴滴的声音对我说，好像她再也不想要我的样子。但是过了一会儿，她又一头埋进我的双腿之间，我再一次感觉飘飘然。

“‘你臭死了，就像大马路的味道。’她为什么会这么说呢，是因为在法老的殿堂上，大家为了文雅，只用肛门的味道来代替最粗俗的描述吗？我不知道是不是蜜球的骨子里也是这样的。或者说直到我看到奈菲尔塔利的嘴脸时，她纤弱的体质里含着渴望，她真是蠢透了。”

十四

“‘噢，我就喜欢这样的你，你是不是去过王宫的马厩？你有没有用种马口吐的白沫擦拭你的下体呢？’她说。

“我点了点头，我确实在拜访她之前去过马厩，还在马厩里自慰，之后还和法老的一匹母马干了疯狂的事，我也不知道自己为什么会像一头禽兽那样饥渴。

“‘你就像下埃及的贱民一样。’她一边批评着我一边继续用她的纤纤细手抚摸和挑逗着我。她十分聪明，知道用什么样的技巧能让我欲仙欲死。

“我知道她这是在对法老实施报复。她的手总是离不开我的下体，她把它称为‘大王冠’。她低声呻吟着，那声音如同她的盲人乐团的歌声那般销魂。‘上埃及的小王子，’她一边说话一边又用她那充满魔力的舌头舔舐着我，‘怎么样，一个上埃及的小王子被一个下埃及的女人所亲吻，感觉如何？’她的舌头奇妙地卷着，就像一条戴着红色王冠的眼镜蛇那样性感地吐露着舌头。到高潮的时候，她总是放声大笑，似乎觉得越激烈越能给法老带来更大的耻辱。‘你难道不想射在我脸上吗？’她问我，‘你不敢吗？不要被你的羞耻之心所打败。’她那罪恶的指尖不断地撩拨我的心，但是所有这些小把戏相比较于她那调情的言语就逊色多了。她看起来就像久旱逢甘霖的大地，她在身旁低吟着，还给我的下体取了好多奇怪的名称，她还把我称为‘叫春的人’、‘刀客’、‘大种马’、‘雕刻者’、‘膏抹者’……这些好像还不够，她还和我的‘巡航舰’、我‘肮脏的赫梯’窃窃私语，这些名字听起来就像是马瑟的发音，尽管还是有一点点区别。接着，她又用了一个普通的词来形容——玛特，这个词我几乎每天都会从别人口中听到，现在居然从一个长相秀美的女人口中说出来。‘你喜欢我挠你痒痒吗，我的监督官？’说着她用牙轻轻地咬了我一下，若不是因为我在后宫生活过，我根本不能理解她想表达的是什么意思。我们在一起是多么地尽情和欢乐，我的骄傲在她的裙下都算不上什么，她温柔地喊我‘内弗’，每次叫喊都用不同的声调，都有不同的意思。‘噢！我最年轻英俊的马儿！’她用她那尊贵在嘴抚弄着我的‘大王冠’，我大声尖叫着。最终，我射在了她的脸上，透过那薄衣射向她的乳房，然后看着她把那些液体慢慢揉擦在她的肌肤上，这就像在法老身上烙上一个不可磨灭的耻辱之印，这是我所看到的她的全部心思。我开始有点担心，她的宫殿和后宫不一样，在后宫里，每个小房子都有不同的墙隔离开来，但是声音是随处可以听到的。然而在她的宫殿四处都没有墙壁，她的卧室是开放式的，直通庭院，从卧室直接就可以看到凉亭和泳池，从她的卧室还可以清楚地听见鸟叫声，以及她的猎犬和灰狗的吠叫声，甚至还可以感受到周围空气的流动。难道她就不怕流言蜚语？谁会去传播我们之间的丑闻呢？她的贴身侍从并不全都是宦官，还有一些身材丰满得像秀色可餐的肥鹅却又像鱼儿那般安静的婢女。他们都不说话，只是静静地站在那里，后来我知道，原来法老给他们都下过命令，禁止他们帮她舔她的私处，如果他们真那样做了，那么法老会割掉他们的嘴唇和舌头。有一次，她悄悄告诉我：‘这些努比亚人的手上功夫真的不错。’

“我思索着这些事情，心中原先那团熊熊烈火已足以把我融化。我站在她的面前瑟瑟发抖，我有一种奇妙的感觉，仿佛我的下半身正在燃烧，又感觉像吃了蜜糖那样甜蜜，她给我讲的故事让我十分激动，而我不得不确保那些液体不会射到她那高贵的脸上去。而现在我有一种强烈的欲望，和法老一样，那就是不顾一切一直和她做爱。

“我们深情地凝视着对方。她翻过身来，让我从她的身后进去她的体内，那是我最难忘的时刻——当然，此时我也想到了以前的一些难忘时刻，比如，巴克－尼－昆－苏祭奠时把公羊献给神的时刻，法老看到从前线送来的赫梯人的双手堆成壮观的金字塔的时刻，这些难忘的时刻与现在的美妙时刻相比起来都从一团团熊熊烈火变成只剩一缕缕青烟。‘你喜欢我进入你身体的那种感觉吗，我高贵的王后？’

“‘对，不要离开我，对，别离开那里，我们的亲密地带好像在窃窃私语。进来吧，快点进来！’

“当我进入她的身体时，我正对着她那丰满的乳房，那双峰好似在盯着我看，那种巧妙的感觉犹如暴风雨后看见了彩虹。我慢慢进入了她的身体，谨慎得像祭司在祷告。我轻轻地贴着她的嘴唇，而她的唇太性感，能将我即将熄灭的欲火又再次燃烧起来。一切又回归了平静，她又再次转过身来，我进入她的身体，就像一座方形尖塔漂浮在她淙淙的河流上。她发出了初夜时的那种娇俏的声音，当我进入她的身体时她表现得特别享受，她用从努比亚人那里学来的不用舌头只用手的活儿让我欲罢不能。她用言语引领我通向巫山云雨的顶端，我进入了她的身体，我就是一个非同寻常的人，因为我拥有了她的一切。她亲吻着我，我们的舌头缠绕在一起不能分离，我感觉到她贴在我的耳边销魂地呻吟着。

“当我享受到那种前所未有的快感时，我感觉就像上到了天堂，又感到像是走在死亡边缘的那种刺激感，我听到大口大口喘气的鼻息声，也听到了我的心脏在扑通扑通跳动着，我张开双臂，尽情地享受着这极乐世界的美好。我好像看到了死亡之地，看到了一张张不同的面孔从我身边飘过，那些该死的但又完美的灵魂都是曾经被奈菲尔塔利控制过的。我就像一只亢奋的公羊，使出了最后一丝力气，阿蒙的光芒照耀着我，就像我母亲的肚子里潜藏的突然爆发出来的阳光一样，我骑在奈菲尔塔利的身上，她紧紧地抱住我，她突然变得十分狂野，用尽全力，就像是在我出生的时候法老将我高高举起一样，她疯狂地占有我，让我再次冲上云霄，而她自己也又一次享受了云雨之欢。我在她的体内掀起了一阵狂风暴雨，而她用这场狂风暴雨涤荡着我的心灵。她轻轻将我推开，甚至比我的力气还大。”

把最后这些话大声说出来后，我的曾祖父迈内黑特从椅子上摔倒在地，他的身体开始抽搐，他的头撞在了大理石地板上。当他从地上站起来以后，他继续讲话，但此时却变成了普塔－内穆－霍特普的声音。

听着我伟大的国王拉美西斯九世的声音，我的曾祖父也变得安静，他的身体一动不动，但是那声音却继续从他的口中传出来，就像普塔－内穆－霍特普本人一样有涵养而又高贵，疲倦而又充满了困惑。

第六部

法老之书

一

“我真受不了这个女人，她紧紧地缠着我的身体，搞得我像被草药裹着的尸体一样，她的胴体让人窒息，我抓着她，手指在她的身体上游荡，并和她狂热亲吻。”

是迈内黑特在说话，但我听到的却是普塔－内穆－霍特普的声音，可能是因为我太久地躲避在曾祖父的意识里了吧，现在这种奇怪的声音源源不断地钻进我的脑袋里。

一股芬芳的玫瑰香气从院子里飘过来，我感觉它像奈菲尔塔利的体香，时间过去了这么久之后，我突然想起自己亲吻普塔－内穆－霍特普的脚时闻到过他的脚踝散发出的玫瑰香，因此，我知道这些都是他的意识和想法，不然怎么会有这些香气呢？是的，我曾进入过法老的情感世界，漂浮于他的香气之上，就像水里漂浮的染料一样。现在我还听到了母亲的声音，因为她正在和普塔－内穆－霍特普说话，其实是在调情。我听见他们在互相爱抚，他轻拍着母亲的屁股，而她则用嘴唇亲吻他的耳朵，仿佛他不仅是宝贝中的宝贝，更比像我这样的小孩还可爱。他们之间还发出一种声音——标志着他们对彼此的所有权。我甚至听见他声音里的威严消失了，他也不再怨念她沉重的四肢，而是着眼于现实的快感。母亲成功地带走了他的不悦、疲惫和无趣，通过对他的仰慕，她将这些带到了自己的心里。经过母亲的悉心照料，他的身体放松下来，就像播种后的田地，每一次恐慌过后，他都能进行平静地呼吸。我太了解母亲的这些伎俩了，现在曾祖父嘴里发出的是母亲的声音，我不用去想就可以知道她会说些什么。此时，我试着用意识去听七年前的此时此刻她和法老做爱时说的话。

母亲撒谎了，我一听到她伪装出来的真诚和纯真的声音就知道。母亲撒谎很具艺术性：嘴唇颤抖着像是在说真话，尽管普塔－内穆－霍特普明明记得自己没有跟她做爱，但他却相信她说的话。他还能回忆起双手抚摸她身体的感觉，但对海斯弗蒂蒂仍持怀疑态度，内心开始胆怯起来。尽管作为卜塔寺的祭司，他也曾听过她和自己的哥哥以及祖父的风流韵事，这在孟斐斯广为流传。在所有曾于神牛面前献身的女人中，她是最年轻的，也是最淫荡的。此时，他的手抚摸着她的身体，自言自语说道："如果金子能像肉身一样，那她的身体就是金子。"他感觉她能给予自己的最好的东西不是在他面前，而是在她的手指之间，所以当她提及七年前他们离开纸莎草小艇后在池塘岸边共浴爱河一事时，他没有否认，当她凑近他的耳朵轻声呢喃道："我儿子便是在那时怀上的。"他也没有摇头。

然后他给她翻个身，双手抚摸着她的乳房，亲吻着她，笑着说："你错了,我当上法老时还未曾近过女色,在我登基后的整整一年里,我都是处男。"他大笑着，并拍打着她的屁股说，"除了你，还没人知道这些。"

"我当天就知道了，"她说，"你太勇猛了，从来没一个男人可以让我如此春心荡漾，我从没把你当成国王，而是把你当成一个祭司。"

"那我们是怎么做爱的？"

"我想小声告诉你。"

我听到了她的耳语，其实我并不想听这种奇怪的声音，这声音就像曾祖父睡梦里传出来的只言片语，里面也夹杂着母亲的声音。不管我们中间隔了多少个庭院，我都能听到她对法老说那晚他们并没有像今晚这样做爱。真爱意味着一个人肯为另一个人去死，就像她现在愿意为他而死一样，但是那晚他们并没有发生关系，他没有进入她的身体，这倒是真的。在那个金色的黄昏，他们的指尖轻轻划过小艇下的湖水，回到岸边后，他们感觉彼此更加心贴心了。

“那天我们对视许久，差点哭了出来，我是如此的爱你。比起其他男人，你的眼神给了我更多的力量。”

这些日子里普塔－内穆－霍特普一直在思考，自己曾将精子射到很多女人的手心里，据说女人的手心比嘴巴和他更亲近。这种说法众所周知，所以她现在可能在撒谎，但他不知道是不是这样，也有可能是真的。当然，她有能力把并不存在的事实牢牢记在脑子里，而他试图窥探她的思想，但除了看见我的脸，他什么都看不到。她小声说道：“他是你的儿子，遗传了你英俊的外表和深邃的思想。”

法老这些年来一直在思考自己什么时候把精子射到了女人的手心里，而我从迈内黑特嘴里很清楚地听到他在自言自语：“你说他是我的儿子？”

“他是我用心孕育出来的。”她说道，同时用自己的乳房去蹭他的手掌。

奈弗－赫普－奥科汉姆开始悲伤起来，鼾声如雷，嗓子破音了。他躺在我和曾祖父之间，在睡梦中大哭起来：“你什么都有了，而我却一无所有，你抢走了我最宝贵的东西。”

我感到很压抑，仿佛棺材盖一样的重量压在我身上，使得我不能动弹，不然我会拍拍奈弗－赫普－奥科汉姆，并安慰一下他，不能无视他的痛苦，这一点我是从深爱着我的男人身上学到的，在我人生中的前六年，他是我的父亲，现在只是我的舅舅——我母亲的哥哥。我知道他很仁慈，现在这种仁慈像恐惧一样从我心底里升起，因为我害怕它会招来神灵的惩罚，我更想保护自己的新父亲，而不是原来的父亲。

尽管我一动不动地躺在那里，却仍能感受到法老的思想。法老的思想也是我的思想，因为我是他儿子，他会接受我这个儿子的。我感觉到了他胸腔里的力量，和他刚刚抑郁的想法完全不同。如果他愿意做我的父亲，那我绝对不是他抑郁的原因。由于母亲的原因，他现在很接近迈内黑特知道的所有事情了，因此也就知道他内心最渴望的是什么——寄居在拉美西斯－米亚蒙[1]的内心深处。想要存在于法老的声音里,就要有强大的力量，在法老肉身死去后，自己能像新任的法老。因此，从迈内黑特喉咙里迸发出的声音就像宣布法老入宫时朝堂大臣的声音一样，不仅很响亮，而且能使人惊颤。他说道：

“海斯弗蒂蒂是奈菲尔塔利、我以及拉美西斯九世的后裔，今天在她丈夫、我们伟大的神拉美西斯－米亚蒙第一个重大节日上，祈求得到诸神的明示。法老在他任期的第三十五年重新掌权，第三次节日是他举办的最隆重的一次。

“通过海斯弗蒂蒂，迈内黑特的后代此时似乎变成了我的左臂，正通过我的右臂从拉美西斯－米亚蒙流向我的血液，在万节之节的黎明时分，我进入了伟大的神——拉美西斯二世的身体。”

我听到了“父亲”的声音，如果我是他的血脉，那我身体里肯定也流淌着神的血，但现在我都不确定母亲是否在撒谎。我是法老——拉美西斯九世的后代，他是一位神，所以他不仅是我的父亲更是我伟大的父王——伟大的神。他的声音庄严肃穆，试图进入祖先的领地，凭借无穷的力量统治伟大的米亚蒙。曾祖父的喉咙里发出的是父亲的声音，普塔－内穆－霍特普说:“伟大的荷鲁斯神已经降临，他是强壮的神牛，玛特的挚爱，王冠的主人。埃及长治久安，抵御外邦人的一次次攻击。啊，伟大的荷鲁斯神啊！你是勇猛的常胜将军，你是埃及的神，欢迎你的降临！”在他演讲的时候，我热血沸腾，体内突然迸发出一股强大的力量，仿佛我真的是新父亲的王子。在他觉得自己进入先人米亚蒙的思想里时，我和他在一起，父亲出生时米亚蒙已经死了六十多年了，曾祖父的智慧和母亲优良的基因给

[1] 即拉美西斯二世。

予了法老荷鲁斯之翼。现在他可以穿越到一百五十年前万节之节举行的五天前，那时拉美西斯－米亚蒙正在寻找治国良策。

在这种力量的帮助下，我的"新父亲"——我的普塔－内穆－霍特普、我的拉美西斯九世，正在用他新学到的知识治理国家，这些知识是整个晚上曾祖父一点一点传授给他的，更多的还是来自最后一小时母亲的帮助。他希望摆脱担任法老给他带来的沉重压力，并获得与祖先一样的赞誉。他的愿望实现了，今晚他不停地指挥着迈内黑特，我知道他的目的，从他成为我父亲的那一刻就知道了。

有三种方法可以增长他的知识：一、通过毕生的学习；二、通过对诸神的敬拜和对礼仪与节日的合理使用；三、这是最重要的一条，远比第一条和第二条重要，这就是通过神力统治埃及，甚至连死者的秘密都无法与神力抗衡，因为这种神力只能从贤明的君主心里产生。

所以我跟随着"新父亲"来到了神圣而高贵的"威猛－正义之拉""众里挑一之拉""尤莎－玛特－拉""斯特普－恩－拉"的胸腔内，当拉美西斯二世在万节之节的第一个早上醒来时，我和父亲一起进入了拉美西斯二世的身体里，他的床为之一震，黎明时分他要去大理石院子里，在圣池里沐浴。他就是在这个圣池旁，从轿子上摔下来的，他的头碰到了石头上，并因此而险些丧命，这就是奈菲尔塔利对他的诅咒。

二

在第一天黎明，米亚蒙从黑暗中醒来，蜷缩在自己居住的小空间里。他很恐惧，感觉到一切都趋于静止了，躺在小屋里一动不动，心里充满了对太阳神阿图姆的敬畏，此时黑暗正在侵袭光明，寒冷正在驱散温暖。阿图姆是第一代神，在他命令所有没有生命力的力量进入死亡之地时，自己可以从黑暗中再生，使得生者恢复呼吸。现在也是这样，他驱散了自己身上所有已死的法力。

米亚蒙醒来后身体又一次恢复了活力，站在圣池中央，圣池里的水就像玛特所坚持的真理一样平静，其实圣池被称为“玛特之眼”。他在等待着欣赏冉冉升起的太阳，湖水缓缓向东流去，米亚蒙期待着看到从湖面和地府的火焰里升起的金色太阳。

在五天的节日早晨，他每天都会在节日开始之前做好准备，在黎明到来时醒来，去圣池里沐浴，期待着在太阳升起时能够看到神现身。

那五个早晨，他每天都在黎明时沐浴，完事之后他就站在银色的光里，最后一位法老会来到他面前，他知道在节日的第一天没有自己的允许太阳是无法从东方升起的。当他注视着东方的天空时，呼吸变得急促。当海平面出现地狱里的第一道火焰时，他感觉自己在历代已逝的法老中穿梭，他们都躁动起来，他看到在创世纪的第一天第一座山是如何从没有陆地的大海中升起，今天，这座山仍可在胡夫的大金字塔里看到。

米亚蒙想起数百万奴隶搬运着巨大的石块，所有人都和胡夫法老想的一样：一定要建一座和第一座山一样大的金字塔。现在埃及所有的庙宇里都有一把保佑土，这些土都来自大金字塔周边的土地，这些庙宇的地基里都洒着公羊血。米亚蒙屏住呼吸，因为此时血红的太阳正从海平面升起，第一道阳光给银色的湖水带来了温暖。鸟儿们正在为诸神歌唱，米亚蒙看到太阳升起，跟创世纪的第一天一样，阿图姆便是给拉的名字，因为他在人类出现之前释放了自己的第一束光。

太阳缓缓升起，远方的海平面变成了绯红色，米亚蒙闭上眼睛，感受着轻抚身体的温暖，他是伟大的神，不久前刚刚苏醒，现在就站在圣池里，对着太阳高声呼喊着自己的名字："我是荷鲁斯的生命，是他两位夫人的君主。我是下埃及地区的大众情人，上埃及地区的宠儿。我是一个被纸莎草卷记载的勤劳者,我是拉的后代！"他知道自己体内流淌着第一代法老的血，继承了米底人的基因和命名者的神力，并且是胡夫和乌纳斯的后裔，乌纳斯曾在死亡之地毁灭了多位神灵。他为乌纳斯吟诗道：

啊！荷鲁斯把死神乌纳斯带到自己身边，
他让乌纳斯在狐狸湖里受洗，
他让乌纳斯在黎明湖里净化，
他抚慰乌纳斯的卡。

他站在湖里，温暖的阳光洒在他的胸膛上，仿佛内心的卡叠什之火。他念叨着每一位从阿图姆那里繁衍下来的神的名字，从阿图姆的孩子舒和泰芙努特开始，他们是拉的父母，拉是阿图姆的孙子，而拉也是阿图姆。这是事实，神会繁衍自己的父辈，因为他们生活在过去和未来交织的时间隧道里。

太阳已经高过海平面，米亚蒙沐浴在金色的阳光里。他凝视着太阳在湖面的倒影，这金色的光像玛特眼里的火球，他觉得地狱里的赫塔－谢普－苏特尖塔顶端的小金字塔就像阿图姆金色的精子一样，这些精子催生了第一座山。

此时有只鸟从他眼前飞过，他想起了法老的轿子倾倒的那一刻。静止的湖面上掠过一阵微风，太阳的倒影晃了晃，他还记起了三十五年前自己刚登基时静止的湖面，那年的水位线很低。

如今他即位三十五年了，尼罗河水虽然丰满，但却呈减少的趋势。今天是伟大神庆的第一天，也是通往未来的第一天。洪水上涨，土地淹没在洪水里，鸟儿们都很安静，洪水久久不退去，这些都来自于伊希斯的泪、欧西里斯双手流下的汗和他死去的身体上流下的洗刷大地污秽物的液体。米亚蒙站在温暖的阳光下，脑袋和胸腔里涌起一阵暖流，伸开双臂拥抱太阳的温暖，并思考它的光辉。

“我来了，”米亚蒙说，他站在圣池的水里，鸟儿呢喃，似乎在传递他的话语，“我像荷鲁斯一样即位，死后将会和欧西里斯在一起，我会成为欧西里斯。我的十四个卡会分别进入欧西里斯身体的十四个不同的部位，我会在他的体内存活。”他的声音很轻，他不惧怕死亡，于是从水里走出来。

法老的洗浴官和衣服主管立刻上前为他擦干身体，他离开圣池，在花园中散步，路过西克莫槭、枣椰、桑树、无花果树、撑柳和石榴树，慢慢地走着，处处都弥漫着昨晚烟花释放过后的火药味，经过五天为万节之节的精心准备，这为期五天的神圣节日终于在今天开始了。火把点了起来，每一个村子和城镇、底比斯的每一条道路、每一家和每一个商店门前，都为这五天的圣节点燃了火把，这应该是他在位的三十五年里最隆重的节日了。

米亚蒙在大殿内踱步，太阳升得更高了，大理石由银色变成了白色。慢慢地，他来到了乌纳斯大殿，这是他去年新建的，所有的石头都是从塞蒂和图斯塔姆的停尸房运来的。这里的每一面墙都使得他体内翻江倒海，石头内部的卡似乎被打扰了。

他站在大门前的石阶上，大门打开了，一位祭司从大殿里面走出来，那里就像黑夜一样漆黑。祭司说：

“伟大的荷鲁斯神到来了，伟大的荷鲁斯，强壮的神牛，玛特的挚爱！”祭司亲吻了拉美西斯二世也就是拉的右脚，又鞠了七次躬，分别是向盖布、努特、伊希斯、欧西里斯、赛特、奈菲尔塔利和荷鲁斯，并接着说：“他是坚持真理的拉，并被拉选中。他是拉的后代，是阿蒙最爱的拉美西斯。他是荷鲁斯，是两大王国最爱戴的君主，他坐在万民的双王座上，他的父亲——拉则在天上。”

米亚蒙聆听着奉承的时候，太阳已经升至台阶上，漆黑的大殿里面露出一道光，太阳升得很高了，透过屋顶的天窗照进了大殿里。通过殿门，他可以看到那道光，这光芒十分夺目，他不禁向那道光跪拜。

祭司说：“他是两大王国英姿飒爽的雄鹰，用宽大的翅膀庇护着自己的子民。荷鲁斯和赛特在他的翅膀上，阿蒙说：‘是我在这里创造了他。’啊，伟大的法老啊！一听到您的大名，山里的金矿立刻就会显现。您驰名全世界，所有人都知道您的丰功伟绩，您是两大王国的君主，坚持真理的伟大法老啊！您是拉的后代，是荷鲁斯、是阿蒙最挚爱的拉美西斯。”

他踏过大门，不禁打了个寒噤，他知道所有见到他的人都会哆嗦。治理埃及两大王国的君主走进皇室大殿，这个殿堂很宽大，五十步长，三十步宽，他还没见到焚香在哪里就闻到了一阵香气，他深深地吸了一口。

三

在大殿内，阳光透过天窗照到了金桌上。随着太阳不断升高，光束也在不断地移动，祭司不断地挪动金桌，这样上埃及和下埃及的王冠才可以一直被阳光照射到，这两个王冠并排着放在一起。当法老靠近时，这两个王冠释放出强大的能量，他仿佛还是那个靠近父亲——法老塞提的小孩。上埃及的王冠是白色的，下埃及的王冠是红色的，两个王冠在他面前鲜活灵动，就像两个生物。他把上埃及的白王冠放到红王冠里面，此时他仿佛瞬间回到了两大王国分裂的那一晚，那晚举国混乱。现在两个王国合并到一起了，他把红白王冠分开，感受到了一片平静。他将这两个王冠假想成他的两位王后：秃鹰是奈库贝特女神，眼镜蛇是瓦吉特女神，他把它们同时戴在头上，并吟诵道：

让我的恐惧成为你的恐惧，

让我的胆怯成为你的胆怯，

让我的敬畏成为你的敬畏，

让我的爱成为你的爱，

让我强大起来，成为精神的领袖。

大祭司把王冠戴在法老的头上，其他朝臣和祭司在他身旁俯伏跪地。他沐浴时所感受到的力量现在又回到了体内，并比之前的有所增长，因为他在太阳升起的过程中吸收了拉的光芒，双王冠也在夜间吸收了眼镜蛇和秃鹰的能量，并贮存在自己体内，在法老的头上得以激活。

他走到大殿后方的更衣室，更衣室很大也很拥挤，有很多小隔间。朝臣走上前站在他的周围，他根据自己这五年来一直在使用的特殊而又古老的头衔向他们打招呼：有一个是主管，他身着君主所穿的服装；另一个是监管，他脚穿凉鞋，负责向所有亲吻米亚蒙的脚的人唱赞美盖布的圣歌；还有一个是法老的洗浴官，他今早曾侍奉法老去圣池沐浴；法老的假发、内衣、短裙和外衣的看管人员也在更衣室内；法老头巾的看护人员全都是各省省长的儿子。维齐尔的儿子是王冠的看护官，他把库努姆角上的头饰解下来并平放着，上面有两条眼镜蛇形状的带子，两根羽毛和两个圆盘。其他的官员：主洗衣官负责所有衣物和饰品的整洁，他们必须把衣服上的每一个污点洗掉；更衣室里还有一大群是皇室珠宝和饰品的设计师，他们每个人的身边都站着一个熟练的仆人来帮助他们设计。在未来五天的每一天里，米亚蒙都会到乌纳斯大殿里的更衣室装扮自己，然后出来去参加不同的庆祝活动，因此，小隔间架子和桌子上摆满了军用头盔、膏药盒、酒杯、焚香、钩子、鞭子、花冠、节庆头盔、连枷、大小各异的金狮子、护身符、项链、胸牌、手镯、凉鞋、长裙、外衣、短裙、内衣、腰布、假发、罐子、花瓶、旗子以及各式各样的羽毛，还有设计师和他们的仆人在忙着用雪花石膏、闪长岩、蛇纹石和斑岩制作各式各样的碗，斑岩有黑色的、白色的和紫色的，每个设计师都可以用各种石质的水晶制作不同的碗。

现场人声鼎沸，人们的服装五颜六色。米亚蒙和祭司一起祈祷时，往往还会因为难看的假发、褶皱的裙子或指甲上没有抛光的甲片而咒骂他的官员们。当他走进隔间为祭拜下一位神更换衣服时，官员们手忙脚乱，现场更加骚动。诸神的次序也混乱不堪，因为从节日的第一天开始，埃及境内所有的神并没有全部过来，有一些被人们从大殿里搬到了底比斯的皇家码头一带。

米亚蒙为第一场纪念活动的着装准备完毕，穿着褶皱的亚麻布制成的短裙，走起路来哗啦哗啦响，像纸莎草纸相互摩擦发出的声音。他手持连枷，从更衣室出来，准备出发，但他还没完全准备好，官员们还在手忙脚乱地为他换衣服，于是他在乌纳斯大殿里的双王冠旁边停了下来，走到台上，脚下踩着厚厚的地毯。两个王冠并排着放在斗篷下，米亚蒙先坐在下埃及法老的王座上，手持钩子，臂膀感受到它的力量。他闻到从埃及北部飘来的沼泽的味道，闭上眼睛想起了荷鲁斯打败赛特的那片沼泽，在荷鲁斯受伤之际他又重新活了过来。他痛苦地颤动着，当他想起荷鲁斯为了惩罚自己于是砍下母亲的头而懊悔地自挖双眼时，他的眼窝不禁剧痛起来。

米亚蒙进入荷鲁斯体内，他可以感觉到臂膀上长着荷鲁斯的翅膀。翅膀很大，乌纳斯大殿都无法容得下它们，他想起黎明时分自己看到的云彩，长着巨大翅膀的秃鹰就在这些云彩里，其实它就是荷鲁斯神。他还看到荷鲁斯的翅膀从海平面的一边伸展到另一边。

米亚蒙睁开眼睛，从台上走下来。他刚好迈了四整步就走到象征埃及南部的区域，并坐到上埃及法老的王座上。他闻到气味变了，不再是沼泽的气味，而是路旁桃子树下的泥土香，那条路在一座小土丘脚下。他想起三十五年前自己在孟斐斯卜塔寺的加冕典礼，第一座山在这里从水中升起，从这里可以看到胡夫金字塔。

加冕当天，大祭司给他布置了一个任务：在万节之节到来之前，仔细观察并思考自己任期内的每一个节日。他确实是这么做的，每一次节日他都和现在一样：集中注意力思考。

当祭司说欧西里斯的名字时，听起来就像“奥斯卡”，是指做椅子的木工，伊希斯的名字听起来像“艾斯特”，是指椅子，木工肯定很熟悉自己所做的椅子。“现在，在你充当荷鲁斯的人生岁月里，”祭司说，“你会坐在伊希斯宝座上，她是你的母亲。”

伊希斯的金座又冷又硬，但到了中午它会变得温暖起来，上面坐着的是法老。“我来自于你的身体，”他小声说道，“你也来自于我的身体。”这是祭司教他说的。

三十多年前，在他的加冕仪式上，他头戴双王冠，成为了法老。荷鲁斯神驻于他体内，而他也在荷鲁斯体内。死前他们两者一直都是一个个体，死后他会进入欧西里斯的体内，那时他的双王冠会戴到继承者的头上，那位法老会再次成为荷鲁斯。“我来自于你的身体，”他也会对双王冠说，“你也来自于我的身体。”

环顾四周，朝臣静默，他坐在上埃及的王座上沉思着。

他准备好了，于是站了起来。侍从给他拿来荷花权杖，上面有很多盛开的荷花，现在他可以感受到全埃及大地的渴求，因为荷花是大地之耳。于是他踏着大步离开乌纳斯大殿，手持荷花权杖，在外面等待他的有王妃、他的孩子们以及身着白色亚麻布的官员，这些亚麻布比神仙的骨头还要白，长达百尺，组成一条路，一直延伸到河边，法老要走到那里向降落到船上的神致敬。

我看着这一幕，在熙熙攘攘的官员队伍里进进出出，希望可以更清楚地看到法老拉美西斯 - 米亚蒙。现在我看到他从我面前走过去，和自己的王后一起，王后的一个乳房裸露在外面。她的乳头周围涂着玫瑰香的粉，脸蛋既不像奈菲尔塔利也不像拉美 - 娜芙如，而是像我那艳丽的母亲。那不再是拉美西斯二世，而是九世，那是我父亲的脸庞，笔挺的鼻子，美丽的嘴唇，但一开始我并没有认出他俩来。他们太像米亚蒙之后的朝代里的任何一对法老和王后了，刚开始我不知道自己到底生活在哪个朝代、哪座城市，是孟斐斯还是底比斯，但看到母亲藏红色的袍子时，我从睡梦中醒来。如果睡梦里的事是真的，那我对他们笑了笑，他们也对我笑了笑。

这时，奈弗 - 赫普 - 奥科汉姆也醒来了，伸了个懒腰，打了个哈欠。

他看到了这一幕时，吓得跳了两下，准备向普塔－内穆－霍特普鞠躬，但他没有这么做。相反，他没说一句话，也没做任何尊重的表示，而是站起来迅速走开了。稍不留神，我就看不到他的背影了。

他的离开带来了很不好的结果：我第一次感觉不到失去父亲的痛苦。不过这不是真的，我只是感觉到不安。我不愿去设想父亲和海斯弗蒂蒂在一起时我有多欢喜。他们让我心里很甜蜜，就像道路上紫罗兰色的光。普塔－内穆－霍特普充满爱意地看着我，我能感觉到他的想法，他所有的爱都是真的。这就是为什么米亚蒙的声音不停地在我耳际回响，就像桌上的铃铛一样。那一刻我确信普塔－内穆－霍特普就是我的父亲，因为我可以轻松地进入他的思想，和进入母亲的一样简单，甚至当他们看到埃及的神像金色的鸟一样在他们头上盘旋时，我同样也能看到，这真是一种不错的体验啊！

于是我体会到了只被母亲宠爱和被父母同时宠爱的不同感受，就像法老只戴白王冠和红白王冠同时戴在头上的感受是不一样的。如果不是奈弗－赫普－奥科汉姆的离开，我就无法体会到这宛如瑰丽的花园一般的美妙感觉。我第一个父亲就像一个寄居者一样住在我们家里，像个鬼魂，他出门从不关门，这是个诅咒，最卑微的人却承受着最痛苦的诅咒。

母亲好像要暗示我如何使内心的这种想法增加，她向我点头示意。我坐在她和法老中间，法老用胳膊搂着我。父亲的手很温柔，就像“玛特之眼”里的银光一样。啊，母亲那里也传来一阵温暖。我依偎在他们二人中间，很疑惑他们身上都有彼此的气味。他们向后靠了一下，为赢得了我的心而高兴，我感觉自己像芳香的巢穴里的小动物，心里很甜蜜，满意地叹了声气。

就是这叹气声把曾祖父从睡梦中唤醒的。他睁开眼睛，看了一下有哪些人走了或来了，丝毫没有受到影响，就开始说话了。这次是他自己的声音，而不是我父亲的。他所在的洞穴很深，所以他现在还没摆脱咒语的控制，他的眼睛把我们一个一个看了个遍，说的话也很清晰，但他没有看到法老紧紧地握着海斯弗蒂蒂的手，好像她是自己的妻子。他只谈到涉及自己利益的事，没有任何事能够打扰到他，就好像万节之节还有一个月才开始一样。如果不是父亲的臂膀一直搂着我，听到曾祖父说话我的思绪一定会变得混乱不堪，而且，我肯定云里雾里的，不清楚自己现在的状况。

父母却不受干扰，我也在他们的帮助下慢慢恢复了平静。很感谢迈内黑特清晰的声音，这样我就不用探出耳朵去听他想要讲什么了，从而能够回避他的声音。但我很快发现父亲也在以同样的方式听他说话，因为他相信自己很快就可以得到祖先的秘密，他的注意力已经转移，从疲惫的四肢转移到对自己内心欲望的了解，对母亲和我的兴趣也是他内心的欲望。躺得离他如此之近，我睡不着。我不太想在节日的第一天和米亚蒙在一起，我只想和奈菲尔塔利宫殿里的曾祖父在一起。如果讲故事就像拔花草一样，一经打断便犹如连根拔起的花朵，那么我告诉自己：故事就像神的衣服，是可以换的。

四

迈内黑特开始讲故事了:“我不记得自己是如何向奈菲尔塔利王后道晚安的，只记得第二天早晨，我很晚才从自己的床上醒来，心中洋溢着前所未有的快乐，甚至等不及看到奈菲尔塔利成为我的妻子，这种感觉太棒了。我在睡梦中回忆起自己很富有，很快乐，真希望能够很快再次感受到这种快乐。我知道自己如何看待财富和成就，内心就像圣池一样平静。

“这是我无法理解的一种快乐。总管事进来了，有事需要立刻向维齐尔报告，这事真让人反感，我很快起身走到会议室里，了解到今早米亚蒙醒来后下令让我不要再侍奉奈菲尔塔利，而是去到拉美 – 娜芙如的宫殿服侍她，命令今早就要执行。我所有的东西都被仆人们搬到这间会议室里，园丁、侍从、厨师、管家和马夫都是由这里原有的仆人担任，负责服侍拉美 – 娜芙如。他们帮忙整理我的物品，我现在已经是拉美 – 娜芙如的近臣了。

“就像我说的那样，那天清晨醒来时感觉到的快乐再也不见了，在我的四次生命里都未曾出现过，我现在才发现没有什么比失去快乐更危险。我不敢相信自己的心思竟然不在法老身上，还不如夜里睡觉呢！最起码睡觉时我可以在梦境里自由穿梭，但是现在作为朝臣，我却不可心猿意马。快乐毫无征兆地离我而去，我事先并没有收到任何警告，也没有觉察到任何可疑的事。不知道是不是这个赫梯族公主诱骗米亚蒙这么做，如此她便可刁难奈菲尔塔利,或者是他醒来发现我挑逗他的身体,并留下了自己的体味。如果真是这样，那他为什么要让我来这里呢？

“当我去看望奈菲尔塔利时，内心非常不解。她很愉悦，也很冷艳，似乎这一步是我自己一手策划的。她认为我失势并不能为拉美－娜芙如带来胜利，至少一次是不行的。我无法确定她这是遇到了困难，还是在显示自己受了很大的伤害。在接下来的一段时间内，我必须和她独处，但我不能逃避：她想久久地看着我，却不能这么做，不，是她故意缩短这次会面时间的。很明显，她不想受打扰，脸上露出如释重负的表情，这种表情我在其他女人的脸上也看到过，她们犯了小错却没受惩罚时就会有这种表情。她拉着我的手，最终还是耐心地开口说话了：‘可能你会愿意替我监视拉美－娜芙如。’我接受了她的请求，向她鞠躬并亲吻了她的趾头，在她的裙子下小声说道：‘那我要什么时候才能再次见到你？’我的心脏和腰剧烈地颤动着，仿佛要互相打起架来。我呼气到她的腿上，可她并没有为之颤抖，而是郑重地吻了一下我的额头。这是她的誓言还是为了安抚一头发疯的烈马？我无法得知。‘不要回来了，这才是最明智的做法，’她说，‘除非你有很多关于拉美－娜芙如的事可以跟我说。’

“最后她还是让我看着她深邃的眼睛，就像蓝色的夜晚一样美丽，里面有所有我想看到的东西：爱、失落、肉体交融的温存。我承认自己病了，因为我很疑惑。

“傍晚时分，一切都已经就绪了。晚上，我和拉美－娜芙如第一次会面，但时间也很短。她用甜美的声音向我打招呼，口音很像赫梯人，并说有很多事要我帮忙，但并没跟我说要从何事做起。她建议我和海奎特聊一聊，她可以帮助我了解这里的情况。‘我们比埃及人简单，’她说，‘但是没有民族会喜欢容易学到的东西。’

“她举止优雅，算是最中规中矩了。我对她的遭遇感到震惊，不知道她头发是不是已经掉光了，因为她戴着金色的假发，虽然颜色不纯，但却很漂亮，比她自身浅金色的发色要好看很多，假发的颜色暗示出她曾经生过一场大病。皮肤呈绿色，丝毫激不起男人的欲望，言语中透露着无尽的悲伤。她不知道要让我做些什么，我好奇米亚蒙是不是为了让她开心才做了这样的安排。我是这位病快快的公主的新玩偶吗？其他人也都有同样的问题，我从她的房间里退了出来，头痛，比神仙被活埋时的感觉还难受。

“第一天我无所事事，没发挥任何作用。拉美－娜芙如的宫殿有个好听的名字，叫‘白色女神宫’。每次米亚蒙过来，这里都会变得热热闹闹，他的侍卫站在宫殿的每个角落，但当他离开后，这里又会变得死气沉沉。公主拉美－娜芙如居住的房间有一圈新篱笆，篱笆由高高的柱子围起来，柱子顶端钉了很多钉子。大部分士兵都守护在篱笆周围，他们都是米亚蒙给拉美－娜芙如的，他们不仅会在篱笆周围巡视，他们还要看守篱笆内的走廊，那些医护人员也会在公主的房间内站岗。我本来可以了解拉美－娜芙如的，但却看不到这孩子，她周围戒备森严。我对这宫殿的第一印象很不好，秃鹰女神奈库贝特有些不对劲。拉美－娜芙如不像是有攻击力的人，而这个宫殿也不是那么瑰丽无比。花园里散发出一阵阵腐尸味，原来她是用动物的肉当肥料的，就像悬崖峭壁的鸟巢里放着几块敌人的碎肉，这味道和那碎肉散发出来的气味一样。

“当然，这是赫梯族的宫殿。如果它外面真的是白色的，里面真的像它名字所说的那样有那么多柱子，那它就不是埃及的建筑，除了那个丑陋的篱笆，里面是赫梯人，或者我猜想她肯定在里面。拉美－娜芙如命令仆人给很多间房间盖上浅紫色的瓦片，这些瓦是从提尔运回来的。没有什么颜色比她以前的浅金色头发更好看的了，但我看得越多就越理解她想用底比斯到卡叠什一带的最好的东西来装饰自己的宫殿，似乎这些东西可以象征她婚姻的幸福，所以她的家具都是西奈的铜和黎巴嫩的木材制成的，还用到了这些地方产的孔雀石、绿松石和雪花石。她的房间很暗，但也很坚固，我在这些房间里穿梭着，这里的许多房间都空了很久，我真希望自己可以穿梭到奈菲尔塔利的房间里，所有房间的门都是用大理石做成的，而且都是开着的，在灯光下显得金碧辉煌。对赫梯人了解这么少，却要在这里浪费自己的时间，我不禁感觉很悲伤。房间里面的贴身侍从在忙碌着，不管天气有多热，他们都要穿着棉质的衣服，好可悲啊！我不了解他们的神，也不了解他们的情感，但在从我待在这里的第一天傍晚开始，我就发现他们会唱着长长的歌欢迎夜晚的到来，歌声很悲凉。海奎特很快成为了我在这里的第一个朋友，她告诉了我这些歌在埃及语里的意思，歌词大意很悲伤：

我们觉得美好的，他们却觉得很糟糕，
我觉得糟糕的，他们却觉得很美好，
谁知道他们的想法？
他们像水一样隐蔽。

"'"他们"指谁？'我问海奎特，'赫梯人说埃及语吗？'

"'不说，'她说，'"他们"是指赫梯人的神。'

"她不是赫梯人，而是叙利亚人，这两个国家之间的关系比和埃及的关系好得多。关于拉美－娜芙如，她有很多东西跟我说，也确实跟我说了。她只要和侍奉过米亚蒙的人说话，举止就很亲昵，没过多久，我就知道了很多。

"我在这里孤身一人，希望能经常见到她，但我很快就发现这个丑陋的侍女也很寂寞。她无家可归，没有建议可提，也不想听流言蜚语，也不和其他的侍女说知心话，有的只是对拉美－娜芙如的侍奉，所以我们经常聊天，她告诉了我很多关于赫梯人的事。他们和亚述人真的很不一样，以前我总是认为他们差别不大，但很快便了解到赫梯人是从北部来到卡叠什的，只在那里生活过四五个朝代，他们从亚述人那里学到了很多智慧，并模仿他们的穿衣风格，那时利比亚和努比亚都在模仿埃及人。只有这些赫梯人过着迁徙的生活，尽管他们还学习过米坦尼、巴比伦人和米底人以及其他的民族，但他们最像亚述人。

“他们真的很奇怪，每当经历了多年的困苦岁月后，他们就会清洗自己城市里的霉运。此时，母亲不会责骂自己的孩子，奴隶主也不能惩罚奴隶，不允许打官司。晚上，他们在十字路口用雪松燃起篝火，唱起圣歌。他们会修缮庙宇，这对他们来说很重要，因为他们相信如果庙宇不稳固，神和民众的关系也会受到不好的影响。海奎特告诉了我赫梯人从汉谟拉比国王那里学来的律法，我不敢相信。比如说：如果酒馆的老板窝藏罪犯，那他会一起被判死刑；如果女祭司到酒馆里去，她会被活埋；偷丈夫财物的女人会被处死，但如果她从邻居家偷东西，邻居只能割掉她的鼻子。过了一会儿，我开始推理其中原因。她还告诉我，如果女人和男人打架，并捏碎了他的一个睾丸，他们会剁掉她的手指，如果捏碎了两个，则会剜掉她的双眼。

“海奎特轻蔑地露出牙齿，她肯定想到了妻子捏碎丈夫睾丸的情景。我给她倒了杯酒，和她一起大笑起来，但内心还是充满疑惑，我想更多地了解赫梯人的神。说到侍奉神，我想我更了解她的神以及她要回忆的事。

“丑女人更懂得你想从她们那里获得什么。我问了很多问题，海奎特继续笑着，她说我永远记不住他们的名字，因为很难记。

“‘亚述人有个叫恩利尔的神，’我说，‘不知道你为什么觉得我记不住。’

“‘在赫梯语中，他的名字叫库玛皮西，也叫露苛西努西。’她开始逗我玩，她说赫梯人有位女神叫阿西卡西帕西，在卡叠什附近有个地方叫拉美－娜芙如[1]，当地的神叫凯特西－卡皮西，瓦利泽利西和舒林卡特西。'说也说不完的神名，还有神叫玛奴拉西、曾图卡荷西、纳尼塔西、瓦斯德拉西西拉西。'现在她像个豪放的女王一样笑着，我很不高兴，因为她说赫梯人有很多祈祷文和辟邪咒根本不值得研究，这明显是在打发我。她还小声说自己不知道他们的神原来也会庇佑他们，就像我们的神一样。赫梯人有很多传染病，哪里还有幸福快乐的家庭呢？这个国家潮湿不堪，在大部分时候，每个家庭里都会有恶灵驻足，他们没有埃及人快乐，其实他们的长鼻子也是因为他们很抑郁才长出来的。冬天的时候，他们鼻子顶端会一滴一滴地往下滴水，他们也有很多不如意的事要哭诉，因为他们相信神想让他们为自己拼命干活，灾难不断。他们最伟大的神恩利尔，和埃及人的阿蒙一样伟大，他被称为'风暴之神'。

"如果我皱眉，不是因为我认为他们不能给神起像瓦斯德拉西西拉西之类的奇怪名字（其实他们也没这么做），而是因为我对赫梯人了解得越多就越无法把这些和拉美－娜芙如对上号，因为她是如此美丽，如此娇小，就像一个病美人，至少我是这么认为的。于是我问海奎特我们的公主是不是也很抑郁，其实我还不习惯叫她王后。她说：'赫梯人有两种性格，你可以把她想成长着美丽头发的傻傻的年轻姑娘，但是她很有思想，很多你都没注意到的事她会很害怕。'

"'跟我说一说。'

"海奎特有着自身独特的美丽，她会让你感觉到如果你喜欢她，她会对你毫无保留。'当她看到寺庙的大门时，和你看到它们的感觉不一样。她把这些大门当成神，大门打开时，她觉得这像神的嘴。'

"我想到寺庙里的空气比外面的灵性更重，也许我可以了解一下拉美－娜芙如。

[1] 原文"Rama-Nefru"，音译。

"'当然，她和其他的赫梯人还不太一样，' 她补充道，'有时候她的天性很复杂，她的父母肯定是在露水里生下她的。你知道吗？她的经血还没有露水多。'

"我敢肯定海奎特很不了解拉美－娜芙如，丑女人怎么理解貌美如花的女人的所思所想呢？就和那时花园里的每个人一样，我不禁好奇米亚蒙为什么每年都要和海奎特发生一次性关系，这是宫里的宦官跟我说的。在花园里，蛇和癞蛤蟆经常泛滥成灾，早晨，地面上经常会布满黏液，每个人都会想起八大丑神：努恩和努南奈特、库克和库凯特、哈和哈海特、阿蒙和阿蒙奈特，他们是创世纪之初的神，那时大地一片漆黑，狂风乱吹，万物混沌一片，这远在努特、盖布、欧西里斯和伊希斯等神之前。那时，世界上只有瞎眼的蛇和癞蛤蟆、沼泽和大海。海奎特所属的民族肯定有那时的神，不然她为什么会这么丑呢。

"虽然她的脸还没有生病的癞蛤蟆好看，但我比之前更喜欢她了。她的两只眼睛像大门一样，你可以望穿它们，并从中看到很多花园，而且很有神气，如果刚认识的时候，你打量她，可以从她的眼睛里看出她的忠诚，而我自己也很重视她。我很疑惑我为什么会被派到这座底比斯中部的赫梯人宫殿里，我急切地想知道答案，就像沙漠中迷途的人急于找到水源一样。

"我们的聊天收获颇丰，起码有一个秘密我可以带给自己以前的王后。那就是拉美－娜芙如坚信自己得病是被奈菲尔塔利害的，她得病的第一天，脖子上有两个刺痕。我说刺痕可能是项链刮出来的，海奎特耸了耸肩道：'也可能是眼镜蛇咬的。' 然后她身体前倾，抓住我的膝盖，'我亲爱的朋友，' 她说，'玛－库瑞特可能会和众神说话，但是赫梯人是可以召唤死人的。'

"'拉美－娜芙如也会吗？'

"她不说话，好像没听过这件事。

“‘如果蜜球是明智的，’她说，‘她不会使用咒语。’

“那时候我知道了自己为什么要到这里来了，这个答案是在海奎特的暗示下知道的吗？我没告诉她我这些天根本就没怎么跟蜜球说话，就让这宫殿里的人继续相信我和她之间的亲密友谊吧！”

五

“那天晚些时候，和海奎特聊完天之后我去见了奈菲尔塔利。根据我对她侍卫的了解，我成功地溜进了她的寝宫，还想偷偷爬到她床上去，但这是不可能的，因为她还醒着，态度很不友好，‘你身上有赫梯人的臭味。’她说。

“她的冷淡还是让我很高兴，可能她因为失去了我在怄气吧！

“我没待很久，她对我没太大兴趣，我也不想再继续待在那里。我的兴致很高，但她并没有任何爱抚的表示，于是我再一次装作对她不关心，只说了海奎特告诉我的事，她听了以后皱起眉头来。

“‘我想听跟拉美－娜芙如有关的事，’她说，‘她是个没有内涵的女人。以后你可以一直侍奉她，不用再给我带来任何跟她有关的消息了。’然后她捏了一下我的脸，好像我是个老态龙钟的仆人，再无其他。

“我的话里肯定还有一些自己没有意识到的力量，她的态度温和起来。‘亲爱的，’她说，‘我现在的注意力都不在自己身上，万节之节快来了，人们在这样的节日里不会惦记着自己的丈夫或情人，而是整天想着要穿什么。告诉海奎特让她的朋友不要担心蜜球的事，而是多想一下我。’她大笑着。

“我的感觉麻木起来，然后转身离开。走到圣池岸边的时候，我不断地回忆往事，奈菲尔塔利这些日子里一直在为万节之节做准备，都无暇顾及自己的地位问题了，这是让她最痛苦的事。我这有史以来最不开心的情人无奈地叹了声气，顿时轻松了很多，我必须要接受这个残酷的事实：奈菲尔塔利在这些日子里只一心想着米亚蒙了。我一定要耐心地等待，心也开始硬起来了,因为奈菲尔塔利极力克制自己的情感,把我从自己的内心驱逐。

“早上的时候，我开始迷惑起来，想到自己可能会在这个宫殿里待上几年而不是几个星期，我也变得焦躁不安，因为我放弃了和奈菲尔塔利生活在一起，但我发誓一定会重新得到她，不管花费多长时间。于是我的呼吸变得轻松了，享受着跟海奎特聊天的情趣，却在宫殿的许多角落里感觉到了拉美－娜芙如的存在。我开始慢慢理解她的习惯，如果一天甚至几天都见不到她，我就会感觉和她没那么亲近，我渐渐对她产生了兴趣。宫殿里每个识字的仆人每天都至少能收到一条她手写的信息，给赫梯族仆人的是用赫梯语写的，给埃及仆人的是用埃及语写的，这些信息大概都是这样的：‘请给佩特－拉喂食黄色的草药，预防疝气，草药长在我花园里的东南角’、‘请检查所有的女仆，预防身上的虱子。’或者‘请在我窗户外面唱歌，我喜欢你的声音。’我的园丁收到了最后一条信息，心中很是惊喜。还有一些信息类似于:‘我很快会需要你帮我做事的。’我每天都会收到这个信息，她每天都会看我们写给她的信息，这也让我很感动。她会从中选取最好的信息，然后用蜡把字印在纸莎草纸上。

“我很快意识到,她的字条也是赫梯文化的一部分,海奎特跟我说拉美－娜芙如收藏了很多这样的字条，它们都刻在圆柱形石头上，还没有人的手指粗，但通过纸莎草纸上的蜡字可以看出这些字都刻得很漂亮。真不知道工匠是如何把这些字刻到青金石、蛇纹石、碧玉、玛瑙或者玉髓上的。我不禁想起那种情景：金发的公主坐在房间里在纸莎草纸上写字，然后选择合适的封装起来。每一次我打开蜡查看她的信息时，就感觉赫梯人的神像小虫一样聚集在我的周围。

“有一天她的信息告诉我：请在今早来见我。我去了，在她的花园里我们聊了一小时，第二天聊得更久。在我的印象中她是一个纤弱的女人，但其实她很现实，喜欢议论别人。一开始我以为他是觊觎我，因为我曾是另一位王后的贴身侍从，现在才发现她并不感兴趣。她从没谈起过奈菲尔塔利，她希望我告诉她和法老的王宫有关的一些事，尤其是关于王宫里米亚蒙的孩子的，以及哪个王妃是他的最爱。其实海奎特跟她说过这些，但她想从我这里再听一遍，我说：'您已经听过了。'她笑了，她用自己固有的滑稽口音回答：'我们赫梯人有句名言：用双眼学习，用双眼观察。'

"我不能确定，但我很快意识到她喜欢谈论流言蜚语其实是有他的目的的，她想知道哪个孩子会成为王位的继承人。我们的关系很快亲密起来，她和别人聊天的时候永远都没有王后的架子，更像是个公主，确切地说，是位被宠坏的公主。这跟我和海奎特之间的聊天不一样，我逗她说：'其实你只是想知道佩特－拉会不会成为法老。'她两眼放光。

"'你无法进入外邦人的意识里，'她说，'所以你永远都不知道我什么时候说的是真话。'

"'是的，我进不去。'我回答，确实是这样的。她漂亮的脸蛋上没有一丝一毫的想法表露出来。

"'我很讨厌这假发，'她说，'你介不介意我把它拿掉？'

"我鞠了个躬，她取下自己的假发，除了剩下几根像婴儿的细毛一样的金发，她的头顶上光光的。我知道她为什么要把假发取掉，因为不佩戴假发的她更美丽，真是纤弱的女神啊！她是想让我传话给奈菲尔塔利说米亚蒙现在觉得她比以前更迷人了吗？与所有爱讨论别人的人一样，她也从来不谈论自己。

"'在埃及，王后也是女神吗？'她问我。

"'法老是神，'我回答，'她的妻子自然就是女神。'

"'我不知道为什么，我父亲赫塔沙只是一个国王，不是神。恩利尔也从没像神一样跟他说话，只是告诉他该做什么，然后父亲就会照做。我也

不是女神，只是一个普通的女人，你觉得呢？’

“‘噢，我真不知道，’我回答，“应该问一下米亚蒙。’

“‘他不愿意谈论这样的话题，他和我在一起时只想着做爱，’她小声笑起来，‘我觉得自己是世界上唯一一个可以跟他说“不，我不想做爱”的女人。好玩不？’她说话的时候将头转向一边，仿佛要将一只温顺的鳄鱼给自己的丈夫，却不知该如何处理它。

“我在想她是一个女人还是一位女神，她的一生中肯定发生了许多大事。我记起她是被赫塔沙当作礼物送给埃及的，米亚蒙很粗鲁，把她安排到法尤姆的偏房里，那里的王妃都很想有朝一日能成为王后，但不久后拉美-娜芙如作为米亚蒙的第三个王后来到了底比斯，所有人都认为她肯定对米亚蒙的身体施了法，其他女人都发现不了。

“但她肯定没那么做，我和她在一起的时候都不觉得自己是个男人，也不觉得她是个女人。我们是朋友，一起说别人的流言蜚语。‘我到法尤姆以后，’她说，‘没跟他有过任何的亲密接触。我对他说：“请不要碰我的手，父亲是把我送给你当王后的，我不会让你在这种肮脏不堪的地方碰我的。”’

“‘那他怎么说？’

“‘他说他会把我丢到火坑里的，我说：“那你丢吧！你不尊重我和我的父亲，那我最好死掉吧！”’她不怀好意地笑了起来，‘其实我希望他能把我送回卡叠什去，但他却把我带到了这里，谁能料到结果会是这样？’

“‘是啊！’我说，‘但这不对，海奎特跟我说你爱他。’

“‘这就留给你去发现了。’她说。

“‘我不行，进不去你的思想。’我说。

“‘总有一天你可以的。’

“米亚蒙一般是在黄昏时分过来，她一般都是在卧室里接见他，她身着浅紫色的丝绸，和紫色的墙比较搭配。我想起了自己和卡叠什国王的秘密娼妓在私下偷情的情景，我们睡在紫色的床单上。至今我也不知道米亚蒙想从她身上找到什么乐趣，以及她要多久才能到他的寝宫一趟。今早他把镀金酒杯给我时，我在他的寝宫里看到了她，怀疑她和他在一起的夜晚是不是和我想的一样多。他通常都在黄昏时分到她宫里来，经常让我和海奎特跟他们坐在一起，但是他俩聊天时就好像我们不存在一样。

“我知道我们伟大的法老内心有多空虚，因为我可以看到他的十四个卡，而且能在他周围走动，他就像个雕塑，而我看到了另一张脸，聪明的拉美－娜芙如把他逗得很开心，他希望自己的神可以听到他们的话语，还希望我和海奎特为他们做见证。他很喜欢她装出来的单纯和天真，甚至她骂人的方式。他就像一匹种马，在骑者熟练地操纵缰绳时变得异常开心。

“‘你应该修缮一下皇家图书馆。’有一天她对法老说，但法老回答道：‘没有一家图书馆能有这样的规模，用不着修缮的。’她说：‘真的很有必要修缮一下。’他又大笑道：‘你这个胆大包天的小家伙。’她和他在一起的时候不戴假发，因为没有必要，他一看到她的脸便神采奕奕。‘你这只不长翅膀的小鸟，你打算怎么修缮我的图书馆啊？’

“她说：‘在我们那里，有一群游走于世界各地的商人，他们带着纸莎草纸或者写字板，希望在漫漫旅途中学到一些东西。他们很虔诚，每晚都会仰视着天空祷告。在卡叠什，父亲会让这些商人把他们的旅行日志留在皇家图书馆，等书记员抄好以后再还给他们。’

“‘我不想这么做，’米亚蒙说，‘抄陌生人的文章，这会打乱原有的规则，我还是喜欢听自己曾听过的故事。海奎特，对不对？’

“‘尊敬的法老，这是对的。’海奎特说。

“‘迈内，你曾跟我说过一个丑女人的丈夫从不得病的故事，不知道你还记得不？’

“‘我记得。’

“‘你觉得海奎特可以对你那样好吗？’

“‘伟大的法老，我没问过自己这样的问题，所以不知道该怎么回答。’

其实我问过自己这个问题，但这样回答法老，难道是我的报复心在作祟吗？我已经不了解米亚蒙了，他不会一下子杀死你的，可是会慢慢折磨你，看着你受苦。如果我和海奎特结婚了，他会多么开心啊！我还是不懂他在想什么，希望自己能够重获跟蜜球在一起时的智慧。

“他无聊极了，于是对拉美－娜芙如说：‘用苏美尔语跟我说话。’他为她会说这样一门语言感到自豪，海奎特跟我说这种语言只有赫梯族的大家闺秀才能学。赫梯族想尽快赶上巴比伦人和亚述人，除了他们，没人会说这门语言，他们认为掌握了这种古老的语言后会显得个人很有教养。‘你知道吗？’他说，“她可以用苏美尔语跟你聊很多事情。’

“‘我今天不想说。’她说。

“‘跟我们说说宦官的事吧。’他坚持道。

“她在跟自己的小猫玩耍，那是一只银灰色的小猫，尾巴像棕榈叶一样坚挺着。她用大拇指和食指来回拨弄着小猫的尾巴，问它：‘猫咪啊，你想听我用苏美尔语讲宦官的故事吗？’小猫伸了伸懒腰，她笑着说：‘它说是的，那我就跟你们说说吧！但如果猫咪说不想听了，我就不再讲了。’拉美－娜芙如像小猫一样伸了伸懒腰，开始说道：‘在我还没嫁到这里以前，我和自己的女伴们经常被苏美尔语搞得头痛。这种语言很难，我们经常因为学不会而大哭，但是有一天，我们在图书馆里找到了一本写满了禁语的书，我和她们经常被里面的表达逗得大笑。在苏美尔语里，对于“宦官”一词有三种叫法，“库格瑞”、“歌巴德瑞”和“桑格桑格”，其中，“库格瑞”是指被割掉阴囊的人；“歌巴德瑞”是指被割掉阴茎的人，这种人其实还是男人；“桑格桑格”是指真正的宦官——阴茎和阴囊都被割掉的人。我们看到这些字眼时，通常会忍不住发笑，因为第一种人爱传播流言蜚语，嘴巴很毒；第二种还有阴囊的人是无畏的勇士；第三种什么都没有的人是忠诚的宦官，像奶牛一样温顺。’

“‘我喜欢这个故事，’他说，‘再给我讲一个吧！’

"'不，你这个不知足的人，'她说，'你不是法老拉美西斯，而是国王萨尔贡。'

"'跟我说说萨尔贡吧！'

"她又征求了猫咪的意见，说道：'萨尔贡是苏美尔人的国王，在位五十六年，统治所有的土地，你就是我的萨尔贡。'

"'五十六年？'

"'你是我的萨尔贡和汉谟拉比。'她说。

"'我为什么是你的汉谟拉比？'

"'因为你严厉又公正。'

"他脸上露出欣喜的表情，他喜欢听到汉谟拉比的名字，这是个充满活力的名字。

"在海奎特的示意下，我起身离开，但我有一种预感：我们走不了多远，法老便会下令让我留下。我们不能看他们在做什么，但可以听。

"'汉谟拉比，为什么埃及的女人会有那么多丈夫呢？'他俩独处的时候她问道。

"他笑了起来：'你理解错了，她们只有一个丈夫，但有很多情人。'

"'那我就不是埃及人，因为我只有一个丈夫，没有情人。'她说。

"'你当然不是埃及人了。'他说，笑得很开心，我从没听他这样笑过。

"'对啊，我在卡叠什的时候就听说了，所有的民族里，只有埃及的女人会和其他的男人通奸。'她说。

"'他们总算知道自己在卡叠什该说什么了。'他说。

"'他们还说是你把这些女人弄成这样的。'她说。

"他狂笑，我从未见过他这样笑过，'你吃醋了？'他问。

"'不，你喜欢我，我很开心，猫咪，过这边来。'我听到她在逗猫咪玩，'你就不怕挑起埃及女人这方面的欲望时会把埃及搞得大乱吗？'她问。

"'噢！不，埃及女人就这样。'他说。

“他给她讲瞎眼法老向上帝祈求恢复视力的故事。神告诉他说这很简单，当他在找到一位对自己忠诚的妻子时视力便会恢复。米亚蒙说：‘这个法老找不到可以治愈自己的妻子，你会一直对我忠诚吗？’我听到他叹了声气。

“‘会的，’她说，‘但不是因为我爱你，而是我觉得自己不是女神，埃及的女人认为她们是女神，所以她们肯定不会对一个男人从一而终，我也不会。’

“我和海奎特并排着坐在另一个房间里，她很坦然地和我坐在一起，而我却感觉很不安。我听着拉美－娜芙如房间里小猫的嚎叫声。这只小猫毛皮光滑，很高贵，很镇静，大家都很喜欢它。但是现在它在大声嚎叫着，好像它的女主人被人欺负了似的。而我听到的则是拉美－娜芙如的坏笑声和爱抚时的沙沙声。

“我可以断定他们在小声地你侬我侬，只是我看不见。我想象出米亚蒙牵着她的手，好奇心很重，因为在我的意识里自己是能够看见他们的。于是我站了起来，往他们的房间里偷瞄了几眼。他们果然在做我猜测的事：并排坐着，他握着她的手。我不想看她绯红的脸，只听见他小声说：‘我是强壮的神牛，玛特的挚爱，我是荷鲁斯，真理之神和拉的器重者。’

“她嘴里发出甜美而奇怪的声音，不是呻吟，也不是尖叫声，而是肉体感到快乐时的抗议，就像铰链转动时的声音，她说：‘是的，继续跟我说吧。’他低声说道：‘我是两大王国的统治者，神力驰名各地，一听到我的名号，神灵都会从山里出来。’

“如果不是看到她的身体，我可以从她局促的叫声中知道她在挺身向前。她盛装打扮，坐在他身旁，两人的手紧紧地握在一起。他们俩亲密的感情产生了一种把我推开的力量，于是我自觉地坐到海奎特旁边。她的性欲也被唤起，好像只要我能坐在她旁边，她什么都愿意做。

“蜜球曾以沼泽为例指导过我，最令人陶醉的爱抚就像死尸里的精灵在酝酿。其实只有一小部分的爱情是确定的，但蜜球却可以让人们感受到肉体上的欢愉。海奎特不像沼泽里的野兽，因为她的眼睛不像，但很像蜥蜴或蛇。现在我知道为什么米亚蒙每年都会宠幸她一次了，我坐在海奎特的身旁颤抖着，极力想控制内心被她勾引起的邪念，好像我差点儿就进入了婚姻的围墙，这不是因为我的意志力不够强大，而是她在运用米亚蒙的法力对付我，于是我站起身来，如果不离海奎特远点，我可能就永远地失去奈菲尔塔利了。我的腰为之一振，好像内脏被掏空了，刚才的种种欲望突然消失了，我想象着自己什么都不是，只是一缕烟吧！

“此时米亚蒙大声叫了起来，不像噎到以后的喘息声，而是很急促的声音，还时不时传来脖子上拴着绳子的公牛发出来的声音。我再次透过门缝往里看，他的头夹在她两腿之间，无论在什么场合或是与多少王妃在一起，我从没见过他这样，很震惊，就像刺眼的光射到了自己的眼睛一样。她长满金毛的下体就像一片森林，而他则像一只找到食物的野猪，狼吞虎咽地边拱边吃。他进入了她的身体，嘴里嘟哝着赫梯人，但我听不清，只看到她躺在那里一动不动。很快就完事了，她再次拉着他的手，夸赞他，希望两人都不是很疲惫。

“我坐回原来的地方，感到一阵刺痛，海奎特站在房间的另一侧，身体发烫。我一直都在听着拉美－娜芙如清晰的话语，她希望他们俩的手牵在一起，她说了自己的想法，还补充道：‘我喜欢你的手！’我正在想：法老用手进入了她的身体。我内心极度蔑视她，想起米亚蒙抓着我的手时的奇妙感觉以及他的喜悦。

“如果你不知道拉美－娜芙如是一个多么现实的人，你就无法真正了解她。他们还没有互相感叹和爱抚一番，她就说出这样的话来，让我很不安。两大王国之内没人敢直接问法老这样的问题，但是她直接就问了，仿佛她有银铃般的外表一样。但真正拥有这样外表的人是我，她让我想起了：国王赫塔沙是在银板上刻下了自己最关心的条约。

“她想知道自己强有力的丈夫是怎么成为法老的，她问他是不是长子？她觉得长子继承不是这里的规矩，她认识的人也不知道。他说他不是长子，他能够继承王位，是因为娶了自己的表妹奈菲尔塔利，因为她母亲是皇族位置最高的血脉之一。

“‘你和她生了女儿吗？’

“‘没，但我和伊索尼瑞特生个了女儿，叫宾特－爱纳斯，她也有继承权，但是她很平庸，很愚蠢，经常和祭司们待在一起，永远成不了女王。’

“‘但是奈菲尔塔利的儿子如果和宾特－爱纳斯结了婚，就可以成为法老。’

“‘可能吧！但还远着呢，别再说这事了。’

“‘但是我想有人保护佩特－拉，想让你保护他。’

“‘你想让他和宾特－爱纳斯订婚，她跟你差不多大。’

“‘我想让你保护我们的儿子，是神让他在我的子宫里孕育的。’

“‘哪些神？’米亚蒙问。

“‘哪些神？’她重复道。

“‘你都叫不上来他们的名字，’他说，‘你不了解埃及的神。’

“‘我的神也是你的神。’她口吃地说道。

“‘那跟我说说。’

“‘我不想知道他们的秘密。’

“‘你连自己的神的秘密都不知道？’

“我能理解他的思想，它们重重地压在我的身上。米亚蒙对大事的恐惧又开始浮现，这恐惧像金子一样重，却也很宏伟。不知道是不是海奎特的原因，我听到了他的下一个想法，很清晰，就像他亲口说出来的一样。‘我和拉美－娜芙如在一起越久，就会越偏离自己的王国。’

“她好像也听到了，于是说道：‘我不需要接近你的神，如果你在寺庙里面睡觉，你的梦就会离他们很近，我父亲就是这么做的。’

“米亚蒙哼哼着，就像野猪拱稀泥时发出的声音。他的思想游荡得很远，我对此一点也不奇怪，他想起了坍塌的古老的法老墓，我从他的眼睛里看到欧西里斯神庙破旧的城墙。他叹气道：‘欧西里斯是唯一在各地都受人尊敬的神，没有祭司会让他的庙宇倒塌，这是因为他有一位了解诸神的妻子。伊希斯很聪明，她是一位称职而贤淑的妻子。’

“他好像很痛苦，因为他和奈菲尔塔利没有爱情。我能体会他从拉美－娜芙如的床上下来时内心的痛苦，她根本就不了解他需要什么。我听到他自言自语道：‘她不是女神，她自己也跟我这么说了，确实是这样。’然后什么都没说就离开了。

“我本来认为他已经厌倦了拉美－娜芙如，但事情证明我错了。他经过外面的隔间时，我看见了他的胳膊肘，我们在圣池周围散步。他让我教拉美－娜芙如，让她多了解一下我们埃及的神。

“每次我想说自己不知道该教什么的时候他都不听，‘你和我一样了解诸神，’他说，‘你能帮到我很多，这对她也有好处。我不想让祭司教给她太多，从而让她以为自己知道的比我知道的多。你可以的，以后我会送给你一个意想不到的礼物。’”

六

“过了没多久，我就遇到了一个大困难。米亚蒙再一次来到圣池边，并回到拉美－娜芙如的房间里让她立刻开始学习，因为万节之节就快要开始了，然后他就离开了。她问我要从哪本书开始学习，我只能告诉她最好的书都藏在阿蒙庙里。

“‘快把这些书拿来。’她迫不及待地跟我说，而我告诉她：‘最好明早再开始学习，我们现在可以去庙里看看，乔装打扮进去。’她像个孩子似的高兴地拍手。

“第二天，她头戴斗篷，打扮得像个东方商人。我们从仆人进出的门溜出去，经过很多宫殿、池塘、公园和花园，穿过最后一道城门，经过一条大道，绕过一座庙，从一个纵横交错的村庄里走过，那里有很多为祭司工作的工人，他们跟自己的家人与工具住在一起，我们最后来到了一条作家街，这条街通向一个村庄和一个教堂，街旁边有很多工作坊和学校，每个地方都有属于祭司的产业。一些年轻的学徒在寺庙的一面白色墙上练习画画，其他的学徒在另一面墙上继续昨天未画完的画，这样他们明天就可以开始画新画。我们看到一个雕刻家，他正在训斥学徒，他正在椭圆形的柱子上刻名字，但犯了个错误，连我都看得出来，他把荷鲁斯眼睛周围的旋涡刻反了。另一个小巷子里还有乐师在练习唱圣歌，还有许多抄写员站在寺庙墙上的铭文前抄写，他们有多快写多快，这是一场比赛，第一个人写完后，其他人都抱怨起来。我们经过其他乡村和一些更大的庙宇，从寺庙大门往里望去，除了穿白袍听演讲的祭司，什么都看不到。

“最后我带她来到西塔的最高处，这里视野开阔，可以看到拴在码头上的船舶，四艘或五艘船拴在一起，比我以前见到的要多，这些船在码头上进进出出。

“塔的四个角立了四根镀金的柱子，晴朗的早晨，柱子上的旗子在微风中有气无力地飘动着。许多小路向四周延伸，像光束一样，每一条道路上都有公羊和狮身人面雕像。远处有底比斯运河，运河一直延伸到码头，阿蒙神庙屋顶的瓦像梯田一样排列着。到处都是打扫瓦片、石板路和底比斯天井的工人，集市那边传来悦耳的音乐声。大家都在为万节之节做着精心的准备啊！

“‘好美啊，’她感叹道，‘我很少见到这样的景象，从没见过底比斯城。’我从她的眼睛里看到另一种美。寺庙的金顶在阳光的照射下闪闪发光，像金色的叶子。天空浩渺无垠，诸神无法填满。‘我们走吧！’她说，‘去看看阿蒙庙里有什么好的书籍。’

“‘这要等很久的，’我告诉她，‘即便是首席祭司在触碰任何圣卷之前都要洗七次手。’但她坚持要去，我必须得告诉她祭司不会让我们进去，因为我们打扮成了异域的商人。尽管可以把我们的身份告诉他，但若传了出去人们会议论的，而且进入神庙里就没有这么好的视野了，也不能离诸神这么近了。

“她很生气，也很沮丧，沉默了一会儿之后说：‘我想问什么就可以问什么吗？’

“我很害怕，但还是看着她的眼睛，平静地点了点头。

“‘你不觉得这是一个很傻的问题吗？’

“‘不会。’

"'那就好。荷鲁斯是谁？'

"'噢！他是一位伟大的神。'

"'他是唯一的一位神吗？还是诸神的祖先？'

"'我只能说他是拉的儿子，也是拉的挚爱。'

"'所以他和法老一样了？'

"'是的，'我回答，'法老是拉的儿子，也是拉的挚爱，所以法老也是荷鲁斯。'

"'他是荷鲁斯神吗？'

"'是的。'

"'那法老就是天堂的猎鹰了？'

"'是的。'

"'那他长着两只眼睛，一只像太阳，一只像月亮吗？'

"'是的。荷鲁斯的右眼是太阳，左眼是月亮。'

"'既然荷鲁斯是太阳的儿子，'她问，'那太阳怎么会是他的眼睛呢？'

"蚂蚁爬到了我的腿上，我不想再跟她聊这些东西了。我有胳膊，可我画不出来，她应该去问祭司。'本来就是这样，'我说，'荷鲁斯的眼睛也是法老的女儿瓦吉特，她是眼镜蛇神，可以喷火，消灭法老所有的敌人。'其实我很想告诉他我在卡叠什战役上虽然没有见过瓦吉特喷火，但感觉到过。

"'我不知道你在说什么，我的脑袋一团乱。'她说。

"我说：'好啊，那是因为他们是神。法老是神的后代，神也是法老的后代。'她脸上浮现出迷惑的表情，我加快语速说道：'我不知道这是为什么，但事实就是这样，神的事就是这样。阿蒙还是他父亲的父亲呢！'

"'欧西里斯是谁？是阿蒙吗？'她问，'来到埃及以后我一直不敢问这样的问题。'

"'欧西里斯不是阿蒙，'我说，很开心，因为她问的问题终于有一个是我懂的了。'欧西里斯是荷鲁斯的父亲，还是死亡之地的统治者，他的儿子荷鲁斯还是世间万物的统治者，因为他是法老。’本来已经说完了，但是看到她已经理解了我的意思，我又继续说道：‘欧西里斯在树木、大麦、面包、水和啤酒里，因为谷物经过发酵已经介于生者和死者之间了。’

“‘我以为所有的谷物都是伊希斯的呢！’

“‘这也对，’我快速说道，‘也属于伊希斯，因为伊希斯和欧西里斯结婚了。’

“‘是的，那荷鲁斯作为法老，有什么是他的呢？’她问。

“‘我不能告诉你他拥有的全部东西是什么，但许多东西都是属于他的。荷鲁斯的眼睛是油做的，有时候会变成酒，有时候变成漆。’

“‘你说他是欧西里斯的儿子？’她不高兴地反问道。

“我点了点头。

“‘如果荷鲁斯是拉的儿子，那他就是欧西里斯的兄弟，而不是儿子。’她说。

“‘是的，他也是他的兄弟。’我回答道。下面的小路不见了，我眼前朦胧一片，是因为我之前充满疑惑，还是因为想到要讲这么多跟神有关的事内心不平静？我不知道，但头很晕，尽管让她一个人站着不合规矩，但我还是蹲了下来。她也跟着蹲了下来，继续看着我的眼睛。

“‘我们要从最开始讲起，’我说，‘在拉以前有阿图姆，他是拉的祖父。阿图姆有两个孩子，舒和努，但我们仍把努叫作泰芙努特。’

“‘舒和泰芙努特。’她重复道。

“‘他们给了我们空气和湿气。’她还在自言自语地重复，‘从舒和努那里繁衍了拉、盖布和努特。后两个是天和地，他们俩经常做爱。’我咳嗽起来，小声说道：‘有一天拉和努特做爱。’尽管我也不想中断，但又咳嗽了起来。‘他们不知道谁是孩子的父亲，但努特的孩子是伊希斯、欧西里斯、赛特、奈芙蒂斯和荷鲁斯，荷鲁斯是欧西里斯的兄弟，但也是其他所有的神，包括舒、泰芙努特、拉、盖布、努特、伊希斯、欧西里斯、赛特和奈芙蒂斯。’

“‘那荷鲁斯为什么是欧西里斯的儿子呢？’

“‘因为荷鲁斯死了，从马上跌下来摔死的，于是投胎到伊希斯的肚子里，成为了他们的孩子。这是在欧西里斯被赛特杀死以后，但伊希斯还能和他发生关系。’

“‘我的腿好酸啊！从没听过这么多东西。’

“‘以后还会听到更多东西。’我说。

“‘我不会。你跟我讲了这么多神，我们还站在阿蒙神庙上，但你却不跟我讲讲阿蒙和卜塔，国王经常跟我讲起他在孟斐斯卜塔庙里的加冕仪式，我觉得这个卜塔肯定是个伟大的神。’

“‘他是，’我回答道，‘他从土地里面来。在孟斐斯，人们认为最开始在天上的不是阿图姆，而是卜塔，万物都是从水里升起的第一座山上来的，这第一座山就是卜塔的。太阳也从第一座山上产生，这么说来，拉、欧西里斯、荷鲁斯都是从卜塔那里繁衍下来的。’

“她叹了声气说：‘这么多神，我还听过穆特和透特。’

“‘他们也是从卜塔那里繁衍下来的。’

“‘真的？’

“我大汗淋漓地说：‘其实他们是从月亮那里来的。’

“‘谁从月亮那里来？’

“‘穆特、透特和洪苏。’

“‘噢。’

“‘月亮是荷鲁斯的另一只眼。’

“‘是的。’

“‘我刚刚跟你说过，他的第一只眼是太阳，你可以看一看麦粒，它们长得很像眼睛。’

“‘是的。’

“我没跟她说过荷鲁斯的眼睛也很像阴道，而是跟她说了为什么眼镜蛇神瓦吉特和秃鹰神奈库贝特（也是白色女神）会刻在法老头戴的双王冠上。法老也是荷鲁斯和赛特。

“‘他怎么能同时是荷鲁斯和赛特呢？’她问，‘他们俩一直在打斗不休。’

“‘他们在法老体内的时候就不会打架，’我解释道，‘法老很强大，能让他们和平共处。’

“她又叹了一声气，‘我一点都不理解。我在一个四季分明的国度长大，那里有春夏秋冬的交替，但在埃及只有三个季节，这里从来不下雨，却会发洪水。你们不像我们，看不见万物复苏的春天。’

“‘不，这很简单，’我告诉她，‘这里的神和别处的神一样，因为他们彼此是相融的，塞克迈特是头母狮，芭斯特是一只猫，和你的猫咪一样漂亮，但哈索尔既是母狮又是猫，她还是伊希斯。拉可以进入我们所有神的体内，即使是从法尤姆来的鳄鱼索贝克他也可以进入。’

“‘阿蒙成为阿蒙－拉的时候也是通过这种做法实现的吗？’

“‘不是，那不一样，’我说，‘阿蒙－拉是诸神的君主。’站在阿蒙神庙上，其实我并不想谈论他。

“‘我们回去吧！’她说。

“我们顺着阿蒙庙旁边的大道走了回去，这里通向王宫。她一路上都在沉默，回到她的宫殿之前她都没跟我说一句话。回宫以后她更抑郁了，不知道海奎特是不是对我下了咒，拉美－娜芙如的房间里还是充满了米亚蒙走时的不悦气氛，我的每个关节都能感觉到海奎特的丑陋。我的内心其实很悲伤，因为我跟拉美－娜芙如讲了所有伟大的神，唯独没提科佩拉的名字，他才是最伟大的神，想到他从黑黑的粪球里出生，居住在地球上最黑暗的洞穴里，我不知道该怎样向她解释这个甲壳虫神长着翅膀，可以飞翔，知晓世界上所有的事。

“‘跟我说说月神的事，他是谁？’她问，她的皮肤像月光一样白皙。‘我觉得他应该是你的荷鲁斯之眼。’她噘着嘴说。

“‘荷鲁斯之眼是月亮，欧西里斯是月亮之神，洪苏也是。’我很饿，脾气一点也不好。

“‘洪苏，你之前提过他的名字吗？’

“‘他是阿蒙和穆特的儿子。’我绝望了，因为还得跟他讲阿蒙和穆特。‘透特也是月亮之神，但有些人说他不是，秃鹰奈库贝特才是，你的宫殿就是以她的名字命名的。如果他们想，谁都可以当月亮之神。’

“‘他们都到过月亮那里吗？’

“‘我不知道，以前没人问过我这个问题。’

“她吩咐一个仆人把酱汁烤鹅端上来，这只鹅肯定是从卡叠什运过来的，因为它身上有火烧伤的印记，这绝对不是在沼泽或沙漠里长大的鹅。我们边喝啤酒边吃鹅肉。

“‘其实要理解我们的神并不复杂。’我说。

“‘请不要再讲了。’她说。

“‘在叙利亚的森林里，’我说，‘你可以种五种树，每种树都来自于不同的神。在一座山上，你可以找到所有的树。山上肯定有神，所以树上的五个神肯定也是山神的一部分。’

“‘嗯，是的，’她说，打了个哈欠道，‘你喜欢吃这种胡椒吗？’

“我点点头，还想继续教她，感觉自己终于开窍了，于是说：‘在耶布，在大瀑布的上游，有位神叫库努姆，他长着公羊角，守卫着尼罗河。他还住在阿拜多斯，接近欧西里斯庙的地方，他是海奎特的丈夫，这个海奎特不是你的海奎特，她是青蛙神，库努姆还可以住在拉的体内。每个人都愿意让他用他们的思维去思考，当然这也使得他们可以用库努姆的思维思考，有时候他们需要这么做，因为是库努姆用黏土捏出了我们的身体。’

“‘你教了我这么多，真是个好老师。’她说。

“我谢谢她，说她过奖了，她戴上金色的假发。今早在神庙里，她为了隐藏自己的身份，戴了一顶黑色的假发，回来后，很快就把它摘了下来。

我们吃饭的时候，她没戴假发，现在又戴上了金色的帽子。

"'你跟我讲了这么多神，但没跟我说什么和阿蒙有关的事。'

"'阿蒙，'我喝了口啤酒，'是隐匿者，他藏在所有神的后面。'

"'他一直都藏在所有神的后面吗？'

"'一直。'其实我不想跟她这么说的，因为如果说错了，神都在周围听着呢。

"'一直？'她反问道。

"'在风刚开始形成的时候他就隐藏在那里，他是八大盲神之首，八大盲神是寄居在黏泥里的青蛙和蛇。即使在这样黑暗的环境里，他还是隐藏着。'我不想谈论空气，更不想说错，在你耳朵里的空气就是阿蒙。此刻，我很庆幸自己不是法老，而且阿蒙的手在我的心上。

"'我听说阿蒙以前只是底比斯城的神，只是在选择谁是最伟大的神时，众神无法取得一致的意见，所以选了他。后来，他也成了伟大的神。'

"'是这样的，'我说，'两种说法都对，这也是埃及有两大王国的原因。'

"'你更像个祭司，不太像个战士。'她说道。

"我鞠躬。

"'那他和我们的恩利尔很像，'她笑着说，'他可以到所有的树里面去，他经过的时候，树枝会向我们摇晃。'她喝完啤酒，对着杯子发呆。

"'你觉得你们的神和我们的神不同是因为你们这里树木太少了是吗？'她问，'我们那里树木繁茂。'她说到自己的国家时，很是自豪，喉咙里仿佛冒出黎巴嫩雪松的香气，所以在她夸奖埃及时我觉得她很违心。我不再把她当成王后，她看着我的啤酒杯，于是我立刻擦了擦杯沿的唇印，把我的酒倒了一些给她，我不敢在奈菲尔塔利面前做这样的事。拉美－娜芙如开心地喝着酒，眼神很淫荡。她说：'你知道吗？你们国家有很多宝贵的东西。父亲说没有任何地方能像埃及这样文明，我同意。他说你们设陷阱诱惑神，你们埃及人是这么做的。当你们做了一小块美丽的珠宝或是一座壮

丽的建筑，神就会很开心，于是会从天上下来，亲自看看这些宝贝。’

“我不知道她在说些什么，只见猫咪翘着尾巴在她面前走动着，她把它抱了起来。看到这只猫，我想起来拉美 – 娜芙如想到的不仅是埃及的水池、花园、雪花石盘、金质的椅子，还有猫咪。人类养了它们一代又一代，直到有一天巴斯特女神说既然它是埃及最漂亮的小动物，那她就留在它身体内不走了。拉美 – 娜芙如逗它玩，将脸贴在它的腿上，抓它的尾巴，搞乱它的毛，躺在沙发上，让猫咪在她身上走动。它的性欲被挑起来，用鼻子抵着拉美 – 娜芙如的喉咙，喵喵地叫着。

“它用头去蹭拉美 – 娜芙如的下巴，拉美 – 娜芙如用嘴巴亲了它。不知道猫咪是不是嫌她嘴里的啤酒味难闻，像第一次反应一样，伸开爪子抓她的脸,于是她把猫咪朝墙上扔去。开始我以为它死了,但是它很快爬起来，转头跑掉了。

“‘你可以走了，你根本不会教别人东西。’拉美 – 娜芙如对我说。

“我经过隔壁的屋子，闻到一股沼泽的泥土香，月光是淡紫色的，不知拉美 – 娜芙如是不是惹怒了埃及的神。”

七

猫咪摔到墙上的声音很响，我听得清清楚楚，现在我才意识到其实我也在曾祖父回忆的现场。普塔－内穆－霍特普肯定也听见了，因为他的身体为之一震。母亲的反应最为强烈，我的身体都感觉到了她的反应，好像她被人扇了一巴掌似的。为了掩饰自己的反应，她开始滔滔不绝地说话。

"我不知道，"她说，"还有什么比拉美－娜芙如对米亚蒙的感情更不可信了。他们的感情就像割草的镰刀，随时会坏掉，但我更不相信奈菲尔塔利对迈内黑特假惺惺的感情。王后永远不能背叛法老，为什么呢？因为这会削弱埃及的实力。"她极力地点着头，然后又继续说道："我们应该祭拜米亚蒙。"

"你对我的祖先很忠诚，我很高兴，"普塔－内穆－霍特普说，"但这还用不着你来费心。"

她很坦诚地说："不，在埃及，没有其他女人比我博学了，所以这件事我得管。"说完后，两人都大笑起来。迈内黑特看着他们，我很想知道他在想什么，因为他的想法我一个都不知道。

"你在听吗？"普塔－内穆－霍特普问。

迈内黑特用指尖摸了摸前额，像和法老共事的近臣维齐尔一样给普塔－内穆－霍特普鞠了个小躬，“我今晚说了很多，”他说，“现在想听一听了。”

“这是一个欢庆之夜。”母亲说。此话说得正是时候，因为曾祖父的一些想法跳了出来。他自言自语道：“她还说自己会成为一个好妻子。”

母亲把拉美西斯九世的胳膊搂在怀里，对他说道：“跟我们说说和万节之节有关的故事吧！我很想听。”母亲很聪明，在这样的夜晚要表达对拉美西斯九世的爱戴，没有比聆听他祖先拉美西斯二世的故事更合适的了。在月光的照射下，我的父亲拉美西斯九世的脸上洋溢着愉悦的表情，他的声音像脸色一样沉着镇静，富有磁性。他可以用同样的声音谈论自己的祖先。每说一件事他都表达出自己的期待：二十三年后的今天，在他统治的第三十个年头，他也可以有自己的节日，让国民为之举国欢庆。父亲讲述得很形象，他的声音好像能变出很多礼物来。我看到画家给盒子涂上颜色，看到动物的皮毛和鸟儿的羽毛，还有贵族们佩戴的珠宝，民众在底比斯的皇家道路上游行，米亚蒙离开王宫时会经过这条路。

父亲不愧是孟斐斯神庙里的学徒，没白白在工匠们的祖师爷卜塔的灵魂里待过，他出口成章，凭借强大的文字驾驭能力，把各个事件描述得活灵活现。他还知道老百姓比我们强大的原因，不仅因为他们可以克服内心的恐惧，还因为他们在这样的节日里能够把每一分每一秒都发挥出最大的作用。在这个神圣的节日里，父亲把我们的思维弄得很混乱。他给我们讲了什么故事呢？他开始讲了，但恐怕在一些细节上睿智的曾祖父会挑他的错——

“经过五天的精心准备，为期五天的万节之节开始了，我看到了它第一天开始时的盛况。一队努比亚人胸前缠着红色的腰带，一队叙利亚人身着绣有白花的蓝色长袍，法老踏着清晨的阳光，从他们中间走过。一个浑身涂成蓝色的宦官走上前来，他的头巾上插着长长的羽毛，大概和他的身体差不多长，只戴着一条项链，穿着红黄相间的短裙。后面还跟着一个宦官，和前面的那个长得几乎一模一样，只是他的身体涂成了白色。两个宦官领着法老走过努比亚人和叙利亚人列成的通道，通道的另一端是王妃和她们的孩子，法老走近时，她们向他撒花，孩子们在偷笑。米亚蒙从乌纳斯圣殿走出来，殿门周围的民众顿时欢呼起来，紧接着，集市那边的民众也跟着欢呼起来。声音在整个城市里回响，穿过小巷、大路、河堤一直传到皇家的宫殿，响亮的回声一阵接一阵，仿佛电闪雷鸣一般。

“通过努比亚人和叙利亚人列成的通道后，米亚蒙弯腰看着王妃们，祝福孩子们，然后独自走开，经过一片树林，走到圣者之殿门口。那个宫殿很大，长宽各有一千步，他的一批随员在宫殿里等待着。宫殿的那头矗立着伊希斯的圣像，在准备圣节的那五天时间里，每天早晨都有成千上万不孕不育的妇女来这里祷告、祈福，她们在圣节开始的那五天也会过来，所有人要么膝盖跪地，要么四肢伏地。在这些女人和随员之间有城墙、花道和喷泉广场，在每个凉亭和拐角处，都矗立着诸神的雕像，人们为了庆祝这五天的节日，把它们从尼罗河的上游或下游运过来。到处都是用芦苇秆做成的小教堂，芦苇上糊着白色的黏土，这是为了模仿古代的教堂，里面摆着美尼斯和胡夫统治时期第一代神的雕像，那时天和地、水和火才刚刚形成。据祭司说，第一代圣像是用芦苇秆扎成的。

“‘亲如己足’是为这个节日专门设立的官职，只有高官才有资格当选。‘亲如己足’从随员的列队里走出来,先为法老洗了一下腿,再为他穿上凉鞋。最后法老就坐到他的轿子里，加入游城的队伍。紧接着，其他的官员也加入了游城的队伍，队伍里面的官员都从上埃及和下埃及地区来，有四十二个省的省长，他们纷纷亲吻自己法老面前的土地。

“接下来走过来的是法老的儿子们，这三个儿子是奈菲尔塔利生的，本来她生了四个儿子，但是阿蒙-赫普-苏-夫没有来。拉美-娜芙如的儿子佩特-拉由奶妈带领着，他长着赫梯人标志性的黑色卷发，身旁还站着一个二十来岁的护卫。拉着是第二任长相一般的妻子伊索尼瑞特生的七个孩子，后面还有王妃们生的上百个孩子，这些王妃住在位于塔尼斯、法尤姆、霍特尼墨和耶布的行宫里，这里面最小的孩子从来没有离开过自己住的地方，他们来到这里以后感觉不知所措，稍微大一点的虽然还未成年，但已经能够意识到这个节日的重要性了。三位王后为法老生的儿子虽然不常和父亲在一起，但他们以后可以成为监工、各省的财务大臣、大祭司、先知、大法官、祭司、圣书的编辑、省长甚至将军。可是王妃生的孩子和他们日后的配偶只能去当随员，而且不是全部都能当选。随员只能挤进游城的队伍里，他们跟随队伍离开圣者之殿，路过其他宫殿，从法老的视野边缘经过，走进了城里。这个队伍有上千步长，十二位皇家御者护送者专门为这个节日打造了大金碗，这个任务很艰巨，但也给了他们至高的荣耀：只要拉着战车的马在前进，作为士兵，就要全程护送。轿子后面跟着替补的士兵，每次中途停下时，他们都会上来代替现在的士兵。列队在轿子两边行进的是法老的护卫，离开圣殿以后，努比亚人和叙利亚人队伍也跟在两边。再后面有支更长的队伍，队伍里有随员，还有他的官员、王子和公主，都坐在金色的马车里，他的女官、王妃和寝宫的侍官都坐在轿子里，扛旗的、撑扇的、扶权杖的和四十二省长的枪骑兵都站在战车上。马儿们背上驮着很多羽毛饰品，马鞍是耗时几个月才打造出来的，很精致，皮革上缀着用金线穿起来的银叶子。

“在节日的第一个早晨，每一个十字路口上，每一个城门口，前一夜尚未烧尽的火堆还在燃着。有时经过这些火堆，法老会停下来，打开轿子门，站在御者的肩膀上，比周围的人都高得多，他用双手各朝一边挥动，然后十指交叉在头顶围成拱形。民众看到游街的队伍会高兴地叫喊起来，法老周围的人都戴着金质的宽领，阳光经过这些领子反射到法老身上。打扇官把芦苇和羽毛制成的扇子撑在法老头上，法老经过时，民众摇动着花束表示欢迎，孩子们还跟着轿子奔跑，想让法老多看几眼他们的花束。侍从不断往街上撒精油，这么做的目的是不让伟大的神闻到晦气的味道。努比亚和叙利亚人用棍棒推开周围的群众，并大声嚷道：‘为神让道，退后，退后，神来了！’他们必须大声地喊叫，周围的老百姓嘲笑他们的口音，除非被推开，否则他们不会自动退后的。叙利亚人大喊道：‘大伙注意了，请让开，不然我就用棍子打了。’慢慢地，他们都开始让路，因为有些人的头皮被敲破了，血一滴一滴地滴到了地上。有些人的鼻子被打破了，却对着游街队伍高兴地挥着手，因为在未来的许多年，他们都可以很自豪地说他们曾因为和法老近距离接触过，所以才受了伤。

“他们每经过一座神庙，庙里的祭司都会出来烧香，鼓手和竖琴师也会出来为法老弹奏，然后跟着队伍后面参加游街，市民跟着队伍一直走到集市才停。集市里的百姓都出来迎接法老。过了大半天随员才从集市里走出来。

“米亚蒙经过很多店铺，比如：木工店、工匠店、橱柜加工店、木板加工店、冶金一条街（街上有很多冶金店，冶炼铜、铅、锡等金属，还有为军械库专门冶炼的青铜），在冶金街上，他向所有的冶金师傅以及他们的家人招手。他还向制作靴子的工人、纺织工人和制陶工人点头致意，向他们的数百学徒问候。工人们织出的布匹、纺出的线、捻出的灯芯都让他甚为满意，并大加赞赏。受到表扬的还有珠宝工人，他们可以加工红色或黄色的碧玉、玛瑙、孔雀石、雪花石，还能用青金石雕刻圣甲虫、小狮子和小猫。他还看望了马车、车轮、家具和象牙的制造工人。他们经过雕刻家所在的大街，店门口摆放了很多为宫殿和坟墓设计的浮雕，上面已经刻好了字。制作扇子和制革的工人在又阴又冷的街道上，街上充斥着死尸般的恶臭，真是个低等的职业，即使在这样的节日里，他们已经不工作了，但路过行人的香水味仍盖不住街上的臭味，这味道和棺材街上工人锯下的木屑味一样浓重，比制作纸莎草纸店旁排水沟里的臭味还难闻。然后他们经过屠夫店、啤酒酿造店、烘焙店，他们正在向行人卖自己的东西，很多人都在大声欢呼。接下来他们经过制作篮子的工人和油漆匠居住的街。最后他们走到了运河旁边，运河在广场旁边，长长的堤岸上建有许多水库和码头，河流离这里不远。这里他们可以看到卜塔的圣船，未来十天，这些圣船会停泊在这里。”

父亲拉美西斯九世讲到这里就停了，好像自己可以预知未来。母亲的叹气声里透露出崇拜的语气，她说普塔－内穆－霍特普讲的这些事多年以后也会发生，他可以预知未来之事，真的很了不起，他讲得很生动。

我能感觉到他受到表扬后内心的欣喜，但他只是说：“我曾认真研究过每一本记录拉美西斯二世圣节的书，这是我给你们讲的第三个节日，也是规模最宏大的一个，发生在他在位的第三十五年。我讲的肯定跟历史最接近，因为我看过那么多精确的记录。我很抱歉自己无法说出参加这次节日的每个官员和侍从的名字，因为米亚蒙采用了一种聪明的方法：他授予了官员们历代二十位法老都没使用过的头衔。你可以计算一下，二十位法老，大概有一千多年的历史，要从胡夫和美尼斯时期算起。我父亲在位第三十年也曾举办过圣节，他那时也使用过这种方法。这其实很难，因为有些官衔没有记录，皇家图书馆里有些书是从底比斯的地下室仓促地搬到孟斐斯的，搬运过程中已经受损。还有些官衔因为不常用，所以被拼错了，但是作为首席抄写员，我用词用句都很讲究。不知道是不是因为我对卜塔很忠诚，所以才会非常尊敬他，他是最出色的木工。于是我想了解他们那时的底比斯城的概况，期间我学到很多和孟斐斯的商铺有关的知识。”

曾祖父点点头说：“你说得都很公正。”他评判时声音里充满崇敬，我是通过父亲的耳朵听出来的，于是他对讲故事的兴趣大增，快速地说道：“是的，很公正。”

迈内黑特又点点头。

“拉美－娜芙如的随员怎么样？”

曾祖父说：“在圣节的第一天，这三位王后奈菲尔塔利、伊索尼瑞特、拉美－娜芙如都没有带侍卫。我在拉美－娜芙如的赫梯人队伍前面走着，几个士兵从我身旁走过，我浑身不舒服，他们在阿蒙－赫普－苏－夫带领的皇家护卫队里任职。阿蒙－赫普－苏－夫现在还在城里，没赶到底比斯，但皇家护卫队的士兵在这里，而且他们知道他对我的看法。我奉劝自己这五天晚上不要在他们庆祝时到酒馆里去喝酒，因为他们有可能就在那个酒馆里，而且可能会把我打个半死。"

"我很想听听这些事，书记员平时都接触不到这些话题，也不会用文字表达。"普塔－内穆－霍特普高兴地说。

"那我就满足您的心愿。"曾祖父说，眼睛还盯着坐在椅塌上的我们。

"关于游街，我描述的都没有错吗？"

"比我记得还要清晰，我只看到了那天自己身边发生的事，但你看到了全部。"迈内黑特说。

"你肯定觉得我对自己不能讲的事记得很清楚。"

"这只是个巧合，"迈内黑特说，"很有趣，因为游街的队伍真的和你描述的一模一样，但是在造船厂最后一条街的旁边有一条'烟花街'（妓女所在的地方），这几天烟花街的生意比平时好很多，这些女人发出戏弄的笑声。王妃们经过的时候，她们坐在窗户旁观看。如果不是因为她们和自己的孩子坐在一起，而且周围没有男人，这些烟花女可能永远认不出她们，因为她们打扮得和公主一样，又坐在金色的马车里，而且妓女和王妃们一样妖娆。超过一半的底比斯男人都对她们投来渴望的目光，她们不太习惯这样的场合，所以脸红了起来。"

"有什么风流韵事吗？"普塔－内穆－霍特普问。

"没有，游街的群众发出一阵恶骂，摇鼓声震天响，很快就盖过了她们戏弄的笑声。我们迅速离开，和你描述的一样，顺着皇家码头走到了卜塔的圣艇旁。"

"你得跟我说说我不知道的事，因为我一直希望自己能经历一下这样的节日，还想和米亚蒙见面。”

“我理解，”曾祖父说，他又用强有力的冷酷眼神往我们三个这边看了一眼，“我会的。”

“像维齐尔一样说话吧。”普塔－内穆－霍特普说。

曾祖父用指尖触了触额头，重复道：“我会的。”

现在，父亲开始讲述圣节第一天米亚蒙做的事。他和前面的队伍到达河岸边时，群众的欢呼声惊天动地，在底比斯，已经很多年没有这样的欢呼声了。已经到达的百姓在等待未到达的百姓，他们热烈地欢呼着，两个月之前，当尖塔从大瀑布旁的采石场运来时，他们也大声欢呼过，但现在的欢呼声比那时响得多。在为圣节准备的五天时间里，法老、大祭司和维齐尔曾一起出来迎接诸神的到来，那时群众也热烈地欢呼着。那五天时间，很多老百姓一次又一次聚集在岸边看热闹，大臣们把神像从圣艇上请下来，搬到岸边，运到圣者之殿里。祭司们费力地抬着轿子前进，轿子不仅放着神像，还放着它们的神龛，这些神龛通常都造成小船的形象。这种小船通常是用金子、银子或镀金的铜制成，所以很重。每个神的习惯不同，有些是和殿里的人见面的，有些则不是，他们的圣像和神龛都被锁了起来。这些神在底比斯可能很出名，也可能很少有人听过，经常会有大汗淋漓的寒酸祭司扛着这种神像：它们从很远的省份过来，只能算是二流的神。祭司后面时常跟着一群小孩和乞丐。在最近两个月里，有一大群人经常在城里出现，他们是运方塔的工人，他们把方塔放在滚筒里，从斜坡上把滚筒从码头运到圣殿里，整个过程并不快，但很多人都想看一看，这些工人很聪明，花岗岩滚筒密闭而且不会进入任何气味。

卜塔的圣艇来了，场面十分气派，没有任何神能比得过他。远处就可以看到他的船和阿蒙的一样长，大概有七十步长吧。

为了等待法老到来，卜塔的圣艇夜间一直在底比斯港漂着，直到今天早晨才抛锚停在岸边。有个侍从负责在圣艇和岸上的队伍之间跑腿，从早晨开始，他就在跑个不停。现在，法老走到码头上，卜塔的圣艇绕了最后一圈，在水面上闪闪发光，好像卜塔就站在自己的桅杆上。它的桅杆、船舵和桨都是镀金的，点缀着金色的叶子，河岸上的群众演奏着音乐，很多人都高兴地大叫起来。可以近距离观看的人告诉那些看不到的人雪松木和镶嵌着宝石的镀金圣艇是多么瑰丽。早上米亚蒙选择从拥挤的木工街道上走，没走可以通到河边的那条大道，他想通过这种方式向卜塔带去底比斯城的敬意。

米亚蒙站在码头上，圣艇靠近时，他抓住系船的绳索。远处的群众欢呼着，马车里的大臣和王后都下来鼓掌。大祭司在轿子旁边站着，手持卜塔的银像，唱着圣歌，然后撕下封条，拧下螺栓，打开箱子的门，举着卜塔的圣像，使在场的所有人都可以瞻仰。

圣像和玩具娃娃差不多大，但他的四肢会动，他的脸是金色的，黑色的嘴巴可以张张合合。一位大臣端来一个半圆的盘子，里面装着美酒、水果、烤肉和烤鹅。米亚蒙跪下说："供奉阿蒙庙的我们，为伟大的卜塔神供奉美酒和美食。"卜塔回头看看米亚蒙和食物，眨了眨金色的眼睛表示同意。和所有神一样，他也需要吃东西，而且一下子就吃完了那些东西，就像神只需叫名字就可以创造出自己想要的东西一样，他也只需看着食物就能把它们吃下去。

卜塔借着大祭司之口向在场的所有人说话，声音很洪亮。大祭司好像灵魂出窍了一样，眼睛和四肢一动不动，但是卜塔金色的眼睛张开了，说话的时候手臂也在活动。

"我看到你时，"卜塔对米亚蒙说，"内心欢喜，我用金质的臂膀拥抱你，让永恒、稳定和满意包围着你，赐予你财富和快乐，保佑你永远开心幸福。"

大祭司上前站到米亚蒙的旁边，怀里抱着一个形状怪异的大花瓶。看到大花瓶长长的瓶颈插进心脏形状的瓶身时，人们开始哭了起来。花瓶跟底比斯的百姓讲述着爱可以创造奇迹。花瓶里的水洒到了大祭司的脚上，人们喜极而泣。“啊——啊——”百姓们为两大王国的联合高声呼喊。

看到这一幕，卜塔再次祝福道：“我赐予你们快乐，直到永远。”百姓们发出空前绝后的欢呼声。两大王国交好运的最好征兆就是卜塔和阿蒙的会合，百姓们为此疯狂地欢呼着，连荷鲁斯都能感觉到这种美妙的感觉。所有拿着荷花花束的群众都呼喊着他的名字，伟大的法老现在就站在他们面前，向他们展示他的下体。

八

普塔－内穆－霍特普停了下来，满意地看着迈内黑特，迈内黑特意味深长地点着头。“就像你说的一样，”他说，“你见证了每一个夜晚，而我只看到了其中的一部分。”

“真的吗？”父亲问道。

“真的。”

“最后的部分也是真的？”

“当然，是真的，我从没见过他那样伟大过，”迈内黑特说完就开始犹豫起来，“不过，可能在几天后，我又见了一次。”

“我在书里没见过相关的描述。我的知识来源于你对米亚蒙的了解，还有一些传说和故事。”父亲停了下来，不再说话，开心地搂着我。“我跟你们说了第一天的盛况，但你可以告诉我们一些我不知道的事。”他对曾祖父说。

“每个场景你都看到了，”曾祖父重复道，“在我的印象里，这五天其实是混乱不堪的。我们讲了所有的事，却唯独没说万节之节散布出来的恐怖气息。这五天，法老和平时不一样，不再是我们的君主，也不再佩戴王冠。他可以戴双王冠，但这五天里，王冠不是他的。”

“我知道。”普塔－内穆－霍特普说。

“是的，但是那时的我们比现在更迷信。整个底比斯城弥漫着所有人都不愿说的恐惧，这也是为什么大家看到法老在卜塔面前袒露自己时会那样开心。尽管这是个好兆头，但那几晚没有人不害怕自己的房子突然着火，妻子突然失踪。所有的路上都点着火把，所有的十字路口都燃起火把，但还是有房子被烧掉。许多平日里的好妻子那几天也都到外面偷情，这真的让人很震惊，到处都有通奸的事件发生。所以我想再说一遍：法老的勃起是奉献给这座城市的礼物，但是很奇怪，因为自那以后尤其是在晚上，老人都敢光着屁股出来走动。道德开始沦丧，只有在那天的游街队伍里，才能找到以前存在的礼节。

“一直以来，恐惧都藏在其他情感的下面。我不敢说恐惧泛滥，但是前两天来洪水的时候，人们就是很恐惧，但是洪水消退后恐惧也随之退去了，真好！如果洪水不断上涨，人们怎么能好好庆祝节日呢？我们表面欢喜，但内心的恐惧也在增加。即使在白天，人们唱歌或喝酒时都是先笑，再哭，然后再笑，到处都能见到这种场面。此外，还有很多奇怪的现象发生，许多贫民窟的男孩和年轻的工人都把头发剃光，你或许会以为他们是年轻的祭司，其实不是。有些很爱美的家伙也把头发剃掉，还在光头上抹了圣油。他们经常成群结队地跑来跑去，很虔诚，不会伤害任何人。他们经常从一个圣像前跑到另一个圣像前，从一座庙里跑到另一座庙里，或者是到圣者之殿里与祭司、贵族、商人、战士、职员、工人、普通市民一起朝圣，市民经常在白天结队来这里朝圣，而晚上则在圣像、凉亭和芦苇棚里闲逛。有时，好像所有的底比斯市民都会加入他们。到处都是这些光头，他们后面经常跟着一群头发没有剃光的人，这些人跟在他们后面嘲笑他们涂了圣油的光头，提醒他们昨晚对自己或朋友做了怎样的蠢事（指把头发剪掉），还不停地喊叫道：‘我们今天多么英俊啊！’这是导致不安的诸多事情中的一件，更不用说酒吧的生意好得不得了。

“第一次游街结束后，米亚蒙在那五天里不能随意离开王宫，他要和各省省长以及国外使团参加很多庆祝活动。

“即便招待贵族家庭来访的队伍都让他忙得团团转。他到河边去问候了两位神,一位是阿蒙,一位是欧西里斯。其他的神都被运到圣殿的凉亭里了,米亚蒙可以去祭拜他们，但是突然运来这么多神，有很多他从来没有去看望过。他一天的许多时间都花在了换衣服上。

“不知道这是不是受祖先短裙、斗篷和外衣多样性的影响，但是在底比斯你可以看到许多祭司戴着鸵鸟羽毛或者秃鹰和朱鹭的头像，手里拿着公羊角。衣服越是华丽，市民的欢呼声就越大。这五天里，到处都弥漫着欢乐的气氛。有一群从上埃及的小镇尼肯来的使团吵吵闹闹，他们下船上岸时，走在队伍最前面的是位牧人，浑身都穿着野兽皮，部分是狮子皮，还有些是鳄鱼皮。牧人两旁各站着一个侍从，头上戴着狼头，狼头上的毛还没去掉,嘴巴张着,他的屁股上粘着狼的尾巴。当人们问这两个侍从是谁时，侍从会指着他们的首领，首领会对提问者说:‘我们是尼肯的牧人。’接着他们三个会跳起舞来，手挥舞着节杖。

“这三个人吸引了大伙的注意，可没人说得出原因。不知道是不是那个牧人穿的狮子和鳄鱼皮很特别，弄得他自己像只野兽。然后我们意识到这三个人肯定也是祭司，他们还在手舞足蹈。最后他们走到圣者之殿门口，被人们引荐给法老。”

普塔－内穆－霍特普小声说:“尼肯的狼是要被人尊敬的，就像侍奉荷鲁斯的精灵一样。我可以告诉你这种场合，穿成牧人这样的肯定是维齐尔的首席书记员，不是从上埃及地区来的，而是和我们生活在一起。”

“但那天他的脸充满野性,”迈内黑特说,“对于书记员来说，这脸确实够野的了。”

“我是从书上读到的，而你亲眼看见了发生的一切，我想让你告诉我所有我不知道的事。”普塔－内穆－霍特普说。

曾祖父继续说，但是这次他的思想和声音一齐进入到我的体内。我和父亲、母亲舒服地坐在一起，发现这种听故事的方式比以前的那些方式更合适。

曾祖父对着我说："我可以告诉你：每天醉酒的人数都在增加，随之而来的是对这次庆典的迷惑。因此，随员越来越觉得没必要出席一些正式的场合。为了解决这个问题，米亚蒙曾多次到圣殿拜神，即使最严谨的官员也认为出席正式的场合越来越困难。法老也因为大家列队时总是慢吞吞而变得越来越不耐烦。迎接了这么多神以后，很多人开始发烧。在法老后面的人，不按规矩行进也没关系。此外，我的内心很乱，没办法继续好好思考了。

"第二天晚上，我离开圣者之殿，一个人在城里晃悠，地上躺着很多烂醉如泥的市民，我从他们身上踏过，悲伤的情绪在心里泛滥，不仅是因为寺庙里传来了祭司们唱圣歌的声音，还因为饥饿的动物们的哀嚎声，我对它们的痛苦可以感同身受。我还被小孩的哭声触动，但他们晚些时候玩耍的嬉戏声又把我逗乐了，夜神也出来了，他们同样很兴奋。再晚点的时候，我还能听到男欢女爱的呻吟声，底比斯的每个广场、每条小巷都充斥着这样的声音。我的内心痛苦万分，有点撑不住了，此时我很想念奈菲尔塔利。圣节的第一天早上，侍从将水瓶倒放在广场上，形状怪异的大花瓶，米亚蒙威武地站了出来。从那一刻开始，我就无时无刻不在想念奈菲尔塔利，我的身体也随着深切的思念而抽搐了两次。在群众为法老的雄壮欢呼甚至喜极而泣时，我也开始对他忠诚起来，渴望再次被他重用。我居然会这么想，真的有失尊严。但这样我就可以再次接近奈菲尔塔利了，这些日子在赫梯族公主身边过着自己都不能理解的生活，谁能知道我内心有多痛苦呢。想到奈菲尔塔利，我的腰就疼痛，内心的欲望蠢蠢欲动。那天，水瓶里的水倒出来时，我居然能听见她说话。'你是我的火，我的幸运之名，我身体的一部分。'我和其他人一起向法老宣誓，眼睛一动不动地盯着他勃起的地方。我的身体又抽搐了一下，继续在城里晃悠。今天是节日的第二个晚上了，我还在找进入她寝宫的入口，但那里有很多侍卫，我感觉无望了。每一夜我都会醉三次，每次醉前，自己都没能清醒过来。我摇摇晃晃地向前走着，声音嘶哑，耳朵里都是她的声音，这让我意乱情迷。那晚我双手搭在腰际独自躺在床上睡去,对一个年过五十的将军来说,这个睡姿太可悲了。

“早上我起得很晚，之后就到米亚蒙的寝宫去了，他正好走了出来，只穿了一件短裙，上面镶嵌着公牛的尾巴，脖子上挂着金色的项链，头上戴着上埃及的白色王冠，手持盛开的荷花杖。他另一只手里拿着一块坚硬的纸莎草纸，纸的四周点缀着金质的叶子，看到这里我便知道他是要用属于奈菲尔塔利的一块地去祭拜阿蒙，那块地的位置很不错，在河边。一想到是用她的礼物来祭拜，不管昨晚吃了多少肉，喝了多少酒，我即便动动脚趾头也能想到她会去现场，最后她的确去了。那块地是米亚蒙在他俩大婚之日送给奈菲尔塔利的，现在又还给他了。她看到维齐尔的那一天跟我说他们的聊天涉及到这块土地，‘这是给万节之节最好的礼物。’她那时是这么说的,其实我知道她这么做只是不想在这五天夜里失宠,最终她如愿以偿。我还听到拉美－娜芙如问米亚蒙为什么祭献土地的时候他要单独和奈菲尔塔利在一起。‘这是她的土地，’最后他说道，‘出于礼节上的考虑，祭献的时候我不能让你也在那里。’拉美－娜芙如听了以后，不高兴地从屋里走了出去。

“之前我一直沉浸在自己编织的痛苦里，为自己感到悲哀，对于种种可能出现的情景太欠缺考虑了，没有想到其实到那时候我可以和奈菲尔塔利说上几句话。可是真等到那一刻到来的时候，我却发现自己走错了队伍，因为奈菲尔塔利的儿子来了，护卫着法老的金碗。我和拉美－娜芙如穿着一样颜色的衣服，和他们隔了几辆马车。我们走到了土地旁边，河岸上长着稀有的树木，阿蒙的庙很快会在这世外桃源般的土地上建起来。我在离米亚蒙稍远一点的地方下车，然后看到奈菲尔塔利坐着由六匹马拉着的豪华马车过来，马车被封得严严实实。当她下马车时，受邀出席此仪式的祭司和贵族都鼓掌欢迎。在车夫的示意下，她在离我们很远的地方停下，远到我都看不到她的眼睛，捕捉不到她的眼神。

“米亚蒙拿出纸莎草纸，开始祭献仪式，仪式结束后，这块土地便开始盖阿蒙庙。”

“你知道这纸莎草书的名字吗？”普塔－内穆－霍特普问。

“我不知道。”

“它叫《两个人的秘密合约》，这两个人是荷鲁斯和赛特，”父亲因为知道这一点而扬扬得意，“那时没有盖布的同意，法老是不能随便向神祭献的。关于这一点，每一片镶有金边的纸莎草书都有记载。”

“我忘了。”迈内黑特说。

父亲高兴地晃动起来，他其实还是很想用祖先的声音说话，于是站了起来，在天井的四周踱着步，就像米亚蒙在那块土地上踱步一样。“我跑，”普塔－内穆－霍特普用米亚蒙的声音说道，这声音很有磁性，从父亲的喉咙里出来，恐怕听了以后不会颤抖的也只有众神了吧！“我带着《两个人的秘密合约》跑，因为这是盖布下给我的旨意，我看到了他的眼睛，知道洞穴里的火正在熊熊燃烧，我摸了土地的四角。”

我闭上眼睛，躺倒在母亲的怀里，似乎听到了河岸上传来的圣歌，不知时隔多少年啊！但我确实听到了：

法老经过了土地的四角，
他触摸了天堂的边缘，
于是土地祭献给了新的主人。

父亲用自己的声音，也是米亚蒙的声音回答道：“我是荷鲁斯——欧西里斯的儿子，阿蒙是我的气息，拉是我的光，阿蒙－拉是我神圣的气息和光。”米亚蒙在阳光下走动，每一次呼吸都是神的呼吸。土地从宫殿转给了寺庙，百姓们长长地舒了一口气，就像刚生产完的母亲一般。我很熟悉这样的声音，因为在仆人中间，孩子出世后他们都会发出这种声音。

现在米亚蒙手持荷花权杖，可以听到全埃及的声音，两大王国在纷纷向他祝福。现在他走到远处，奈菲尔塔利正坐在马车里等她的马夫。他钻进马车，关上门，这样就没人可以看到他。但我听得到他的声音，是从父亲嘴里发出的。

“荷鲁斯之眼就在她的两腿之间。他知道地球上的洞穴有多深。”我听到米亚蒙的喘息声，“欧西里斯进入了荷鲁斯的身体，众神和我们结合在一起。”然后我看到湖面上太阳的倒影。

紧接着，父亲用米亚蒙的声音呢喃道:“我没有对她说话，是神在说话。”和祖先如此亲近，父亲感觉累了，于是独自一人坐在另一个沙发上。

迈内黑特用沙哑的声音说道:“每个站在土地边缘的人都看到米亚蒙钻进了奈菲尔塔利的马车里，并关上了马车门，大伙都猜得出里面发生了什么。大家都听到了奈菲尔塔利幸福的呻吟声，呻吟声很大，音调也很低沉，众神肯定参与了他俩的交媾过程。今晚所有的官员、贵族和仆人都会知道这件事，米亚蒙在土地上走动的时候，能听到今晚之前底比斯的每个乞丐痛苦的乞讨声。对于未来的不安情绪又开始在城里泛滥开来。”

我坐在母亲身旁，再一次意识到了奈弗－赫普－奥科汉姆的存在，他就像愤怒的厉鬼一样。

九

普塔－内穆－霍特普继续一个人坐在那里不吭声，于是曾祖父说："不知道你了解的和我讲的有多少是一致的，但我说的都是真的，米亚蒙所说的话和你描述的是一样的。"

父亲无动于衷，好像很疲惫，尽管之前他敢用祖先雄厚的声音说话，但此刻他却像个胆小的骑兵，坐在马鞍上任由野马驰骋。曾祖父开始说话了，像是在用美食照顾病人一样。他说站在那块祭献给神的土地上，他能听见米亚蒙和奈菲尔塔利交合的声音，他感觉心如刀割。他从未如此接近过米亚蒙的意识，这一点他在和蜜球聊天的时候也说过。

父亲瞥了一眼今晚的银色月光，慢慢来了兴趣，挪了下身体，意识到母亲的存在（因为我听见母亲心跳加速）。在父亲的鼓励下，曾祖父继续讲故事，而我又回复到刚刚半睡半醒的状态，这样我不用听他说的每一句话，但可以知晓事情的发展情况，以下就是他所讲述的故事——

"我在土地祭献仪式之前见过蜜球，是和各省的高官一起列队行走时偶遇到她的。她在队伍中间，和自己的父母及姐妹站在一起。后来，我被引荐给她父亲，他肯定是个很有钱的人，整天都有奴隶伺候着，吃得脑满肠肥。皮肤就像丰满的臀部一样光滑，但被太阳晒得很黑，生得一副大富大贵相。她的母亲是个美人，很瘦小。蜜球和她的妹妹坐在父母中间，蜜球比她的母亲和妹妹都美丽丰满。

“我鞠了个躬，吻了一下她的手。她的父亲看到我时内心悸动了一下，他肯定对我们之间的事略有耳闻，只是不知道我的名字而已。与她父母的会面破坏了我对奈菲尔塔利的渴望，而且这和我的记忆有些不一致。我只是亲了一下她的手，但感觉我们的心好像永远相守在一起了。我可能再也见不到她，也不能再和她亲近了，但我的心永远和她相守在一起。这并不是我最想居住的地方，但未来这里会成为我的家。我感觉海浪在一波一波地洗刷着我的背，我似乎昏倒在她的温柔里，感觉到了她保护自己所爱的能力，还有她麻痹的灵魂。我和她的父亲简短地说了几句话，他说自己年轻的时候力大无穷，在萨伊斯他能举过头顶的石头，其他人都举不动，但女儿遗传了自己的大力气。我离开他们的时候，感觉到自己和米亚蒙异常亲近，仿佛他就在我身边。我本可以回到她身边的，可是我一步一步地走远了，我离开她的寝宫以后，米亚蒙肯定会经常临幸她。

“我的内心再次掀起波澜，但没有之前在祭献的土地上走动时那样乱，那时本该是我和奈菲尔塔利缠绵，她本该把自己的身体献给我的。她和米亚蒙做爱时欢乐无比，子宫内充满了众神之怒。我很难过。

“带着前一晚的悲伤，我回到了拉美－娜芙如的宫殿里，她也很悲伤。很快我就走到了她的寝宫，能够感受到她的想法，清晰可见。她对米亚蒙的爱已死，她内心的想法像黎巴嫩的冷雨向我袭来。她的寝宫充斥着悲伤的气氛，仿佛儿子生病了一样，可当看到拉美－娜芙如的脸庞，我才意识到自己在蜜球纤手上的一吻也打开了我对拉美－娜芙如的心扉，即便不懂她的语言，我也能知晓她的想法，因此我知道了她早早地回来和自己的神一起生活。他们来到她的面前，长着浓密的胡须，我认出了玛杜克，因为我曾在她的印章上看到过他的头像。她的思想游荡到一片没人敢去的树林里，地下传来了一阵哭号声，不知道这是不是玛杜克的坟墓，我看到了一辆神的战车经过，车里是空的。在暗黑的天空下，神的战车在一条荒凉的道路上行驶着，不时地向两边倾斜。

“拉美－娜芙如召唤我，在她施行赫梯人的法事时，我和海奎特守在她旁边。她把罐子里的油倒到一碗水里，当油在水面上铺展开时，她仔细地研究着油花的形状。这些形状和她国家的油花形状并无两样，于是她对我们说：‘如果我从没来过埃及，如果我对你们一无所知，今天的仪式也照样会发生，油花的形状也还是一样的，因为它预示的是同样的事。’我没跟她说自己很质疑这件事，每个国家的神都不一样，她看了一下碗，又对我们说：‘有个王妃生了个怪物，我丈夫的精子繁衍出一个怪物。’说罢，一直盯着我的眼睛看，如果她盯着海奎特看可能会更合适，因为只有她在几个月之前生了小孩。

“不管拉美－娜芙如是不是真确定有怪物，还是只是在根据油花的形状猜测，或者她只是想借机羞辱一下海奎特，现在她的思想一片空白，就像黎明前的‘玛特之眼’。她继续说道：‘在我们国家，生出这样的怪物是有伤国运的。’海奎特立刻借着喉咙痛的理由离开了。我很想知道拉美－娜芙如施行法事是不是为了跟我独处。她点点头，示意仆人端进来一个带着盖子的银碗，盖子掀开以后我看见里面盛着一个羊肝。仆人离开后，她把肝拿到一个银盘上，不断地用食指触碰它，仔细地在肝的裂缝处寻找什么东西。整个过程，我一直没有感受到她的思想。

“于是我想她应该是在通过这种方法找寻羊生前的回忆，她选择了这只长着弯角的公羊。祭祀之前，她还对着羊的耳朵说了几句埃及语，毕竟这是只埃及羊。‘我的儿子能成为法老吗？’她问，羊肝对她说：‘如果其他王子不弑父篡位的话，他可以当上法老。’这是她对我讲的，因为她看到米亚蒙在和一个女人寻欢作乐时被阿蒙－赫普－苏－夫从背部捅了七刀，而那个女人正是奈菲尔塔利。我不确定这些是拉美－娜芙如从羊肝那里得来的预言，还是她编出这样的情景，好让我告诉法老。

“我们静默地坐着。

“她突然说：‘你知道前一位法老——拉美西斯一世、我丈夫的祖父是一位普通人吗？’

“‘我不知道。’我告诉她。

“‘他在任期的第二年就死了。我觉得他是个普通人，当上法老以后很恐惧，于是就死了，这也是常有的事。’她点头说道。

“‘我不太了解这些事。’我回答。

“‘是的，拉美西斯一世只是个战士，我是从皇家图书馆里的书上了解到这些的。开始时他是骑兵总管，后来成为尼罗河三角洲的士兵总管，再后来当上法老汉穆哈勃的军队总指挥，这个法老以前也是个战士。’

“我说：‘我似懂非懂。’

“我本想告诉她没有人评价过在塞提之前的拉美西斯一世，大家可以讲更早以前的法老的故事，像图特摩斯和哈特－谢普－苏特，他们很早以前就死去了。

“‘你们的塞提一世是一位受人尊敬的法老，二十岁即位，但他是暴发户的儿子，这样他也只是个暴发户，他的孙子也是。我刚到埃及时并不知道国王是暴发户的孙子，如果我父亲早早知道这一点，他是不会把我嫁到埃及的。’她叹了声气，然后推开羊肝，‘我丈夫难以捉摸，你觉得呢？’我还没来得及回答，她又说道：‘我从没见过一个法老能花这么多时间和祭司们共事，这可能是因为他是个暴发户。’

“我在想象着王后奈菲尔塔利躺在关上门的轿子里，两腿被法老掰开，法老的祖父是个暴发户，和我一样，也曾当过士兵。但他的血液和哈特－谢普－苏特的血液交融在一起。

“为什么奈菲尔塔利从来不提拉美西斯一世呢？她感到羞耻吗？此刻，我想起了米亚蒙，如果一个人通过加冕便可以成为法老，那么埃及的神可以让任何人当法老。我曾是御夫长，那我也可以当法老，因为前面已经有汉穆哈勃和拉美西斯一世开了先例。

“拉美－娜芙如说：‘来，握着我的手，一个人的时候，我需要一位朋友陪伴我。’

“我知道一个人握着另一个人的手可能会带来意想不到的后果，并为此感到不安。但这只是我刚才的想法，现在我准备好了。我牵着他的手，感觉又惊又喜。她的手绝对是我牵过的最软的手，她容光焕发地笑着，好像内心就没有消极的思想，她给我递了一朵花，是粉色的玫瑰，并告诉我：‘它的盛开预示着黎明的到来。’

“我闻了一下这朵花，牵着她的手，她的悲伤好像通过花瓣传给了我。我不知道自己是不是喜欢她，但听到她内心的音乐后，有一件事是肯定的：我们都一样的悲伤。

“我们手牵着手坐在那里，我回忆起卡叠什战役。她在战争的第二天出生，却在战争的阴影里长大，所以我了解她的悲伤，甚至能听见米亚蒙和奈菲尔塔利在一起时她静默的痛苦。

“她的房间没有可以向远处眺望的窗户，但我能感知到米亚蒙的想法，他正在往这边走来，已经走到城墙处。于是我泰然自若，准备好迎接他的到来，直到听见他到了隔壁时，我才把手撤回。我们的手分开了，就像情侣吻别。

“我在接待室里等待，米亚蒙和她在一起，握着她的手，我偷听着他俩说话。即便在米亚蒙把我当成他的王妃调戏时，我都没有现在温柔，温柔得有点不像男人。我全身收缩，他越让我感觉自己像个女人我越能体会到当男人的痛苦。奈菲尔塔利幸福的呻吟声伤了我的心，使它血流不止。我感觉自己像洪水减退时的尼罗河一样平静，却也从未像现在这样痛苦。河水肯定夹杂着眼泪，米亚蒙牵着她的手时，这痛苦变得更加强烈。他们彼此沉默着，我能感觉到拉美－娜芙如对他不忠。

“我不断地告诉自己这个赫梯人所在的国家有四季，而不是三季，因此她的手就像第四张嘴，她的心思比我们的更狡猾。刚刚她对羊肝研究了那么久，肯定是个既狡猾又冷酷的人。今晚她谈到卡叠什战役时闭口不提奈菲尔塔利，我那时就知道她是个什么样的人了。我坚信在她达成自己的目的之前，法老会受尽折磨。”

讲到这里，普塔–内穆–霍特普打断了曾祖父，他的声音把我从懒散的美梦中惊醒。父亲的声音很急促，似乎刚恢复体力，需要赶快做运动，不然这体力很快就会消失。

他说：“你没有提到我的先人在想些什么。”

“我确实没有。”迈内黑特说。

“那一刻你能知晓他的想法吗？”

曾祖父点点头道：“受到玛–库瑞特咒语的保护，我知道他的想法。”父亲既高兴又不安，同时对母亲和曾祖父说道：“我想说自己是在你们家族咒语的保护之下，因为我也知道他的想法。我也能看到他走进拉美–娜芙如的寝宫。这样的情景不常见，但是……”他欲说又止，很担心，“但是此刻，他是一个人在路上走着。”

“和我看到的一样。”曾祖父说。

“跟我说说我感知到的他的哪些思想是准确的。他在回顾先人的卓越功勋，告诉自己阿蒙霍特普二世杀了不止一百头狮子，还想起了图特摩斯三世和哈特–谢普–苏特的船。在经过波光粼粼的湖泊时，他很不幸地撞到了头，这些回忆让他很痛苦。我说的这些都对吗？”

“是对的。”曾祖父说。

于是父亲更自信地说道：“他的胃很痛，知道图特摩斯的恐惧。图特摩斯的石头在他的胃里碾磨，他踉踉跄跄地走着，和奈菲尔塔利做爱时所喝的克罗比发挥作用了，他差点跌倒。许多神钻进他的意识里，他开始唱道：

一位埃及的王子有着深沉而又望不到底的眼睛，

我今晚在星空下与她共眠，

她嘴里的蜜是那样醉人香甜。”

迈内黑特站了起来。

“他唱了这首歌吗？”父亲问。

曾祖父又点了点头。

父亲接着说：“但这首歌并没有驱散他的恐惧，当他走进白色女神的宫殿去看拉美－娜芙如时，心扑通扑通跳个不停，嘴里不断地喊着‘卡叠什’、‘卡叠什’，想起这场战役，他的心就会不停地跳，直到他认为自己是一位空前绝后的法老。他很喜欢赫梯神的名字，因为这些名字总会让他想起卡叠什战役。他经常自言自语道：‘卡叠什－卡彼什，瓦里亚利什’，这件事是真的吗？”

“千真万确。”迈内黑特回答道，为了表示自己被法老的故事深深触动，他穿过过道，亲吻法老脚下的土地。父亲满意地笑起来，也跪了下来，用手握着迈内黑特的大脚趾。

我知道该用什么词来形容他们二人了，那就是“无与伦比”。

十

进入米亚蒙的意识后，父亲的体力还没被耗尽，他回来跟我与母亲坐在一起。假如没有听到他沉重的呼吸声，我会觉得他大有成就感，他心里的风停止了，风暴开始大作，他用手示意迈内黑特继续讲下去。父亲回来和我们坐在一起，我很开心，于是满心欢喜地边听边睡，曾祖父的声音立刻变成了耳语。

他说："拉美西斯二世进入她的房间时反复嘟哝着'卡叠什'的名字，拉美－娜芙如不但没有责怪他，反而张开双臂欢迎他。他如释重负，沉默地坐着，慢慢恢复了平静。拉美－娜芙如主动谈起那场战争，告诉他自己儿时听到的故事，这让他很吃惊。我在隔壁，听得一清二楚。今晚，底比斯的每个路口都燃起火堆，没有合适的故事可以讲述。除了今晚，人们都感觉卡叠什的战火很近。

"'在你的军队进攻我们国家的前一年，'她说，'赫梯人和米底王国作战，我们取得了大胜，我还是孩子时就亲眼看到别人庆祝这场胜利。百姓在城墙上悬挂各种颜色的布，有紫色的、红色的、蓝色的，比天空还蓝。他们一层一层地往上面挂布，最后城墙变得像宫殿一样。'

"'我叔叔美特拉和他的士兵举办了一场大型的庆祝晚会，他们喝酒的杯子都是用金子和银子制成的，这些都是他们的战利品。叔叔用这样的器皿喝酒，内心充满征服欲，他命令仆人在自己的花园里搭一个篱笆，把米底国王的头挂在篱笆上。他喜欢一边喝酒，一边看着他的头，从中获取信心和力量。其实叔叔并不需要这些力量，他的个头已经很大了，像巨人一样。’

“‘这些事我都不知道，’米亚蒙说，疑惑地停顿了一下，‘他比我还高吗？’

“‘我从没见过比你还高的人。’她说。

“‘美特拉去世的时候，你只是个孩子，所以你不知道我们到底谁更高。’

“‘我确实不知道，’她表示同意，‘但没有一个国王踮起脚尖后能和你一样离天空这么近。’

“他嘟哝道：‘你身体怎么样了？’我能感觉到他想用舌头舔她的金发。

“‘我感觉有点虚弱，’她回答，‘但可以给你讲故事。’

“‘我想听。’

“她告诉他卡叠什的百姓都知道埃及人快来了，他们已经离开了加沙。侦察兵每天都会到城里把埃及人的行军进展告诉百姓。大家都很不安，因为随着米亚蒙的军队不断逼近，满月的那一天也快到了。满月后的日子被称为‘萨普图’，在这半个月的时间里所有的军事活动都将被禁止，赫梯人不能行军打仗。所有的卡叠什人都期盼着埃及士兵在‘萨普图’以前到来，这样他们就能保住自己的城池。为了让埃及人提前赶到，他们还举行了一个祭祀仪式，他们在城墙内点燃火柱，祭司们对着烟火诵读经文。美特拉没有参加这个仪式，因为国王在这个时候现身会很危险，国王和火没有关系。拉美－娜芙如说：‘魔法如果不能消灭某人的敌人，就会吞噬这个人。’

“‘那人们点火祭拜的时候他在干什么呢？’

“‘在寝宫里睡觉，他希望通过做梦来预测实际会发生的事。’

“‘他是怎样做到的？’

“‘我已经告诉过你了，通过多次禁食，一个人身体饿了，对想获取的

答案的渴望也会变得饥饿起来。'

"美特拉不知道埃及士兵到达卡叠什后会驻扎在河流左岸还是右岸。虽然玛杜克不易亲近，但他仍旧想亲口问他这个问题，这就像在断裂的山峰上行走一样困难，所以为了得到想要的答案，他应该去睡觉。

"'万一玛杜克告诉他将要到来的是一场灾难呢？'

"拉美－娜芙如说：'那样大家就可以为自己的宿命做准备，这比盲目等待好得多。'

"米亚蒙说：'我不想听到不好的预言。'

"她说：'比起被动地等待，我们觉得了解自己的命运会更好。'

"他问：'他睡觉的时候发生了什么事？'

"'午夜时分，他因为头痛醒了。'

"这不是个好兆头，如果众神还是不应答，那法老必须得宣誓。祭司剃去美特拉的胡须和体毛，从他身上剃下来的浓密卷毛，在碗里堆得像小山一样高。

"大祭司把这些毛发装进瓶子里，并把它们封起来。法老宣的誓就是派人把这个瓶子带到加沙，把它埋起来，但是在瓶子到达那里前战争肯定已经开始了。如果在两军交战以前送瓶子的士兵已经上路，那么誓言就不会被打破。因此，士兵在半夜时分就上路了。

"即使士兵已经上路，国王还是头痛不止。靠近美特拉的人都感觉地震快要来了，他们脚下的地板像水蛇的背一样滑。这肯定是个不好的征兆，预示着敌人会把我们的城墙推倒，因为地震发生时候的情景也是这样山崩地裂的。

"于是卡叠什的大祭司向国王提出一种不常见的仪式，他让美特拉交出权杖、戒指、王冠和佩剑等，在玛杜克的雕像前向自己鞠躬，因为美特拉照做了，他不再是神圣不可侵犯的，只是一个平常人而已。大祭司不断地扇他耳光，直到美特拉流出眼泪才停止，他的头痛反而减轻了。卡叠什的民众期盼着山崩地裂的时刻不要到来，但是没用。皇城之外，百姓还是会在夜里哭号，他们已经知道想做个真实的梦的国王已经很脆弱了。

“美特拉的头痛还是没好，大祭司向他提议：在战争开始前必须得下个更强大的咒语。这会使得国王完全失去保护，于是美特拉不再参加战斗，而是由他的替身代他参加。

“国王很生气，但既然接受参加这个仪式，他就要按大祭司要求的去做。大家同情美特拉的痛苦，他只能留在皇城内，没法参加战斗，他痛得用头撞墙。

“第二天，没有人知道美特拉的替身是谁，替身也没有报出自己的身份。直到米亚蒙要求赫梯人派个人到战场上见他时，这人才现身。他是第一御者和伟大的剑客。

“米亚蒙问：‘他是长着凶残眼睛的赫梯人吗？’

“‘我不知道你说的是谁，’她说，‘但我想问：他的眼神和阿蒙－赫普－苏－夫很像吗？’米亚蒙小声嘀咕：‘是很像，但我从没将他们俩联系起来过。’

“她点点头。

“‘现在，我没法将他俩分开了。’他说，而她痛得大叫，他肯定使劲地捏她的手了。他向她道歉，而她用最甜美的声音回答：‘我已经忘记了你的战士对于收集战场上敌人的手掌有多热衷了。’法老不自在地笑着，好像不知该不该同意她说的话。然后她又补充说：‘赫梯战士很凶猛却没有用，他们说埃及人在战斗结束后的所作所为很女孩子气。’

“‘女孩子气？’

“‘我曾听他们说如果美特拉和他们在一起，如果赢得了战斗，他们不会收集敌人的断手，而是头颅。他们会砍下他们的头和生殖器，埃及人太女孩子气了。’

“米亚蒙叹气道：‘我不懂赫梯人，但我可不想坐在院子里看挂在树上

的敌人的头颅。'

"'但你不必和我们子民的霉运生活在一起，'她说，'那一夜，美特拉的头痛突然好了，他想立刻冲出城门消灭你，但他不能。战争爆发后的第二天晚上是满月，所以再过一天就是"萨普图"了。'

"米亚蒙不太高兴，她的话就像树藤一样爬满了他的自尊心。

"'你早上离开时，'她说，'百姓站在城墙上观战，到处都混乱一片，但他们却不能还手。那天是"萨普图"，我们唯一可以安慰自己的话就是埃及人不知道我们在这一天不能打仗，没有优势，所以他们赢得并不光彩，而且他们并不懂得怎样攻破城墙，战斗能力并不怎么样，因此，我们看着你们撤退。出生七年之前发生的事,我并不记得了,但反复听人们讲这件事。我睡觉时竟然还能梦到埃及人撤兵的情景。'

"'你们撤退以后，我们的百姓到战场上找寻战死的士兵，把他们带回家。那晚，我们在城内哭号，放声哀悼，希望真正的黑夜能够到来，但现在仍是月圆之夜。借着月光，我们看到河流对岸的可怕土地。在这样的晚上，每个人都会躲进自己内心的山洞里，因为那里不再有月光。我们对所有寄居在山洞里的神彻底绝望，哪怕有一个和玛杜克一样强大的神能感知到我们的悲恸，他就不会像其他神一样对我们无动于衷，起码他会感觉到我们对他的失望。因此今晚大街上百姓的哀号声是那样的凄惨，因为我们想触动众神那硬得像石头一样的心。'

"'我们悲恸地哭泣着，为未来几年都会持续不断的疾病哭泣；为死去的战士和荒凉的花园哭泣；为贫瘠的田地和早逝的孩童以及死去的妻子和丈夫哭泣；为受苦的老人、干涸的河流、烧焦的土地、无水的沼泽、永不见天日的森林和荒芜的沙漠默哀；为长出苦涩葡萄的果园哭泣。所有的疾病都向我们袭来，只是不知道具体是什么疾病，我们感到万分压抑。'

"'在这片土地上，'她说，'你的埃及子民没有哭泣。你们在庆祝，祭祀你们的神，而我们则为自己的神哭泣，我们知道他们也不好过，我们为他们受到的辱骂感到悲哀；为丈夫有外遇的妻子感到悲哀，也为生出怪物的母亲感到悲哀。有时候，我们甚至为自己不认识的人哭泣。'她唱起歌来，这是一首哀伤的挽歌。米亚蒙对此很陌生，不知道该如何回应，于是戴上双王冠，默默地走了出去，也没示意让我跟着他。

"我没收到任何指示，感觉自己像个低贱的侍从，只能等待主人发话。我躺在接待室的沙发上，她在踱步，最后躺下睡着了，这不是我该管的事。米亚蒙的悲痛重重地压在我身上，我开始质疑蜜球的力量，现在我和法老一样恐惧。他现在只身一人站在圣池里，池水没过了他的膝盖，小昆虫在他头顶飞舞，他在思考拉美－娜芙如刚刚说的那些话，不禁哭了起来。她的头发已经掉光，不知道这是不是调换塞提和图特摩斯雕像的圣石造成的。他祈祷着有朝一日她的头发能重新长出来，但这是不可能的。他抱着她入睡，她愤怒地打着呼噜，他很震惊，小小的人儿竟然能发出如此响亮的呼噜声，就像叙利亚山林里野兽的咆哮声。昨晚她也打呼噜了，他开始怀念起奈菲尔塔利身上的香水味。他不知道该怎样弥补，因为拉美－娜芙如说埃及人不会轻易悲伤。

"他想起了阿拜多斯城的欧西里斯庙里的仪式，三十五年前他曾在这里接受加冕，以前没人听过欧西里斯庙外的百姓那样悲痛地哭号过。他们的哭声似乎从地底下来，来自于岩石、树木和未雕琢的石头。他叹了声气，从圣池里走出来，回到她的房间，在她身边躺了一夜，她没有动弹。黑夜漫漫，他一直在想欧西里斯庙，那时他还年轻，在加冕那一年的第一个月，他一直在等着仪式的到来，而父亲塞提的尸体被泡碱泡了七十天以后，开始准备入土。他时常会想起欧西里斯，此时父亲的身体被封成木乃伊，沿着尼罗河运到不同的城市去，比如运到上埃及的奥姆伯斯－内伽达，或者运到建有卜塔庙的孟斐斯。最后他对阿拜多斯的仪式既害怕又期待，阿拜多斯是最神圣的城市，因为伊希斯曾把欧西里斯的头颅埋在那里。"

"我知道这件事。"父亲突然说道，看得出他已经准备好大说一番了，因为他的思绪已经开始不宁，而我们还在睡梦里驰骋。他说：'他回到拉美－娜芙如的床上后再次听到欧西里斯庙外百姓的哭号声。漫漫黑夜之中，他的心思不在她身上，而是在回忆自己拜访父亲在阿拜多斯所建的寺庙的情景。这是真的吗？"

"是真的。"迈内黑特说。

"我知道他的想法，"普塔－内穆－霍特普说，"他父亲的寺庙还没建成就废弃在尼罗河岸边了，米亚蒙想起近些年年迈多病的父亲，他身体虚弱，没法再亲自指导他，父亲最终忧郁而终。塞提曾经是位很强壮的男人，但他死的时候很恐惧，因为对自己的父亲拉美西斯一世不了解，父亲直到死去的时候都不知该如何疼爱自己。因此，塞提知道自己将死的时候也很害怕，谈及欧西里斯的时候，他总是充满敬意，所以塞提的庙比欧西里斯的庙更受欢迎。在欧西里斯面前，塞提甚至不敢叫自己的名字，因为他和赛特的名字很像，生怕说出来会冒犯到神。他开始在阿拜多斯建庙的时候，曾充当工程师的祭司们战战兢兢地告诉塞提欧，西里斯的朝圣堂里不可以供奉赛特的雕像，说到这里祭司们欲言又止，因为他们想告诉塞提：在朝圣堂里他的名字要写成欧西里斯一世。塞提没有拿起自己的剑、棍棒和鞭子惩罚这些祭司，相反他表示赞同，因为他太恐惧了。米亚蒙坐在父亲未建成的寺庙里，被父亲的行为深深触动，发誓一定要为父亲把寺庙建好。

"米亚蒙并没有实现这个誓言，反而还用建庙的石材去建造自己的乌纳斯节日大厅，想到这点，他立刻从拉美－娜芙如的床上起来，内心很不安，于是他回到圣池迎接黎明的到来，这已经是节日的第四天了。过了一会儿，他回到自己的宫殿里，坐到王座上，希望好好计划一下今早将会举行的迎接欧西里斯的节日。

"但是坐到自己的宝座上时，这宝座是伊希斯的怀抱。此时赛特的名字浮现在他的沉思中，他心神不宁，无法集中注意力思考今天要举行的节日，反而想起了自己和奈菲尔塔利结婚的第一年，这场婚姻完全是为了取悦父亲，他给他俩的儿子取名塞提－赫普－苏－夫，还经常在塞提面前叫儿子的名字。他对自己向父亲宣的誓一点都不满意，父亲也觉得自己应该更尊敬欧西里斯而不是自己的名字，所以在父亲去世后，他把儿子的名字改为阿蒙－赫普－苏－夫，现在他浑身哆嗦，内心不安。大祭司曾对他说：‘伟大的王啊，你在自己的王冠之上，她叫伊希斯，她的血液和肉体在你的王冠里。’但这样的咒语并没有帮助他恢复平静，虽然戴着这样的王冠，但他的内心很悲伤。他死了以后，荷鲁斯不会待在他体内，而他也不会待在荷鲁斯体内。他会进入死亡之地，寄居在欧西里斯体内，但伊希斯之爱会和他在一起吗？谁敢说自己的女人像伊希斯一样爱着自己？

“这些思想弄得他很不开心，于是他离开自己的行宫，走到轿子里。今天拉美－娜芙如会坐在他旁边，看到她苍白的皮肤，在阳光下和金色的假发相谐，他知道她病了。她坐在他旁边，没有伸出手，只是面无笑容地看着被邀请到圣者之殿的大臣们。他也很郁闷，于是离开宝座，走到欧西里斯的圣像前跪下，脑袋里试着想田地里生产的小麦，结果想到的却是困于地下的欧西里斯神。

“大祭司唱起圣歌，他想起每年割下第一捆麦子时妇女们是怎样呼喊伊希斯的名字的，她们打谷、扬谷的时候，伊希斯就会在天上出现。

“他在欧西里斯的圣像前听大祭司唱圣歌——

欧西里斯是谷壳里的乌纳斯。

他厌恶土地。

啊，清洗他的伤口。

用荷鲁斯之眼清洗他。

因为乌纳斯来了又去了。

去天堂！

去天堂！

“米亚蒙看到乌纳斯法老进入天堂，心里开始怀想当初在自己的梦里，自己是怎样和他一起吃神的肉的。”

父亲到这里停止说话了，“我会继续的，”他说，“但是现在有那么多仪式要去参加，我周围一片吵闹声，我可不想像美特拉一样患头痛，所以请告诉我你那天在干什么，如果你和奈菲尔塔利在一起，那我肯定看不到。”

曾祖父点点头：“是的，我确实是和她在一起的。”

十一

迈内黑特又继续开始讲述，语气也变得柔和起来，似乎根据玛特的平衡原理，现在就该他来说而普塔－内穆－霍特普该休息了。他说道："米亚蒙在欧西里斯的圣像前跪拜时，我和他的随员站在一起，我此时感觉自己的心和奈菲尔塔利靠得很近。他坐到轿子里，和拉美－娜芙如一起回到圣殿，为下一场仪式更换衣服。他们离开以后我感觉到奈菲尔塔利不仅在想我（在这四天里这是头一次），而且想跟我在一起。于是我从随员的队伍里溜出来，这回想溜出来很容易，因为到处都是想溜进来的官员。我离开宫门，在人群中穿梭，前一晚喝醉了酒，至今头还有点晕，但我可以肯定奈菲尔塔利就在人群中。到处都是喧闹声、泥土和烟尘，还有周围百姓的不断骚扰。他们看到我衣着整齐，肯定猜得出我是圣者之殿的官员，于是想要接近我，哪怕只说一句话，以此来显示他们曾和权贵接触过。我重新回到圣殿，发誓以后如果不坐马车，再也不会穿着华丽的衣服出去了。我很快回到拉美－娜芙如的行宫，在木匠房间内翻箱倒柜，找出他最破的衣服，然后从仆人进出的门溜了出去，身上只系着一块腰布，头上包了一块头巾。

"你能想象我这一路是怎么走来的，我穿过大街小巷，经过每个广场上的喷泉和排水沟，看到许多水闸和咯吱咯吱作响的桔槔。呼出的气息还带着昨晚喝醉的酒气，女人的乳房在我身上蹭来蹭去。我穿得像仆人一样，很自由，可以在人群中随意穿梭，但是奈菲尔塔利就在附近，而我却看不到她，这真让我痛苦。我越来越强烈地感觉到她的存在，但我走得越多，越不确定能否找到她。慢慢地，周围的人群也让我苦恼，因为我不喜欢衣服比我白的人撞到我，许多喝醉酒的人跌跌撞撞，把我撞得晕头转向，每跟别人相撞一次，我就想把那人摔到墙上去。每个妓女都对着我发笑，有一些喷了厚重的香水，令人觉得很恶心，我好像被黏黏的蜂蜜和汗液包围着，脑海里充满对奈菲尔塔利的渴望。我推开一家酒馆的门，里面熙熙攘攘的，有粗人、士兵，还有从上下埃及地区来的穷困异乡人，他们带着自己的神来。现在我吸引不了他们的注意力，于是我抓住一个侍女的手臂要了一杯啤酒，差点有人因为这跟我打了起来。空气恶臭，醉汉横七竖八地倒在地上，这群人根本不懂宫廷礼节，随口就吐。即便放几只猪进来，他们也不会知道。”

曾祖父讲故事的时候，我不能再从自己的思想里感知到他，连他的脸都看不到，因为他像“碎骨者”一样盯着我看，和那时我跟着“碎骨者”在孟斐斯的大街小巷里穿梭一样。现在，我躺在父母中间，睡得越深，越能看清我们的船员，最后甚至能看到他和伊雅塞雅博一起做爱。在我的思想和睡梦里，此刻他和曾祖父擦肩而过，我甚至看到他和伊雅塞雅博在一个属于仆人的庭院的小屋里偷欢，小屋位于小巷里。我们在王宫里待的这些天，无论伊雅塞雅博分到的房屋多么小，他们也不能回到底比斯的街道上，只能和彼此做爱。我不再坐在垫子上，而是懒洋洋地依靠在他们挤挤攘攘的身体上，他们在王宫的仆人房里做爱，伊雅塞雅博和“碎骨者”缠绵着。于是我离开曾祖父潜入了她的思想里，所以我对曾祖父的思想一无所知，但在她的身体里，我了解到了很多，而且感觉四肢充满了力量。然后，“碎骨者”开始射精了，就像赛特一般勇猛，我听到岩石的碎裂声，心跳加速，甚至听见她幸福地大叫着。在这个庭院里，夜晚微风习习，传来一阵一阵痛苦或快乐的呻吟声，伴随着远处猪圈和马厩里的呼噜声、咆哮声和咯咯声。通过她的叫声，我从伊雅塞雅博的满足过渡到了曾祖父对奈菲尔塔利的渴望，因为现在我可以更清晰地听到他的故事，确切地说，是亲眼看到。他的声音不像他意识里的呼吸声一样干扰我的耳朵。

“我很孤独，出生在一个小渔村里，从小在那里长大，直到我去参军，才慢慢奋斗出今天所拥有的一切。现在，在这个吵闹的小酒馆里，我感到很孤单。我一直都能感觉到奈菲尔塔利就在附近，我却看不到她。我真的想见到她吗？我能到见到她的后果，可能会就此失去自己毕生所得到的一切。

“地上躺着横七竖八的醉汉，想到这里，一股无形的力量向我袭来，像墓穴里的石头一样重。这是我第一次不再专注于自己生命中值得骄傲的东西，不再去想自己的成就，它们就像我的血和肉，是我自尊的来源。我想到自己没有做到的事：没有结交什么朋友，因为我不相信任何人；没有成立一个家庭，因为我不相信任何女人，更不可能和她们成家，但我很后悔曾经遗弃过瑞普－瑞普特。那一刻，我的鼻孔里充满了他人呕吐的臭味，其实我的心和这些呕吐物一样肮脏。抵御不住岁月的流逝，我终究还是老了，内心很无助。我不会躺在床上，抱着法老颁发给我的奖章沾沾自喜，也不想听那些老仆人一遍一遍地叫着我的头衔，因为我清楚自己半夜咳嗽的时候，他们会暗喜，并且诅咒我这个守财奴。在今世咳了一下，到地狱再咳一下，这种死法很可怕，‘我不想在冥国卡特－纳塔再死一次！’酒吧里的一个醉汉哼唱道，但这就是他们的挽歌。

“我想起伊休拉尼布的金矿和内夫什－贝赦的智慧，很好奇自己是不是可以从女人的肚子里重生。然后众神似乎齐降在我身边，天堂里的其他人在等待着我刚刚决定的事。号角已然响起，我血管内的毒素和心内的勇气像军队一样排列着。我不敢呼吸，但跟这地上一摊一摊的呕吐物相比，我鼻腔内的气息要纯净得多。于是我听到一位神的声音，我曾经也像其他士兵一样祷告，但听不到他们的声音，也不相信他们。不知道这个神是谁，但他和我的心一起律动，等着我做决定。我对自己说：‘我现在不惧怕死亡，但未来会怕。’这话肯定被他听到了，而且酒吧里的烛火快要熄灭了，就像我所说的大逆不道的话使拉的火焰停止跳动。于是我离开这里，去寻找奈菲尔塔利。

“我又走到了街道上，在胸前架起胳膊肘，以免和周围的人相撞，我内心涌起从未有过的镇静，但并不平静，因为无论多么煎熬，我都会安静地去等待，至少不会心有不安。我的生命就在自己面前，不管未来还有多少时间，我都不会像那些死不瞑目的老人一样，他们畏惧石棺，最后还是装进了石棺里。我要找到奈菲尔塔利，狠狠地跟她做爱。想到自己插进她的身体，我的苦恼和她的甜蜜，我的疲劳和她的精力，我的自尊和她的高贵，我颤动的心脏和她抖动的身体，我低下的肉体被她包围住，我的剑插进了米亚蒙的皮肤里，我高昂和低落的情绪一同出现，生命变得如此简单。哪怕会死，我也要狠狠地跟她做一回爱，或者在大家都不知道的情况下和她约会，或者我跟她在一起，彼此相爱，做出别人畏惧的事：我愿意听她的指示去杀死法老。我深深地吸了一口气，普通的埃及人和我不一样，少数人可能会为了下一任法老刺杀现在的法老，但没人会像我这样，如果她愿意做我的王后，我愿意为她当法老，我愿意为她冒生命的险。米亚蒙的血统并不比我高贵，他只是三角洲暴发户的后代。

“我懂得了内心平静的重要性，现在不会再为一点小事而过分激动，也不会过于惧怕灾难。来吧，尽管放马过来吧，我会成为法老，或者只是奈菲尔塔利的情人，也可能是死去或从她的肚子里重生，更有可能什么都不是。现在我什么都不怕，感觉自己像在卡叠什一样年轻、强壮，如果我不是法老，那我会有另外一种命运。”

普塔－内穆－霍特普语速飞快地说起话来，我迅速从睡梦中惊醒：“那天，你对自己做了一个奇怪的承诺。我必须得问自己：‘如果你不是维齐尔，那我怎能安心入睡呢？'"

迈内黑特说："伟大的神啊，我对待其他法老从未像对您这样尊敬。您让我把自己所知道的全都告诉您了，我尊重您的需要，也相信您的智慧。你我可以信赖彼此，比手足还亲，我们谁都不能忍受愚蠢的行为。因此我跟您实话实说了，不是因为我爱您，在地球上的生物中，我只爱我的曾孙子，也就是您的儿子。"现在我感觉他的爱意在向我袭来，和"碎骨者"与伊雅塞雅博做爱时的爱意一样，"而是因为我尊敬您，您是两大王国圣明的君主，没有法老像您这样敏锐，也没人像您这样爱听实话。于是我跟您说实话：埃及现在已不强盛，没有您可以信赖的维齐尔，但我至少不会让您无聊。"

普塔－内穆－霍特普说："我很喜欢你的坦诚，只是不太能接受你说的实话。"他叹了一口气，而立刻又笑了起来。"继续你的故事吧，"他说，"我信你胜于自己。"他笑得更大声，带着令人吃惊的善意说出这些话，然后他抚摸了一下曾祖父。曾祖父很开心，用两根手指触碰法老的前额，这是一种古老的御者礼节，他大概有一百五十多年都没用过了。我看不下去了，母亲的嘴巴张开，但思想仍紧闭着，此刻她肯定有些难受。我们心生恶意，很微弱，只有我和母亲能感觉到。如果奈弗－赫普－奥科汉姆此刻在孟斐斯的另一头，那他的诅咒肯定没跟他在一起，于是我理解了为什么一只歪毛的动物还可以走动。

我还是在听曾祖父讲故事，但不像刚刚那样怡然自得。过了很久，我才重新回归昏睡的状态，跟上他讲故事的思路，了解他如何找到奈菲尔塔利。曾祖父说他在找寻一个绝色美人，不管她怎样乔装打扮，走路都会有点跛。这话透露了王后的真实年龄，成了他找寻她的唯一线索，她臀部的毛病还是没好。为了找到这个跛足的女人，他很专心，立刻离开酒馆，意识到自己需要的不是一双向前看的眼睛，而是知道何时回头的脖子。

曾祖父说："我的脊椎一阵刺痛，这才意识到有人跟踪我，但不论什么时候回头，都看不到是谁在跟踪我。我突然闪进一个小巷子里，看到自己后面有一个头戴破旧的黑色斗篷的女仆，于是我爬到房子的拱顶处，在她经过的时候仔细观察她。这是个中年妇女，她皮肤很黑，可能是努比亚或埃及人，也可能是叙利亚人，但当她经过时，我通过走路的姿势猜出她肯定是奈菲尔塔利，她走路轻度跛足，我顿时觉得很心疼。我从房顶溜了下来，悄悄跟着她，但她比我更容易觉察到自己身后的情况。在下一个小巷里，她走到小屋前，打开小屋的门，绕着门口的柱子转了两圈，对我表示欢迎。我很高兴能在这样的小巷里遇到她，立刻抱住她，享受她送过来的甜甜热吻。我们接吻时，感觉彼此都不是贵族，而是村子里的两个村民。她没有喷洒香水，我能闻到她浓浓的体味，在底比斯走了一天了，肯定会这样。

“屋子里一片漆黑，但可以看到泥墙上挂着几个罐子，墙角堆着灶台，屋顶有个烟囱，这就是带着简易小床的小屋，奈菲尔塔利的一个仆人的母亲就住在这里，她要到深夜才回来。小巷里没有人，所有人都去庆祝节日了，小偷可能会光顾这些房屋，但顶多能偷走两把粮食，因为这里没有什么其他东西可偷。

“我不关心这里的穷困，现在一心想吃了她，我的下体已经勃起，像公牛一样。她没有化妆，没画眼影，我不关心她的头发和衣服，她现在像个中年女仆，长相不错，但也算不上绝世漂亮。她穿着厚厚的衣服，乳房藏在棉质的披肩里。我太想要她了，这种欲望给予我勇气接近她，仿佛我们都在我的宫殿里，而不是在她的宫殿里。我不需要做很多前戏，也不需要牵她的手或亲吻她，甚至不想看她的大腿，只需要直接抓住她，将她抱到小床上，但现在她的举动真的很像侍女，不是中年妇女，而是少女，因为她很用力地拒绝我。我告诉她不可以出声，因为侍女是不会出声的，可能会被情妇听到。她试图把我推开，很用力。我一点点掀起她的裙子，但就像侍女一样，她不会主动脱去衣服，也不愿让我看她的裸体。亲了她一次以后，她不愿我再靠近她，更不能再亲她。我知道她的目的，像侍女的小心思一样，这里是借来的，她觉得不好意思。她把我推开，说道：‘不行，我没准备好，没有一点准备。’接下来的事让我很吃惊，除了仆人，我没见过别人这样做。她不断地挠自己的小腿，最后上面出现一道道白色的条纹，但她停不下来，似乎这是她摆脱一天的烦恼的唯一方法。我想起自己小的时候，母亲和村里的其他女人也会这么做。

“我的腰很疼，即使矛射到我的腰上，也不会这么疼。于是我抓住她的膝盖，但她蹬开了我。‘等等，’她说，‘我要问一下拉美－娜芙如的事。’我本来已经按着她的腿，但现在不得不松开了，乖乖地告诉他米亚蒙和这个赫梯族女人的所有故事，直到我说完，她才像个乖小孩一样凑过来亲我。我想和她缠绵，但她说：‘等等，我想跟你说件事。’于是她又用同样的方式挠自己的手腕，好像米亚蒙和这个赫梯族女人的故事开始在她的血液里融化。她现在让我心烦意乱，讲述了一个我从没听过的故事，这不像一个王后该讲的故事。其实我小时候在村里曾听过这个故事，但时间太久远了，我都记不起后来发生了什么。但她坚持要讲，声音很坚决，我只好听她讲完。她是用女仆的语气跟我讲的，因为她知道孟斐斯和底比斯的农村人是如何说话的。

“‘这是一个关于两兄弟的故事，’她说，‘我是从这里的一个老妇人那里听到的，她是从自己母亲那里听到的，这是关于我们所在的这间小屋的故事，所以你听好了。’

“‘从前有两兄弟，哥哥叫阿努普，弟弟叫巴蒂。阿努普有间大大的房子以及一个漂亮的老婆，巴蒂为他工作，但弟弟更加强壮和英俊。’

“‘一天，两兄弟都在地里干活。巴蒂回地头拿种子，嫂子看到他可以扛起三个人才能背动的重量，大吃一惊，于是停止梳理头发，对巴蒂说：“来，让我们一起睡一个小时吧！如果你把我伺候得舒服了，我会给你做件衬衫。”巴蒂变得像南方的猎豹一样狂野，说：“不要再跟我说这样的话。”于是扛着种子回到地里，在哥哥的旁边认真工作。阿努普很快就累得不行了，想念自己的妻子。但他回到家里的时候，看到妻子下巴上包着一块药布，她说巴蒂因为她不愿和他一起睡而殴打她。“如果你不杀死他，”她说，“那我就自杀。”’

“‘哥哥立刻也变得像南方的猎豹一般，抓起一把尖刀，在马厩旁等着巴蒂回来。在巴蒂回去的路上，带着一群公牛仔的母牛发出哞哞声，它告诉巴蒂他现在回去很危险。于是他拔腿就跑，阿努普在后面紧跟着。巴蒂来到一个河岸陡峭的地方，撑着纸莎草小艇逃到了对岸，阿努普没法过去，因为只有那一艘船,而且水里有很多鳄鱼。到达了另一侧河岸,巴蒂安全了，大吼道:“你为什么宁愿信她而不信我？我会向你证明我是无辜的。”然后他拿出刀割下了自己的命根子,扔到了河里。阿努普哭了,想到河流对岸去，即使会淹死，他也不怕，但他太害怕鳄鱼了。’

“‘弟弟接着说:“我会剜去自己的心。”他真的做了，把心挖下来放到了刺槐树上。“在树被砍倒的时候，”他说，“请来取走我的心，把它放到水里，这样我就能复活了。”’

“‘阿努普问:“那我怎样才能知道树何时被砍倒？”’

“‘“当你杯子里的啤酒冒泡时,就立刻过来,距离现在大概有七年时间。”弟弟说罢就死了。’

“和所有讲述重要故事的人一样，奈菲尔塔利神情严肃。‘阿努普回家，’她说，‘赶走了妻子，等着弟弟说的那一天的到来。七年后的一天，一位王后在树林里骑马，看到了那株刺槐，它长得那样美丽，王后心生妒忌，担心树的美貌抢走她的风头，于是她命人砍倒那棵树。阿努普杯子里的啤酒开始冒泡，他赶紧跑去寻找弟弟的心，最后发现它长到了刺槐所结的位置最高的种子上，此时刺槐已经被砍倒了。阿努普把种子放到水里，它慢慢地活了过来，长成一头公牛，身上有艾比斯的神像。过了一天一夜，它长成形，舌头上还有圣甲虫的像。公牛让阿努普带他到埃及的王宫里去，法老看到它以后很是欢喜，赐给阿努普作为礼物，并把他送走。一天早晨，王后单独和公牛在一起，公牛对她说："我还是一棵树的时候，你把我砍倒了，现在我复活了，变成了一头牛。"王后对法老说："我要吃那头畜生的肝。"法老很爱她，所以就依了她，叫来屠夫。屠夫割断了牛的喉咙，两滴血滴到了法老凉亭的台阶上。夜里，这两滴血长成两株雪松，和欧西里斯挚爱的雪松一样，在比布里斯，他的棺材曾停靠在雪松旁。'

"'国王看到了这一奇观，邀请王后和他一起坐到树下。王后心神不宁，雪松枝小声对她说道："你一直想杀了我。"那晚，法老和她做爱时，她说："我想要什么，你都要承诺给我。"'

"'"没问题。"法老承诺道。'

"'她说："把那两株雪松砍了，给我做个衣柜。"'

"'法老不乐意，但还是派了自己最好的木匠过去，在他俩的监视下，木匠把雪松砍倒。在雪松倾倒的过程中，射出两块碎片，其中一块插进法老的心脏，杀死了他。'

"奈菲尔塔利静默了。我问：'那另一块碎片呢？'

"她说：'它从另一株雪松树上跳下，钻进了王后的嘴里，王后不小心把它吞了下去。九个月以后，一位新的法老出世了。'她看着我的眼睛，不再像一个陌生人，她身穿仆人的衣服，知道我在酒馆时的全部想法，而她也想和我那么做。

"于是她停止抓挠，主动掀起自己的裙子，但仍然像个仆人，只愿意让我看她的屁股。在这张破旧的小床上，我们穿着破旧的衣服躺在芦苇上，不时地发出沙沙声，就像在充满谷香的稻草堆里做爱似的，在小屋昏暗的灯光下，我都能明显地看到她的脸扭曲了，变得跟海奎特一样丑陋无比，她异常兴奋，我猜测她的法力是不是错乱了，尤其是在海奎特进入她身体的时候。她好像窥探到我的想法了，冷酷的嘴巴大张着，她曾施下恶毒的咒语，脸上也是这样邪恶。我们互相抓着，但对彼此都没什么欲望。不管是蜜球还是海奎特，我都觉得她们很丑，而且我讨厌众神，很想鄙视他们。

“受到玛特平衡原理的影响，我做了这么多无用功之后，瞄了一眼米亚蒙和拉美-娜芙如的紫色的床，跟我们的爱相比，他们的爱就像一道容光焕发的光束，没什么了不起。这里没有米亚蒙强有力的身躯，只有竖琴美妙的琴声，他在拉美-娜芙如的温柔乡里逍遥快乐。

“于是我狠狠地进入她的身体，看到了她和海奎特二人的丑脸。她鼻孔扭曲，像只野兽一样呻吟着，可能她的卡从来没有体验过这种美妙的感觉。我又拍打了她的屁股，这四天里的每个仪式上点燃的香气都从我鼻孔周围经过，像飞翔的鸟儿一样。然后我还闻到了汗味和沼泽地里的泥土味。在这个炎热的黄昏，在这间昏暗的小屋里，我俩的各种气味都交融在一起。我不知道自己以前是不是闻过她真实的体香，她很兴奋，比任何一次都兴奋，最后她开始说话了。现在我不在乎自己以什么样的方式和她交欢，她不再是女仆，而是我的女王。‘噢，’她呻吟道，‘你好邪恶，你在我的身体里，在我的身体里写字吧！在我身体里镌刻吧！你是我的泥浆，我的运河，你是个邪恶的人。你是我的沼泽，我的强盗，我的敌人。噢！接触到那些死人吧，把他们放到我的队伍里，放到我的坟墓里，把他们给我的祖先，狠狠地，塞进来吧！’她大声地尖叫着，和祭献土地时米亚蒙与她做爱时发出的尖叫声一样大，但这次她的叫声更像受尽了折磨，像受到了强迫一样。她在我的身体下颤抖，我的肚子和大腿感觉到了她的痛苦以及痛苦释放后的快感。她狠狠地扇了我一耳光，责怪我如此亲近她。我不知道这样卑劣的爱情有朝一日会不会被家族里的人知道，直到……”讲到这里，他突然停了下来。

我们的思绪也停了下来，然后又重回了我们的脑袋里。父母脸上的表情表明他们肯定看到了我所看到的：海斯弗蒂蒂和奈弗-赫普-奥科汉姆也用这种方式做爱。这是我第一个父亲的诅咒吗？迈内黑特很聪明，他知道什么该说什么不该说，母亲和我的第一个父亲曾经多么亲密啊！母亲意味深长地看了迈内黑特一眼，眼神里充满了敌意，责怪他背叛了她。

但法老却像乘坐着小船被河水拍到岸边一样，淡定地说：“请继续说吧。”

十二

迈内黑特深深吸了一口气，继续往下讲述，但我现在只是听他讲，不想再窥探他的思想。“我们亲热之后没多久她就走了，”他说，“我想跟她一起走，但被她拒绝了。我们身上有彼此的臭味，所以一定得分开走，所以我并没有为她的离开而悲伤。我离开小屋时的状态很奇怪，尽管这里又烂又破，但我不想回到王宫里去。我在城里晃荡着，小巷错综复杂。她真的走了，我很想念她，甚至怀念她身上的味道。我们像两只野兽，而那间小屋则是我们的洞穴。我的情况很特殊，因为每一次用胳膊肘推开周围的人时，都会感觉死神快来了。危险轻柔地充斥到我的鼻孔里，我的心里交杂着甜蜜和恐惧，和在新提尔的那一晚很相像，那晚我从窗户溜到卡叠什国王的秘密娼妓的床上。我很希望那一晚的回忆以及鼻孔里的残留物持续存在我身边，也很后悔今天对奈菲尔塔利那么粗鲁。我再次爱上了她，爱上她精巧而可爱的脸庞。在我开始侍奉她的第一天，她用温柔而又富有同情的语调问候我。从今往后，我会更加想念她，仿佛赛特、盖布和黏泥中的八位神把我俩拴在一起了。我对她了解得更深了，想和她结婚。

“其实没有她，我会发疯的。看到街角的火堆和烤肉，我想起人肉的味道。大概三十年前，一个努比亚战士说过：‘在卡叠什战役中，人肉也会顽强地打仗，有些人肉会和我们说话，它们的味道真不错。’我向他点头表示同意，好像我和他一样生活在三十年前，但我是认同死亡的。它比任何努比亚人都黝黑和强壮，很像城池的大门。如果你想沿着尼罗河找寻死后可以带你到地狱的山洞，不能只是走着去寻找，而应该敲着锣、打着鼓。死亡就像我们的菜市场一样拥挤，我曾无数次梦见死亡，也在梦中的菜市场游荡过，和那些街头巷尾卖菜的小贩一样。商人在我面前摇晃着小商品，妓女在我耳边低语着。

“接下来的一整夜我都在妓院里闲逛，我幻想着我伟大的王后应该有一个最低级的卡，这个卡应该停留在我的身上，我一直欲火中烧，还想着跟她做爱。自从当上御夫长以后，我就觉得自己不再是那个青涩无知的小士兵了，我浑身充满了力量。那晚我像法老一样，流连在妓院的春光里，一直到黎明时分才回去洗澡睡觉。但我的身上爬满了虱子，肮脏的小屋里有虱子,拥挤的人群和妓女的床单上也有虱子,这些虱子淹没在人体的汗液里。后来我回到自己的房间里，醉醺醺地睡着了。

母亲在这里硬生生地打断了他，“你所有的描述我都相信，”她说，“因为恋爱中的女人会全身心地去爱对方，奈菲尔塔利虽然会鄙视，也会掩饰，但她内心肯定很渴望和你在一起，而且她控制不住这种渴望，但我受不了她选的那间破旧的农舍。”母亲停顿了一下继续说道，“躺在那么脏的床上，咦，真想象不出来，她不怕弄脏头发吗？”

但回答母亲的不是迈内黑特，而是普塔–内穆–霍特普，他用胳膊搂着母亲，仿佛她已经是他的妻子了。“在这五天节日里，百姓们，尤其是穷困的百姓们，可以到圣者之殿去，或者与贵族在河岸边交媾。如果万节之节给予法老新的力量，那么不仅是神，还有野兽、埃及的百姓、工厂、作坊甚至害虫都必须接受他的审阅。迈内黑特，这是真的吗？”

“是的，在平常的日子里，如果一个人床上有跳蚤，那他不会觉得自己是个贵族，因为没有任何地方会和王宫里一样干净，那里不会有跳蚤。即便是仆人居住的地方也会摆放一张干净的沙发，以供王妃来坐。但节日这一天就不同了，海斯弗蒂蒂，你从没参加过圣节，所以很多事情你不能理解。在这些天，受到大量的生物骚扰是一件吉利的事，即使只持续一个小时，这表明了你深得玛特的喜爱，而且你已融入到了万物之中。在这一天，你也会受到许多昆虫的骚扰。”

“不可能，”母亲抓着法老的手说，“永远都不会，即便是最爱的人，我也不会为了他躺在生满寄生虫的床上。”

“我们再等二十三年，看看你会不会改变。”父亲笑着说，而母亲在一旁战栗着，“我不会改变，”她说，“听你的讲述，我觉得奈菲尔塔利跟我很像。”

“也像，也不像，”迈内黑特说，“毕竟，故事中的主人公要比本人高大很多。”母亲瞪着他，我从没见她这样做过，他扭过头去，沉默了一会儿，又开始讲故事。

“我醒来后，大家已经进入节日的最后一天。但是昨天的醉酒、不加节制的性爱、热水澡和睡眠不足等原因弄得我现在很虚弱，但起码我清醒了，不像祭司们都是醉醺醺的，个个都在享受着醉生梦死。今天早上的空气像海浪一般，充满了兴奋的气息，在圣者之殿里，各式各样的人一起庆祝，城里回荡着节日的声音和关于斗殴的传言。阿蒙－赫普－苏－夫今早带着他的侍卫和第一队士兵凯旋归来，他们攻陷了一座利比亚的城池，百姓们像欢迎法老一样迎接他的到来。他的士兵走到圣像的灵位前，有些祭拜自己地方的神，有些祭拜自己的叙利亚圣坛或者努比亚小神屋，谁知道这小屋里有什么垃圾呢。他最肮脏的军队祈祷得最多，而他的侍卫见到漂亮的女人就凑上去搭讪，幸好我不是一个有着漂亮老婆的富商，否则他们也会对我的老婆有非分之想。

“百姓们非常爱戴阿蒙－赫普－苏－夫，他看到了我，似乎察觉到我和他母亲的亲密关系。我尽量和他保持距离，也不去看他走到哪里，因为我听到百姓们的欢呼声就知道他的位置。不知道他是否又跟自己的士兵说了我的事，搞得他们一个个比之前还恶狠狠地瞪着我看。

“中午，国王的圣节加冕典礼开始了，但我并不知道自己是可以全程参加的。典礼持续很久，一直持续到晚上我们庆祝完圣节的仪式。下午我们举行了一系列的竞赛和娱乐活动。记得有人为四支公牛队的跑步比赛下赌（这四支公牛队被称为‘卡诺比克罐子’），公牛的主人叫作‘荷鲁斯四子’。我们都叫喊着‘加油，哈比！加油，图阿穆特夫！’不知道是不是阿蒙－赫普－苏－夫的军队在白天持续进城的原因，空气中总是弥漫着亵渎神灵的气氛。看着它们绕着墙角跑了四趟，我们都开心大笑，准备再大醉一次。到处都是吹着号角、弹着琴、摇着叉铃的乐师，河岸边的舞者每见到大型的游行队伍都会跳起舞来。在墙角里，甚至圣者之殿里，摔跤手和魔术师都在娱乐大众。

“在这期间，国王受到了加冕，我不理解他为什么要加冕这么多次，凡是盛大的节日，他几乎都要接受一次加冕。”

普塔－内穆－霍特普说：“跟我讲讲你看到的加冕典礼吧，然后我会告诉你这么做的意图。”

“对于加冕典礼，你和你的祖先都比我更了解，如果让我来描述，我肯定感动万分。那天国王从圣殿里走出来，我和那些观众一样，心生敬仰。‘他像太阳一样闪闪发光。’我身旁的一个男人对他的妻子说道。法老坐到轿子里，他的妃嫔和儿女在后面跟着，还有很多人在后面扛着众神的旗子。祭司们在他们前面烧香。阿蒙－赫普－苏－夫在前面开路，他情绪激昂，穿过仪仗队之后，人们最先看到他的脸，人们热烈欢迎他和法老。在圣殿里，法老在大家的带领下，经过一个又一个广场，最终走到明神[1]的圣像前祭拜。

“人们把明神像从神殿里搬出来，抬到一顶轿子上，轿子由多位祭司抬着。其他人把神像固定在轿子上，并向神像撒满了鲜花。在一座比宫殿还高的祭坛上，矗立着明神像和伟大的拉美西斯二世，祭司们焚香，并在他

[1] 明神（Min），生产及收获之神，亦为道路和沙漠旅行者的守护神。

们身旁洒香水。艾比斯神牛门打开的那一刻，人群都激动得沸腾了。这只动物就像天堂里的神牛，牛角是镀金的，像国王一样英俊，它独自站在那里，拒绝别人靠近。我的鼻孔里扑满了清晨的青草香，不知这是不是那头牛身上自带的气味。我的眼里噙满了泪水，超过四十个女人掀起裙子，把自己的私处露给神牛看。她们动作迅速，比奈菲尔塔利张开大腿给我看时的动作要快很多，于是我又想要她了，我很害怕这欲望被神牛察觉，我担心惹怒了它。但我很快就察觉到这牛吃了一种草药，可以平息它的愤怒，在百姓们第一次沸腾时，它并不凶猛，反而很温顺，配合地加入祭司们的队伍里，走到国王面前。祭司们开着明神轿子的门，神牛和法老都被介绍给他。祭司们把明神像轻轻地抬到一个小型宝座上，这样所有人都能看见他，但是阳光太炽烈了，人们连他的轮廓都看不见，只能看见一个闪闪发光的球，所有人都很想看，法老用胳膊遮住阳光。神牛看着像个火球的米恩像时发出‘哞哞’的呻吟声。

“迎着刺眼的光，我可以看到神的形状，他长着甲虫的身材、狮子的腿、人的脸，头戴法老的王冠，上面有两只公牛角，八条眼镜蛇，两个代表太阳和月亮的圆盘，还有两根像他自己一样高的金质羽毛。他还有一根勃起的金质阴茎，必须用一只手扶着。他的就和国王的一样大，但如果他和国王一样高，他的阴茎会比国王的大很多，因为他本人的身高只到国王的膝盖，现在他被放到宝座上，才显得和国王一样高。国王看到这个场景肯定也勃起了，而神牛如果不是因为药的作用，肯定也会像他们一样勃起。手持荷花的百姓把花献给他们，大地似乎也感受到了爱的力量，我感觉它在我脚下轻轻地呻吟着。其实很多百姓也有这样的感觉，因为很多男人也勃起了，很多女人已经昏厥。在这样的大太阳天里，周围的人都这样，我觉得自己欲望大涨。不论我昨晚做了什么，现在我都想在尼罗河周围分到更多土地。

“‘所有人来一起赞美阿蒙－拉！’祭司高喊道，他告诉我们这位明神是我们的生育之神，是这次节日的神，掌控着我们的粮食产量，他也是米恩－

阿蒙。他是万象的显现，是阿蒙的隐匿者和光明的拉。现在神和法老注视着对方，大家都能看到阿蒙－拉的真形。神牛尽管吃了草药，但还是大声地吼叫着，声音在苍穹下的田野和山谷里回响，祭司们开始为阿蒙－拉唱赞美诗。

“我听见他们唱的每一句话，国王一直都是我们的法老，在这五天的节日里也是，他一手保护着我们，一手保护着上下埃及地区。在两大王国，我们都知道如果国王在这五天一直担任我们的法老的话，灾难随时可能会降临，但他不是。于是在节日快结束的时候，他必须再次接受加冕，这样在未来的几年里，他的力量才会加倍增长。但这五天他又没有退位，如何再加冕呢？

“我们听到大祭司唱起阿蒙－拉的圣歌，双王冠很快会戴到国王的头上，我们拥戴他，内心感到无比激动和神圣。大祭司说：‘赞美伟大的阿蒙－拉，万神之神，美丽之神，赐予我们生命和温暖。您是伟大的神牛，是玛特的神，是众神之父，是宇宙万物的创造者。众神为您欢呼，因为水里游的、天上飞的、地上走的全都是您创造的。您在天际翱翔，照亮埃及大地。您创造了不同肤色的人种，让他们共存在这个地球上。您聆听受压迫者的祷告，满怀善心地对待他们。您惩恶扬善，正义在您的嘴里宣扬，尼罗河按照您的意志流淌，您是地狱的判官，您的名字叫“隐匿者”！’”

我能感觉到在迈内黑特讲话的时候，父亲的内心很不安。他说道：“这些应该也是赞美国王的圣歌吧？”

“应该是的。”

“那就继续唱那首圣歌吧。”父亲说。

迈内黑特说：“那圣歌是大祭司唱的：‘啊，伟大的神啊！人类从您的眼睛里产生，众神从您的嘴巴里诞生。您使得鱼儿在水里畅游，给予爬行动物生命。您安排老鼠住在洞穴里，鸟儿在大树上筑巢。您有多种形态，您造就了天和地，您赐给我们粮食和牲畜。啊，伟大的阿蒙！您是壮丽的神牛，

是荷鲁斯和赛特作战的评委。您创造了山脉，并赐给我们银子和青金石。’

“‘啊，阿蒙！您的光芒照耀万方，没人说得出您是什么。您在时光隧道里穿梭，时而消失，时而出现，掌控过去、现在与未来。”

“我只在书上看过赞美诗的后半部分，”普塔－内穆－霍特普说，“不知道还有其他部分，但对它们很好奇。”

迈内黑特说：“其实我对这些圣歌的歌词并不熟悉，只能依靠记忆来讲述。我们的开比特总是欺骗卡，我记得的圣歌会不会只是几个阿蒙的大祭司随便唱的？也就是说，我现在记起的圣歌会不会在我的第二世，而不是第一世？”

“这首圣歌很了不起，”普塔－内穆－霍特普说，“我记得很多类似于这样的圣歌，比忙于政事的卡梅－尤莎记得的还多，但对寺庙记载的碑文却知之甚少,它们记载着阿蒙是意识之神和地狱的判官。”他摇了摇头说道：“不过这不要紧。”

迈内黑特说：“我所讲的都是真事，我并不想当你的领航员，指挥船桨前进。”

“如果你记错了，我只会觉得这个错误很奇怪，却不会觉得它是邪恶的，除非神想让我们之间产生邪恶的事。”

“现在你比下午的时候更信神了，”母亲说。听到她简单的发现之后，父亲和曾祖父都笑了起来。“是真的，今晚我感觉到双王冠内有一股我以前从未经历过的神力，让我们为你和迈内黑特庆祝一下吧！”说罢，他亲了亲我。

“没有哪一位法老比你更睿智了。”迈内黑特夸赞道。

“我很荣幸。”普塔－内穆－霍特普说。

当鸟儿被射中掉到地上时，天空都变得不忍心。大祭司为阿蒙－拉唱的圣歌在他俩之间回荡，我能感受到父亲的疑心，不敢说他现在信任迈内黑特。如果奈弗－赫普－奥科汉姆的诅咒是第一件让我不悦的事，那这就是第二件。尽管他俩对彼此善言相待，但嫌隙已经在他们之间产生，就像两个寻宝的矿工，现在已经放弃共同的任务，各自到不同的山洞里去寻找自己的宝藏。我试图恢复他们二人之间的关系，但是没用，我毕竟是个孩子，最后搞得我精疲力竭，很想睡觉。

“请继续，”父亲沉默了一会说，“我不想再打扰你了。”

迈内黑特沉默了一会儿后说：“在我的记忆里，大祭司还没唱完时另一个祭司就打开了一个金质的笼子，放出四只鹅，它们神情痛苦，飞得很慢。它们在圣者之殿上方盘旋了一会儿后，一起向南方飞去，不一会就分开了，飞向四个不同的方向，向天堂的四角带去人类的问候。直到看不到它们的踪影，大祭司才用权威的声音说道：‘荷鲁斯收到了红白王冠，拉美西斯收到了白红王冠。’但我并没有看见他拿到王冠，头上都已经戴好了。有人给他传了些话，然后一个祭司给了他一把镰刀和一捆小麦，一个受到祭司祝福的宦官走上前来，亲吻了国王的脚，然后躺在地上，手托着那捆小麦的根，法老拿着小麦的麦穗，从小麦茎处割下麦穗。他把麦粒撒向神牛，然后这头牛就被人拉去祭祀了。

“现在所有朝臣都出列，亲吻他的手，抱住他的膝盖，或者按照自己的等级在他面前跪拜，等级高低不同，离法老的远近也不同。到我的时候，他满怀诚意地向我打招呼，然后让我到圣殿里等他。他收到大家的敬意后，跟在我和其他几个人后面一起来到圣殿。

“现在他和我们八个人待在一起，说要特别感谢我们这些天的努力、贡献和对他的忠诚，以及我们的勇敢和谨慎，说到这里时他注视着我。这个评价很高，我们都特别高兴，在圣节的最后一个晚上，他要亲自给我们每个人授予‘圣节总管’的头衔，而且这个头衔永远有效，我们余生都会受人尊敬。从此以后，我们就是他的八个主管，这让我想起黏泥中的八个神，我一看到自己的脸就意识到这一点，但是其他人肯定没有觉察到。他的头衔授给了自己的维齐尔、财务部长、首席书记员、总管事和几个将军，我是将军中的一员。据说，我们的头衔是从第一代法老那里传下来的，国王说这是‘古老而又伟大的头衔’。我们走上前去，每人都领到了一个金质的圣甲虫，国王给我们每个人都起了个新名字。维齐尔成了国王的‘特殊陪伴者’,财务部长成了‘财务大师’,而皮普提还是‘法老清晨见到的第一人’。有一个人成功地勘探出许多矿山，他刚被任命为将军，他的皮肤像鳄鱼皮一样硬,法老叫他‘金矿主管’。剩下我们三人走上前,我不去想他们的头衔。我是最后一个人，抓着法老的手，他说：‘没有你，我神圣的御夫长，我又怎能成功呢？’他像拉美－娜芙如一样深情地握着我的手，眼神里充满了关爱，他许多年都没有这样对过我了。‘你给了我很大的帮助，’他小声对我说，但我没听清他说的是什么，然后经过慎重考虑，他对其他人说我的名字叫‘秘密的总管’，按照古时的说法，它的全名是‘只有一人知晓的秘密的总管’，他说这就是我今晚的头衔。在我以后的日子里，不知道自己是不是瞥见了他人未来的生活，差点哭了出来，后来当我一个人回到自己空荡荡的房间时，我真的大哭了一场，哭了好久，因为我本可以预见埃及发洪水的事，但我却没做到。自从离开家乡后，我就没有哭过，现在想起自己参军时的情景，竟然哭个不停。哭，是今天国王给我的唯一礼物，所以我为上下埃及哭泣。除非真情被触动，不然我都不知道自己会这么多愁善感。荷鲁斯腿脚不便，在诸神中像个傻子，胸前的羽毛悬浮在天上。我又哭了，因为我不喜欢法老，也不想要他给我的礼物，另一方面，他抢走了我的旧情人，我讨厌他，但现在我不想复仇，这是奈菲尔塔利教我的。想到自己光辉的头衔，我又哭了起来，我真的成了‘只有一人知晓的秘密的总管’。”

“很好听，也很适合你。”海斯弗蒂蒂说，声音冷冰冰的。

迈内黑特说：“加冕仪式本应在那个黄昏结束的，但这并不是所有事情的结束。在当天的仪式上，国王重新受到加冕，大家举行愉快的节日庆祝。晚上肯定有很多人在庆祝，但我们都不知道只有真正的加冕仪式才会带来真正的平静。”

“是的，你不知道，”普塔－内穆－霍特普说，“因为加冕不是仪式，不是祭祀活动，也不可能只靠一句祷告就完成，这就像法老的一生，充满光辉，但也有挑战。即便是虱子，也参与了这次两大王国的转运仪式。统治时间超过三十年，法老现在已经很强大了，可以给自己戴上双王冠。这些天不仅他自己的力量增强了，诸神的法力也增强了，如果这些人没有自己的名字，也会和其他神共享一个名字，所有的灵魂都得以升天，但不是立刻就可以的，就像地球上的田地不是一下子形成的，而是一块一块累积起来的，这是我近期研究得出的结论。那天下午大祭司在圣者之殿唱圣歌的节日只是众多节日中规模最大的一个。”

“你说得太好了，即使我是大祭司，也不可能分析得这么透彻。”迈内黑特说。

“我同意，”母亲对普塔－内穆－霍特普说，“你是‘秘密的总管’。”但父亲不太高兴，这是他回来和我们坐在一起后第一次被她的话惹得不高兴。为了惩罚她说出这样草率的话，他使劲地拍了一下她的大腿，开始调戏她。“我可以叫自己‘普塔－内穆－霍特普的特殊伴侣吗’？”她问道，声音就像五味瓶，自恃谁也无法取代她。此时我窥探到她的下一个想法了，只有我能够敏捷地捕捉到她的想法，她在内心自言自语道：“其实，我才是真正的‘秘密的总管’。”

十三

母亲给自己封了这样一个头衔，在一旁自鸣得意，她疲惫的臂膀搭在我和父亲的肩上，内心的幸福感也随之传到我们身上。我们三人坐在椅榻上，内心倍感慰藉，我再次在睡梦里愉快地翱翔着。曾祖父的回忆现在不那么惹人烦了，我不用听他去讲，因为他的思想已对我打开。

他继续讲述着：“加冕之夜不是在乌纳斯节日大厅举行的，而是在圣者之殿的一个广场上，广场四周围起芦苇墙，我们在墙内庆祝，但没有屋顶，可人们还是叫它‘乌纳斯凉亭’，因为我们头顶上有一个用藤蔓和鲜花筑起来的棚，细细的柱子支撑着它，这样人们才能看到真实的法老，如果在节日大厅里举办，粗粗的石柱会挡住人们的视野，就达不到这种效果了。我们既不在宫殿里，也不在完全露天的广场上，就像我们的神一样，他们也生活在两者之间。

“那晚还有很多与往常不一样的事发生，法老坐在第一个座位上，没坐最后一个。这个座位摆在木制的高台上，上面铺着一块厚厚的地毯，地毯上放着金铸的王座，还有四根木柱子撑起一个天篷。每位客人进来后都会向国王鞠躬，法老送给每个女人一串项链和一捧鲜花，送给男人的是金杯子，这些赠品都放在摆满水果和鲜花的架子上。仆人们端来喀拉、达卡拉、法尤姆、塔尼斯和马里欧提斯等地最好的葡萄园生产的葡萄酒，拉美－娜芙如的桌子上还摆着赫梯啤酒，这种啤酒比埃及的啤酒黑很多，有一股山洞和树根的味道，它的麦芽比我们的发酵得久，酒力也比我们的要烈。

“所有的宾客，包括王子和公主们，都坐在自己的位子上欢迎三位王后的入场。伊索尼瑞特和她的七个儿女最先出现，但她平时不怎么活动，王宫里的人很少想到或者谈起她，她的儿女和她一样，很平常，所以她的出场并没给大家带来什么乐趣；拉美－娜芙如是下一个入场的，她的王冠插着两根长长的羽毛，身着纱质的透视长袍，身体若隐若现，人们的视线纷纷投在她的大腿上。奈菲尔塔利是下一个出场的，她光彩照人，没有任何女人可以与她相比。她身着淡金色的衣服，这让大家想起拉美－娜芙如失去的头发，她裸露得很少，只露了一点肚脐，头戴王冠，脖子上戴着项圈。她的胸部很吸引人，和少妇的一样丰满坚挺，乳沟很深。我欲火中烧，昨晚虽与她做爱了，却没有摸她的乳房。她今晚故意不把双乳露出来，似乎是在挑逗大家，但它们的美丽驻足在我的手掌之间，在我们第一次亲热的晚上，我就把她全身上下摸了一遍，所以她丰满的乳房是为我而生的。我的这种想法一闪而逝，因为她开始入座，打断了我的思绪。她对着我们所有人微笑——不论是坐在法老身边的高官，还是坐在角落里的小官员，然后对着她儿子所在的方向张开双臂，阿蒙－赫普－苏－夫站起身，把她带到自己的座位上。所有人都站起来欢迎我们的英雄和他的母亲，为他俩举杯和撒花，似乎想一起说：‘她是我们的王后，她不是赫梯人。’我坐在拉美－娜芙如旁边，周围的人也在这么大喊。拉美－娜芙如坐在国王左边，奈菲尔塔利坐在右边，她俩距离法老一样远，伊索尼瑞特坐在法老的后面。虽然离法老比较远，但我能觉察到，他并不希望奈菲尔塔利受到这样的欢迎。可官员对她的欢迎并没有停止，他们身着华丽的服饰，以此显示自己的身份，拍着手，吹着口哨。国王只好站起来，举起王杖和神钩，掌声响彻云霄，不过没有我预期的壮观。然后，所有人都坐下，我坐在拉美－娜芙如旁边，可以感受到她的不悦，她从桌子底下握住我的手，身体像北极冰一样凉。‘我跟他说过这一幕会发生的。'她小声说，大家只是很满意阿蒙－赫普－苏－夫能在今天回来，但是奈菲尔塔利进场和他打过招呼后，那么多贵族站起来为他们欢呼喝彩，我才意识到原来这一切都是事先计划好的。她和自己儿子坐在一起后，我既无法窥探她的思想，也无法被她的力量触及到。现在很少有人会关注我，我也不在大伙的注意范围内。想起自己还是士兵那会儿，能窥探周围人的心理，就是因为这样我才当上总将军的。我已经不是以前的我了，可能已经死去，现在我只是"秘密的总管"。和女人一起共事许久后，我现在对男人知之甚少。我虚荣心泛滥，想杀死法老篡位，但我手上连一个士兵都没有，而阿蒙－赫普－苏－夫的士兵遍布各地。

"此时，他朝我这边看过来，但我感觉看着我的不是他的眼睛，而是我以后会穿过的地狱之门。我心想：今晚我将死去，至少对我来说，这是个伟大和值得纪念的夜晚。在酒馆房里的那些情感现在又在我内心涌现，我很恐慌，每一次呼吸都充满敬畏，但至少在典礼结束之前我不会出事，所以我还有几个小时的时间去享受。

"今早用以祭祀的艾比斯神牛被做成美味可口的菜端了上来，它的肉太好吃了，肉汁一滴一滴地往下流，真的很诱人。还有一种罕见的鱼，很难从尼罗河里钓上来。我仔细地品尝着每一道菜，这很有可能是我去地狱前吃的最后一道菜了。我们面前总共有九种不同的肉、六种家禽、四种面包、八种蛋糕、许多糖果和我数不过来的水果。还有很多乐师演奏芦苇笛、竖琴、鼓、小手鼓、铙钹，每一次表演的最后都有一位乐师摇动叉铃，听起来就像所有尼罗河三角洲的蛇都在我们周围游动，在底比斯乃至两大王国，每个地方都会在今晚举行这样的宴会。我能感觉到城墙之外的事情，在这过去的五天时间里，有多少妻子背叛了自己的丈夫？这在她们一生的其他阶段绝对不会发生。在叉铃的嗖嗖声响和大伙的欢呼声中，我听到那些恢复自由的动物狂野的叫声，到处都是。拉美－娜芙如还是深陷在阴郁的情绪之中，很多人过来向她请安，其实是想看看在奈菲尔塔利受到大伙的热烈欢迎后，她会有什么反应。

“娱乐节目开始了,我们很吃惊：皮普提今早由‘花园管事’提升为‘首席书记员’，而现在他成了首席小丑，负责逗大家开心。他开始表演后，很多人都很开心。他开始讲述一个大家小时候都听过的故事，讲的是一个老师教一群不会写字的小孩的故事。我要跟拉美-娜芙如解释一下，她才能听懂，我一边听一边跟她解释，在参军以前，我从没见过没加工过的陶瓷碎片，还记得自己小时候周围没有人会写字。

“皮普提人逢喜事精神爽，把自己的聪明才智表现得淋漓尽致，为旧故事添了新的内容。他说：‘我父亲也是一位书记员，他曾跟我说过“我要让你爱上写字，胜于爱你母亲。”父亲很睿智，因为我爱写字胜于爱我的妻子。’他没有真的掀起自己的短裙，但把自己的手放在阴茎所在的地方，他其实已经被阉割了。大伙炸开了锅，大喊同意，每一个人都听过他曾受过可怕的宫刑。

“刚刚开了个好头，他现在开始背诵那首戒律。他的声音像小孩的声音一样尖细，一停一顿，十分幽默，把大家逗得非常开心。每个人都开心地大笑，他常常自嘲，但对于嘲笑自己的人，他也会以幽默的方式回击他们。他又圆又粗，也不高，动作非常滑稽，或许这就是喜剧吧！他很自负，每一次大家不笑的时候他就开始哭，因为他讲的是个悲剧，但他的眼泪让这个故事充满喜剧色彩，很多人敲桌子或者拍大腿，乐得不行。阿蒙-赫普-苏-夫的几个士兵笑趴到地上，狠狠地砸地毯，像山羊一样没规矩。‘战士比书记员命好，这是什么意思呢？’他用责骂的语气说，‘其实不是这样的，让我给你们讲讲一个命运多舛的家伙的故事吧！很小的时候，他父母就把他丢到兵营里了。’

“‘丢到兵营里了！’几个醉醺醺的士兵大叫起来。皮普提咧嘴对着法老大笑，他的牙齿和其他宦官的一样白，继续说：‘可怜的小男孩，士兵对他不好，每次他说话都会有人打他。收到命令后他如果反应慢半拍，士兵就会打他的脚。他如果笑，牙齿就可能被打掉。士兵们经常欺负他，打得他浑身伤痛,连坐都坐不下来。士兵对他的教育方式就是拳打脚踢,身上脏,他们就无视他。打扮得好看点，他们又虐待他。“我想死，”他哭喊道，“每个人都来偷我的凳子，座位之神到底帮了我什么？”’听到这里，大家狂笑起来。‘长点心’，皮普提模仿一个士兵，语气坚定，‘要想成为真汉子，你首先得做个好女人。’首席书记员把大家逗得笑出了眼泪，这就是我做不到的，我不知道怎样逗别人开心。

“‘请听我接着讲，’皮普提说，‘这个男孩最后长成了一个真汉子，一个优秀的士兵。一次，他要背着水和粮食长途跋涉去叙利亚，他像头驴子，骨头都快被压碎了，喝脏兮兮的水。突然敌人出现了，把他包围，眼睛恶狠狠地瞪着他，而他就像瓮中之鳖一样。可如果他苟且偷生回到埃及，人们会觉得他像朽木一样，瞧不起他，偷他的衣服，他的仆人也会离他而去。

“‘他们听故事为什么要这样吵吵闹闹的？’拉美－娜芙如问我，‘真没趣。’她兴致勃勃地看着国王的下半身，而奈菲尔塔利和阿蒙－赫普－苏－夫被逗得开怀大笑。许多士兵开始炫耀自己发达的肌肉，向漂亮的姑娘抛媚眼，调戏她们。

“皮普提说:‘我告诉你吧！小书记员,改变你的观点吧！士兵并不快乐，作家也不痛苦。你以前的想法是错误的。起码书记员每天能吃饱，还可以在王宫里自由进出，而士兵却经常要饿着肚子，夜晚常不能寐。’皮普提鞠躬，大家为他喝彩和鼓掌。

“乐师又开始演奏，玩杂耍的、杂技演员和舞蹈家也出来表演，但我没看，而是盯着奈菲尔塔利。今晚她都没看我一眼，我还没法窥探她的思想，心里非常记恨阿蒙－赫普－苏－夫,他和奈菲尔塔利互相给对方喂饭、碰杯。我是‘秘密的总管’，能感觉到国王内心的想法，其实他很怕阿蒙－赫普－苏－夫，但今晚在自己的妻子和儿子面前，他控制住自己内心的怒火，假装开心而已。

“现在，一个英俊的小伙子和一个漂亮的姑娘手挽着手走上台来，姑娘除了腰间系着一根链子，什么都没穿。他们走到法老面前，跪下，小伙子给法老磕了个头，请求法老允许他唱一首歌。

“‘是什么歌？’国王问。

“‘噢，伟大的法老，我的歌曲讲述了一株野生无花果树和一朵小花聊天，请求它在自己阴影下成长。’

“‘好，把你想说的话告诉花儿吧，野生无花果树。’国王在重臣的强烈要求下对小伙子说。

“小伙子用富有磁性的声音对姑娘高声唱道：

你的叶子滴下露水，
你的树荫是绿色的，
比纸莎草绿，
比宝石还红，
你的花瓣滴着蜜，
噢！宝贝，来吧！

“他停下来，女孩向他跑过去，他熟练地把自己的胳膊搭在她腰上，晃动着手腕和胳膊肘，像树枝一样守护着她。然后他俩对着在场的女士发出古怪的笑声，继续唱出下面的两句：

噢！我不会说出我看到了什么，
不，我不会告诉你我看到了什么。

“小伙子抱着女孩，举起她，然后把她放到地上。大伙放声大笑，他俩从人群中间走过。许多官员都抚摸着女孩的胸，拍打着她的屁股。

“他俩后面跟着一群跳舞的姑娘，这些姑娘都像领舞者一样，只在腰间系了一根链子。她们不但在法老面前唱歌，还到宾客中间为他们斟酒，打开酒坛，倒满高脚杯，再盖上酒坛，如此而已。不倒酒也不跳舞的时候，她们站在人群中，和着音乐拍着手，屁股也随着音乐旋律晃动着，好像孟斐斯白色城墙上的蛇纹石。

“皮普提走上前来，手里拿着一个跟盾牌差不多大小的调色板还有一支比他胳膊还长的尖笔。他拿着这两个大家伙，准备写字，一个身高马大的御者站在他面前，羞耻地摇摇头，这家伙绝对是我见过的块头最大的御者，缠着腰布、脚穿凉鞋，鞭子耷拉在胸前，打扮得像个二十岁左右的小男孩。

“‘你已经放弃了读书，’皮普提说，‘你纵情于享乐之中，流连在街上的酒馆里，身上散发着啤酒味。’

“国王抿嘴大笑着，从这我就能看出皮普提在花园当管事时表现得很好，他肯定经常能把法老和王妃们逗乐。如果我的表情不这么严肃，那我居住的地方肯定也充满欢声笑语。我很嫉妒他，都已经快走到生命的尽头了，很好奇自己还会妒忌别人。

“皮普提对御者说：‘你身上的啤酒味把别人都熏跑了。破罐子破摔，如果你是船桨，那你肯定会把船领到错误的方向。如果你是寺庙，那庙里肯定不住神。如果你是房间，那里面肯定没有面包。’他字字珠玑，每句话都说得字正腔圆，在场的每个人都笑了，内心十分佩服他。他把自己说的话都写了下来，但调色板和尖笔太大，不好控制，不是突然滴下一滴颜料，就是把其他的字弄污。动作如此笨拙有趣，连拉美－娜芙如都忍不住笑了起来。

“御者对着皮普提吐了吐舌头，然后走开了。他装得醉醺醺的，趺趺撞撞地走到人群里，差点趺倒在几个高官身上，许多人都被惊到了，但因为这个节目事先已经得到允许，所以他还敢在法老所在的高台周围继续绕圈，差点就碰到了天篷；之后他走到一个大臣的桌子旁，差点把他的桌子打翻；

之后他跑到维齐尔的桌子后面发出轰鸣的声音，十分压抑，维齐尔听得很痛苦，差点没撑住吐了出来。看到这一幕，我第一次大笑起来，这也有可能是最后一次大笑了；之后他靠在一个叙利亚仆人的身上，亲吻他的脚，拥抱他的大腿,他本以为自己拥抱的是神牛的腿,但抬头看见只是个仆人后，拍了一下地，转身就跑了，但是在跑的途中摔倒了。皮普提拿着两个大家伙跟在后面，一直想写东西，但每次都不如愿，因此他的咒骂声从没停过。他说：‘这是你的教材，别忘了跟它学习怎样跟着笛子乐唱歌、和着里拉琴声吟诵以及弹奏竖琴。’御者醉倒在赤身裸体的舞女怀里，她们抱着他，坐在他旁边，抚弄着他的头发，他假装不会再醒来，她们往他身上浇油，一直到他全身都湿透了，她们在他身上放了一个干树叶做成的花环。大家疯狂地尖叫着，笑到了痉挛，仿佛这么做可以巩固法老的王位，将这五天的霉运赶走。我受拉美－娜芙如的影响，一点都笑不出来，我在思考快乐的本质，不知道我们不笑是不是因为看到了以前从未见过的神，所以眼神立刻瞥向别处。一个人笑是为了不再看到神，这样神才能不受打扰。那我肯定笑不出来。

“就像我说的，拉美－娜芙如和我是仅有的两个没笑的人。御者拍着身上的油，站起来，摔倒，然后又站起来，跌跌撞撞地走着。湿漉漉的身体不小心倒在了几位贵妇身上，她们恶心地尖叫起来。最后，他趴到皮普提身上，把他的调色板和尖笔压碎了。此时各式的乐器演奏起激昂的音乐，乐师像一个个乘胜追击的魔鬼，皮普提和御者赶紧跑开，地板上都是油，四周静悄悄的，国王朝空中甩了一下连枷。

“从凉亭里走出来两头牛，拉着橇，发出哗啦哗啦的声音，橇上躺着一具木乃伊。大家惊叫起来。

“‘是真的吗？’拉美－娜芙如问我。

“‘假的。’我回答，它们很快从舞台上走了下去，两个仆人上来清扫牛屎。娱乐节目已经结束，典礼现在开始。

“维齐尔走上舞台，几个官员大声叫喊着表示欢迎，我不知道这个人叫什么名字，因为国王有很多位维齐尔。他说：‘法老的健康长寿是两大王国长治久安的关键，优秀的维齐尔需要亲吻法老的脚，我们有很多位维齐尔。’

“他和其他人一样，已经上了年纪，但是能成为八大主管中的一员，他很开心，喝得有点多，说了很多话，其实不用说这么多，简单的一句话就可以总结：法老像太阳一样，驱散埃及所有的黑暗。他说：‘当您在房间内休息时，可以听见所有埃及人民的话语，因为您长着许多耳朵。您的眼睛比星星澄澈，您目光所及比太阳还远。’他听了一会儿，思考了一下刚刚所说的，又继续讲道：‘在座的人们啊，我告诉你们，法老的耳朵很灵，我站在离他很远的地方说话他都能听见，于是召唤我来到他身边。他有隐匿者的眼睛，我做的所有事他都看在眼里。我不敢想他的美德，唯恐自己思考的不周全，因为他还能感知到我的思想。’

“‘我受不了了，我要离开。’拉美－娜芙如小声说。

“‘你不能这么做。’我说。

“‘我病了。’

“海奎特坐在附近，努力地安慰她：‘你不能离开，他最后会选你的。’

“‘我孩子需要我。’拉美－娜芙如说。

“我能感觉到她内心的恐惧，这恐惧就像黏泥中的八大神一样扑向我，我的眼睛能看到她看到的一切，普塔－拉王子在大哭大叫。‘我要回到我孩子身边。’拉美－娜芙如说，海奎特安慰她说：‘我会哄他的，他很快就不会哭了。’但拉美－娜芙如向乌纳斯凉亭的角落里看去，那里坐着奈菲尔塔利和她的孩子们，奈菲尔塔利基本上遵守了自己的诺言：蜜球在这里，但不和她坐在一起，海奎特根本就无力去看蜜球。‘他不哭了。’拉美－娜芙如说，我又从她眼里看到了普塔－拉的脸，但我不敢多看，很害怕看多了以后他黑色的头发会燃烧起来。维齐尔滔滔不绝，蜜球看着我，眼神里充满爱意，和国王给我授予头衔时的眼神一样，但是我更相信她的眼神，就好像她问了我一个问题，我并不知道答案是什么，但还是温柔地点了点头。可是，我也知道死神在向我一步步靠近。

“维齐尔走到高台上，开始演讲：‘我们吃饭时便可知晓两大王国物产丰富，我们喝水时便会发现这五天的节日将整个王国紧密地团结在一起，即把我们的法老和两大王国紧密联系在一起。此刻，美食美酒可以免费品尝，祝愿大家对未来的日子都有新的期盼，祝愿埃及强大富庶。’

“有些人为他的演讲鼓掌，有些打着节拍，吹着口哨。两个摔跤手走上前来，身后站着两个祭司，一个人手持荷鲁斯的旗，另一个手持赛特的旗。两个摔跤手都身形巨大，但他们只是模拟荷鲁斯和赛特的比赛。‘赛特’很快戳瞎了‘荷鲁斯’的双眼，而荷鲁斯则拽着赛特的睾丸，两个祭司赶紧上前来缓和这种局面。负责荷鲁斯的那位祭司把他的手从对方的睾丸上拿下来，然后他回来，给国王呈上两根王杖。另一个祭司头戴透特的头巾，上前来跪下，大声说：‘伟大的法老，强壮的神牛，希望您手下这两个王杖。愿赛特重新获得自己的睾丸，愿荷鲁斯恢复视力，也愿您的权力大大增加。’我情绪还是很低落，但是国王手持两根王杖的时候，会场中的力量变得强大了很多，增加了一倍。

“法老站起来，说：‘在我的城里，百姓们在吃东西。在底比斯的东西岸，百姓们也要吃面包、喝啤酒。今天是圣节的最后一晚，所有的百姓都得到两只新生的眼睛。大地万物也都得到了两只新生的眼睛。’

“他把两根王杖放在架子上，伸手去抚摸双王冠上的眼镜蛇，一边摸一边说：‘这是王冠的眼睛——荷鲁斯之眼。’

“听罢，在场的人都小声嘀咕起来：‘他摸的是眼镜蛇。’几乎所有人都转头过去看奈菲尔塔利，海奎特似乎知道法老接下来会做什么，于是赶紧对拉美－娜芙如说：‘两年前，在上一个万节之节上，他向奈菲尔塔利致敬，今晚他不会再这么做了。’她说得很对，他一眼都不看奈菲尔塔利，大家都小声议论起来。阿蒙－赫普－苏－夫举杯敬她，大家的议论声变得更大了，很多人都喘着气说话。

“祭司在国王面前庄严地诵读诗歌：‘愿您的眼睛永不暗淡。’然后从金质的箱子里取出香炉，递给法老，说道：‘请吸收众神的芳香之气，清洁终生的必从您身上来，您的脸就是我们香气的来源。’

“国王晃动着香炉，在座的所有人都使劲呼吸着，想闻一闻这香气，因为这是只有法老在今晚才能用的香。大家都很安静，香味来自于花园里的香草，花园门上画着赛特的黑猪头像。我们能闻到这浓郁的香味，和我们以前闻过的香味都不一样，很浓重，又充满野性，像欧西里斯弯弯曲曲的床单，又像赫拉的足迹。

“二十个仆人扛进来一根两人高的柱子，把它平放在法老的王座前，香味没有消散。我在很多典礼上见过刻着欧西里斯神像的柱子，但没见过这么大的。它是用大理石雕刻成的，石柱中间刻着欧西里斯的眼睛和身体，讲述了在比布里斯的时候，树木是怎样在他身体周围长成的。

“国王从王座上走下来，摘下双王冠，放到金架上的神龛里，拿起纸莎草制成的绳子，拴到柱子的一头。阿蒙－赫普－苏－夫下来帮他，慢慢地，法老的二十个儿子都过来了，他们拿着二十条绳子。他的十六个女儿也都走过来，祭司给她们每人发了一个叉铃和一条项链。拉美－娜芙如小声对我说：‘这些项链真丑。’我满脸不悦地看了她一眼，说：‘它们象征着脐带和胎盘。’但马上她又糊涂起来，因为每个公主得到礼物后都会说：‘愿哈索尔赐给我孕育的能力。’然后我听到她们简单的祈祷，除了空气、婴儿还想得到什么呢？

“法老和他的儿子们一起往柱子上拴绳子，儿子们吟诵道：

啊！伊希斯之血，

啊！伟大的伊希斯，

啊！伟大而神奇的伊希斯，

请保护我们的法老。

“最后柱子终于缠好，竖立了起来，祭司上前来，互相敲着对方的棍子。‘他们对待自己的同类真残忍，’拉美－娜芙如饶有兴趣地抱怨道，结束前，就有一半的祭司被打倒在地。一方的人高喊：‘为荷鲁斯而战！’另一方的人喊：‘我要抓到荷鲁斯！’‘战争’结束后，赛特的力量充斥着整个会场，把那些流血或受伤的‘战士’从战场上拖走，柱子很快立了起来。看到这一幕，有一阵欢呼声响起。

“十六位公主齐声唱道：

伊希斯在水里很脆弱，
伊希斯从水里升起，
眼泪落在水里，
看，荷鲁斯和自己的母亲交媾。

“难道每一个人都能理解刚刚所唱的是什么意思吗？此刻，奈菲尔塔利给阿蒙－赫普－苏－夫传了一个缠绵的飞吻。

“不清楚她会不会是下一个被传召的，但娱乐节目把她逗得很开心。国王站起来，用很有磁性的声音演讲：‘让盲人乐队上前演唱，让这里充满爱。’奈菲尔塔利走上前来，身后跟着六位盲人歌唱家，他们被称为‘喜乐之神’，因为他们的歌声无人能及，总能使大家心情愉快。根据玛特的平衡原理，有失必有得，他们既然是盲人，肯定会生有美丽的歌喉。他们演唱的时候，奈菲尔塔利摇着叉铃，最开始他们的声音很轻，像今晚的清风一样，她摇得很轻，很慢。很快，歌声变大了，爱抚着我们每个人的气息。

“奈菲尔塔利搂着一个盲人女孩，我觉得这是国王的战士在她行宫里打死的那个仆人的女儿，因为王后轻蔑地看着法老。现在是她的时间，任何人都无法篡夺。国王脸色苍白，我从没见到他这样。在场的所有人都哭了起来，因为没有什么能比失明更值得人同情了，这是埃及的沙子造成的后果。这是我们的苦难，是最糟糕的命运，所以我们都为这些盲人歌手哭泣。国王为自己的手下杀死奈菲尔塔利的仆人感到羞耻，我能体会到他的心情。

啊，远处的奶牛之神，
为他哭泣吧！
别忘了看望欧西里斯，
他会出现，
他会从众神的天堂里出现。

“我从没见过奈菲尔塔利这样美丽动人，她的乳房像太阳和月亮之眼，在两大王国再没人像她这样高贵了。此刻，我感觉她正看着我，我非常开心，今晚从没这样开心过，于是我宣誓：‘啊，在将死的时刻，她能看我一眼，我死也瞑目了。’

欧西里斯在他之上，
他全身充满恐惧，
他们的力量支撑着你，
你会到天堂之上，
借着他的梯子爬上去。

“盲人乐团一直在唱，奈菲尔塔利会成为阿蒙的情妇，会拥有和女神穆特一样的地位。她很有感染力，连拉美－娜芙如都啜泣起来。在场的所有人都希望奈菲尔塔利恢复法力，她是我们所有人的王后。此刻，我注意到拉美－娜芙如咬破了嘴唇。

“歌手们表演完毕，接下来广场上一片沉寂。当阿蒙的王座被放到国王旁边时，是全场最沉寂的时刻。王座以前一直存放在卡纳克神庙里，它古老、神圣，众神都在上面坐过，而千年以前，卡纳克只是底比斯某个省的神，法老的第一妻子将会受邀坐在阿蒙王座上，但谁会成为阿蒙的第一妻子呢？

“在这个结果揭晓之前，这里要进行最后一轮加冕。两大王国最年长的大祭司巴克－尼－昆－苏慢慢走上台，身后跟着两个怀抱神龛的年轻祭司，巴克－尼－昆－苏打开神龛的门，取出红白两顶王冠，但是他年纪毕竟大了，使尽全身力气才能拿动这两顶王冠。国王鞠躬，接受加冕，内心十分虔诚。他对双王冠的喜爱就像丈夫对妻子的喜爱一样，当然，是婚姻幸福而且彼此相爱的夫妻。

“国王大声说道：

让大家都畏惧我，
如同畏惧你一样，
让大家都害怕我，
如同害怕你一样，
让大家都敬畏我，
如同敬畏你一样，
让大家都爱戴我，
如同爱戴你一样。

“巴克－尼－昆－苏把两个王冠都交到国王的手里。

“国王抚摸着他的王杖、鞭子和双王冠。‘你从我体内来，’他说，‘我也从你体内来。’他看着这里的房间，一个一个地盯着我们看，直到大家打破这沉寂，纷纷议论起来。他像匹种马，心跳不止。然后，我了解自己了，我真的是‘秘密的总管’，因为他看到我的时候，我知道他内心的恐惧和骄傲，而且他第一次喜欢我、敬重我，我看着他的眼睛，他在问自己：'我应该怎么做？'他再次恐惧起来。很奇怪，没有人会像法老这样，害怕自己的儿子青出于蓝而胜于蓝。选择奈菲尔塔利做他的第一妻子，会安抚阿蒙－赫普－苏－夫的情绪，这样他的王位才会稳固，而选择拉美－娜芙如只会得到远方的国度的一点点好处。可他自认为自己才是最伟大的人，不愿屈服于儿子的淫威。他站在那里,内心充满了不确定,拉美－娜芙如则坐在这里，心里想的都是她的儿子。我看到普塔－拉黑黑的卷发，这是赫梯人的标志，拉美－娜芙如很担心他。她小声对我说：'告诉法老，让他选别人吧！我很害怕自己被选中以后儿子会出事。'还好她对我说的是埃及语，我很担心她用赫梯语喋喋不休地跟我说话。然后我感觉到奈菲尔塔利的两颗心：一颗像盛开的娇羞的玫瑰花,另一颗像熊熊燃烧的烈火。我不知该不该把拉美－娜芙如的想法送进国王的意识里，因为如果他选的是奈菲尔塔利，那我就多此一举。我不想这么做，不想让他再一次对我产生不好的印象。

"那时我不懂他为什么要犹豫这么久，现在我明白了：通过你，拉美西斯九世，我知道了国王在恐惧的时候没法做出正确的决定，这时他不是神，没有神力，众神可以保佑他，也可以撤走对他的保佑。在百姓欢呼或咆哮的时候，没有法老能够做出正确的决定，除非他正确面对卡叠什战役。因此最后他的目光从奈菲尔塔利移开，臂膀向拉美－娜芙如张开，拉美－娜芙如啜泣起来,向法老走去。而海奎特放声大哭,我不用看阿蒙－赫普－苏－夫便知道他目光所及之处城墙必会坍塌。

"乐师开始奏乐，拉美－娜芙如坐到阿蒙的王座上。她屁股一沾上去，我的啤酒杯就开始冒泡了。不知道现场在演唱什么歌曲，只知道大臣和贵族们相继离开。不知道蜜球有没有带着孩子从我座位前经过，我像块石头似的坐在那里，只记得广场内的灯光变化了，看不到成千上万只点缀这个广场的蜡烛发出的金黄色的光，只通过红色的雾霾看到自己面前的火堆像战火一样。也是在这个时候，尽管现在还没人知道，普塔－拉对节日意犹未尽，带着激动的心情从床上爬起来，跑到花园里去，不小心踩到一块煤上，烫得大叫起来。拉美－娜芙如坐到阿蒙的王座上痛苦地扭动着身体。所有看到的人都说埃及王座上古老的金子弄得她皮肤不舒服，但真正让她难受的是自己孩子的痛苦，这一点我是在自己第二世生命时才领悟到的。煤块烫伤了小王子的脚，他像荷鲁斯一样成了跛足，还没到三岁的时候就死了。

“但这些我一点都不了解，只是呆呆地坐在红色的迷雾里，心里很害怕。这是我这一生做的最伟大的决定，因此我知道国王的感觉。最后我告诉自己不要再跟死神抗争了，而是顺从他，和他一起走进地狱里去，再也不回来，是的，再也不回来了。但我的决定轻如鸿毛，没有一点说服力。我可能没法再投胎进行转世轮回了，像个祭司一样，告诉自己这里与谎言之间的差别很小，像羽毛一样轻，我看着羽毛的降落，它激起了我心底的美丽。这是真理之美吗？

“我离开了加冕广场，法老是第一个进去、最后一个出来的，但我没有向他和拉美－娜芙如告别，只身走到圣池边，平静的湖水上倒映着月亮影子，今晚是满月，我想起了赫梯人塞班图。我白色的亚麻布衣服看上去和月光一样皎洁，月光下的土地在绿色长廊绵延。我生平第一次想起北方的土地，那里肯定像月球一样寒冷。不知道是不是因为周围都是寂静的，还是因为我已经死去，我就像个幽灵一样在奈菲尔塔利的士兵中间穿梭。最后溜进了她的寝宫，杯子里的啤酒冒起了泡沫，她在等着我。

“‘不能在这里，’她说，‘我不知道阿蒙－赫普－苏－夫什么时候会回来，他现在正在和他的朋友聊天。’我还没反应过来她这句话的意思，她就把我带到了花园里。我们走到喷泉旁的一个小凉亭里，树叶就在我们头上。这里有一个枫木凳子，凉凉的，但她的身体很热，她欲火中烧，禁不住流下了热泪。我低下头亲吻她挺拔的乳房，她两手抱着我的头，小声对我说：‘我今晚会用各种方式和你做爱。’然后大声笑了出来，花园里回荡着她的笑声。

‘嗯，你是我爱过的三个男人中的一个，也是我唯一可以依靠的男人，不是吗？’她问我。

“我用尽全身力气抓着她，真实情况是我因为国王的爱变得很脆弱。我非常恨他，因为这最后一晚，我本应该有神牛的精力，但现在却像只兔子。她一手充满痛苦，一手充满愤怒，从没见过她这样有欲望。如果她用各种方法和我做爱，那么很多神都会被吸引过来的，我的四肢、脚趾、肠子、嘴唇、肚子、心、背以及我的意识都会变得脆弱，但她越有欲望，我的心就越冷，因为我虽恐惧，却也有自尊，变得冷酷以后，我就不会害怕了。现在我像祭司一样冷酷，我像一个被狮子抱着的祭司，而她说着我似曾相识的话，她很会演戏，说起了我的嘴唇和河岸、我的心和她的渴望、我的嘴巴和胯骨、我的腿和她的私处。我进入她身体时，她突然大叫起来，高声喊着腌臜的词汇：‘偷你，抢你，杀你，砍你，肏你！你是我的肠子、坟墓、眼睛和意识。啊，把你的精子给我吧！大屠杀来了，快到我身体里来吧。死吧！看啊！死吧！’我们换了一下位置，她躺在我下面。神牛艾比斯在她的子宫里奔跑，神鹰在她的子宫里翱翔。她轻声问我：‘你会杀了他吗？你愿意为了我杀死法老吗？’我点点头。她的欲望开始涌现，这股力量泛滥成灾，我像个登山者，四周都是掉落的碎石，我和她一起往下坠落。坠落过程中，我看到她的子宫像小岛一样从海上升起，我的精子进入了两个小岛之间的运河里。

“今天对我来说是个难以忘记的日子。最后我射了，我的精子永远都到不了她的身体里，因为我现在不在里面。精子只是从我身体里喷出来，然后我感觉到自己背上的天堂之手、火辣辣的双唇、痛苦之矛。烈火分七次进入到我的七重灵魂内，这股力量强迫我进入自己的精子里。接着我进入水里，游着泳。我的内心是神圣的，两大王国分离了。

“我升到天空中，看着自己的身体，我的身体躺在她的身体上，阿蒙－赫普－苏－夫在我俩的上面，擦着刺伤我的匕首，我背上有七个孔在流着鲜血。她吓得大叫，在四次生命里，我都无法诅咒这件事，但我想她肯定说：‘你这个傻瓜，他本来会为我们杀死法老的。’我漂浮的灵魂现在又进入镜子里面。我还有一些记忆，断断续续，不是很清楚。我开始了自己的旅途，有时住在帐篷里，外面凉风习习，有时我躺在河岸上，河里有很多鳄鱼。但死后，我相信自己的生命进入到自己的精子里，在奈菲尔塔利的肚子里孕育，等到合适的时候，得以重生。可能是因为那晚和她做爱时，我非常恐惧，现在我大胆地开始旅行了，我在第二段生命里并没有很大的成就，死的时候只是个大祭司，但这是另一个故事，和卡叠什无关。”

十四

“阿蒙－赫普－苏－夫后来怎么样？”母亲问。

我以前不了解，现在知道了，她既然在迈内黑特的故事结束时不愿以沉默表示尊敬，说明她内心是毫无同情心可言的。

她粗鲁的行为让他更加痛苦，他只是叹了一声气说：“只是杀了我，法老并没有对他实施任何惩罚。但阿蒙－赫普－苏－夫对自己的母亲暴怒，用两个刀片割断了她的肚脐，这样就断了她和王室祖先的联系。但很快他就后悔了，于是割断了自己的肚脐，他对自己比对母亲更狠，他摧毁了她的花园。

“国王待在广场的凉亭里，看到了我和奈菲尔塔利做爱的情景。周围没有一人可以信任，他让皮普提把儿子们都遣散。这位首席书记员发现阿蒙－赫普－苏－夫因为失血过多而倒在地上，于是立即切断了他脖子上的脊髓。因为这件事，国王把他封为维齐尔，他把法老服侍得很好，但我从来没有评价过这个人。”

“那奈菲尔塔利呢？”

曾祖父沉默了半晌才说：“因为她是我的母亲，所以我不能随随便便跟你们说她的事，你最好放尊重点，因为你只是我的孙女。”

——古代的夜晚——

第七部

秘密之书

一

母亲丝毫没有感到畏惧，她的举止甚至有些轻佻，这把父亲国王惹怒了。迈内黑特故意把“父亲”两个字的发音读得很高，拉美西斯九世心情沉重地叹了声气，略显悲伤，若有所思地看着自己的手指，好像是在思考自己究竟可以拿起多重的东西。

他和曾祖父注视着对方，表情都很羞涩。他们二人都不开心，却都不愿意承认。曾祖父看起来更疲惫，一方面是因为讲了这么久的故事，感觉很累，另一方面是不确定接下来还要讲述多久。

父亲很不满意，还想听更多的故事。“我只是想听听卡叠什战役的故事，”他说，“你讲完以后，我让你继续讲更多的故事。你真的讲了，确实，你是个高尚的人，对我几乎没有隐瞒。”

迈内黑特说：“也可能我跟你说得太多了。”

母亲用刻薄的声音说：“你的故事赤裸裸地暴露了你的想法。”

父亲说：“不是，你跟我们说了所有该说的事，我很敬重你。”

迈内黑特点点头，显得很绅士。

“你很诚实，原原本本地把自己的想法告诉了我们，在治国方面，这也让我学到很多。可是，现在我想听听你其他几次生命里的故事。”

曾祖父表现得很不安，“这不值得一听，”他说，“跟第一次生命相比，它们没什么经验可以提供给你。”

父亲说：“我不介意，先人国王让你做‘秘密的总管’，这个头衔很好。我跟你说句实在话：法老的智慧必须高于常人，不然的话，他怎么统治整个王国？”

“我不配这个头衔，很多人知道的秘密都比我多。”

“你真烦人，”海斯弗蒂蒂说，“为什么不顺着法老的心意呢？”

迈内黑特说：“可我不知道怎么去讲，因为我对第二次生命的记忆不像第一次那样清晰。在我出生的时候，我的第一个母亲奈菲尔塔利看到了阿蒙，但她心里在想什么呢？她很娇贵，又被宠坏了，对她来说，最大的乐趣就是看着自己的情人去死。”

他的话很毒，像毒箭一样直接向海斯弗蒂蒂射去。在其他时候这么说，可能会惹怒她，但是今晚她心情还不错，所以她没有太在意。“你的话可真刻薄，”她说，“我觉得奈菲尔塔利其实是很爱你的，她的下场也很惨，失去了肚脐和肠子……”说到这里，她不禁打了个寒战。

“是的，”迈内黑特说，叹了声气，再一次现出疲劳的神情，“我多年来一直在思考一个自己始终不能理解的问题，谁知道奈菲尔塔利那晚是充满爱意地看着我，还是仅仅只想蜜球付出代价。蜜球加冕那晚坐的位置很不好，内心肯定很想报复她。不开心的时候，我就会思考这件事，但有时候我也很满足，因为众神让我从王后的子宫里再生，已经很厚待我了。”

“是的，”海斯弗蒂蒂说，“尽管经常失败，但你真正的梦想还是成为法老。”

曾祖父回头仔细看着母亲，然后摇摇头道：“不全对。”

“为什么？你明明很想啊！”父亲说，“亲爱的迈内黑特，请不要逃避自己的真实想法，就在刚刚海斯弗蒂蒂说起你的梦想时，你的眼睛还在放光。”

“这种想法是亵渎神灵的。”他回答，我都不知道他是否还有力气和父亲与母亲争论。

无论什么时候,海斯弗蒂蒂总是不会放弃嘲笑他的机会。“亵渎神灵？”她说，“你什么时候变得这么虔诚了？嘴里现在有蝙蝠屎的味道吗？”

迈内黑特说：“无论什么时候你都像位王后。”

父亲对这个评价只是笑而不语，好像在暗示这是不可能的，迈内黑特肯定想妥协了，于是说道：“我可以跟你讲一讲我其他三次生命的故事，但是今天讲了这么多故事，我已经很累了，我不想在疲惫的时候跟别人说我的事。其实我的梦想并没有你想的那么大，只是回忆过去真的很耗心力，回忆自己的前四次生命对我来说也不是那么简单了，这些生命经历也只是一晃而过。”

母亲很生气，但很有激情地笑道：“回忆过去并不是回忆痛苦。”

迈内黑特承认：“当然，也有其他的方法来回忆自己的人生，但我没有找到。”

“不，”她说，“你可以找到的。”

父亲的怒火在燃烧，“已经快黎明了，”他说，“我们已经熬到这么晚了，干脆通宵吧！我没有可以沐浴的‘玛特之眼’，没法在沐浴之后迎接拉的出现，也没有圣殿。在搬到底比斯之前，国王的宫殿肯定非常壮丽，我们虽没法沐浴，却可以欣赏人工创造的美丽。可以继续了吗，还是要再等一会儿？”

母亲说：“我想在这里等等，我喜欢儿子坐在我们中间。”

父亲对迈内黑特说：“那好，迈内黑特，我很感谢你今晚对我们坦诚相见，这些故事对我来说真的很重要。”

“有多重要？”迈内黑特问。

“噢，真是个不知廉耻的老家伙！”母亲想道，她没有说出来，但我感觉到了。

父亲说：“毫无疑问，它比任何东西都重要。一个像你这样有能耐的人在成为维齐尔之后，离双王冠已经很近了，稍微努力便可得到它。尤其是在如今这个时代，我如何确定你没有这种想法呢？我很想知道你在第二世、第三世的情况，现在你对我来说就像个陌生人，你知道吗？”

迈内黑特说：“我所说的比我能说的更重要。”

海斯弗蒂蒂说：“你真是个又老又顽固的死老头。”

父亲说：“不管怎样，你都没得选择，只能给我们讲故事。”

“就像你说的那样，我是没得选择，所以只能做到最好。”曾祖父说，他的自尊像衣服一样被一件一件地扒下来，脸上挂满了羞耻，说话的时候嘴角充满了怒气。

二

既然海斯弗蒂蒂和父亲羞辱了曾祖父，那曾祖父也自然会挑战他二人忍耐的极限。他开始诉说自己的第二世和第三世，讲了一些自己感兴趣的事，对于提尔和新提尔，他讲得很少，一举一动都表明自己想在日出之前把故事讲完。

我不知道为什么，但是看到曾祖父很不情愿，我想起了奈弗－赫普－奥科汉姆。我从未在沙漠中过过夜，但感觉我们现在好像正围在篝火旁，周围不时传来野兽的号叫声。

“在我的第二世，”迈内黑特说，“我成为了蜜球的儿子，在秘密花园里长大，每晚都睡在她的床上，但我时常梦见自己的亲生母亲，并被她丑陋的外表惊醒，因为她没有鼻子。国王复仇的心理很重，在驱逐奈菲尔塔利之前，他割掉了她的鼻子。她的余生都戴着面纱，再也没回过底比斯。”

“哎！”海斯弗蒂蒂悲伤地感叹道。

“哎！”曾祖父也发出了感叹。沉默了一会儿继续说：“我做的梦不但恐怖而且真实，我梦见蜜球打算告诉我自己是怎样把我生出来的。那时我才六岁，和迈内黑特二世一样，我也是个漂亮的小男孩，比很多成年人都聪明，我的智慧像香水，芳香四溢。所以在她跟我说我的身世之前，我就知道她不是我的母亲，虽然我和她之间没有任何亲情的纽带，但我仍感觉她是我最亲的人。她说出我亲生母亲的名字，在神的眼里，他们肯定觉得蜜球和奈菲尔塔利是亲姐妹，就像伊希斯和奈芙蒂斯，而且每个人都受过伤。”

普塔－内穆－霍特普问：“能不能告诉我们你是怎样从奈菲尔塔利那里被托送给蜜球的？”

“我听说奈菲尔塔利怀孕的时候已经隐居起来了，所以除了她的贴身丫鬟，没人会知道这件事。我以为她会珍惜我们最后的亲密时光，提高警惕，把我留在身边的。但我刚出生没几天，她就派一个宦官和奶妈把我送到蜜球那里，他们给我喝了三滴克罗比，这样我就不哭不闹了，在盛满水果的篮子里睡着了，在皮普提的眼皮底下送出冷宫，中途行了两次贿，一次是奈菲尔塔利行的，一次是蜜球行的，那天在秘密花园里待了很久，最后终于有了户籍，负责户籍登记的官员上门来确认蜜球怀里抱的是国王的孩子。因为蜜球很胖，没有人知道她这段时间有没有怀孕。”

普塔－内穆－霍特普说：“皮普提竟然会受贿，他是维齐尔啊，这真让人震惊。”

迈内黑特说：“如果不是这样胆大包天，他什么都当不上。为了保持强壮，他每天都吃公牛的睾丸，此外，他还与这两个女人有私交。如果她们毁了他，也会毁了自己。因为她们都很关心我，所以他可以要挟她们，把她俩当成未来道路上的棋子，实现自己的野心，但他不会有机会的。他利用手中的职权搜刮民脂民膏，吃遍山珍海味，最后身体慢慢溃烂。在我记事之前他就因为内出血死掉了，死的时候虽然知道国王会为他举办大型的葬礼，但他还是很害怕卡特－纳塔。据我观察，没有人比他更惧怕死亡。”

他叹了声气道：“听了这么多和自己亲生母亲有关的事，我经常想起她。秘密花园里有她的雕像，她赤裸着身子站在那里，没有肚脐。在我长大后离开秘密花园时，我才理解国王的幽默感，现在，我经常能看到她的雕像，但肚子都是空空的，雕像上都刻着她的名字，告诉别人她是法老的伟大妻子。

是的，经过一系列事件之后，她只是他的妻子，一个人在异域过着隐居的生活，有人说那里和比布里斯一样遥远。我对她魂牵梦绕，时常梦见她不戴面纱的样子，这些就是我对她的全部记忆了。我被当成拉美西斯在花园里被抚养大，是国王的王妃生的孩子。”

“那她教你魔法了吗？”普塔－内穆－霍特普问。

“蜜球现在很少使用咒语，向伊希斯做的祷告也吞噬了她的部分法力，她对海奎特、国王和奈菲尔塔利的诅咒被消耗得更多，谁能知道拉美－娜芙如吸收了她多少法力啊，我仿佛还能听见拉美－娜芙如的猫咪被摔到墙上的声音。蜜球很善良，她告诉我‘秘密的总管’是我的父亲，但通过她跟我说的，我回忆起更多的事，比她记得的还清晰。那时不知道为什么，很小的时候，我就可以纠正她说的很多事了，比如加冕典礼那晚奈菲尔塔利穿什么颜色的衣服，蜜球恍然大悟，那晚她穿的真的是淡金色的袍子。为了进行净化仪式，她三天都没说话。

“这是一个很特殊的仪式。她没把注意力放在这上面，倒开始讲一些流言蜚语，因为我不仅是她的孩子，也是她的知心朋友。我听她讲了很多和国王、拉美－娜芙如有关的事。我用心听，法老更喜欢拉美－娜芙如，而不是我母亲。蜜球的语言很犀利，却是站在一个中立者的角度，很客观地评价这些事。在普塔－拉死去后，拉美－娜芙如非常悲伤，但后来她重新有了小孩，身体发福，而且头发也重新长了出来，只是新生的头发是黑色的。

“蜜球告诉我：国王到法尤姆地区的弥坞的偏房里去看望拉美－娜芙如，因为拉美－娜芙如刚到埃及的时候在那里待过一段时间，王妃们说拉美－娜芙如开始喜欢上国王了，经常和他一起参加为弥坞的王妃们举办的各种活动。可是，跟国王相比，拉美－娜芙如更喜欢女人，而且她是唯一一个敢责骂国王的人，国王扮演公牛，她敢用鞭子抽他。我怎么知道这是不是真的呢？

“然后，所有底比斯人的生活都出现了巨大的变化。不知道是因为什么，但据说是奈菲尔塔利和阿蒙－赫普－苏－夫在他心里一直挥之不去，最后国王决定把宫殿、维齐尔、大臣、主管和士兵从底比斯搬到孟斐斯，把军事和经济重心向北移。这个决定正中拉美－娜芙如下怀，搬迁的事很快就完工了，孟斐斯成了新的首都。

“对于秘密花园来说，这真是一个严重的损失。搬迁后的花园再也无法恢复原貌，在任何法老的统治下都不可能。国王带了几个弥坞的小王妃到孟斐斯，然后把弥坞的偏宫关了，里面的那些王妃还会得到照料和善终，但他再也没有到秘密花园来过，在底比斯的时候就没有这样。我十岁的时候，体弱多病，很明显，没法进军营。我被送到卡纳克的阿蒙神庙学习神学，由祭司教我，一年以后，蜜球得到恩准，可以和其他年迈的王妃一样，离开秘密花园了。于是，她住在离我不远的地方，可以经常来看我。

“这只是众多变化中的一种。可是，阿蒙的财富和力量还是在底比斯，许多大臣还是离开了自己的宅邸，跟随着法老搬到了孟斐斯。底比斯还是一座繁华的城市，僧侣们带着财富四处安家，很快，神庙消失了，兴起了一座座城镇。

“时光流逝，国王也厌倦了拉美－娜芙如，最后和王后伊索尼瑞特生的女儿彼特－安娜特结婚，伊索尼瑞特长相平凡，她的女儿小时候也尽得其遗传，但后来却越长越标致。在国王统治的最后几年里，她时常陪伴在他左右，他甚至给了她‘第一王后’头衔，使她取得和伊索尼瑞特、拉美－娜芙如和奈菲尔塔利一样的地位。国王晚年时和彼特－安娜特亲密地生活在一起，只喜欢奈菲尔塔利唯一还在世的儿子卡梅－尤莎，卡梅－尤莎是她的第四个儿子，小时候经常拿金碗玩。卡梅－尤莎最后成为孟斐斯卜塔神庙的大祭司，他还是一位法力强大的魔法师，后来被送到国外宣扬自己的本领去了。”

“我听过他，”普塔－内穆－霍特普说，“他是卡梅－尤莎的祖宗，我也继承了他的名字，这是我最喜欢的名字之一，我很好奇，你能告诉我吗？

卡梅－尤莎是不是最后一位伟大的魔法师？他可以把鹅的头切掉，把头放在一间神庙里，身体在另一间里，然后又可以把两个部位合到一起，鹅会活过来，并咯咯地叫。”

“这是真的，我看他这么表演过一次。鹅头没有消失，是身体消失了，而且它没有到神庙的另一边，而是离神庙很远的地方，大约六十步距离吧！然后身体确实出现了，又和头贴合在了一起，但是鹅没有叫，只是翅膀挥动了一下，这不是真的魔法。成为祭司后，我也很努力地学习这个，但只能进入一只刚刚剁掉头的鹅的意识里，不能把它的头移动到二十米开外。这是我最好的成绩，别人都认为挺不错，但我从来都不能把鹅移动到拐角处，当头和身体合到一起时，我也没法让它拍动翅膀。在胡夫那个时代，很多魔法师都可以熟练地表演这个魔术，那时候神庙四周是横向的，鹅会咯咯地叫。在学会魔法之前，我对卡梅－尤莎佩服得五体投地，大家可以从他身上看到国王对奈菲尔塔利仅存的感情，童年时期命运多舛，现在他终于成才了，可是他还是比自己父亲离世得早，对于拉美西斯二世的儿子来说，这很正常。他已年迈，但他的儿子都比他去世得早，在第二次生命里，他死以前，我都当上了阿蒙庙的大祭司了。卡梅－尤莎死去后，国王慢慢和我走近，从孟斐斯来到底比斯很困难，因为需要沿着尼罗河溯流而上，尽管如此，他还是经常来看我，或者是叫我去孟斐斯看望他。我不知道他以前是否知道我的存在，但是他既不把我当成王后生的孩子，也不把我当成王妃的孩子。记得他晚年的时候曾跟我说：‘希望你能尽力讲讲欧西里斯神的故事给我听。’”

“‘没问题。’我说。

“‘让他们多关注一下我建的庙宇，这样他们就会知道我多么希望所有的事都能继续，希望我可以一直当法老。石碑上刻的铭文就是我想对他们说的话。’

“‘好的。’

"'欧西里斯是位非常伟大和高尚的神。'国王说，声音有气无力，像两片陶瓷碎片相互碰撞。他还谈起房子、桥塔、方尖塔、柱廊和埃及很多神庙的大厅以及无数刻着他名字的雕像。在他离世前的最后一年，他的嗅觉、视觉和听觉都变得很不灵敏，吐字不清，我是少数几个能听得清他在说什么的人，他的记忆力也变得很糟糕，没过几个月，他就驾崩离世了。这几个月里，他呼吸很困难，心脏搏动也很微弱。最后三天，我们都不确定他是不是真的离世，因为感觉不到他鼻孔里的气息，他浑身也像石头一样冰冷，但是眼睛还在眨动。

"他的遗体安放在底比斯西部的太平间里，一根玫瑰色花岗岩的柱子上刻着：'我是国王，万王之王，知道我是谁、安放在哪里的人请宣扬我的一生。'

"还有谁能取代他？是莫尼普塔，他的第十三个儿子，彼特－安娜特的弟弟，我对伊索尼瑞特一点都不了解，真的很遗憾。她的孩子表现得这么好，她肯定有着别人没有的美德。在拉美西斯二世所有的王后生的儿子里，只有第十三个存活下来了，前十二个都已死去。他继位时已经是一个又胖又秃顶的老头了，他等得实在是太久了。拉美西斯二世去世后，埃及的敌国开始虎视眈眈，在众国之中，他像一只凶猛的狮子，所以在他统治埃及的四十年时间里没有其他国家敢和埃及敌对，但现在所有敌国都想进军埃及。可是莫尼普塔像赫梯人一样对待利比亚和叙利亚人，他对战败国心怀慈悲，不从他们那里夺取战利品，只是命令自己的士兵把战死的敌国士兵的阴茎割下来，堆成一堆。其实，他完全可以比父亲统治得更好，埃及已经很久没有参加战争和打过胜仗了。

"但他的任期很快就结束了，五年后，也就是他继位的第十年，他就驾崩了。墓碑都是匆匆建立的，石头是从阿蒙霍特普四世神庙里搬来的，他竟然还敢在自己父亲的纪念碑上刻上自己的名字。当然，我对这位法老了解得很少，因为国王去世后没几年我的第二次生命也终结了，在第三次生命里，前前后后经历了几次法老的更迭。有一位是赛提二世，一位是斯普塔，还有一位女法老叫特沃斯瑞特，在他们之间还有莫尼普塔－斯普塔。还有一段时间，埃及陷入没有法老统治的混乱年代，失去国王后，两大王国都很迷茫，持续几年水位线都很低，旱灾不断。”

“对于自己，你什么都没说。”普塔－内穆－霍特普抱怨说。

“他不会说的。”海斯弗蒂蒂说。

那时我也很生气，在我面前，曾祖父像法老一样，我是不是吓得浑身颤抖，但是现在，我很同情他，这么累了，还没法休息。于是我大声叫喊：“你们看不出来吗？他很累了，就连我都很累，更别说他了。”我的语气听起来像个小大人，父亲忍不住笑了，母亲也跟着笑了，迈内黑特最后也没忍住。

普塔－内穆－霍特普最后语气温和地说：“那我就不强求了，只是你跟我说的那些故事我都听过，所以很想听听你当大祭司的生活。”

曾祖父点点头，不知道是不是因为我保护了他，现在他看起来没那么疲惫了，难道还是他之前一直在假装？他说：“因为我没做的事情而指责我，确实对我不公平。现在你就把我当成一个陌生人吧！”

三

“大祭司拥有很高的权威，”迈内黑特说，“但是根据玛特的平衡原理，这种权威已经很多年不被人们接纳了。那时，只有像我这样的年轻人才愿意去当祭司，很明显，在神庙里，我会得到晋升的，因为没有多少像我这样的青年人。在神学学院里，没有人能有我这样的读写能力，而且我的表现很好，每次仪式我都对伦常、法纪和道德表现得无比虔诚。没有什么能比良好的记忆力更宝贵了，学习神学的时候，我能记住烦琐的礼节，并严格去做，我每一天都会重复念四十到四十二次祷文，或者全天都在默写。作为学生，我内心很平静，当我还是年轻的祭司时，就已经有了年长者的造诣，肩负起我们的使命。在神庙里，众神不是我们幻想出来的，而是实实在在存在的，这就是神庙存在的原因。作为祭司，我们必须记住自己还有一个名字叫‘神的仆人’。神学律法很详细，只有最努力的祭司才能完全理解并掌握，这是我求之不得的。我希望律法不是这么容易被别人记住，而是需要通过祭司的言行举止和每日的祈祷修炼，这样我的努力才有价值，也只有这样，我们才能感受到神的存在。如果我从第二祭司的读经人晋升为第二祭司的读经人，请不要感到意外，这是我一直努力的结果。但是在卡纳克的阿蒙庙里，四十岁以前当上大祭司是一件很难的事。众所周知，只有大祭司的儿子才有资格继任大祭司，因为当上大祭司确实很困难，即便是在最小的神庙、供奉最不出名的神也是如此。那时我身上已经没有一点士兵的气息了，我似乎完全是为了当上大祭司而生的。

“我还有蜜球，她很会利用周围的各种资源，在萨伊斯的阿蒙庙里可以用到的关系被她用到了底比斯的神庙里。如果我真想当上卡纳克的阿蒙神庙的大祭司，那我必须要为这座神庙做一些了不起的事。我记起国王说过自己要埋在底比斯，这对我们来说很有帮助，因为首都迁到了孟斐斯，如果可以葬在底比斯，势必会坚定我们的信仰。

“你要不断地跟他说：如果选择葬在孟斐斯，阿蒙永远不会原谅他。

“至少他知道我是他儿子，但我有一百多个和我一样的兄弟。开始的时候他不知道我是他儿子，蜜球的家族不能为我在神庙里发展给予什么帮助，也不可能帮我去说服法老。因此，去看望他不是一件简单的事，但蜜球帮我促成了。她背着我偷偷地举行了一场仪式，没让我知道，因为我作为一个祭司，很挑剔。她还给法老写信说每次抱起我的时候，她都会觉得法老就陪在她自己身边。

“法老下一次回到底比斯时，邀请我和蜜球去他的行宫。法老立即就喜欢上了我，喜欢我回答他问题时透露出的睿智，就像你，拉美西斯九世喜欢我曾孙回答你的问题一样。因此，他每次回到底比斯时，我是为数不多的几位可以去看望他的儿子。经过五年的亲密接触，我才能如此清晰地记住他去世时的事情。可是，他还是很怕阿蒙神的，我建议他和其他法老葬在一起，没想到他内心竟如此恐惧，他果真接纳了我的建议。

“那时，我就预见法老死后会和我们葬在一起，举行他的葬礼也会给我们的神庙带来一笔可观的收益。因此，我们可以模仿死亡之城阿拜多斯，于是我提出了为法老的葬礼建造大墓地群的建议。我没法跟你描述这个想法有多成功，不管住在多远的地方，埃及的许多权贵都持不约而同地支持我提出的这个建议：一个人死后在地狱受到怎样的审判与他葬在哪里有密切的关系。后来我明白了：能够看到摆放拉美西斯二世遗体的神庙的地方都是建造墓穴的不错选择。

“通过这一创举，我为神庙带来了可观的收益，我极有可能在蜜球去世前就当上大祭司。我为她在大墓地里留了一块很好的墓地，但是她不愿意葬在底比斯，她让我把她的尸体做了防腐处理以后再把她沿河流运到她的老家萨伊斯。这些年，为了帮助我，她留在了底比斯，但她心里非常想家，这也是我刚刚才意识到的。最幸运的一件事就是她是很平静地离开这个世界的，很圣洁，就像小船在潮汐的洗刷下逐渐恢复了平静。

“她离世后，我很孤单，很惧怕坟墓。神庙从未像现在这样富有，我也当上了大祭司，权倾朝野，但内心却从未这样无聊过，虽然我手中握有很大的权力，却从不想行使。神庙大臣不安地向我走来，鸡毛蒜皮的小事也来烦我，无论是厨师做错饭或是祭司们念错经，我都会狠狠地训斥他们。小时候，我体弱多病，但很聪明，因此很适合到神庙里侍奉神，可是长大成人后，这项差事对我再没什么吸引力了。

“上一次生命的回声依旧回荡在我耳边，国王和蜜球去世后，意识里让我保持虔诚的城墙也倒塌了，我的信仰也动摇了。我终于意识到自己从六岁记事时开始就一直在被他们欺骗，只是国王和蜜球在世的时候，我没有心思去思考前世的事情，也不想去思考这些事而已，因为我已经和别人不一样了。

“现在前世的事情开始慢慢在我的脑海里浮现，在执行法事的时候，我总会看到蜜球出现在我面前，那时她还很年轻，皮肤在圣坛火焰的映衬下白里透红，丰满的乳房在我面前晃动着。

“听说赛特不想听祷文的时候，就会想一些猥琐下流的事，并让周围的人都知道，这样讲经的祭司就会停止。这些我是从回忆里得知的，不是梦到的，回忆这些事是很自然的事，我作为祭司，讲经时如果没遇到这样的事，我也不会知道。然后我想起自己小时候学写字时的情景，那时，我体内似乎有一个大人，见我写的鬼符似的字后就对我咆哮，但我能看懂自己写的是什么东西。一天醒来后，我觉得自己像在做梦，梦到自己在卡叠什打仗，感受到奈菲尔塔利温暖的怀抱。我完全回忆起了自己的前一世，感觉与众不同。现在我是大祭司，拥有用之不尽的财富，却没有属于自己的金杯子，于是，很多权贵开始对我产生兴趣，试图来巴结我。法老住在其中一座城池里统治着整个王国，而阿蒙庙坐落在另一座城里，同样是富可敌国。为什么那么多有钱人都惧怕法老呢？为什么他们不敢告诉别人自己坐拥多少财富呢？在底比斯，有钱人很容易染上不良的嗜好，可以说，神庙周围一千个富翁也敌不过一个法老的时代已经一去不复返了。我也和他们一样，纵情于享乐中，因为我是举止最不得体的大祭司，每天只要一想到大墓地里有那么多财宝都随着死人陪葬了，就心痛得睡不着觉。我不仅知道这些有钱人的墓地受到多少力量的保护，还通过墓碑雕刻员知道每天有多少金银珠宝随葬。

“我还知道几个盗墓团伙——我还记得几个库那的盗墓贼的供词，他们这个团伙里的一个成员被抓获，国王把他交给我处置，在他被行刑之前，我通知了他的家人。一天晚上我睡不着，便坐着神庙的船在尼罗河上游荡，船夫见到我很惊奇。那晚我走到库那安排盗墓，为了取得这些盗墓贼的信任，我命人打开他们哥哥的脚镣，让他当我的仆人，只要他们为我盗墓，便免他们不死。于是他们帮我盗掘了好几个墓穴，偷出来很多宝贝。我用魔咒保护他们不受报应，他们的胆子越来越大。如果我被别人发现了，这会变成天大的丑闻。

“小时候，皮普提没怎么管过我，所以我的胆子很大。记得他们从一个富商的墓里盗出一把金椅子，我把它卖给了中间商，他又把椅子卖给了阿拜多斯的某位官员。官员死后，木乃伊从阿拜多斯那么远的地方运到底比斯，陪葬了很多金银珠宝，但他的墓很快又被我盗了。我又把那张金椅子给卖了。

“我可以告诉你：在我的第二次生命即将结束的时候，已经富可敌国了，我把财富小心翼翼地藏在东部沙漠的峭壁里。沙漠很远，我一去就是一整天，神庙无人看管，大家怨声载道，都埋怨我不负责任。但我很清楚：我再也不会像以前那样拼死拼活了。”

普塔－内穆－霍特普问：“你为什么要把这些财富埋起来呢？”

“我想在第三世的时候尽情享乐。”迈内黑特说。

“你是这么想的？你从来没跟我们说过啊！”

“我还有很多没跟你们说的。尽管我是个祭司，却爱上了底比斯妓院的最有名的妓女，她是一个倾国倾城的美人，况且，那时候我不知道怎样找到其他的女人再次转世投生。我在前世临死前，和奈菲尔塔利缠绵的记忆也开始在我脑海里浮现，越想越觉得自己第一次转世不应该发生，因为我知道自己第一世的身体状况，能够转世成功，我真是万分幸运。如果不是那惊人的一刀捅在我背上，以后的种种不幸都不会发生。我出生后还是自己，不会成为一个无欲无求的祭司。我现在的目标就是在第三次生命期间尽情享受人生，但想转世成功，我必须学会做爱和授精的技巧。现在，当了一辈子的祭司，我只会手淫，对男欢女爱之事知之甚少，因此我找这个全城最漂亮的妓女教我，她的收费也是最高的。她的名字叫奴布－乌－查特，意思是诸神的金眼睛，还有一个意思是他人丢弃的沙子。这两个意思对于她，就像两大王国对于埃及一样。我没有告诉她我的财宝藏在哪里，但她很快就发现了，可能是我在睡梦中说漏了嘴，也可能是她派人在沙漠里跟踪过我。无论怎样，我都不可能在第三次生命期间记起宝藏所在的地方，因此在第三世尽情享乐的梦想也化为灰烬，而我很快就死了，她找到我埋藏的宝藏，偷走我所有的财富。我可以肯定在我的第三次生命即将结束时，奴布－乌－查特肯定已经将我的财宝挥霍一空了。”

“不用你说，妓女挥霍财富的本领绝对是一流的，”普塔－内穆－霍特普说，“但我怎么觉得你对卓越的第二次生命描述得不够清晰呢！”

“可能是我嘴笨吧。”

普塔－内穆－霍特普温柔地说："那就加把劲，说得精彩点。"

"我会尽力的，"迈内黑特闭上眼睛仔细地想了一下，"我出生的时候父亲（指我）知道自己会死去，我主持每一次祭祀活动时别人都会心生畏惧，这就是我虔诚信仰的核心，也是我主持每一次祭司仪式时都严而有序的原因。我惧怕死亡，贪念在心中死灰复燃，我重拾对肉欲的渴望，但为了表示对仪式的尊重，这样的念头总是被禁止的。当我和奴布－乌－查特在一起的时候，我很快就学会了掩饰真相，不论什么样的想法，是穷是富，是高尚还是龌龊，我都能掩藏起来，不让奴布－乌－查特知道。做爱的时候她很想知道这些事情的真相，可我非但没露出盗墓和贪污的蛛丝马迹，还把她的七重灵魂吸收进自己的身体里，直到我的生命不再那样平淡无奇。这一次次的吸收就像一根根线，不断地交织成生命的床单，除了进入她的身体里，我身体的其他部位都进入到自己的卡里了。此时，只要把身体和卡分离开来，我就会死去，身体和卡分离的时候，我的心脏随时可能爆炸。幸亏在很多个夜晚，当我的身体和卡即将分离的时候，很快又恢复到原样了。我一直拨弄着连接身体和七重灵魂的线，直到有一晚她背叛了我。

"我们传统的做爱方式缺乏活力，远远达不到她的要求。每一次我们的身体、思想和灵魂的渗透程度都和我的表现有关。"

"你们的做爱方式是最神圣的了。"海斯弗蒂蒂说，挑逗地看了普塔－内穆－霍特普一眼，意思是自己今晚就想和他体验这种快乐。迈内黑特没有被海斯弗蒂蒂的突然插话打断，而是继续往下说。

"那一晚，我的身体彻底分离了，我的卡在地狱游荡。随着我的身体不断地向她的身体里深入，她慢慢知道了宝藏的位置。我倒下时，她嫌弃地推了我一把，幸亏我还有一点时间跟自己的身体、卡和灵魂道别。我的贪欲就像彩虹一样从身体里钻出来，感觉到背部刺痛了一下，高潮终于来了，我只抽搐了一次，没有像以前那样抽搐七次，我清楚地听见她的呻吟声，其实这是我的呻吟声，虽然这次没有人捅我的背，但我的心脏都快被她捏爆了，没有祭司见过比这更刺激的情景了，在众神中也不会发生。事情结束后，我知道自己已经在她的子宫里投胎了，过了一会儿，我清醒了，心满意足地站起来去撒尿。

“我用卡的眼睛看到自己死去的身体，其实这死去的身体也可以在明晚继续和奴布－乌－查特做爱的，但她此刻正急于去服侍她最喜欢的客人，一个从库那来的著名强盗。在未来的几个月里，我在她的肚子里慢慢长大，卡也不能平静地休息了，因为我们立下了约定，要在子宫里和平共处。我的出生很痛苦，因为在奴布－乌－查特的子宫里时，有许多陌生的男人经常用他们粗大的阴茎敲击我的脑袋，我第一次生命和第二次生命期间的记忆差不多都快被敲打跑了，直到第四次生命期间才逐渐恢复了以前的记忆。”

四

“奴布－乌－查特养育我，但把我放在接客的房间里，她就像那些等着迎接法老的王妃，但是这里没有法老，底比斯所有的男人都可以进入她的房间，我对这样的母亲没什么好感。后来她霸占了我藏在东部沙漠里的财物，很快就变得富有起来，于是离开妓院，为自己买了一个别墅，她像王后一样挥金如土，还和一个御者赌博，这些钱很快被她挥霍完了，她又沦为妓女。我还未满十八岁的时候，她发高烧而死，尿液都是黑色的。那时候我已经是个强壮的大块头了，心里充满了愤恨，总是把人往坏处想。我从小在妓院长大，我深知女人心，但对男人知之甚少，因为我的头曾被陌生的男人们击痛过。

“我知道怎样谋生，做起母亲曾经从事的那份职业：成为一个优秀的妓院老鸨。根据玛特的平衡原理,我已经不是祭司,我拥有一家很不错的妓院,而且是全城最好的,夜夜歌舞升平,齐聚人间欢乐。有了前两世充足的准备,做到这一点简直就是易如反掌。

“此外，即使偏居一隅，不理朝事，但我还是知道朝堂有纷争。每隔几年就有一位新法老登基，这些年已经连续爆发两次饥荒了，我自己有时候都会挨饿，但我相信自己的梦，它告诉我要一直沿着尼罗河向前走，一直走到三角洲纸莎草茂盛的地方。我在那里建了一个小作坊，专门生产纸莎草纸，并把产品出口到叙利亚和其他国家。这个梦还告诉我：如果我一直这样做下去，母亲挥霍出去的钱财都可以被我挣回来。

“我只是一个胖子，长相讨人喜欢，说起话来巧舌如簧。在法老塞特纳赫特统治时期，我结交到维齐尔的第一书记员，还在底比斯的时候，他经常来我们的妓院，不仅喜欢我们那里的姑娘，还喜欢我做的饭菜和我们提供的沐浴服务。我告诉他纸莎草纸行业前景广阔，说服他支持我的工作。我付了一笔钱给他，他给了我特许经营权，这样发展节奏就快了很多，后来我的作坊成了皇家御用的，我第三世的大部分时间都是在萨伊斯度过的。纸莎草行业在叙利亚很畅销，去世前，我积累了大量的财富。

“在东部大陆，他们用的是传统的写字板，有了纸莎草纸，他们的写字工具就会轻很多，驴子也可以携带更多的纸，这样就可以传递更多的信息出去。以前，驴子可以驮五十片写字板，而且有一半会在路途中损坏，但是现在，一头驴子可以驮五百卷纸莎草纸，除非遭遇突发事故，不然纸不会损坏。叙利亚人和黎巴嫩人甚至赫梯人都很喜欢用我们生产的纸莎草纸，与此同时，他们的装运技术也得到了改善，发明了更先进的战车。他们看到我们战车的形状，学会用缰绳控制马匹，拉着战车前进。可以这么说，在我的第三次生命里，我是加速埃及衰落的那个人，因为纸莎草纸泄露了太多埃及的秘密给叙利亚人。他们模仿我们神圣的文字，真是玷污了它们。我们无法一眼认出自己古老的文字，图书管理员的文字变得不容易辨认，神庙里的碑文也一样。早些时候，同样的文字有着不同的意思，这是对我们的保护，但因为叙利亚人，现在所有人都识字了，就连书记员都不再敬畏文字，他不知道文字传递着不止一种意思，这意味着睿智和愚蠢、慷慨与贪婪都一样被文字记载并传播，所以对于其他国家而言，埃及不再有秘密。那时我们有句谚语：拿着你的字的人控制着你的卡。”

“你没说自己一点好处啊。”普塔－内穆－霍特普说。

“那时候我生活在一个更好的时代，雇佣了很多利比亚和叙利亚人，他们干活比埃及人更卖力，为我生产了很多纸。埃及人则消极怠工，假期和工作日一样多，干活不尽全力，还经常罢工，这和国王统治时的情景完全不同。现在利比亚和叙利亚人更卖力地工作，生产出更多的纸，并把这项技术带到自己的家乡，但我无所谓，反倒是他们给我赚了很多钱，让我在几年之内就成了富翁，我很满意。”

“纸莎草纸应该不是你财富的唯一来源吧？”

“我还参加了买卖大墓地的投机活动，第二次生命的智慧开始在我这一世起作用。因此，我在最开始时就赚了一笔，这是我人生的第一桶金，为以后投资赚钱做了准备。迁都孟斐斯使得这座老城繁荣起来，但也加速了底比斯的衰落，只有阿蒙神庙可以把两大王国紧密联系在一起。法老的势力日益减弱，神庙的势力日益增强。底比斯土地的价格不断上涨，尤其是墓地。现在，母亲生前买的那座别墅比东部法老的宫殿还贵。可以这么说，富人都集聚在三角洲和底比斯地区，没人愿意去孟斐斯，即使去了，也是一天打个来回。”

普塔－内穆－霍特普说：“你跟我说的这些虽然不是很了不起的事，但很有价值，通过你说的事，我发现了富人的生活其实都是一样的。那我想问你一个问题：你选了谁做你第四次生命的母亲？有了前三次生命积累的经验，你现在岂不是非常聪明？”

“可能吧！”迈内黑特回答，声音里已经不再有自我保护的意识，“在我的第三次生命里，很多人时运不济，婚姻生活一团糟。我有一个朋友，他是伊索尼瑞特的直系后代，娶了一位公主，但后来被妻子的情人杀死了，他和公主生的孩子被过继给了农民，孩子后来发高烧死掉了。我不期望找到一个高尚的母亲。”

“鉴于你第一次和第二次生命，你应该也有这样的生活经历吧？”父亲问。

“每一次转世，我都要学习新本领，重拾前世的记忆。朋友的悲惨遭遇真的让我很震惊，所以我独辟蹊径，找了一个强壮而且忠诚的女人当母亲，她在农村长大，经历过两次大饥荒，相信她也能克服其他的困难。我想找个能保护我财产的女人，这就是我的第三个妻子，很快就会成为我的第四位母亲。

“可是，我的身体不太健康，真是前世造的孽。奴布－乌－查特没有为我营造一个平静的生活环境，在她的子宫中，我的七重灵魂受到了打扰。这一世又纵欲享乐，喝很多酒，往血管里注射刺激的液体，还没到三十岁我就病倒了。平常人会得的病我都得了，像痛风、肥胖、眼睛发炎和脊椎变形等等。年少时，我都用过全身的力量和母牛交媾，现在稍微上了年纪才发现身体透支了。于是，我需要找个妻子来服侍自己，但其实她不是我的最佳选择，我想娶个公主，就和那个死去的朋友一样，可是我出身卑劣，没有公主愿意嫁给我。这些年,这也是我的心头之痛,想要拥有巨大的财富，就要承受巨大的痛苦。我得到了自己应得的，现在是收手的时候了，在三次生命里，死神第一次在合适的时候到来。三十三岁的年纪，我看起来比之前同龄的时候老很多，我抑郁地生活着，在即将死亡的时候，才发现自己爱上了所有小时候不屑一顾的东西，我想重获第一次和第二次的生命，却没勇气直视以前的记忆。最后，我的身体状况变得更糟糕了，这也让妻子吓了一跳，因为我吞食了很多草药，草药会让我进入催眠状态，这样我就能回忆起以前的事情了，可在这个过程中，我得了高烧。最后一次投胎时，我选择了吞食草药，在催眠中进行。我精通草药的功效，因为妓女和皮条客比医生和术士还精通草药药效，我从小就有这方面的认知。虽然我的身体很弱，但最后我还是成功射精了，身体里肮脏的东西快折磨死我了，幸亏我的精子成功地进入了她的子宫，希望这些精子比我健康。我觉得我们对自己的身体都会有或多或少不满意，所以会努力把自己想要的美好品质遗传给自己的下一代。我希望自己在下一世是一个睿智、善解人意、精明能干的人。

“我的计划成功了。第一世的时候，我是迈内，一个农妇的孩子，第四世的时候我还是一个农妇的孩子。而在这一世，我的财产得以保留，有了这些财富，我可以过自己想要的生活，于是我又当上将军，这和自己第一世没有任何关联。通过和公主（公主是卡梅－尤莎的后代）结婚，我又当上了医生，成为贵族。我很富有，又是贵族，成为了整个社会的上流人士。”最后他自嘲道，“希望能有人传颂我的事迹。”

“你怎样唤醒体内沉睡的力量？感觉你这次生命好像和前几次有所不同，是吗？”父亲问，怕人听出他很感兴趣。

迈内黑特回答：“就像阿蒙霍特普决定杀死很多狮子一样，你打破沙锅问到底。”

“那你是拒绝回答我了？”父亲说。

“那你相信有很多事情我也不了解吗？”

“最后一句真是无礼，玷污了今晚的月光。”

“跟他说说你是如何唤醒体内的力量的吧。”海斯弗蒂蒂说。

曾祖父假装没听见她说话，“不知道为什么，第四次生命和其他三次生命不一样，第四次生命期间我生来就记着前世的事情了。我小的时候，经常玩弄纸莎草书，很快就能写出一手俊秀的好字，和国王统治的后几年在阿蒙神庙里写的字一样漂亮。在年轻的时候，我也展现出挥剑和骑马的惊人本领。当时，我第一次做了一个明智的决定，那就是和自己同一阶级的女人结婚，母亲也做了一个聪明的决定，和阿蒙－赫普－苏－夫的一个私生子的后代结婚，没有成为寡妇。我的竞争对手现在是我的祖先，终日忙于攻城略地，生了很多孩子，有一支没有继承权的私生子后代，随着法老的不断更换，地位愈发高贵。母亲再婚组建的家庭也提高了我们的身份地位，我也受到妻子家人的认可，我们结婚的时候，他们给我们准备了很多节目。我婚姻生活的前几年真的很和谐，我的女儿，也是海斯弗蒂蒂的母亲阿斯特－恩－拉长得既漂亮又迷人。后来妻子去世了，我作为大将军带队到利比亚打仗，如果不是这样，我在朝堂上会取得更杰出的成就，也会生养出很多孩子。妻子的去世给我带来了极大的悲痛，但是，前三世的记忆像三个站在门口的魔鬼，因此我没有像自己想象的那样去为她哀悼。此刻，我理解了如果前几世各种各样的愿望没实现或半实现或被遗忘，那我无法在大众的视野里好好生活，于是我辞去军营里的职位，潜心研究药理学，慢慢地去实现自己的理想——成为一个魔法大师。我花了几年时间研究如何在无风的晚上用药油减轻痛风，或者怎样根据药方在合适的时节用合适的药。我还研究鱼子治疗不孕的药理特征，也研究每三个月我们的身体会吸收什么物质或者我们的身体会产生什么物质。我是一个欲望心很重的人，希望能理解所有的药理问题，并将它们一一记录下来，比如，列出一种由二十五或三十种药合成的药方，还想研究能做药用的有害物质。后来我发现最稳定的入药成分就是各种各样的粪便，想到这里，我就想起和蜜球在一起练习的法术，于是我开始努力学习法术，这是对我第四次生命的慰藉。我发现阿蒙探访了我的第一个母亲，可我并没有做出成绩。我在第一次生命里失败，在第二次生命里遭人算计，在第三次生命里犯傻，第四次生命给了我弥补的机会，要好好利用它，争取学到更多东西。今晚我还能告诉你们什么秘密呢？以前没跟别人说过的。”

“如果你不跟我解释自己对蝙蝠屎的用法，那我就视你服务不周。”普塔－内穆－霍特普说。

迈内黑特说：“蝙蝠是很恶心的动物，情绪飘忽不定，跟猴子一样，和害虫一样无休无止，叫声刺耳，彼此粘连。但是蝙蝠的屎有很高的利用价值。蝙蝠天生就能忍受寂寞。”

“我终于能理解你的特殊爱好（吃蝙蝠屎）了，”父亲用同情的语气说，“这种恶心的东西肯定给了你勇气去忍受一百八十年寂寞。”

迈内黑特鞠躬，向普塔－内穆－霍特普的理解表示感谢。可我懂得父亲的另一种智慧，这我以前从不知道。我知道他此刻做了一个重大决定：

不让迈内黑特做自己的维齐尔，因为他受不了每天盯着一百八十年的寂寞。

曾祖父换了一下座位，不知道他是不是感觉到了空气中的不同气氛，只是愁眉苦脸地点点头。普塔－内穆－霍特普试着掩饰自己的想法，说道：“你还没跟我说你的催眠术呢！”

“告诉他。”母亲说。

“是的，”父亲说，“我想了解你的催眠术。”

“如果你不跟他说，那我就告诉他了。”母亲咄咄相逼。

迈内黑特不吭声，母亲把我们吓了一跳。“这很吓人，”她对迈内黑特说，“我觉得你很伟大，仅次于我们伟大的神。真不敢相信你现在竟然沉默，好愚蠢！”

普塔－内穆－霍特普说：“他怎么会愚蠢呢？”

“他很蠢，不知道此刻什么是真的。我长着两颗心，一颗去爱一个人，一颗去鄙视他。现在两颗心都鄙视他。”她接下来的话更恶毒，只是没有开口说话，而是用意识让我们感知到。“我喜欢跟每个情人都说谎话，但现在我意识到说真话是个美德。”

“只有法老能进入你的两颗心。”迈内黑特说道，向她鞠了个躬。

“你为什么不告诉法老你是怎样利用我的？”她说，“你难道不知道是我给了你这个魔法的启发吗？告诉他我十二岁的时候你是怎样引诱我、利用我的。”

“你不是处女。”

“是，”海斯弗蒂蒂说，“我不是，那你告诉他你是怎样引诱我的，告诉他。”

迈内黑特说：“我不想谈这件事。”

我不想看着他，不忍心看一个受伤的男人。不知道战士胸腔中箭后是怎样把箭拔出来的，此刻迈内黑特很阴郁，也很疲惫。今晚他有很多次都很疲惫，但后来讲到高潮处又神采奕奕，可现在他就像被放干了血一样有气无力。

海斯弗蒂蒂说："他第一次向我走来，引诱我喝了一杯东西，然后我变得不省人事。他就在我身上发泄兽欲，把我当成一个死人。死人可能更容易帮他实现目标吧！"

迈内黑特说："不是这样的。"

"不，就是这样的，"海斯弗蒂蒂说，"这是个仪式，等我长大后，你不需要用东西引诱我，我喜欢上了我们所做的事。你教我陪伴你，到你的'山洞'里去。"她说道"山洞"时，特别加重了声音，语气里充满愤怒，不知道她是指埋在地里的神龛，还是深深的矿井。"他的催眠术可以把我带到溪流深处或山洞里，我对四周完全不了解，在漆黑中爬行。"现在她对着普塔-内穆-霍特普说："我不想隐瞒这些事，被催眠以后，我可以听见祖父和蜜球、国王和奈菲尔塔利，这还好，但很快他就跟黏泥中的八大神说个没完，我就是他手上的脏东西，他嘲笑我和奈弗-赫普-奥科汉姆。还有更糟糕的事，我们进入的不是山洞，而是墓穴。我们在墓穴里做爱，周围却充满死人的叫声，怎么可以这样呢？"母亲的智慧让人惊讶，她知道这样说以后不会让法老反感，反而会让他更喜欢自己。

"真是胡说八道，我一分钟都受不了了，这次谈话结束了，"迈内黑特说，"我已经不抱希望了！"他站起身，没有鞠躬告别，而是直接离开这里，他果真是老了，蹒跚着走下楼梯，这是他最后一次和我们在一起。

五

迈内黑特走了以后，我也变得不开心，父母还在我身边随意躺着，但我感觉他们就像烟雾一样没有形状。道路两旁的柱子也看不见了，我感觉自己好像在墓穴里，跪在某人面前，既可以选择躺在这个墓穴里，也可以选择回到父母身边。

我每念一次咒语，他们在我面前的形象就模糊一次。过了一会儿，我可以看到他们在月光下的脸庞，然后我的思想和母亲的又很亲近。她沉默着，用意识和普塔－内穆－霍特普说话，我能感受到她沉默里的痛苦。“你爱我吗？”她问，“为什么要选我？今晚我失去了自己的丈夫，又失去了自己的祖父，他曾是我的情人、我的神、我最亲爱的敌人、最害怕的朋友和向导，他是我的全部。但我也爱你，整整爱了七年，因此决定离开他来和你在一起，其实是我把他赶走的。你这个冷血之人，你爱我吗？我可以相信你吗？”

普塔－内穆－霍特普用意识回答她，他的话从我的身体里穿过，每一个词语都像把我抱起来的手。“七年前的一天，我们坐着皮艇出游，我用棍子打鸟，比以前打中的多。有你在身边，我不用棍子就能打到鸟，没有女人能让我做到这一点。今晚以前也没有人会为我付出这么多，所以我爱你，你会成为我的王后。”

“这是真的，”母亲想，但是她的思想很隐蔽，我只能感受到，无法亲眼窥探到，“他是个脆弱的人，但他会变强壮的。献身这样的男人并让他满意，真的很幸福。”于是她大声说：“我们走吧，一起去睡觉吧！”有些话她想都没想，但我感觉到了，他永远不会失去对她的兴趣，因为他想听秘密，而她有说不完的秘密。她做过很多坏事，他知道的秘密越多就越高兴。

他们站起来拥抱了一下，父亲抱起我，不知道是不是因为失去了沙发的支撑，我突然感到头晕。胃里翻江倒海，不知道是不是天空也在眩晕。

后来我知道头晕的原因了，它从父亲的胳膊直接传到我身体里。卡梅－尤莎来到天台上，刚看到他的时候，我吓得紧闭着双眼，随后慢慢睁开一只眼睛。现在我快睡着了，他的声音飘在我周围，就像鳄鱼潜入水底，他的声音会游走。

但是，不管这声音游走得离我有多远，我都能听清楚。“他们归内斯－阿蒙管辖！”我听卡梅－尤莎说，“你可以用我的自卫队，今晚我把他们叫了出来。”母亲可以做出很多决定，但最后她用斩钉截铁的声音对父亲说：“如果你的皇家护卫队没有卡梅－尤莎军队的支持，你会失去自己的军队，你的士兵都会跑到内斯－阿蒙那里去。”父亲和母亲争论着，我听父亲说：“不，这无法忍受，我不能这么做。”母亲说：“你没得选择，你没得选择啊！”是的，他没得选择。“你没得选择！”卡梅－尤莎也这么说。他们依旧还在讨论。“不，”父亲说，“迈内黑特不会成为维齐尔的，我没打算提升他。”后来他们慢慢平静下来了，我感觉自己被父亲递给了母亲，母亲抱着我，黎明的第一缕阳光升起来，耀眼的阳光照得我不敢睁开眼睛。远处传来呐喊声，他们吵闹不休，疑虑一个接一个产生。我闻到羊屎和木炭的味道，我们肯定走到仆人区了，我的保姆伊雅塞雅博还在睡觉，母亲对她说：“出大事了，你一定要照顾好他。”她用胖胖的胳膊把我接到怀里，我很了解她，就像了解自己的胳膊一样。她身上散发着强烈而奇怪的男人味，今晚她肯定和男人偷情了。我知道这种味道，这个男人肯定住在离大海不远的山洞里，然后我被放在垫子上，没再去想这个男人的事了，她的手指挑逗着我耳后的头发，这是她的习惯。她的舌头在我的大腿间游荡，然后我听见隔壁的咒骂声，一个男人破门而入，他正是“碎骨者”。他走路的方式告诉我伊雅塞雅博已经是他的人了，她不再去想那两个人（一个希伯来人，一个努比亚人），这两人曾经为了伊雅塞雅博在我家的仆人房里打架。奈弗－赫普－奥科汉姆现在还住在家里吗？

不知道是不是我甜蜜的感觉惊醒了“碎骨者”，还是他强烈的感情让我觉得甜蜜，现在，我听见他们开始做爱，这和我今晚了解到的所有事都不同。他们都不说话，只听见粗鲁的喘息声，她还发出刺耳的尖叫声，堪比羽毛最亮的鸟儿发出的尖叫声。我好像又回到了自己的家里，仆人房里的声音窸窸窣窣，黎明时分所有的动物都醒了，很多仆人还在自己的小床上做爱。万物恢复正常运行，水开始循环，种子正努力发芽，动物的叫声此起彼伏。仆人们做爱时神不会出现，所以这里会暖和一些，虽然他们完事后就没有那么开心了，但我觉得这样的做爱方式更好，我很好奇这种感觉是不是像喝到最美味的汤。我能感觉到有东西进入自己的身体，像正在开发一片未知的新领域。缠绵结束后，伊雅塞雅博还在低声呻吟着，一边温柔地抚摸着“碎骨者”的背来安慰他。经历了一夜无眠的煎熬，我现在真的困得睡着了，但没有做梦，只是在朦胧中听到喊叫声和男人离开的声音。

我醒来后发现母亲就坐在我身边，她告诉我曾祖父已经去世了。“走，”她跟我说，“我们去散散步吧。”每一条道路上和每一个宫殿里都站着士兵，今天非比寻常，秩序井然，士兵们正在仔细地检查每一个经过的人，每个人都要接受两遍检查。

母亲跟我说这件事的时候没有哭，但我能感觉到她故作坚强，眼神空洞。不说话的时候，她的两只眼睛就像在盯着一具雕像看。她说：“你曾祖父肯定想让你知道他是怎样去世的，以及他是多么地有勇气。”

迈内黑特被卡梅－尤莎的军队逮捕了，我们比普塔－内穆－霍特普早一点回到他的阳台，卡梅－尤莎的士兵发现一个老人坐在法老的王座上，他们把他绑起来带到一个房间里，普塔－内穆－霍特普、卡梅－尤莎和海斯弗蒂蒂都在那里。法老为他松绑后说道："今天，你是我的替补，你是两大王国的心脏，众神都听你的话，这是你的荣耀。今晚你是法老，事情本来就该这样，玛特也很满意。我看着你的时候，知道你永远都当不了我的维齐尔。我很敬重你的才能，却不相信你的野心。"

说罢，父亲把自己的匕首递给了迈内黑特。

母亲说："我吓坏了，看着迈内黑特的表情，我知道他会把匕首插进普塔－内穆－霍特普的心脏，卡梅－尤莎肯定也料到了。我看到他满脸的恐惧。你知道吗，递出那把匕首是我见过的最伟大也是最明智的事。"

迈内黑特鞠躬，叩了七次头。然后去隔壁房间做最后一次祭祀仪式，掏出刀割掉自己的耳朵、嘴唇和腰部的肉，他忍受着巨大的痛苦开始祷告。他失血过多，在晕倒之前，割断了自己的喉咙。

母亲不寒而栗，两眼发出惊讶的光，她说："除了迈内黑特，没人能在死前忍受这样的痛苦。"

她讲这件事的时候，正午的太阳变成了暗紫色，我觉得自己好像也快死掉了。母亲一直看着我，而我看她看得越久，就越觉得她的两只眼睛快要合到一块儿了。最后，我眼前的一切都消失了，我只身一人在金字塔里面跪着，金字塔的斜坡上倒映着波光粼粼的湖水。

现在，我看不到星星，眼前只有一个肚脐，这是迈内黑特的卡的肚脐。迈内黑特已经死去，但我嘴里依旧含着他那又恶臭又充满盛怒的阴茎。

六

我长成一个二十岁的年轻人，跪在地上，那个自己曾经熟知的小男孩早已离我远去，现在，我在自己的卡里。今晚，难道是这个老头第二次跟我交欢？难道是我的卡在遭罪吗？

我体会到了他的耻辱。迈内黑特的卡压在我的卡上，而国王的卡压在他的卡上面。

他的疲惫像大瀑布一样压在我身上，他用了四次生命去找寻自己想要的东西，可最后还是没有找到。后来我吞了他的精液，因此他的开比特进入了我的体内。这是我对过去的全部认知。

我希望能在他身影的引导下生活，在阴间，他的开比特为我的卡照亮了前进的道路。如果他的故事不真实，我就不会知道自己出生前的种种事情了。在阴间，一个人的卡需要交代这个人活着时的所有事情，但是把一个人的过往全部抖搂出来真是一件邪恶的事。

我不知道应不应该相信自己回忆起来的事情，因为我回忆起曾祖父死后父母和我发生的种种事情，这些事情让我没得选择。我为什么不跟着自己的心灵去生活呢？迈内黑特离世后，我的生活也没什么意思了。在他死后的第十五年，我是不是也死了呢？我是二十岁还是二十一岁死的？我完全记不清了。我只记得一件事，是的，我早早就离开了人世，来到自己现在所处的世界，我的灵魂感到一阵剧痛。迈内黑特跟我们说了他的第二次生命和第三次生命，可我连自己仅有的一次生命都记不清。

曾祖父很疲惫，有气无力地坐在我身边，靠在一面墙上。我们现在在胡夫墓地的壁龛里，身旁是胡夫精美的石棺。我们的肩膀靠在一起，看着这片漆黑的空间，直到墙开始发光，像神庙里画满彩图的墙壁。每当图案变清晰的时候，我都觉得自己是在看平静的水面，水面上倒映着星星，我偶尔会用自己的手指去打破这些星星的倒影，只见波纹一圈圈荡漾开去。这些图案似乎就在我的脑海里,似乎受到我的意识控制一样,很快就消失了，我都不知道自己是怎样看到它们的。所有的事物都消失得很快，我想从死人墓里看人间的景象，但这比回忆往事更让我迷惑。这就像赤手空拳在水里抓鱼，由于水面发生了折射，按照自己看到的鱼的位置去抓肯定抓不到。

我不相信墙上呈现出来的这些景象，第一眼看到时就觉得恶心。普塔－内穆－霍特普也在墙上出现了，假惺惺地，他从迈内黑特残缺不全的身体上扯下一小块肉，正在贪婪地咀嚼着。我看到的画面就是这样的，墙壁好像会说话，它对自己身上浮现出的这些景象也感觉到恶心。迈内黑特死后，法老探索知识的热情消失得无影无踪，我相信，因为他吃了迈内黑特的肉，所以才导致他的晚年有那么大的变化。那口肉彻底改变了他，让他变得尖酸刻薄，他失去了迈内黑特的勇气，只得到了他的无情。

母亲靠近我，悄悄地告诉我说："你这么想你的父亲是错的，他吃迈内黑特的肉是为了把我们的血脉和他的血脉联系起来。"母亲没再说其他话了。在我的记忆里，我经常看到她和迈内黑特在一起，现在她真的当上王后了，正端坐在迈内黑特的王位旁，从圣猪节开始还不到一年，她就给他生了一个儿子。迈内黑特现在比以前更爱参加节日活动了，而且他每一次参加节日活动都会带上她。只要乐团为迈内黑特唱圣歌，母亲就会像奈菲尔塔利一样摇叉铃。婚后这一年，他们的生活过得还算幸福。

我还记得他们经常吵架，和其他夫妻一样，他们经常看对方不顺眼，为一点小事就争吵。但这并不代表他们不再亲近彼此，事实上，朝堂都在议论他们黏在一起的时间太长了。就在今年年初，我还听到他们为奈弗－赫普－奥科汉姆在孟斐斯开的店争吵。

他们肯定经常争吵。由于墙壁上的画面暂时停了一会儿，我的记忆逐渐恢复，我开始回忆奈弗－赫普－奥科汉姆，记得那天早晨卡梅－尤莎的军队占领王宫时,他对普塔－内穆－霍特普非常愤怒。那天黎明时分,奈弗－赫普－奥科汉姆和大祭司讨价还价的时候，普塔－内穆－霍特普一离开天井就知道奈弗－赫普－奥科汉姆赶到了卡梅－尤莎的房间里告密，这让大祭司知道了迈内黑特的野心和法老对他的同情心。

母亲非常生气，跟我说起了这件事，她觉得如果不是因为奈弗－赫普－奥科汉姆，卡梅－尤莎和内斯－阿蒙的军队都不会抓到迈内黑特。母亲告诉我在卡梅－尤莎集合自己的军队之前，内斯－阿蒙并没有召集士兵。

那个清晨，没有其他事情能比这种背叛让父亲愤怒的了，奈弗－赫普－奥科汉姆认为，尽早从大祭司那里获取报酬是明智的，从而可以使得错误早早在宫殿里出现。法老不得不大声向卡梅－尤莎宣布，他和大祭司之间是真正平等的，而事实上，卡梅－尤莎有一阵子假装对大祭司表现出虚伪的忠诚，他认为这样做很重要，但我父亲对此很生气。父亲很讨厌奈弗－赫普－奥科汉姆目空一切，但卡梅－尤莎坚决和奈弗－赫普－奥科汉姆保持同一战线，最后法老只好让步，只对他进行革职处理。母亲说如果不是自己出面维护，奈弗－赫普－奥科汉姆早就被处死了。

现在，母亲改变了心意。奈弗－赫普－奥科汉姆深知别人的需求，于是在孟斐斯开了一家女性护理店，大家都知道，在两大王国，这种护理店还没人开过。哪个名门贵族的女人没有专门服侍自己的女仆呢？众所周知，奈弗－赫普－奥科汉姆曾经亲手伺候过法老，所以他的生意很火，他很快就出名了。而在宫殿里，因为自己的第一任丈夫还留在孟斐斯，海斯弗蒂蒂没有一天不跟法老吵架的，她不停地告诉法老自己被人羞辱了，而且她一直不能说服法老买下奈弗－赫普－奥科汉姆的店铺给她。海斯弗蒂蒂给法老出的主意是，如果法老能把奈弗－赫普－奥科汉姆的女性护理店买下来送她，就赐给奈弗－赫普－奥科汉姆一栋偏远省份的房子，让他离开孟斐斯。但是法老已经逐渐恢复了对奈弗－赫普－奥科汉姆的好感，他说奈弗－赫普－奥科汉姆只是在那一晚做了点错事而已，一个晚上的不忠诚是可以原谅的。想想这件事会让海斯弗蒂蒂有多么生气啊。

当然，这也给母亲造成了很大的负担，一想到这件事，她就很不安心。和其他貌美的女人一样，她不能忍受别人羞辱自己，于是她忍受着痛苦，告诉法老奈弗－赫普－奥科汉姆一直都不忠，他当卡梅－尤莎的眼线已经有很多年了，并不只是那一晚。可是母亲没有真凭实据，法老不相信她说的话。我觉得如果奈弗－赫普－奥科汉姆继续住在孟斐斯城里，会让海斯弗蒂蒂一直想着自己亏欠第二段婚姻多少东西。除了用棍子打她，可能其他的方法都无法让她规规矩矩吧。“你不知道，这会贬低你的身份，”她对法老说，“别人会说你的妻子以前是假发工人的女人。”

“恰恰相反，”法老说，“在孟斐斯，没有一个女人不仰慕你。”这件事一年到头都在折磨着海斯弗蒂蒂，法老不顺从她的心意，她永远不会原谅他，还有其他事情也让她对法老越来越不尊重。不知道卡梅－尤莎得到了什么权力，也变得越来越嚣张。从那以后，母亲只做了三年的王后，三年后，她和父亲的权力都被削减了一半。一直到拉美西斯九世统治的第十年，法老才宣布阿蒙－霍特普（卡梅－尤莎给自己取的新名字，和第四任法老的名字一样）和拉美西斯九世享有同样的权力。后来还为此举办了一场欢庆典礼，在典礼上阿蒙－霍特普，也就是阿蒙神庙的大祭司，从此以后负责管理上埃及的所有事务。他收到许多金银珠宝，而且上埃及所有的税收都无须经过法老同意，直接就进入阿蒙神庙的财物库。阿蒙－霍特普的形象还被画在很多神庙的墙上：他和拉美西斯九世并肩站在一起，两人一样高，官员和侍从站在他们旁边，他俩比官员和侍从高四倍。

不知道经历这次事变以后，母亲是否还爱着父亲，但根据我的观察，她已经不爱他了。我的意识里又出现了迈内黑特，这真让我大吃一惊，他看起来老了五到十岁，母亲也比他在世的时候胖了许多，所以我怀疑母亲告诉我关于他自杀的事是不是真的。难道母亲告诉我这个恐怖的故事的目的就是让我不要再去想迈内黑特吗？如今，如果泥土中的八大神祇没有帮我保持记忆，事实就是迈内黑特没有自杀。普塔－内穆－霍特普极力邀请他当一个晚上的法老，但他婉言拒绝了，这也惹怒了法老。面对普塔－内穆－霍特普的邀请，迈内黑特没有献出自己的最后一份礼物——忠心，他宁愿自杀，也不愿当那晚的法老。

迈内黑特违抗法老的旨意正中卡梅－尤莎的下怀，他很快霸占了迈内黑特的财富。迈内黑特在上埃及的所有房产被神庙低价收购，收购价由卡梅－尤莎私自决定，如果迈内黑特不同意，神庙就会强征；迈内黑特在下埃及的房产在海斯弗蒂蒂的坚持下被法老以同样低的价格收购，房产包括他的庄园，我曾在这里的顶楼看到过他和我母亲做爱。母亲不希望曾祖父靠近她，这样做正好遂了她的心愿。迈内黑特只能搬迁到底比斯西岸的一间破房子里，这是他用自己仅有的钱财购买的。

我死死地盯着这些图像看，迈内黑特的卡突然出现了，把我吓了一大跳。他的大腿和我的一起抖动着，从他的呼吸节奏可以看出他很激动，原来是我们共享了这段记忆。他没有撒谎，他也变得很不安，那些事情变得很离奇，我目不转睛地看着他。

迈内黑特没有在那间破房子里度过余生，而是加入了库那的盗窃团伙，专门盗窃法老的墓穴，很快他又积聚了一大笔财富。如果在生前的四次生命里他都无法成为法老，死后去地狱里当神，他也可以抢夺他们墓穴里的财富。迈内黑特变成了一个本领高超的盗墓贼，可以在地下打洞，从一个墓穴钻到另一个墓穴，而从地面上根本看不出任何痕迹。我十五岁的时候，也是拉美西斯九世统治的第十六年，迈内黑特感觉死神临近了，于是悄悄溜回孟斐斯，去见了母亲最后一面。

我从墙缝里看见迈内黑特和母亲做爱，这是最后一次。他的卡在我身边，发誓这一切已经结束了，最后他死在母亲的怀里。母亲的哭声回荡在天地间，我知道迈内黑特在最后的一次疯狂中肯定让母亲怀孕了。迈内黑特对她产生了深刻的影响，因为她不顾法老的反对，全程看着人们对迈内黑特的尸体进行防腐处理。

母亲怀孕的第二个月，父亲还不知道她怀孕了。不管他们之间发生了多少不愉快的事情，他们之间总还有一些共同的快乐，父亲肯定会相信这是他的孩子。尽管如此，海斯弗蒂蒂还是不断地吃堕胎药，最终流产了，这也是她对迈内黑特的最后一次报复。迈内黑特不会再有第五次生命了，也不会成为我的弟弟。

迈内黑特的卡被无情地驱逐，如果卡回到他不腐的身体里，并且一直待在里面，我还是不确定什么离开了，什么丢失了。他的卡肯定已经回归他的身体了，不然他现在怎么能坐在我的身边呢？他身体里不安分的东西可能和我紧密相连，因为十六岁的时候父母已经管不了我了。

我的弟弟阿蒙－赫普－苏－夫二世会成为下一任法老——拉美西斯十世，父亲给他取这样的名字，可能是希望自己的儿子可以成为勇敢的战士吧。我从没为继承的事苦恼过，我十六岁的时候阿蒙－卡才九岁，那时我目中无人，藐视一切，喝酒、赌博，无所不干，全然一副王子做派，我对普塔－内穆－霍特普很无礼，母亲想建一个小教堂放曾祖父的四次生命留下的木乃伊，每当谈到这个话题时，我就很放肆，举止粗鲁。但母亲固执己见，花了很多钱，派人精心选址，终于安顿好了第一具和第二具木乃伊。如果不将第三具木乃伊也找回来，那陪他随葬的所有财富都会被盗墓贼偷光，幸亏这具木乃伊还在那座墓里，是迈内黑特死后他的妻子给他建的墓，盗墓贼还没进去过。人们仔细研究裹尸布上的祷词，最终才确认这具木乃伊就是迈内黑特，尸体上的布条和宝石都已脱落。尽管时隔十年，海斯弗蒂蒂还能进入迈内黑特的意识里，这才找到他当“秘密的总管”的第一世的木乃伊。他最后一次去看她，她趁着他们做爱时，进入了他的思想深处，看到他第一世墓穴的位置，还看到蜜球的仆人给他的身体做防腐处理，那时他的内脏被丢得到处都是。最后他的尸体终于被拯救，不会再腐烂。七天后，蜜球委托一个三角洲地区来的商人把迈内黑特的棺材带到萨伊斯，把他葬在自己家族的墓地里。海斯弗蒂蒂在那里找到了他第一世的木乃伊，蜜球的尸体就在他的旁边。母亲获得了迈内黑特的全部随葬品，于是说服普塔－内穆－霍特普用牛车把他的四具木乃伊都拉到王宫里，每一具都放在沉重的棺材里。然后她建了一个小教堂，四周都被护城河包围着，还专门在护城河里养了一条鳄鱼。我觉得奇怪，母亲竟然如此害怕迈内黑特的卡。

当然，无论什么时候都不要自以为了解海斯弗蒂蒂。她信誓旦旦地要保护好教堂，忍受着普塔－内穆－霍特普的讥笑，她自嘲说自己被四个卡诺匹斯罐子保护着。我死后，尸体还泡在泡碱里的时候，她就决定要把迈内黑特的四具木乃伊（包括石棺和卡诺匹斯罐子）都移到我那寒酸的墓地旁边，也不知道她发的是什么疯。也许是因为普塔－内穆－霍特普死后，她变化得太多了吧。

普塔－内穆－霍特普将死的那些日子很可怜，他已经很衰老了，不再像年轻时那样风流倜傥，现在全身发福，长得又胖又丑。他很沮丧，在他统治的第十六和第十七年，底比斯西部的几座法老墓被盗，盗墓贼们似乎从不惧怕法老的盛怒，不管是在世的法老还是死去的法老盗墓贼都不惧怕他们。上百年前的法老塞伯尔克莱斯的坟墓也被盗了，他的木乃伊上面的宝石被偷走，连他的王后的木乃伊也遭到了破坏。盗墓贼后来被抓住，他们都是大墓地的工人，普塔－内穆－霍特普还发现很多官员也牵扯其中，东底比斯和西底比斯的市长互相指控，侦查事务无休无止。内斯－阿蒙后来当上首席书记员，活了下来，但他篡位的野心被卡梅－尤莎阻止了，他也被召到底比斯做笔录。

普塔－内穆－霍特普明显是在那一年变老的，我对母亲重新燃起了欲望，很难克制，这股欲望肯定缘于她坠胎的那个孩子的卡，母亲也受到它的影响。

父亲去世前的六个月，提升阿蒙－卡为摄政王，和他一起执政，父亲还赐给了刚刚继位的弟弟几个头衔：拉美西斯十世、赫普－玛特－拉、赛特彭拉瑞、阿蒙－赫普－苏－夫、玛瑞－阿蒙，于是，我这位长子的继承权被剥夺了。

拉美西斯二世葬在高山上，他曾经带御夫长来过这里，这个位置很隐蔽，很难被人发现。可是，最终还是被盗墓贼找到，他父亲赛提一世的墓也被抢掠一空，还有哪位法老的墓穴没被盗呢？我那可怜的弟弟啊，正当他在孟斐斯城庆祝自己的第十个生日时，底比斯传来了西部沙漠有外族人攻城的消息，吓得百姓们人心惶惶。后来卡梅－尤莎被捕，活生生地受了六个月监禁，等到释放出来以后，卡梅－尤莎已经变成一个虚弱的老人了。阿蒙－卡只在位两年就去世了，他死后，我和海斯弗蒂蒂的一切特权都被剥夺，拉美西斯三世的一个侄子继位，成为拉美西斯十一世。不久之后，我也死了，至于我是怎么死的，我自己也不知道，我的意识里完全没有这方面的图像，也无法依赖迈内黑特那不可靠的记忆。墙上出现了其他图像，现在我在观察一种非常奇怪的现象，看着我死后有人推翻了法老的政权，两大王国从此四分五裂。推翻法老的第一个统治者曾经也是底比斯的一位大祭司，叫赫里霍尔，他建立祭司政府，统治上埃及地区；还有一个外邦的叙利亚人，叫内苏本内德，他统治下埃及地区，从孟斐斯到塔尼斯一带。

这些年，盗墓事件像瘟疫一样频发，王宫里的官员们都很绝望。为了保护法老的墓穴，他们甚至调换法老的遗体，曾经把国王的遗体放到塞提一世的墓室里。但仍然有人盗墓，不论是法老的墓还是王后的墓。后来人们实在没办法了，只能把王族的遗体放到底比斯西部不知名的墓穴里，那黑黑的墓穴里躺着雅赫摩斯、雅赫摩斯一世、图特摩斯二世、图特摩斯三世、塞提一世、拉美西斯二世和其他许多法老，他们并排躺着，就像死在胎中的野兽。墙上显示出来的这些图像即使是曾祖父也不敢相信，我的卡像个无底洞，很想知道两大王国是不是没得救了。

迈内黑特的卡已经沉默很久了，但他一直对着墙上的图像笑，他在想自己的脑袋里还会浮现出多少类似的图像。后来，我想起自己的木乃伊也被破坏了，脚上的裹尸布已经腐烂，脚开始生蛆，我顿时变得阴郁起来。我不记得自己是怎么死的，我越使劲想，墙上的图像就变得越不清晰，我似乎想起了我是在一次醉酒后跟别人打架被打死的。

我想着想着，看到了一家酒馆，和我以前睡梦中看见的一样，酒馆的地面上扔着很多摔晕的鱼。然后我看到了“碎骨者”，他很快就要跟人打起来了。虽然我急于想知道自己是怎么死的，却不得不看“碎骨者”和伊雅塞雅博一生的命运变化，本来我是不太关心他们的命运的，但是很快我又变得好奇起来。关于他们的图像变化很快，他们也老得很快，“碎骨者”被提拔为皇家船队总指挥，因为在卡梅－尤莎的军队占领王宫时，他曾保护过我。

其实皇家船队总指挥这个头衔并不适合他，“碎骨者”伺候法老的时候总是笨手笨脚，因此没过多久他就被派到其他岗位上去了。他的官位越降越低，最后回到了原点。受此刺激后，他变得日日消沉，而且总在酒后行凶，对伊雅塞雅博也不友好，即使伊雅塞雅博现在已经是他的妻子了。

伊雅塞雅博很爱他，把他们在一起的每一天都视为玛特送给她的礼物，她还把他推荐给迈内黑特，希望迈内黑特给他一个活做。因此，“碎骨者”的第二次机遇来了，他去找迈内黑特时，迈内黑特果真给了他一个职务，因为当时迈内黑特正想找一个勇猛的人，在他和库那的盗墓贼之间传话。

“碎骨者”干得很好，没用多长时间就挣了很多钱，还帮伊雅塞雅博赎了身，不再让她做我母亲的侍女，他们还在底比斯西岸买了一栋房子，雇了几个佣人。伊雅塞雅博很快生了孩子，成了一个贵妇，他们还在大墓地买了自己家族的墓地。迈内黑特死后，“碎骨者”越来越猖獗，后来因为参加偷盗国王的墓被捕，最后被处死刑，尸体被丢到荒野。

伊雅塞雅博一直没有找到“碎骨者”的尸体，很快又回到孟斐斯给我母亲当侍女。一天晚上，为了践行对丈夫的誓言，她走到大墓地，通过墙上的图像，我发现她不惧怕身边的鬼魂，我在去自己墓地的路上也遇到了这个鬼魂。相反，这个鬼魂反而有点害怕伊雅塞雅博，她没有逃跑，一直站在原地不动，直到鬼魂念着咒语离开。她把自己雕刻的几个“碎骨者”的雕像埋在我的墓前，然后小声说道：“如果你的尸体被丢弃荒野，我会一辈子为他做雕像，把它埋在迈内黑特的墓前。”我快被她的忠心感动哭了，突然想起了她和我亲热的情形。

我不知道自己为什么会看到这个故事，哭了一会儿，我的注意力从对伊雅塞雅博的关心转移到自己的身上，我仍旧想弄懂自己到底是怎么死的。现在我看到伊雅塞雅博正在伺候母亲，一直到我死前的一天晚上，她穿上了一身寡妇服，还在默默地悼念“碎骨者”。看到她就像看到自己躺在母亲的床上，我已经不是小孩子了，现在我是个男人，母亲是我的情人。

我们之间究竟发生了什么事？我不想去回忆，我只记得没有女人能像母亲这样让我迷醉，我们在床上偷欢，即使彼此都很开心，却觉得羞耻。兄弟姐妹乱伦是老生常谈的事了，大家都可以接受，但没人愿意接受母子乱伦。海斯弗蒂蒂很害怕流言蜚语在孟斐斯传播开，可是早已有人议论我和她的丑事了。

坐在迈内黑特的木乃伊旁边，我的卡再次被这些断断续续的回忆搞得迷迷糊糊。最后，回忆终于清晰了，我看见自己是怎样和祭司以及祭司的妹妹做爱，他兄妹俩有着美洲豹一样肥硕的屁股。哥哥早就不是祭司了，他是奈弗–赫普–奥科汉姆，现在剃了光头，而妹妹就是我的母亲。

在胡夫墓里，我很痛苦，必须思考奈弗–赫普–奥科汉姆、母亲和我之间的肮脏、仇恨、嫉妒和争吵。我还记得结果吗？结果就是舅舅雇了我们三个禽兽不如的人，他曾以为自己是我的父亲，但其实是我的对手，我是在酒馆里遇到他的。他雇我们真是浪费资源，他高估了我们的能力。一切就绪以后，我却死了，那个六岁的小男孩死了，他的一切也消失了，包括他的温柔、智慧、快乐和对未来的期望，我想为自己哭泣，好好哀悼自己。遗憾的是，这些年我一直纵情于酒色，其实我可以按照自己小时候期待的那样去生活的，可是现在不行了，我已经死了，迈内黑特二世已经死了，这是一条年轻且没有任何价值的生命……我的眼泪不禁滑落下来，我浑身颤抖。我颤抖的时候,墙上的画面也变模糊了,地狱却清晰地显现出来,原来我们是在地狱里。

七

我早就知道不经历艰难险阻，无法到达地狱。我们必须顶着骄阳跋涉好几天，然后下坡，走到一个四周漆黑的山洞里，温泉冒着热气，四周湿漉漉的，道路湿滑，很容易失足。现在，我坐在迈内黑特的卡旁边，他的屁股贴着我，墙上的图像自然地移开了，我不禁想知道这些图像到底是在我的意识里还是在曾祖父的意识里，或者这些图像本来就在墙上。一切不知名的黑虫密密麻麻地向我们爬过来，我头皮发麻，后来这些黑虫也离开了，仿佛听到了我的命令似的。既来之，则安之。我已经到达地狱，虽然我从来没去过灌木林，但我听在王宫里当侍从的努比亚人说过。在这里，我能听到虫子爬动的沙沙声、鸟雀的叫声以及动物的撕咬声，就像在森林里一样。还能听见一道道地狱之门打开的声音，还有让人心烦意乱的哭喊声，以及神灵的呐喊声。我还能听见老鹰和水鸟的叫声、蜜蜂的嗡嗡声以及公牛的咆哮声。我看到了很多卡，他们很不幸，都成了拉的敌人，眼睁睁地看着自己的尸体在经过第一道地狱之门时被破坏，经过火坑时，影子也消失了，火焰从女神的嘴里喷射出来，这些都吓不倒我。很快我就能把地狱里的神和接收审判的灵魂区别开来，因为神都长着人的身体和动物的头，像鹰、鹭、豺狼和公牛，有一个很了不起的神还长着甲壳虫的头。这些神都和神庙上的壁画一模一样，我被他们深深地吸引了，于是开始欣赏壁画，不再跟曾祖父的卡说话。

我们好像受到了神灵的庇佑，可是坟墓都被破坏了，怎么可能还有神灵来保护我们呢？我们离开了第一道门，继续往里走，看着这片悬浮的墙，没有感觉到四周的地狱之火，我们是不是受到了拉的圣船保护？我不知道自己是如何知道的，我很清楚我们即将进入地狱的下一个关口了。有几个可怜的鬼魂站在那里喝着诱人的泉水，这些生前说了太多谎话的人现在开始遭受报应了，泉水一沾到他们的舌头就变得滚烫。我还看到了富翁菲克-弗提，他穿着长袍，袍子上沾满了污泥，他带着蜜球通过了好几道关口，但是最后又回到了开始处，因为他做了太多坏事而遭到了惩罚。第三道地狱之门一会儿开，一会儿关，他绝望地大叫着。地上有很多像他一样绝望的人在痛苦地翻滚着。

我们进入牛嘴形的关口，经过一条长长的隧道，看到一个沸水湖，里面煮着十二个人。湖水散发出恶臭，鸟儿经过的时候都会痛苦地离开。沸水湖里有四十二条眼镜蛇，它们排列成两排，眼镜蛇不会说话，在不停地吐着火焰。

第五道门内有十二具木乃伊，一个长着豺头的神命令这些木乃伊脱掉裹尸布，取掉防腐的草药，重新恢复肉身，以便用眼睛看事物。现在他们可以离开司光之神塞克的山洞了，塞克会带领他们去另一个地方，这个地方只有一个沸水湖，他们径直走进湖里，没了裹尸布的保护，他们备受煎熬；第六道门里走出来一个鱼头人，他只需洒出炙热的网就可以收服海里的怪物。我还看到了长着甲壳虫头的科佩拉，他真是个大块头，足足有八头狮子那么大。他在火海里行走自如，丝毫不受影响。他在大蛇的身体里驾着拉的金船，从蛇尾巴处进入洞穴，从蛇嘴里出来；进入第七道也是最后一道门，我们从叫阿米特的怪物身边走过，他躺在阿努比斯的秤旁边，专门吃死去的人，这秤是用来秤死者的心的重量的。如果死者的心很重，阿米特就会将死者的心吃掉。阿米特长着鳄鱼的头、狮子的腿，浑身散发着臭气。

四周的墙上都是他呼出的臭味，是他吞吃了那么多心脏的味道，实在是太恶心了。我想起自己第一次在大墓地闻到野兽呼出的臭气时，那会儿是不是已经靠近秤旁边了呢？我生命里的真像开始显现，难道我的心也会被他吃掉了吗？这是肯定的，只有足够赤诚的心才会轻如羽毛，而我的心肯定很重，跟卡诺匹斯罐子一样重。

现在，在胡夫的金字塔里，墙壁上已经没有了图像，我没有感觉到害怕。慢慢地，地狱里的图像仿佛雾一般，不断积聚，周围不断地传来嚎叫声，我的卡也没有感到恐惧。面对着火焰，我丝毫不畏惧，因为这火焰并不烫。我想知道刚刚看到的是地狱呢，还是地狱的开比特，难道我所看到的景象只是事物本身对自己的记忆吗？我想起了法老们被糟蹋的坟墓，以及他们的遗体是如何被放到山洞里来的。他们在这里不再拥有人间的权贵身份，只是一具一具的木乃伊而已，地狱可能都会因为这些木乃伊而无法呼吸。法老墓穴被破坏，意味着地狱之河和很多死亡领地会消失。最后，卡特－纳塔也出现在我面前的墙上，我也不害怕，难道地狱里的一切灾难都是由人世间所发生的状况导致的吗？如果真这样，我的卡不知如何去寻找阿努比斯，我的心脏也不会在秤上称重，更不会被阿米特吃掉。

可我没有感觉到如释重负，我活着的时候一直听到人们说死后在地狱里会有什么样的经历，现在想想看，活人的苦恼是不是太多余了？很多时候人是不是在庸人自扰呢？我已经死了，可以计算出自己这一辈子做了多少没用的事，这确实很折磨人。不知道是不是心一直惦记着她，此时海斯弗蒂蒂出现在我的面前，她看起来像麻风病患者，全身都毁容了，不知道是什么原因导致了她现在的情况，她死后的尸体肯定没有得到及时的防腐处理，而是被随意扔下腐烂了好几天，不知道是谁如此残忍地报复海斯弗蒂蒂的卡。后来又想想，这应该不是报复，而是提前做的准备，她死后，奈弗－赫普－奥科汉姆肯定让人不要管她的尸体，如果丈夫嫉妒妻子，那么在丈夫的要挟下，防腐师便无任何诚信可言了。奈弗－赫普－奥科汉姆不让防腐师对海斯弗蒂蒂的尸体做防腐处理，这样才能继续和她的尸体做爱，而且不会受到任何惩罚。

或者，也有可能是普塔－内穆－霍特普下令这么对待她的，这就是地狱发生颤动的原因，我开始难受。我还有记忆吗，该如何做准备？

此时曾祖父用两根手指轻轻抵着我的膝盖，试图吸引我的注意力，然后开始讲话。

八

迈内黑特说："地狱和鬼魂都是真的，有一点你必须清楚：你已经死了一千年之久了，法老的时代已经终结，埃及现在被外邦人侵占。我们只知道一些力量薄弱的王子，他们来自很远的地方。赫梯人已经销声匿迹，国家的版图也变了，在绿色长廊的旁边出现了一片新的土地，你生前并不知道。一个新的国家在这片位于提尔北部和西部的土地上建立起来，这个国家肯定存在了很久，因为这里的文明已经很发达了，人民爱好和平，不再热衷于战争。在距绿色长廊西部稍远的地方也诞生了一个强大的国家，你出生时这个国家还处于野蛮状态，但是他们秉承了我们的信仰，信仰我们的神（比如我们常说的拉、伊希斯、荷鲁斯、赛特等等），你应该还记得在刚开始进入这个墓穴时我给你讲的故事，现在这些故事被罗马和希腊人口耳相传，我的真实故事和你听过的有些相近，但也有不同。我们的领地现在属于希腊人，但他们并没有很重视它，只是把这个当成山洞里的壁画，如果你理解他们意识里的幽默感，那你会很容易就通过地狱里的锤炼了。在我们的神话世界里，拉不老，是光明之源；荷鲁斯虽然腿脚不方便，但却是天界之神，他的羽毛是天上的云，月亮和太阳是他的眼睛；赛特是雷神，雷电滚滚，响彻天界。希腊人不太了解神和人类之间的区别，罗马人直接无视这些问题，于是，他们按照自己的方式讲解我们的神话故事，但他们的神比我们的神弱很多。我曾讲过赛特控诉荷鲁斯并战败的故事，按照希腊人的理解，众神肯定没有嘲笑他，而是把他拖进大厅，扔到地上，然后要求欧西里斯坐在他的脑袋上，这是必做之举，以显示正义必胜，这也是我们法老的思想。希腊人只把荷鲁斯的脑袋当成法老的椅子，但他们爱真理胜过爱神。”

迈内黑特补充说：“我当你的向导，你看你有多幸运啊，我进进出出卡特－纳塔这么多次，经验丰富，帮你躲过了最后的迷雾。你被宠坏了，永远不知道真正的死亡有多么折磨人。”

听他说完这些，我感到莫名其妙的痛苦。没有真正经历地狱的锤炼，我总觉得少了点东西，我的卡永远无法遇到真正的考验，无法提升自己的勇气。我可能会永生，转世投胎后永远都不会死亡，从此就不会有寂寞了。但我觉得这种情况比不清楚自己灵魂的价值还要糟糕。

我坐在墓穴里，内心充满了痛苦，迈内黑特四次失败的生命的挫败感都压在我身上，而且，他的欲望和他的挫败感一样强烈。曾几何时，除去当法老的不切实际的幻想，他想当什么就能当什么，这是因为欧西里斯偏爱他。我记得他对欧西里斯的描述，现在快跟希腊的神话搞混淆了，曾祖父的痛苦肯定藏在欧西里斯的心中。除了迈内黑特，还会有谁想知道神的未来呢？其实，没有亲身经历过，我又怎能理解欧西里斯的内心世界呢？他希望创造未来的奇迹，但每一次计划失败他都很痛苦。他现在可以知道曾祖父被打败时内心的痛苦了，这种痛苦像他的精液一样苦涩。

我很同情曾祖父和欧西里斯。最令人震惊的一幕发生了，我伸开双臂，把手放在迈内黑特身上，但他却消失了。天很黑，什么都看不到，这是我感受到的，现在这种黑越来越深，他的身体到底去了哪里？我的鼻孔里有一股模糊的气味，像玫瑰的香味。我身后的墙壁不再坚硬，变得瘫软，正一块一块往下掉落，像河岸决堤，洪水泄了出来，恶臭也随之袭来，我被洪水淹没了。天堂的景象从我眼前一闪而过,谷物是金色的,天空是蓝色的。

我向前走,墙向后退,臭味越来越浓烈,洪水已经漫过了我的头,我不会游泳，四肢惊恐地胡乱拍打着，身体在洪水里往下沉。此生的怒气和污秽向我袭来，对耻辱的愤怒吞噬了我的呼吸，我无力与这洪水做斗争，我已经做好了放弃的准备，耻辱感也随之消失了，我的内心像死亡一样平静，犹如寂静的夜幕降临。那些恶心的排泄物现在也没有那么恶心了，我闻到了玫瑰花的香味，这是一个玫瑰之夜。

我听到了曾祖父的声音，“你不需要毁灭的！”他对我喊道。

我知道他是什么意思,他的思想已经进入我的意识里,我的内心很平静。这洪水足以淹死一个人，然后把他冲到田地里，为田里的庄稼提供肥料。

这个人可以做出勇敢的决定吗？他能忍受着痛苦进入另一道地狱之门吗？

没过多久，似乎是迈内黑特的影子拥抱了我的卡，玫瑰香突然消失了，恶臭又开始涌现。我很讨厌这气味，我不想死了，但也不清楚自己敢不敢进入另一道地狱之门。我一点用处都没有，曾祖父也是，我们被强大的诅咒包围着。我能感觉到他内心的痛苦，这痛苦像一道强光，现在正进入我的身体。如果死者的灵魂想升入天堂，必须努力寻找自己的伴侣，两人同升入,因为灵魂不是男女,虽然它们生前曾生活在这些男男女女的身体里。而在天堂里，夫妻生前是否忠于对方已经不重要了，现在共同上天堂，经历着同样的命运，对他们来说才是最重要的。这个想法闪闪发光，我看到了那个总是放臭屁的奇怪老头，我曾在自己的墓里见过他，他浑身散发着恶臭，因为他见到地狱以后没有立刻离开，而是傻傻地到里面去游泳。看着他寂寞的眼神，我猜他是想跟我一起结伴进天堂，他把跟法老说过的故事也告诉了我，他希望我能相信他，而我在地狱里，没得选择，只好信任他。

迈内黑特的卡已经死了，抽搐了一下，力量全部转移到我身上。经历了四次生命，他的意志力变得很强大，势必能帮助我改善下辈子的生活，让我变得勇敢。

我的头顶上出现了很多道光，像由很多横杆组成的梯子，我抓住第一个横杆，从洪水里爬出来。梯子好像有点扭曲，不太好爬，我只能一步一步往上爬，每一根横杆都像脐带一样坚韧，我抓住它们的时候，它们会改变方向。我在往上爬的过程中，金色的田地在不断地往后退，洪水也在往后退。我必须诚实地面对这些横杆，喜欢不喜欢都要牢牢地抓住它们。我突然想起早些年对母亲的爱，我总是失手，所以现在我必须牢牢地抓住横杆,这是我成为母亲的情人以后,她给我带来的恐惧。我开始为普塔－内穆－霍特普哭泣,因为他没有成为伟大的法老,我独自一人踩着死人的灵魂（他们的灵魂变成了一根根横杆）不断地往上爬，一直爬到金字塔顶端。

现在，蜜球和奈菲尔塔利就在我身边，国王为我助力，我的脑袋也变成了赫拉的脑袋。我看到了一座座伟大的城市，这些城市的卡肯定也很强大，花儿都能扎根在石缝里，所以卡受到阻挠时会变得力大无穷。于是我继续沿着梯子往上爬，一直爬到天堂，直到欧西里斯出现在我面前，我注视着他，看到了未来的各种征兆。一直以来，我都觉得自己不够纯洁，无法执行这样的任务，迈内黑特也不行，我们都没有把真理的羽毛放在心头，去区别对与错、善与恶。随后，我在天堂里看到了巴，这个小小的东西长着我的脸庞,自从卡进入我的坟墓它就飞走了,从那以后,我再也没见过它。它现在就在我的头顶飞着，和卡一样，它也是我的二重身。巴告诉我，在欧西里斯面前,纯洁和善良都是次要的,他更看重的是一个人的勇气。所以，迈内黑特受到了欧西里斯的重用，不是因为他是个好人，而是因为他是个勇敢的人。

但是卡告诉我说了解它的意图也是很重要的，我爬梯子的时候，能感觉到自己力量的存在，所有的魔力都在我脚下。奋力往上爬的时候，我看到了月亮，看到了欧西里斯在天堂等我，我的两只手似乎变成了荷鲁斯和赛特。与我有关的一切都变了，包括时间和空间。

正在此时，一颗流星划过天际，狂风袭来，以前从未感受过的痛苦也向我袭来。我听到了地球爆炸的声音，我惊恐万分，像坠入了无限的深渊。但我所感受到的不只是恐惧，我还从恐惧的中心感受到了光芒，我仍然对天堂抱有很大的希望。那么，我究竟是迈内黑特一世还是二世？难道我是他们二人灵魂的结合体？我都不知道，更不知道自己会不会在这黑暗的墓穴里穷尽一生。

此时，我必须进入语言的力量里了，我凭借着强大的意志穿越了痛苦之门，发出了第一个声音。我有了新生的第一次呼吸，我发出了新生的第一次哭喊。同时，我还乘上了太阳神拉的金船。

我们在什么都看不见的地方行驶着，在时间的海洋里游荡着，穿过沉睡的田地，过去和未来在雷暴云电里相逢，我们已死的心在神的忧伤里发出耀眼的光芒。

1972—1982

（下册完）

FONGHONG
凤凰联动出品